나의
다정한
마야

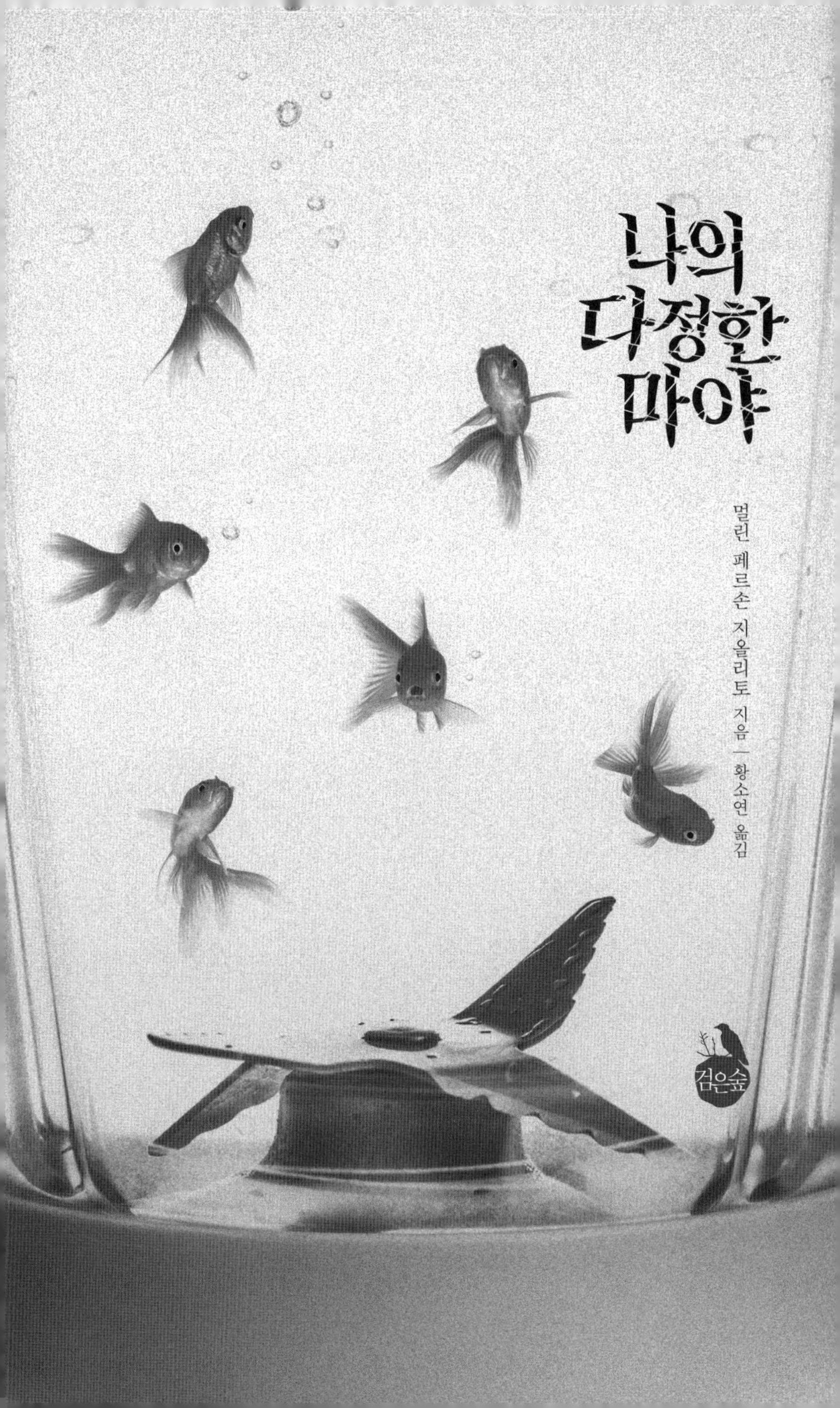
나의
다정한
마야
멀린 페르손 지올리토 지음 | 황소연 옮김
검은숲

교실

왼쪽 줄 책상 옆에 데니스가 누워 있다. 평소처럼 그래픽 무늬 티셔츠에 몸에 잘 맞지 않는 청바지, 지저분한 운동화 차림이다. 데니스는 우간다 출신이다. 본인은 열일곱 살이라고 했지만 내가 보기엔 스물다섯 살짜리 돼지 같다. 데니스는 취업반 학생이다. 그리고 비슷한 처지의 사람들이 그렇듯 솔렌투나*에서 산다. 옆에는 사미르가 모로 쓰러져 있다. 사미르는 나와 같은 반이다. 사미르가 우리 학교의 국제경제학 및 사회과학 특별반에 들어왔기 때문이다.

저쪽 교탁에는 담임이자 자칭 사회 운동가인 크리스터 선생님이 있다. 그의 머그잔이 뒤엎어져 있고, 커피가 그의 바짓가랑이 위로 뚝뚝 떨어져내린다. 거기서 2미터쯤 떨어진 곳에 어맨다가 창문 밑 라디에이터 위에 몸을 기대고 있다. 몇 분 전만 해도 캐시미어와 화이트골드, 샌들로 치장하고 있었는데. 지금은 진흙탕을 뒹군 몰골이다. 나와 함께 견진성사를 받을 때 선

---

* 스톡홀름 북쪽에 인접한 자치 도시.

물로 받은 그 애의 다이아몬드 귀걸이가 초여름 햇살에 여전히 반짝거린다. 나는 교실 중앙 바닥에 앉아 있다. 내 무릎 위에는 스웨덴 최고 갑부 클래스 퍼게만의 아들 세바스티안이 있다.

지금 교실 안에 있는 사람들은 친한 사이가 아니다. 평소 여간해선 잘 모이지 않는다. 택시 파업 때 지하철 승강장이나 기차 식당칸이라면 모를까 교실에서는 한데 모일 일이 없다.

달걀 썩는 냄새가 난다. 탄약 연기로 공기가 부옇고 잿빛이다. 나만 빼고 모두 총에 맞았다. 나는 털끝 하나 다치지 않았다.

사건 번호 B147/66 공판

검찰 대^對
마리아 노르베리

재판 첫 주 월요일

1

―

    처음 법정 안을 보았을 땐 좀 시시하구나 생각했다. 참관 수업으로 재판을 방청하러 갔을 때 이미 알 만큼 알고 있었다. 스웨덴 판사들은 더 이상 고불고불한 가발과 긴 가운 차림의 구부정한 노인들이 아니며, 피고인 또한 오렌지색 점프슈트를 입고 수갑을 찬 채 입가에 거품을 무는 미치광이가 아니라 얌전한 보통 사람이라는 걸. 거기 법정은 병원 같기도 하고 대회의장 같기도 했다. 그날 우리가 타고 간 전세 버스에서는 풍선껌과 축축한 발 냄새가 감돌았다. 피고인은 비듬이 많았고 주름 바지 차림으로 탈세 혐의를 받고 있었다. 우리 반 외에(크리스터 선생님을 포함해) 방청객은 네 명뿐이었지만, 남는 자리가 거의 없어서 크리스터 선생님은 밖의 복도에서 여분의 의자를 가져와 앉아야 했다.

    오늘은 사뭇 다르다. 지금 우리는 스웨덴에서 가장 큰 법정 안에 있다. 재판부는 등받이가 높고 벨벳으로 된 검은 마호가니 의자에 앉아 있다. 정중앙에 위치한 의자의 등받이는 유달리 높다. 대장 판사가 앉는 자리가 분명하다. 이른바 재판장의 자리.

그 앞 탁자 위에는 가죽 손잡이가 달린 판사봉이 하나 있다. 각각의 자리 앞에는 구부러지는 빨대처럼 생긴 가느다란 마이크가 하나씩 튀어나와 있다. 벽널은 오크나무 같은데 수백 년은 되어 보인다. 고풍스럽다. 그리고 의자 사이사이에 암적색 카펫이 깔려 있다.

나는 무대 체질은 아니다. 학교의 자랑거리가 되겠다거나 장기 자랑에 나가고 싶다고 생각한 적은 한 번도 없다. 그런데 지금 여기는 발 디딜 틈이 없다. 다들 이리 몰려왔다. 나 때문에. 내가 이들을 끌어들인 것이다.

내 옆에는 로펌 '샌더 앤 레스타디우스'의 변호사들이 자리하고 있다. 샌더 앤 레스타디우스라니 무슨 골동품점 이름 같다. 게이 두 명이 땀을 비질비질 흘리며 실크 가운과 외알 안경 차림으로 기름 램프를 들고 휘적휘적 돌아다니면서 곰팡이 핀 책들과 박제 동물들의 먼지를 떨 것 같은 가게 말이다. 하지만 이들은 스웨덴 최고의 형사 전문 로펌이다. 대부분의 형사범들은 기껏해야 비실비실한 변호인 하나 달랑 있기 마련인데 내 변호인은 양옆에 고급스러운 양복 차림의 부하들을 거느리고 있다. 이들은 쉽스브룬* 인근의 화려한 사무실에서 꼭두새벽까지 일하고 휴대폰이 두 대 이상이다. 그리고 하나같이(샌더는 제외) 자기가 무슨 미국 드라마의 주인공인 줄 안다. 나는 너무 바쁘고 너무 중요해, 그래서 포장 용기에 든 중국 음식을 먹어, 하는 드라마 말이다. 샌더 앤 레스타디우스에서 일하는 스물두 명 중에 성姓이 레스타디우스인 사람은 없다. 레스타디우스는 죽었

*스톡홀름 내 스톡홀름 왕국 앞 유서 깊은 번화가.

다. 아마도 사인은 너무 바쁘고 너무 중요하게 보이기 딱 좋은 심장마비가 아니었을까.

오늘 참석한 변호인은 셋이다. 스타 변호사 페데르 샌더와 그의 동료 둘. 동료 두 명 중 어린 쪽은 머리 모양이 촌스럽고 코에 피어싱을 했으면서 정작 코걸이는 하지 않았다. 샌더가 코걸이를 금지했는지도 모른다. ("그 쓰레기 당장 빼게!") 나는 이 여자를 페르디난드라고 부른다. 페르디난드가 어떤 사람이냐 하면, 보수적이라는 말은 욕설이고 원자력은 대재앙인 줄 아는 부류다. 게다가 안경은 또 얼마나 해괴한지. 그렇게라도 해서 본인이 가부장제 사회의 이치를 다 간파했음을 광고하고 싶은 모양이다. 그리고 나를 싫어한다. 그녀의 의견대로라면 이놈의 자본주의가 모두 내 탓이니, 뭐 싫어할 만도 하다. 처음 몇 번 만났을 때는 나를 비행기 안에서 수류탄을 들고 난동을 부리는 미치광이 패션 블로거쯤으로 취급했다. "물론이지, 물론이지!" 매번 나를 쳐다보지도 않고 그렇게 말했다. "물론이지, 물론이지! 걱정 마, 우리가 널 도우러 왔으니까." 얼음을 뺀 바이오다이내믹 토마토 주스를 내놓지 않으면 전부 산산조각 내주겠다고 내가 위협이라도 한 것처럼.

다른 보조 변호사는 마흔 살가량의 배불뚝이 남자인데 얼굴이 꼭 팬케이크처럼 생겼고 '집에 영화 비디오를 알파벳 순으로 정리해두었지!' 하는 미소를 짓는다. 팬케이크의 머리는 짧게 친 스포츠머리다. 아빠는 머리 스타일이 없는 사람은 믿지 말라고 했다. 아빠가 지어낸 말은 아닐 테고 십중팔구 주위들은 영화 대사일 것이다. 아빠는 농담 따먹기를 좋아한다.

처음 만났을 때 팬케이크는 시선을 내 쇄골 바로 아래에 고정하더니 두툼한 혀를 입안으로 간신히 당겨 넣고는 신이 나서 주절거렸다. "꼬마야, 이제 우리 무얼 할까? 넌 나이가 열일곱 살보다는 더 많아 보이는데." 샌더가 그 자리에 없었다면 분명 숨을 헐떡거렸을 것이다. 침을 흘렸거나. 그 입에서 흘러내린 침으로 꽉 조인 조끼가 얼룩덜룩해졌을 테지. 나는 열여덟 살이었지만 굳이 밝히지 않았다.

오늘 팬케이크는 내 왼편에 앉아 있다. 그는 서류가방 하나와 온갖 서류철과 서류들이 가득한 바퀴 달린 가방을 가져왔는데, 지금 그 가방은 텅 비었고 서류철은 모두 그의 탁자 위에 있다. 그가 가방 안에 남겨둔 것은 책 한 권과 가방 안쪽 작은 주머니 밖으로 비져 나온 칫솔 하나뿐이다. 뒤쪽 방청석 첫째 줄에는 엄마와 아빠가 앉아 있다.

2년 전, 까마득한 그 옛날 우리 반은 참관 수업을 가기 전에 사전 교육을 받았다. 재판의 중요성을 이해하고 진행 과정을 잘 따라가라는 취지에서. 그것이 정말 도움이 됐는지는 의문이다. 크리스터 선생님은 법정을 떠날 때 우리가 예의 바르게 행동했다고 말했다. 우리가 자제를 못 하고 낄낄대거나 휴대폰을 꺼낼까봐 걱정했다나. 앉아서 게임만 하거나 지루해진 국회의원들처럼 고개를 숙이고 쿨쿨 잘까봐.

크리스터 선생님이 엄중한 목소리로 설명하던 것이 기억난다. ("자, 애들아, 잘 들어!") 선생님은 재판을 장난처럼 여겨서는 안 된다고 했다. 한 사람의 인생이 위기에 처한 것이고 법원이 유죄를 선고하기 전에는 죄가 없는 거라고. 그 말을 몇 번이나 반복했다. 크리스터 선생님이 말할 때 사미르는 늘 그렇듯 고개를 끄덕거렸다. 그 애는 늘 그런 식으로 모든 선생님들의 마음을 사로잡았다. 끄덕이는 고갯짓은 이런 신호였다. "완전히 이해했어요. 우린 서로 주파수가 정확히 일치해요. 선생님이 워낙 맞는 말씀만 하시니 제가 덧붙일 말이 없네요."

법원이 유죄를 선고하기 전에는 죄가 없다니, 뭐 이런 괴상한 말이 다 있을까? 애초에 죄가 없거나, 범행을 저질렀다면 처음부터 죄가 있거나지. 법원은 무슨 일이 있었는지 판단하기보다는 둘 중 어느 쪽인지 판별해야 하지 않을까? 경찰과 검찰과 재판부는 현장에 없었고 누가 무얼 했는지 정확히 모르는데 어떻게 법원이 사후에 이야기를 완성한다는 걸까?

나는 이 점을 크리스터 선생님에게 지적한 적이 있다. 법원은 매번 틀리지 않느냐고. 강간범들은 항상 풀려나지 않느냐고. 성폭행 신고를 해봐야 무슨 소용이 있냐고. 난민촌의 어떤 여자가 주민 절반에게 강간당한 후 백배 용기를 내 나선다 해도 법원은 그 여자의 말을 믿어주지 않을 것이다. 그렇다고 해서 그 일이 없던 일이 되거나 강간범이 저지른 일이 없어지는 것은 아니다.

"그렇게 단순한 문제가 아니야." 크리스터 선생님은 말했다.

교사들이 입버릇처럼 하는 말은 이것 말고 또 있다. "참 훌륭한 질문이로구나…" 혹은 "네가 하는 말 듣고 있단다…" 아니면 "흑백 논리로 봐선 안 돼…" 혹은 "그렇게 단순한 문제가 아니야." 이런 종류의 답변들은 결국 똑같다. 그들도 무슨 말인지 모르고 지껄인다는 것이다.

그러시든지. 뭐가 진실이고 누가 거짓말을 하는지 알기 어렵다면, 확신할 수 없다면 어떻게 하라는 건지?

어디선가 '진실은 우리가 믿기로 선택한 것이다'라는 글을 읽은 적이 있다. 이것이 옳다면 어느 쪽이 더 미친 짓일까? 무엇이 진실이고 무엇이 거짓인지 누군가가 결정할 수 있다고? 누구에게 묻느냐에 따라 진실이 될 수도 있고 꾸며낸 일이 될 수도 있다는 말인가? 신뢰하는 사람이 한 말이라서 그것을 진실이라고 결정한다면, 우리는 그것을 진실이라고 선택하는 것일지도 모른다. 대체 누가 이런 아둔한 짓을 생각해낸 걸까? 누군가 내게 "네 말을 믿기로 선택했다"고 말한다면, 나는 "네가 거짓말을 하고 있다고 확신하지만 다르게 생각하는 척 연기할 거야"라는 그의 속셈을 즉시 알아챌 것이다.

내 변호인 샌더는 이러한 것들에 대체로 무심한 듯하다. 그냥 "나는 네 편이야" 하는 말만 한다. 엄지손톱 같은 얼굴을 하고서. 샌더는 다혈질은 아니다. 모든 면에서 느긋하고 자제하는 사람이랄까. 좀체 버럭하는 일이 없다. 감정 표현이 없다. 와락 웃음을 터뜨리는 일도 없다. 태어났을 때도 응애 한 번 안 외쳤을 것이다.

샌더와 정반대인 사람이 우리 아빠다. 아빠는 본인의 바람(본인의 말)과는 다르게 쿨한 남자와는 거리가 멀다. 잠잘 때 이를 북북 갈고 국가대표 풋볼 경기를 볼 때는 벌떡벌떡 일어나곤 한다. 그리고 툭하면 발끈하고 격분한다. 젠체하는 지방 정부 공무원들에게, 일주일에 네 번은 불법 주차를 일삼는 이웃사람에게, 어이없는 전기세 청구서와 콜센터 직원에게. 그뿐이랴. 컴퓨터, 이민국 직원, 할아버지, 바비큐, 모기, 눈을 안 치운 보도, 스키 리프트 줄에 선 독일인, 프랑스인 웨이터도 예외는 아니다. 세상만사가 아빠의 성미를 긁고, 언성을 높이게 만들고, 문을 쾅 닫게 유도하고, 사람들에게 꺼지라고 소리치게끔 도발한다. 하지만 샌더는 다르다. 열통이 터지고 분노로 폭발하기 직전이 돼서야 한 줄 이맛살을 찌푸리면서 쯧 하고 혀를 찬다. 그러면 그의 동료들은 너도나도 겁을 집어먹고 말을 더듬고 서류든 책이든 그의 기분을 풀어줄 만한 것이면 뭐든 뒤적거리기 시작한다. 이것은 엄마가 아빠를 다루는 방식이기도 한데, 아주 드물게 아빠가 저기압이 아니고 완전히 차분하고 조용하게 행동하는 날에만 가능한 일이다.

샌더는 내게 화를 낸 적이 없다. 내가 무슨 말을 해도 화내지 않았고, 내가 말을 안 하거나 빤한 거짓말을 할 때도 불평하지 않았다.

"난 네 편이야, 마야." 가끔 그의 목소리는 유달리 피곤하게 들리지만 그게 전부다. 우리가 나누는 대화의 핵심은 진실이 아니다.

샌더는 오직 경찰과 검찰이 무엇을 입증했는가에 집중한다. 이건 대체로 맞는 것 같다. 그가 정말 제대로 일을 하는 건지 아니면 시늉만 하는 건지 걱정할 필요는 없다. 그는 모든 죽음과 모든 죄와 모든 고통을 취합해 숫자로 변환하는데, 방정식이 성립하지 않으면 그가 승리한다.

어쩌면 이것이 당연한 것인지도 모른다. 1 더하기 1은 3이 될 수 없으니까. 이건 더 논할 거리가 안 된다.

물론 이것이 내게 유리한 것만은 아니다. 어떤 일이 일어났거나, 일어나지 않았거나 둘 중 하나니까. 그건 돌이킬 수 없다. 그 외에 나머지는 변죽을 울리는 잡소리일 뿐이다. 철학자들 혹은 흔하디흔한 (명색이) 법률가들의 주특기. 멋있는 문장 만들기. "그렇게 단순한 문제가 아니야…."

하지만 크리스터 선생님은 법원을 방문하기 전에 몹시 집요했고 우리를 설득하려고 갖은 노력을 기울였다. '법원이 유죄를 선고하기 전에는 죄가 없다.' 그리고 그것을 칠판에 썼다. 그것이 법률의 근본 원칙이라면서. (사미르는 또 고개를 끄덕였다.) 그리고 우리에게 필기를 하라고 했다. 그대로 받아적으라고. (사미르는 그걸 그대로 받아적었다. 그럴 필요가 없는데도.)

크리스터 선생님은 짧아서 외울 수 있고 시험 문제가 될 만한 것이면 뭐든 좋아했다. 2주 후 치른 시험에서 이것은 2점짜리 문제로 출제되었다. 왜 1점짜리가 아니냐고? 크리스터 선생님은 외워 쓰는 문제일 때 어중간한 경우, 즉 완전히 맞지는 않지만 어느 정도 맞는 것도 답으로 인정했다. 1 더하기 1은 3이 아니지만 네 답에 숫자가 들어 있으니 절반은 점수를 줄게. 크리스터 선생님과 법원에 간 것은 2년도 더 지난 일이다. 그때 세바스티안은 없었다. 그는 3학년 때 우리 반에 들어왔다. 불가피하게 3학년을 다시 다녀야 했기 때문이다. 돌아보면 당시 나의 학교생활은 꽤나 즐거웠다. 반 친구들도, 교사들도 초중등학교 시절과는 사뭇 달랐다. 화학 교사 요나스 선생님은 목소리가 너무 작고 학생들 이름을 외우는 법이 없었으며 배낭을 앞으로 멘 채 버스를 기다렸다. 프랑스어 교사 마리 루이즈는 안경잡이에 머리 모양이 민들레 갓털 같았고 항상 검은 약용 사탕을 쪽쪽 빨아댔다. 사탕을 빨 때면 볼록하게 오므린 조그만 입술이 꼭 야생딸기 같았다. 체육 교사 프리건은 갓 광을 낸 나무 책상 같았다. 짧은 머리에 남자인지 여자인지 헷갈리는 외모, 목에 건 호루라기, 깨끗하게 면도한 넓적하고 반들거리는 종아리의 소유자였다. 항상 스포츠 양말을 신었고 누군가의 땀 냄새가 배어 있었다. 우리의 덜렁이, 머리를 탈색한 수학 교사 멀린은 불만이 많고 툭하면 지각에 일주일에 두 번은 병가를 냈는데, 페이스북 프로필 사진은 더 날씬할 때 비키니를 입고 찍은 20년 전 사진이었다.

그리고 크리스터 스벤손. 헌신적이며 '마리아토겟 공원에서 만나 거기 죽치고 있자'고 할 타입. 미트앤투베그* 같은 보통 사람. 그는 록 콘서트가 전쟁과 기아와 질병에서 세상을 구원할 수 있다고 믿었고, 열정이 흘러넘치는 교사 특유의 말투로 인간들은 아무짝에 쓸모가 없으니 차라리 꼬리를 흔들어줄 개나 기르라고 항상 말했다.

크리스터 선생님은 매일 집에서 내린 커피를 보온병에 담아 가져왔는데, 설탕과 우유를 듬뿍 넣은 그 커피는 꼭 리퀴드 파운데이션 같았다. 그는 그의 머그잔(세계 최고의 아빠라고 쓰인 컵)에 커피를 따라 교실로 들고 왔고 수업 내내 커피를 계속 따라 마셨다. 크리스터 선생님은 똑같은 일상, 날마다 반복되는 똑같은 일, 똑같은 애청곡을 사랑했다. 아마도 열네 살 이후 매일 똑같은 아침을 먹지 않았을까. 크로스컨트리 스키 선수가 즐겨 먹을 법한, 지방을 제거하지 않은 우유와 월귤을 넣은 포리지. ("아침 식사는 하루 중 가장 중요한 식사야!") 그리고 친구(애인)들을 만날 때면 매번 맥주를 마시고, 매주 금요일이면 가족들과 타코를 먹고, 동네 피자 가게(아이들을 위해 크레용과 종이가 비치된 가게)에서 외식을 하고, 축하할 중요한 일이 있으면 아내와 싸구려 레드 와인을 땄을 것이다. 크리스터 선생님은 상상력

---

* 한 가지 고기에 감자와 한 가지 채소를 더한 정통 영국 식단.

이 빈약했다. 가이드 딸린 단체 여행을 다녔고, 요리할 때 고수를 넣거나 볶음 요리에 버터 외에 다른 건 쓸 줄 몰랐다.

고교 1학년 때도 담임 교사는 크리스터였다. 그는 일주일에 한 번씩 날씨가 이상하다고 불평했고("더 이상 사계절은 무의미해") 매해 가을에는 크리스마스를 장식하는 시기가 점점 빨라진다고 불평했다. ("이대로 가다간 페리의 여름철 운행이 끝나기 전에 쉽스브룬에 크리스마스트리가 먼저 등장하겠어.")

그는 스포츠·연예지에 대해서도 불평했다. ("대체 누가 그런 구린 걸 읽는 걸까?") 댄스 경연 프로그램도, 〈유로비전 송 콘테스트〉도, 파라다이스 호텔도 못마땅해했다. ("대체 누가 그런 구린 걸 보는 걸까?") 무엇보다 우리 휴대폰을 아주 질색했다. ("너희들 암소냐? 그 채팅 앱으로 그리 끊임없이 띠링띠링 소리를 낼 거면 차라리 목에 종을 달지 그러냐… 왜 그런 구린 짓을 사서 하니?") 그는 불평할 때마다 만족스러워 보였다. 자기는 젊고 쿨하다고 생각했고(조금도 아저씨 같지 않고) 그것이 학생들과 친밀하다는 증거라고 믿었다. 자기는 우리 앞에서 '구린'이라는 말을 얼마든지 할 수 있다고.

크리스터 선생님은 커피를 한 컵 마시고 나면 조그만 코담배 팩을 윗입술 아래에 댔고, 다 쓴 것은 냅킨에 모았다가 한꺼번에 쓰레기통에 던져 넣었다. 그는 깔끔하고 단정한 것들을 좋아했다. 쓰레기마저도.

조세범 재판이 끝나고 다 함께 학교로 돌아왔을 때 크리스터 선생님은 안심했다. 우리가 스스로 잘 처신했다면서. 그는 늘 안심하거나 걱정하거나 둘 중 하나였고 환호하거나 격분하는 법은 없었다. 외워서 쓴 답안에 점수를 적어도 절반은 주고 싶어 했다.

크리스터 선생님은 누워서 죽었다. 두 팔로 머리를 감싸고 두 무릎을 위로 끌어 올려 웅크린 자세로. 내 여동생 리나가 곤히 잠들었을 때와 비슷했다. 그는 구급차가 도착하기 전 과다출혈로 사망했다. 나는 그의 아내와 아이들의 생각이 궁금하다. 혹시 현실은 그리 단순하지 않아, 하고 생각하지는 않는지. 아직 법원이 내게 유죄를 선고하지 않았으므로 나는 죄가 없다고 생각하지는 않을까?

재판 첫 주 월요일
2

오늘 나는 엄마가 사 준 옷을 입고 있다. 차라리 흑백의 점 프슈트를 입은 편이 더 나았을 텐데. 나는 특정한 의상을 입고 있다.

사실 여자들은 늘 특정한 의상을 입는다. 유행을 아는 힙한 여자로 차려입거나, 진지하고 영특한 여자로 분하거나. 혹은 '내가 어떻게 보이든 상관없어' 하는 무심한 여자로. 그 경우에 는 일부러 머리를 되는대로 뒤로 넘겨 묶고 와이어 없는 면 브 라를 차고 속이 비치는 티셔츠를 입는다.

엄마는 내가 아무런 잘못도 없는데 얼결에 여기로 오게 된 평 범한 열여덟 살짜리로 보이게끔 내 옷차림에 신경을 썼다. 하지 만 지금 블라우스는 가슴 부위가 꽉 낀다. 감옥에서 지내는 동 안 살이 찌는 바람에 단추와 단추 사이에 작고 동그란 구멍들이 생겼다. 지금 나는 쇼핑몰에서 화장품 샘플을 들고 손님들을 쫓 아다니는 점원 같다. 누굴 속일 수 있다는 생각은 버리시죠.

"예뻐 보이는구나, 애야." 엄마가 방청석 앞줄에서 내게 속 삭인다. 엄마는 늘 이런다. 나는 헛소리를 할 테니 네가 골라 들으라는 식으로 현실과 동떨어진 꾸며낸 칭찬들을 내게 툭툭 던진다. 나는 예쁘지 않다. 그림을 잘 그리는 것도 아니다. 노래를 더 불러보라는 둥, 방과 후 연극 수업을 들으라는 둥, 다 쓸데없는 소리다. 엄마가 그런 말로 권할 때마다 나는 엄청난 모욕감을 느낀다. 내가 무얼 잘하는지, 언제 예뻐 보이는지 엄마가 전혀 감도 못 잡고 있다는 소리니까. 엄마는 진실에 가까운 칭찬을 하기에는 내게 관심이 별로 없다.

엄마는 늘 불가사의하고 종잡을 수가 없다. "원하면 잠깐 밖에 나가 놀아라." 엄마는 이런 말을 자주 했다. 나와 각자의 하루에 대해 얘기하고 싶은 척 연기할 기운조차 없을 때마다. 잠깐 밖에 나가 놀라고? 나는 이미 투표도 할 수 있고 술집에서 술도 한잔할 수 있는 나이다. 섹스는 무려 3년 전부터 합법이었다. 밖에 나가서 무얼 하라는 말이었을까? 동네 아이들과 술래잡기? 하나, 둘, 셋, 넷, 준비됐든 안 됐든 수색 시작. 헐떡거리면서 정원을 계속 돌고, 여전한 오래된 덤불 뒤를 수색하고, 여전한 오래된 가운 속을 들추고, 차고 안의 여전한 오래된 부서진 우산 뒤를 살펴보고. "재미있었니?" 내가 집에 들어가면 엄마는 그렇게 묻곤 했다. 내 옷에서 마리화나 냄새가 나는데도. "얘, 재킷은 지하실에 걸어줄래?"

어젯밤에 엄마랑 전화통화를 했다. 엄마의 목소리는 평소보다 더 높았다. 남이 듣고 있거나 멀티태스킹을 할 때 나오는 목소리였다. 엄마는 항상 멀티태스킹을 한다. 집 안을 정리하고, 이것저것 옮기고, 식탁을 닦고, 물건을 분류하고. 끊임없이 초조해하고 가만히 있지를 못한다. 엄마는 항상 그러지만 그게 내 잘못은 아니다.

"잘될 거야." 엄마가 말했다. 몇 번이나. 두서없는 말들을 해댔다. 나는 별말 하지 않았다. 엄마의 높은 음성을 그냥 듣고만 있었다. "잘될 거야. 걱정 마, 다 잘될 거야."

샌더는 재판이 진행되는 동안 어떤 일들이 있을 것이고 내게 어떤 희망이 있는지 설명해주었다. 나는 감옥에서 교육 비디오를 시청했다. 형편없는 배우들이 술집에서 싸움을 벌이는 두 남자를 연기했는데, 피고인은 유죄 선고를 받았지만 혐의는 전부가 아니라 절반만 인정됐다. 비디오 시청이 끝났을 때 샌더는 내게 질문이 있냐고 물었고, 나는 "아뇨" 하고 대답했다.

참관 수업으로 구경 갔던 세금 재판을 떠올릴 때 가장 생생히 기억나는 것은 그때의 적막감이다. 모두들 숨죽여 소곤거렸기 때문에 다른 소음들이 오히려 도드라졌다. 헛기침하는 소리, 문 닫히는 소리, 의자가 바닥에 끌리는 소리. 만약 그때 휴대폰을 무음으로 해놓는 걸 깜빡한 누군가가 문자 메시지를 받았다면, 암전된 영화관의 새 입체 음향 시스템에 버금가는 굉음을 체험했을 것이다.

그날 조세범은 사방이 고요한 거기 앉아서 이마에 붙은 기름진 머리카락을 쓸어 넘겼다. 검사가 혐의 사실을 낭독하는 동안 남자는 변호인을 쳐다보며 기가 막힌다는 듯 코웃음을 쳤다. 머저리 같은 남자라고 생각했던 기억이 난다. 왜 굳이 놀라는 시늉을 하는 걸까? 검사와 그 머저리의 변호인은 번갈아 이야기를 하고 낭독하고 똑같은 말을 두세 번 반복했다. 헛기침을 수시로 해가면서.

전반적으로 지리한 쇼였다. 영화와 달라서가 아니라 관계자들이 하나같이 따분해 죽을 지경이었기 때문이다. 범죄자 본인도 집중을 못 해 애를 먹는 것 같았다. 현실 속의 사람들은 자기 대사 한 줄 외울 노력조차 하지 않는 형편없는 배우들이었다.

하지만 사미르는 달랐다. 그 애는 그것을 하찮게 여기지 않았다. 불편한 의자에서 몸을 앞으로 내민 채 두 팔꿈치로 무릎을 짚고 이맛살을 찌푸렸다. 이것은 그 애의 주특기였다. 자기가 얼마나 진지한지를 증명하는, 진지한 일들을 진지하게 받아들이고 있다는 표시였다. 사미르는 폴리에스터를 휘감은 그 머저리들을 자기 인생 최고의 감동적인 연설자로 생각하는 것 같았다. 크리스터 선생님은 감격했다. 법정에, 그리고 진지한 사미르에게. 사미르는 굳이 크리스터 선생님의 엉덩이에 프렌치키스를 할 필요가 없었다. 그 후에 우리는, 나와 어맨다는 그 일을 두고 사미르를 놀려먹었다. 사미르를 놀려먹으면 재밌었다. 하지만 라베는 사미르가 자기 막내아들이라도 되는 양, 풋볼 경기에서 막 승점을 따낸 주역이라도 되는 것처럼 사미르의 어깨를 다독였다. "사미르는 참 잘 알아들어." 라베가 말했고 사미르는 환히 웃었다. "사미르는 항상 잘 알아들어."

*

고교 2학년 때는 집에서도 잘 지냈다. 나의 통금 시간 같은 이런저런 일들로 엄마와 대화를 나누었다. 엄마는 나를 자랑스러워했다. 적어도 나를 키우는 양육 방식에 관해서는. 엄마는 자신의 효율적인 방법들을 자랑했다. 본인의 삶이 더 편해지는 방향으로 나를 정확히 조종했다나 뭐라나. 내가 네 살 때 밤새 어떻게 잠을 잤다는 둥, 뭐든 죄다 입에 넣었다는 둥, 처음 고형식을 먹을 때 숟가락을 어떻게 잡았다는 둥. 내가 유치원을 너무 지루해해서 한 해 먼저 초등학교에 입학했다는 둥, 여덟 살도 안 된 나이에 학교까지 혼자 걸어갔다는 둥, 베이비시터 없이 집에 혼자 있기를 좋아했다는 둥. 밸런스 바이크를 먼저 태우고 나서 진짜 자전거를 태운 덕분에 내가 진짜 자전거를 탈때 엄마는 허리를 굽혀 자전거 흙받이를 잡아주지 않아도 됐다나. 나는 그냥 짠! 하고 자전거를 타기 시작했고 엄마는 샤방샤방한 차림으로 내 옆을 걸으면서 크게 웃으면 그만이었다고. 하지만 내 삶이 더 편해지기 위해 엄마가 무얼 했는지는 말하지않았다. 그때만 해도 엄마는 내가 거저 키운 아이, 말썽과는 거리가 먼 아이라고 확신했다. 본인이 매사 똑바로 처신한 덕분에.

오늘은 여기도 조용한 것 같다. 하지만 그 세금 재판 때와는다르다. 중요한 일을 앞둔 중요한 사람들의 팽팽한 긴장감이 느껴진다. 검사도 변호인들도 망신을 당할까봐 똥줄이 타는지. 샌더마저도 초조해한다. 그를 모르는 사람들은 전혀 눈치채지 못하겠지만.

이들은 자기가 어떤 사람인지 보여주고 싶어 한다. 팬케이크는 앞으로의 일을 예상하면서 가망이나 우리의 승산 같은 문구를 썼다. 자기가 내 야구 감독이고 나는 주전 선수인 것처럼. 그는 이기고 싶어 한다. 팬케이크는 샌더가 혀를 쯧 하고 찰 때까지 입을 다물지 않는다.

재판장이 무언가를 낭송하면서 재판이 시작된다. 일종의 출석 점검이다. 그가 마이크에 대고 헛기침을 하는 순간 사람들이 수근거리던 동작을 멈춘다. 재판장은 있어야 할 사람들이 모두 있는지 확인한다. 나는 손을 들고 "왔어요" 하고 말할 필요는 없다. 재판장은 내게 고개를 끄덕이고 나서 나를 호명한다. 그러고는 내 변호인들에게도 고개를 끄덕이고 나서 그들을 호명한다. 그의 목소리는 느리지만 나른하지 않다. 어찌나 근엄하게 불쑥불쑥 말을 내뱉는지 그의 촌스러운 서츠 솔기가 터지지 않을지 걱정된다.

재판장은 내게 환영의 인사를 한다. 진심으로. 그렇다고 해서 불러주셔서 감사합니다, 하고 말할 수는 없다. 나는 대꾸를 해서는 안 되기 때문이다. 어쨌든 이 정도면 대체로 눈에 거슬리지 않고 잘 처신하는 것 같다. 나는 웃지 않는다. 울지도 않는다. 손가락을 구멍 안에 넣지도 않는다. 허리는 똑바로 펴되 너무 꼿꼿하지 않게, 그리고 블라우스 단추들이 핑 하고 퉁겨나가지 않도록 애쓰는 중이다.

재판장이 여검사에게 시작해도 좋다고 말한다. 그녀는 몹시 들떠 보인다. 자리에서 일어설 줄 알았더니 앉은 의자를 안으로 더 바짝 끌어당기고는 빨대 모양의 작은 마이크 쪽으로 몸을 내밀고 버튼을 누른 후 헛기침을 한다. 연설을 시작하려는 사람처럼.

법정 안에 들어오기 전 변호인 대기실에 있을 때 팬케이크는 사람들이 방청석에 자리를 잡으려고 줄을 서 있다고 내게 말했다. "콘서트 같아." 그는 자랑스럽다는 투로 덧붙였다. 샌더는 그를 두들겨 패고 싶어 하는 것 같았다.

이 재판은 콘서트와 조금도 비슷하지 않았다. 나는 록스타가 아니다. 내가 끌어들인 사람들은 열성 소녀 팬들이 아니다. 추문 사냥꾼들일 뿐. 기자들이 머리기사에 나를 미끼로 투척할 때마다 죽음의 냄새는 피어나고 이 하이에나들은 더욱더 살판이 난다. 하지만 샌더는 여전히 공개 재판으로 끌고 가려 한다. 그는 내가 아직 어린 나이라는 걸 알면서도 언론과 일반 대중의 방청 허가를 요청했다. 팬케이크의 투지를 자극하려는 게 아니라 검사가 뉴스 기사를 독점하지 못하게 막는 것이 중요했기 때문이다. 자신의 공훈을 과시하고 싶은 의도도 있겠지만 나를 미워하는 사람들이 내 관점의 이야기를 듣게 되면 마음이 바뀌지 않을까 기대하는 것 같다. 그렇다면 잘못 짚었다. 내가 무슨 이야기를 하든 중요하지 않기 때문이다. 그들은 나를 미워하고 싶어 한다. 나의 모든 걸 미워한다. 콘서트 같다고? 팬케이크가 고리타분하지 않은 음악을 접했을 가능성은 지극히 적다. 감히 추측해보자면, 기껏해야 클래식 록 채널이나 듣고 가족용 자동차 광고 음악이나 따라 불렀을 테지.

아홉 달 전, 그러니까 사건이 터지고 나서 일주일 후에 유르스홀름*에서 폭동이 발생했다. 한 무리의 남자들이 지하철을 타고 모르비로 가서 606번 버스로 환승한 후 여덟 정거장을 내달려 유르스홀름 광장으로 갔다. 그리고 거기서 '그 좆만이들에게 본때'를 보여주었다. 표현력이 더 좋은 사람들은 '그 조까튼 속물들'이라고 말했지만.

대개 폭동은 폭도들이 거주하는 허름한 동네에서, 특히 공영 주택 단지와 복지관과 청년 리더이자 동네 연락책인 오토바이

---

* 스톡홀름의 대표적 부촌 지역.

족 사이에서 일어나기 마련이다. 왜냐하면 이제는 정상적인 고용주라면 직원들에게 몽둥이를 휘두르지 않기 때문이다.

사흘 밤낮으로 유르스홀름 광장과 세바스티안의 집 주변 스트란드베겐 거리, 즉 강변의 호화 주택가에서 전쟁이 벌어졌다. 둘째 날 밤에는 가담자가 무려 쉰 명이나 됐다. 샌더는 내게 그 이야기를 해주었고 기사도 보여주었다.

유르스홀름 광장의 망가진 가게들과 부서진 창문들. 그들은 무엇을 약탈했을까? 목 리본이 치렁치렁한 블라우스? 타탄체크 무늬의 깔개? 크리스탈 와인잔? 퍼게만의 저택에서 쫓겨난 이후 그들은 어디로 갔을까? 우리 집 쪽으로 올라왔을까? 길을 찾을 수 있었을까? 종이컵과 지린내 나는 담요를 가지고 벤데바겐의 슈퍼마켓 앞에 앉아 있는 거지에게 적절한 인사를 건네 존경심을 표하는 것을 중요하게 여기는 엄마는 야구방망이와 화염병으로 무장한 그들을 어떻게 대했을까? "안녕하세요. 즐거운 하루 보내세요, 주말 재밌게 보내시고요." 경찰 기동대가 우리 집 밖에서 질서 유지를 돕는 동안 엄마는 그들에게 무어라 말했을지 참 궁금하다.

샌더가 내게 보여준 기사는 폭동의 원인을 진단했다. 세바스티안과 내가 상징하는 것과 관련이 있는지, 우리는 무엇의 징후인지, 우리가 한 짓이 폭동을 촉발시켰는지. 참혹한 사건의 발생이 폭동을 유발했을까? 우리는 부자인데 폭도들은 부자가 아니라서 그렇게 미친 듯이 분노한 걸까? 아니면 잔챙이 폭력배들이 전쟁의 빌미가 필요했던 걸까? (그 당시 주말에는 난동을 부릴 만한 풋볼 경기가 없었다.) 이유가 무엇이든 폭도들은 여기 안으로는 들어오지 못한다.

방청석은 만원이다. 방청객의 상당수가 노트북 자판을 두드리고 있다. 아무도 사진은 찍을 수 없다. 사진 촬영 금지령 때문인데, 아마도 저들은 입장 전에 휴대폰을 제출했을 것이다. 아무튼 몇몇 기자들은 펜과 공책이라는 구식 방법을 활용하는 중이다.

이곳에는 불쌍한 일러스트레이터도 있다.

이 대목에서 나를 디킨스 소설의 주인공쯤으로 생각하는 사람이 있을지 모르겠다. 벼룩에 시달리며 교수형의 위기에 처한 꼬마. 혹은 일간지에 실린 〈엘비라 마디간〉* 부류의 기사나. '왜, 오늘날에도 여전히 비극은 일어나는가?' 중학교 때 우리는 그 영화의 노래를 부른 적이 있다. 어맨다는 역시나 울었다. 그애는 진심으로 슬프지 않은데 울 때가 제일 예뻤다. ("사랑스러워!") 관심도 평소보다 더 끌 수 있었고.

모두들 어맨다를 내 절친이라고 말한다. 신문에서도, 텔레비전에서도, 사건 조서에서도. 심지어 내 변호인도 그 애를 그렇게 부른다. 내 절친이라고.

세바스티안을 제외하면 어맨다는 내가 가장 많은 시간을 함께한 사람인가? 그렇다. 세바스티안을 제외하면 어맨다는 내가 가장 많이 이야기를 나눈 사람인가? 그렇다. 그 애는 260장에 달하는 내 페이스북 사진들에서 대부분 내 옆에 서 있는가? 그들이 입수한 나의 6개월 치 휴대폰 통화 기록에서 나는 첫 4개월 동안 하루 평균 2시간 정도 스냅챗으로 그 애와 이야기

---

* 젊은 유부남 장교와 서커스단에서 줄을 타는 소녀 엘비라의 비극적인 사랑을 그린 스웨덴 영화. 두 사람은 사랑에 빠져 도망치지만 어려움을 이기지 못하고 함께 권총 자살한다.

했나? 그 애는 100개가 넘는 자신의 인스타그램 '#절친' 글에 나를 태그했는가? 그렇다. 그렇다. 그렇다.

나는 어맨다를 사랑했을까? 어맨다는 나의 가장 친한 친구였나? 글쎄. 모르겠다.

재판 첫 주 월요일
3

어쨌든 나는 어맨다와 함께 있는 걸 좋아했다. 우리는 거의 붙어 다녔다. 교실에서도 점심시간에도 붙어 앉았다. 숙제도 함께 했고 땡땡이도 함께 쳤다. 거슬리는 여자애들을 함께 씹어댔고("나쁜 년이 되고 싶진 않지만 이건 참…") 체육관에서는 각자 오르고 걷고 뛰었다. 제자리걸음이었지만. 함께 화장을 했고, 함께 쇼핑을 했고, 몇 시간이고 쉬지 않고 재잘거렸고, 영화에서 여자애들이 그러듯 웃음을 터뜨렸다. 한 여자애는 다른 여자애의 집 침대에 배를 깔고 누워 있고 다른 여자애는 매트리스 위에 서서 엄청 짧은 잠옷 차림으로 머리빗을 마이크 삼아 멋진 노래를 립싱크 하거나 학교의 괴짜 여자애를 흉내 내는 그런 영화.

우리는 함께 파티를 벌였다. 어맨다는 빨리 취했다. 늘 같은 패턴의 반복이었다. 키득거리고, 와하하 웃고, 춤추고, 넘어지고, 조금 더 웃고, 소파에 널브러져 뜨거운 눈물이 귓속으로 흘러들도록 울고, 토하고, 집에 가기. 나는 항상 그 애를 챙겨주었다. 반대인 경우는 한 번도 없었다.

나는 어맨다와 있는 게 좋았다. 모든 것에 초연할 수 있어서 좋았다. 그 애와 같이 있으면 사는 재미가 최대치로 올라가는 것 같았다. 얼굴은 반반한데 아둔한 여자애가 그렇듯 그 애의 익살은 정말 재미있었다. 누군가 날씨에 대해 물으면, 그 애는 "조리샌들!" 하거나 "반투명해" 하고 말했다. 몹시 추운 날에는 스키 후 뒤풀이라면서 보온 레깅스와 방한 부츠, 토끼털 칼라가 달린 다운 점퍼 차림으로 학교에 왔다.

자칫 어맨다는 얄팍한 애로 여겨지기 쉽다. 물론 그 애는 점 잖은 일간지의 칼럼니스트로 활동할 능력은 없었다. 그냥 억압은 끔찍하다거나 인종차별은 끔찍하다거나 가난은 엄청 끔찍하다고 생각했다. 그리고 꼭 부사를 더듬어 의견을 두 배로 강조했다. 정말 정말 멋져, 엄청 엄청 아늑해, 쪼끔 쪼끔 작아. (마지막 경우는 사실상 세 배로 강조한 셈인가?) 정치와 평등과 다른 진지한 문제에 관한 관점은 그 애가 보았던(그리고 울었던) 시사 보도 프로그램 〈미션: 리포트〉 중 3편과 절반 분량에 전적으로 근거한다. 세상에서 가장 뚱뚱한 남자가 30년 만에 처음 외출하는 유튜브 동영상을 볼 때는 "쉬잇! 지금은 안 돼, 뉴스 보고 있거든" 하고 말하는 애였다.

어맨다가 가장 많이 했던 것은 자신의 불안감을 털어놓는 일이었다. 그럴 때면 몸을 앞으로 내민 채 식이장애와 불면증 때문에 얼마나 힘든지 조근조근 이야기했다. ("정말이지 엄청 엄청 힘들어.") 특정한 시기에는 불가피하게 초록색과 숫자 9를 피해야 한다거나 보도 가장자리를 피해야 한다고 주장했다. ("내가 피하겠다고 선택한 게 아니야. 나도 어쩔 수 없어. 그러지 않으면 죽을 것만 같아서 그래. 정말 죽을 거 같아. 진짜야, 실제로 죽을 것 같단 말이야.") 가끔 원하던 반응을 얻지 못하면 목소리를 더 높였다. 방과 후 함께 팬케이크를 만들다가 불에 데었을 땐 다른 일로 생긴 흉터인 양, 말하기 꺼려지는 일로 생긴 흉터인 양 굴었다. 사람들이 그것을 자살 기도의 흔적으로 생각하도록. 내가 사실을 말할지도 모른다는 생각은 아예 하지도 않았다.

그렇다고 해서 그 애가 거짓말을 했다고 보는 것은 지나치게 단순한 시각이다. 적어도 그 애를 거짓말쟁이로 볼 순 없다. 물론 그 애도 가끔은 사는 게 참 짜증 난다고 생각했다. 그리고 불안은 버스를 놓칠까봐 걱정하는 것이나 같다고 생각했다. 10분 안에 땅콩이 든 초콜릿바를 다 먹고 속이 메슥거리면 혹시 폭식증일까 걱정하는 것이나 같다고.

어맨다는 응석받이였다. 왜 아니겠나. 그 애 엄마와 아빠, 그 애 심리치료사, 그 애의 말을 돌보는 사람이 그 애를 응석받이로 만들었다. 하지만 그것은 단순히 옷 같은 차원이 아니었다. 다른 차원이었다. 어맨다는 자기 부모에게도, 교사들에게도(신을 포함한 모든 권위자에게) 서비스업에 종사하는 사람을 대하듯 대했다. 모든 사람이 호화 호텔의 안내원인 것처럼. 코에 난 점부터 잃어버린 귀걸이, 응급처치, 영생에 이르기까지 모든 면에서 남들의 도움을 기대했다. 신의 존재 여부는 관심 없었지만 신은 암에 걸린 그 애의 사촌을 도와주어야 마땅했다. 왜냐하면 그것은 정말 정말 슬픈 일인 데다 그 애의 사촌은 비록 대머리지만 엄청 엄청 착한 사람이었으니까. 그 애는 곤경에 처한 사람들을 안쓰러워했지만 사람들도 자기를 안쓰러워하지 않으면 서운해했다.

어맨다는 자기중심적이었다. 허리까지 치렁치렁한 머리에 어찌나 공을 들이는지 누가 봤으면 임종을 앞둔 할머니라도 돌보는 줄 알았을 것이다. 사람들은 그 애가 상냥하다고 생각했지만 사실 마냥 그런 것은 아니었다. 누군가 커피에 우유를 넣어달라고 하면, 그 애는 꼭 두 번씩 되물어서("정말이죠?") 난 뚱보로구나 하고 생각하게끔 만들었다. 그리고 이런 말을 했다. "정말이지 너처럼 되고 싶어. 내가 남들 눈에 어떻게 보이든 그냥 느긋했으면 얼마나 좋을까." "와, 넌 어쩜 그리 사진발이 좋니." 그리고 그것이 모욕이라는 걸 상대가 눈치챘는데 그 애는 그걸 눈치채지 못했으니 상대가 고마워해야 한다고 생각했다.

물론 그 애는 정치가 엄청 중요하다고 생각했다. 하지만 청년 단체에 가입하고 캠핑 여행을 떠나고 다른 사람들과 반바지 차림으로 활쏘기를 하는 식으로 정치색을 띠지는 않았다. 머리를 검게 염색하거나 밍크 농장에 불을 지르는 일은 상상조차 하지 않았고, 오존층 파괴나 산호초 멸종에 관한 기사는 읽을 여력도 없었다. 모든 교사들은 사미르가 신념을 지키기 위해 투옥되어 고문받은 아버지를 두었기 때문에 정치색을 띨 거라 생각했지만, 어맨다는 절대 그런 타입은 아니었다.

어맨다에게 정치란, 그 애가 살이 찌면 예를 들어 60킬로그램이 넘으면 하기로 마음먹은 위절제술에 의료보험이 적용되는 것을 의미했다. "당연하잖아, 우리가 내는 세금을 생각하면." 그런데 그 세금을 내는 '우리'에 어맨다의 엄마는 포함되지 않았다. 어맨다의 엄마가 마음대로 할 수 있는 돈이라고는 슈퍼마켓이 갈 때마다 들어오는 캐시백뿐이었기 때문이다. 어맨다의 엄마는 은행에 그 돈을 저축했는데 그것을 신발 계좌라고 불렀다. 어맨다는 내게 그 계좌 이야기를 하면서 못마땅하다는 듯

눈알을 굴렸다. 그 애는 자기 엄마를 머저리라고 생각해 그 이야기를 내게 말했지만 자기 엄마가 아무 때나 두바이로 가족 여행을 계획하고 일등석을 타고 호화 호텔에 묵으면서도 허락 없이 새 청바지 한 벌 사려면 다람쥐처럼 한 푼 두 푼 푼돈을 모아야 하는 것은 이상하게 생각하지 않았다.

또한 어맨다 본인과 그 애의 아빠와 그 애 아빠의 돈은 왜 우리의 일부가 되었는지, 그리고 본인은 어떻게 경제에 기여한다는 것인지는 늘 모호했다.

일이 터지기 몇 달 전 크리스터 선생님과 정치 토론을 했을 때 체 게바라가 화제에 올랐다.

"아이들을 죽이는 건 참 무시무시한 짓 같아." 어맨다가 말했다. "지금 중동에서 벌어지는 일이 내겐 생소하긴 하지만."

어맨다 뒤쪽 대각선에 사미르가 앉아 있었다. 사미르가 그것이 자기 얘기라는 걸 알아챌 때까지 어맨다는 잠시 머뭇거려야 했다.

"난 네가 미국인을 싫어할 만하다고 생각해." 마침내 사미르와 눈이 마주치자 어맨다는 말했다.

크리스터 선생님이 뭐라고 말했는지는 기억나지 않는다. 사미르가 나를 쳐다봤다는 것밖에는. 사미르는 어맨다가 아니라 나를 똑바로 쳐다보았다. 어맨다가 체 게바라를 모르는 것이 내 탓이기라도 한 것처럼. 어맨다가 남아메리카와 이스라엘과 팔레스타인이 어떻게 다른지 모르는 것도, 사미르가 근본적으로 미국에 유감이 많을 거라고 생각하게 된 것도 내 탓이라는 것처럼.

물론 어맨다는 디즈니 채널에 대해선 정치색을 띠었고, 나는 가끔 그 애가 엄청 엄청 매력적인 건 아니라고 생각했다. 우리는 정치 얘기는 거의 하지 않았다. 정치 얘기를 하면 골치가 아픈 데다 어맨다가 시무룩해졌기 때문이다. 알지도 못하면서 떠든다는 걸 본인도 느꼈으니 그럴 수밖에 없었다.

하지만 이런 때도 많았다. 가령 어맨다의 방 깔개 위에 누워 그 애의 열변을 엘리베이터 안에서 흘러나오는 노랫소리를 듣듯 가만히 듣고 있노라면, "지금 우리는 흥겨운 청소년 영화 안에 있어, 모두들 차 문을 열지 않고 컨버터블 안으로 뛰어드는 그런 영화 말이야" 하는 식의 그 애 말을 듣노라면, 나와 애는 달라도 너무 달라서 결국 끝은 비슷하겠구나, 하는 생각이 들었다. 어맨다는 많은 일에 열심인 척 굴었고 나는 무심한 척 굴었다. 그리고 우리는 대단히 능숙하게 모두를, 우리 자신마저 속여넘겼다.

검사는 아직 어맨다 이야기를 꺼내지 않는다. 결정타로 써먹으려 아껴두는 모양이다. 대신 세바스티안에 집중한다.

세바스티안, 세바스티안, 세바스티안. 검사는 며칠이고 그에 관해 떠들 태세다. 모두들 그에 관해 이야기할 테지. 밤낮으로. 지금 상황에서 정말 록스타와 같은 사람이 있다면 그것은 세바스티안이다. 샌더는 언론이 찾아내 유포한 사진들을 내게 보여준 적 있다. 세바스티안의 흑백 사진이 스무 개가 넘는 전 세계 잡지들의 표지를 장식했다. 심지어 《롤링 스톤스》에도. 하지만 다른 사진들도 있다. 담배를 물고 쉬는 세바스티안. 이마에 땀방울이 송글송글 맺힌 술 취한 세바스티안. 그의 배 선미에 서 있는 세바스티안. 이것은 우리가 페델홀마르나 섬에 가려고 유르골스브룬 운하를 통과할 때 찍은 사진인데, 나는 그의 발치에 앉아 머리를 그에게 기대고 있다. 그때 찍은 사진은 또 있다. 사미르가 내 옆에 앉아 우리를 외면하며 옆쪽을 바라보는 사진이다. 억지로 끌려온 사람처럼. 우리 옆에 있으면 뱃멀미가 난다는 것처럼. 어맨다는 반대편에 앉아 있다. 새하얀 치아, 햇볕에 그을린 다리, 파란 눈동자, 제대로 흩날리는 풍성한 머리카락을 자랑하며. 물론 데니스는 이 사진들 속에 없다. 데니스의 사진은 사건 조서 안에 있다. 세바스티안이 휴대폰에 데니스의 사진들을 가지고 있었으니까. 세바스티안은 술에 취하면 데니스의 사진을 찍곤 했는데, 기자들이 왜 그것에는 손을 안 대는지 의문이다. 세바스티안과 데니스가 함께 있는 사진이 분명 존재하는데 말이다. 둘 다 술과 마약에 취해서 미친 짓을 하는 사진들. 어떤 사진이든 세바스티안은 정말 숨 막히게 잘생겼다. 데니스는 딱 데니스 같지만.

검사는 세바스티안이 무얼 했는지 집중적으로 다루겠다고 말한다. 세바스티안이 한 모든 일은 나와 같이 했기 때문이란다. 잠자코 들을 생각을 하니 막막하지만 집중하지 않는 것은 위험하다. 왜냐하면 그 소리들이 찾아올 테니까.

그들이 교실에 들어와 나를 끌어내던 소리, 세바스티안의 두개골이 바닥에 충돌할 때 나던 소리. 공허한 그 소리. 그 소리가 내 몸 어딘가에서 아우성을 친다. 조금이라도 경계를 늦추면 즉시 난동을 부린다. 손톱으로 손바닥을 찌르면서 그것을 몰아내려 애써보지만 소용이 없다. 그것을 없앨 수가 없다. 내 두뇌는 항상 나를 그 짜증 나는 교실로 데려간다.

가끔 그것은 꿈에도 나타난다. 그들이 도착하기 직전의 교실이 꿈에 나오기도 한다. 그의 피를 막으려는 내 손도. 그는 내 무릎에 누워 있고 나는 힘껏 내리누른다. 아무리 세게 눌러도 쏟아지는 피를 막을 수 없다. 수도꼭지에서 호스가 빠지면서 뿜어져 나오는 물줄기를 막으려는 것과 비슷하다. 사람들은 피가 세차게 뿜어져 나온다는 걸 알기나 알까? 손으로는 도저히 막을 수 없다는 걸? 세바스티안은 차갑게 식어간다. 그 느낌이 아직도 생생하다. 밤이면 그의 손이 점차 식어가던 느낌이 자꾸 되살아난다. 순식간에. 크리스터 선생님이 숨을 거두던 순간도 꿈꾼 적 있다. 가성소다를 하수구에 부을 때 나는 소리가 났다. 꿈에서도 다른 사람의 피부 감촉을 느끼고 소리를 들을 수 있다. 가능하다. 나는 항상 그러니까.

나는 법정 안의 사람들, 나를 보러 여기까지 온 그들을 외면한다. 입장할 때 아빠를 찾아보지도 않았다. 하지만 내가 지나갈 때 엄마가 나를 건드렸다. 엄마의 눈에는 이해할 수 없는 뭔가가 어려 있었다. 엄마는 내게 미소를 지으며 고개를 옆으로 까딱거렸다. 그러고는 엄마의 입꼬리가 위로 올라갔는데, 아마도 어제 전화할 때 한 말을 일깨우려는 것 같았다. '잘될 거야'라는 미소. 하지만 엄마는 내가 고개를 돌리기 전에 진저리를 쳤다. 반의반에 반 박자 빨리. 뭔가를 떨쳐내려는 것처럼.

사건이 터지기 전에 엄마 인생 최대의 도전 과제는 탄수화물 없는 삶이었다. 엄마는 순식간에 살이 쪘다가 순식간에 살이 빠지곤 했다. 그것이 엄마의 직업인 것으로 오인할 만큼. 엄마는 음식을 통제할 때마다 큰 자부심을 느꼈다. 지금은 여기서 이러고 있지만. 사건 조서에는 거의 모든 것들이 다 있다. 그날 일만 있는 게 아니다. 우리의 파티, 세바스티안이 무얼 했는지, 내가 무얼 했는지에 대해서 모두 적혀 있다. 어맨다에 대해서도. 우리 엄마가 어맨다를 예뻐했다는 것도. 엄마는 세바스티안도 예뻐했다. 적어도 처음에는. 이제 엄마는 그것을 인정하고 싶지 않겠지만.

엄마가 내 이야기를 믿을지, 아니면 믿기로 선택할지 궁금하다. 하지만 엄마는 그런 얘기는 전혀 하지 않았고 나도 묻지 않았다. 어떻게 묻겠어? 엄마와 아빠를 아홉 달 전 구속적부심 이후 처음 보는 데다 그간 우리의 전화통화 내용은 실질적으로나 법적으로 공개돼왔다.

이 묘한 기분은 뭘까? 엄마와 아빠와 내가 한 공간에 있은 지 아홉 달이 지났다니. 아홉 달 전에도 함께 있었다고 말하기는 어렵다. 당시 구치소에 딸린 교실만 한 법정과 일반인들이 앉는 방청석 사이에 판유리가 있었고, 나는 그 유리창 너머로 부모님을 보았을 뿐이다. 분명 부모님은 그 의자에 앉아 15분 동안 꼬박 기다리다 재판장이 구속적부심을 비공개로 진행하겠다고 선언하는 순간 다른 사람들과 함께 내보내졌을 것이다.

구속적부심이 진행되는 동안 나는 흐느꼈다. 쉬지 않고. 법정에 들어설 때부터 이미 울고 있었다. 기분은 평소와 비슷했지만 거위 간을 억지로 먹은 것처럼 속이 메슥거리는 데다 엄마와 아빠는 겁먹은 것처럼 보였다.

구속적부심 때 엄마는 새 블라우스를 입고 있었다. 전에 본 적 없는 옷이었다. 그날, 모든 것이 불투명하던 그때, 아무것도 모르던 그때 엄마는 어떤 방향으로 옷을 차려입었을까? 한 점 의혹도 없이 확신에 가득 찬 엄마, 모든 것이 착오이며 자기 딸은 아무 잘못도 하지 않았다고 확신하는 엄마? 아마 아닐 것이다. 그날 엄마의 의상 콘셉트는 매사 똑바로 처신한 엄마, 무슨 일이 있었든 어떤 비난도 받아서는 안 되는 엄마였을 것이다.

구속적부심은 구치소에 도착한 지 사흘 만에 열렸다. 그때 너무 많이 울지 말 걸 그랬다. 차라리 그 유리창을 부숴버릴 걸 그랬다. 그랬으면 엄마한테 이런저런 사소한 것들을 물어볼 수 있었을 텐데.

내가 세바스티안의 집으로 가고 나서 내 방 침대를 정리했는지 물어보고 싶었다. 탄자는 금요일에는 일하러 오지 않는다. 경찰이 도착했을 때 내 침대는 정돈이 된 상태였을까? 그 후에는? 그 후에는 어떻게 되었을까? 탄자가 청소를 했을까, 아니면 엄마와 아빠가 내 방에 들어가지 못하게 했을까? 자식을 잃은 부모들이 흔히 그러듯이. 그들은 30년이 지나도 아이 방에 손을 대지 않아 그 방은 아이가 마지막으로 썼던 그대로 유지된다고 하잖아?

나는 엄마와 아빠도 그랬기를 바랐다. 그랬다고 말해주기를 바랐다. 모든 것이 내가 떠날 때와 똑같다고, 경찰이 아무것도 바꾸지 않았다고. 삶은, 내 삶은, 그 순간 그대로 얼어붙었고 방부 처리되어 미라 붕대에 겹겹이 싸여 있다고. 이번 위기를 무사히 넘기고 집에 돌아가면 익숙한 환경에 있고 싶었다.

물론 부모님은 그런 말은 할 수 없었다. 그리고 엄마가 침대를 정리했든 안 했든 중요하지 않은 것 같았다. 경찰이 우리 집을 뒤졌다는 건 이미 알고 있었다. 조사받을 때 그렇게 들었으니까. 그들이 내 컴퓨터를 가져갔고 병원에서 내 휴대폰도 가져갔다고 했다. (나는 비밀번호를 모조리 알려줘야 했다. 게시판과 앱과 방문했던 사이트 몽땅.) 그래서 또 무얼 가져갔냐고 물으니까 그들은 이렇게 대답했다. "거의 다…. 네 아이패드, 문서… 책, 이불, 그 파티 때 입은 옷까지도." "어떤 옷 말이에요?" 내가 묻자 그들은 지극히 정상적이고 전혀 이상할 게 없다는 투로 대꾸했다. "네 원피스, 브라, 속옷."

그들은 내 더러운 속옷을 가져갔다. 왜 그런 짓을 하는 걸까? 나는 유리창을 부수고 엄마에게 해명을 요구하고 싶었다. 샌더에게 그런 걸 묻고 싶진 않았기 때문이다. "왜 그들이 내 속옷을 가져간 거예요?" 내가 엄마에게 묻고 싶은 건 그거였다. 샌더에게 내 배설물이 묻은 것이 어쩌고 하는 얘기를 하고 싶진 않았다.

엄마와 아빠는 그들이 가져가지 않은 것들은 어떻게 했을까? 나는 그것도 알고 싶었다. 탄자를 시켜 내 체취가 빠지게 남은 옷들을 세탁했을까? 늘 하는 생각이지만 탄자는 빨래 너는 걸 좋아한다. 구겨진 부위를 매만져 펴고 솔기를 쫙쫙 펴고 주글주글한 곳을 문질러 편다. 스웨터를 거꾸로 널면 시체처럼 소매가 맥없이 덜렁거린다. 양말 두 짝은 각각 빨래집게를 사용해 넌다. 그러면 나중에 분류하기 쉽다.

나는 엄마와 아빠가 탄자를 시켜 내 흔적을 지웠을지 궁금했다. 엄마가 아침마다 내 버터 칼을 쳐다보았을지도. 내가 늘 깜빡하고 쓰지 않았던 그 칼. 엄마는 그걸 보고 생각하지 않았을까? 우리 애가 여기 있었는데. 지금은 여기 없구나.

엄마? 나는 소리치고 싶었다. 목청껏. 이게 다 무슨 일이에요?

하지만 유리창이 우리를 가로막고 있었다. 게다가 내가 자리에 앉자마자 재판장은 방청객들을 모두 내쫓았다. 나는 아무 대답도 못 듣고 수감되었다.

이 사태가 벌어지기 아주 오래전에 엄마에게 왜 중요한 건 전혀 묻지 않냐고 물은 적이 있다. "왜 넌 내가 묻길 바라니?" 엄마는 되물었다. 추측조차 시도하지 않았다.

오늘 엄마와 아빠는 방청을 허락받았다. 지정석도 있다. 나와 가장 가까운(몇 미터 떨어져 있지만) 맨 앞줄 자리인데, 아마도 가장 좋은 자리일 것이다. 엄마는 살이 쪘다. 그리고 여전히 잘못 없는 엄마를 연기하고 있지만 모를 일이다. 감정 식사*를 하고 있는지도. 버터와 치즈와 케첩을 듬뿍 친 기름진 파스타를 꾸역꾸역 삼키는지도. 단순 탄수화물을 탐닉하는지도. 내가 한 짓을 고려하면, 엄마는 웬만한 건 다 용서받을 것이다. 몸무게가 느는 것쯤이야 뭐. 모두들 이해할 것이다. 그리고 엄마를 업신여기겠지. 엄마가 날씬하든 날씬하지 않든.

엄마는 긴장을 하면 늘 목이 얼룩덜룩해지고 뭐든 설명을 하려고 하면 늘 긴장을 한다. 그럴 때 엄마가 무슨 말을 하면 상대방은 집중하기가 불가능하다. 엄마의 얼룩덜룩한 목을 멍하니 바라볼 수밖에 없다. 그래서 엄마는 좀체 자기 생각을 말하지 않는 것 같다. 너무 위험해서. 그래서 항상 아빠한테 어떻게 생각하는지 묻는 것 같다. 기분이 좋으면 아빠는 자기 생각을 말한다. 엄마는 저녁 내내 말 한 마디 안 할 때도 있다. "우린 이제 서로 말을 전혀 섞지 않아요."

---

* 배가 고프지 않아도 먹고 싶은 충동 때문에 음식을 섭취하는 일. 비만의 한 원인이 된다.

자기는 먼저 묻지 않으면서 상대가 말을 잘 걸지 않는다고 안달하는 엄마가 나는 이해가 안 된다. 하지만 이해할 수 없다고 해서 엄마를 싫어한 적은 없다. 내가 엄마를 싫어하는 이유는 엄마가 알려고 하지 않기 때문이다. 가장 싫은 점은 내 기분이 어떤지 자기 멋대로 생각하고 내게 말한다는 것이다.

"네가 걱정하는 거 엄마는 알아." "얼마나 겁이 날지 엄마도 알아." "네가 어떤 기분일지 엄마는 알아."

우리 엄마는 머저리다. "내가 있는 곳과 마야가 있는 곳이 바뀌면 좋을 텐데." 엄마가 이런 말을 했던가? 나한테 직접 말한 적은 없다.

재판 첫 주 월요일

4

—

  선임 검사 레나 페르손이 말을 줄줄이 쏟아낸다. 와, 정말 말이 많다. 경찰 둘은 그녀 편이고 피해자들의 변호인단도 마찬가지다. 그들은 피해를 입었다고 외치기 위해 여기 왔다. 그리고 역시나 앞에 서류철을 산더미처럼 쌓아놓았다. 작은 도서관이 생겼다. 법정 안에는 대형 컴퓨터 스크린이 두 개 있다. 내 뒤쪽 벽에 하나가 걸려 있고 그들의 뒤쪽에도 똑같은 것이 걸려 있다. 지금 스크린에 나타난 것은 수많은 문서 아이콘뿐인데 요즘 교실에서 흔히 볼 수 있는 대충 짜깁기한 프레젠테이션 같다.

  어맨다의 부모님은 검찰 측 탁자에 앉는 것이 허용되지 않았다. 다른 가족들도 마찬가지다. 그들은 방청석에 앉아 있을 것이다. 아니면 옆방에 있거나. 사람들은 거기서 세 번째 대형 스크린으로 재판 과정을 볼 수 있다. 아니면 나와 한 방에 있는 것조차 싫은 것일 수도 있다.

  샌더는 우리가 지금 여기 있는 이유를 밝히는 것이 검찰의 의무라고 내게 말했다. 내가 무슨 짓을 했고 왜 최고형을 받아야 하는지 근거를 밝혀야 한다고.

샌더는 내게 말했다. "네 나이를 고려하면 넌 10년 이상 받아선 안 돼." 법률에는 스물한 살 이하의 사람은 종신형을 받을 수 없다고 명시돼 있다. 하지만 만약 14년 형을 받는다면 나는 서른두 살에 풀려날 것이다. 팬케이크는 사람들이 팬케이크 본인과 샌더에게 전화도 하고 편지도 보냈다고 말했다. (팬케이크는 증오 편지가 샌더만이 아니라 자기에게도 왔다는 걸 자랑스러워했다. 그런 기색이 역력했다.) 밤에 우리 집 정원에 몰래 들어와 문에 대변을 던진 사람들도 있었다. 엄마와 아빠는 출근하기 전 그것을 프레셔워시*로 씻어내야 했다. 이것은 샌더가 없을 때 팬케이크에게 들은 말이다.

나도 안다. 검사에게 봉급을 주는 사람들, 즉 납세자들, 즉 일반 대중, 말하자면 모든 사람들은 10년 형이나 14년 형에 만족하지 못할 것이다. 페델 샌더와 우리 엄마와 아빠만 빼고(아마도). 종신형도 시원찮다고 생각하겠지. 그들은 내 삶이 망가지는 것만으로는 성에 안 차 내가 죽기를 바란다.

샌더는 오늘은 별일이 없을 거라고 말했다. 하지만 검사가 피해자들을 일일이 호명할 때 누군가의 울음소리가 들린다.

이건 예상치 못한 일이다. 레나 파르손이 말을 마치기 훨씬 전부터 법정 안은 이미 울음바다다. 그 사람은 울부짖고 있다. 어맨다의 엄마인가? 그럴 리 없다. 어맨다의 엄마는 이런 소리를 낼 사람이 아니다. 어쩌면 저들이 데니스의 엄마나 할머니 노릇을 할 여자를 찾아냈는지도 모른다. 그 여자를 비행기로 데

---

* 페인트를 새로 칠하기 전 강합 수압으로 오래된 페인트를 벗겨내는 방식.

려와 노벨상 시상식에 참석한 퀸 라티파*처럼 하얗게 칠한 이 법정에 앉혀놨는지도.

우는 게 일상다반사인 가정주부의 울음소리 같기도 하다. 누군가 스쿨버스에 올라타 본인과 꼬맹이 50명을 산산조각낸 직후 방송국 카메라 코앞에서 검은 숄을 머리에 쓴 채 두 손을 공중에 쳐들고 하늘을 올려다보며 비명을 내지르는 사람 같기도 하고. 그런 여자가 여기에 앉아 있을 수 있을까? 보안 검색대를 통과했다고?

한 가지는 확실하다. 기자들이 이 흐느낌을 다음 뉴스 시간에 써먹을 거라는 사실. 틀림없이 보도할 테지. 실시간 뉴스와 트위터로. 그 모습이 어땠는지, 어떤 소리였는지 140자 이내로 설명할 테지. 내 예전 학교 친구들은 그것을 리트윗할 테고, 우는 이모티콘을 추가해 공감을 표현할지도. 그들 중 몇 명이 여기 왔을까, 오랫동안 줄을 서면서 본인에게 일어나지 않은 일을 추억인 양 곱씹을까 궁금하다.

듣기 싫은 소리다. 듣기 싫지만 여기 남아 있어야 한다. 손바닥으로 탁자를 내리눌러본다. 검사가 말을 하고 또 한다. 끝나가는 거면 좋을 텐데. 어맨다가 어쩌고저쩌고, 사미르가 이러쿵저러쿵, 데니스, 크리스터가 이러니저러니…. 세바스티안과 그의 아버지 이야기도 한다. 재판장은 초조한지 앞에 놓인 판사봉을 만지작거리며 경비원들 중 한 명을 응시한다.

검사는 흐느끼는 소리에 개의치 않고 계속 말한다. 그녀가 뭔가를 누르자 스크린에 학교 사진들이 나타난다. 방청석의 울부

---

* 페미니스트로 유명한 미국의 흑인 힙합 아티스트이자 배우.

짖는 소리가 달라졌다. 경비원이 조용해달라고 부탁한 게 분명하다. 나는 목이 불타는 것만 같아서 소리를 내지 않기 위해 손바닥으로 입을 틀어막는다. 검사는 더 간결하고 기억하기 쉬운 방식으로 표현하는 법을 배워야겠다. 트위터에 그대로 들어갈 만큼 짧은 문장이 단 하나도 없다. 지금 그녀는 내가 저질렀다고 생각하는 죄목을 요약하는 중이다. 이 재판은 3주 동안 계속될 예정인데, 샌더에게 그 말을 들었을 때만 해도 정말 미치게 길구나 생각했지만, 오늘 이 요약 설명이 얼마나 장황한지 고려하면 3주도 빠듯할 것이다.

나는 뒤를 돌아보지 않고 책상만 내려다본다. 그들은 이것도 보도할 것이다. 내가 사망자와 부상자 명단을 듣고도 흐느끼는 소리, 이 빌어먹을 울음소리를 듣고도 아무런 감정을 비치지 않았다고. 그들은 나를 얼음처럼 차가운 인간으로만 보려 한다. 비인간적으로만 본다.

내 변호인단에게 나란 존재는 머리부터 발끝까지 골칫거리다. 팬케이크가 말했듯이 나는 실제 나이보다 너무 성숙해 보이는 데다 키도 너무 크고 너무 튼튼하다. 가슴도 너무 크고 머리카락도 너무 길다. 게다가 고른 치아에 값비싼 청바지까지. 아이 같지가 않다.

오늘 나는 손목시계나 장신구를 차지 않았다. 그럴 필요는 없다. 감옥 밖에서 내가 어떤 사람인지는 의심의 여지가 없다. 알프스 산에서 일주일을 지내면 눈 주변에 생기는 햇빛 자국만큼이나 선명하다. 검사가 할 말을 거의 끝낸 걸까? 좀 쉬고 싶다. 옷을 갈아입고 싶다. 꽉 끼는 이 거지 같은 블라우스 말고 다른 옷을 입어야 한다. 샌더가 2시간마다 휴식 시간을 요청하겠다고 한다. 좀 쉴 때가 됐다. 다른 방으로 가고 싶다. 우리 넷만 있을 수 있는 곳으로. 페르디난드가 내게 커피 줄까 하고 물을 수 있는 곳으로. 커피가 빠질 수야 없지. 나는 여기 앉아 있을 만큼 어른이고 모든 어른들은 커피를 마신다. 물론 팬케이크는 빼고. 내가 아는 열다섯 살 이상 성인 중에 핫초코를 마시는 사람은 팬케이크뿐이다. 게다가 교도소 대기실에 있는 자판기 핫초코를 마신다. 그 빨간 입술로 후루룩후루룩 홀짝홀짝 마시고 컵 바닥의 설탕 덩어리를 먹으려고 집게손가락으로 컵 안쪽을 후비적거린다. 나가야 한다. 여기를 나가야 한다.

나는 어깨를 잔뜩 움츠린다. 갑자기 통증이 느껴진다. 집에서 한 마지막 식사를 떠올린다. 무엇이든 좋다, 지금 저 소리를 듣지 않아도 된다면. 그때 나는 부엌으로 걸어갔다. 늘 그랬던 것처럼. 엄마와 아빠는 거기 있었다. 아빠는 신문을 읽고 엄마는 서서 주식인 초록빛 꿀꿀이죽을 퍼먹고 있었다. 엄마는 케일과 시금치와 청사과를 주스기에 밀어 넣고 나서 그것을 9천 크로나짜리 전용 주스기 겸 블렌더로 간 아보카도와 섞었다. 주스를 만들기 전에 미국 건강식품 전문 온라인몰에서 산 특별한 차가 먼저 등장했다. 엄마는 매일 아침 그 차를 마시면서 달걀 네 개의 흰자로 만든 오믈렛을 먹었다. 탄자는 냉장고 안에서 뻣뻣해진 남은 노른자 스물여덟 개를 일주일에 한 번씩 내다 버렸다.

"노른자는 도저히 못 먹겠어." 엄마는 너털웃음과 함께 말하곤 했다. 탄자도 한편인 것처럼 농담을 했다. "당신은 좋아할지도 모르겠지만. 그래요, 탄자?"

엄마는 탄자에게 늘 똑같은 말투로 말했다. 느릿한 말투로. 제멋대로 구는 아이에게 말하듯. 정작 내 동생 리나에게는, 아니 그 어떤 아이에게도 그렇게 말하지 않으면서. 아이들에게 하는 말투 따로, 도우미에게 하는 말투 따로. 해묵은 대량 학살 사건이 발생했음에도 그건 바뀌지 않았을 것이다. 빳빳이 든 고개도. 배 속에 납공들을 잔뜩 품은 오동통한 인형, 그게 우리 엄마다.

엄마는 탄자와 친한 친구인 척하기를 좋아한다. 일종의 동료인 것처럼. 그래서 탄자에게 뭘 좀 먹겠냐고 항상 묻는 것 같다. 나는 탄자가 무얼 먹는 걸 본 적이 없다. 무얼 마시는 것도. 기껏해야 물 반 잔 마시는 정도인데, 그것도 마시자마자 잔을 개수대에 얼른 갖다둔다. 화장실에 가는 것도 그렇다. 나는 탄자가 화장실에 가는 걸 본 적이 없다. 혹시 우리 집 화단에 똥을 누고 엄마의 채소 주스에 오줌을 누나? 아니면 자기 집에 갈 때까지 참는 걸까? 나는 탄자가 남은 노른자로 무얼 하겠다고 말하면 엄마가 어떻게 생각할지 늘 궁금했다. 록키가 큰 시합을 앞두고 그랬던 것처럼 꿀꺽꿀꺽 삼킨다거나, 집에 가져가서 의기소침한 자식들에게 에그노그라도 만들어주겠다고 하면? 우리는 한 번도 탄자의 자식들을 만난 적이 없지만, 엄마는 거렁뱅이들에게 인사를 건네는 것과 똑같은 이유로 그들의 이름을 외웠다. 요즘 엘레나는 어떻게 지내요? 사샤는 학교에서 공부 잘해요?

마지막 날 아침 식탁에는 갓 짠 주스(평소처럼 오렌지), 치즈와 버터, 얇게 썬 토마토와 오이가 차려져 있었다. 그리고 커피와 스크램블드에그 냄새가 났던 것 같다. 보이지는 않았지만 스크램블드에그 냄새였던 것 같다. 그날 아침 식사는 어떤 의식이나 제물처럼 보였다. 라디오는 플러그가 뽑혀 있었는데, 전선이 절단된 신체 일부처럼 도마 옆에 늘어져 있었다. 우리 이야기 좀 해야겠다, 하는 표시였다. 엄마와 아빠는 진지한 대화를 원했다. 누군가 부모님에게 전화해서 무슨 말을 했던 걸까? 경찰이? 누군가 경찰에게 전화했을까? 나는 말하고 싶지 않았다. 그래서 거부했다. 엄마는 말없이 나를 쳐다보았고, 나는 말없이 눈길을 돌렸다. 그때 내 휴대폰이 울렸다. 세바스티안이었다.

나는 함께 차를 타고 학교에 가겠다고 그에게 약속을 했었다. 그가 고집을 부리는 바람에. "약속 지켜." 약속할 때도 그때도 내키지 않았지만 집에 있기도 싫었다. 이걸 누가 다 먹지? 나는 생각하다가 신발에 발을 꿰고 열쇠를 집어 들었다. 열쇠는 현관 탁자 위에 있었다. 탄자가 모두 그릇에 넣어 냉장고 안에 넣겠지? 하지만 탄자는 금요일마다 비번이었다. 탄자는 금요일에 오지 않았을 테니 그들은 탄자가 오기 전에 우리 집에 와서 수색을 했을 것이다.

"나 시간 없어요!" 나는 엄마와 아빠에게 소리쳤다. "이따 밤에 다시 얘기해요." 다시 얘기할 생각은 없었지만. 어차피 엄마와 아빠는 이해하지도 못하잖아? 게다가 그러기엔 너무 늦었다.

선임 검사 레나 파르손은 말을 하고 또 한다. 나는 끝까지 방청객을 쳐다보지 않는다. 어맨다의 엄마든 누구든, 내가 영원한 형벌에 고통받기를 바라는 사람이 보일 수도 있기 때문이다. 그들은 죽음을 가장 선호하지만 최소한 내가 감옥에 영영 갇히기를 바란다. 그들이 왜 증거와 사건 순서와 인과관계와 의도에 관한 샌더의 주장에 귀 기울이겠나? 그런 건 나조차도 관심이 없는데.

꼴 보기 싫은 건 기자들도 만만치 않다. 나는 그들의 추적에 당할 만큼 당했다. 그들은 나를 설명하고 싶어 한다. 나에 관해 떠들고 싶어 한다. 내가 이러저러했고, 내 성장과정은 이랬고, 내 부모님은 저랬고, 나는 올바르지 않았고, 술을 너무 많이 마셨고, 마리화나를 피웠다고. 못된 음악을 너무 많이 들었고, 못된 사람들과 어울렸다고. 평범한 여자애가 아니었다고. 몇 가지는 인정하지만 나머지는 수긍이 가지 않는다.

그들은 무슨 일이 있었는지 밝히는 데 관심이 없다. 그저 나를 조그만 칸 안에 어떻게든 우그려 넣으려 한다. 그래야 나를 내다 버리기 수월할 테니까. 자기들은 나와 아무런 공통점이 없다고 확신하고 싶은 것이다. 그래야 밤에 발 뻗고 편히 잘 수 있을 테니까. 그래야 내게 일어난 일이 자기들한테는 절대, 절대, 절대 일어나지 않으리라 안심할 수 있으니까.

선임 검사 레나 파르손. (신문 중에 처음 등장했을 때 그녀는 내게 "레나로 불러줘" 하고 말했다.) 그녀의 귀걸이는 무장 경비원이 지키는 보석상점에서 뭔가를 사면 덤으로 주는 돌처럼 꼴사납다. 앞머리는 비뚤배뚤하고 눈썹은 볼펜으로 그린 것 같다. 그녀는 끝도 없이 말을 늘어놓는다. 나는 머리에서 쥐가 나기 시작한다. 손으로 다시 입을 문지른다. 겨드랑이가 *끈끈하다*. 사람들이 내 겨드랑이의 검은 반원을 보면 어떡하지. 파르손이 초조한 기색으로 문서 하나를 클릭한다. 그놈의 이미지를 불러내는 일이 그녀에게는 빌어먹을 초인적인 난제인 모양이다. 그녀는 사진 위로 작은 점을 이리저리 옮겨 우리의 주의를 끈다.

사진들을 이렇게 빨리 볼 줄은 몰랐다. 샌더는 경고하지 않았다. 검사는 벌써부터 사진들을 보여주고 있지만 이것은 도입부에 불과하다. 도입부는 얼마나 길까? 끝이 나기는 할까? 여기서 벗어나야만 한다. 나는 샌더를 쳐다보지만 그는 나를 보지 않는다. 여검사가 학교 도면을 보여준다. 미로 같은 복도, 그 교실, 가장 가까운 비상구, 강당. 도면만으로는 학교 복도의 천장이 얼마나 낮은지 알 수 없다. 그 안이 얼마나 어두운지도. 거긴 5월 하순의 화창한 아침에도 어둑하다.

그녀는 도면에서 내 로커를 가리킨다. 세바스티안의 가방 하나가 발견된 곳이다. 그녀는 교실 뒤편의 문들을 가리킨다. 그 문들은 뒷마당으로 통한다. 그날 그 문들은 잠겨 있었다. 경찰이 그쪽으로 진입하지 않은 이유를 설명하려는 것 같다. (경찰은 그것 때문에 언론에 욕을 먹었다.) 그게 뭐 그리 중요하다고. 누군가 경찰에 신고했을 때 상황은 이미 끝난 상태였다. 그녀는 복도로 난 문을 가리킨다. 당시 그 문은 잠기지 않고 그냥 닫혀 있었다. 하지만 일이 터질 때까지 아무도 그 문을 열지 않았다. 경찰 외에 누구든 손을 쓸 수 있었을까? 어떻게? 그리고 누가? 그녀가 다른 이미지로 넘기자 교실 그림이 나타난다. 나는 눈을 내리깐다. 얼마나 더 계속할 셈일까? 영원처럼 느껴진다.

'레나로 불러줘'는 꼼꼼하게 전진한다. 나는 이미 사건 조서를 읽었다. 대부분. 그녀는 조서에서 나를 분석했다. '레나로 불러줘'는 나를 토막 쳐서 하나하나 해체하고 내장을 모두 꺼낸 후 창자 안에 든 내용물의 냄새를 일일이 맡았다. '레나로 불러줘'는 몇 달째 매주 나에 관해 기자 회견을 열었다. 하루에 몇 번씩 열 때도 있다. 저 여자는 내 빌어먹을 속옷까지도 분석해 왔다.

자기를 레나로 불러달라는 못난이 선임 검사 레나 파르손은 나를 안다고 확신한다. 목소리에 자신감이 흘러넘친다. 말 한 마디 한 마디가 미발굴된 보물이다. 그녀는 한 번에 하나씩 그 것들을 세상에 드러낸다. 아주 신이 나서. 내가 누구고, 왜 이런 꼴이 됐고, 무슨 짓을 했는지. 나를 가리키지는 않는다. 그럴 필요가 없기 때문이다. 여러분, 마야 노르베리를 보십시오. 살인자, 괴물이 바로 저기 앉아 있습니다!

이미 모두들 보고 있다.

11쪽에 달하는 서류, 즉 기소장에는 내가 무슨 짓을 했고 어떤 죄를 지었는지에 대한 검사의 주장과 세부 사항이 담겨 있다. 부록도 있는데 거기에 피해자들에 관한 세부 사항이 있다. 그들이 누구였고 어떤 일을 당했는지, 내가 무슨 일을 했고 누구를 쐈는지, 세바스티안이 누구를 쐈고 그것이 왜 모두 내 잘못인지. 그리고 사진, 법적 견해, 나를 알거나 알았거나 혹은 나를 설명할 수 있다고 주장하는 사람들의 인터뷰도 있다. 선임 검사 레나 파르손은 전체 이야기를 완성했다. 처음부터 끝까지 개연성이 있어서 모두들 그것이 사실일 거라고 믿는다. 결말은 아직 듣지도 않았으면서.

엄마가 했던 그 말, 잘될 거라고 했던 그 말, 무슨 뜻이었을까? 궁금하다.

재판 첫 주 월요일
5

드디어 선임 검사 레나 파르손이 마무리를 한다. 그러고 나서 피해자들의 변호인단이 발언을 한다. 그들은 내게 피해 보상을 요구하는데 돈만 달라는 게 아니다. 한 변호인은 2분 넘게 이야기를 한다. 그들이 발언을 마쳤을 때 드디어 샌더가 휴식을 요청한다. 나보다 재판장이 더 안도하는 것 같다. 우리는 법정을 떠난다. 내 양옆에는 페르디난드와 팬케이크가 있고, 샌더가 앞장서 간다.

우리는 배정받은 방으로 들어가서 문을 닫는다. 방문 바깥쪽에 피고인이라고 쓰인 종이가 붙어 있다. 진실이 드러나야 마땅한 법정에서 사람들이 단순한 언어로 자기 생각을 있는 그대로 설명하는 데 애를 먹는다는 건 참 이상한 일이다.

"뭐 필요한 거 있니?" 페르디난드가 묻는다. 나는 그녀에게 다른 말을 기대하며 대꾸하지 않는다. "커피?"

나는 고개를 젓는다. 내 옷방에 하얀 백합 한 송이만 부탁해요. 내가 이것을 소리 내어 말했다면 프레디난드는 아마 기절했을 것이다. 이유는 단순하다. 유머 감각이 꽝이니까. 나를 하얀 백합을 좋아하는 애라고만 생각하겠지. 나는 아무 말도 하지 않는다.

샌더는 휴식 시간 내내 서 있다. 말없이. 우리 방에는 화장실이 딸려 있는데, 그래서 평소 다른 용도로 쓰이는 이 방이 우리에게 배정됐나보다. 화장실을 다른 사람들과 같이 사용하지 않게. 우리는 번갈아 화장실을 사용한다. 내 차례가 되었을 때 변기 시트가 미지근해졌다.

쥐 죽은 듯 고요하다. 아무도 커피를 마시지 않는다. 페르디난드는 병에 든 물을 홀짝거린다. 재판은 벌써 2시간째 진행 중이다. 검사가 사건을 요약하는 데만 1시간 46분이 걸렸다.

우리는 정확히 12분 후 법정으로 돌아간다. 팬케이크가 문을 대차게 닫는 바람에 문에 붙어 있던 종이가 떨어졌다. 프레디난드가 그것을 도로 붙인다. 옷을 갈아입어도 되는지 물어보려 했는데 그만 깜빡했다.

우리가 자리에 앉은 후 샌더가 말문을 열려는데 아빠의 헛기침 소리가 들린다. 나는 고개를 돌려 아빠를 보고 싶은 충동을 꾹 누르고 샌더에게 집중한다. 우리는 나란히 앉아 있다. 그는 이상하다는 생각이 들거나 묻고 싶은 질문이 생기면 적으라면서 내게 펜과 노트를 주었다.

"네가 모든 면에서 잘되어간다고 느껴야 해. 그게 중요해." 그는 이 말을 다 기억할 수 없을 만큼 수차례 말했다.

나는 샌더가 마음에 든다. 하지만 그가 하는 말이 항상 이해되는 건 아니다. 더 정확히 말하면, 그가 하는 말의 내용, 즉 의미 자체는 이해하지만 그 뒤에 깔린 생각이 아리송할 때가 있다.

모든 면에서 잘되어간다? 내가 만족해야 한다는 뜻인가? 무슨 뜻인지 그에게 물어봤어야 했는데. 하지만 묻지 않은 게 잘한 건지도 모른다. 왜냐하면 내 머릿속에 있는 거라고는 그가 어떻게 내 사건을 변호하게 됐는가에 대한 길고 난해한 설명과, 만약 그가 발생한 사건들을 내 견해에 부합하지 않게 말하면 나는 반드시 그것을 지적해야 한다는 것뿐이기 때문이다.

잠시 후 그는 자기 말이 얼마나 어이없게 들리는지 눈치챈 것처럼 말을 멈추었다. 그리고 잠시 나를 쳐다보다 말했다. "내 말에 화가 나거나 두렵거나 짜증이 나면 나한테 꼭 말해. 하지만 검사와 재판부가 듣고 있을 땐 말로 하지 말고 적어둬. 나중에 같이 해결하자."

의도를 알 수 없는 것들은 더 있다. 그가 재판 중에 말하고(거론하고) 싶다고 한 것들이 그렇다. 그가 내가 없는 자리에서 내 이야기를 하고 페르디난드와 팬케이크와 고만고만하게 생긴 동료들을 데리고 전술을 짰다는 것도 마음에 걸린다. 나 없이 그랬다니. 그들은 내가 없을 때 법률 사무소의 긴 탁자에 둘러앉아 전략을 토론했다. 그때도 포장 상자에 든 중국 음식을 뒤적거렸겠지.

"마야 노르베리는 몇 가지 혐의 사실은 인정하지만 관여한 정도는 형사책임에 해당되지 않습니다." 샌더가 말한다. 과연 이것을 내가 결백하다는 뜻으로 받아들일 사람이 있을지, 내가 잘못을 저지르지 않았다고 수긍할 사람이 있을지 궁금하다. 뭐라고 공책에 적어야 샌더에게 이것에 관해 충분한 설명을 들을 수 있을까?

샌더는 내게 자신을 믿으라고 항상 말한다. 자기는 내게 전적으로 솔직하다면서. 내게 대안이 있던가? 대체 뭐가 어떻게 잘 되어갈 수 있다는 건지 난 모르겠다.

샌더는 표정 백과사전이다. 한 사람 한 사람에게 다른 표정을 짓는다. 지금 그는 집중하지만 지루하다는 표정을 짓고 있다. 누가 말을 하든 앞만 똑바로 응시하는 표정, 어떤 경우에도 놀라지 않을 것 같고 이해를 못 했다는 기미도 없는 그런 표정이다. 경찰들이 나를 심문할 때도 그는 경찰에게 이런 표정을 지었다. 답변하기 곤란한(비밀 유지 협약 때문에) 질문을 하는 기자들에게 그가 이런 표정을 짓는 상상을 하면 재밌다. 그는 지금도 재판부와 검사에게 딱 그 표정을 짓고 있다. 피곤한데 예의를 차리는 표정.

팬케이크에게는 더 격한 표정을 짓는다. 가령 팬케이크가 "오믈렛을 만들려면 달걀을 몇 개 깰 수밖에 없어요"라거나 "멈춘 시계도 하루에 두 번은 시간이 맞아요" 하고 말하면 샌더는 얼굴로 "넌 네가 재밌다고 생각하냐?" 하고 말한다. 그럴 때면 빤히 쳐다보지 좀 마요 하는 생각을 절로 든다. 차라리 그가 혀를 쯧 차고 나서 뭐든 말을 해줬으면 싶다.

그 표정은 샌더가 지극히 실망했다는 뜻이다. 더 나은 걸 기대했지만 대안이 없으니 일단 참고 두고 보겠다는 뜻인데, 대부분의 사람들은 가끔씩 맞닥뜨리는 표정이다. 때때로 페르디난드는 정반대의 표정과 마주친다. 만족에 가깝지만 한편으로는 모욕적이기도 한 표정. 당신 생각보다 그리 아둔하지 않은데, 하면서 대놓고 놀라는 뜻이기 때문이다. 이때 샌더는 페르디난드가 어떤 눈길로 그를 쳐다보는지 알지 못한다. 알면서 신경 쓰지 않는 것인지도 모르지만.

하지만 페델 샌더가 나를 쳐다볼 때 짓는 표정은 좋다. 그는 농담을 던져놓고 내게 웃음을 강요하지도 않거니와 그의 계획이나 의견을 물어보라고 눈치를 주지도 않는다. 내 가슴을 몰래 훔쳐보려고도 하지 않는다. 내가 무슨 말을 하고 본인이 무슨 일을 해야 하는지에만 관심이 있다. 이상 끝.

그가 내 말을 못 알아들으면 어쩌나 하는 생각도 괜한 걱정이다. 그가 기분 나빠하면 어쩌나, 그가 어떻게 받아들일까 하는 생각도. 그는 나를 한 사람의 성인으로 바라본다. 적어도 내가 성인으로 대접받을 자격이 있다고 생각한다. 어쩌면 고객용 표정일 수도 있지만. 어쨌든 이것도 그가 잘나가는 변호사인 이유 중 하나일 것이다.

나는 샌더에게 만족한다.

만약 내가 물었다면 아빠는 샌더가 최고로 인정받는 변호사이기 때문에 선택했다고 했을 것이다. 샌더는 비쌀까? 상상 이상으로 비쌀지도 모른다. 하지만 아빠는 그런 말은 입도 뻥긋 안 할 것이다. 왜냐하면 아직 끝난 게 아니고, 아빠는 끝난 것과 끝나지 않은 것에 관한 한 원칙주의자이기 때문이다.

단순히 우리 엄마는 원래 부자고 우리 아빠는 벼락부자라고 잘라 말하기 곤란하다. 둘 다 본인들이 바라는 만큼 상류층 출신은 아니다. 하지만 엄마는 부잣집에서 자랐다. 그것도 아주 많은 돈에 둘러싸여 성장했는데, 전부 할아버지가 무릎 수술용 기구로 벌어들인 할아버지의 돈이었다. 할아버지는 의대에 다닐 때 특허를 냈다. 말하자면 할아버지의 뭐라뭐라 뭐시기 신제품의 유용성을 제약업계가 알아채기 전이었다. 불과 2년 만에 그것은 필수용품이 되었고(엄마의 말), 전 세계인이 그것을 사용하게 되었다. (역시나 엄마의 말.) 할아버지는 그거 하나로 떼돈을 벌었다. (엄마는 이런 말은 결코 입에 담지 않는다. 할아버지는 기회만 나면 하지만.)

할아버지에게 돈이란 날씨나 마찬가지다. 돈이 거기 있으니 마음껏 활용한다는 식이다. 할아버지의 돈은 아무리 써재껴도 바닥날 줄 모른다. 할아버지는 큰 행운을 거머쥐었고 자연스럽게 그것을 최대한 활용했다. 어쩌면 이런 할아버지의 태도가 엄마에게 일종의 재정적 체증을 유발한 게 아닐까 싶다. 체증이라는 말을 쓴 건, 엄마가 모두에게 실제보다 더 큰 부자로 보이는 것을 극도로 중요하게 생각한 나머지 돈이 전혀 중요하지 않은 척 행세함으로써 그 목적을 달성하기 때문이다.

엄마는 우리 집에 있는 골동품을 집안 대대로 내려온 것인 양 말한다. 부엌의 시계를 예로 들어보자. 엄마는 그것이 예쁜지, 아니면 완전 징그러운지 잘 알지도 못하면서 누군가 그것을 언급하거나 슬쩍 쳐다보기만 해도 콧소리로 호호거리고서 집안 물건이라고 말하고는 눈알을 또르르 굴린다. 마치 그 시계는 본인이 평생 책임져야 할 유산이라 등한시하면 죽은 조상들이 무덤 안에서 들고일어난다는 듯이.

사실 우리 집 가구는 전부 파산한 여러 저택들의 물건이다. 할아버지가 부코스키스에서 경매로 구입해 쓰다가 싫증이 나 우리 집에 버린 것들이지만, 엄마는 그런 말은 절대 하지 않는다. 그런다고 누가 속아 넘어가는 것도 아닌데. 엄마를 엄마가 행세하는 사람으로 믿어주는 사람은 단 한 명도 없다. 그런데도 엄마는 계속 그런 척을 한다. 대부분 사람들은 그러든 말든 예의를 지키고 엄마를 가만둔다.

아빠의 돈은 들어온 지 15분도 안 된 것들이다. 게다가 쓸 돈은 늘 부족하다. 하지만 아빠는 고교 3학년 때 고지식함의 결정체인 중산층 부모님이 제3세계 관개 프로젝트 일로 북아프리카에 가 있는 동안 웁살라 외곽의 기숙학교에서 지냈다. 그곳에서 세상에 적응하려면 무엇이 필요하고, 중산층으로 보이려면 무얼 해야 하는지 배웠다고 생각한다. 물론 아빠의 생각은 틀렸다.

지금 아빠는 제정신이 아닐 것이다. 이제 사람들은 아빠를 있는 그대로, 딱 있는 만큼만 보게 될 테니 말이다. 신문들은 아빠를 투자 브로커라고 부른다. 그것이 사람들의 호감을 샀을까? 하지만 한가락하는 사람이라면 누구나 안다. 브로커라는 것은 길어야 서른다섯 살까지고 그 후에는 자기 돈으로 자기 일을 해야 하며, 그렇지 않으면 가슴이 처지고 하지정맥류에 시달리는 웨이트리스와 다름없는 처량한 신세라는 걸. 한번은 아빠가 "컨설팅 업계에서 일합니다" 하고 말하면서 더 설명하기엔 너무 복잡해요, 하는 듯한 비뚜름한 미소를 짓는 걸 본 적 있다. 아빠의 명함에는 자산 관리인이라고 쓰여 있다. 그것을 투자 브로커라고 말할 수는 없다. 비슷하긴 하지만.

사람들은 내가 아빠를 닮았다고 한다. 엄마는 내가 화를 낼 때마다, 아빠는 내가 성적표를 받아 올 때마다 그렇게 말한다. 하지만 법정 안의 분위기로 보아 아빠는 '살인자 마야의 아빠이자 투자 브로커'로서 평생 만족해야 할 것 같다. 축하해요.

엄마는 무엇이 가장 두려울까? 앞으로 나에게 일어날 일일까, 아니면 이미 엄마에게 일어난 일일까? 그게 무엇이든 내 알 바 아니지만, 리나가 겁을 먹는 건 싫다. 리나가 얼마나 겁을 먹었을지 생각하면 그 교실이 떠오를 때처럼 끔찍하다.

잠이 오지 않을 때 나는 리나를 내 침대로 데려오곤 했다. 그 애가 옆에 있으면 늘 기분이 조금은 나아졌다. 그 주에도 그랬다. 잠이 든 그 애의 목덜미에 머리카락이 고불거렸다. 리나에게선 늘 좋은 향기가 났다. 머리가 지저분할 때조차도. 나는 그 애가 악몽을 꾸고 나서 제 발로 나한테 온 것처럼 굴기도 했다. 가끔 그 애에게 말했다. "너 무서운 꿈을 꿨어. 어떤 꿈인지 기억나?" 그럼 리나는 어리둥절한 표정으로 나를 보다가 무슨 악몽을 꾸었는지 말했다. 시시콜콜 자질구레한 데다 엄청 지루하고 앞뒤도 맞지 않았다. 엄마와 우리 집, 새 장난감, 나비 리본, 그리고 개 한두 마리가 등장했다. 리나는 개를 간절히 원했다. 엄마와 아빠가 리나에게 개를 한 마리 사주고 그 애 침대에서 같이 재웠으면 좋겠다. 하지만 무엇보다 그 애가 내 침대에서 잤으면 좋겠다. 내 방에 들어와 내 침대에 누우면 기분이 조금은 나아지기를 바란다.

　리나는 지금 일들을 몰랐으면 좋겠다. 그 애는 여기 있을 필요가 없으니 상처도 받지 않을 거라고 믿고 싶다. 하지만 부질없는 바람이다. 지금 일어나는 일을 잘 모른다고 해서 덜 무서울 리가 없다. 그 애가 지금 어떨지 잘 안다. 내 바람과는 정반대일 것이다.

　"마야는 제기된 혐의사실에 대해 무죄임을 주장합니다. 마야가 관여한 정도는 형사책임에 해당되지 않습니다. 마야는 세바스티안 퍼게만의 계획을 스스로 혹은 타의에 의해 인지하지 않았으며, 형사책임으로 귀결될 만한 선동이나 작위 혹은 부작위의 죄를 짓지 않았습니다. 범행의 의도가 있었다고 볼 만한 행동을 한 적이 없습니다. 마야는 진술서에 명시된 대로 무기를 발사했고 명시된 위치에서 발사한 것은 인정하지만 그것은 정당방위였습니다. 따라서 마야는 유죄일 수 없습니다."

형사책임⋯ 선동⋯ 의도⋯. 이 말들이 내 머릿속을 휘젓는다. 샌더가 저런 식으로 말할 때는 정말이지 겁이 난다. 변명처럼 들려서. 사람들에게 일어난 일을 있는 그대로 말하지 않으려고 법률 용어와 이상한 말들을 쓰는 것만 같아서. 말하고 싶다. 결과가 어찌 되든 쥐똥만큼도 신경 쓰지 않는다고. 최악의 일은 이미 일어났다. 샌더도 검사만큼이나 길게 말할까? 그렇지는 않을 것이다. 말을 시작한 지 11분 정도 지났는데 마무리하려는 것 같다. 잘된 건지 잘못된 건지 알 수 없지만 나는 이것도 두렵다. 할 말이 없어서 길게 말하지 않는 거라고 사람들이 생각하지 않을까? 나는 공책에 펜을 대고 누르면서 손을 공책 위로 움직인다. 아무것도 쓰지는 않는다. 3분 후 샌더가 말을 마친다.

현실에서는 내가 교실 문을 닫고 나서 마지막 총알이 발사되기까지 3분도 채 걸리지 않았다. 경찰은 일이 터지고 나서 19분 만에 교실로 쳐들어왔다.

그들이 문을 연 후 몇 명이나 안으로 들어왔던가? 구급대원들, 경찰들, 수많은 경찰들. 부츠를 신고 중무장한 방문객들. 한 명은 내 팔을 밟았고, 또 한 명은 내 손을 걷어찼다. 누군가 나를 움켜잡아 바닥에서 일으키고는 소총을 빼앗았다. 혼돈 그 자체. 짜증 나게 많은 사람들이 나타났다. 그들이 고함을 쳤던가?

그랬던 것 같다. 하지만 내가 무슨 말을 했는지는 기억나지 않는다. 그들은 나를 건드리기 전에 세바스티안부터 끌어냈다. 그러고 나서 순식간에 총들을 치워버렸다. 나는 아직도 그 이유가 궁금하다.

그들은 나를 들것에 눕혔다. 누군가 내 몸에 이불을 덮었다. 내가 가장 먼저 실려 나간 사람인지는 잘 모르겠다. 아마 아닐 것이다.

총격이 지속된 시간은 1분, 아니 1분 하고 30초 정도였다. 사건 조서에 그렇게 적혀 있으니 굳이 기억을 더듬을 필요는 없겠지. 그 시간을 어떻게 잰 것인지 몰라도 나는 좀 혼란스럽다. 가끔 돌이켜보면 10초 정도 되는 것 같아서 말이다. 어떨 때는 몇 년처럼 느껴지기도 하고. 《나니아 연대기》처럼 엉뚱한 옷장 문을 열고 우연히 들어갔다가 하얀 마녀와 딱 1분 동안 전투를 치르고 나서 돌아오면 몇 년이 지나 있는 것처럼.

내가 교실 문을 닫고 나서 문이 다시 열리기까지 19분이 걸렸다. 이건 맞는 것 같다. 모든 것이 끝나기에 충분하고도 넘치는 시간이다. 물론 그것의 시작점을 언제로 보느냐에 따라 다르겠지만. 총격을 말하는 게 아니다. 모든 것의 시작점을 말하는 거다. 경찰과 검찰은 우리가, 세바스티안과 내가 이것을 계획했고 우리의 고립감이 커질수록 증오심도 자라났으며 전날 밤 파티에서 일어난 싸움이 방아쇠가 됐다고 주장한다. 이 법정 밖에는 군중이 모여 서로에게 돌을 던지고 있다. 하지만 모두들 나와 내가 상징하는 모든 것을 혐오한다. 그들은 이 일의 시작점이 자본주의 혹은 군주제 혹은 보수적인 정부라고 말할 것이다. 아니면 우리가 스칸디나비아 신에 대한 믿음을 저버린 결과라는 둥 전혀 논리적이지 않은 헛소리를 지껄이겠지.

실상을 아는 사람은 나뿐이다. 모든 것의 시작과 끝에는 세바스티안이 있다.

나무 아래 앉아 있는 세바스티안. 그것이 세바스티안에 관한 내 생애 최초의 기억이다. 그때 엄마와 나는 유치원에서 집으로 돌아가는 길에 퍼게만의 집을 지나는 중이었다. 그는 고작 다섯 살이었지만 이미 모든 이들의 마음을 사로잡고 있었다. 긴 고수머리는 이마 위에서 고불거렸고, 진지하고 난처한 질문을 던지는가 하면, 집중력이 좋지는 않았지만 끊임없이 뭔가를 했다. 모든 남자애들이 같이 놀고 싶어 하는 꼬마였고 모든 여자애들이 소곤거리며 이야기하는 대상이었다. 유치원 교사들도 누가 그의 재킷 단추를 채워주거나 그의 스카프를 고쳐 매거나 밖에 나가 놀 시간에 선반에서 그가 신을 장화를 고르면 질투의 눈초리로 쳐다보았다. 세바스티안은 날마다 그날 마음에 드는 선생님을 뽑았다. 아넬리 선생님이 나를 도와주면 좋겠어. 레일라 선생님이 나 양말 벗는 거 도와주면 좋겠어.

어쨌든 그날 세바스티안은 위쪽 나무 아래에서 아래쪽의 나를 불렀다. 워낙 중요하고 대단히 결정적인 순간이었기 때문에 나는 제대로 반응하지 못했다. 엄마는 무슨 말을 했다. 그 정원과 그 집에 대해. 그가 누구 아들인지. (흥분해서 내게 소곤거렸다. "쟤 세바스티안 퍼게만 아니니? 유치원에서 쟤랑 같은 반인 거니?" 몰랐다는 투로. 다 알고 있었으면서.) 똑똑히 기억한다, 그의 목소리가 내 이름을 불렀을 때 내 몸이 얼마나 전율했는지.

"마야." 그것은 인사라기보다 선언이었다. "안녕, 세바스티안." 분명 엄마는 그렇게 말했다. 그리고 "거기서 떨어지면 안된다" 어쩌고 하는 말을 덧붙였던 것 같다. 내 손을 홱 잡아당기면서. 나는 엄마가 끼어드는 게 싫었다. 엄마가 무슨 상관이람. 엄마가 망치게 두지 않을 셈이었다.

정확히 일주일 후 우리는 놀이 시간에 낮잠 방에서 키스했다. 가끔 나는 그 시절을 생각한다. 그와 같이 놀지는 않았다. 유치원이었는데도. 오로지 키스만 했다. 그는 남자애들과는 남자애들이 하는 것을 했다. 공을 차고, 서로를 차고, 블록을 쌓고, 쌓은 걸 허물어뜨리고. 하지만 나랑은 항상 육체적인 면에 치중했다. 나를 만지고, 쓰다듬고, 내 머리카락 냄새를 맡고, 내 팔 안쪽을 더듬고, 함께 담요를 둘러쓰고 바짝 붙어 누워 내 숨결을 들이마셨다. 열기와 산소 부족 때문에 나는 머리가 어질어질했다. 유치원에 다니는 꼬마인데도 그는 여자애들과 잘 놀지 않았다. 다섯 살배기 세바스티안은 나를 만졌다. 그렇게 한두 주가지난 후 13년이라는 세월이 흐르고 나서야 그는 다시 나를 발견했다. 그가 다른 사람들과 놀고 다른 사람들과 데이트하는 동안 내내 그를 그리워했냐고? 나는 그가 누구인지 알고 있었지만 그는 나를 몰랐냐고? 물론이다.

"너는 사람들에게 세바스티안이 어떤 사람이라고 주장해서는 안 돼." 샌더는 내게 수없이 말했다. "사람들이 그를 어떻게 기억하든 관여하지 마. 우리는 초점을 네게 맞춰야 해. 반드시 네가 어떤 형사상 책임이 있는가에 관한 재판으로 끌고 가야해. 그 길밖엔 없어."

내가 어떤 형사상 책임이 있는가. 세바스티안이 어떤 짓을 했든 상관없다는 말 같다. 나머지는 분리하고 뭉개고 잘라내고 지

우는 게 가능하다는 소리 같다. 검사는 분명 그렇게 생각하지 않을 텐데. '레나로 불러줘'는 모든 게 관련됐다고 생각할 텐데. 나는 그녀가 옳다고 생각한다고 이 공책에 메모해야 할까? 그래야 할까?

재판 첫 주 월요일
6

오늘 재판이 끝났다. 교도소 직원 수스가 주차장에서 나를 기다리고 있다. 제복 차림에 웃는 얼굴로. 저렇게 웃을 수도 있나 싶을 만큼 아주 싱글벙글이다. 하얗다 못해 푸른 빛이 도는 치아는 인공 선탠한 얼굴에서 금방이라도 탈출할 것처럼 생뚱맞아 보인다. 수스가 어떻게 됐냐고 내게 묻는다. 나는 대답할 기운도 없어 그냥 차에 올라탄 후 눈을 꽉 감는다.

공책은 가져가도 좋다고 해서 아직 손에 들고 있다. 한 글자도 쓰지 않았다. 끼적거리긴 했지만. 동그라미들. 서로 포개지게, 위아래로 나란히, 옆으로 나란히, 작게, 크게, 둥글게 둥글게 둥글게.

수스가 뒷자리 내 옆에 올라탄다. 나를 쳐다보는 그녀의 눈길이 느껴진다. 하지만 그녀는 아무 말 하지 않는다. 그냥 나를 가만둔다.

어떻게 됐어?

샌더가 교실 얘기를 할 때는 귀담아듣지 않았다. 하지만 그가 내 이야기를 꺼낼 때는 귀가 번쩍 뜨였다. "마야." 그는 연루된 사람들을 언급할 때마다 신중하게 성과 이름을 모두 불렀지만 나는 꼭 마야라고 불렀다. 성 없이 그냥 마야라고. 꼬박꼬박 마야라고 했다. 마야는 그냥 애칭인데도. 내 이름은 마리아다. 누구나 마리아가 될 수 있다. 정치인, 작가, 의사. 살인자마저도. 하지만 마야는 귀엽고 무해하다.

펠레 스반슬로스*의 하얀 여친 고양이처럼 귀엽다. 검사는 항상 피고인이라고 한다. 한두 번 마리아 노르베리라고 했을 뿐 절대 마야라고 하지 않는다. 나를 신문하는 자리에 참석했을 때는 꼬박꼬박 마야라고 불렀으면서.

샌더는 그것이 중요하다고 했다. 샌더의 세상에는 중요한 것들이 정말 많다. "법원이 마야를 알게 되는 게 중요해."

샌더의 생각은 본인을 포함해 우리 모두의 기대를 저버리고 엉뚱한 결과를 낳을 수 있을까? 모르겠다. 하지만 주로 법률 용어로 이루어진 그의 사건 개요에는 여전히 엄마와 아빠와 내 학교가 언급됐다. 어른들이 나를 어떻게 실망시켰는지, 세바스티안을 만난 이후 내가 얼마나 힘든 시간을 보냈는지, 어떻게 헤어날 수 없는 지경에 이르렀는지. 나는 고작 열여덟 살이었고 겨우 성인이 되었다고.

샌더는 내가 조숙하고 지능적이지만 불안정하고 쉽게 조종이 가능하다고 말했다. 내게 IQ 테스트를 받게 하고 심리학자 두 명에게 상담도 받게 했다. 그리고 내가 어떤 사람인지, 왜 그런 일들을 했는지, 검사가 지적한 대로 했어야 하는 일들은 왜 하

---

* 스웨덴 작가 구스타 크눕손의 동화에 등장하는 의인화된 고양이.

지 않았는지 많은 의견을 제시했다.

고속도로에 들어섰을 때 수스가 내 손을 잡는다. 나는 그녀의 어깨에 기댄다. 나는 우등생이다. 손을 들어도 선생님이 미소만 지을 뿐 호명하지 않는 학생 말이다. 더 이상 실력을 증명하지 않아도 되는. 나 같은 학생들은 특별한 분위기를 띠기 마련이다. 나는 1학년 이후 줄곧 그랬다. 첫날 예고 없이 치러진 철자법 시험에서 100점을 받았을 때부터. 시험 시간에 선생님이 나눠준 답안지 외에 추가 답안지를 달라고 했을 때부터. 여분의 시험지가 필요한 학생은 나뿐이었다.

나는 똑똑하다. 교사라면 누구나 자기가 잘 가르쳐서 그렇다고 믿고 싶어 하는 학생. 교사로 일하는 보람이라고 핑계 대기 좋은 대상. 먹고살기 위해 교사로 일한다고 말할 수는 없으니까.

잠깐. 미안. 나는 그런 학생이었다. 지금은 아니다. 학교 체제의 완전한 몰락을 대표하는 명백한 증거일 뿐이다. 내가 얼마나 영특한지 샌더가 떠들다 지쳐 쓰러져도 그것만은 절대 변하지 않을 것이다. 이제 나는 죽었다 깨어나도 우등생은 되지 못할 것이다.

그런데 영특하다는 것은 양날의 검이다. 적어도 시체들이 즐비한 교실에서 발견된 후 그것은 사고였고 아무런 잘못도 하지 않았다고 주장하는 사람에게는. 샌더는 사과하듯 내게 IQ 테스트 결과를 말해주었다. 내게 뜻밖의 나쁜 소식을 알려주는 것처럼. 오래전부터 평범해 보이려고 갖은 애를 써왔건만.

나는 여자애들은 하는 것은 뭐든 다 했다. 뭔가를 할 때면 늘 불평했고, 시험 전에는 불안한 척했고, 시험이 끝나면 실망한 척했다. "어머 어떡해, 마지막 문제 망쳤어. 대충 주절주절 적었어, 엉망진창으로." 선생님과 친구들과 남자애들과 다른 어른들 앞에서 순진한 척 연기했고, 실제보다 어리숙한 척 굴었다. 자아도취한 애처럼 보이지 않으려고 애썼다. "쟨 자기가 잘난 줄 알아" 하는 말을 듣고 않으려고 노력했다. 나는 똑똑하는 게 얼마나 의미 없는 것인지 안다. 딱 그걸 알 만큼만 똑똑하다. 똑똑하다는 건 아무 의미도 없다. 책임만 떠안기 딱 좋다.

오늘 모두진술에서 샌더는 내 IQ 테스트에 대해선 입도 벙긋하지 않았다. 대신 내가 얼마나 조종당하기 쉬운 애고, 얼마나 잘 휘둘리고, 이것이 내게 어떤 영향을 끼쳤는지 이야기했다. "마야가 결과를 예상하는 것은 불가능한 일이었다"고. 책임은 비난을 받을 만한 사람에게 지우는 것이 중요하다고. 지금 우리는 법적 책임에 대해 이야기하고 있음을 기억하는 것이 더 중요하다고. 그는 막바지에서 사람들의 주의를 끌려고 속도를 늦추고 성량을 낮추었다.

"속지 마세요." 그가 말했다. 살짝 떨리는 목소리로. 변호사 페델 샌더는 온 법정에 그가 이 재판에 얼마나 감정을 이입했는지 보여주고 싶어 했다. 이 재판이 그의 마지막이자 가장 중요한 사건이 될 거라고 기자들에게 한 말은 전혀 허풍이 아닌 진심이었음을. 샌더는 떨리는 목소리로 나는 단순한 의뢰인이 아니라고 말했다. 억울하게 비난받는 마야라고. 그러고 나서 목소리를 높였다. 성난 것처럼. 역겨운 것처럼. 그는 열변을 토했다. "법적 책임은 오직 세바스티안 퍼게만에게만 있습니다."

그는 잠시 말을 멈추고 내 어깨에 손을 얹더니 재판장뿐 아니라 모든 시민 판사들*이 우리를 쳐다볼 때까지 기다렸다. 그의 손이 얼마나 무거웠는지 지금도 생생하다.

그 후에 그는 말했다. "물론 우리는 누구든 이 참극을 책임지길 바랍니다. 설명을 원하는 것은 인간의 본성이니까요. 하지만 마야가 유죄라는 근거는 충분하지 않습니다. 책임 당사자는 세바스티안 퍼게만이고, 그는 사망했습니다."

그러자 아빠가 다시 헛기침을 했다. 엄마는 울었다. 나는 숨을 들이켰다.

엄마와 아빠와 나는 타이밍을 기막히게 맞췄고, 샌더는 법적 문맥에 꼭 맞게 정곡을 찔렀다.

우리의 차가 교도소 건물 앞에서 안쪽으로 들어가 수스가 통행증을 보이도록 속도를 늦추었을 때쯤 두통은 이마까지 올라와 주먹질을 해댔다. 나는 마른침을 삼키고 허리를 펴 똑바로 앉았다. 눈을 떴다.

"잘됐어요." 우리가 교도소 정문을 통과할 때 나는 수스에게 말했다. "잘됐어요."

---

* 스웨덴에서는 정당이 추천한 일반 시민이 직업 판사의 판결을 돕는 시민 판사 제도를 운영한다.

그 구급차, 그 병원

7

여기는 출입 통제 구역이다. 저 멀리 엄청난 인파가 보인다. 들것에 누워 교실에서 구급차로 실려 갔을 때처럼. 그때 길에서 학교까지 처진 파랗고 하얀 경찰 통제선이 펄럭이는 게 보였다. 나는 소 방목장과 옥수수밭 사이에 세워진 방벽을 떠올렸다.

그들이 나를 구급차 안으로 밀어 넣을 때 또 다른 구급차의 사이렌 소리가 들려왔다. 학교로 향하는. 떠나는 거였나? 내가 탄 구급차가 어떤 경로로 병원까지 갔는지 모른다. 밖을 내다볼 수 없었기 때문이다. 나는 들것에 누워 담요를 덮고 있었다. 집에 가는 것이기를 바라면서. 지름길로 집에 가는 거라고 상상하면서. 곧 푹신하고 잘 손질된 데다 밤새 노란 전등이 은은히 밝혀져 "무척이나 실용적인"(엄마의 말) 알톨프 조깅 코스를 지나겠구나. 그리고 "엎어지면 코 닿을 거리에 있는 무척이나 실용적인"(역시나 엄마의 말) 골프장을 지나서 갓 페인트칠한 배들이 갓 입항해 또다시 섬들 속으로 나아갈 때를 기다리는 항구를 지나는 상상을 했다. "우리는 천국 옆집에 사는 거야."(네, 역시 엄마의 말이다.)

사건이 있기 3주 전 세바스티안의 배가 입항했다. 우리는 그 배에서 발푸르기스의 밤*을 보냈다. 나는 잠이 든 세바스티안 옆에 누워 부연 별빛을 올려다보았다. 그것이 불과 얼마 전의 일이라 나는 구급차가 집으로 가지 않는다는 걸 알면서도 낯익은 곳들이 간절하게 보고 싶었다. 테니스장, 학교로 가는 너무 가팔라서 자전거로 못 가는 산책로, 돌투성이 오솔길, 좁다란 물가, 아빠가 일주일 전에 산 망치까지도. 그것들을 다시 볼 수 있다면 이 모든 일이 없던 일로 될 것 같았다. 하지만 구급차에는 창문이 하나도 없었고 우리는 빠르게, 멀리, 멀리, 멀리 달려가고 있었다.

이제 학교들은 문을 닫아야 할까? 졸업식은? 취소될까? 어맨다의 졸업 파티는? 그 애가 마지막으로 파티를 열 예정이었고 나더러 연설을 해달라고 했었는데. "꼭 해야 해, 해야 해, 해야 해!" 이제 파티는 어떻게 되는 걸까? 그 애는 죽었겠지? 듣기로는 그 애가 죽었다고, 모두 죽었다고, 한 명도 빠짐없이 죽었다고 했다. 아닌가? 나는 그들이 죽는 걸 보았다. 나만 빼고 모두 죽었다. 몇 분 전만 해도 우리는 살아 있었는데.

그때가 몇 시였더라? 파티가 끝나고 몇 시간쯤 후 우리, 나와 세바스티안이 유르스홀름 광장을 걸어 지났을 때가? 우리는 아무 말도 하지 않았다. 더는 할 말도 없었다. 그는 내 옆에서 걸으려 하지 않고 앞장서서 걸어갔다. 빵집 밖에 놓인 샌드위치 선반이 뒤집힌 게 보였다. 저걸 밤새 밖에 내놓은 거야? 따뜻한

* 마녀들이 출몰한다는 마녀들의 밤으로 5월 1일 성 발푸르기스의 축제 전날을 말한다.

봄날이었다. 거의 여름이었다. 더위가 일주일 넘게 이어진 터라 맥이 빠졌다. 여름 휴가의 막바지처럼 느껴질 만큼. 나는 내내 맨발로 세바스티안과 걸었다. 발이 아파서 한 손으로 신발의 발목 끈을 쥐고. 다른 손으로 그를 만지려 했지만 그는 나를 밀쳐냈다. 하지만 나는 그가 화가 풀렸을 거라고 생각했다. 진정이 됐을 거라고. 그는 진작에 차분해진 것 같았다. 그게 불과 몇 시간 전의 일이라고? 세바스티안이 죽었다고?

그렇게 걸었다. 우리는 헨리크 팔메스 알레를 향해 올라갔다. 거리는 사람 하나 없었지만 한낮처럼 찬란했고, 우리는 곧 학교로 가서 다시 모두를 만날 생각이었다. 데니스와 사미르, 나머지 아이들 모두. 하지만 그때, 우리는 외톨이었다. 뒤에도 앞에도 지나가는 사람은 없었다. 집들은 저 언덕 위에 있었고, 자동차들은 가까운 주차장에 세워져 있었고, 문들은 잠겼고 경보기가 작동했다. 유르스홀름 전체가 버려진 것 같았다. 새소리 하나, 아침의 소리 하나 들리지 않았다. 모든 것이 고요했다. 핵폭탄이 터지기 직전의 적막감이네, 나는 생각했다. 왜 핵폭탄을 떠올렸을까? 정말 그때 그런 생각을 했을까, 아니면 나중에, 지금 떠올린 생각일까? 어차피 끝난 일이지만. 모두 끝나버렸다.

구급차를 타고 학교에서 병원으로 가는 내내 나는 들것에 누워 아무것도 보지 않고 귀만 기울였다. 얼마쯤 달렸을 때 멀리서 또 다른 사이렌 소리가 들려왔다. 사이렌은 응급 상황을 뜻하는 거겠지? 아직 상황이 끝나지 않았다는 뜻인가? 누군가 아직 살아 있다는 뜻인가?

"전부 죽었나요?" 나는 옆에 있는 경찰에게 물었다. 나를 밖으로 데려온 남자였던 것 같다. 경찰은 대답하지 않았다. 그는 내게 눈길 한 번 주지 않았다. 이미 나를 증오하고 있었다.

병원 직원들은 라텍스 장갑을 낀 손으로 내 옷을 벗겨내고 내 옷가지를 다른 주머니에 넣었다. 나는 몇 시간이 지난 후에야 씻을 수 있었다. 의사 셋, 간호사 넷이 나타나고 나서 그들은 나를 샤워 부스로 들여보냈다. 나는 온수를 틀고 물줄기 밑으로 들어갔다. 물이 점점 아주 뜨거워졌지만 온도 변화가 실감 나지 않았다. 피 냄새가 좀체 가시지 않았다. 욕실 문은 열려 있었고, 샤워 커튼도 없었고, 여자 경찰이 문간에 기대어 내내 나를 빤히 쳐다보았다. 그들은 끊임없이 테스트를 한다면서 수없이 내 손톱 밑을 긁어댔다. 겉이고 몸속이고 긁어댔다. 금속으로 만든 기구로, 어마어마하게 큰 면봉으로. 나는 그날 밤을 병원에서 보내야 했다. 전혀 아픈 데 없이 멀쩡한데도.

경찰들이 나와 얘기하러 왔다. 얼마 지나지 않아 나는 그것이 신문이라는 것을 깨달았다. 얼마 후에는 내가 경찰 외에 다른 사람과 말할 수 없다는 것과 그 이유를 알게 됐다. 왜 간호사와 의사들이 연민이라고는 눈곱만큼도 없는 투로 "우린 너와 대화하는 게 금지돼 있어"라고 말했는지도. 얼마 후에는 몇 시간이 지나도록 엄마와 아빠를 못 만나는 이유도 알게 됐다.

내 침대 곁에는 또 다른 여자가 곤봉 손잡이를 움켜쥔 채 앉아 있었다. 나는 벌거벗겨진 채 침대에 눕혀지고 나서 그 여자에게 엄마와 아빠가 죽었느냐고 물었다. 왜 그런 말을 했는지는 모르겠다. 하지만 그 말에 여자가 동요하는 건 알 수 있었다. 그녀가 휴대폰으로 전화를 건 후 첫 번째 여경이 돌아왔다. 엉덩이가 남자 같고 80년대 뽀글이 파마를 한 그 여자는 녹음기를 가지고 있었다. 그녀는 실눈을 뜨더니 왜 엄마와 아빠가 죽었는지 물었냐고 내게 물었다. 그걸 왜 알고 싶었냐고? 왜? 왜? 왜? 나는 그녀가 왜 그런 걸 묻는지 이해가 안 갔다. 나중에는 알게 됐지만.

병원에서 경찰 둘이 번갈아 나를 감시했다. 엄마와 아빠는 딱 5분 동안(늦은 저녁이었던 것 같다. 한밤중이었을 수도 있고) 또 다른 경찰 입회하에 면회를 허락받았다. 비좁은 방 안에 총 여섯 명이 있었고, 엄마는 내 침대 가장자리에 걸터앉았다. 엄마는 아무 말도 하지 않았고 아무것도 묻지 않았다. "무슨 일이 일어난 거니?" 혹은 "무슨 짓을 한 거니?"라고 묻지 않았다. "좀 어떠니?"라는 말조차 하지 않았다. 다 잘될 거라는 말도 하지 않았고, 이제 어떻게 하라거나 죽지 않으려면 어떻게 해야 한다는 말도 하지 않았다. 내가 그렇게 말했어도, 죽겠다고 말했어도 그랬을까? 엄마는 그냥 울기만 했다. 엄마가 우는 건 여러 번 본 적 있었지만 이런 모습은 처음이었다. 다른 사람처럼 보였다. 뒤틀리고 겁에 질린 것 같았다. 생각해보면 그때 엄마는 내가 두려웠던 것 같다. 너무 두려워서 내게 아무것도 묻지 못하고 아무 말도 하지 못했던 것이다. 내가 무슨 말을 할지 두려워서.

어쩌면 아무것도 묻지 말고 앞으로 내게 어떤 일이 일어날지 얘기하지 말라는 경찰 측의(혹은 샌더의) 지시가 있었을 수도 있다. 하지만 원래 엄마는 내게 무얼 하라고 말하는 법이 없다. 그저 이맛살을 찌푸리며 꽉 막힌 머리로 사고하려 애썼다. 오만 가지 유형 중에 엄마가 즐겨 선택하는 유형은 사려 깊은 엄마였다. 자기 딸은 책임질 줄 알 만큼 성숙하다는 것을 인식하고 그것을 딸에게 보여주는 유형. 엄마 스스로 그렇게 믿어서가 아니라 남들의 눈에 그렇게 비치는 게 중요해서였다. 그런데 그때는 자신이 얼마나 훌륭한 어머니인지 과시할 여유가 없었을 것이다. 어차피 그 순간에는, 그런 장소에서는 성공할 확률이 극히 낮았다. 아빠는 엄마 뒤에 서 있었다. 아빠도 울고 있었다. 아빠가 우는 걸 보기는 처음이었다. 할아버지의 장례식에서도 본 적 없었는데.

"페델 샌더에게 전화했다." 아빠가 말했다. 따지고 말고 할 상황이 아니었다.

나는 변호사 페델 샌더를 알고 있었다. 모두가 그를 알 것이다. 아동 살해범이나 강간범을 변호해 신문과 뉴스를 장식하는 변호사. 번쩍거리는 잡지를 보면 시사회나 왕이 자리한 파티에도 참석하는 모양이다. 노벨상 연회뿐 아니라 왕이 초대할 사람을 직접 선정하는 파티에도 다니는 것이다. 그는 텔레비전 쇼에도 자주 나와서 그를 선임할 만큼 운이 좋지 않은 사람들에게 전문가로서 재판에 관한 조언을 해준다.

좀 묘했다. 내가 들어본 적 있는 유일한 변호사, 텔레비전이나 영화처럼 "이의 있습니다, 재판장님!" 하고 고함을 지르지 않는 진짜 변호사, 왕과 어울리는 변호사, 모든 사람의 변호사, 환상의 나라에서 곧장 등장한 듯한 남자라니.

나는 그냥 고개를 끄덕였다.

엄마도 고개를 끄덕였다. 코를 팽 풀고는 고개를 끄덕거렸다. 신경질적으로 수만 번쯤. 그들이 엄마에게 쓰러지지 말라고, 적어도 말은 할 수 있게끔 뭔가를 주었을지도 모른다. 나는 두려웠다. 입을 열었다가는 비명이 터져 나와 멈추지 못할 것 같았다. 그래서 입을 꾹 다물었다. 고개를 끄덕이거나 저었다. 대부분 끄덕였다.

그냥 해요, 하고 생각했다. 입 다물어요. 말하지 마요.

아빠가 반걸음 정도 물러섰을 때, 문득 내게 고맙다고 말하려나 하는 생각이 들었다. 내가 꼬마였을 때 그랬던 것처럼 언성을 반 옥타브 낮추고 "어떠니, 마야?" 하고 물을 줄 알았지만 아빠는 그러지 않았다. 그냥 나갔다.

좀 더 머물 수 있는데도 그들은 그러지 않았다. 분명 경찰은 엄마와 아빠와 딸 사이의 허심탄회한 대화를 기대했겠지만 그런 건 없었다. 엄마와 아빠는 그냥 떠났다. 아마 거기 있기 싫었을 것이다.

엄마는 일어서기 전 나를 끌어안았다. 그러면서 손톱을 내 팔뚝에 박았다. 나도 엄마를 끌어안으려고 몸을 앞으로 숙였지만 동작이 늦는 바람에 엄마의 가슴뼈가 내 쇄골에 부딪혔다. 내가 엄마보다 크지 않았다면, 어쩌면 엄마는 내 이마에 키스했거나 다른 모성애적 제스처를 취했을 것이다. 하지만 이제 그런 것은 불가능했다. 내가 엄마에게서 떨어졌을 때 엄마는 실험실 쥐처럼 눈시울이 붉어져 있었다. 눈물로 화장이 모두 지워졌지만 화장을 고치지는 않았다. 그만큼 타격이 컸다. 그만큼 나락에 떨어져 있었다.

엄마와 아빠가 떠난 후 간호사가 알약 두 개를 플라스틱 컵에 넣어 가져왔다. 나는 그것을 먹었다. 입안에 넣고 약간 더 큰 컵에 든 물로 삼켜버렸다. 간호사는 문도 안 닫고 나갔다. 여전히 사복 차림의 경찰이 내 침대 옆에 하나, 문밖에 하나 더 있었다.

그들은 내가 자살을 할 거라고 생각했다. 그런 짓을 했다는 수치심을 안고 살지 못할 거라고. 나는 그들의 생각을 이틀 후에야 알았다. 나는 입을 겨우 열고 그 여자 뒤에 대고 목소리를 냈다. "고마워요." 그렇게 말하고 싶어서. 하지만 미안해요, 하고 말하는 편이 더 적절했을 것이다. 내가 죽었어야 했는데 그러지 않았어요. 오히려 살아남았어요. 미안해요. 정말 미안해요. 일부러 그런 건 아니에요. 죽고 싶어요. 정말로.

첫날 밤에 내가 잠이 들었는지 잘 모르겠다. 아닌 것 같다. 다만 입을 꽉 다물려고 애썼다. 터지려는 비명을 틀어막았다.

다음 날 아침, 경찰 둘이 병원으로 왔다. 나는 철저히 검사를 받았다. 내 눈물샘은 철저히 말라버렸다. 그 여자, 그 깡마른 파마머리가 더 젊은 남자를 대동하고 돌아왔는데, 남자는 여자의 반걸음 뒤에서 빤히 쳐다보기만 했다. 내내 방 밖에 앉아 있던 남자인지도 몰랐다. 아무튼 그는 자다가 방금 깬 것처럼 멍하니 우리를 번갈아 쳐다보았다. 그러다 시선을 내게 고정했다. 그가 눈길을 돌릴 때까지 나도 되받아 빤히 쳐다볼까 생각했지만 그럴 기운이 없었다. 피곤했다. 금방이라도 잠이 들 것처럼.

경찰들은 서두르는 기색은 없었지만 앉으려 하지 않았다. 어떤 의사가 종이를 한 장 들고 들어왔고, 여경이 거기에 서명했다. 나는 옷을 갈아입을 필요는 없었다. 병원 가운을 입어도 된다고 했다. 우리가 여기 도착했을 때 새 옷을 주겠다고 하더니. 내 옷, 내 휴대폰, 내 컴퓨터, 내 아이패드, 내 집 열쇠, 로커 열쇠 모두 그들이 가져갔다.

나는 변기를 쓰고 이를 닦고 싶다고 했다. 그들은 그러라고 허락해주었지만 파마머리가 화장실로 따라 들어왔다. 내가 오줌을 누려고 속옷, 병원 속옷을 내릴 때 그녀는 돌아섰지만, 휴지로 닦을 때 보니 거울로 나를 쳐다보고 있었다.

나는 얼마나 자리를 비워도 되는지 묻지 않았다. 화장실에서 나가기도 전에 그 경찰이 내 손목에 수갑을 채우더니 손목과 수갑 사이에 한 손가락을 넣어 수갑이 너무 조이지 않는지 확인했다. 그러고는 내 허리에 벨트를 채우고 나서 쇠줄로 수갑과 연결했다. 집에 갈 수 없다는 건 알고 있었지만 정확히 어디로 가게 될지 최초로 깨닫는 순간이었다. 그래도 내가 수갑을 찼다는 것은 정말 충격이었다.

"이거 정말 허락받은 거예요?" 나는 물었다. "나는 고작…." 어린애잖아요, 혹은 청소년이잖아요, 하려다 그만두었다.

기자들이 병원 밖으로 몰려들었다. 카메라를 가진 남자 넷과 손에 휴대폰을 움켜쥔 여자 넷이 출입구에 서 있었다. 또 다른 두세 명은 더 멀찍이 있었다.

내가 문밖으로 나설 때 그들은 소리치지 않고 일제히 돌아서는 것 같았다. 우리 할아버지의 여우 사냥개들은 할아버지가 고무장화를 신는 순간 주둥이를 공중으로 치켜들고 울부짖기 시작한다. 기자들에게 나는 고무장화였던 셈이다. 카메라 소리가 아득히 들렸다. 그래도 너무 들이대지는 않는구나, 언뜻 그런 생각이 들었다. 그들은 내가 일부러 쳐다보지 않아도 되는 곳에 서 있었다.

나는 사복 차림의 여경이 회색 차의 뒷문을 열고 함께 차에 탈 때를 기다렸다. 기자 한 명이 내게 기분이 어떠냐고 물었다. 낮은 목소리로. 나는 그가 그렇게나 가까이 서 있는지 미처 모르고 있다가 움찔했다.

"괜찮아요, 고마워요." 나는 말했다. 말이 불쑥 튀어나왔다. 입을 다물고 있어야 했는데 깜빡한 것이다. 차라리 마구잡이로 비명을 내지르는 편이 더 나았을 것이다. 큰 실수를 했다는 게 온몸으로 느껴졌다. "그게 그러니까…." 나는 입을 열었다. 그때 그 기자의 가느다란 눈을 보았다. 그는 나를 딱히 여기는 마음이 조금도 없었다.

여경이 나를 움켜잡았다. 그녀는 내가 말하는 걸 원치 않는 게 분명했다.

"네 친구들이 죽었어…." 그 기자는 말을 시작했지만 제지당했다.

파마머리는 그 기자를 한 대 후려칠 기세였다. "당장 입 닥쳐요. 질문하지 말라고. 우리 수사를 망치고 싶지 않으면. 그게 당신이 원하는 거요?"

나중에 알았지만, 파마머리는 내가 아직 모르는 사실을 그 기자가 발설할까 걱정하고 있었다. 경찰은 내가 그 정보에 어떤 반응을 보일지 확인하려 했던 것이다. 하지만 그때 나는 파마머리가 내게 화가 난 줄 알고 얼굴을 붉혔다. 전보다 더 화가 난 줄 알고. 나는 백옥 같은 피부를 귀엽게 붉히는 가녀린 꼬마 예쁜이가 아니다. 예쁜이는커녕 호흡이 가빠지고 시큼하고 독하며 짠 얼룩을 남기는 땀을 흘리기 시작했다. 하지만 나는 아무렇지 않은 척 등을 쭉 폈다.

좁은 엉덩이와 네모난 손톱의 파마머리가 주머니를 뒤적거리며 자동차 키를 찾고 그 기자는 경찰이 방금 한 말의 의미를 곱씹는 동안, 풀어진 내 머리채가 와락 바람에 휘감겨 뒤쪽으로 휘날렸다. 그 와중에 파마머리가 내 손과 수갑 위에 덮어두었던 재킷이 땅바닥에 떨어졌다. 나는 우두커니 서 있었다. 지나치게 큰 병원 가운 속의 내 젖꼭지가 브라 없이 가장 가까운 사진기자에게 노출됐다. 수갑이 허리에 묶이지 않았다면 아마 나는 손을 흔들기 시작했을 것이다. '나 방금 100미터 세계 신기록 세웠어요' 하는 미친 제스처로. 쭉 뻗은 팔의 날렵한 손으로 손가락을 활짝 편 채 말 없는 군중을 향해서. 사실 군중이 아니라 이도 안 닦고 옷도 안 갈아입고 깜짝 놀란(진짜 놀란) 기자들이었지만.

차에 올라탈 때 온몸이 아팠다. 옷이 닿는 부위마다 불에 타는 듯 따가웠다. 해파리에 쏘인 것처럼, 쐐기풀에 찔린 것처럼, 3도 화상으로 지긋지긋한 물집이 잡힌 것처럼 지독하게 아팠다. 몸을 떨었던 것 같다. 나는 두 팔과 두 손을 가로지르는 안전벨트에 매달렸다. 고개를 돌려 파마머리를 외면했다. 차가 주차장을 벗어나 고속도로로 올라가서야 겨우 숨통이 트였다.

자동차 세 대가 우리를 뒤따랐다. 적당한 간격을 두고. 내 눈에 보이진 않았지만 그들은 미친 듯이 자기들 본부로, 편집실로 전화를 해대고 휴대폰을 만지작거려 사진을 전송했다. 그들이 노리는 건 뻔했다.

내 사진. 마야 노르베리, 유르스홀름의 망나니 계집애, 현실 세계와 동떨어진 미치광이. 살인자. 그게 아니면 왜 경찰이 그렇게 반응했겠나? 그게 아니면 왜 10대 소녀가 수갑을 차고 이송되겠나? 몇 분 후 나는 뉴스 가판대에 등장했다. 똑같은 주제의 여러 기사에서 열네 가지 다른 각도의 모습으로.

파마머리는 금세 차분해졌다. 누가 우리를 따라오든 신경 쓰지 않는 것 같았다. 그녀는 코담배 백 하나를 입술 사이로 넣더니 혀로 그걸 다시 쑥 내밀었다. 그러고는 턱으로 코담배 통을 가리키며 내게 좀 줄까, 하고 물었다. 나는 고개를 저었다.

어이가 없네, 하는 생각이 절로 들었다. 이제 친한 척까지 해야 하는 거야, 나랑 저 여자랑? 떠나기 전에 진통제 좀 달라고 할 걸 아쉬웠다. 별안간 허기가 몰려왔다. 마지막으로 무얼 먹은 게 언제였지? 어제였을 것이다. 어떤 경찰과 발코니에서 담배를 피운 건 기억이 났다. 내가 담배를 달라고 했을 때 호들갑을 떤 사람은 없었다. 나를 어떤 발코니로 내보낼지 결정하는 데 시간이 약간 걸렸고 내가 피울 담배를 찾아오느라 시간이 조금 더 걸렸을 뿐, 그 외는 대수롭지 않게 생각했다. 대량 학살범이 되고 나니 더 이상 몰래 담배를 피우지 않아도 됐다.

그나저나 오늘 아침을 먹었던가? 안 먹었다. 어제 점심은? 확실히 안 먹었다. 저녁은? 아닌 것 같다.

나는 이마를 차창에 기대고 눈을 감았다. 기자들에게 손이라도 흔들어줄걸. 수갑 찬 손이라도. 그럼 왕과 친한 변호사가 정신이상자이니 풀어달라고 요구할지도 모르잖아.

사건 번호 B147/66 공판

검찰 대^對
마리아 노르베리

재판 첫 주 화요일
8

모든 재판은 같은 패턴을 따른다. 누가 어떤 순서로 말할지 규칙이 정해져 있다. 샌더는 이것을 설명해주었고 나는 귀담아들었다. 놀라는 모습을 보이고 싶지 않다. 준비된 모습을 보이고 싶다.

둘째 날 우리는 '살인자' 대기실에서 만난다. 아직 9시 30분도 안 된 시각인데 샌더 앤 레스타디우스 직원이 오스테맘스할렌의 고급 시장에 가서 오늘 먹을 점심을 사 왔다. 음식은 차갑지만 지난 9개월간 먹은 것들보다 백만 배는 나아 보인다. 탁자위에 민트 초콜릿이 한 무더기 있고, 그 옆에 커피가 든 보온병하나, 각설탕과 우유가 담긴 작은 용기들이 놓여 있다. 나는 아침을 먹은 지 2시간밖에 안 지났지만 초콜릿을 먹고 나서 은박포장지를 뭉쳐 작은 공 더미를 만든다. 다른 사람에게 맛을 보겠냐고 묻지는 않는다. 대신 담배를 피워도 되냐고 묻는다. 샌더는 내게 삼가라고(샌더가 즐겨 쓰는 말) 부탁한다. 이 방을 나가면 십중팔구 기자들이 꼬이는 데다 안전에도 문제의 소지가있다면서.

페르디난드가 대신 코담배를 하겠냐고 묻는다. 어련하시겠어. 페르디난드도 코담배를 한다. 아마 이 여자는 겨드랑이털도 밀지 않을 것이다. 교도소 간수 둘도 코담배와 풍성한 체모가 여성 해방을 향한 진보라고 확신하는 듯했다. 그럼 체취는 자연스러운 아름다움의 발현이겠군. 페르디난드를 보면 자꾸 그런 생각이 든다. 고학력자라는 티가 나긴 하지만. 페르디난드가 내게 내민 코담배 통에는 코담배 백이 아니라 코담배 가루가 들어 있다. 새삼스럽지도 않다.

"아뇨, 괜찮아요." 나는 말한다. 지난 9개월 동안 여자들은 내게 코담배를 수없이 권했다. 대부분의 사람들이 평생에 걸쳐 겪을 것을 한꺼번에 겪은 기분이다.

"흡연이 위험하다는 거 모르니?" 팬케이크가 걸걸한 목소리로 내 귀에 대고 지껄인다. "젊은 나이에 죽을 수도 있어."

농담인지 진담인지 잘 가늠이 안 된다.

어쨌거나 오늘 검사는 나의 죽음을 들먹일 것이다. 내가 어떻게 죽어야 하는지에 대해.

그녀의 주장은 다음과 같다. 세바스티안과 나는 우리를 배신한 사람들에게 복수를 하기로 했다. 우리는 사람들을 최대한 많이 죽이려고 폭탄이 든 가방과 총이 든 가방을 차에 싣고 학교로 갔다. 살인 행위가 끝났을 때 세바스티안은 죽었다. 나도 죽었어야 했지만 죽지 않았다. 모든 학교 총격사건의 결말과 다르게. 대부분의 학교 총격사건은 이렇다. 미치광이 한둘이 친구들에게 복수를 결심하고 총을 난사한다. 그러다 더 이상 총을 쏠 수 없게 되거나 경찰이 도착한다. 그러면 서로를 쏘거나 자살을 하거나 경찰에게 죽임을 당하는 것으로 최후를 맞이한다. 물론 이것은 겁쟁이가 아니라야 가능하다. 오직 겁쟁이만이 살아남는다. 그리고 나는 살아남아 여기 스톡홀름 지방 법원 1호 법정 밖에 멀쩡히 앉아 있다. 쫄보. 검사의 주장을 해석하자면 나는 쫄보라는 얘기다.

나는 팬케이크의 말을 씹는다. 보안요원이 문을 열고 우리에게 입장해도 좋다고 말한다. 샌더가 물건을 챙기는 동안 나는 은박지 공 피라미드를 마지막으로 쌓아본다. 페르디난드가 다시 코담배를 권한다. 나는 고개를 젓는다. 내가 얼마나 담배 생각이 간절해 보이면 이러나 싶다.

그때 페르디난드가 "니코틴 껌!" 하고 환호한다. 기발한 생각이 떠오른 것처럼. 급기야 털이 복슬복슬한 가방을 뒤적거리자 샌더가 혀를 끌끌 찬다. 내가 재판 중에 껌 씹는 걸 샌더가 놔둘리가 있냐고. 우리는 안으로 들어가 자리를 잡는다.

'레나로 불러줘'의 뺨은 반들반들하고 발그레하다. 법원 건물 밖 계단에 서서 기자 회견을 하는 것으로 오늘 하루를 시작했나 보다. 오늘 날씨는 화창하고 서늘하다. 내기라도 할 수 있다. 그녀가 법원 계단에서 하는 기자 회견에 사족을 못 쓴다는 걸. 아주 흥미진진한 영화에 등장하는 아주 중요한 인물도 좋아할 테고. 아니면 일상생활 중에 틈틈이 하는 운동을 중요히 여겨 여기까지 걸어오셨나? 짐작건대 레나 파르손은 엘리베이터 대신 계단을 오르면서 계단으로 올라왔으니 휴식 시간에 빵 두 개나 포장해 온 마지팬 푼쉬롤 빵을 커피와 먹어야겠다고 생각했을 것이다. 또한 '레나로 불러줘'는 채권을 사고 연금이 얼마나 되나 따져보고 대출 없이 로스쿨을 다녔을 것 같다. (왜냐하면 빚을

진 사람은 절대 자유롭지 못하니까!) 그녀의 집이 어떨지 상상하는 건 식은 죽 먹기다. 소나무 판넬을 댄 거실, 아이들 침대 위에 걸린 드림캐처, 유리 장식장 안에 진열된 스웨덴 최대 규모의 개구리 도자기 인형들. 지금은 그녀가 말할 차례다. 또다시. 나는 선임 검사 레나 파르손이 싫다.

지난 9개월 동안 누구나, 나만 빼고 누구나 신문 기사와 텔레비전 프로그램을 통해 발언할 기회를 얻었고, 나만 빼고 누구나 황금 시간대에 울 수 있었고, 나만 빼고 누구나 아무 계단에서 기자 회견을 열 수 있었지만, 내 변호인과 가족들은 공개적으로 발언할 길이 막혀 있었다. 그런데 또 검사가 말할 차례라니. 다이옥신에 절인 연어 위에 쉬어빠진 크림이 얹힌 꼴이다. 이제 검사는 스스로 목숨을 끊어야 마땅했으나 그럴 만한 용기가 없었던 대량 학살범에 대한 이야기를 하려고 한다. 결과를 회피한 겁쟁이, 빠져나갈 수 있다고 생각하는 망할 겁쟁이에 대해. 나에 대해.

샌더는 목이 쉬도록 설명할 수 있겠지만 나는 그녀가 이걸 왜 시작하게 됐는지 여전히 이해가 안 간다. 검사는 나에 관한 헛소리를 종일 줄창 지껄인다. 내일까지라도 계속할 기세로. 그다음에는 우리에게 발언권이 넘어올 테고 그 후 다시 그녀의 차례가 될 것이다. 그녀는 증인들을 한 명씩 불러내는데, 증인들에게는 한 가지 공통점이 있다. 모두 내가 괴물이라는 데 동의하는 사람들이다.

오늘은 선임 검사 레나 파르손의 날이다. 앞으로 이런 날이 얼마나 될지 모르지만 어쨌든 오늘은 그렇다. 완전히 전적으로 그녀의 날이다. 엄마는 안색이 하도 창백해서 광대 분장을 한 것처럼 보이고 아빠는 이마가 번들거린다. 샌더는 지극히 느긋하다. 자기 집 거실에서 초대한 손님들과 술 한잔하면서 대화 중인 것처럼. 하지만 나는 이 칵테일 파티에 초대받지 못했다. 서빙 탁자에 널브러져 있다. 나는 그들의 먹잇감이다. 조각 케이크를 곁들여 차려진 식사다.

우리는 경청할 것이다. 그러고 나서 사진과 그림과 무기와 문서 원본을 볼 것이다. 그리고 내 이메일을 읽을 것이다. 내 문자도. 내 페이스북 글도. 그리고 내가 누구에게 전화를 했고 얼마나 오래 얘기했는지도 살펴볼 것이다. 내 컴퓨터와 로커 안에 든 내용물에 대해 토론하고 내가 교과서 속표지에 적어둔 메모까지도 읽을 것이다. 그것은 어떤 시구였다. "기다릴 만한 것이 아무것도 남지 않을 때 인내할 것도 남지 않는다." 검사에 따르면 이 구절은 죽고 싶은 욕망을 부채질한다. 다음 주 레나 파르손은 다른 사람들을 데려올 것이다. 그들은 전부 말할 것이다. '레나로 불러줘'가 마음만 먹으면 내 더러운 속옷도 법정 안을 돌아다닐 것이다. 모든 사람이 그것의 냄새를 맡을 수 있게.

나는 가장 마지막으로 들어가서 내 자리에 앉아 탁자를 응시한다. 엄마와 아빠에게 말을 거는 것은 단 1초도 불가능하다. 천만다행이다. 그들이 나를 껴안고 만지고 내 머리 매무새를 고쳐주는 것도 불가능하다. 그것이 가능하다면 팬케이크는 좋아할 것이다. 기자들이 일거수일투족을 지켜보는 지금과 같은 상황에서 그들이 보게 될 광경을 팬케이크 본인이 통제할 수 있는 한 반대할 이유가 없을 것이다. 가령 엄마가 내 얼굴의 머리카락을 귀 뒤로 넘기나 한다면.

엄마는 항상 그래왔다. 까마득한 옛날부터 쭉. 누군가 사진을 찍으려고 하면 꼭 집게손가락과 엄지손가락으로 내 머리카락을 귀 뒤로 넘겨 유튜브에 널린 흔하디흔한 장면을 연출했다. 수십 년간 반복되는 진부한 주제. 녹는 빙하라든가, 마약 복용 2년 만에 담배 피우는 예쁜이에서 이 빠진 쭈그렁 할망구로 변한 소녀라든가. 무수한 이미지들이 휘릭휘릭 떠오른다. 마야의 머리카락을 쓸어 넘기는 사진들. 짧고 보송보송한 아기의 머리카락. 더 길고 고불고불한 여자 아기의 머리카락. 유치원에서 사진 찍는 날 내가 직접 다듬은 앞머리. 엄마에게 묻지 않고 내 마음대로 부분 염색을 했을 때. 엄마에게 부탁해 머리를 고불고불하게 말았을 때. 미드서머 화환*을 걸었을 때. 성 루치아의 날** 반짝거리게 치장하고 행진할 때. 머리끈이 사라진 땋은 머리. 11개월 동안 한 번도 자르지 않아 엄청 치렁치렁한, 교도소 샴푸로 감은 머리.

엄마가 내 머리를 쓸어 넘기면 기자들은 눈에 불을 켜고 쳐다볼 것이다. 팬케이크는 하도 좋아서 오줌을 지리려나. 나는 멍한 눈으로 앉아 있다. 레나 파르손이 마이크를 켜자 스피커가 지직거린다.

"반갑습니다." 재판장이 애써 사과하는 투로 말한다. 그러고는 발언권을 검사에게 준다. 그녀의 뺨은 여전히 분홍빛이다.

"그날 그 시각 피고의 행위가 살인으로 이어졌음을 고려할 때 피고는 살인을 선동한 죄가 있다…." 그녀는 적어온 글을

---

* 6월 24일 한여름을 축하하는 북유럽의 축제인 미드서머 데이에 여자들이 거는 화환.
** 12월 13일 순교자 성녀 루시아를 기리는 축제로 젊은 여자들이 흰옷을 입고 허리에는 붉은 띠를 차며 머리에는 촛불 화환을 쓴다.

읽기 시작한다. "…피고의 행동이 세바스티안 퍼게만을 유도해…."

왜 저 여자는 글을 읽는 걸까? 이 마녀는 나를 기소한 내용 하나 못 외우나? 멍청이도 검사가 될 수 있나?

"첫 살인은 같은 날 유르스홀름 고등학교의 412교실을 공격하자는 노르베리와 퍼게만의 공모에서 비롯됐습니다." 그녀는 서류를 내려놓는다. 독서용 안경도 벗는다. "이제부터 피고가 이 행위의 준비와 실행에 적극적으로 가담했다는 것을 입증해 보겠습니다."

"우리가 마지막에 말할 거야. 우리한테 유리하지." 페르디난드가 말했다. 물론 틀린 말이다. 검사가 말을 마쳤을 때는 경청할 힘이 남은 사람은 아무도 없을 테니까. 누구도 나를 쳐다보려 하지 않을 것이다. 하물며 내 말을 들을 의욕 따위 있을 리 없다. 달리 방법이 없을까? 없다.

우리가 무슨 말을 하든 달라질 건 없다. 아무도 내가 무슨 말을 하는지 이해하지 않을 것이다. 우리는 같은 게임 안에서 다른 역할을 수행할 뿐이지만 우리가 그렇게 말한들 누가 수긍할까.

샌더는 내 입장에서 본 이야기를 하겠지만, 너무 늦었다. 그들은 이미 마음의 결정을 내렸을 테니까.

검사는 우리, 즉 나와 세바스티안이 어떤 연인이었는지 이야기한다. 그는 내 남자친구였고, 나는 세바스티안을 너무 사랑했고, 그것이 내 삶을 삼켜버렸다고. 내가 그를 위해서라면, 우리의 사랑을 위해서라면 무슨 짓이든 했을 거라고.

레나 파르손은 자신의 주장을 어떻게 입증할지 설명한다. "다음과 같이 증인들이 소환할 예정이며…." "그 증언은…." 어쩌고저쩌고…. "그 증거는…." 어쩌고저쩌고. 페르디난드는 나를 곁눈질로 훔쳐보면서 동정하는 시늉을 한다. 그만 쳐다보라고, 좀. 팬케이크는 바인더 두 개의 위치를 뒤바꾼다. 가만히 앉아 있어요, 좀. 이 둘은 왜 여기 있는지 통 모르겠다. 무용지물들. 페르디난드는 내가 갈색 피부의 사람들을 혐오하지 않는다는 광고 모델인 셈이다. 한번은 참지 못하고 그녀에게 나를 변호하는 기분이 어떠냐고 물어보았더니 그녀는 오줌을 지리는 게 아닐까 싶을 정도로 안절부절못했다. 그러다 독특한 기회니 뭐니 더듬더듬 대답하고는 내 사건을 맡게 돼서 영광이고 자신의 경험이 도움이 되기를 바란다고 말했다.

개소리를 참 서사시처럼 해댔다. 페르디난드는 나와 이 재판에 관한 모든 것을 싫어한다. 내 변호인이 되기에 경험이 부족함에도 다른 이유로 이 법정 안에 앉게 됐다는 것도. 본인이 내 사건에 어울린다는 것도. 선츠발*에서 태어나 스웨덴 교회에서 세례를 받았음에도 기자들과 질투심에 사로잡힌 동료들 앞에서 최선을 다해 샌더의 명목상 빈민가 출신 모슬렘 역할을 해야 하는 것도. 이 재판과 관련해 그녀가 좋아하는 게 있다면 그것은 딱 하나다. 우리가 질 거라는 것. 절대 인정하지 않겠지만 그녀는 우리가 질 거라고 생각하는 게 분명하다.

레나 파르손이 계속 지껄인다.

"검시관의 진술에 따르면, 부록 19와 20에서 보다시피 어맨

---

* 스웨덴 동부의 항구 도시.

다 스틴의 사인은 두 발의 총상이었고, 그것은 피고 마리아 노르베리의 2번 무기 발사에 의한 것이었습니다. 몇 초 뒤 피고는 2번 무기를 다시 발사했습니다. 검시관의 진술에 따르면, 이 세 발의 총탄으로 인해 부록 17과 18에서 보다시피 세바스티안 퍼게만은 사망했습니다."

이것은 우리가 인정하는 부분이다. 즉 사실이라는 뜻이다. 나는 그들을 죽였다. 어맨다를 죽였다. 세바스티안을 죽였다. 사랑해서 죽인 것은 아니었다. 우리가 무슨 말을 하든. 나는 그들을 죽였다.

재판 첫 주 화요일
9

웬일로 선임 검사 레나 파르손이 점심시간 전에 모두발언을 마쳤다. 점심시간 후(페르디난드가 뛰어가서 점심을 데워 왔다) 그녀가 증거 서류를 내놓기 시작한다. 온갖 부검 보고서, 서류, 경찰 보고서, 희한한 지도, 또 다른 보고서, 실험 결과, 인용문, 전문가 의견 등등 이루 다 말할 수 없는 서류들. 갈수록 더 흘려듣게 된다. 레나 파르손이 소리 내어 낭독한다, 레나 파르손이 자기 메모를 낭독한다, 레나 파르손의 목소리가 징징거린다, 끝으로 갈수록 목소리가 조금 갈라진다. 목을 가다듬을 때가 됐는데 그러지 않는다.

기소장의 실제 분량은 11쪽이지만 검사의 장광설을 듣노라니 1만1천 쪽은 되는 것 같다. 서류의 전체 분량은 실제로 그 정도 되는 것 같다. 전체 사건 보고서를 일일이 다 살펴본다면.

나는 온종일 말을 하는 것도 밖으로 나가는 것도 허용되지 않는다. 묵묵히 자리를 지키면서 참아야 한다. 못난이 레나의 말을 흘려듣고 있다.

그녀는 우리의 문자 메시지를 낭독한다. 내가 어맨다와 세바스티안과 사미르에게 보낸 것들이다. 내가 세바스티안과 어맨다에게 받은 것들도 있다. 물론 사미르의 것도 있다. 그녀는 우리의 대화를 낭독하면서 모두가 읽을 수 있게 그것을 대형 스크린에 띄운다. 그것들을 한데 취합한 것이, 그 능력이 스스로 기특한 모양이다.

예전에 어맨다가 보여준 편지가 기억난다. 어맨다 할머니가 생전에 써둔 편지였는데, 자기를 관에 눕힐 때 어떤 옷을 입히고 교회에서는 어떤 음악을 틀라는 지시 사항이 적혀 있었다. 할머니가 고른 음악은 어떤 사중주단이 연주한 클래식 곡이었다. 어맨다와 나는 그 곡도, 그 사중주단도 들어본 적이 없었다. 그런데 할머니의 가장 친한 친구가 먼저 사망하면서 문제가 생기고 말았다. 친구의 장례식에서 똑같은 곡이 연주되는 바람에 어맨다의 할머니는 음악 하나 스스로 못 고르는 사람 소리를 들을까봐 다른 곡을 골라야 했다고 한다. 하지만 그 곡이 연주될 때 어맨다 할머니는 이미 죽었을 텐데. 할머니 친구도 죽고 없고. 그런데도 어맨다 할머니에게는 따라쟁이처럼 보이지 않는 것이 중요한 문제였다.

어째서 모두들 독창적이고 독특하지 못해 안달하는지, 죽고 난 이후의 문제까지도 신경을 쓰는지 나는 통 모르겠다. 아, 아냐, 세일 물건이나 뒤지던 고만고만한 인간들처럼 〈어메이징 그레이스〉를 틀 순 없어. 특별하고 잊을 수 없는 곡을 틀어야 해. 어떤 불쌍한 호구가 띵까띵까 클래식 기타 반주에 맞춰 〈천국의 눈물Tears In Heaven〉이라도 불러줘야 지루하지 않게 저승길을 갈 수 있다는 소리다. 너도나도 맞춤 장례식이다.

사람들은 마지막 순간까지 참 한심하다. 이 점에서는 예외가 없다.

이제 어맨다는 죽고 없다. 어맨다도, 세바스티안도. 나머지도. 나는 그들의 장례식에 참석하지 않았다. 내 가석방은 불허됐지만 물론 순전히 그것 때문에 장례식에 참석하지 않은 것은 아니다. 하지만 나는 그들의 장례식이 언제 열렸는지 알고 싶었다. 샌더는 내게 그 얘기를 해주었지만 세바스티안의 장례식은 말해주지 않았다. 비공개로 진행됐기 때문에.

세바스티안은 자기 장례식이 어땠으면 좋겠다고 말한 적 있을까? 아마 없을 것이다. 그는 죽음에 대해 말하긴 했어도 죽음 이후의 일에 대해서는 한 번도 말한 적 없다. 반면에 어맨다는 자신의 고별 모임이 어때야 하는지 온갖 상상을 하고도 남을 애였지만 그런 걸 계획할 이유는 없었다.

세바스티안의 장례식은 골칫거리였을 것이다. 초대장을 보낼 수도 없고 신문에 부고를 내기도 곤란하니 말이다. 꽃 대신 차라리 국경 없는 의사회에 기부를 하시죠.

그래도 뭐든 하긴 해야 했겠지? 비공개로. 그와 아주 가까운 사람들만, 그게 누구든, 소수만 참석한 장례식. 그의 아버지와 나는 참석할 수 없는. 어떤 음악이 연주됐을까 궁금하다. 세바스티안의 아버지가 좋아하던 음악이었을까? 그가 평소 즐겨 듣던 곡? 옷은 어떤 것을 입혔을까? 십중팔구 이럴 땐 아끼는 티셔츠를 입힌다. 10대 아이가 죽으면 좋아하는 티셔츠가 있었을 거라고들 생각하니까.

세바스티안에게는 정장을 입혔을 것이다. 클래스의 비서 마일리스는 정장을 사 와야 했을지도 모른다. 화장될 대량 학살범에게 어울리는 보수적인 색깔의 값비싼 정장.

추측해보자면 교회 장례식 후 곧장 매장 절차가 진행됐을 것이다. 아니면 세바스티안의 형이 그를 바람에 뿌렸거나. 아무도 모르는 바다 위에. 그래야 비석이 파괴되거나 신문에 나는 걸 피할 수 있을 테니까.

세바스티안의 엄마는 왔었을까 궁금하다. 스위스의 마약중독 재활원에서 불려왔을까? 아니면 아프리카에서 자원봉사를 하다가? 어디에 있었을까, 자기 아들이 상태가 점점 악화되는 동안.

그녀의 모습을 상상해본다. 커다란 선글라스, 면도와 왁싱과 레이저 시술로 해파리처럼 반들반들하고 투명한 피부. 관 위에 주황색 양귀비 한 송이를 놓았으려나? 장미는 아니었을 것이다. 장례식에 장미는 너무 진부하다고들 하니까. 쭈그렁 할망구들을 검정파리로 만드는 선글라스는 세련됐다고 생각들 하면서.

레나 파르손이 교실 사진을 보여줄 때 아빠가 앉은 자리에서 움직거리는 소리가 들린다. 가만히 앉아 있기 힘든 그 사람은 보나 마나 아빠다. 하지만 검사가 세바스티안의 집 진입로 보안 카메라 동영상을 틀자 법정 안은 쥐 죽은 듯 조용해진다. 동영상 속에서 나는 가방 하나를 세바스티안의 집에서 가져와 그의 자동차로 옮긴 후 세바스티안의 옆 조수석에 올라탄다. 그 가방은 무거운(무거웠던) 것 같다. 그것은 나중에 내 로커 안에서 발견됐다. 하지만 폭탄은 터지지 않았고, 전문가에 따르면 폭탄치고는 조악했지만 레나 파르손은 그 점을 언급하지 않는다. 막강한 재력을 보유한 괴물이라는 우리 둘의 이미지에 맞지 않으니까.

그날, 마지막으로 집을 나오던 날, 리나와 인사를 못 했다. 그 애는 아직 잠들어 있었다. 잠들어 있었겠지? 그 애 방에 들어가서 얼굴이라도 보고 나왔으면 좋았을걸. 잠이 든 리나를 보면 기분이 좋아진다. (항상 엎드린 자세고, 주먹 쥔 두 손은 베개 위에 있다.) 나는 마지막으로 본 그 애를 애써 떠올리곤 한다. 우리가 나누었던 이야기, 그 애의 차림새, 그 애의 모습. 하지만 기억이 나지 않는다.

아빠는 재판을 방청하기 위해 3주 동안 휴가를 냈을 것이다. 아빠가 보안 검색대에 휴대폰을 두고 와야 했을지 궁금하다. 부모님이 여기 있는 동안 리나는 무얼 하고 있을까? 할아버지와 같이 있겠지? 할아버지는 이 모든 걸 어떻게 생각할까? 리나와 이야기를 했을까? 내가 어디 있는지? 할머니가 살아 있을 때 할아버지가 할머니에게 한 마디 하면 할머니는 그것에 관한 질문을 수백 가지 던졌고 그래서 할아버지는 할머니에게 모든 걸 설명할 수 있었다. 할아버지와 할머니의 관계는 그런 식이었다. 할머니가 더 알고 싶어 했거나 알 필요가 있었던 게 아니라 할아버지가 뭔가를 설명하기 좋아했기 때문이다. 할머니가 돌아가셨을 때 할아버지는 정신을 놓은 듯 마냥 혼란스러워했다. 우리는 불필요한 질문을 이것저것 해보았지만 예전으로 돌아가지는 못했다. 할머니가 돌아가시자 할아버지는 완전히 늙어버렸다. 할머니 장례식이 열릴 때쯤 이미 할아버지의 행동은 심상치 않았다. 이제 할아버지는 일개 노인일 뿐이고(축축한 눈가, 부은 무릎) 목줄이 풀린 개들을 데리고 오래 산책하거나 손으로 이것저것 가리키며 식물의 종류를 나열하지도 못한다. 할아버지가 나에 관한 질문에 대답이나 할 수 있는지 의문이다. 리나가 먼저 묻기나 할지도 의문이고.

　세상 무엇보다 리나가 그립다. 꿈속에서 그 애는 자작나무 잎사귀처럼 가볍고 고사리손을 내 팔에 얹고 나를 쳐다보며 왜냐고 묻는다. 나도 몰라, 하고 대답하고 싶다. 하지만 리나가 질문한다고 해도 내가 대답할 수 있는 것은 없다. 그 애를 다시는 보고 싶지 않다.

　'레나로 불러줘'가 말하는 내내 고개를 똑바로 들고 있느라 목이 뻐근하다. 검사가 핵폭탄이 터진 그날 밤 우리가, 나와 세바스티안이 주고받은 대화를 언급한다. 마구마구 비명을 지르고 싶다.

　그래! 당신이 하는 말 듣고 있어, 조까튼 설명충아. 그만 닥쳐.

　이제 그녀는 다시 자신의 메모를 낭독한다.

　"검찰은 다음과 같은 혐의로 유죄를 주장합니다⋯." 그녀가 일일이 나열하기 시작한다. "⋯살인 방조⋯." 어쩌고저쩌고⋯. "모살, 혹은 치사, 혹은 중과실치사, 혹은 과실치사⋯." 어쩌고저쩌고, 어쩌고저쩌고. 내 유죄 죄목을 하나하나 열거하는 데 15분이 걸린다. 내가 그렇게 느끼는 것일 수도 있지만.

　세바스티안의 장례식은 평범하지 않게 치러졌을 것이다. 그리고 어맨다의 장례식에서는 〈천국의 눈물〉이 흘렀을 것이다 (백 퍼센트 확실히).

수감 후 며칠

10

처음 샌더를 만난 것은 교도소에 수감된 지 1시간 정도 지났을 때였다. 면회실에서 몇 분 정도 기다리니 그가 안으로 들어왔다. 나는 성인용 의자에 앉아 아이들의 놀이 공간을 바라보았다. 미니어처 탁자와 부서진 인형 유모차, 플라스틱 다기 세트, 책장들이 뜯어진 책 몇 권, 아스트리드 린드그렌의 동화책들이 있었다. 리나는 나를 만나러 온 적이 없어서 다행히 교도소 장난감을 가지고 노는 수모는 당하지 않았다.

나와 샌더는 만나면 늘 악수를 나눈다. 처음이라고 다르지 않았다. 처음 만난 날, 나는 그가 손님처럼 느껴졌지만 대접할 만한 게 없었다. 그래서 물을 한 잔 따라 떨리는 손으로 그에게 건넸다. 다행히 물을 흘리지는 않았다.

처음 만난 날 그가 대화를 주도했다. 그는 혐의에 대한 내 의견을 물었다. 하지만 나는 내 혐의가 무엇인지 알지 못했다. 지금은 경찰이 내게 그것을 말해주었다는 걸 알지만, 당시에는 그들이 그것을 내게 밝히고 말을 했는지 기억나지 않았다.

"넌 공모 혐의를 받고 있어…." 내가 어리둥절해하자 그는 놀란 투로 알려주었다. 나는 설명하려 했지만 머릿속이 뒤죽박죽이었다.

샌더는 고개를 끄덕이더니 한 번에 하나씩 하라고 했다. 그러면 모든 것이 그날 중으로 혹은 머지않아 더 명확해질 거라고. 경찰이 하는 말부터 들어보자고 했다.

"넌 살인 혐의를 받고 있는 거야." 그는 아주 덤덤한 어조로 말했다. "하지만 오늘 중으로 혐의는 더 늘어날 공산이 커." 그가 설명했다. 이제 모든 것이 이해될 거라는 투였다.

그는 나가기 직전에 내게 가방을 하나 건넸다. 가방에 내 옷이 가득했다. 엄마한테서 받아 온 게 분명했다. 뜻밖이었지만 필요할 것 같았다. 그는 내게 울 틈도 안 주고 나가버렸다.

감방으로 돌아오니 찬 음식이 담긴 쟁반이 있었다. 나는 가방을 바닥에 내려놓았다. 음식에는 손대지 않았다. 누군가 접시의 음식을 데워줄까 하고 내게 물었다. 나는 고맙지만 됐다고 대답했다. 그러고는 침대에 등을 대고 누워 천장을 똑바로 올려다보았다. 그렇게 30분이 여러 번 지나갔다. (그들은 내가 자살할까 봐 30분마다 나를 확인했다.) 그들이 와서 내게 조사를 받아야 한다고 말했다. 그날 아침 병원에서 이송될 때 있었던 파마머리가 돌아왔다. 다른 경찰도 있었다. 물론 샌더도 와 있었다. 페르디난드를 데리고. 그녀는 축축한 손과 마른 입술로 자기를 소개했다. 에빈이 그녀의 이름이었다. (성은 말하지 않았다.) 파마머리는 다른 옷을 입고 있었는데, 깨끗하지만 잘못된 온도에서 세탁한 옷 같았다. 그들은 특별한 조사실에서 나를 기다리고 있었다.

나는 조서를 전부 읽어볼 수 있었다. 굳이 그럴 필요가 있었나 싶다. 그러지 않아도 상세히 다 기억하고 있다. 그렇게 날이 가고 달이 가는 동안 나는 그저 고개를 끄덕이거나 젓기만 했다. 그때는 무엇 하나 이해되지 않았지만 지금은 모두 기억이 난다.

소년원의 조사실은 내 방과 같은 건물에 있었다. 심지어 같은 층이었고 젖빛 유리창들이 있었다. 밖은 전혀 보이지 않았다. 오로지 빛깔도 음영도 모호한 안개뿐이었다. 스웨덴의 11월 저녁 그림자? 아니면 밤이었을까? 하지만 곧 6월이었다. 해는 어디 있을까? 그때 이런 생각을 한 기억이 난다. 정말 한밤중에 사람을 신문할까? 나는 몇 시냐고 물었다.

"배고프니?" 파마머리의 동료가 물었다. 그들은 늘 음식 타령이다. 먹고, 먹고, 먹고. 스웨덴의 범죄자들은 전부 대식가인 모양이다. 나는 고개를 저었다.

경찰이 5시라고 말했다. 아침 5시? 궁금했지만 묻지 않았다. 어느 쪽이든 햇빛은 없을 테니까. 아직 5월이겠지? 궁금했다.

끝나면 저녁밥 줄게, 하고 그가 덧붙였다. 저녁이로구나. 배는 고프지 않았다. 다시 무얼 먹을 수나 있을지 의문이었다.

나는 안락의자에 앉았다. 샌더와 페르디난드는 내 옆에 앉았고, 동시에 파마머리의 남자 동료는 평범한 탁자 앞의 평범한 의자에 앉았다. 그 남자 경찰은 제복이 아니라 잠옷 바지 같은 걸 입고 있었다. 다리지 않은 위아래 한 벌 양복의 바지 같았다. 그가 자기를 소개했지만 나는 그의 이름을 듣자마자 잊어버렸다. 전날 병원에 있었던 남자였을까? 기억이 안 났다. 기억하지 않아도 되잖아? 빗은 지 일주일은 된 듯한 그의 머리 모양은 한

번 보면 잊기 어려웠고, 그의 헛기침 소리 또한 억지로 들어야 하는 상대의 머릿속에 각인됐다. 거기 있는 사람들 중 누군가에게서 하루 묵은 담배 냄새가 났다. 그 남자가 분명했다. 나는 그에게 이름이 뭐냐고 다시 물었고, 그는 이름을 다시 왈왈 지껄였다. 대체 뭐라는 건지. 나는 중요하지 않다고 생각하고는 고개를 끄덕였다.

신문 내용은 녹음될 예정이었다. 파마머리가 문 위 카메라와 반대편에 있는 다른 카메라를 가리켰다. 동료보다 더 경계하는 목소리였고, 슈퍼마켓에서 팔 법한 청바지를 입고 있었지만 그녀가 신문 책임자임이 분명했다. 나는 그녀에게 고개를 끄덕였다. 그 순간 의자 옆쪽과 쿠션 사이 갈라진 곳에 붙어 있는 코딱지가 보였다.

내 의자에서 똑바로 앉는 것은 불가능했다. 대체 왜 눕듯이 앉으라는 건지 이해가 안 됐다. 뒤로 몸을 젖히고 싶지 않았다. 뒤로 젖히고 앉으면 숨쉬기가 힘들었다. 하지만 설명할 수가 없어서 그냥 뒤로 기댔다. 이중 턱이 되길래 등을 일으켜 의자 옆쪽으로 기댔다. 그러니 몸이 뒤로 젖혀지지는 않았다.

파마머리는 내 이름을 자주 불렀다. 마야. 고객센터 스타일로. "안녕, 마야. 네 혐의에 대해 마음이 바뀌었니, 마야?" "아니야? 마야?" 가끔씩 동정하는 티를 냈다. 그리고 '그 아저씨가 널 만진 곳을 인형에 보여줘' 하는 투로 말했다.

"마야. 내게 말해줄 수 있겠니… 어떻게 이 일에 관여하게 됐는지 설명해줄래? 왜 지금 여기 있다고 생각하니, 마야? 이해해주렴, 마야, 우리도 어쩔 수 없이…"

그러고 나서 고객센터 목소리가 돌아왔다.

"기분이 좀 어떠니, 마야? 마실 것 좀 줄까, 마야? 이제 시작해도 될까, 마야? 할 수 있겠니… 마야… 마야?"

나는 몇 번 고개를 저었다. 그녀가 어리둥절해 보일 때는 고개를 계속 끄덕였다. 그러면 그녀는 다시 말을 시작했다.

그녀는 하얀 종이 한 장과 뭉툭한 연필을 꺼냈다. 뭔가 싶었다. 나더러 저걸 쓰라고? 거기에 내 대답을 적으라고? 내가 귀먹고 눈먼 줄 아나?

내가 아무것도 하지 않자 그녀는 그 종이에 뭔가 끼적거리기 시작했다. 스케치. 우선 커다란 직사각형을 그렸다. 그 교실. 그러고는 그 안에 작은 사각형들을 그렸다. 교탁과 책상들. 그녀는 창문과 복도로 난 문을 그렸다. 그림을 그리는 내내 내게 질문을 던졌다. 얼마 후 교실에 대한 질문을 멈추더니 사건 전의 일들을 살살 묻기 시작했다. "아침으로 무얼 먹었니, 마야? 학교에는 어떻게 갔지, 마야?"

엄마가 차로 데려다줬니? 절레절레. 버스를 타고 학교에 간 거야? 절레절레. 세바스티안이 차로 데려다줬어? 끄덕끄덕. 아마도 몸풀기용 질문이었던 것 같다. 딴말하기. 제자리 뛰기. 스트레칭.

파마머리는 잠시 후 그것도 포기했다.

"세바스티안은 네 남자친구였어, 마야." 그녀가 별안간 말했다. 질문처럼 들리지 않은 데다 뜻밖의 말이었다. 이유는 모르겠지만 그것은 전혀 예상하지 못한 질문이었다. 그렇게 뻔한 걸 물을 줄이야. 죽은 사람들의 사진을 보여주려고 그러나? 텔레비전에서 항상 그러잖아? 감이 왔다. 이제 탁자에 카드를 나열하듯 시체 사진들을 주르륵 늘어놓을 참이라는 걸. 그리고 그들의 그림을 그리겠지. 시체들의 윤곽선. 어맨다, 사미르, 세바스티안, 크리스터, 데니스.

나는 눈을 감았다. 거기에 그가 있었다. 항상 그랬듯 나를 꿰뚫어 보는 눈을 하고. 영영 잊지 못할, 내 피부에 닿던 그의 손길. 그의 몸, 그의 모든 것. 거친 부분, 보드라운 부분, 단단한 부분, 날카로운 부분. 그의 냄새. 무엇보다, 그가 내 안에 들어오던 느낌, 나를 내리누르던 그의 무게감. 내 몸에 닿은 그의 몸. 그들이 나를 교실에서 끌어내기 전까지 내 위에 있던 그의 몸. 그들이 내게서 그를 빼앗을 때까지. 그의 시체를 가져갈 때까지.

세바스티안. 나는 억지로 그를 생각했다. 파마머리는 내게 세바스티안에 대해 캐물었다. 더는 싫었다.

싫어. 그냥 고개나 끄덕이자. "으으음." 아무 말도 하지 마.

머릿속에서 아우성이 터졌다. 나는 머리가 깨질 것 같아 두 손으로 머리를 부여잡았다.

세바스티안은 늘 아버지가 좋아하는 음악을 들었다. 언제나, 줄기차게. 우리가 처음 키스했을 때(유치원 때 말고 그가 내게 처음으로 진짜 키스를 했을 때), 그는 나를 귀여운 메리 제인이라고 불렀다. 그때는 몰랐지만 알고 보니 그것도 그의 아버지가 좋아하는 노래였다. 내가 베스타 스쿠터에 올라타고 막 헬멧을 썼을 때였다. 그는 그렇게 말하더니 자기 입에 물었던 마리화나를 내게 건넸다. 그의 아랫입술이 침으로 번들거렸다. 나는 고개를 저었다. 엄마와 아빠가 창문으로 우리를 몰래 살펴보고 있을지 모르는데 어쩜 그리 대담한지. 아니, 됐어. 그때 그가 몸을 앞으로 기울이더니 내게 키스했다. 혀로 내 입술을 벌렸다. 그리고 몸을 뗐을 때 반쯤 벌어진 내 입에 마리화나를 물렸다. "마야." 그가 속삭였고, 나는 한 모금 빨았다. 기침을 하지는 않았다. 그는 내가 세 모금 빨게 한 뒤 다시 키스했다. 세바스티안은 내게 키스했고 나는 마리화나를 피웠다. 부모님과 겨우 몇 미터 떨어진 곳에서.

그냥 고개를 끄덕일 걸 그랬나. "으으음." 그는 내 남자친구였다. 아니면 고개를 저을 걸 그랬나. "지난 일이에요." 어차피 아무도 이해할 수 없을 것이다.

그는 내게 키스할 때 자기 헤드폰을 내게 씌워주고 아버지가 좋아하는 노래들을 들려주곤 했다. 두 손으로 내 피부를 어루만지면서. 나를 끌어안고. 그는 나를 놓아주려 하지 않았다. 나를 포기하려 하지 않았다. 도무지.

그가 내 남자친구였냐고? 대꾸할 가치가 없는 질문이다.

"더는 못 하겠다고 그에게 말했었어요." 나는 중얼거렸다. 파마머리가 내 말을 알아들었는지는 확실치 않다. "그만 끝내야 한다고."

나는 그렇게 말했다. 마지막으로 같이 걷고 나서 그랬지, 아마? 아니면 내 상상이었을까?

그때 파마머리가 나를 쳐다보았는지 기억나지 않지만 그녀의 목소리가 느려진 건 기억난다.

"잘 들어." 그녀가 입을 열었다. "네 사건에 어떤 조치를 취하든 그 전에 짚고 넘어가야 할 게 있어…. 너 갓 열여덟 살 넘었지, 응?"

나는 고개를 끄덕였다. 굳이 그럴 필요 없었지만. 그녀는 내가 몇 살인지 분명히 알고 있었다.

"너 같은 어린애가 완전히 격리되어 구금당하는 건 드문 일이야. 그리 간단한 상황이 아니라는 뜻이지. 단순히 네가 어떤 행동을 한 남자와 사귀었기 때문이 아니야…. 네가 세바스티안과 한편이었기 때문이지…. 뭐가 더 있기 때문이야."

나는 고개를 끄덕였다.

샌더가 더 똑바로 앉았다. "요점이 뭡니까?" 그가 물었다.

"준비한 자료를 살펴보는 대로 조금 더 상세히 살펴볼 거야. 할 얘기는 더 많지만, 지금은 우리에게 모든 걸 말해달라고 간곡히 부탁할 수밖에 없네. 너를 위해서 그러는 거야. 네가 이제까지 한 말보다 더 많은 얘기를 해줄 수 있을 것 같아서."

나는 고개를 끄덕였다. 그냥 하던 걸 계속했을 뿐인데 아차 싶어 다시 고개를 저었다. 샌더는 긴장한 눈치였다.

"그리고 네게 고지할 추가 혐의가 있어."

말 한 마디 한 마디가 막중하게 다가왔다. 아까보다 더, 그녀가 말을 꺼내기 전보다 더.

"네가 학교에 가기 전에 일어난 일과 관련이 있어. 너와 세바스티안, 세바스티안의 아버지와." 내가 아무 말도 하지 않자 그녀가 말을 계속했다. "변호인과 몇 분 정도 이야기해볼래? 잠깐 쉬어도 돼."

나는 고개를 저었다.

"잠깐 변호인과 이야기 나눌래, 마야?"

"아뇨." 나는 말했다. 아니. 내가 왜 그래야 하는데?

그녀는 내가 세바스티안과 함께 차를 타고 학교에 가기 1시간 전 세바스티안이 무엇을 했는지 말해주었다. 그녀는 말하고, 설명하고, 물었다. 그녀의 입이 움직였다. 그녀는 점점 더 많은 질문을 던졌다.

하지만 나는 아무 말도 하지 않았다. 대신 입을 벌렸다. 터졌
다. 비명이 터져 나왔다. 더는 싫었다. 비명만 나왔다. 멈출 수
가 없었다.

11

나는 비명을 내질렀다. 목이 화끈거리고 몸이 작동을 멈출 때까지. 그리고 그 교실을 나온 지 32시간 만에 드디어 잠이 들었다. 히스테리 발작 한 번, 가운 입은 의사 한 명, 내 팔에 놓는 주사 한 방으로. 하지만 오래 잠들지는 못했다. 잠에서 깼을 때 머릿속에서 종알거리는 소리가 들렸다. 어떤 노래 가사였는데, 무슨 노래였는지는 기억나지 않는다.

거기는 '내 방'이 아니었다. 처음 온 곳이었다. 나는 감시 감방에 있었다. 감시 감방은 처음이었지만 내가 거기 있다는 건 의심의 여지가 없었다. 창문이 하나도 없었다. 바닥에는 고무 매트리스가 하나 있었고 그 옆에 하수구가 있었는데, 크기가 변기 구멍만 했다. 내가 토할 때를 대비한 것이다. 한쪽 벽은 전체가 뿌연 거울이었다.

나는 그쪽 방향, 거울을 외면했다. 그들이 거기서, 뒤에서 나를 감시하고 있다는 걸 깨달았기 때문이다. 나는 수족관 안의 물고기 신세였다. 대신 천장을 똑바로 올려다보았다. 그리고 천장이 무너지기를 기다렸다. 아니면 요거트처럼 말랑해져서 틈이 벌어지고 상처처럼 갈라지기를. 그리고 손 하나가 구멍에서 뻗어나와 거기서 나를 끌어내주기를. 위로 위로, 멀리 멀리 데려가주기를. 하지만 엄마와 아빠가 그렇게 해줄 리 만무했다. 그들은 이제 나를 두려워했다. 이미 병원에서 그런 눈치였다. 그들은 겁에 질려 있었다. 우리 딸은 살인자고 이렇게 당해도 싸. 죽어야 마땅한데 대체 왜 죽지 않은 거야? 엄마와 아빠가 죽었나요? 내가 물었을 때 왜 경찰이 그리 이상하게 행동했는지 알 것 같았다.

*

공교롭게도 나는 울보다. 영화관이라고 다르지 않다. 아기들이 나오는 광고를 볼 때도 그렇고, 〈더 보이스〉 출연자가 소름끼치게 노래를 잘 불러 심사위원 전원이 감동해 기립 박수를 보내며 "이제! 이제 당신의 새 삶이 시작됐어요!" 하고 소리칠 때도 그렇다. 누군가 자발적으로 친절을 베풀어도 눈물이 난다. 화가 나는데 그 이유를 설명할 수 없을 때도 눈물이 난다. 영화가 불행하게 끝나면? 운다. 행복하게 끝나면? 운다. 나는 그런 사람이다. 그런데 이제 눈물이 나지 않았다. 울 거리도 없고 할 거리도 없었다. 불행한 결말이 슬프려면 대안이 있는데 불공정해야 한다. 불가피하다면 슬프지 않다. 그 경우에는 슬퍼해야 아무 소용이 없다.

잠이 오지 않았다. 한없이 매트리스 위에 누워 기다려야 할 것 같았다. 휩쓸려 땅 위로 올라온 수족관의 물고기. 별안간 몸이 땀에 젖은 느낌이 들었다. 축축했다. 머리카락도, 두 다리 사이도. 추웠다. 손바닥이 아팠다. 나는 감기에 걸리면 늘 그랬다. 오한이 심해서 움직이지도 못했다. 담요도 없는데 몸이 와들와들 떨렸다. 살갗이 간질거렸다. 두피도. 손바닥도.

나는 마지못해 유리 벽을 쳐다보았다. 사방에 사람들이 있다는 걸 직감으로 알 수 있었다. 그들의 움직임이 느껴졌다. 눈에 보이지는 않았지만 거기 뒤쪽에서, 사방에서 그들은 나를 지켜보고 있었다. 내가 헤엄치던 유리 어항 주변에. 나는 배를 드러내고 표류하는 중이었다. 금붕어를 미술관에 전시한 어떤 미치광이 덴마크 예술가의 이야기를 종교 수업 시간에 들은 적 있다. 그는 금붕어가 열 마리씩 든 믹서기들을 전시했다고 했다. 관람객은 원하면 '작동' 버튼을 눌러 믹서기를 돌릴 수 있었다고. 위이잉! 1초 만에 금붕어 스무디 탄생. 나는 감시 카메라 아래 있었을까? 물론이다. 나를 감시하고 있었다면 내게 말해줘야 하지 않았을까? 아니. 그들은 내게 묻지도 않고 내 옷을 벗겼고 내 몸에 바늘을 찔렀고 요구하지 않은 약을 먹였다. 나는 눈을 감지 않았다. 사람들은 내 주변에 있었지만 나는 그들을 볼 수 없었다. 그들은 문을 열었다. 가끔, 자주, 때때로. 나는 그들을 잊었다가 기억하기를 반복했고, 가끔씩 누군가 들어와 나를 만졌다. 그들의 손이 내 피부에 닿곤 했다. 위이잉.

내가 어떻게 다시 잠들 수 있었겠나? 플라스틱 컵에 담긴 작고 하얀 알약이 어떻게 나를 재울 수 있겠나? 주사? 어림없지. 그런 위험을 감수할 순 없었다. 눈을 감는 즉시 모든 것이 다시 돌아올 게 뻔했다.

경찰은 내게 처음부터 다 말하라고 요구했다. 그러고는 대뜸 클래스가 총에 맞았다고 말했다. 세바스티안이 가장 먼저 그를 죽였다고. 그날 아침 내가 세바스티안의 집에 도착했을 때 클래스 퍼게만은 부엌에 쓰러져 죽어 있었다.

"클래스를 어떻게 생각했지, 마야?"

"그가 네게 무슨 짓을 했니, 마야?"

"무슨 생각을 했니, 마야? 클래스가 그랬을 때, 무슨 생각을 했지, 마야?"

"세바스티안에게 그의 아버지에 대해 뭐라고 말했는지 말해 볼래?"

"집에 갔을 때 세바스티안에게 뭐라고 메시지를 보냈는지 말해볼래?"

그들은 이미 알고 있었다. 알면서 왜 묻는 걸까.

그들은 세바스티안과 내가 어떤 생각을 했는지 안다고 말했다. 우리가 그의 아버지는 죽어야 한다고, 나머지도 모두 죽어야 한다고 생각했다는 것이다.

"왜 그들이 죽어야 했지, 마야?"

그들은 세바스티안과 내가 함께 죽기로 했다고 말했다. 그렇게 끝이 났어야 했는데 내가 그러지 못한 거라고. 그러더니 죽음을 두려워하는 것은 당연한 거라고 말했다.

"그것이 무슨 의미인지 실감했을 때 두려웠니? 모든 게 끝이라는 걸 알았을 때, 마야?"

나는 무엇이 처음인지도 알지 못했다. 그리고 여기 감방 안에 누워 있었다. 사람들은 나를 쳐다볼 수 있지만 나는 밖을 내다볼 수 없는 곳에. 아직 끝난 게 아니었다.

*

어디서부터 시작된 걸까. 여러 가능성이 있지만 어쩌면 세바스티안과 내가 즐겨 놀던 수영장 별채가 아니었을까. 그 집 왼쪽에 자리한 별채. 수영장 별채에 딸린 여분의 침실은 늘 비어 있었지만 더블 침대에는 항상 깨끗한 시트가 깔려 있고 쾌적한 느낌이 돌았다. 그리고 스피커가 사방에 있었다. 천장, 바닥에 줄지어, 구석구석. 최고의 음향 시설에서 나오는 음악은 수영장 설비가 웅웅거리며 돌아가는 낮은 소음을 가려주었다. 그 가사, 그 멜로디. 가장 익숙한 노래들. 그의 노래들. 내 노래들. 우리의 노래들. 그것들이 그곳을 장악하고 우리 곁에 머물면서 우리를 감쌌다.

그들이 내게 주사를 놓았다. 무슨 주사인지 뒤로 빨려 나가는 느낌이 들었다. 머리가 웅웅 울렸다. 라디오 다이얼을 돌려 5초 동안 소리를 듣다가 다음 채널로 넘어가기를 반복하는 것처럼. 주파수 사이의 잡음, 방송국에 맞춰지면 나는 5초간의 진짜 소리. 백색소음. 소리. 백색소음. 소리.

클래스는 마약쟁이들을 경멸했다. 나는 그가 그렇게 말하는 걸 직접 들은 적이 있다. 그것은 그가 세바스티안을 싫어한 여러 이유 중 하나일 뿐이지만.

나는 한 손으로 울퉁불퉁한 감방 천장을 만지면서(촉감이 요거트 같지는 않았다) 그것이 오래전 일처럼 느껴진다고 생각했다. 까마득한 옛일처럼 느껴진다고. 아니, 얼마 전 일이었던가? 그래, 그 전날 밤 나는 뭔가를 복용했다. 왜냐하면 그 일이 터졌을 때 흥분하고 신경이 곤두서고 들뜨고 겁먹은 상태였으니까. 클래스는 가증스러운 인간이었다. 나는 그가 싫었다. 그는 내게 함부로 굴었고 세바스티안에게는 더 함부로 굴었다. 누군가는 세바스티안에게 말해주어야 했다. 그의 아버지는 어딘가 이상하다고. 정상이 아니라고. 나는 세바스티안에게 그렇게 말해주었다. 그래서 그가 그런 짓을 한 걸까?

매트리스 가장자리에 걸터앉았는데 문득 맨발이라는 생각이 들었다. 발바닥에 닿는 바닥이 차갑고 말랑하게 느껴졌다. 재수감될 때 그들은 내 병원 슬리퍼를 신발 끈 없는 샌들 같은 것으로 바꿔주었는데, 그것마저 사라지고 없었다. 반데바겐 로터리 전선에 운동화가 자주 걸려 있곤 했다. 듣기로 뉴욕에서는 가로등에 신발이 걸려 있으면 거기서 헤로인을 살 수 있다고 했다. 유르스홀름에서는 마약을 사기 위해 밖에 서서 추위에 떨 필요가 없었다. 엄마와 아빠는 돌돌 만 마리화나를 시가 상자에 넣어 서재 안 잠긴 캐비닛에 보관해두었다. 어찌나 오래되고 바짝 말랐는지 그걸 피울 수나 있을지 의문이었지만 엄마와 아빠는 그것이 집에 조금 있다는 사실만으로도 짜릿한 모양이었다. 만약을 대비해서. 마치 본인들이 '만약을 대비해서'와 '그냥 해보자'와 '안 될 거 없지'를 정말 실행에 옮길 수 있는 사람들인 것처럼. 경찰이 우리 집을 수색할 때 부모님의 비축분을 발견했을까? 아니면 엄마가 그걸 내버릴 시간이 있었을지 궁금하다. 어쩌면 내 것이라고 말했을지도 모른다. 엄마와 아빠가 꼬불쳐둔 그 한심한 걸 피우느니 차라리 토끼 똥을 피우는 게 낫다.

나는 바닥에 누웠다. 바닥 하수구 바로 위에 머리를 두고. 아주 오랜만에 소외감이 밀려왔다. 당시 나는 이미 손을 뗐다. 아닌가? 그런 셈이었는데. 내가 싫다고 거부하면 세바스티안은 언제나 화를 냈다. 분명히 나는 싫다고 말했었다. 그랬잖아? 더는 못 하겠다고 말했잖아?

머리에서 웅웅 소리가 났다. 메스꺼웠다.

세바스티안에게는 일을 봐주는 남자가 있었다. 그는 택시를 불러주고, 피자도 시켜주고, 수영장 청소도 예약했다. 일은 그때그때 달랐고 그리 어렵지도 않았다. "치즈 추가한 기본 크러스트 피자 두 판. 어니언 링. 그리고 환타 한 병. 우리 모두 네 명이야." 하지만 세바스티안은 데니스를 발견했고, 이후 피자맨은 더 이상 필요하지 않았다.

마약에 관한 한 데니스는 놀라울 정도로 창의적이었다.

이것도 그들에게 말해야 할까? 그들은 세바스티안이 어떻게 마약을 구했는지 알고 싶어 할까? 다 마약 탓이라고 말해야 할까? 그들은 모두 마약 탓이라고 생각할 것이다. 마약 탓이라면 잘된 일일까? 샌더는 내가 그렇게 말하기를 바랄까? 그 파티에 관해 말해야 할까? 세바스티안의 파티는 환상적이었다. 가히 독보적이었다. 다른 파티는 기껏해야 부모님의 고급 와인과 돔 페리뇽을 넣은 칵테일 정도였다. 다른 사람들은 해마다 한 번 열다섯 살 소녀들이 비키니 차림으로 음식을 서빙하는 남자들만의 만찬 자리를 여는 것에 만족했지만, 세바스티안은 달랐다. 그는 증폭기를 빌리고 프로 DJ, 배, 서커스단, 방송에 나오는 요리사, 불꽃놀이 기술자, 나폴리 출신의 피자 요리사를 고용했다. 한번은 뉴욕의 한 유튜버를 비행기에 태워 파티에 데려온 적도 있었다. 그 남자는 고주망태가 돼서 횡설수설하다 어맨다의 고만고만한 친구 하나와 잤고, 2주 후 '스웨덴인과의 파티'라는 제목으로 동영상을 올렸다. 그것은 2백만 번이 넘는 조회수를 기록했다.

세바스티안에게 한계는 없었다. 모두가 그의 파티를 사랑했다. 모두가 그를 사랑했고 그와 관련된 것이면 뭐든 사랑했다. 적어도 처음에는. 모두가 그와 함께하고 싶어 했지만, 나보다 더 그와 가까운 사람은 없었다. 세바스티안은 누구보다 나와 시간을 보내고 싶어 했다. 네가 없으면 그는 버티지 못할 거야, 마야. 세바스티안과 나는 다른 사람들이 식사를 마치기 전에 식탁을 떠났고 다른 사람들이 아직 춤추고 있을 때 댄스 플로어를 떠났다. 그리고 수영장 별채로 내려가서 안으로 들어가 문을 잠갔다. 우리 없이 파티를 하든 말든. 세바스티안은 사람들이 가길 바라면 그냥 전원을 내렸다. 음악이 멈추면 그들은 떠났다. 대부분은 그랬다. 우리는 벌거벗고 수영장 별채 바닥에 누워 웅웅거리는 기계 소리에 귀를 기울였다. 기계는 특별한 발전기에 연결돼 있었고 그 소리는 잠시도 멈추는 법이 없었다.

세바스티안은 나를 선택했다. 불가사의하게도. 나는 그 이유를 수긍한 적이 한 번도 없다. 그의 상대라면 더 예쁘고 더 특별해야 했다. 그런데도 그는 나를 선택했고 나는 그 자리를 차지했다. 나는 독특한 존재가 되었다. 엄마와 아빠는 어쩔 줄을 모르고 마냥 기뻐했다. 세바스티안이라니! 언감생심.

처음에 부모님은 세바스티안을 마음에 들어했다. 이것도 말해야 할까? 모두들 얼마나 세바스티안을 사랑했는지 경찰은 알고 싶어 할까? 세바스티안이 나를 얼마나 사랑했는지? 내가 그를 배신했을 때도 그는 여전히 나를 사랑했고 다시 나를 선택했다. 그만큼 나를 사랑했기에. 그보다 나를 더 사랑한 사람이 없을 만큼. 나도 세바스티안을 사랑했다.

하지만 나는 그의 아버지를 미워했다. 클래스 퍼게만을 미워하고 미워하고 미워했다. 그가 죽기를 바랐다.

12

—

　나는 밤새 감시 감방에 머물렀다. 얼마 후(1시간? 2시간?) 매트리스 위로 돌아와 있었고 입 바로 옆에 하수구가 있었다. 그러고는 잠이 들었던가? 비명을 질렀던가? 정신이 돌아오기까지 얼마나 걸렸을까? 모르겠다. 하지만 머리의 느낌이 달랐다. 벽들이 더 단단하게 느껴졌다. 나는 몸을 공처럼 웅크렸다. 그의 이름을 중얼거렸다. 처음에는 몹시 달콤하던 그것이 나중에는 가루 설탕이 혀 위에서 녹은 것처럼 입천장에 딱 달라붙었고, 입안이 온통 쓰디쓴 담즙으로 가득차며 토악질이 났다. 바닥의 실용적인 하수구는 까마득히 멀었다. 누군가가 들어와서 그것을 물로 씻어내고는 내게 물을 한 잔 주고 나서 내 입가를 닦아주고 다시 나갔다.

　상태가 호전되어 창문과 침대가 하나씩 있는(여전히 다른 사람으로부터 격리된) 내 방으로 돌아왔을 때 파마머리의 조사는 재개되었다. 그녀는 항상 처음부터 신문을 주도했다. 그녀의 동료들은 어쩌다 한 번 간헐적으로 질문을 던졌을 뿐 구석에 앉아 손톱 밑을 파다가 가끔 대타로 나섰다.

당시 파마머리는 나와 이야기할 최적의 인물로 뽑힌 것이 분명하다. 젊은 여자니까. 내 눈엔 완전 한심하게 보였지만.

심문을 시작할 때 그녀는 항상 활력이 넘쳤다. 그리고 내 이름을 연발했다. 교육방송의 진행자처럼 생기발랄했다. 그러다 종반으로 갈수록 피곤한 티가 나고 짜증을 냈다. 그리고 한 옥타브 가라앉은 목소리로 번역이 엉망인 범죄 드라마의 대사 같은 말을 지껄이기 시작했다.

"정말? 그럼 이 메시지는 어떻게 설명할래?" "네 말 들었어, 마야. 들었어. 하지만 아무 의미가 없다면 왜 그런 메시지를 보냈는지 난 이해하기가 힘든데. 아무 의미 없는 말을 자주 하니?"

파마머리는 리나가 태어났을 때 엄마에게 등 떠밀려 만났던 심리학자를 생각나게 했다. (엄마는 내가 너무 커버린 나이에 동생이 생겨 힘들 거라 생각했다.) 그 심리학자는 심리학 교본을 달달 외운 게 분명했다. 환자의 말을 끝까지 들어주어라, 자유롭게 말하게 해라 하는. 그래야 내가 혼자 간직하고픈 이야기를 어색한 침묵이 싫어 술술 털어놓을 거라 생각했겠지.

가끔 파마머리도 똑같은 전술을 구사했다. 그 결과 심리학자와 그랬던 것처럼 우리 둘은 침묵 속에 조사실에 앉아 있었다. 심리학자의 진료실에서는 서로 말하지 않는 상태로 침묵이 10분씩 흘렀지만 여기서는 샌더의 항의로 그리 오래가지는 않았다. ("당신이 묻지 않으면 내 의뢰인은 대답할 수 없어요." "당신이 무얼 알고 싶은지 내 의뢰인이 추측하란 말입니까?") 샌더는 내가 아무 말 안 해서 경찰이 플라스틱 컵의 차갑게 굳은 커피를 멍하니 바라보며 앉아 있는 꼴이 은근히 고소한 눈치였다. 가끔 그는 아무 말 없이 불편한 의자에 등을 기대고 두 손을 맞잡은 채 눈을 감고 있었는데 잠이 들었거나 명상 중인 것처럼 보였지만 그러는 동안에도 그의 시간당 선임료는 차곡차곡 쌓여갔다.

그런데 막상 내가 대답을 하고 나면, 가령 사건 전날 밤 파티라던가, 클래스와 싸운 일, 내 문자 메시지, 함께 차를 타고 학교로 가기로 결정했을 때 전화로 그와 무슨 이야기를 했는지, 혹은 집에 가기 전 그와 오랫동안 걸으면서 무슨 말을 했는지 대답하고 나면, 파마머리는 얼마 후에 똑같은 질문을 되풀이했다.

"그건 방금 대답했잖아요." 나는 말했다.

"다시 한 번 말해줘." 파마머리가 말했다.

그러면 샌더는 한숨을 쉬었다.

파마머리는 가끔 부루퉁하거나 격앙되기는 했어도 자제력을 잃고 고함을 지르지는 않았다. 그리고 항상 촉촉한 눈길로 나를 바라보았다. 화나지도 상냥하지도 공허하지도 않은 그냥 무표정한 눈빛으로. 그녀의 동료들은 그 점에서는 그녀만큼 뛰어나지 않았다. 동료들이 언성을 높이면 파마머리는 즉시 그들을 밖으로 내보냈는데, 긴말을 하지도 명령하는 티도 내지 않았다. 그저 뭔가를 가져오라고 심부름을 시켰다. 물, 서류, 과자, 따뜻한 마실 거리 같은 거. 그러면 동료들은 목소리를 낮추고 나를 빤히 응시하는 것으로 남아도 좋다는 허락을 받았다.

최악은 스물다섯 살가량의 남자였다. 그는 첫 주 막바지에 투입됐는데, 나를 향한 그의 적개심은 그동안 그를 차버린 여자들에 대한 증오에 비할 바가 아니었다. 그가 침대에서 얼마나 형

127

편없을지는 누구나 단번에 알 수 있었다. 하지만 그는 나를 쳐다보는 눈빛을 파마머리에게 들키지 않았다. 만약 들켰다면 강제 심부름을 하거나 다른 임무를 맡았을 것이다. 가령 속도위반을 단속하는 일이라든가.

그가 나를 증오하는지 어떻게 알았냐고? 그 남자를 보니 세바스티안을 할아버지의 사냥 모임에 데려갔던 일이 생각났기 때문이다. 할아버지의 사냥 친구들은 잘 먹고 잘사는, 아쉬울 게 없는 사장들이었는데, 숲속에서 깜빡깜빡 졸다가 점심 무렵에는 술에 취해 거짓말을 늘어놓았다. "하, 아냐, 그 수사슴 안 다쳤어. 완전히 빗맞혔거든." 개들이 하도 빨리 달리다 보니 하나같이 10미터만 가도 입에서 피 맛이 돌아 다친 사냥감을 포기해버렸다. 그날 나는 세바스티안과 몰이조가 아니라 대기조를 맡았다.

세바스티안은 단독으로 나서기에는 너무 어렸음에도 가끔 아버지와 사냥을 다녔기 때문에 할아버지는 세바스티안에게 상당히 좋은 지점을 배정했다. 할아버지는 우리를 반겼다. 그리고 세바스티안을 어른으로 대우하며 인사하고는 소총을 어깨에 메는 세바스티안을 실눈을 뜨고 가늠했다. 세바스티안은 평소보다 더 조용했다. 다 같이 리더를 둘러싸고 서서 지시 사항을 들을 때도 평소보다 더 차분했다. 함께 대기 지점으로 향할 때는 최면에 걸린 것처럼 혼자 걸어갔다. 하지만 자리를 잡고 몰이조가 우리 구역으로 접근하기를 기다릴 때 그는 한 번도 본 적 없는 사람으로 돌변했다. 몸 안의 피가 펄펄 끓는 것처럼. 나는 그의 바로 옆에 앉아 있었지만 그는 내가 안중에도 없었다. 그의 팔을 주먹으로 때렸어도 내가 거기 있다는 걸 몰랐을 것이다. 세바스티안은 혼신을 다해 숲을, 그가 죽이려는 짐승을 노렸다. 사슴 한 마리가 불쑥 슬로모션처럼 우리 앞에 나타나 고개를 우리 쪽으로 돌렸을 때, 세바스티안은 일어나 몸을 앞으로 기울이며 소총을 들었다. 달려나가 총구를 사슴의 목에 대려나 생각한 순간, 그는 총을 발사했다. 빠른 두 발의 총탄에 사슴은 우리를 발견할 틈도 없이 옆으로 쓰러졌다. 세바스티안은 사슴에게 다가가 옆에 쪼그려 앉았다. 나는 그가 주머니에서 단도를 꺼내 사슴의 가죽에 찔러넣을 줄 알았다. 단지 두 손에 피를 묻히려고, 사슴이 죽어가는 것을 느껴보려고. 하지만 그는 그러지 않고 그저 가쁜 숨을 몰아쉬었다. 이마의 머리카락이 땀에 젖어 고불거렸다. 나중에 사람들은 그를 칭찬했다. 할아버지는 다 내 덕분이라는 듯 내게 미소를 지었지만, 나는 배가 아프다면서 저녁을 거르고 잠자리에 들었다.

파마머리의 눈을 피해 나를 보는 그 경찰의 눈길에 나는 그날 사냥터에서 보았던 세바스티안을 떠올렸다. 그 경찰의 눈빛은 내가 구금되든 철창에 갇히든 알 바 아니라는, 오직 내 피만이 그를 진정시킬 수 있으니 나를 죽일 수밖에 없다고 말했다. 문득 그 남자에게 말해주고 싶었다. 당신을 보니 세바스티안이 생각난다고. 그리고 나서 그의 반응을 보고 싶었지만 그만두었다.

사건 번호 B147/66 공판

검찰 대^對
마리아 노르베리

재판 첫 주 금요일
13

—

80센티미터짜리 아기 침대에서 일어나 벨을 누른다. 침대에서 문까지 딱 1.5미터. 어릴 때는 병이 나기를 간절히 바란 적이 많았다. 아프면 종일 침대에 누워 먹고 싶은 걸 먹고(마멀레이드 잼을 바른 토스트), 책을 읽고(해리 포터), 휴대폰으로 인터넷 검색을 하고, 영화를 보고, 음악을 들어도 되니까.

법정에 나가기 싫다. 병이 나면 나를 그냥 여기에 두지 않을까. 여기 내 방에 있으라고 하지 않을까.

두 달째 여자 교도소에서 지내고 있다. 여기 오기 전에는 7개월간 소년원에 있었다. 나는 '특수한 상황'(규정을 따르지 않아도 되는 때를 가리키는 법률 용어)이라 거기서 지내야 했다. 대개 거기는 남자애들만 가는 곳이지만. 남자 수감자들은 어떤 경우든 여자로부터 격리시켜야 한다. 어쩌면 그것이 남자들이 감옥에 갇히는 가장 큰 이유인지도 모르겠다. 하지만 그들은 내게 예외를 적용했다. 그럴 수밖에 없는 특수한 상황을 일일이 나열하면서. 여자 교도소가 만원이라는 둥, 아무튼 나는 격리되어야 한다는 둥, 나를 다른 수감자들과 함께 지내게 할 수 없다는 둥,

이런 종류의 상황에서는 소년원의 시설이 더 낫다는 둥. 기타 등등. 하지만 진짜 이유는 나를 특별 대우하지 않는다는 걸 대중에게 보여주기 위해서였다. 말하자면 그 특수한 상황이라는 것은 내게 특혜를 주지 않겠다고 대중을 안심시키는 특수한 조치를 의미했다.

운동장에서 어떤 재소자가 내게 "쌍년, 이 조까튼 쌍년!"이라고 스물네 번 연속으로 소리친 후(내가 횟수를 셌다) 나는 다른 교도소로 이감됐다. 그가 어떻게 생겼는지 못 봤지만 막바지에 목소리가 쉬었다는 건 안다. 어쩌면 그의 건강을 위해 나를 이감했는지도 모르겠다.

어차피 내게는 아무런 차이가 없다. 거기나 여기나 어차피 방은 똑같다. 욕실 벽의 낙서는 다르지만, 똑같은 철제 개수대 위에 똑같은 철제 선반이 있다. 변기에는 시트가 없고(이것도 철제다) 똑같은 소나무 가구가 있다. 여기에도 남자들은 있는데, 다른 건물에 있어서 본 적은 없다.

나는 침대에 걸터앉아 밖에 나갈 시간을 기다린다. 병원에서 감옥으로 이송될 때(수갑과 병원 가운을 벗고 뻣뻣한 초록빛 바지와 똑같이 뻣뻣한 초록빛 상의, 하얀 팬티와 브라를 입을 때) 누군가 내게 적어도 아홉 달간 이러고 앉아 있게 될 거라고 말해줬다면 나는 그 말을 흘려들었을 것이다. 이해하지도 못했을 테고. 하지만 처음이나 지금이나 달라지지 않은 점이 있다. 밖에 나갈 때를 기다리는 것만은 여전하다.

당시만 해도 몇 시간 후면 집에 가게 될 거라고 믿었지만 그 이후 지금까지 죄수복만 입고 있다. 그 뻣뻣한 직물은 도무지 내 몸에 순종할 줄 모른다. 샌더가 내 옷을 가져다주었지만 나는 죄수복을 입었다. 어맨다는 "내 옷은 내 정체성"이라는 말을 즐겨 했다. 나 엄청 영리하지, 하고 생각하는 티가 확연한 목소리로. (다른 사람의 말이라는 티도 확연했다.) 여기 도착했을 때 그 애의 말이 와 닿았다. 내 옷은 꼴도 보기 싫었다. 내겐 너무 작은 브라와 고무줄이 늘어난 후줄근한 팬티가 딱이었다. 죄수복을 입으면 나는 내가 아니어도 괜찮았다. 그것이 얼마나 큰 위안이 됐는지. 여기가 좋은 이유로 첫 번째로 꼽는 점.

내 방은 어떻냐고? 어떻게 생겼냐고? 감방의 담요는 먼지와 무취 세제 냄새가 나지만 섬유 유연제 냄새는 나지 않는다. 아주 포근하지는 않지만 그래도 국민 세금 낭비라는 제목으로 기사화될 정도는 아니다.

나는 2주에 한 번 종이 주머니에 담긴 칫솔과 작은 비누와 여행용 크기의 치약을 하나씩 받는다. 그들은 2주에 한 번 생리대가 필요하냐고 묻는다. 생리대는 2센티미터 두께에 길이는 너무 짧다. 나는 매번 고개를 끄덕이며 네, 주세요, 하고 말한다. 그리고 그것들을 문이 없는 옷장에 보관한다. 감방은 집에서 쓰던 옷장보다 아주 조금 더 크다. 방문을 잠글 때마다 간수들이 무슨 생각을 하는지 훤하다. 불쌍한 부잣집 계집애. 내가 정신줄을 놓고 감시 조처를 받았을 때는 쾌재를 불렀을 것이다. '깃털 베개와 최신형 휴대폰 없이 캠핑 한 번 한 적 없는 여자애에게 감옥은 물고문보다 더한 지옥일 테지. 쟤가 툭하면 정신줄을 놓지 않는 게 이상할 정도야.'

침대 쪽 천장 바로 밑에 텔레비전 소켓이 하나 있지만 정작 텔레비전은 없다. 침대 탁자 옆에는 안전 플러그 소켓이 하나 더 있지만 자명종은 없다. 내게는 많은 것들이 제한돼 있다. 조사에 지장이 있다는 명목으로. 조사가 끝나고 몇 가지 조치는 풀렸지만 대부분은 그대로다. 샌더는 선고가 내려질 때까지 그들이 수작을 부리는 거라 별 뾰족한 수가 없다고 했다. 특수한 상황. 나와 관련한 것이면 뭐든 항상 그놈의 특수한 상황 타령이다. 내 손목시계, 그들이 병원에서 가져간 그것이 어떻게 조사를 방해한다는 것인지 도무지 이해가 안 된다. 그것이 어떻게 문제를 일으킨다는 건지는 더더욱 이해가 안 가고. 따져봐야 무슨 소용일까마는.

"싸움을 가려서 하도록 해." 샌더는 텔레비전 낮 프로그램의 관계 코치 같은 말을 했다. 형기를 마칠 곳으로 이감될 때까지 감수할 수밖에 없다는 소리다. 다 네가 자초한 거야, 조까튼 쌍년아. 조까튼 부잣집 쌍년아. 그리하여, 나는 몇 시인지 알려면 벨을 눌러 간수에게 물어보게 되었다.

일어나 호출 버튼을 누른다. 이번에는 조금 길게 누른다. 이러면 귀찮아서라도 내 손목시계를 주거나 하겠지. 망할 자명종을 연결해주던가. 시간이 얼마나 굼벵이처럼 흐르는지 내가 좀 알면 어디 덧나냐고?

최근에는 신문을 읽을 수 있게 됐다. 샌더는 이것이 싸울 만한 가치가 있다고 생각한 모양이다. 그는 초동수사 기간 동안 내가 놓쳤던 신문들도 가져다주었다. 어떤 기사들이 났는지 내가 알아야 한다면서. ("너는 책임지지 않아도 될 혐의로 기소된 거야. 법원도 그걸 부인할 수 없을 거야.") 하지만 나는 종이 신문만 받고 있다. 인터넷 접속은 불가능해서 트위터에 나에 관해 어떤 얘기가 도는지는 모른다. #마야, #킬러, #유르스홀름학살은 읽지 못한다. 구글도 페이스북도 할 수 없다. 모르는 이에게 스냅

챗 메시지도 받지 못하고 내 뉴스피드에 업데이트되는 '넌 죽어야 해'라는 협박성 스크린샷도 보지 못한다.

두 번째로 꼽는 좋은 점.

거지 같은 호출 버튼을 세 번째 누르고 나서 침대에 누워 그들이 나타나 문을 열기를 기다린다. 누운 곳에서 손을 뻗으면 방 반대편 탁자의 가장자리가 닿는다. 양팔을 펼치면 벽들을 동시에 짚을 수도 있을 것 같다. 여기는 집이 아니다. 끔찍한 우리 집에 있지 않아도 된다. 세 번째로 꼽는 좋은 점.

우리는 외따로 자리한 작은 부지의 맥맨슨*에 산다. 주변에는 진짜 20세기 초반에 지어진 저택들이 즐비하다. 우리 집은 얼핏 대단한 듯 보여도 사실 별거 없다. 이 집을 처음 보았을 때 나는 3D 안경이라도 껴야 하나 생각했다. 이사 왔을 때만 해도 현관 복도에 작은 분수대가 있었다. 그것은 거기 서서 물을 쫄쫄 내뿜었지만 몇 주 후 폴란드 인부들이 와서 그것을 뽑아내고 새 바닥재를 깔았다. 구멍 난 자리뿐만 아니라 복도 바닥 전체에. 아빠는 그 부지를 사서 우리 집을 지은 사람은 DJ 산업 종사자라고 했다. 악기를 연주하지도 곡을 쓰지도 않는 뮤지션이라고.

그 뮤지션은 큰 유틸리티 차량인 허머도 까딱없을 만큼 진입로를 널찍하게 만들었지만 차를 반대로 돌려세울 수 있게끔 진입로 끝을 넓게 만들어야 한다는 건 깜빡했다. 아빠는 이런 말을 자주 한다. "아마 그래서 이 집을 다시 판 모양이야, 여기서 단 하루도 살지 않고 말이지. 미국 면허증을 따기 위해 후진하

---

* 호화 대주택. 맥도널드처럼 효율적이고 신속하게 건축한다고 해서 '맥'이 붙었다.

는 법을 배우지 않아도 되니까."

아빠는 그 이야기를 즐겨 한다. 헤아릴 수 없을 만큼 여러 번 했다. 매번 웃음을 터뜨리면서. 이것은 아빠보다 더 후진 졸부가 있다는 증거다. 허머를 몰 만한 배짱이 없는 아빠가 그냥 질투하는 것일 수도 있고. 아빠는 일종의 세련된 남자를 진심으로 동경한다. 양복과 티셔츠 차림에 양말은 안 신는, 일종의 뮤지션이나 IT업계 백만장자, 혹은 마이애미를 배경으로 한 80년대 텔레비전 드라마를 당당히 좋아하는 남자.

그러면서 감기에 걸릴까 얼마나 노심초사하는지 모른다. 감기에 걸리면 마라톤 훈련에 지장이 생길 수 있다나. 양복바지 안에 무릎 길이의 메리노울 양말까지 챙겨 신는다. 습기 배출 기능이 있는 은사 양말로. 금요일에는 점심시간 이후 넥타이를 풀어 사무실 의자에 걸쳐놓고 다시 일을 시작한다. 딱 거기까지다. 우리 아빠의 세련됨이란.

나는 여전히 면회가 불가능하다. 아빠와 엄마는 나를 보러올 수 없다. 네 번째로 꼽는 좋은 점.

네 번째로 일어나 호출 벨을 누른다. 쫄아서 너무 빨리 손을 떼지 않게 속으로 다섯까지 세면서 5초 동안 꾹 누른다. 미시시피 하나, 미시시피 둘, 미시시피 셋… 할머니가 번개와 천둥소리 사이의 간격을 세었듯이. 벨소리는 내 감방에서는 들리지 않지만 밖의 간수들에게는 메아리칠 것이다. 꽤 크게. 분명 거슬릴 것이다. 나는 아프지 않지만 이것 말고는 아프게 보일 방법을 모르겠다. 그래서 계속 밀고 나갈 생각이다.

어젯밤에는 수스가 샤워를 하게 해주겠다고 약속했다. 아침 식사 전에. "일어나자마자." 그녀가 말했다. 이제 나는 밤이 끝나는 무렵을 꽤 정확히 맞추게 되었다. 지금 5시 정도 됐을 것이다. 설마 너무 이르다는 소리는 못 하겠지.

내 입장에서 본 이야기. 내 차례. 오늘은 아닐 것이다. 월요일쯤.

오늘은 별일 없을 거라고 샌더는 장담했다. 검사가 먼저 증거 서류에 대한 말을 마쳐야 한다고 했다. 검사의 발언이 예정보다 길어지는 바람에 우리 일정이 뒤로 밀렸다. 샌더는 이것이 끝나야 발언을 시작할 수 있다. 그가 오늘 시작한다고 해도 내가 해야 할 일은 없다. 그냥 앉아서 가만히 듣다가 일찌감치 교도소로 돌아오게 될 것이다. 재판부도(검사도 변호인도) 아이들과 단란한 금요일 저녁을 보내고 싶을 테니까. 나는 이번에도 주말 내내 홀로 남겨지겠지. 샌더가 장담한 대로. 그렇다면 쉬고 잠잘 수 있다는 뜻이다. 법정에 나가서 '레나로 불러줘'와 팬케이크와 다른 사람의 말을 듣지 않아도 된다.

사실 오늘은 꾀병을 부리기에 적당한 날은 아니다. 나는 샌더가 모두변론을 마칠 때까지 기다려야 한다. 그 후에 내 진술이 예정돼 있다. 월요일이나 화요일. 화요일이나 월요일. 오늘 재판이 어디까지 진행되느냐에 따라 결정될 것이다. 오늘은 평소 자리에 있으면 된다. 샌더는 다른 데로 옮기지 않아도 된다고 말했다. 방청객이 내다보이는 증인석은 따로 없다. 성경에 대고 선서할 필요도 없다. 그는 그것도 약속했다. 하지만 그는 수백 번 연습한 질문을 내게 던질 것이고 나는 마이크에 대고 대답할 것이다. 내가 하는 말은 모두 기록되고 현장에서 나를 지켜보는 사람은 누구나 내가 하는 말을 듣게 될 것이다.

간수가 와서 문을 열기까지 시간이 조금 걸리지만 이렇게 오래 걸린 적은 없다. 나는 버튼을 짧게 세 번 더 누른다. 벨을 연거푸 눌러대면 간수들이 화를 내겠지만. 간수가 잠들었으면 어쩌지? 아직 5시가 안 됐을 수도 있다. 어쩌면 4시? 아직 3시가 안 됐다면 샤워를 하지 못할 것이다. 그들이 너무 화가 나서 마지막 순간까지 질질 끌지도 모른다.

오늘 내가 아프면 재판은 하루 연기될 것이다. 나의 날도 연기될 것이다. 지금 병이 나는 게 여러모로 좋을 것 같다. 아무도 내게 마멀레이드 잼 토스트를 가져다주진 않겠지만. 주말이 지나면 곧바로 법정에서 발언해야 한다는 걸 의식하면서 주말 내내 여기 있고 싶지 않다. 하지만 어떻게 아픈 척을 해야 할지 모르겠다. 그들이 나 혼자 체온계를 가지고 있게 놔둘 리 없다. 자칫 목숨을 위협하는 일이 생길 수 있으니까. 그걸 물어뜯어 삼키면 여기서 나가게 해주려나. 몇 주 전 옆방 여자는 펜을 삼켰다. 그 여자는 구급차에 실려 나갔다. 복도가 난장판이 됐다. 감방에 갇힌 사람들도 모를 수가 없을 만큼. 나는 무슨 일인지 수스를 졸라 알아냈다. 그 여자는 너무 충격을 받아 그런 짓을 했다고 했다.

나는 수감된 첫 주 내내 자살 위험 감시 대상이었다. 그 감방에 있을 때 간수들은 지나가면서 "좀 어때?" 하고 묻곤 했다. 간수 하나가 내게 점심을 가져다주고 다른 하나는 빈 그릇을 가져갔다. 그들은 문을 열고 잠시 나를 빤히 보다가 다시 문을 닫았다. 절대 나를 혼자 두지 않았다. 그런 걸 24시간 내내 반복했다. 노크도 없이. 잠긴 문이 달그락거린다. 문이 열린다. 빤히

본다. 문이 닫힌다.

처음에는 불안했다. 그들은 5분마다 오는 것도 같고 몇 시간 간격으로 확인하는 것도 같았다. 그래서 나는 그들이 올 때마다 묻기 시작했다. 몇 시냐고. 그냥 알고 싶었다. 밤이 왔는데 그걸 모르는 것도 두려웠다. 어두워지면 창문으로 알 수 있을 거라고 위안했지만 언제 잠들었는지 도무지 기억나지 않아서(며칠을 내리 잤는데 그걸 잊은 건 아닐까?) 몇 시인지 알려달라고 요구했다. 간수가 준 공책에 (짜리몽땅한) 펜으로 그렇게 적었다. (내가 그 펜을 삼키지 않을 거라고 생각했거나 펜이 너무 작아서 어떤 식으로든 위험하지 않을 거라고 생각했을 것이다.)

사흘째 혹은 나흘째 되는 날 오래된 잡지를 한 무더기 받았다. 금융, 전쟁, 자동차 타이어, 헐벗은 여자들, 혹은 이것들이 총집합한 남성 잡지였다. 며칠 뒤 만화책 두 권과 책 귀퉁이가 잔뜩 접힌 보급판 책 세 권도 받았다. 나는 처음에서 끝으로, 끝에서 처음으로 책장을 휘릭휘릭 넘겼지만 아무것도 읽지는 않았다.

몇 주 후 중세 지하 감옥에서 평생 썩는(산발한 머리에 피 묻은 손톱으로 감방 시멘트 벽을 긁어 갇힌 날짜를 새기는) 죄수 행세는 그만두었다. 몇 달 후에는 연금과 맥주, 헤어 제품 신문 광고도 읽을 수 있게 됐다. 그 공책은 계속 지니고 있다가 여자 교도소로 옮길 때 가져왔다. 내가 정상이라는 걸 나 자신에게 일깨울 겸 모든 것이 일상대로 흘러간다는 걸 잊지 않기 위해서. 하지만 공책을 간직한 가장 큰 이유는 따로 있었다. 그것은 그들이 30분마다 온다는 증거였다. 그러니 자살할 시간은 넉넉했다. 정확히 29분이나 있었다. 그것만으로도 위안이 됐다. 어떻게 죽을지 방법은 몰랐지만. 개수대 위 벽은 스테인리스 패널이라 깨지지 않기 때문에 그 조각으로 손목을 그을 수도 없었다. 침대의 담요는(여분의 담요가 선반에 하나 더 있었다) 섬유라기보다 진공청소기 먼지를 압축해 만든 것처럼 이상하게 북실북실했다. 침대 시트는 종이 재질이라 그걸로 목을 맬 수 없었다. 샌더가 준 가방에 어깨끈이 달려 있었지만 간수가 떼어 가져가버렸다. 티셔츠나 바지를 찢어 임시 밧줄을 만들 수도 있었지만 걸 데가 없었다. 문에 문고리도 없었고 벽이나 천장에 고리 하나 없었다. 자살할 생각을 한 적이 없어서 실행할 방법도 아는 게 없었다. 간수들은 내가 당연히 죽고 싶을 거라고 생각하는 듯했다. 그들의 생각이 맞는지도 몰랐다.

다시 버튼을 누르려는데 간수가 도착한다. 예상대로 화가 잔뜩 나 있다. 생각보다 많이 잠을 잔 모양이다. 샤워해도 좋단다. 구입한 비누와 샴푸를 물통에 넣어서.

엄마는 여행가방에 온갖 미용 제품을 가득 채워 보냈지만 샌더는 그것을 내게 전달하는 데 실패했다. 왜? 엄마가 몰래 내게 마약이라도 전달할까봐? 아니면 속눈썹 발모제에 응원 글귀라도 적어두었을까봐? 모를 일이다. (아무도 우리 엄마가 살인 혐의자인 딸의 속눈썹 관리에 신경 쓴다는 사실을 보도하지 않았다.)

내게 반입이 금지된 물품 목록을 본 적 있다. 불만이면 정식으로 항의하란다. 퍽이나. 나는 싸움을 가려서 하기로 했다. 이번에도 하지 않기로.

영악한 부잣집 계집애답게.

재판 첫 주 금요일
14

샤워장에서 돌아와 옷을 갈아입은 후 아침 식사 쟁반을 받았다. 플라스틱 맛이 나는 마가린 치즈롤과 내가 절대 마시지 않는 시큼한 차다. 스테인리스 패널 앞에서 최선을 다해 화장을 하고 있는데 수스가 내 방에 들어온다. 그녀는 내 침대에 걸터 앉아 나를 바라보고, 나는 엄마가 보낸 마스카라를 바른다. 이제는 이런 것도 받을 수 있다. 수스는 나를 법정으로 데려갈 것이다.

수스는 웬만해선 이른 아침이나 늦은 밤, 주말에 일하지 않는다. 그리고 금요일 오후에는 일찌감치 퇴근한다. 하지만 오늘은 아니다. 법정에서 다시 나를 차에 태워 이리로 데려올 것이다. 지금 그녀는 간수복 차림이다. 가끔 옷을 갈아입고 나서 내게 와서 작별 인사를 할 때도 있다. 대부분 민소매 셔츠와 밑단이 풀린 청바지 차림에 반짝거리는 보랏빛 아이섀도와 눈썹 털을 전부 뽑은 눈두덩이에 눈썹 선을 까맣게 그린 얼굴이다. 수스는 단기소액대출을 받아 태국으로 패키지 여행을 다녀오고 6개월 후에 아직 구릿빛인 피부로 〈사치의 덫〉 같은 텔레비전 방송에 출연해 자포스(신발과 의류를 취급하는 온라인 판매점)에서 신발을 사느라 월급을 몽땅 썼다고 핀잔을 듣는 그런 사람 같다. 수스에게는 아이 하나와 근육을 단련하는(수스의 말) 남자가 있다. 한쪽 어깨에 색색으로 딸의 이름을 문신했는데(이름이 니바에아인가 앙헬인가 그랬다), 긴 소매 옷을 입으면 보이지 않는다. 그녀는 직장에서는 늘 긴 소매 옷을 입는다.

가끔 수스는 뭐든 하면서 시간을 보내라고 내게 이런저런 것들을 가져다준다. 오늘은 사탕 한 봉지랑 따분한(매번 따분한) DVD를 가져왔다. DVD 표지에 어떤 여자가 개 14마리의 줄을 잡은 채 입술과 엉덩이를 내밀고 있다. 내 방에는 여전히 텔레비전이 없지만 수스는 저녁 담당자에게 이동식 텔레비전(텔레비전 카트)을 내 감방으로 가져다달라고 부탁해두었다. 내가 법원에서 돌아왔을 때 영화라도 보라고. "머리 좀 식혀."

"10시까지 잠이 오지 않으면, 마야." 그녀가 말한다. "수면제를 한 알 먹어." 내가 대꾸하지 않자 그녀는 덧붙인다. "그리고 약속해줘, 토요일과 일요일에 바깥에 나가 쉬겠다고."

수스는 나의 보모다. 그녀는 아침 일상과 신선한 공기가(나쁜 날씨는 없다. 나쁜 옷차림만 있을 뿐!) 세상 무엇보다 중요하다고 생각한다. 역기 들기와 테트라팩에 든 단백질 음료도 빼놓을 수 없단다.

수스는 나를 들볶는다. 강의를 신청을 하라고. (공부를 하라는데 나는 공부할 게 딱히 없다.) 나는 체육관(창문은 전혀 없고 러닝머신 한 대, 역기 두 대, 악취가 나고 하도 뻣뻣해서 저절로 도르르 말리는 요가 매트가 하나 있는 방)에서 운동을 해야 한다. 그리고 신부님이든 심리학자든 의사든, 헤쳐나가는 데 도움이 된다는 보장은 없지만 어쨌든 도움이 될 만한 사람을 만나려면 예약을 잡아야 한다.

가끔 그냥 알았다고 말할 때도 있다. 그러면 그녀가 입을 다물까 싶어서.

"네, 알았어요." 수스가 와하하 웃는다. 좋다고 웃는다. 나보다 고작 여덟 살 많으면서 내 엄마 행세에 훨씬 어른인 척, 우월한 척한다. 수스는 절대 자신을 내 간수라고 칭하지 않는다. 교도관이라고 말한 적도 없다. 자기가 나를 감시하는 사람이라는 걸 인정하기 싫어한다. 내가 졸라 침울한 것에 지나친 책임감을 느낀다는 것도.

나는 반대할 기운도 없다. 그래서 그냥 고개를 끄덕인다. 뭐가 알았다는 건지 잘 모르겠지만. 영화인지, 사탕인지, 수면제인지, 아니면 야외 산책인지. 어쩌면 전부 다인지도. 오늘은 정말이지 피곤하다. 피곤한데 불행히도 아프지는 않다.

"그럼 내가 내일 아침 너 야외 운동 신청해둘게." 수스가 결정한다. 어련하시겠어. 칠흑같이 어두운 2월 아침 댓바람에 일어나 교도소 운동장에서 운동할 기회를 잡게 되다니. 나는 수스에게 활짝 웃어 보인다. 그녀가 나가려고 일어선다. 나를 끌어안지는 않지만 그러고 싶은 눈치다. 옷차림과 다르게 단기소액대출 타입은 아닌지도 모르겠다. 하지만 살인자를 끌어안으려하고 나쁜 남자와 사랑에 빠지는 타입이다. (내 장담하건대 아이 아버지는 지금 감옥에 있고 그녀는 그에게 상관/간수/엄마 역할을 하고 있지만 언제나 1순위는 그녀의 딸이므로 둘의 관계는 끝났을 것이다.) 그리고 가망 없는 사건을 역전시키고 싶어 한다. 그래서 지금 여기 내 감방 안 침대에 걸터앉아 있는 것이다. 그녀가 텔레비전 카트와 토요일 사탕을 준비한 것은 나는 보살핌을 받아야 하고 자기가 내 엄마 노릇을 해야 한다고 생각하기 때문이다.

별안간 엄마, 진짜 엄마가 생각난다. 엄마의 어이없는 잔소리가 새록새록 떠오른다. 가위를 가지고 걸을 때는 꼭 날 끝을 잡아라, 식기세척기에 칼을 넣을 때는 꼭 날 부분을 아래로 넣어라, 길을 건너기 전에 양쪽을 살펴라, 거기 도착하면 엄마한테 문자 보내라, 숲에서 달릴 때는 음악 듣지 말아라, 날이 어두워지기 시작하면 공원에서 걷지 말아라, 밤에는 혼자 집으로 걸어오지 마라, 절대로, 절대로…. 졸라 웃기는 개소리.

조심성 없이 그만 엄마 생각을 했다. 수스가 아직 나가지 않았는데 울음이 터졌다. 눈물이 마구 쏟아져 내린다. 망했다. 화장을 다시 해야 한다. 게다가 수스는 나를 끌어안는다. 어이구, 맙소사. 어련하시려고. 바짝 붙어 서 있는 바람에 아무것도 그녀를 막을 수 없다. 마침 핑곗거리도 생겼겠다 나를 안 만질 수가 없겠지. 걱정하는 마음을 표현 안 할 수가 없겠지. 이제 그녀는 나를 놓고 두 손으로 내 얼굴을 감싸 쥐더니 내 눈물을 닦는다. 이제 정말 서둘러야 한다. 일찌감치 샤워를 했기에 망정이지. 그만 옷을 입고 나가고 싶다. 대화 말고. 포옹은 절대, 절대, 절대 사절이다.

예전에 엄마와 비행기를 탄 적이 있다. 내가 여섯 살인가 일곱 살 때였는데, 난기류로 비행기가 흔들렸다. 아주 많이. 나는 힘껏 엄마의 손을 부여잡고 울음을 터뜨렸고, 엄마는 내 귀에 대고 "괜찮을 거야" 하고 속삭이며 나를 다독였다. 나는 죽을 거 같은데 엄마는 더없이 차분했다.

엄마 생각은 하고 싶지 않다.

마침내 수스는 우리가 탈 차량을 확인하러 나가고, 나는 그녀가 금요일이라 가져온 것들을 쳐다본다. 커다란 하리보 젤리 봉지.

샌더에게 어떤 일이 있을지 충분히 설명을 들었는데도 도움이 되지 않는다. 이 벽 바깥의 세상에서는 그나 나나 통제권이 없다. 정신줄을 놓고 해서는 안 될 생각을 하다가는 한 발짝도 움직이지 못한다. 두려움으로 온몸이 마비되었다. 내 인생은 영 끝장이 났다. 누구나 암에 걸려도 6년 후에 완치될 가능성이 있는데 내가 완치될 가능성은 제로다. 교도소든 소년원이든 평생 감옥에서 썩어도 상관없다. 샌더의 꼿꼿한 허리도, 관심이 있는 듯 없는 듯한 그의 표정도 도움이 안 될 것이다. 어차피 지옥행은 결정 났다. 나는 세바스티안에게 그의 아버지는 살 가치가 없다고 문자를 보냈다. 세바스티안에게 염려하는 내 마음을 알리고 싶었다. 그의 아버지가 얼마나 망가졌는지 나도 안다는 걸 알리고 싶었다. 나는 그의 아버지가 죽기를 바란다고 썼다. 세바스티안이 아버지를 놓아줄 수 있다면 마음이 조금은 편해질 거 같아서. 그러면 그가 살고 싶은 마음이 들 거 같아서.

재판이 끝나면 적어도 질문에 대답하지 않아도 되겠구나 하고 마음을 다잡아본다. 하지만 그것은 내 희망 사항일 뿐이다. 나는 절대 질문에서 벗어나지 못할 것이다. 그들은 절대 절대 내 대답에 관심을 두지 않을 것이다. 내가 누구인지 안다고 이미 결론을 내린 상태니까.

하리보는 질색이다. 나는 하리보 봉지를 벽에 고정된 뚜껑 달린 쓰레기통에 던져 넣는다. 다시 울음이 터져 나왔다.

—

재판 첫 주 금요일
15

—

법원에 도착했을 때쯤 진정이 됐다. 페르디난드가 내 충혈된 눈을 보더니 안약을 권한다. 반면 팬케이크는 아주 좋아 죽는다. 내가 운 티가 확 나는 게 근사하다나. (심지어 더 어려 보인다면서 화장도 하지 말라고 한다.) 그래도 페르디난드는 내게 안약병을 주려고 한다. 둘이 주먹다짐이라도 벌일 참에 샌더가 안약병을 가져와 내게 건넨다. 아직 페르디난드의 검은색 워터프루프 마스카라를 몇 번 칠할 시간은 있다. 샌더와 다른 변호인들은 입장했지만 나는 변호인 대기실에서 기다려야 한다. 내 차례가 됐다. 다른 법정 밖에 어떤 남자와 어떤 여자가 등을 맞대고 각자 휴대폰으로 통화하고 있다.

내가 지나갈 때 그 여자가 고개를 든다. 우리의 시선이 마주치고 그 짧은 순간에 그녀는 깨닫는다. 나를 알아본다. (개구나!) 나는 고개를 돌린다. 흥분해 통화하는 그 여자의 목소리가 뒤에서 들린다. 그녀는 스페인 말을 한다.

엄마와 아빠가 자리에 앉아 있다. 재판부와 검사와 변호인들도 앉아 있다. 모두 거기 있다. 엄마는 새벽까지 술에 취해 있다가 화장도 안 지우고 잠이 든 것처럼 얼굴이 퉁퉁 부었다. 하지만 엄마는 취하도록 술을 마시지 않는다. 와인을 마신다. 엄마와 아빠는 다른 40대들과 파티에 간다. 테마 파티라서(가령 제임스 본드나 할리우드) 여자들은 80년대 복장으로 차려입는다. 지난번 뉴욕 여행 때 구입한 스팽글 미니 드레스라든가. 그리고 디스코와 치킨 댄스를 춘다. 그러고 나서 칵테일을 마시고 만찬 중에 연설을 하고 10대 때와 학창시절의 일들을 돌이키며 와하하 웃는다. 남자들은 남의 부인 허리에 팔을 두르고 서로를 형제라고 부른다.

생각해보면 엄마와 아빠는 자주 싸웠던 것 같다. 아빠가 변기 시트를 올려두느니 하는 문제로 종종 부부 싸움이 벌어졌다. 단 남들이 들을 때는 절대 싸우지 않았다. 저녁 식사 자리에서 여자들이 으레 어리바리한 우리 집 바깥양반 이야기로 대동단결하면, 엄마는 그런 일을 끄집어내 농담을 던졌다. "주로 골머리를 앓는 쪽은 내가 아니랍니다, 호호호…." 그러면 아빠도 응수하지 않을 수 없었다. "하하, 나도 골머리를 앓지는 않아요, 지금 당장은…. 친구 여러분, 이게 그만 파장할 시간 아닌가요?"

그들은 섹스 문제 같은 얘기를 자랑삼아 떠들었다. 엄마가 섹스를 하고 싶어 한다면서. 엄마는 섹스를 하고 싶어 죽겠는데 아빠가 밀어낸다는 식으로. 하지만 수제 빵과 프랑스산 치즈가 떨어지고 저녁 식사가 끝나면 부드러운 빛의 부연 올리브 오일은("좋은 친구들한테 얻은 겁니다. 그들은 플로렌스 외곽에 집을 한 채 가지고 있는데, 거기 올리브로 만든 거예요") 안으로 들어가고 벼룩시장에서(사실은 해러즈 백화점에서) 산 도자기도 식기세척기에 들어갔다. 관능은 항상 시들고 권태가 번성했다.

당신 술 너무 많이 마셔, 당신 일 너무 많이 해, 왜 그 여자, 조산이 밤새 당신한테 치대게 놔두는 거야, 그 망할 놈의 변기 시트 좀 내리라고, 그게 그렇게 어려워?

오늘 아침엔 둘이 무슨 일로 싸웠을지 궁금하다. 그 자리에 리나가 있었는지, 여기 오는 길에 리나를 놀이방에 데려다주었는지 궁금하다. 나는 그들에게 애써 미소를 짓는다. 그들도 내게 미소를 짓느라 애쓴다.

아마도 변기 시트 문제는 그들의 현안에서 빠졌을 테고, 최근에 그들은 어떤 테마 파티에도 초대받지 못했을 것이다. 그것은 대량 학살범으로 기소된 딸을 둔 부모로서 감수해야 하는 것들 중 하나일 뿐이다. 상투적 표현은 빼고 말하자면 정말 독특한 존재가 된 것이다.

곧 샌더는 피해자들에 대해 말할 것이다. 한 번에 한 명씩. 그후에는 특정한 순간에 내가 정확히 어디에 있었는지 말할 것이다. 낮은 음성으로, 속도는 적당히 점진적 빨라지게. 그가 원할 때 재판부는 경청하게 될 것이고 그가 원할 때 혼란스러워질 될 것이다. 나는 내내 그의 옆에 앉아 있을 테고 모두들 나를 볼 수 있을 것이다.

모두들 나를 보려고 하면서도 내 애기는 들으려 하지 않는다. 이미 안다고 생각하는 것들만 기대한다. 사람들은 아이들이 믿고 싶어 하는 것만 믿는다고 말하지만 정작 아이들을 속이는 것은 불가능하다. 반면 어른들은 자신의 믿음에 가장 잘 부합하는 이야기를 믿으려 한다. 사람들은 다른 사람이 무슨 말을 하고 무슨 생각을 하는지, 무슨 일을 겪고 무슨 결론을 내리는지 관심이 없다. 본인이 이미 안다고 생각하는 것만 들으려 한다.

이런 생각은 해본 적 없었는데 신문이 시작되자마자 명확해졌다. 최악은 단연 그 파마머리였다. 내 입에서 어쩌다 기대한 말이라도 나오면 그녀의 눈은 커다래졌다. 말 그대로 진짜 더 커졌다. 숨기려고 하지도 않았다. 게다가 오줌이 마려운 것처럼 의자에 앉은 채 펄떡거리기도 했다. 본인의 속셈이 고스란히 드러난다는 걸 모르는 것 같았다.

샌더는 파마머리와 정반대다. 나는 그가 내게 무슨 말을 기대하는지 한 번도 알아챈 적이 없다. 처음에 그는 이런 말을 자주 했다. "넌 조사에 응할 책임이 없어." 조사에 응할 책임? 무슨 뜻일까? 그럼 입을 다물고 있어야 할까? 거짓말해야 할까? 경찰을 돕지 말라고?

샌더는 무슨 말이든 경찰보다 그에게 먼저 하라고 말했다. 그에게 있는 그대로 솔직하게 말해야 그가 경찰에게 절대 하면 안 되는 말을 일러줄 수 있다는 소리였다. 거짓말을 하라거나 입을 다물라고 시킨 적도 없었고 특정한 말을 시킨 적도 없었다. 그냥 이렇게만 말했다. "그들이 묻는 말에만 대답해…." 아리송했다. 묻는 말에 대답하지 그럼 무엇에 대답하겠어?

샌더는 다른 걸 노리는 걸까? 모르겠다. 나는 그가 무얼 노리고 있다는 생각은 한 적이 없다.

그런 면에서는 경찰과 말하는 게 더 쉬웠다. 그들의 계획을 알고 있었으니까. 그들은 나를 감옥에 쳐넣고 싶어 했다. 나 역시 그들이 원하는 말을 술술 하면서 빨리 그들의 손에 놀아날수록 그들을 눈앞에서 빨리 치울 수 있었다. 처음에는 정말이지 그들을 한시라도 빨리 치우고 싶었다. 그들과 말을 섞는 것 자체가 싫었다. 내 침대에, 내 방에, 조용한 곳에 있고 싶었다.

하지만 파마머리가 주도하는 조사가 2주간 진행된 후 그들은 나를 깨부술 용사로 서른다섯 살짜리 짙은 금발 남자를 보냈다. 그는 소매를 걷어붙이고 두 다리는 쩍 벌린 채 기름칠한 목소리로 내게 물었다. "좀 어떠니, 마야?"

고교 시절 여자애들한테 인기깨나 끌었을 타입이었다. 내가 그에게 홀딱 반해서 모든 걸 술술 부는 것, 그것이 그들의 계획이었다. 하지만 나는 그에게 반하지 않았다. 웃기는 남자였다. 그런데 이상한 것은, 그럼에도 불구하고, 그들이 내 반응을 어떻게 예상하는지 다 알고 있는데도 그에게 말하고 싶었다. 그는 내가 클래스 퍼게만을 증오한다는 걸 안다고 했다. 나는 그저 세바스티안을 도우려 했고 좋은 여자친구가 되고 싶었을 뿐이라고. 자기가 내 입장이었다면 뚜껑이 열리고 완전히 눈이 뒤집혔을 거라고. 그 순간 나는 후진 영화의 결말처럼 울음을 터트렸다.

그의 보살핌에 몸을 맡기라는 프로그램이 내 안에서 작동한 것 같았다. 말하고 싶었다. 맞아요! 남자친구에게 그의 아버지를 죽이자고 말했어요. 우리는 복수를 하고 모든 걸 끝내기로 했어요! 나는 그의 동정을 받고 싶었다. (그래요! 나 비참해요!) 그가 나를 얼마나 딱하게 여기는지 말해주고 그냥 가주기를 바랐다. 경찰은 원하는 걸 얻으면 나를 그냥 내버려둘 것 같았다.

샌더가 도와준 덕분에 이제는 알고 있지만, 그가 신문 도중에 뜬금없이 쉬자고 했을 때는 이상한 사람이구나 생각했다. 그의 목적은 나나 경찰의 흐름을 끊으려는 게 아니었다. 내가 누구인지 잊지 말라고 내게 때때로 일깨우려는 것이었다.

"자, 그럼…." 재판장이 마이크에 대고 지껄인다. "재판을 재개하겠습니다…." 주절주절.

재판장의 말이 조금 시들해질 때쯤 샌더가 일정에 관해 발언을 요청한다. 재판장은 화가 나서 고개를 끄덕였고, 샌더는 내 건강 상태를 고려하면 오늘 재판을 늦어도 3시까지는 끝내는 것이 특히 중요하다고 설명한다. 처리해야 할 뭔가가 있는 게 분명하다. 그는 내 나이와 내가 이제껏 견뎌온 예외적으로 길고 고된 구금 기간을 다시 언급한다. 재판장이 다시 고개를 끄덕인다. 여전히 화가 나서. 듣기 싫은 모양이다. 샌더가 말을 끝내자 재판장은 오늘의 불가피한 일정이 무엇인지 다시 늘어놓는다.

샌더는 항상 일정에 대해 이야기한다. 이 재판이 빨리 끝나는 걸 원치 않나 싶기도 하다. 그는 둘째 주에 이 날, 셋째 주에 저 날은 재판에 참석할 수 없다고 끊임없이 청원을 제기했다. 이 재판은 이미 한 차례 연기된 적이 있다. 재판장이 휴정 없는 재판을 고집했기 때문이다. 예전에는 이상하게만 생각했는데 알고 보니 재판은 주별로 쪼개는 편이 내게 더 유리하다. 첫 주에는 나흘, 다음 주에는 사흘, 다다음 주에는 이틀과 반, 이런 식으로. 재판이 쪼개져 진행될수록 재판부가 직전에 나온 이야기를 잊을 가능성이 크기 때문이다. 그들의 머릿속에서 모든 게 착착 진행되지 않아야 내게 유리하다. 뭐든 혼란스럽고 비논리적인 것은 호재가 될 수 있다. 이 사건이 재판부에 유리알처럼 투명하지 않다면, 못난이 레나는 할 일을 제대로 못 한 것이다. 샌더가 노리는 것은 승소가 아니라 검사의 패배일지도 모른다.

재판을 조각내려는 샌더의 계획은 물거품이 됐다. 우리는 날마다 모여 온종일 재판을 할 것이다. 완전히 끝날 때까지. 하지만 샌더는 기회만 나면 일정에 관한 이야기를 꺼내고 또 꺼낸다.

이제 검사의 차례다. 그녀가 다룰 기록은 몇 개뿐이지만 이번엔 재판장의 질문이 많다. 그래서 예정보다 시간이 더 오래 걸렸다. 진짜 짜증 나는 일이지만 모두들 아닌 척한다.

검사가 말을 마쳤을 때 발언권은 피해자 측 변호인에게 넘어간다. 그들은 증거 서류를 다루기 시작한다. 왜 내가 피해 보상을 해야 하는지 주장하는 문서다. 나는 복구 불가능한 피해를 끼쳤다. 그런데 12시 10분 전에 샌더가 두 변호인 사이에 끼어들어 점심시간을 요청한다. 평소보다 이른 시각이지만 샌더는 생사가 달린 문제인 것처럼 군다.

샌더는 시간을 벌려는 것이다. 문득 나는 깨닫는다. 오늘은 변론을 하고 싶지 않은 것이다. 미루고 싶은 것이다.

재판장은 계속 진행하고 1시에 쉬자고 제안한다. 그래야 손해 배상 문제를 다룰 시간이 날 거라면서. 이 말에 샌더는 더 화가 난 듯하다. 이런 긴장을 견뎌내기엔 내가 너무 어리고 혈당치도 좋지 않다는 걸 도무지 이해할 줄 모르는 그들의 무능함에 온몸으로 분노한다.

그들이 주어진 15분간 문서를 이리저리 넘기며 발언하고 나서 마침내 재판장은 점심시간을 갖는 데 동의한다. 우리는 1시 정각에 돌아와야 한다.

샌더가 발언할 때는 그리 힘들지 않을 것이다. 그는 말할 때 조금도 초조한 기색이 없다. 무슨 말을 할까 고민할 필요도 없다.

오늘 모두발언을 할 때도 그는 내가 무엇을 알았고 무엇을 몰랐는지, 무엇을 했지만 무엇을 하지 않았는지만 말했다. 특히 내가 하지 않은 것들에 집중하고 있다.

그는 세바스티안과 내가 학교에 가기 전을 예로 들었다. 집에서 자고 나서 세바스티안의 집에 갔을 때 나는 11분 동안 거기 있다가 그와 함께 밖으로 나왔다. 진입로에는 감시 카메라가 있었지만 집 안에는 한 대도 없었다. 내가 복도에서 세바스티안을 기다리는 동안 무슨 일이 있었는지 아무도 알 수 없다.

기다렸다고? 그것이 정말 피고가 한 행동이었을까요? 그것이 가능할까요? 검사는 오만 가지 다른 행동이 가능하다고 말했다. 60초라는 시간이 11번 반복되는 동안 가만히 기다리지는 않았을 거라고. 반면에 샌더는 내가 아무 짓도 하지 않았다고 말한다. 그것은 긴 시간이다. 영원과도 같은 시간이다. 나는 그 시간을 길게 느꼈던가? 두 손을 무릎에 놓고 그저 복도에 앉아 있었나? 휴대폰도 안 보고? 페이스북이나 인스타그램 확인은? 스냅챗은? 이모티콘을 남기거나 '좋아요' 버튼을 누르지 않았던가? 헨젤과 그레텔이 조약돌이나 빵 부스러기를 남겼던 것처럼? 그들의 아버지는 그들이 숲에서 길을 잃고 굶어 죽기를 바랐지만. 검사의 주장을 반박할 만한 증거는 없는 걸까?

아니, 불행히도 없다. 그때는 인스타그램을 할 만한 시간이 아니었다.

재판 첫 주 금요일
16

점심시간 후 피해자 측 변호인단은 '따라서'와 '여부'와 '정당하게도'와 '합리적으로'와 '고의로'와 '애석하게도'를 마쳤다. 이제 예정된 가족과의 단란한 금요일 휴식까지 정확히 15분 남았다.

샌더는 격앙돼 있다. 이렇게까지 울컥하는 모습은 처음 본다.

"이건 납득하기 어렵습니다." 그가 열띤 어조로 말한다. "지금은 도저히 변론을 시작할 수가 없습니다."

가운데 앉은 재판장이 반박할 줄 알았는데 그냥 알았다고 말하더니 오늘 재판을 끝낸다. 검사도 항의하지 않는다. 그래서 우리는 서류철과 펜, 종이, 서류가방을 챙겨서 떠난다. 재판 시간이 길어지는 바람에 오히려 예정보다 일찍 끝나게 됐다. 이제 다시 월요일을 기다려야 한다.

하지만 교도소로 돌아가는 차편이 아직 준비되지 않았다. 우리는 우리 대기실에 앉아 있다. 나와 샌더, 페르디난드와 팬케이크. 모두들 집에 가고 싶은 눈치지만 페르디난드도 팬케이크도 감히 먼저 가겠다는 말을 꺼내지 않는다. 샌더는 방을 몇 번

왔다 갔다 서성이다 페르디난드를 향해 돌아선다.

"데니스 오리에마의 유산 승계자와 퍼게만의 변호인단 사이에 진행 중인 협상이 어떻게 됐는지 확인해봐."

페르디난드가 고개를 끄덕인다.

세바스티안은 교실에서 데니스를 가장 먼저 쏘았다. 신문들은 흑인이 가장 먼저 사망했다는 사실을 대서특필했다. 하지만 세바스티안은 인종차별주의자가 아니었다. 데니스의 피부색은 아무런 문제가 아니었다. 유르스홀름의 속물들이 피부색이 다른 사람들에게 워낙 인심을 잃은 터라 일부 기자들이 이것을 빌미로 인종차별의 그림자가 드리운 비극으로 몰아가려 했지만, 실상은 어떤 학부모도 자기 아이의 학교에 다른 동네의 아이들이 다니는 것을 문제 삼지 않았다. 어떤 면에서는 오히려 정반대였다. 우리 엄마의 역겨운 PC* 뉴스피드에서 여러 인종이 뒤섞인 모로코의 마라케시 시장의 사진이 환영을 받았듯이 흑인 학생들과 똑똑한 사미르는 유르스홀름 고등학교 인스타그램에서 환영을 받았다. 그런 학생들은 편견이 없고 관대하며 다면적인 교육을 제공한다는 환상적 커리큘럼의 증거가 됐으니까. (검증은 안 됐지만.)

하지만 데니스는 달랐다. 피부색이 라테 빛깔인 대단한 미남도 아니었고, 유행을 선도하는 소델 지역 출신도 아니었으며, 금발 여성과 아프리카 교환 학생 사이에 일어난 연애의 산물도 아니었다. 이름이 소울 음악 가수의 이름을 딴 것도 아니었고, 황홀이라는 표제에 어울릴 만큼 밝은 피부도 아니었다. 먹을 때

* 정치적 올바름.

쩝쩝 소리를 내고, 우렁찬 목소리로 이상한 질문을 던지고, 엉뚱한 타이밍에 웃음을 터뜨렸다. 계단을 한 층만 걸어 올라가면 하도 숨이 차서 몇 분 동안 아무것도 못 했다. 두 손을 양 허벅지에 대고 구부정한 어깨로 몸을 푹 숙인 채 씨근씨근 가쁜 숨을 몰아쉬었다. 어쩌면 천식을 앓고 있었는지도 모른다. 무엇보다 데니스는 외모가 형편없었다. 케첩을 듬뿍 친 트랜스지방을 입에 달고 살았고, 취업반 친구 셋과 구내식당에 가장 먼저 들어가 가장 늦게까지 남아 있었다. 취업반은 우리 학교가 내세우는 자랑거리도 아닌 데다 대부분의 학생들이 수업을 듣는 건물과 외따로 떨어진 별관에 있었다. 우리가 취업반에 다니는 남학생의 이름을 아는 이유는 단 하나, 그가 늘 마약을 팔았기 때문이다.

*

샌더의 이마에 주름이 파여 있다. 주름이 하도 깊어서 옆에서도 보일 정도다. 그가 팬케이크에게 돌아선다.

"일요일 오후에 다 같이 만나서 법정의 관심을 오리에마의 다른 측면, 그의 다른 생활로 돌릴 방법을 강구해야겠어."

지금까지 검사는 데니스의 딱한 형편을 강조해왔다. 그가 어떻게 아프리카에서 혼자 피난을 왔고 어떻게 위탁 가정을 전전했으며 얼마나 추방의 위협에 시달렸는지. 샌더가 이맛살을 찌푸린 것은 아마도 재판부에 우리가 얼마나 데니스에게 미안해하는지(우리는 선량한 사람들이므로), 우리가 그 사망한 돼지 마약상에게 얼마나 연민을 느끼는지 보여주면서도 그가 사실 어떤 인간인지(세바스티안의 돼지 마약상이라는 실체)를 밝힐 방법이 마땅치 않아서일 것이다. 편견이 없는 척하면서 말이다.

하지만 데니스에게 편견이 없는 사람은 없다. 정치적으로 올바른 기자도, 판사들도, 변호인도 예외가 아니다. 누구를 대표하는 사람이든 데니스에 대한 생각은 확고해서 그들의 이마에 만자卍字 문신이 있다고 해도 이상하지 않을 정도다. 데니스는 친구도 아니었고 쿨하지도 않았다. (크리스터 선생님마저도 그렇게 말했다.) 게다가 집중력 장애도 있었다. (그의 담임 교사는 데니스를 아침마다 버스에서 교실로 데려와야 했다.) 데니스가 구사하는 스웨덴어는 가끔 배꼽 빠지게 웃기는 농담거리가 됐다. 그는 여자애들과 말할 때마다 눈알을 이리저리 굴렸고, 춤은 어설픈 재즈 에어로빅처럼 보였다. 데니스는 음악에도 젬병이었다. 귀머거리만 아닐 뿐 세상에 다시 없는 음치였다.

데니스는 포마드를 바르면 무조건 멋있는 줄 알았고 사타구니를 긁적이면서 끈적이는 머리를 소중하게 톡톡 두드렸다. 데니스와 데이트한 여자애들은(타비 센트룸 몰이나 스톡홀름 중앙역에서 데이트했다) 붙임 머리와 가짜 손톱, 인조 속눈썹, 꽉 끼는 청바지 위로 축 늘어진 뱃살이 특징이었다. 그리고 엉덩이 골을 가리려고 끊임없이 청바지를 끌어 올렸지만 허사였다. 등 아래와 어깨에 알 수 없는 문신을 했고, 두통을 유발하는 향수를 들이부었으며, 입을 벌리고 껌을 짝짝 씹었고, 감자튀김을 채소라고 생각했다. 파티 때 깜빡하고 베어네이즈 소스를 곁들인 케밥 피자를 주문하지 않았다면 핫도그와 스니커즈 바를 튀겨 내놓고도 남았다. 데니스의 자매들과(그들은 서로를 자매라고 불렀다) 형제들은 만나면 서로에게 "헤이, 맨" 하거나 "요, 맨"이라고 말했다. 그리고 엉뚱한 순간에 집게손가락과 엄지손가락으로 총 모양을 만들어 서로를 겨눴고, 무의미한 농담에 왁자지껄 웃어젖혔다. 아무도 데니스가 언변이 뛰어난 진보 정치인으로 성장하리라 기대하지 않았다.

물증이든 심증이든 나를 데니스의 죽음과 연결짓는 증거는 없다. 나는 데니스를 죽이지 않았다. 샌더는 이 점을 분명히 지적할 것이다. 또한 내게는 데니스를 죽일 이유가 없다고 최선을 다해 모두를 설득할 것이다.

데니스는 사건 전날 밤 외에 내게 코카인이나 마리화나를 준 적이 없다. 나는 데니스와 알고 지낸 적도 없고 그러기를 바란 적도 없다. 만약 내가 있는 자리에서 세바스티안과 얘기를 하게 됐다면 그는 자기 옷을 당기면서 내 젖가슴을 쳐다보지 않으려고 눈길을 피했을 것이다. 그는 내게 절대 말을 붙이지 않았다. 남의 깔치에게는 절대 말을 걸지 않았다. 그는 대접받을 만한 사내와 사귀는 깔치만이 대접받을 가치가 있다고 생각했다. 사건 전날 밤 클래스에게 쫓겨났을 때 그는 고래고래 울부짖으며 기름진 눈물을 쏟았다. 맑은 콧물이 떨어지는데도 닦지 않고 흐르게 두었다. 그가 운 이유는 팔려고 받아 온 마약을 송두리째 날렸기 때문이다. 그것이 그의 것일 리 만무했다. 세바스티안에게 죽지 않았다면 데니스는 몇 시간 후 마약 공급책의 손에 죽었을 것이다.

세바스티안이 데니스를 죽이기를 내가 바랐다는 것은 터무니없는 주장이다. 내가 세바스티안을 설득해 데니스를 죽이게 만들었다는 것은 더 터무니없는 주장이다.

총격 이후 경찰은 데니스의 로커에서 장전되지 않은 권총을 한 자루 발견했다. 물론 샌더는 그 총을 부각시키고 싶어 한다. 데니스가 그것을 왜 가지고 있었는지는 모르지만 데니스가 위험한 삶을 살고 있었음을 알리는 데 활용할 생각이다. 세바스티안 못지않게 위험하거나, 보는 시각에 따라서는 더 위험한 삶을 살았다고.

기자들은 우리가 데니스를 애완동물 취급했다고 주장하면서도 데니스에게 가장 심하게 군 것은 결코 우리가 아니라는 사실은 지적하지 않는다. 만약 누군가 데니스가 랄프 로렌 셔츠를 입었다고 고자질했다면 20분도 안 되어 학교 직원들이 나머지 훔친 물건들을 찾겠다고 데니스의 로커를 뒤졌을 것이다. 오히려 데니스는 세바스티안 덕분에 많은 돈을 벌었다. 데니스의 청바지는 날이 갈수록 고가로 바뀌었고, 그의 두툼한 목살 사이에 숨겨진 금 사슬도 굵어졌다. 하지만 아무도 데니스를 눈여겨보지 않았다. 교사들과 그의 동네 어른들은 그의 장신구가 가짜인 줄 알았을 것이다. 그의 촌스러운 운동화가 얼마나 비싼 것인지 상상조차 못 했을 것이다. 그들은 다른 학생의 돈을 훔치지 않은 이상 그의 돈이 어디서 났든 개의치 않았다. 어차피 위조 여권에 기록된 생일에 따라 열여덟 살이 넘은 이상 그는 사는 집에서 도망치지 않으면 몇 달 뒤 강제 추방될 신세였으니까. 예정된 날에 그들은 그를 치워버렸을 테고, 그대로 모든 문제는 해결됐을 것이다. 교사들은 데니스의 강제 추방에 화를 냈을까? 대충 그런 척 시늉만 하고 내심 안도했을 것이다.

아무도 데니스가 어른이 되어 자신의 행태를 돌아볼 것으로 믿지 않았다. 데니스는 행태가 무슨 말인지조차 알지 못했다. 알기는커녕 제대로 쓰지도 못했지만 그의 선불 휴대폰은 철자

고침 기능이 없어서 그쪽으론 도움이 안 됐다.

검사와 그녀의 기자 친구들이 데니스가 한 짓은 결코 용납될 수 없다고 목이 터져라 외치는 건 자유지만, 그가 살아 있을 때 누구 하나 그를 딱하게 여기며 나선 사람은 없었다. 모두들 그가 죽기 전부터 그를 곧 죽을 사람으로 취급했다. 적어도 세바스티안은 그에게 돈을 지불했다.

나는 데니스를 죽이지 않았다. 이미 존재하는 세상의 평판보다 더 심하게 그를 매도하지도 않았다. 샌더는 이것을 재판부에 말하고 싶은데 어떻게 풀어내야 할지 막막한 모양이다.

하루 이틀 전 검사 레나는 내가 어맨다에게 보낸 문자 메시지 중에서 데니스와 관련된 내용을 낭독했다. "갠 미쳤어. 어차피 곧 죽을 테지만." 나는 그런 말을 한 적 있다. 세바스티안에게 보낸 더 긴 메시지에는 이런 문장이 포함돼 있다. "네 삶에서 개를 몰아내야 해."

"그 문자 메시지를 상쇄할 만한 확실한 수가 필요해." 샌더가 말한다. "다른 문자들은 건드리지 않고. 서로 아무런 관련이 없어야 해. 그게 핵심이야. 계속 분리시키면서 가는 거."

샌더는 페르디난드와 팬케이크에게 돌아섰을 뿐 내게는 돌아서지 않는다. 이들은 그날 재판이 끝나면 내가 감옥으로 돌아갈 때까지 기다렸다가 그날 무슨 일이 있었고 무얼 해야 할지 의논하는 모양이다. 페르디난드와 팬케이크는 샌더의 말을 잔소리로 생각하는 것 같다.

"데니스에 대한 문자 메시지가 훼손되면 낭패야. 그래선 안 돼. 마야가 세바스티안이 데니스와 어울리지 않기를 바란 건 지극히 당연해." 샌더가 말한다. 페르디난드는 건성으로 고개를 끄덕인다. "데니스가 세바스티안의 삶에서 없어지길 바랐다고 마야를 비난할 사람은 없어." 팬케이크가 건성건성 고개를 젓는다. 수백 번쯤 들은 이야기다. 샌더가 수없이 혼잣말을 할 때마다 그저 듣는 수밖에 없다.

내 생각에는 샌더 말이 맞는 것 같다. 아무도 인정하지 않겠지만, 죽은 사람이 데니스뿐이었다면 나는 아예 구속조차 되지 않았을 것이다. 역시나 인정하진 않겠지만, 그들은 자기 자식이 데니스와 친구가 되는 꼴을 보느니 차라리 데니스를 자기 손으로 죽였을 것이다. 인종차별주의자라는 소리는 듣기 싫었을 테니까. 하지만 내 생각에 데니스는 우리의 애완동물이 아니었다. 그는 우리가 자기를 어떻게 취급하든 눈곱만큼도 신경 쓰지 않았다. 그저 여기를 뜨기 전에 최대한 돈을 긁어모을 생각뿐이었다.

"사건 일지부터 시작해야겠어. 특히 우리 입장에서 그날 밤 사건들을 정리해야 해." 샌더는 여전히 혼잣말을 하고 페르디난드와 팬케이크는 듣는 척한다. "하지만 피해자들을 언급할 땐 데니스와 크리스터부터 시작할 거야. 그들이 문제의 소지가 가장 적으니까."

나는 전반적으로 세바스티안의 행위를 도왔다는 혐의를 받고 있는데 그 주장에는 크리스터 선생님의 살해 혐의도 포함된다. 사람들이 내가 세바스티안을 도왔다고 믿는다면 나는 크리스터 선생님의 죽음에 대해서도 유죄가 될 테고, 믿지 않는다면 나는 유죄가 되지 않을 것이다.

크리스터 선생님은 우연히 죽었을 가능성이 있다. 세바스티안에게 어떻게 살라고 훈계질한 인간들은 모두 죽어야 마땅했을지도 모르지만. 샌더는 세바스티안이 무얼 하고 싶어 했고 무얼 하기 싫어했는지 따질 생각은 없다고 말했다. 검사도 세바스티안이 왜 크리스터를 죽였는지 알지 못한다. 크리스터 선생님은 그저 잘못된 시각, 잘못된 장소에 있었던 것일지도 모른다. 세바스티안은 그저 많이 죽을수록 좋다는 식으로 누가 죽든 개의치 않았을지도 모른다. 그들이 내 로커에서 발견한 것들은 그가 더 많은 사람들을 죽이고 싶어 했다는 것을 시사한다. 아, 잠깐, 미안. 검사는 그것들을 세바스티안과 내가 학교 절반을 죽이려 했다는 증거로 보고 있다.

이번 주 초반에 검사가 사미르 얘기를 할 때 나는 울었다. 내가 우는 것은 팬케이크가 바라는 바였기 때문에 울고 싶지 않았지만 어쩔 수 없었다. 검사의 말을 듣지 말라고 사람들에게 말하고 싶었지만 내 차례에서만 말할 수 있기 때문에 그냥 울기만 했다.

매번 운 건 아니다. 설령 세바스티안이 내게 사실대로 말하지 않았더라도, 내가 그의 집에서 클래스 퍼게만의 시체를 못 봤더라도, 특히 사건 전날 밤과 당일 아침 내가 세바스티안에게 보낸 문자 메시지를 고려하면 그 11분은 클래스가 죽었다는 걸 내가 알아채기에 충분한 시간이었다고 검사가 말했을 때는 울지 않았다. 내가 세바스티안과 함께 모든 것을 모의했으며 범행 후 동반 자살을 꾀했다고 검사가 말했을 때는 앞만 똑바로 보면서 무반응으로 일관했다. 내가 방조범이라고 검사가 주장할 때도 가만히 듣고만 있었다. 세바스티안이 무기와 폭약이 든 가방을 학교에 가져가려는 걸 알아채고 말렸어야 했다고 검사는 말했다. 아무리 세바스티안이 진지하다는 걸 몰랐어도, 아무리 멍청해도 그건 알았어야 했다고. 검사는 내가 살인을 저질렀으며 그것을 증명하는 법의학적 증거가 있다고 말했다. 그러면서 법의학적 증거를 계속 들먹였다. 법의학적 증거는 그녀가 애용하는 말이다. 그 말을 말할 때는 하도 격앙돼서 목소리가 갈라질 정도였다. 하지만 나는 차분했다.

검사가 어맨다 이야기를 할 때 페르디난드는 내 어깨에 손을 얹었다. 가볍고 빈약한 느낌이었고 쓰다듬는 손길도 아니었다. 나는 비명을 지르지 않기 위해 내 손을 깨물어야 했다.

아무도 내가 세바스티안을 죽인 건 참사라고 생각하지 않는다. 더 빨리 죽였어야 했다는 것이다. 하지만 나는 어맨다를 죽였다. 거기에는 이견의 여지가 없다.

"정당방위였습니다." 샌더는 내가 총을 쏜 것은 정당방위라고 말한다.

"살해 의도는 없었습니다." "정당방위였습니다."

그는 여러 표현을 써서 그것이 실수였다고 설명한다. 내가 그것에 대한 책임을 져서는 안 된다고. 내 행동은 더 큰 위험을 막기 위한 것이었다고.

하지만 나는 잘 알고 있다. 당시 내겐 나 자신을 방어하겠다는 의식도, 올바른 판단력도 없었다는 걸. 도울 생각도 없었고 내가 세바스티안을 죽여야 그렇지 않으면 그가 나를 죽일 거라는 생각도 없었다. 그때 내가 느꼈던 공포감은 말로 설명할 길이 없다. 내 영혼이 죽을 각오를 하는 동안 내 몸에 어떤 일이 일어났을 뿐이다.

이번 주에는 몇 번이나 울었다. 팬케이크가 원해서 운 건 아니다. 우는 게 도움이 될 거라는 생각은 아예 하지도 않는다.

　마침내 교도소 차량이 도착한다. 팬케이크가 자청해서 나를 따라나선다. 그는 경호원을 돌려보낸다. 기자들이 엘리베이터 밖에 대기 중이다. 우리는 주차장으로 향한다. 피곤하다. 그들은 엄청 큰 카메라로 사진을 찍어댄다. 찰칵찰칵 사진 찍는 소리가 소음기를 낀 기관총 소리 같다. 수스가 우리와 합류한다. 그녀는 내 앞에 위치를 잡고 팔로 나를 감싼다. 나는 얼굴을 그녀의 목 쪽으로 돌린다. 그녀는 나보다 키가 크다. 기괴할 정도로 키가 크니 예쁜 장면, 모성이 충만한 장면이 연출될 것이다.

　내가 아기 취급을 받는 걸 찍히고 있으니 분명 팬케이크는 흡족할 것이다. 지금 나는 더 어리고 더 소녀 같고 더 슬퍼 보일 테니까. 어쩌면 우리가 어느 출구로 나갈지, 사진을 찍으려면 어느 위치에 서 있어야 하는지 그가 미리 언론에 흘렸을 수도 있다.

　"마야!" 한 기자가 소리친다. "오늘 재판은 어땠나요?"

　나는 반응하지 않는다. 수스가 밀치는 대로 뒷자리로 들어간다. 카메라와 최대한 떨어져 앉는다. 차창은 짙게 코팅돼 있다. 팬케이크가 기자들에게 다가가는 것이 보인다. 그는 왜 차까지 우리를 따라왔을까. 이상하다. 보통은 경비원으로 충분한데 말이다. 나랑 중간에 끊기 어려운 흥미진진한 대화를 나누던 것도 아니고, 무엇보다 상황이 어쩌고저쩌고하면서 뭐가 어떻게 되어가는 건지 아직 샌더와 회의하는 중 아니었나? 팬케이크는 여기서 무얼 하고 있는 걸까? 그는 내가 제대로 행동하고 있는지 확인하려는 게 분명하다. 눅눅한 주차장에 기자들이 깔린 걸 몰랐다면 내가 어떻게 행동할지 신경 쓸 이유가 없겠지?

팬케이크는 그들에게 나의 특정한 면을 부각시키고 내가 어떤 인간인지 알리기 위해 말을 멈추지 않을 것이다. 내게 개성을 부여하는 일은 내 변호인단에게 중대한 문제다. 나는 한 인간이 되어야 한다. 팬케이크에 따르면, 이것이 내 변호의 핵심이다. 현재의 나는 어떤 사람인가. 아무렴. 샌더는 수없이 자체 조사를 실시해 기술 분석과 수사 결과를 재검증했다. 반면 팬케이크는 그들에게 나를 이해시키는 데 주력하는 듯하다. 그런데 대체 그들이 누구인지 분명하지가 않다. 그가 말하는 그들이 재판부는 아닌 것 같기 때문이다. 적어도 판사들은 아니다.

수스가 내 팔을 다독인다. 나는 그녀가 내 손을 잡도록 둔다. 이제 나를 보는 사람은 없다. 물론 운전석 쪽 문은 약간 열려 있지만 사진기자들은 그걸 못 본 것 같다. 기자들에게 말하는 팬케이크의 낮지만 또렷한 목소리가 들린다.

"지금은 말할 수 없습니다. 양해해주리라 믿습니다만. 긴 하루였어요." 피곤한 목소리다. 주차장으로 향하는 엘리베이터 안에서 그랬던 것보다 더 피곤한 목소리다. "마야는 화가 났습니다. 이건 그 애에게 벅찬 일이에요. 그 애는 너무 어려요…." 거기서 그는 그 말을 반복했다. 같은 말이 반복된다는 걸 기자들이 눈치챘을지 궁금하다. "…이 또래의 여자애가 이렇게 오랫동안 갇혀 있는 건 흔치 않은 일이에요. 마야는 특별히 길고 힘겨운 구금 기간을 겪고 있습니다."

나는 차 안에서 애써 잠을 청한다. 피곤하다. 공감을 잘하는 팬케이크가 이것만은 정확히 짚었다. 하지만 다른 건 틀렸다. 감옥은 못 견딜 만큼 버겁지 않다. 감옥이 지내기 쾌적한 곳이어서가 아니다. 전혀 쾌적하지 않다. 거기 음식이 맛있어서도 아니다. 맛없다. 거기서 지내면 많은 것들을 피할 수 있기 때문이다.

수감 생활은 이전의 생활을 그대로 복사해 붙인 것과 다를 바 없다. 특히 심문 과정이 끝난 이후로는 더욱 그렇다. 와, 얼마나 안심이 되는지 모른다. 놀랄 일도, 새로운 사람들도 없으니 말이지. 음식 맛도 정확히 똑같다. 미트볼 혹은 대구 혹은 스크램블드에그다. 나는 아침, 점심, 저녁에 밥을 먹는다. 운동장에서 1시간, 체육관에서 1시간 강의. (하는 시늉만 한다.) 10분간 샤워. 침대에 눕는다. 바닥에 눕는다. 변기를 쓴다. 지나는 인기척에 귀 기울인다. 책을 읽으려 노력한다. 음악을 들으려 노력한다. 잠은 어느 때보다 많이 잔다. 내가 만나는 면회자는 샌더뿐이다. 아무도 내게 말을 걸지 않고 나를 놀라게 하지도 않으며 생각하게 만들지도 않는다.

오늘 우리는 시간이 없어 변호를 시작하지 못했지만 주말이 지나면 내 입장의 이야기를 듣는 시간이 올 것이다. 세바스티안과 나, 사랑과 증오에 대해서. 내가 어떻게 그를 배신했는지에 대해서도.

세바스티안과 나

17

살인사건이 일어나기 전 지난해 여름에 우리, 그러니까 세바스티안과 나는 연인이 되었다. 엄청난 폭염이 스톡홀름을 덮쳐 내리 3주간 맹위를 떨쳤고, 사람들은 더 이상 날씨 얘기를 입에 올리지 않았다. 그저 고장 난 에어컨과 오래 묵은 양말 맛이 나는 얼음과 세븐일레븐의 성에가 잔뜩 낀 아이스크림에 대해 불평했지만 더위에 대해서는 불평하지 않았다. 더위는 이미 현실이 되었다. 날씨가 변하리라 기대하는 사람은 아무도 없었다.

그해 여름 나는 한 시내 호텔의 안내 데스크에서 일했다. 마지막 야간조로 근무하고 있을 때 세바스티안이 나타났다. 지난 3주 동안 나는 밤 10시부터 아침 7시까지 걸려오는 전화와 예약 신청을 받고 예약을 취소하고 아침 식사와 청소를 담당할 추가 직원을 수배하고 술에 취한 핀란드인들이("친절한 여자들은 다 어디 갔나?") 자기들 방으로 술을 직접 가져다달라는 주정을 들어야 했다. ("아가씨, 친절하게 좀 굴어, 응? 헤헤.") 카운터 밑에 비상벨이 있었지만 그걸 써야 할 상황은 없었다. 가끔 손님이 자기 객실에 토악질을 하긴 했어도 그건 내 소관이 아니었다. 한번은 어떤 남자가 손목을 긋고 나서 골로 가려면 한참 멀었을 때 스스로 그것을 경찰 트위터에 올린 적은 있었다.

일하러 가는 길에 지친 관광객들과 부딪치는 일이 잦았다. 그들은 싸구려 식당으로 가거나 거기서 오는 길이었다. 동그래진 눈으로 유모차에 아이를 태운 부모들 아니면 샌들 차림으로 구깃한 지도를 들고 느릿느릿 걷는 독일인들이었다. 호텔 일은 스트레스가 심하거나 어렵지 않았고 보수가 쏠쏠한 데다 경험(아빠의 말)이 되었다. 아빠는 내가 여름 동안 일하는 것에 찬성했다. 이케아를 만든 잉그바르 캄프라드와 젊은 사업가의 장밋빛 싹수가 보인다면서. 엄마는 내가 아침마다 택시를 타고 집에 오길 바랐지만 아빠가 그걸 회사 비용으로 처리할 수 없었으므로 더는 고집하지 않았다.

그날 세바스티안은 근처 클럽에서 놀다 화장실을 쓰러 호텔 안으로 들어왔다. 그날 야간 근무자는 나밖에 없었다. 동료는 아들 생일인지 뭔지 때문에 일찍 퇴근하고 없었다.

원래는 호텔 손님 외에 다른 사람들이 화장실을 쓰지 못하게 해야 했지만 나는 세바스티안을 제지하지 않았다. 그날 밤 내가 거기서 일한다는 걸 그가 알고 있었는지는 모르겠다. 그때 나를 알아보았지도 확실하지 않다. 우리는 같은 유치원을 다녔지만 그것은 까마득한 옛날이었다. 세바스티안은 나보다 한 살 위였기 때문에 원래대로라면 이미 졸업을 했어야 했지만 마지막 학년을 다시 다녀야 했기 때문에 이듬해 우리는 같은 학년을 다닐 예정이었다. 나는 그것을 알고 있었다. 세바스티안이 마지막 학년을 다시 다녀야 한다는 건 모두가 아는 사실이었다. 그런데 그가 내가 일하는 호텔 로비로 걸어 들어온 것이다.

"마야." 그가 자신만만한 목소리로 말했다. 나를 만난 게 전혀 놀랍지 않은 것 같았다. 내 심장은 유치원 때처럼 한 박자 멈추었다. 내가 퇴근할 시간이 될 때까지 그는 거기 남았다. 우리는 걸었다. 온 도시가 텅 비어 있었고, 전날 아침보다 시원했다. 우리는 나란히 걸어 홈레가덴 공원을 통과해 앙헬브렉스카단으로 올라가서 오스트라 역으로 갔다. 거기서 유르스홀름의 오스비행 전철을 탔다. 그는 전철 안에서 내 옆에 앉았고, 대학을 지날 무렵에는 머리를 내 무릎에 기대고 아무 말 없이 그대로 잠이 들었다. 전철이 우리가 내릴 역에 도착해 이마를 건드려 그를 깨우자 그는 잠에서 깨 나를 물끄러미 바라보았다. 그러고는 손을 들어 엄지손가락으로 내 아랫입술을 쓰다듬었다. 그저 그러기만 했다.

그날 오후 나는 엄마와 아빠와 리나와 함께 여름 휴가를 떠났다. 엄마의 결정에 따라 우리는 자동차로 유럽을 돌아다닐 예정이었다. 하지만 먼저 제네바로 날아가 거기서 우리의 발이 되어줄 자동차를 빌린 후 엄마가 인터넷 사이트에서 선별한, 비밀스럽고 독특한 경험을 장담하는 부티크 호텔들을 돌아다닐 참이었다.

운전은 아빠가 했다. 아빠와 엄마가 같이 차에 탈 때는 언제나 아빠가 운전했다. (파티에 갈 때만 빼고.) 달리고 달리다 지지직거리는 잡음이 나기 시작하면 우리는 라디오 채널을 바꾸었다. 나라는 바뀌었지만 똑같은 음악이 나왔다. DJ들의 목소리도 다 똑같이 들렸다. 경쾌한 웃음소리도 똑같았고 "쉬이" 하는 상냥한 말투도 똑같았다. ("슬라바블라사 리하나, 슈슈슈 아리

아나 그란데!") 물론 DJ들은 서로 다른 언어로 말했고 이탈리아에서는 이탈리아 음악이 더 많이 나오고 프랑스에서는 프랑스음악이 더 많이 나왔지만 우리에게는 어디에서나 거의 똑같이 들렸다. 그 와중에 나는 일종의 쇼크 상태에서 허우적댔다. 세바스티안이 내 머릿속에서 폭발했다. 나는 잘못된 사람들과 잘못된 장소에 있었다. 자동차 뒷좌석 리나와 리나의 구토 봉지옆에 앉아 검색에 몰두했다. 엄마와 아빠가 로밍 비용에 대해불평했지만 아랑곳하지 않았다. 샅샅이 검색했다. 미친 듯이인터넷을 뒤졌지만 그가 어디 있는지 알 만한 단서는 하나도찾지 못했다. 누구한테 그가 어디 있는지 물을 수도 없었고 그가 나를 추가하지 않았는데 내가 먼저 그를 추가할 수도 없었다. 그렇게 차 안에 앉아 있으려니 절망감과 공포감이 점점 커져갔다. 기회를 영영 놓쳤다는 생각 때문에. 세바스티안은 내무릎에 머리를 기대고 나를 쳐다보다 떠났다. 난 어쩜 이리 멍청할까?

휴가 9일째 니스 외곽의 빌프랑슈쉬르메르에 있을 때 그에게서 전화가 왔다. 내 휴대폰이 땀으로 축축한 손안에서 부르르 진동했다. 그는 발신자 제한 번호를 쓰고 있었다. 그리고 베스파 스쿠터에 나를 태웠다. 아빠는 놀란 듯했고 엄마는 충격을 받은 것 같았다. 세바스티안은 우리 호텔 로비에서 우리 가족 모두와 만났고, 그날 저녁 선상 만찬에 엄마와 아빠, 당연히리나까지(리나의 이름은 어떻게 안 걸까?) 초대했다. 그의 아버지의 배가 니스 항구에 정박해 있었다. 엄마는 늦지 않게 파티 드레스를 사야 할 걱정에 탭댄스를 출 지경이었고, 아빠는 평소보다 두 배는 부풀어 올랐다. 세바스티안의 아버지는 잠재적 고객

을 뛰어넘는 횡재나 다름없었기 때문이다. 클래스 퍼게만은 새
로운 삶에 대한 약속이었다.

세바스티안은 이 모든 걸 못 본 척했다. 그냥 나만 바라보았
다.

세바스티안은 어맨다에게 우리가 있는 곳을 알아낸 후 그날
아침에 결정하고 이리로 내려왔다. 나는 이 모든 일이 도무지
믿기지 않아 꿈을 꾸는 것만 같았다. 나는 그의 베스타 뒤에 올
라타고 그와 함께 떠났다. 그의 허리에 두 팔을 감고. 해변의 좁
다란 골목길이 가파르게 이어졌다. 날은 따뜻했다. 나는 그의
배 타원형 침대에서(하얀 시트를 덮고) 두 번 그와 잤다. 그 후에
엄마와 아빠와 리나가 배로 왔다. 우리는 세바스티안의 아빠와
함께 배 위에서 수많은 별들 아래 저녁을 먹었다.

그 배는 길이가 거의 60미터에 달했다. 갑판은 실크처럼 매
끄러웠고 시럽 빛깔이었다. 모든 설비와 부속품은 황동과 은
이 아니면 황금색과 흰색의 대리석이었다. 첫 번째 요리가 나왔
을 때 이미 해는 떨어지고 없었다. 우리는 상갑판에 앉아 있었
는데, 홀수선을 따라 갑판을 둘러싼 불빛들이 아래에서 은은하
게 올라왔다. 벨벳 같은 까만 밤이 우리의 피부 속으로 스며들
었다. 웨이터는 하도 많아서 일일이 기억할 수도 없었다. 엄마
와 아빠는 평소보다 더 자주 나를 쳐다보았다. 리나는 내 무릎
에 앉고 싶어 했다.

"세바스티안이 여기 아래로 내려올 줄은 몰랐어요." 세바스
티안의 아버지는 환히 웃는 얼굴로 부모님에게 말했다. "우리
애가 이 자리에 참석해 우리 체면을 세워준 건 다 마야 덕분인
것 같습니다."

그날 밤 나는 클래스 퍼게만에게서 눈을 떼지 못했다. 그는 워낙 달변인 데다 사교의 달인이었고 사진에서 본 것보다 더 생기가 돌았다. 엄마는 작은 새처럼 기뻐하면서 깔깔거렸다. 새로 산 드레스에 머리에는 황금빛 월계수 화관 같은 걸 쓰고 있었는데 얼핏 도금 제품인가 했지만 당연히 그것은 진짜 금이었다. 엄마가 싸구려 티가 나는 걸 몸에 걸칠 리가 없었다.

세바스티안은 내게 팔을 둘렀고, 클래스 퍼게만은 한 번도 들은 적 없는 사람들 이야기를 했다. 아빠의 딸은 갈수록 정신이 혼미해졌다. 세바스티안의 아버지는 사람들의 긴장을 풀어주는 데 능란했다. 잘 모르는 사람들끼리 시간을 보낼 때 으레 따르는 공백을 절대 두려워하지 않았다. 침묵도 헛기침도 지루한 대화도 개의치 않았다. 그냥 웃는 얼굴로 이야기를 계속해나갔고 그의 농담은 사람들이 안도하며 웃게 만들었다. 그 첫날 저녁에 나는 모든 걸 꿰뚫어 보지 못했다. 그가 진짜 어떤 인간인지 짐작조차 못 했다. 엄마는 잔뜩 들떠서 디저트를 먹었고, 리나는 소파에서 잠이 들었다. 온화하고 포근한 날이었지만 직원 한 명이 리나에게 얇은 담요를 덮어주었다.

클래스는 내게 이런 말을 했다. "나 부자란다, 알다시피." 자랑하려는 말이 아니라 그가 어디 출신인지 설명하려다 나온 말이었다. 그는 어마어마한 갑부였다. 그의 국적은 갑부였고, 그가 사는 곳은 지역을 초월한 그의 국가였다. 진짜 부유한 스웨덴인은 같은 스웨덴보다 차라리 진짜 부유한 일본인이나 이탈리아인이나 아랍인과 더 비슷하다. 그리고 우리 아빠는 그것을 존경했다. 클래스 퍼게만은 물려받은 유산이나 특권 없이 자력으로 그 국적에 이르는 길을 닦았다면서. 적어도 쇠데르만란드* 숲의 영지와 노를란드**의 조선소와 예테보리***와 왕의 사냥 모임 가입은 그렇다고 했다.

아빠는 신탁 기금 집안의 자식들과 그들의 묻지마 투자를 혐오했다. 가끔 아빠는 집에 와 그들의 프로젝트 이야기를 해주었다. "우유의 리터당 가격을 알려주는 앱을 개발하는 도박을 하고 싶다면, 허물어져가는 영지와 뼈대 있는 가문과 신설된 투자회사를 소유한 스무 살짜리 애송이들을 찾으면 돼. 그들은 평범한 사람들이 그런 걸 알려주는 앱이 필요하다고 생각해. 뼈대 있는 가문의 아들들은 슈퍼마켓 진열대에 가격이 다 붙어 있다는 걸 배울 필요가 없었거든." 더군다나 신탁 기금의 머저리들은 진짜 부자도 아니다. 진짜 부자가 되지 않는다는 것, 이 특징만큼은 그들이 자력으로 일구어낸 유일한 업적이다.

"정말 비극이 따로 없네." 엄마는 그렇게 대꾸하곤 했다. (원래는 아빠가 잘 쓰는 말인데, 엄마는 아빠와 말할 때 그 말을 썼다.) "비극이야."

엄마도 질세라 일을 그만둔 동료나 친구 얘기를 우리에게 하곤 했다. "그 여자 남편이 실내장식 부티크를 사주려나봐." 엄마는 아빠가 돈을 물려받은 사람들을 혐오하는 걸 알고 이런 말을 하곤 했다. 엄마는 일을 그만둔 또래 여자들을 싫어했다. 그 여자들은 엄마의 꿈을 이루었으니까.

엄마는 한 상장 회사의 기업 전문 변호사인데, 아빠 수입의 절반 정도를 벌어들인다. 리나가 태어났을 때 신경쇠약에 걸리

* 스웨덴의 남동부 해안 지역.
** 스웨덴의 최북단 지역.
*** 스웨덴에서 스톡홀름 다음으로 두 번째로 큰 도시.

지 않으려고 근무 시간을 줄였지만 일을 그만두지는 않았다. 엄마는 모든 것이 잘 돌아가는 척, 여전히 할 일이 너무 많은 척 굴었다. 아무도 엄마를 믿지 않았다. 특히 아빠는 조금도.

"차라리 그 돈을 복권에 쏟아붓는 게 낫지." 아빠는 그렇게 덧붙이곤 했다. "그게 수익률이 더 나을걸." (아빠는 엄마가 계속 딴소리를 하는데도 계속 자기 말만 한다. 그들에게 가능한 최선의 대화란 늘 이 패턴을 따른다.)

하지만 클래스 퍼게만을 만난 후 엄마와 아빠는 보이밴드의 열성팬으로 변모했다. 아빠는 나와 단둘이 있게 되면 어김없이 클래스 퍼게만 이야기를 했다. 클래스 퍼게만이 어떻게 물려받은 위태로운 유산을 스웨덴에서 세 손가락 안에 드는 거부로 바꾸었는지. 그의 성공 비결은 숲을 파괴하고 노를란드 강에서 금을 찾는 데 만족하지 않고 첨단기술 분야에(케이블과 마이크로칩 같은 것인데, 그쪽으론 관심이 없어서 정확히는 모르겠다) 투자한 데 있다고 했다. 아빠는 클래스 퍼게만을 우러러본 나머지 질투할 엄두조차 내지 않았다.

"한 가지 점에선 클래스 퍼게만도 예외가 아니지." 한번은 아빠가 내게 말했다. "미스 스웨덴 3위 입상자와 결혼했거든. 퍼게만은 스웨덴 역사상 가장 위대한 인물 중 하나야. 그는 역사에 남을 거란다."

첫날 그 배에서는 나도 클래스를 좋아했다. 그는 나를 특별하게 생각하는 듯했다. 그가 농담을 하면 재밌었다. 순전히 내가 적절한 타이밍에 웃음을 딱딱 터뜨린 덕분이었다. 그는 세바스티안의 형 루카스가 하버드에서 공부한다면서 똑똑한 루카스를 자랑스러워했는데 내 눈에는 그 모습이 귀엽게 보였다. 클래스가 루카스는 분명 크게 될 놈이라고 말했을 때는 소수의 사람들에게만 허락된 그 집안의 은밀한 비밀을 안 듯한 기분이었다. 그리고 맏아들을 저리 자랑하는 아버지라면 분명 막내아들도 자랑스러워할 거라고 생각했다. 아들들에 대한 클래스 퍼게만의 사랑은 조건적이라는 것과 그의 아들들은 아버지의 경멸을 피하려면 성과를 내야 한다는 건 까맣게 몰랐다.

자정 무렵 세바스티안과 나는 자리를 떴다.

"밤 수영이라도 할까봐요."

"해변을 걷든가."

엄마는 내가 결혼 첫날밤을 맞은 처녀라도 되는 것처럼 두 손으로 내 얼굴을 감싸 쥐었고 아빠는 자긍심과 닮은 눈빛으로 나를 바라보았다.

"우리 딸." 엄마는 그렇게 말했던 것 같다.

"얌전히 굴어라." 아빠는 그렇게 말했던 것 같다. 그러고는 세바스티안에게 활짝 웃으며 말했다. "나쁜 짓은 하지 말거라. 나는 할 거지만." 아빠의 전형적인 화법이었다.

"난 네가 애 어딜 보고 좋아하는지 통 모르겠어." 클래스 퍼게만이 말했다. "앤 제 어미를 닮았다는 걸 명심해라." 우리는 와하하 웃었다. 다 함께. 나까지도. 그때만해도 클래스가 세바스티안에게 하는 매몰찬 말은 결코 농담이 아니라는 걸 알지 못했다.

그 얘기가 나왔을 때를 제외하고 미스 스웨덴 3위였다는 세바스티안의 엄마 얘기는 화제에 오르지 않았다. 그날 밤에도, 그 이후에도. 그녀는 그녀와 닮은 어린 여자에게 밀려난 것은 아니었다. 그냥 사라지고 없었다. 그녀는 어딘가에 있었지만 현재에 존재하지도 않았고 중요하지도 않았다. 그녀가 클래스를 떠난 걸까? 아니면 그가 그녀를 내쫓은 걸까? 그건 그때나 지금이나 모른다. 클래스 퍼게만에 비하면 그녀는 전혀 중요하지 않았기 때문에 그녀가 마땅히 있어야 할 그 자리에 없는데도 나는 그녀의 생각은 전혀 하지 않았다.

세바스티안과 사귀기 전 내겐 남친이 넷 있었다. 첫 남친은 닐스였다. 우리는 열세 살을 앞둔 열두 살 동갑내기였다. 나는 닐스의 쌍둥이 누이가 초대한 파티에 갔다가 어둠 속에서 얼결에 그 애와 커플이 되었다. 크리스티나 아길레라의 노래가 흘러나올 때 그 애가 내게 거센 기습 키스를 했고, 우리는 소파 위로 쓰러져 계속 키스했다. 나는 입술이 부어오르고 팬티가 젖었다. 그 애가 내 가슴을 만졌을 때 그렇게 황홀한 느낌은 처음이었다. 하지만 그날 우리는 자지는 않았고 그럴 생각조차 하지 못했다. 그로부터 3주 후 우리 사이는 그대로 끝나버렸다. 나는 두 달이 지나고 나서야 여름 방학이 문제였다는 걸 깨달았다. 9주 동안 그 애의 사진을 보며 엽서를 썼지만("나 지금 할머니 할아버지 시골 별장에 있어. 비가 와서 〈이블 데드〉 보는 중이야") 답장은 한 통도 오지 않았다. 학기가 다시 시작됐을 때 그 애는 내게 인사조차 하지 않았고 그것으로 끝이었다.

그로부터 6개월쯤 지났을 때 두 번째 진짜 남친이 생겼다. 그 애는 나보다 한 살 많았는데(무려 14개월 반이나!) 학교 옆 버스 정류장 시간표에 내가 예쁘다는 말을 써두었다. 불과 6~8분 만에 그 소문은 내 귀에 들어왔고 영악한 나는 그것이 일생일대의 제안임을 직감했다. 열다섯 살의 앤턴은 통통한 입술과 금발의 고수머리가 돋보였다. 우리는 7주 동안 사귀었다. 사실상 결혼했다는 착각이 가능할 만큼 긴 기간이었다. 하지만 어느 금요일 저녁 앤턴은 프리벨야 학교의 학급 파티에서 오래된 샴푸통에 직접 제조한 폭탄주에 잔뜩 취해 폭탄 선언을 했다. "넌 너무 어려, 마야. 그만 각자 갈 길 가자." (아무렴, 지당하신 말씀.) 나는 창피했다. 저런 앨 왜 사귀었나 싶어서. 화가 나지는 않았다. 그 관계는 어떤 면에서도 흥미롭지 않았다. 앤톤도, 내 하관을 축축이 적시는 그의 키스도, 둘이 하는 커플 놀이도.

그 후에는 나보다 나이가 많이 남자들을 혼자 짝사랑했다. 그 남자들은 내가 누구인지 전혀 몰랐다. 실제로 전혀 만난 적이 없거나 버스 안에서 여섯 사람 건너 뒷덜미만 본 남자들이었기 때문이다. 이름은 전혀 기억나지 않는다. 그러다 열다섯 살이 되자마자 마르쿠스를 만났다.

마르쿠스는 열여섯 살이었다. 그는 마리화나를 피우고 베이스 기타를 연주하고 시를 썼다. 엄마는 미국 유명 사진작가인 리처드 애버던 앞에서 포즈를 취한 적 있는 사람이었다. 그는 시내 오스트라 레알에 있는 고등학교에 다녔는데, 모두가, 단연코 모두가 그를 알고 있었다. 어맨다와 내가 칼라플란 근처 번화가의 2층짜리 아파트 문간에 들어섰을 때, 위층에서 마르쿠스와 그의 밴드가 정체불명의 리메이크 곡을 연주하고 있었다. 파티는 몇 시간 동안 정신없이 계속됐고, 우리는 각자 끈적거리는 초콜릿 케이크 한 조각과 크림이 들어간 음료수를 받았다. 바닐라 맛 음료수에서 얼굴에 마맛자국이 있고 보라색 매니큐어를 바른 남자 냄새가 났다. 나는 가구를 치운 거실에서 땀이

나도록 춤을 추었다. 사람들이 두 손을 치켜들고 머리를 흔들어 댔지만 그 광경이 얼마나 우스꽝스러울지는 의식하지 않았다. 별안간 전원이 나가더니 소방관이 와서 오스테맘스할렌 전역이 정전됐다고 했다. "콘서트를 열려면 미리 허락을 받아야지." 소방관 다음에 경찰 둘이 들어왔을 때 나는 내가 난생처음 마약에 취한 상태라는 걸 깨달았다. 어맨다와 나는 화장실에 들어가 문을 잠갔다. 미친 듯이 웃음이 터져 참느라 죽는 줄 알았다. 무엇이 우리를 취하게 만들었는지 알 수 없었다. 케이크인지 바닐라 음료수인지, 아니면 둘 다인지. 둘이 거기 앉아 있는데 경찰이 가고 나서 마르쿠스가 문을 두드렸다. 그는 알몸으로 양초가 다섯 개 꽂힌 촛대를 들고 있었다. 욕조에 물을 채우더니 내게 목욕을 하라고 했다. 나는 옷을 벗고 그와 함께 목욕을 했고, 그동안 어맨다는 타일 바닥에 깐 수건 위에서 쿨쿨 잠들어 있었다.

마르쿠스는 긴 앞머리 덕분에 누구든 눈을 똑바로 쳐다보지 않아도 됐다. 같은 주의 어느 오후 그는 자기 아빠의 담배 냄새가 밴 침대보 위에서 내 처녀성을 가졌다. 그리 나쁘지 않았고 아프지도 않았다. 내가 처음이라는 걸 그가 모르는 것 같아 얼마나 다행이었는지 모른다. 내가 전화했을 때(그 애 휴대폰으로 전화했지만 전화를 받지 않는 데다 자기는 휴대폰을 쓰지 않는다는 그 애의 말을 철석같이 믿고 그 애 집으로 전화를 했다) 그 애는 집에 없는 척했다. 짜증이 뚝뚝 떨어지는 그 집 엄마의 말투에서 눈치를 챘지만, 나는 그 애 휴대폰과 집으로 계속 전화했다. 그 애가 나를 좋아하지 않는다는 걸 알았지만 멈추지 않았다. 나도 나를 어쩔 수 없었다. 마르쿠스와 나는 여러 군데 파티에서 네 번 잠자리를 가졌다. (시작은 늘 목욕이었다. 그 애는 파티에 가면 항상 목욕을 했다.) 그가 내 가슴을 사랑한다고 말했을 때 나는 그것이 나를 사랑한다는 뜻이라고 멋대로 믿어버렸다. 어느 집 이불 위에서 마지막 잠자리를 갖고 나서(이불 속에서는 한 번도 한 적이 없었다) 내가 내 티셔츠로 내 배를 닦고 있을 때 그 애가 등을 돌리더니 테리에즈, 줄여서 테시라는 여자애와 사귀는 중이라고 말했다. 그러니 우리는 이런 식으로 계속 함께할 수 없다고.

그날 밤 2시간 30분 후 나는 개 이름을 가진 그 여자애와 마주쳤다. 그 애와 마르쿠스가 함께 욕실에서 나왔을 때였다. 코커스패니얼 테시는 목욕가운 차림이었고, 마르쿠스는 또다시 벌거벗고 있었다. 나는 그제야 화가 치밀었지만 아닌 척 숨기고 그냥 자리를 떴다.

다음번 남자는 내가 찼다. 올리버라는 남자애였는데, 나흘 만에 나를 사랑한다고 고백했다. (내 가슴만 사랑하는 게 아니라.) 나는 그냥 좋아한다고, 넌 귀엽지만 우리는 서로 잘 맞지 않는다고 내가 대답하자(나는 이미 사랑에 관한 모든 것과 무슨 말을 해야 하는지 잘 아는 여자가 되어 있었다) 그 애는 술에 취하지 않아도 매일 내게 전화하기 시작했다. 매일 저녁 잘 자라는 문자도 꼬박꼬박 보냈다.

우리는 몇 개월 동안 잠자리를 하다 흐지부지됐다. 하지만 세바스티안은 내가 일하는 호텔 로비에 나타났다. 이전의 어떤 경험도 세바스티안에겐 해당되지 않았다. 완전히 새로웠다. 단순히 시작 단계라서 그런 것도 아니었다. 세바스티안은 지금 나의 시초였다.

가족과 함께 계속 유럽을 돌지 않고 세바스티안과 여행해도 되냐고 부모님에게 물었는지 기억나지 않지만 새 여행가방을 가져왔는지는 분명 물었을 것이다. 엄마가 최대한 값비싼 것으로 고른, 내 물건들이 모두 들어가는 가방을 가져왔냐고.

다음 날 아침 나는 세바스티안 옆에서 깼다. 낯선 곳에 가면 나는 늘 잠을 설친다. 세바스티안은 곤히 잠들어 있었고 나는 그를 깨우고 싶지 않았다. 갑판으로 올라가니 클래스가 한 손에 접힌 스웨덴 신문을 들고 아침을 먹고 있었다.

"이리 와 앉거라." 그가 권했다. "아침 뭐 먹고 싶니?" 그가 신문에서 고개를 들지 않고 물었다.

내가 커피를 다 마시고 크루아상을 집었을 때(지중해 선상의 아침으로 그것이 적당할 것 같아서) 클래스는 신문을 내려놓더니 나를 다정하게 바라보았다. 그가 무얼 물었는지, 질문을 했는지조차 기억나지 않지만, 그와 얘기를 나누는 동안 내 안에서 불안감이 고개를 들었다. 클래스는 계속 자리를 지키다 세바스티안이 팬티와 새하얀 티셔츠 차림으로 나타나 내 옆에 앉자 신문을 들고 자리를 떴다. 그들은 서로 아침 인사조차 주고받지 않았다.

17일 후면 새 학기가 시작되고 세바스티안과 나는 같은 반에 다닐 예정이었다. 우리는 클래스의 요트에서 15일 낮과 15일 밤을 보냈다. 이튿날 우리 배는 이탈리아 해변을 향해 항해했다. 카프리를 향해 나아가는 동안 푸른 바다와 시원한 산들바람, 여전히 포근한 밤이 이어졌다. 가끔 바다 한가운데에서 배를 멈추고 갑판에서 작은 모터보트를 내린 다음 다이빙 아니면 스노클링을 하거나 워터스키를 탔다. 중간에 헬리콥터를 타고(헬기가 갑판에 착륙했다) 포뮬러 원에 다녀온 적도 있다. 우리는 결승선 바로 옆에 서서 우르릉대는 엔진 소리 속에서 서로를 향해 미소를 지었다. 나는 모든 승무원들의 이름을 외우려고 노력했지만 한 번도 성공한 적이 없었다. 나는 산드로(선장)에게 우리가 지나온 곳들에 대해 천 번은 물었고, 요리사 루이지는 내가 아침으로 프랑스식 레모네이드와 그릭 요거트, 멜론, 크루아상을 좋아하고 점심으로는 닭고기나 페타 치즈 샐러드를 좋아한다는 것과 커피는 블랙으로 마신다는 걸 숙지했다. 영화관이 있는 갑판에는 체육관 바로 옆에 스파가 있었는데, 거기서는 낭랑한 전자 음악이 흘러나왔고, 어떤 여자(조)가 내 손톱과 발톱을 손질한 후 치약과 바닐라 향이 나는 오일로 마사지를 해주었다. 그녀는 맨발로 조용히 걸어 다녔고 스파 외에 다른 곳에서는 눈에 띄지 않았다.

나는 그 배가 좋았다. 거기서 일하는 모든 사람들이 좋았다. 보이는 사람들마다 행복한 것 같았다. 하도 순식간에 그 모든 것에 익숙해지고 거기서 지내는 것이 어찌나 자연스럽게 느껴지는지 얼떨떨할 지경이었다. 그렇게 날은 어영부영 지나갔다. 저녁에는 클래스와 함께 식사를 했다. 그는 주요리 정도만 우리와 같이 먹었지만 우리가 거기 있는 것 자체가 그에게 중요한 것 같았다. 그는 내게 네다섯 가지 질문을 던지고는 물러갔지만 함께하는 동안에는 우리에게 따뜻한 관심을 보였다. 그는 우리의 말에 귀 기울이며 고개를 끄덕였고, 아주 가끔씩 기분이 좋을 때는 중요하다고 생각하는 것들을 이야기하기도 했다.

한번은, 닷새째인가 엿새째 밤에 세바스티안의 아버지가 우리를 어떤 식당에 데려갔다. 사업상 지인과의 식사 자리였는데 그는 우리를 데려가고 싶어 했다. 우리는 이유를 묻지 않았고 느긋하고 친밀한 자리가 되도록 우리가 도우면 되겠구나 정도로 생각했던 것 같다.

그 식당은 프랑스 항구 도시인 보니파시오에서 멀지 않은 산중의 마을 절벽에 위치하고 있었다. 식당까지 마지막 남은 거리는 걸어가기로 했다. 어둠이 모든 빛깔을 삼켜버렸고 대형 트럭 한 대가 항구 근처에 주차돼 있었다. 컨테이너를 덮은 방수포가 바람에 떠올랐다가 가라앉기를 반복했다. 해가 졌는데도 아직 밖은 따뜻했고 유독 그 근처에서 쓰레기 냄새가 났다. 그 사업상 지인이란 사람은 이탈리아 남자였는데 콧소리가 진한 투박한 악센트의 영어를 구사했다. 그는 이미 술에 취해 있었다.

"나 좀 도와주게." 이탈리아인이 세바스티안에게 투실투실한 손을 내밀며 말했다. 세바스티안은 내 손을 놓고 그 남자의 팔을 잡았다. 그 작은 마을에 들어섰을 때 나는 신발 안에 자갈이 자꾸 들어가서 걷는 게 힘들었기 때문에 천천히 걷는 것에 전혀 불만이 없었다. 이탈리아 노인은 욕지거리를 하고 땀을 뻘뻘 흘리면서 염치없이 세바스티안에게 기대다시피 가다 20미터마다 걸음을 멈추고 숨을 골랐다. 마침내 식당 밖에 도착했을 때 그 남자는 세바스티안의 뺨과 입가에 축축하게 키스를 했다. 세바스티안은 펄쩍 뛰었고, 그의 아버지는 우리를 위해 식당 문을 활짝 열어젖혔다. 클래스 퍼게만은 그 이탈리아인에게 돌아서더니 먼저 들어가라는 몸짓을 취했다.

"네가 없었으면 난 여기까지 오지 못했을 거야, 세바스티안." 이탈리아인은 마침내 세바스티안의 팔을 놓으며 말했다.

"아들 녀석이 쓸모가 있다니 다행이로군요." 클래스가 말했다. "우리 모두에게 희소식이에요."

왜 화가 났는지 이유를 알 수 없었지만 클래스는 화가 나 있었다. 분노한 상태였다. 그간 클래스 퍼게만과 어울리면서 했던 모든 생각들이 뒤집히는 순간이었다. 생각해보니 그는 배를 떠날 때부터 우리에게 한 번도 말을 건 적이 없었다. 내가 무슨 말을 해도 듣지 않고 고개를 돌리거나 옆으로 돌아서거나 앞장서서 걸었고, 누가 말을 걸어도 거의 대꾸하지 않았다. 나는 속이 울렁거렸고, 세바스티안은 나 외에는 아무것도 쳐다보지 않았다. 하지만 그 이탈리아인은 전혀 개의치 않는 것 같았다.

우리는 창가 자리로 안내되었다. 그 식당은 워낙 벼랑 끝에 가까웠기 때문에 바다 위에 떠 있는 것 같았다. 아래쪽 항구에 있는 배들의 불빛과 만 입구에 있는 등대의 불빛이 멀리에서 깜빡거렸다. 만 입구에는 우리 요트가 정박해 있었다. 세바스티안의 아버지는 우리에게 묻지도 않고 음식을 주문했다. 그러자 이탈리아인이 웃음을 터뜨렸고 웃음소리가 어찌나 우렁찼던지 식당 반대편에 있던 손님들이 우리 쪽으로 고개를 돌렸다. 그가 클래스의 주문을 바꾸는 동안 우리는 조마조마한 마음으로 가만히 듣고만 있었다. 전채요리를 바꾸고 주요리는 그대로 두었던 것 같다. 그리고 모두들 아는, 당연히 모두들 아는 코르시카 지방 요리와 문어를 시켰다. 세바스티안의 아버지는 입을 다문 채 보일 듯 말 듯 웨이터에게 고개를 살짝 끄덕였고, 와인 리스트가 나왔을 때는 이탈리아인이 그걸 받아 마음대로 주문하게 두었다. 하지만 와인을 한 모금도 마시지 않았고 전채요리에는 손도 대지 않았다.

주요리를 기다리는 사이 나는 화장실에 갔다. 자리로 돌아와

보니 이탈리아인이 내 자리를 차지하고 있었다. 그는 자기가 앉았던 자리를 내게 가리켰다. 세바스티안은 항의하지 않다가 일어나려고 움직였다. 아마도 내 옆으로 오려고 했던 것 같다.

"가만 앉아 있거라, 좀." 클래스가 스웨덴 말로 세바스티안에게 말했다. "그것 하나 제대로 못 한단 말이냐? 가만 앉아 입 다물고 있는 것도?"

세바스티안은 도로 앉았다. 그는 나를 쳐다보지 않았다. 아무 말 하지 않고 기계적으로 벙긋한 미소를 지었다.

이탈리아인은 세바스티안에게 스웨덴 노래를 청하다가 포기하고 사업 이야기를 꺼냈다. 자기 회사를 팔려는 것 같았다. 내가 알아들은 건 그 정도였다. 그는 갈수록 점점 활기를 띠었고, 나머지 우리는 점점 조용해졌다. 이탈리아인은 술을 계속 들이켰다. 저렇게 계속 마시다간 알딸딸한 정도를 넘어 말 그대로 주정을 부리겠구나 하는 생각이 들었을 때, 세바스티안의 아버지가 전화를 걸더니 뭐라 짧게 말하고는 전화기를 이탈리아인에게 넘겨주었다. 이탈리아인이 전화를 끊었을 때 클래스는 자기 잔을 들고는 이탈리아인이 그의 술잔을 들어 부딪치게 두었다. 나는 가슴을 쓸어내렸지만 너무 안도하는 티를 냈나 싶은 생각에 다시금 속이 울렁거렸다.

주요리 네 개와 치즈, 디저트 둘, 은쟁반에 담긴 커피와 초콜릿 프랄린, 미니 머랭, 마멀레이드 사탕을 먹고 나자 집에 갈 시간이 되었다. 세바스티안의 아버지는 무슨 수를 썼는지 휠체어를 거기로 가져오게 했다. 이탈리아인은 휠체어에 앉아 잠이 들었고, 퍼게만의 배에서 온 직원이 휠체어를 항구까지 밀고 내려갔다. 휠체어가 막 갑판에 올랐을 때 이탈리아인은 잠에서 깨더니 의자에서 일어나 산책을 좀 하겠다고 말했다. ("난 좀 걸어야 겠소!") 세바스티안과 나는 그만 잠자리에 들고 싶었다.

새벽 4시경 앞갑판 쪽에서 들리는 인기척에 나는 잠에서 깼 다. 침대에서 몸을 일으켰을 때 세바스티안이 나를 도로 침대로 끌어 내렸다. "그냥 여기 있어." 그는 그렇게만 말했다. "우리와 는 상관없는 일이야."

그날 아침은 우리끼리 먹었다.

"아버님께서는 떠나셨습니다." 이름을 모르는 흰옷의 직원이 우리에게 알려주었다. 세바스티안은 그냥 고개를 끄덕였다. 새 삼스럽지 않다는 듯이. "아버님 방을 써도 좋다고 하셨습니다. 방 청소는 곧 끝납니다."

선탠을 하고 있는데 이탈리아인이 갑판으로 올라왔다. 얼굴 에 시꺼멓고 퍼런 멍이 들었고 오른쪽 팔은 팔걸이 붕대를 하고 있었다. 깁스를 한 것 같았다. 그는 3미터쯤 떨어진 곳에 서서 다가오지 않았다.

"어머나, 세상에." 나는 일어섰다. "무슨 일 있었어요?"

이탈리아안은 고개를 저었다.

"밤늦게 바닷가를 걷지 말게나." 그가 비뚜름하게 웃는 얼굴 로 말했다. 그러고는 세바스티안에게 물었다. "자네 아버지 여 기 계신가?"

세바스티안이 나를 갑판 의자로 끌어 내렸다.

"아뇨." 세바스티안이 눈을 감은 채 대답했다.

"혹시…." 이탈리아인이 말을 꺼냈다.

"아뇨." 세바스티안이 말을 잘랐다.

이탈리아인은 그날 떠났고, 우리는 세바스티안 아버지의 스위트룸으로 방을 옮겼다. 쓸 수 있는 욕실이 하나가 아니라 두 개가 됐다. 전망도 더 좋았다. 앞쪽으로 바다가 내다보였다. 선장실의 전망과 똑같은 것 같았다. 한쪽 욕실은 욕조 위 천장이 열렸다. 그날 저녁 우리는 거기서 저녁을 먹었다.

"네 아빠가 그 이탈리아인 때린 거야?" 그날 밤 갑판의 야외 수영장에 누워 있을 때 나는 물었다. "너랑 희희덕댔다고 그런 거지?"

세바스티안은 화를 내지 않았다. "아니." 그렇게만 대답했다. "아빠가 때릴 리 없잖아."

나는 마음이 놓여 웃음을 터뜨리고는 농담한 것처럼 얼버무렸다. 하지만 세바스티안은 따라 웃지 않았다. 두 손을 들어 올린 채 수영장 가장자리에 몸을 누이더니 검은 하늘을 향해 눈을 감았다.

"한번 아빠한테 물은 적 있어. 엄마가 사라졌을 때. 엄마한테 무슨 짓을 했냐고. 왜 엄마가… 아빠가 어떻게 했길래… 엄마가 떠난 거냐고…." 그는 말을 멈추었다.

"그래서 아빠가 뭐랬는데?"

"아빠가 이러더라…. '우리 가족이 직접 나서서 쓰레기를 치울 필요는 없어. 대신해줄 사람들이 있으니까.'"

나는 그것이 무슨 뜻인지 묻고 싶었다. 무슨 말을 하고 있는 거냐고. 세바스티안의 엄마는 쫓겨났고 그 이탈리아인은 두들겨 맞은 걸까? 클래스 밑에서 일하는 사람의 손에? 하지만 꼬리에 꼬리를 물고 이어지던 생각은 사라졌다. 세바스티안이 울고 있었다. 흐느끼지도 않았고 콧물이 흐르지도 않았지만 그는 울고 있었다. 나는 뭐라고 해야 할지 말문이 막혔다. 그래서 두 손으로 그의 얼굴을 감싸 쥐고 그에게 키스했다. 점점 더 거세게 오랫동안 키스했다. 그렇게 오래 키스해본 적이 없을 만큼. 그도 내게 키스했고 나는 그가 내 안으로 들어오기를 갈망했다. 그가 내 안에 들어왔을 때 나는 이미 절정의 턱밑에 있었다. 나는 갈수록 더 빨리 절정에 도달했다. 그가 내 몸에 들어오는 횟수가 늘어갈수록 더 빨리, 더 강렬하게 절정을 느꼈다.

9일 후 우리는 나폴리에서 비행기를 타고 집으로 돌아왔다. 비행기 안에는 우리 둘 외에 아무도 없었다. 전날 밤 나는 세바스티안이 아버지와 통화하는 얘기를 엿들었다. 클래스는 우리가 회사 전용기를 탈 이유가 없고 일반 비행기를 타면 된다고 했다. 하지만 막상 공항에 도착해보니 회사 전용기가 대기 중이었고, 차가 우리를 비행기 계단까지 데려다주었다. 우리는 보안 검색대도 거치지 않았다.

그 배는 우리 없이도 여행을 계속했다. 전 승무원을 태우고 1년 내내 항해했다. 우리가 떠나는 날로부터 일주일 뒤 그들은 지중해를 떠날 예정이었다. 지금 생각해보면 그 당시에는 그 모든 것이 얼마나 비현실적인지 전혀 몰랐던 것 같다. 엽서에나 등장할 법한 그 푸른빛, 반짝거리는 햇살, 반질반질한 매니큐어로 이루어진 그 세상이 얼마나 비현실적인 것인지. 하지만 고속도로를 달리다 유르스홀름 출구로 빠져나오자 똑같은 풍경이 펼쳐졌다. 똑같은 풍경이었지만 모든 것이 변해 있었다.

우리는 브로마 공항에 착륙했다. 그곳 포장도로 위에도 차가 대기 중이었다. 승무원 한 명이 우리 짐을 차로 옮겼다. 세바스티안은 피곤해 보였다. 나는 우리가 개학 이후에도 계속 사귈 거라는 기대는 하지 않았다. 내가 그의 일상이 될 리 없었다. 그에게 과연 일상이 있나 싶었지만. 여름 한철의 불장난이었다고 보는 것이 자연스러웠다. 그에게는 사소한 탈선이었고 내게는 인생 최고의 휴가였다고. 차가 나를 집 앞에 내려주었다. 나는 어떻게 작별인사를 해야 할지, 모두 고마웠다는 말을 어떻게 해야 할지 난감했지만, 세바스티안은 나를 따라 집 안으로 들어와 아빠와 악수를 나누었다. (아빠는 짐짓 태연한 척했지만 신이 나서 오줌을 지리기 직전이라는 표정이었다.) 세바스티안은 내 뺨에 키스하고 나서 말했다. "내일 보자." 그러고는 떠났다.

다음 날 아침은 개학 첫날이었다. 아침 7시 30분에 우리 집 아래 교차로에서 만나자는 세바스티안의 문자가 왔다. (전날 저녁이나 밤에는 아무런 연락도 없었다.) 그는 거기서 나를 차에 태웠다. 학기가 시작되기 전 나와 헤어지려는 거로구나 하는 생각이 들었다. 중간쯤 왔을 때 나는 울기 시작했다. 그만 끝내고 싶었다. 어차피 그가 이별을 통보하면 울어야 할 테니 차라리 지금 우는 게 나을 것도 같고. 그는 내가 우는 걸 보더니 차를 길가에 세우고 시동을 끈 후 내 좌석을 뒤로 젖히고 나서 내 위에 올라탔다. 그리고 두 손을 내 셔츠 속에 넣어 등을 어루만지며 내게 키스했다. 점점 더 깊게 키스하고 나를 만지다 더 바짝 끌어안았다. 단단한 그가 느껴졌다. 얼마나 안심이 되던지. 더는 나를 원하지 않을 거라는 두려움이 찾아들었다.

우리는 손을 잡고 주차장에서 학교를 향해 걸었다. 영화의 한 장면처럼. 최고 인기 남학생이 괴상한 머리 모양에 안경을 낀 못생긴 여학생과 나타나고, 이후 여학생은 대반전을 거쳐 섹시한 미녀로 거듭나는 고교 영화의 한 장면처럼. 나는 괴짜 못난이가 아니었고 세바스티안도 그저 싱글벙글하는 옆 가르마를 탄 운동부 남학생이 아니었지만 그와 함께 들어가는 순간 온 세상이 무지갯빛으로 보였다.

물론 어맨다는 우리가 사귄다는 걸 알고 있었다. 흡연 구역 근처에서 만났을 때 그 애는 나를 한 번 끌어안았다. 그러고 나서 두 손을 세바스티안의 목에 감더니 크리스마스트리 장식품처럼 대롱대롱 매달렸다. 세바스티안은 꿈지럭꿈지럭 그 애의 올가미에서 벗어났다. 우리는 학교 안으로 들어갔다. 세바스티안이 이전 학년의 문제를 처리해야 했기 때문에 우리는 로커 옆에서 헤어졌다. 그는 내게 인사를 하면서 내 뺨에 키스했는데, 영화보다 더 영화 같은 느낌이 들었다. 어맨다는 아니나 다를까 눈알을 굴렸다. (치어리더 같은 외모는 아니었지만 참 완벽한 아이였다.) 아주 신이 나서 하늘을 훨훨 날 판이었다. 왜 아니겠나. 별안간 세바스티안의 인생 한가운데로 진입했으니. 세바스티안은 우리 삶의 일부가 될 테고. 그가 작년까지 어울렸던 사람들은 모두 떠나고 없었다. 대학으로, 아버지 회사의 인턴으로. 아니면 어학 연수를 받으러 미국으로. 이제 그는 우리 차지였다. 그래서 어맨다는 아주 희희낙락했다. 물론 대놓고 그런 말은 하지 않았고 그저 세바스티안과 내게 "키스는 방에 가서 해!" 하는 말만 툭툭 내뱉었다. 그러면 나는 각본대로 고개를 젖히고 웃어댔다. 적당한 크기의 목소리로.

지중해 여행 때 세바스티안과 함께 찍은 사진들이 몇 장 있다. 사진 속의 나는 행복하고 아주 근심 없이 만족스러워 보인다. 남자친구가 물을 튀겨 꺅꺅 소리 지르며 웃다가 물속으로 뛰어드는 그런 사람 같다. 웃는 얼굴, 광채가 나는 눈. 나는 행복해 보인다. 시간이 흐른 지금은 기억을 더듬어봐도 그때 내가 정말 행복했었는지 잘 모르겠지만. 어쩌면 행운은 실감하기까지 시간이 걸린다는 점에서 불운인지도 모르겠다. 처음에는 무덤덤하다. 감정은 나중에야, 감정의 근원이 진작에 사라지고 나서야 고개를 내민다.

오랜 시간이 흐른 지금에서야 깨닫는 것은, 세바스티안은 한순간도 행복해 보이지 않았다는 것이다. 처음 찍은 사진들 속에서도 그는 행복해 보이지 않았다.

18

하지만 우리들은 학기 초 몇 주 동안 신나는 나날을 보냈다. 그중에서도 첫날은 최고 중의 최고였다. 퍼게만의 막내아들과 같은 반이 되었다는 사실을 인생 최대의 즐거움으로 생각하는 사람은 어맨다만이 아니었다. 지난 학기에 그가 3학년을 다시 다닐지도 모른다는 소문이 돌자 우리 반 전체가 궁금해하고 이야기하고 희망에 부풀었는데, 이제 그것은 현실이 되었고 나는 그 모든 설렘의 중심이었다.

수업 시간이 다 되었는데도 세바스티안은 어딘가 다른 데 있었다. 어맨다와 나는 각자 수업에 들어가 평소 앉는 자리에 앉았다. 크리스터 선생님은 여름 방학 동안 무얼 했는지 묻지 않았다. 당연히. 그런 종류의 질문은 강의 계획이나 학칙에 따라 금지됐을 게 분명하다. 아이들에게 '내 여름 방학' 같은 주제로 작문 숙제를 낼 수 없는 이유는 아마도 휴가를 다녀올 형편이 안 되는 아이들에게 소외감을 조장할 여지가 있기 때문일 것이다. 학부모회에 따르면 소외감(이질감)은 한 인간에게 일어날 수 있는 최악의 경험이라지만, 사실 그 점에선 학교 매점 자판기도 만만치 않다. 학부모회는 아무 의미 없고 진부한 이야기일 지라도 그들을 인정 많은 사람들로 포장하는 것이라면 무엇에 든 열광한다. 교사들이 특정한 질문만 하지 않는다면 다 해결되는 것처럼. 하지만 아이들은 각자 어디를 다녀왔는지 훤히 꿰고 있었다. 적어도 누가 무엇을 하지 않았는지는.

크리스터 선생님은 최대한 다른 화제를 찾아냈다. 어맨다의 구릿빛 피부나 앨리스의 패키지 여행 띠도("어머어머, 이거 엄마가 억지로 차게 한 거야, 정말이야, 오늘 밤에 떼어버려야지, 정말이야, 어머머…") 언급하지 않았고, 제이컵의 부러진 팔도(걘 수상 스키를 타다가 팔이 부러졌는데, 모두 그걸 알고 있었다. 크리스터 선생님마저도) 소피아가 지난 학기 이후 두 달만에 살이 20킬로그램이나 빠졌다는 것도 언급하지 않았다. (처음에 충격받은 표정을 얼굴에서 지우는 데 몇 초가 걸리긴 했지만.) 이런 것들은 쏙 빼고 되는대로 아무거나 이야기했다.

크리스터 선생님은 우리에게 좋은 책을 좀 읽었냐고 물었다. 대답한 것은 사미르뿐이었다. 그 애는 유독 허리를 꼿꼿이 펴고 앉아 책 제목을 세 개 읊었다. 크리스터 선생님은 그 책들을 아는 것처럼 굴었지만 추가 질문을 하지 않는 것으로 보아 몰랐던 것 같다.

"이번 여름에 읽은 책이 세 권뿐이야?" 내가 물었다.

그러자 사미르는 미소를 지었다. 평소처럼 한쪽 입꼬리만 슬 며시 올리면서. 내가 이런 말을 하면 그 애는 늘 그랬다. 그러고 는 풍성한 머리카락 속으로 손을 넣었다. 가끔씩 뭔가를 골똘히 생각할 때는 집게손가락으로 머리카락을 돌돌 감곤 했다. 빙글 빙글빙글. 머리 회로가 고장 난 애처럼. 나도 미소를 지었다. 사

미르와 나는 유르스홀름에 입학한 이후 쭉 이런 식이었다. 티격
태격하고 토론하고 언쟁했다. 상대가 옳다고 생각하거나 재미
난 말을 했을 때도 아닌 척했다. 여름 방학이 지났어도 이것이
여전하다는 것은 유쾌한 일이었다.

"물론 아니지." 그 애가 대답했다. "최고 작품만 세 개 댄 거
야. 네게 말할 시간을 주려고. 네가 읽은…." 그 애가 멈칫했다.

나는 끼어들었다. "말馬에 관한 책은 안 읽었어. 네 월경 얘기
가 나오는 만화책도…."

"너 암으로 죽어가는 10대 아이들이 서로 사랑에 빠지는 책
좋아했었잖아?"

어맨다가 충격을 받은 양 끼어들었다. "그래!" 그 애가 신이
나서 말했다. "그거 정말 슬프더라. 그렇게 눈물을 펑펑 쏟은
건 내 평생 처음이었어."

사미르가 나를 쳐다보았다. 우리는 같은 생각을 하고 있었다.
어맨다는 그 책을 읽지 않았구나. 영화만 본 거야. 하지만 우리
는 아무 말도 하지 않았다. 그때 세바스티안이 교실 안으로 들
어왔다. 그가 학기 첫날 지각했다는 사실에 우리가 반응했던
가? 아마도. 몇 주 후에 그가 제시간에 나타났을 때도 반응한
것처럼.

그는 의무적으로 "죄송해요"라고 말했다.

크리스터 선생님은 살짝 고개를 끄덕였다.

세바스티안은 내 옆에 앉았다. 어맨다에게 다른 책상으로 비
켜달라는 말조차 하지 않았다. 어맨다는 두 발짝 옮겨 가장 가
까운 빈 의자로 가서는 눈알을 굴리면서 바이올린 켜는 시늉을
했다.

반 아이들이 하나둘 눈치를 채는 것이 느껴졌다. 색깔 있는 기체가 책상들 사이로 퍼져나가는 것처럼. 내가 한쪽 끝에 앉아 있고 반대편 끝에 사미르가 앉아 있는 첫 줄부터 코에 피어싱을 하고 검은색 매니큐어를 칠한 멜라가 앉은 마지막 줄까지. 우리가 사귄다는 걸 모두 알아차렸다. 세바스티안을 중심으로 감탄과 호기심이 뒤섞인 분위기가('나는 별로 관심 없어' 하는 무관심을 가장한 표정과 함께) 교실 전체로 퍼져나갔지만, 난생처음으로 그 관심의 초점은 내게 맞춰져 있었다. 적어도 관심의 일부는 내게로 향했다.

어린 시절 해마다 한 번씩 이사를 다녔다는 여배우의 이야기를 읽은 적이 있다. 그녀는 매번 새 학교에 갈 때마다 똑같은 유형들을 발견했다고 했다. 유명한 아이(못돼 처먹은), 유명한 아이의 절친(더 못돼 처먹은), 공붓벌레, 체육을 못 하는 아이, 친구가 하나도 없는 아이. 마치 각자 반에서 부여받은 역할이 있는 것 같아서 그녀는 새 학교로 전학을 가면 공석인 역할이 무엇인지 파악한 후 그 역할을 했다고 한다.

나는 항상 같은 역할을 해왔다. 우등생이고, 가장 유명하진 않지만 조금 유명하며, 괴롭힘의 피해자도 가해자도 아니고, 가장 멋진 아이와 어울리지만 그 아이와 사귀지는 않는 아이. 새 역할을 하리라고는 꿈에도 생각한 적 없는데 내가 그걸 해낸 것이다. 소피아의 인생역전도 내 앞에선 빛을 잃었다.

세바스티안이 책상 밑으로 내 손을 잡았다. 얼굴이 화끈거렸다.

크리스터 선생님은 그새 다른 질문을 던졌지만 나는 그것을 놓치고 말았다. 선생님은 나를 쳐다보며 대답을 기다렸다. 나는 사미르에게 고개를 돌렸다. 사미르가 비꼬는 말을 던져 도와주기를 기대하며. 나는 늘 그런 식으로 무슨 일인지, 무슨 말을 해야 하는지 힌트를 얻었다. 하지만 사미르는 나를 쳐다보지도 않았다. 뭔가를 적을 때 늘 그렇듯 왼팔을 책상 위에 구부린 채 공책을 내려다보았다. 손가락 관절이 하얘지도록 두툼한 검은색 펜, 만년필을 움켜쥐고. 하지만 뭔가를 적고 있지는 않았다.

나는 할 수 없이 크리스터 선생님에게 고개를 돌렸다. "죄송해요. 못 들었어요…."

크리스터 선생님이 하하 웃었다. 마침내 여름 사이 일어난 가장 중요한 뉴스를 알아내서 안심이라는 듯, 굳이 물어보지 않아도 돼서 다행이라는 듯.

"세바스티안." 그가 말했다. "이번 여름에 좋은 책 읽은 거 있니?"

사미르만 소리 내어 웃은 건 아니었지만 내 귀에 들린 것은 그 애의 웃음소리뿐이었다. 재미있어서 웃는 소리처럼 들리지 않았다.

19

사미르는 세바스티안이 우리 반에 들어온 것을 싫어했다. 세바스티안과 사미르의 사이가 좋지 않다는 사실은 크리스터 선생님이 새로 온 세바스티안을 위해 각자 자기소개를 하라고 했을 때 분명히 드러났다. 세바스티안은 사미르의 이름을 모르는 것처럼 보였다. 사미르가 소리 내어 비웃은 것에 대한 복수일 수도 있었지만 정말 몰랐을 수도 있다. 하지만 사미르가 세바스티안이 누구인지 모르는 척했을 때는 그 애만 바보가 됐다. 학교에서 세바스티안을 모르는 사람은 아무도 없었기 때문이다.

화를 낸 사람은 사미르뿐이었다. 나머지는 모두 전율을 느꼈다. 교사들마저도 세바스티안이 학교에 나와서 행복한 것 같았다. 개학 후 며칠 동안 크리스터 선생님은 누군가 물으면 "세바스티안에게 두 번째 기회를 줘야 마땅하다"는 식으로 대꾸했다. 처음 2주 동안 교사들은 세바스티안이 멋대로 수업에 늦게 들어오고 수업 중에 나가도 내버려두었다. 아무 말도 하지 않았다. 준비물을 가져오지 않으면(항상 그랬다) 그냥 "마야와 같이 하거라"라고 말하거나 교사용 컴퓨터를 내주었다.

크리스터 선생님은 세바스티안이 절대 졸업하지 못하리라는 걸 알고 있었다. 절대 인정하지 않았겠지만. "누구에게든 두 번째 기회를 줘야 해." 하지만 사미르는 세바스티안에게 첫 번째 기회마저 주지 않았다.

정확히 9일 만에 세바스티안은 학기 중 첫 번째 파티를 열었다. 클래스는 여행 중이었고 세바스티안의 형 루카스는 보스턴으로 돌아가고 없었다. 어맨다와 나는 일등으로 파티장에 도착했다. 아마도 나는 파티 여는 걸 도와주겠다고 말했을 것이다. 그날 그 집 진입로에 들어서는 순간 그것이 평범한 파티가 아니라는 게 명확해졌다. 세바스티안이 파티를 열 때는 그를 도와줄 필요가 없었다.

"기분 나쁘게 듣지 말아줘! 난 사람들이 뭐든 자기가 원하는 걸 먹을 수 있다고 생각해. 하지만 난 이건 내키지가 않아."

어맨다는 할루미 치즈 버거를 선뜻 먹지 않고 집게손가락과 엄지손가락으로 들고서 어느 부위가 가장 칼로리가 낮을지 요리조리 유심히 뜯어보기만 했다. 그러다 비좁은 시멘트 우리 안에서 항생제에 전 지저분한 암퇘지를 보듯 내 고기를 쳐다보았다. 나는 입가에서 소스를 닦아내고 고개를 끄덕거리고 나서 고기를 삼켰다.

해는 넘어가고 있었고 대부분의 사람들은 이미 배를 채운 후였다. 바비큐 석쇠 위에 버거가 세 개 남아 있었다. 고용된 바비큐 장인은 대충 고깃덩어리를 눌렀다. 고기 기름이 숯불 위로 떨어지면 작지만 성난 불꽃이 화르륵 피어났다가 금세 꺼졌다. 성조기가 그려진 삼각 수영복 차림의 웨이터가 감자튀김 쟁반을 들고 야들야들한 잔디밭을 맨발로 돌아다녔는데, 신문 무늬가 찍힌 고깔 모양의 봉지 안에 감자튀김이 가득했다. 세바스티안은 늘 그를 따르는 남자애들 여남은 명과 집 안으로 들어가 사라지고 없었다.

어맨다와 나는 석재 테라스에 앉아 그 웨이터를 구경했다.

"시베는 어딨어?" 어맨다가 궁금해했다. 세바스티안을 그렇게 부르는 사람은 어맨다뿐이었다.

나는 어깨를 으쓱거렸다.

"라베는 아직 안 온 거야?"

나는 다시 어깨를 으쓱거렸다. 세바스티안이 우리 반에 들어왔을 때 라베는 학교를 떠나고 없었다. 학교를 1년 더 다녀야 하는 것은 아니었지만 전학을 가야만 했다. 라베는 예전부터 세바스티안과 알고 지낸 유일한 아이였는데, 아마도 그래서 어맨다가 라베를 남자친구로 점찍었던 것 같다. 하지만 세바스티안에게 절친은 한 명도 없었고 그저 어울리는 무리만 있을 뿐이었다.

어맨다는 한숨을 내쉬고 반쯤 먹다 만 버거를 내려놓았다. 나는 버거를 이미 먹어치우고 감자튀김을 먹는 중이었다. 감자튀김 봉지를 어맨다에게 내밀었지만 그 애는 눈길도 주지 않고 고개를 저었다. 우리 아래로 번들거리는 납빛의 물이 있었고, 수영장 별채의 전등들이 부잔교를 은은히 비추었다. 정박한 클래스 퍼게만의 배 두 척 중 한 척의 앞갑판 위에서 두 사람의 짙은 실루엣이 보였다. 또 다른 커플은 정원의 나무에 묶인 그물 침대에서 서로를 주무르고 있었다. 여자애들 절반은 뒤쪽 테라스의 모자이크 상판 탁자와 주물 의자에 앉아 담배를 피우고 화이트 와인을 마시고 번갈아 자기 휴대폰의 화면을 서로에게 보여주었다. 세바스티안이 내게 다가와 내 손을 잡아 일으켜 세우고는 팔을 감았다.

"젠장, 진짜 지루한 파티야." 그가 투덜거렸다.

그러고는 부잔교 위로 달려가 물속으로 뛰어들었다. 달려가는 도중에 옷을 벗어버렸다. 나도 뒤쫓아 달려가면서 속옷만 빼고 옷을 재빨리 벗어버린 후 뛰어내렸다. 우리는 빠르게 헤엄쳤다. 이제 물은 따뜻한 편이 아니었지만 그는 발기한 몸으로 내 몸 위로 미끄러져 올라왔다. 나는 두 다리를 벌려 그의 엉덩이를 감았다. 파티 손님들이 모두 있었지만 그는 내 안으로 들어왔다. 나는 팬티를 벗을 필요가 없었다. 그가 물속에서 내 팬티를 옆으로 당겨 벗겼다. 그가 사정을 했는지는 모르겠다. 그가 멈추었을 때 우리는 물가로 돌아갔다. 세바스티안은 너무 추워서 보랏빛 입술로 이가 부딪치도록 덜덜 떨었다. 우리가 사다리를 타고 올라갈 때 어맨다가 목욕가운을 찾아 우리에게 건넸다. 세바스티안은 내 손을 잡았고 우리는 사우나로 뛰어들었다.

"김빠진 파티야." 그가 말했다.

사우나 안은 너무 더웠지만 나는 목욕가운을 바짝 여미고 문에서 가장 가까운 곳에 앉았다. 사미르와 데니스가 위쪽 벤치에 앉아 있었다. 세바스티안이 불쑥 말했을 때 데니스는 화들짝 놀랐다. 세바스티안의 기대에 못 미치는 파티가 자기 잘못인 것처럼.

세바스티안은 사미르를 보고 웃음을 터뜨렸다. 놀라서. 세바스티안만 놀란 게 아니었다. 사미르의 등장은 나 역시 예상하지 못한 일이었다. 게다가 데니스와 같이 있는 사미르를 보니 묘했다. 그들은 서로 모르는 사이였다. 아닌가?

세바스티안이 목욕가운을 바닥에 떨구더니 알몸으로 서서 물을 기구 위에 뿌리자 증기가 천장까지 솟구쳤다. 그는 바닥에 앉아 있다가 몇 분 후 벌거벗은 채 밖으로 나갔다.

"졸라 짜증 나네. 개똥 같은 파티야."

데니스가 뒤따라 나갔다. 요즘 데니스는 항상 반걸음 뒤떨어져 세바스티안을 뒤쫓았다. 시선은 세바스티안의 등에 고정하고. 나는 그를 이해할 수 없었다. 데니스는 세바스티안의 주변을 맴돌았다. 저쪽에서, 혹은 바로 앞에서, 혹은 바로 옆에서 이상한 원을 그렸다. 아무런 설명 없이. 그는 떠돌이 개라기보다 박쥐에 더 가까웠다.

사미르와 나, 둘만 남겨졌다.

"라베와 같이 온 거야?" 내가 물었다. 라베와 사미르는 사미르가 1학년 때 우리 반에 들어오면서 친구가 됐다. 라베가 전학을 간 후에도 둘은 여전히 어울려 다녔다.

사미르는 고개를 끄덕이고는 잠시 나를 바라보다 내 바로 위쪽으로 옮겨와 앉았다. 평소와는 달라 보였다. 얼굴이 약간 부어 있었고 화가 나 있었다. 아주 많이. 나는 사우나에 앉아 있는 걸 좋아하지 않는 편이었지만 그렇다고 바로 나갈 수는 없었다. 자기 때문에 불편해서 나갔다고 사미르가 생각할 것 같았다.

"난 몰랐어, 너랑 세바스티안이…." 나는 말을 꺼냈지만 그는 내 말을 잘랐다.

"라베가 같이 가자고 해서 온 거야."

그러고는 말을 멈추었다. 하지만 더는 말할 필요가 없었다.

말하지 않아도 뻔했으니까. 세바스티안의 집에 같이 가자는 초대를 누가 거절하겠나. 그전에 무슨 헛소리를 들었든 싹 잊고 초대를 받아들이기 마련이다. 기회가 왔으니 잡은 것뿐이다. 그래서 누가 주말에 뭐 했냐고 물으면 드디어 거기 갔었다고 말할 수 있다. 혹은 상관없는 이야기를 하다가 무심코 한마디 던지면 된다. "나 세바스티안 퍼게만의 집에서 열린 파티에 갔었어. 그래, 맞아! 클래스 퍼게만의 아들…."

이유는 모르겠지만 사미르는 다를 줄 알았는데. 하지만 왜 그렇게 화가 났던 걸까?

라베를 제외하고 전부 세바스티안의 파티에 처음 초대받아온 동급생들이었다. 오늘 밤 손님 중에 그와 전부터 어울린 사람은 둘뿐이었다. 그가 어울리던 사람들은 대부분 고등학교를 졸업하고 없었다.

사미르는 나를 향해 몸을 아래로 내밀었다. 그는 이미 너무 가까이 앉아 있었고 그의 다리가 내 팔을 눌렀다. 그의 땀 냄새가 났다. 이상한 냄새였다. 다린 청바지에 이중 매듭 운동화, 반에서 일등 하는 인텔리 사미르와 어울리지 않는 냄새였다.

"얼마나 대단한지 한번 보고 싶었어. 네 약쟁이 남친이 제대로 하는 게 하나는 있네. 이렇게 짜증 나는 파티는 처음이야." 사미르는 고개를 절레절레 젓고는 몸을 더 가까이 댔다. "넌 이집 검둥이랑 마약 흡입하는 거 별로 안 좋아하나봐."

나는 충격에 빠졌다. 내가 알기로 사미르는 이런 말을 한 적이 한 번도 없었다. 나에게도, 그 누구에게도. 나는 나가려고 일어섰다. 즐기려고 온 파티였다. 그 애가 나를 멋대로 재단하는 걸 두고볼 순 없었다. 하지만 사미르는 번개처럼 문가로 가서 앞을 막았다.

"걔가 네 벌거벗은 배에 코카인을 뿌려놓고 흡입하진 않아?" 사우나가 아니라 생지옥이었다. "데니스는 그 재미 덕분에 들어온 거지? 세바스티안에게 신상품 마약을 바친 상으로?"

"말 다했어?" 지금 나 웃기려고 이러나? 하지만 농담 같지는 않았다.

그는 목소리를 낮추었다. "너나 나나 현실에서 사는 사람들은 데니스를 피해. 걘 미친놈이거든. 들어갈 수만 있으면 분만실에서도 약을 팔 놈이라고."

가슴이 미친 듯이 두근거렸다. 내가 약을 한 상태라는 걸 사미르가 알아챘는지, 그래서 화가 난 것인지 알 수 없었지만, 그냥 자리를 뜨고 싶었다.

"못 알아듣겠냐?" 사미르의 목소리가 떨렸다. "걘 쭉정이야, 마야. 아무것도 아니라고. 이런 것들에 속지 마." 그는 한 손을 휘둘러 사우나를 쭉 가리켰다. 새끼손가락을 펴고. 방음 처리된 목재 벽이 베르사유 궁전의 거울의 방이라도 되는 것처럼. "걘 양철 깡통만큼이나 재미없는 놈이야."

마침내 사미르가 물러섰다. 허리를 감쌌던 수건이 느슨해지자 얼른 다시 움켜쥐었다. 단단히.

사미르는 술에 취해 있었다. 그가 술에 취한 모습은 처음이었다. 하지만 뭐든 처음은 있는 법이다. 반장에게도. 나는 어찌나 마음이 놓이는지 쓰러질 뻔했다. 걘 무슨 말인지도 모르고 지껄이고 있어. 나는 문을 열었다. 주정뱅이에겐 시간이 아까웠다. 말싸움해봐야 무의미했다. 하지만 나는 마음을 바꾸고 그에게 돌아섰다.

"알아들었어." 나는 말했다. "네가 데니스 싫어한다는 거. 누구나 그래. 하지만 오늘 밤 술은 누구 돈으로 산 거지? 여기 오기 전에 라베와 술을 마셨나본데, 데니스 덕분에 씹을 거리가 생겨 좋겠구나. 넌 세바스티안도 싫어해. 좋아. 넌 세바스티안을 잘 알지 못하지만, 좋아. 이 집에 와서 걔 사우나에 앉아 걔 수건으로 몸을 말리지만, 뭐, 그것도 좋아. 걘 너그러워서 그 정도는 그냥 해주니까."

그 안은 숨쉬기가 힘들었다. 너무 뜨거웠다. 나는 가운 소맷부리로 코를 닦으면서 밖으로 나갔다.

*

수영장 별채에서 음악이 쿵쿵 들려왔다. 같은 학년 다른 반 여자애 셋이 해변 저쪽에서 뛰어왔다. 그들은 나를 지나쳐 방금 내가 나온 사우나로 향했다. 잠깐 자리를 비운 사이에 파티의 규모는 두 배로 커져 있었다. 세바스티안은 항상 모르는 사람들, 대개 여자들을 초대했다. 그는 시내에서 오가다 만난 사람들을 딱해서 초대하곤 했는데, 화장으로 덮은 여드름이 딱해 보여서 몇 번 파티에서 어울리다가 그 여자들의 튜브 드레스와 H&M 선글라스에 질리면 새로운 여자들을 초대하곤 했다. 행여 그들이 난장판을 벌일까 걱정하지는 않았다. 퍼게만의 파티에서 감히 난동을 부리는 게 불가능해서였을까. 경비원들은 우리 일에 참견하지 않았고 우리가 무슨 짓을 하든 관심을 보이지 않았지만 늘 적당한 거리를 두고 자리를 지켰다.

어맨다가 댄스 플로어에서 소리쳤다. 비키니를 입고 머리를 풀어 내린 차림으로. 딱히 수영을 하는 것 같지는 않았다. 3미터 떨어진 곳에 라베가 단추 풀린 셔츠 차림으로 어맨다를 쳐다보고 있었다.

"얼른 와." 어맨다가 중얼거리면서 입김을 내 목에 쏟아냈다.

전에도 이런 적 있었다. 어맨다는 사람들의 시선을 즐겼고 나는 그 애가 즐겨 하는 연극의 일부였다.

음악이 쿵쿵 메아리쳤다. 나는 아직 가운 차림이었지만 어맨다는 가운을 내게서 벗겨내고 손바닥을 내 등에 댔다. 그 애는 고개를 뒤로 젖혔고, 우리는 서로의 허리가 닿을 정도로 바짝 붙어 춤을 추었다. 둘 다 맨발로. 그 애는 비키니 브라를 입고 있었다. 나는 수영할 때 젖은 팬티가 아직 축축했지만 눈을 감고 뛰는 맥박을 가라앉히려고 노력했다. 음악. 음악에 집중해야 했다. 사미르가 한 말은 중요하지 않았다. 걔는 술에 취했고 무슨 말인지도 모르고 지껄인 것이다.

세바스티안은 스테레오 옆에 서 있었다. 거기서 잠시 우리를 지켜보다 우리에게 다가와서 한 팔을 어맨다에게, 다른 팔은 내 허리에 둘렀다. 나는 세바스티안의 손을 좋아했다. 그가 나를 움켜잡았을 때, 손길이 너무 거칠었지만 내가 예쁘구나 하는 생각이 들었다. 내가 그의 손을 내 등으로 끌어 올리자 그는 어맨다를 라베 쪽으로 밀어냈고, 라베는 웃으면서 어맨다를 잡았다. 세바스티안은 어맨다가 아니라 나를 만지고 싶어 했다.

그는 땀을 흘렸다. 이마는 번들거렸고 시선은 먼 곳의 뭔가에 고정돼 있었다. 나는 어맨다를 쳐다보았다. 라베는 어맨다 앞에 서서 두 손을 페인트칠하듯 들었다 내리기를 반복했다. 라베는 늘 진짜 춤을 추지 않고 일부러 우스꽝스럽게 추었다. 춤을 좋아하는 우리들에게 베푸는 친절이랄까. 우리를 평가하지 않는다는 걸 보여주기 위해서. 왜 그래야 하는지는 잘 모르면서.

나는 바닥에서 가운을 주웠고, 세바스티안은 그걸 내 어깨에 걸쳤다. 가운 끈은 찾을 수 없었다. 나는 수영장 별채를 나와 거실을 통과해 부엌으로 들어가서 데니스를 지났다. 그가 거기 있는 것은 세바스티안이 물건을 가지고 부엌에서 대기하라고 말했기 때문이었다. 데니스는 호기심 어린 시선을 내게 던졌지만, 나는 고개를 저으며 2층 세바스티안의 방으로 올라갔다. 경비원들은 호출이 있지 않는 이상 집 안으로 절대 들어올 수 없었다. 세바스티안 아버지의 결정에 따라 집 안에는 감시 카메라가 없었다. 이유는 단순했다. 그는 자기 집에서 무슨 일이 벌어지든 그것이 카메라에 찍히는 걸 원치 않았다. 자칫하면 불미스러운 일이 카메라에 찍혀 복사되거나 돌아다니거나 협박용으로 쓰일 수 있다면서. 나는 그의 방에 들어가서 캐미솔과 세바스티안의 사각팬티를 입고 나서 화장실로 들어갔다. 이제 저녁이 됐기 때문에 머리를 말리고 싶었다. 심장이 너무 빨리 뛰었다. 하지만 나는 뽕쟁이(무슨 이런 구닥다리 말이 다 있지?)는 아니야, 그저 너무 이른 시간에 시작했거나 아직 익숙하지 않아서 그래, 하고 생각했다. 뭐든 마셔야 했다. 오늘 밤엔 그냥 음료수만 마셔야 했다. 그러면 날뛰는 맥박은 진정될 것 같았다. 헤어드라이어가 윙윙 돌아갔고 나는 따스한 바람에 눈을 감았다. 서둘러 아래층으로 갈 마음은 없었다. 그저 눈을 꼭 감고 숨을 쉬었다. 코로 들이마시고 입으로 내쉬었다. 머리를 다 말리고 나니 인기척이 들렸다. 남자 몇 명, 여자 하나 같았다. 음악은 멈춰 들리지 않았다.

부엌에 들어갔을 때 경비원 둘이 사미르의 팔을 하나씩 잡고 있었고, 데니스가 코피를 흘리며 벽에 기대어 있었다. 데니스 뒤로 와인 병을 그린 유화가 비딱하게 기울어 있었다. 데니스는 화가 났다기보다 놀란 듯 보였다.

"이거 봐." 사미르는 어색할 정도로 가만히 서 있었다. 흔히 술에 취한 사람이 취하지 않은 척할 때 그러는 것처럼. 그는 고함을 지르지 않았지만 그의 목소리는 모두에게 들렸다.

경비원 하나가 세바스티안을 쳐다보았다. 세바스티안이 고개를 끄덕였다.

"이제 집에 갈 시간이야." 경비원이 사미르에게 말했다.

"돈 주고 더 있으라고 해도 싫어."

세바스티안이 내게 고개를 돌렸다. 그는 문간에 서 있었는데, 사미르를 등지고 계속 얘기하는 중이었다.

"다른 사람도 부엌 여기저기 피 흘리지 않게 해요. 저 사람도 집에 보내고요."

세바스티안의 등 너머에서 사미르가 내 눈을 똑바로 바라보았다. 그 애 입술이 움직거렸다. 무슨 말을 하려고 애쓰고 있었다. 나에게만. 소리 내지 않고 입 모양으로. '이리 와' 하는 말 같았다. 같이 가자고. 아니면 다른 언어로 중얼거린 걸까? 아랍어? 페르시아어? 사미르가 어떤 언어로 말했는지 기억나지 않는다. 어차피 상관없었지만.

이전에도 사미르가 나를 좋아하는 게 아닐까 생각을 안 해본 건 아니다. 나도 그 애를 좋아했다. 하지만 그때 세바스티안의 집에서 사미르는 주정뱅이 도덕 선생으로 돌변해 있었다. 나를 환락가에서 구출하는 것이 본인의 의무인 양 굴었다. 정의의 기사를 자처했다.

민망했다. 그 애 때문에 창피했다. 그냥 그 애가 가주기를 바랐다. '나는 너보다 거룩해, 내 삶을 진지하게 대해' 하는 얼굴을 하고 본인 집으로 꺼져주기를 바랐다. 나는 그 애에게 보호해달라고 요청한 적 없었다. 그럴 필요가 없었다. 나는 못된 왕자와 데이트하는 무기력한 공주가 아니었다.

수리계획법을 공부한다는 남자가 세바스티안의 팔을 당겼다.

"잠깐만." 수학자가 항의했다. "그럼 나는 어쩌라고…."

"걱정 마." 세바스티안이 말했다. "우리 몫은 충분해."

세바스티안이 내 손을 잡았다. 우리는 수영장 별채 쪽으로 걸었다. 음악이 다시 시작됐다. 심각한 일은 없었다. 데니스는 쫓겨났다. 사미르는 집에 갔다. 세바스티안이 내 목에서 머리카락을 쓸어 넘겼다. 나는 그의 체취를 들이마셨다. 서늘하고 신선했다. 나는 그의 냄새를 사랑했다. 그가 내게 일깨우는 느낌을 사랑했다. 그와 있으면 즐거웠다. 우리는 항상 즐거웠다. 즐거운 시간을 보낸다고 해서 그것을 부끄러워할 필요는 없다.

세바스티안이 속삭였다. "봤지? 뭔가 부서질 때까진 파티가 아닌 거야. 파티는 이제부터 시작이야."

20

세바스티안의 파티가 열리고 나서 주말은 금세 지나갔다. 우리는 토요일에 시내로 나갔다. 세바스티안, 나, 라베, 어맨다 넷이서. 일요일에는 엄마와 아빠와 리나와 함께 할아버지를 모시고 식당에서 외식을 했다. 엄마는 내가 너무 지쳐 있다고 시무룩했고, 아빠는 다 같이 할아버지와 식당에 있어서 시무룩했다. 나는 더 이상 사미르 생각을 하지 않았다. 많이 하지는 않았다. 월요일 아침 세바스티안은 나를 학교 앞에 내려주었다. 할 일이 있다고 했다. 무슨 뜻인지 알 수 없었지만 개의치 않았다. 그때만 해도 마음에 근심이 자리 잡기 전이었으니까. 점심시간 후에는 2시간 동안 수업이 없었다. 어맨다는 아파서 결석했고 세바스티안은 전화를 받지 않았다.

도서관 컴퓨터의 인터넷 접속이 끊긴 이후 도서관은 거의 늘 한산했다. 하지만 그날 도서관에는 나 외에도 같은 학년 다른 반 여학생 에비가 반대편에 앉아 있었다. 콧날이 날렵한 에비는 꽃무늬 치마에 양말과 발레 단화를 포함한 각양각색의 신발을 즐겨 신었다. 에비는 작년 작문 경시대회에서(로터리 주최) 고교

2학년임에도 우승을 차지했다. 그 애가 쓴 글은 발달 장애인 오빠에 관한 이야기였는데, 모두들 그것이 사실이라고 생각해 우승작에 선정되었을 가능성이 크다. 하지만 그 애에게 남자 형제는 없고 지극히 평범한 자매가 있다는 사실이 드러났을 때, 사람들은 실망했다. 많은 이들은 그 애가 사기를 쳤다며 분노했다. 하지만 그것으로 인해 그 애의 이야기가 훨씬 더 좋아졌다는 명백한 사실은 아무도 지적하지 않았다.

내 책상에서 몇 미터 떨어진 소파에는 1학년 여학생 둘이 앉아 있었다. 그들은 번쩍거리는 잡지를 휘릭휘릭 넘기면서 봉지에 든 사탕을 나눠 먹었다. 줄임말이 섞인 그들의 대화는 나에게까지 들렸다. 당시에는 줄임말이 대유행이었기 때문에 1학년들은 너도나도 그런 식으로 말했다. 어맨다와 나도 더 어렸을 때는 우리만의 말과 표현을 만들어 사용하곤 했었다. 하지만 그 애들의 대화는 하나도 말이 되지 않았다. 차라리 옹알이가 더 정교하게 보일 정도였다.

"저기, 자기야… 있잖아! 그 남자애 때매 나 미치이게써. 걘 나랑 사귀고 싶은 걸까, 아닐까? 진짜 짱나!"

다른 여자애가 잡지에서 눈을 들지도 않고 고개만 끄덕거렸다.

"완전 돌겠어."

며칠 전 영어 수업 시간에 우리는 벡델 테스트*를 받았다. 그것으로 어느 영화가 페미니즘 영화인지 아닌지 판가름할 수 있었다. 영화에 이름이 있는 여성이 둘 이상 등장하는가? 여성들

* 여성 만화가 엘리슨 벡델이 남성 중심의 영화가 얼마나 많은지 알아보기 위해 고안한 영화 성평등 테스트.

이 서로 이야기를 나누는가? (주변에 남성 없이.) 남자와 관련된 이야기 외에 다른 이야기를 하는가?

선생님은 거의 모두가 본 영화들을 목록으로 만들었고, 우리는 그것들이 기준에 부합하는지 판단해야 했다. 모두 부합하지 않았다. (우리는 선생님이 질문한 성의를 봐서 처음부터 이해가 안 되는 척했다.) 물론 나는 그것이 현실이라는 데 진저리가 났다. 그리고 영화 속 여자들이 남자 애기 외에 다른 일을 하는 것이 중요하다는 의견에 일리가 있다고 생각했다. 하지만 현실에서 여자들은 늘 남자 이야기를 하기 마련이다. 심지어 엄마와 엄마 친구들도 틈만 나면 남편들 흉을 본다. (자기 남편이 얼마나 구제 불능인지.) 정장을 즐겨 입고 청년 실업가로 인정받는 토론 클럽의 여성들도, 프랑스어로 연극을 하고 유럽 기차 여행을 좋아하는 연극 동아리 학생들도, 바로 옆에 앉아 있는 당신의 절친도 너나없이 한 가지 공통점을 가지고 있다. 모두 남자 이야기를 한다는 것. 자기 남자, 남의 남자, 갖고 싶은 남자, 꺼졌으면 하는 남자. 항상 남자, 남자. 그때 이렇게 지적할 걸 그랬다. 영화에서 당신이 어떻게 묘사되든 그 묘사가 현실을 충실히 반영할 때는 불평하지 말아야 한다고.

사미르가 문을 활짝 열어젖혔다. 하도 거세게 열어서 문이 왕립 공과대학, 웁살라의 법률 학위, 성인 과정 수학 강의 같은 각종 브로셔 선반에 쾅 부딪혔다. 사미르는 다른 신체 부위에 비해 다리가 지나치게 길어서 늘 허둥거리는 것처럼 보였다. 그는 안내 데스크 앞에서 걸음을 멈추더니 귀에서 휴대폰과 연결된 이어폰을 홱 잡아 뺐다. 사미르의 동작은 돌발적이었다. 늘 에

너지가 넘쳐흘렀고, 한 박자 먼저 쏘아붙였고, 누군가 무슨 생각을 하기 전에 한 박자 먼저 생각했다. 그때는 미처 몰랐지만 그는 스트레스에 시달리기 쉬운 유형이었다. 하지만 그날따라 불안해 보였다.

사미르가 먼저 나를 발견했다. 못 본 척하자는 생각을 할 새도 없이. 너무 늦어버렸다. 그가 거의 뛰다시피 내게 다가왔다.

"잠깐 앉아도 되지?"

나는 다른 데를 보는 척했다.

"저기… 자기야." 두 여자애 중 하나가 상대에게 속삭였지만 여전히 목소리가 커서 내게도 사미르에게도 다 들렸다. "탬프 있어?" 그러고는 창피한지 웃음을 터뜨렸다. "깜빡하고 안 가져왔어."

내 가방에 탐폰이 있었다. 여자애들에게 가서 옆에 앉아 "고맙긴, 뭘" 하고 말하고는 사미르는 싹 무시할 수도 있었다. 사미르는 절대 여성의 체액에 관한 대화에 끼어들 애가 아니었다. 너무 스트레스를 주는 주제니까. 그나저나 월경에 대한 대화는 벡델 테스트에 부합할까? 아마도. 하지만 월경하는 것을 비상사태라고 부른다면 그래도 여전히 페미니스트일까?

"마야?" 사미르는 아직 내 앞에 서서 눈을 맞추려 했다.

"나 여기서 일 안 해. 직원한테 물어보든가."

그는 놀란 듯 보였다. "어? 뭐라고 물어야 하는데?"

"누가 어디에 앉으라고 지시할 권한이 난 없어. 하지만 네가 여기 앉으면 난 갈 거야."

그는 아무 말 하지 않다가 두 손을 치켜들더니 헛기침을 했다.

"오래 안 걸려. 그냥 사과하고 싶어 그래." 그가 손을 내렸다. "금요일에 미안했다고 말하고 싶었어. 멍청한 짓이었어. 왜 그런 말을 했는지 나도 모르겠어. 술에 취했었나봐."

소파 위의 두 절친은 대화를 멈추었다. 한 명의 무릎에 놓인 잡지 기사에 몰두한 척 열연하는 중이었다.

"그래? 술에 취했었다고?" 나는 말했다. 사미르는 비꼬는 투를 알아채고 고개를 숙였다. 여자애들은 쥐 죽은 듯 조용했다. 한 마디도 놓치기 아까워서.

"그 파티에 가지 말았어야 했는데. 그렇게 너를 공격하지 말았어야 했어. 내가 좋아하지 않는 건 세바스티안이야. 그러지 말았어야…."

"나한테 뭐라고 말했는지 기억이나 해?"

그가 고개를 끄덕였다. "응, 불행히도."

그의 앞머리가 이마 위로 늘어져 있었다. 내가 엉덩이라도 때려줬으면 하는 눈치였다. 자기가 얼마나 귀여운지 그는 알고 있었을까? 알고말고. 때때로 그는 갈고닦은 듯한 비장의 매력을 발산했다. 그는 자기가 어떻게 보이는지 아주 잘 알았다. 용서를 구할 때는 이런 태도를 취했다. 그가 부끄러워하는 걸 본 것은 내가 처음이 아니었다.

하지만 그 파티에서 그는 분노한 것처럼 보였다. 술에 취해 버럭한 게 아니라 진심으로. 그것은 사미르의 새로운 면이었다. 그는 언제나 무심한 성격이었다. 어맨다와 나와 우리의 학교 밖 생활에 대해 거의 아무런 관심을 보이지 않았고 누구에게도 주말에 무얼 했는지 묻는 법이 없어서 그저 우리를 한심하게 여기는구나 생각했다. 문득 사미르와 단둘이 학교와 상관없는 이야기를 나눈 적이 없다는 생각에 실망감이 들었다. 결국 그런 이야기를 나누긴 했지만 그것은 세바스티안에 관한 이야기였다. 남자 이야기네, 하는 생각이 들었다. 항상 남자 얘기야. 남자들까지도 여자가 있는 남자 이야기를 해. 그런 생각이 들어 나도 모르게 씩 웃음이 나왔다. 의도한 건 아니었고 그냥 웃음이 났다. 사미르가 나에 관한 얘기를 했으면 싶었다. 나랑 했으면. 세바스티안에 관한 이야기가 아니라 다른 이야기. 사미르도 미소를 지었다. 평소의 짓궂은 미소가 아니라 안도에 가까운 미소였다.

그때 확성기에서 종이 울렸고, 두 절친은 커다란 가방과 번들거리는 잡지를 들고 교실로 달려갔다. 사미르는 의자를 끌어다 내 맞은편에 앉았다. 그러고는 입술을 비쭉 내밀었다. 셀카를 찍을 때 써먹으면 그만일 것 같았다.

"세바스티안은 네 '자기야'지." 그가 어린애 목소리로 말했다. "나 완전 알아들었어." 그러고는 다른 캐릭터로 바꾸었다. 팔을 의자 등받이에 걸치고 의자 아래로 쭉 미끄러지고 나서 두 다리를 쫙 벌리더니 투박한 말투로 말했다. "걘 네 남치니. 그리고 넌 걔 여치니. 좋아 좋아, 아가씨, 대화는 충분, 존중해."

나는 웃음을 터뜨렸다. 그 애는 건달 짓은 죽어도 못 할 것이다. 하지만 매력적이었다. 게다가 본인이 그걸 알고 있다면? 사미르의 짓궂은 미소가 다시 출현했다. 아, 내가 어쩌다 저걸 놓쳤을까.

—

21

—

몇 주가 흘러갔다. 한 6주나 7주쯤? 10월 중순에 우리는 라베의 고향에 가서 주말을 보내기로 했다. 라베는 그곳을 농장이라고 불렀지만 그곳은 오래된 성에 가까웠다. 라베의 친가가 중세 때부터 소유한 집이었다. 라베의 외가는 거기서 20미터쯤 떨어진 곳에 비슷한 집을 가지고 있었는데, 거긴 가본 적이 없다. 그 여행에 사미르도 끼었다. 그때 내가 무슨 생각을 했는지는 기억나지 않는다. 그러든가, 정도? 불안하지도 않았고 어이없다고 생각하지도 않았던 것 같다. 물론 사미르와 세바스티안 사이에 긴장감이 흘렀지만 걱정할 정도는 아니었다.

어맨다와 나는 접의자에 담요를 덮고 누워 각자 휴대폰을 들여다보고 있었다. 멧노랑나비 한 마리가 바람에 흔들리는 잎새처럼 펄럭거리며 지나갔다. 짧게 깎은 잔디밭을 가로질러 물 쪽으로 날아갔다. 그 나비는 그때 죽었겠지만, 유달리 포근한 가을날이었다.

어맨다가 말했다. "한 가지 소원이 있다면, 딱 한 가지만 네 마음대로 될 수 있다면, 넌 무얼 가질래?"

우리 뒤로 부엌문이 약간 열려 있었다. 라베의 엄마 마르가레타 아줌마가 오페라를 들으며 요리하는 중이었다. 그녀는 누가 거드는 걸 원치 않았지만, 때때로 밖에 나와 두 손을 양 허리에 얹고 슬쩍 웃는 얼굴로 그리 멀지 않은 곳에 서 있곤 했다. 우리가 온 걸 좋아했다. 우리도 그 집에 있는 게 좋았다.

어맨다가 실눈으로 나를 보았다.

"모르겠어." 나는 대답했다. 어맨다의 질문에 대꾸할 기분이 아니었다. 아쉬운 게 없는 사람에게 무얼 원하느냐는 질문은 대답할 가치가 없다.

"아, 왜 이래." 어맨다가 반발했다. "원하는 게 있을 거 아냐."

어맨다는 대화 게임용 카드에나 있을 법한 질문을 잘 던졌다. 이른바 게임 참가자들의 마음을 여는 질문. 그 애는 상대의 대답에 대한 추가 질문을 던지는 것도, 자기가 한 질문에 스스로 대답하는 것도 좋아했다.

"얼른, 마야." 어맨다는 일어서서 한 손을 하늘로 쳐들고 다른 손은 가슴에 댔다. "내가 먼저 할게." 그러더니 목청을 가다듬었다. "나는 지구의 평화와 아이들이 먹을 음식을 원해."

어맨다는 미인대회 수상자가 머리의 왕관을 고쳐 쓰는 흉내를 냈고, 나는 웃음을 터뜨렸다.

"나 진심이야, 마야." 그 애는 내 옆에 앉았다. "다음 학기에 우리 졸업이야. 그럼 모든 게 시작돼. 난 런던에 가서 인턴으로 일할 거야. 알지? 거기서 6주 동안 있을 건데, 아빠는 내가 밤에도 절반은 일해야 할 거래. 복사하고 커피 타는 그런 일. 너도 준비해야 해. 난 그게 어떤 느낌일까 궁금해. 정말 직업처럼 느껴질까? 내가 하는 일이 어떤 의미가 있을까? 중요한 건 어떤 차이를 만들어내는 거야, 그치? 진정한 차이. 너도 세상을 위해, 다른 사람들을 위해 뭔가 하고 싶지? 말하자면 훌륭한 일, 맞지?"

나는 대답하지 않았다.

"왜냐하면 나는 그러고 싶거든. 다들 그렇지 않아?" 그 애는 초조한 빛으로 웃었다. "하지만 솔직히, 내가 무얼 원하는지 먼저 알고 싶어. 무언가를 한다는 것이 어떤 의미인지도. 가령 계획을 세운다는 게 어떤 것인지. 무슨 말인지 알지?"

나는 고개를 끄덕였다. 어맨다와의 대화는 늘 이런 식으로 흘렀다. 어맨다는 늘 뻔한 말을 하면서 무슨 말인지 알겠냐고 내게 물었다. 그러고는 의구심에 싸여 울컥했고 눈에 눈물이 그렁그렁했다.

"내가 무슨 말 하는지 알지?"

내가 아둔해서 알아듣지 못할까봐 묻는 게 아니라 내게 안심시켜 달라는 소리였다. 넌 스스로 생각하는 만큼 그리 멍청하지 않아, 하고.

"알아." 나는 말하고 나서 미소를 지었다.

라베의 엄마가 다시 정원으로 나왔다.

"내가 지구의 평화를 약속할 순 없지만 10분 후 여기 모든 아이들에게 음식을 제공하마. 가서 사내애들 좀 불러올래?" 라베의 엄마는 오븐 장갑을 벗고는 손등으로 어맨다의 뺨을 쓰다듬었다. 어맨다와 라베가 사귄 지 한 달이 아직 안 되었지만 라베의 엄마와 어맨다는 이미 시어머니와 며느리처럼 끈끈한 사이였다. 내가 세바스티안과 사귄 기간은 그보다 두 배는 더 길었는데, 나는 그의 아버지를 싫어하지 않는 정도였다. 그의 아버지는 통 만날 수가 없었다.

하지만 사흘 전 클래스는 집에 있었다. 그날 그는 학교 측의 요청으로 학부모 면담을 하고 나서 5시 정각에 세바스티안과 이야기를 하러 나타났다. 클래스는 나를 집으로 보냈지만 나는 무슨 일인지 직감했다. 세바스티안은 오래전부터 수업에 들어오지 않았다. 거의 매일 나를 차로 학교에 데려다주었고 가끔씩 몇 시간쯤 데니스와 운동장을 서성였지만 대개는 곧장 집으로 돌아갔다. 클래스는 낮 동안 절대 집에 있지 않았지만 모든 걸 알고 있는 게 분명했다.

우리는 정원 바로 옆에 위치한 이른바 별채 부엌에서 밥을 먹었다. 마르가레타 아줌마가 차린 식탁에 이가 빠진 꽃무늬 식기가 놓였다. 접시마다 디자인이 달랐다. 듀라렉스 컵들은 오랫동안 식기 세척기에 시달린 세월만큼 부옇게 변색된 것들이었다. 라베는 어맨다 옆에 가서 섰다. 어맨다는 자기 자리에 놓인 연파란색 윈저 의자의 등받이를 잡고 서 있었다. (물론 식탁에는 그 애의 지정석이 있었다.) 라베가 어맨다의 뺨에 키스하자 어맨다는 그것이 섹시하다는 듯 나지막이 웃었다. 라베도 그렇게 느꼈는지 허리를 이상한 각도로 굽혀 턱을 그녀의 어깨에 얹었다. 사랑에 빠진 순 얼간이들이 따로 없었다.

한술 더 떠 라베는 프레디 머큐리처럼 구레나룻을 길게 길렀다. 자기는 게이가 아니라는 게 너무나 확실하니 게이처럼 보여도 상관없다는 걸 과시하기 위해서였다. 어맨다는 큐피드의 활처럼 생긴 라베의 윗입술에 난 터럭 몇 개를 꼬집더니 라베의 엄마에게 물었다. "애 이거 오래 기를까요, 맥 아줌마?"

"글쎄다…." 마르가레타 아줌마는 자기 아들을 쳐다보았다. 이렇다 할 반응을 보이지 않았다. "하고 싶은 말은 있다만 일단 유보할게."

나는 사미르의 눈과 마주쳤다. 그는 나를 쳐다보면서 집게손가락과 엄지손가락으로 윗입술을 보일 듯 말 듯 만지작거렸다. 양 입꼬리는 아래로 축 처졌고 콧구멍은 '내가 이 구역의 대장이야' 하고 선포하듯 벌렁거렸다. 나는 웃지 않으려고 고개를 탁자 쪽으로 숙여야 했다.

라베와 어맨다와 사미르는 탁자 한쪽에 나란히 앉았다. 사미르 옆에는 라베의 엄마가 앉았고, 세바스티안과 나는 그들의 반대편에 앉았다. 라베의 아버지 지오리 아저씨는 마르가레타 아줌마 맞은편 탁자 끝에 앉곤 했다. 우리가 자리에 앉고 있을 때 라베의 아버지가 나막신과 청바지, 한쪽 어깨에 구멍이 난 티셔츠 차림으로 독서 안경을 이마 위로 밀어 올린 채 들어왔다. 그는 앉기 전에 접힌 신문을 사미르에게 건넸다.

"오늘 자 〈파이낸셜 타임스〉에 티롤*이 쓴 글 봤니?" 그가 물었다. 사미르는 그걸 읽기 시작했다. 하지만 라베의 엄마는 사미르에게서 신문을 슬며시 빼앗아 탁자 한 켠에 놓았다.

"식탁에서 독서는 금지야."

라베의 엄마가 자리에 앉기 전 세바스티안이 먼저 자리에 앉더니 와인 잔을 라베의 아빠에게 내밀었다.

"저 열여덟 살이에요." 그가 와인을 마시려 했다.

---

* 노벨 경제학상을 수상한 프랑스의 경제학자.

"탄산수 마셔라." 마르가레타 아줌마가 말했다. 그녀와 그녀의 남편은 시선을 교환했다. 이 점에 관해 미리 이야기를 나눈게 분명했다. "열여덟 살이라고 탄산수 마시지 말란 법은 없잖니."

세바스티안의 아버지가 세바스티안에게 술을 주지 말라고 그들에게 부탁을 했을까? 클래스는 세바스티안이 술을 마신다는 걸 알고 있었다. 나는 운전면허가 없었지만 어쩔 수 없이 두어 번 세바스티안의 차를 몰고 그의 집에 간 적 있다. 한번은 차를 세울 때 클래스가 진입로에 서 있었다. 세바스티안은 그때 아버지가 무슨 말을 했는지 내게 말하지 않다가 내가 물으니 이렇게 대답했다. "내가 얘기하고 싶은 걸 물어줄래?" 그래서 나는 더는 묻지 않았다. 클래스는 내가 무면허라는 걸 몰랐을 수도 있다. 알고 심각하게 생각했을 수도 있지만.

어맨다와 나는 마르가레타 아줌마를 도와 식탁에 음식을 차렸다. 첫째 주요리는 감자와 리크 수프였다. 바삭한 멧돼지 베이컨은 다른 그릇에 담겨 나왔고, 빵은 아직 따끈했다.

"넌 채식주의자인 줄 알았는데." 어맨다가 베이컨을 자기 접시에 왕창 덜자 세바스티안이 말했다.

"야생동물일 땐 좀 달라." 그녀가 대답했다. 뺨이 살짝 분홍빛으로 물들었다. 어맨다는 라베와 처음 프렌치키스를 나눈 순간 광속으로 채식을 버렸다. 지난주에는 라베랑 세바스티안과 함께 무스 사냥도 다녀왔다. 나는 함께 갈 수 없었지만(엄마가 할아버지의 생일 만찬에 가라고 해서) 어맨다는 몰이꾼 역할도 하고 대기조를 할 때 진하게 애무도 하고 침낭 속에서 섹스도 하고 사냥 부츠를 처음 물에 적셔서 돌아왔다.

"나 사냥 면허증 강의 들을 거야." 그녀가 베이컨 그릇을 사미르에게 건네며 말했다. 사미르는 베이컨을 덜지 않고 마르가레타 아줌마에게 전했다.

"왜 아니겠어." 사미르가 너무 크게 중얼거렸다. 나는 냅킨으로 입을 가리고 씩 웃었다. 나를 향한 세바스티안의 눈길이 느껴졌다.

"그거 좋은 생각이로구나." 라베의 아버지가 덤덤하게 말했다. "자연은 시간을 보내기에 쓸모없는 곳은 한 군데도 없어."

어맨다는 누구와 사귀든 늘 완벽한 아내 역할을 수행했다. 한번은(막 2학년에 올라갔을 때) 소니와 음반 계약을 했다고 주장하는 스톡홀름 출신 밴드의 베이스 기타리스트와 사귄 적 있었는데, 그때는 완벽한 록그룹 열성 소녀팬으로 변모했었다.

"우리 무슨 얘기할까?" 우리가 수프를 반쯤 먹었을 때 라베의 아버지가 물었다.

"무이자 정책 어떨까요." 사미르가 말했다.

"그러든지." 세바스티안이 중얼거렸다. "우리 꼭 무이자 정책에 대해 이야기해요. 꼭이요."

"농담이었어." 사미르가 말했다. 그의 목소리는 얼음장처럼 차가웠다. "넌 농담도 구분 못 하냐?"

"재밌다." 라베가 말했다. "진짜, 미치게 웃겨. 무이자라니, 하하하. 근데 너랑 아빠가 나누는 것들 말이야, 네가 읽는 책이라든가 신문, 화제, 상황, 추세 말인데…. 나 바보 만들려고 일부러 그러는 거냐? 아니면 다른 꿍꿍이가 있는데 내가 너무 멍청해서 못 알아먹는 거냐?"

"걱정 붙들어 매." 사미르가 다시 말했다. "농담은 즉시 그만

둘 테니까."

"자, 자." 마르가레타 아줌마가 사미르의 손을 다독이며 말했다. "이러지 말자꾸나. 알았지, 라스 제이컵?" 라베의 부모님은 라베를 '라베'라고 부르는 법이 없었다. 마르가레타 아줌마의 입에서 라베의 정식 이름이 나오는 것을 듣기는 처음이었다. 무슨 뉴스 영화를 보는 것 같았다. 아줌마는 부모로서 하는 말임을 그렇게 전한 것 같았지만 라베는 개의치 않고 밥을 먹었다.

지오리 아저씨가 거들고 나섰다. "너를 멍청하다고 생각하는 사람은 없어, 라스. 넌 시그투나에서 태어났을 때부터 줄곧 잘해왔어." 아저씨는 입안에 빵 조각을 넣었다. "고맙구나, 새미. 네 도움이 커."

"시험 두 번." 라베가 두 손가락을 쳐들었다. "딱 두 번. 그냥 통과한 걸 잘해왔다고 하시네요. C랑 B- 받았어요. 새미는 나를 구박했단 말이에요. 새미는 A가 아니면 모두 F라고 생각하는 놈이에요."

"난 네가 A가 아닌 점수에 만족하는 이유를 모르겠어." 사미르가 말했다. "난 아버님과 생각이 같아. 넌 멍청하지 않아."

의미심장한 대답이었다. 어쩌면 사미르가 '넌'을 힘주어 말했을지도 모르지만 모두들 그의 말에 담긴 속뜻, 넌지시 암시하는 바를 알아들었다. 넌 멍청하지 않아, 세바스티안과 달라.

"무이자 정책 말고 할 만한 이야기 알아…." 어맨다가 말을 시작했지만 이미 늦었다.

"너 얼마나 받고 있냐?" 세바스티안이 사미르를 똑바로 쳐다보았다. "두둑이 받나?"

지오리와 마르가레타는 아무렇지 않은 척하는 연기의 달인들이었다. 라베는 아직 그 정도로 완숙한 경지는 아니었지만, 지오리 아저씨가 저택의 초상화 방을 자랑삼아 보여주면서 배신자들, 즉 부친을 살해했거나 간통한 여자들을 지적하고 얼마나 많은 사생아들이 마을로 쫓겨났는지 말해주었을 때, 불굴의 정신은 자기 가문의 문장이라고 농담할 정도는 되었다. 그들은 그들의 장기를 본격적으로 선보이기 시작했다. 덤덤한 무표정 시전하기. 미동조차 없는 얼굴로 세바스티안 쪽으로는 입꼬리도 올리지 않았다.

하지만 사미르는 망설이듯 고개를 저었다. 시선은 지오리 아저씨와 마르가레타 아줌마 사이를 번갈아 왕복했다. 왔다 갔다, 왔다 갔다. 하지만 누구와도 시선을 마주치진 못했다. 세바스티안은 멈추지 않았다. 이해력이 달리는 사람에게 말하듯 더 느리고 더 큰 목소리로 말했다.

"너. 얼. 마. 나. 받. 아? 라베 과외해주고 얼마나 받아?"

"세바스티안." 마르가레타 아줌마가 조용하지만 여전히 무심한 목소리로 말했다. "수프 마저 먹어라." 지오리 아저씨는 라베에게 빵 바구니를 달라고 했다. 고개를 절레절레 저으면서.

"내가 실례를 했네요." 세바스티안은 '그만 항복할게요' 하는 것처럼 두 손을 치켜들더니 웃음을 터뜨렸다. 그러고는 다른 사람들이 못 들은 척할 수 있게끔 조금 낮춘 목소리로 덧붙였다. "누가 네게 월급을 주든 말든 내 알 바 아니지."

*

그 후에 무슨 이야기를 했는지 기억나지 않는다. 하지만 마르가레타 아줌마가 몇 가지 화제를 생각해내는 동안 지오리 아저씨가 수프를 다 먹었다는 건 분명하다. 화제 바꾸기는 이 집안의 또 다른 특기였고, 나머지 우리들은 최선을 다해 호응해주었다. 마르가레타 아줌마가 말을 마치고 수프를 다 먹었을 때 지오리 아저씨는 일어나 먹은 그릇들을 치우기 시작했다. 세바스티안을 제외하고 모두 함께 치우려고 했지만 지오리 아저씨는 그냥 앉아 있으라고 말렸다. 주요리가 식탁에 차려졌을 때 마르가레타 아줌마는 손을 사미르의 정수리에 다시 댔다. 그러고는 의자를 접시와 나란하게 바로잡고 나서 포크와 나이프를 들었다.

"말해보렴. 부모님은 좀 어떠시니, 사미르?"

나는 1시간 전에 같은 질문을 받았고 어맨다는 우리가 묵는 서쪽 별채에 들어가기 전 진입로에서 받았다. 마르가레타 아줌마는 아는 사이든 아니든 모든 사람의 부모님 안부를 물었다. 세바스티안은 루카스 형이 미국에서 어떻게 지내는지 말해야 했다. 마르가레타 아줌마는 모든 일을 훤히 꿰고 있었다. 사미르의 부모님은 학부형 모임에서 만난 것이 전부였지만 그들에게도 관심을 보였다.

"잘 지내세요." 사미르가 말했다.

"어머님은 요새 어디서 일하시니?"

"후딩에 병원이요."

"정말!" 마르가레타 아줌마와 지오리 아저씨가 식탁 맞은편에서 시선을 마주쳤다. "그럼 허가증 문제가 잘 해결된 거구나? 아유, 정말 잘됐다."

"아뇨." 사미르는 입가를 닦고 음식을 삼킨 후 낮은 목소리로 빠르게 말했다. "지금은 간호조무사로 일하세요. 기다리는 동안…. 그래도 병원에서 일하는 걸 좋아하세요."

지오리 아저씨가 고개를 저었다. "나라의 인재를 더 적절히 활용하지 못하는 현실이 믿기지가 않는구나. 믿기지 않아."

"이상하네. 나는 다르게 알고 있었는데…." 세바스티안이 음식을 건드리지도 않고 있다가 말했다. "네 엄마 변호사라고 네가 네 입으로 말했잖아. 나 맹세할 수 있어." 그는 라베에게 고개를 돌렸다. "라베, 네가 그러지 않았냐? 사미르가 유르스홀름으로 막 전학 왔을 때 모두에게 자기 엄마는 변호사라고 말했다면서?" 세바스티안은 필요 이상으로 말을 길게 늘였다. 라베가 대꾸하지 않자 다시 사미르에게 향했다. "자격증이 두 개인가 보네. 끝내주게 잘나신 분이로구나, 새미."

세바스티안은 술에 취한 것은 아니었다. 마약에 취한 것 같지도 않았다. 하지만 사미르의 애칭이 점점 거슬렸던 것 같다. 다른 사람도 아니고 라베와 라베의 부모님이 사미르의 애칭인 새미를 연발하는 바람에. 그래서 세바스티안은 그것을 노예의 이름으로 전락시켰다.

"우리 아빠가 변호사고, 우리 엄마는 의사야."

"아하!" 세바스티안이 신이 나서 고개를 끄덕였다. "왜 아니겠어. 물론 그렇겠지. 그럼 변호사인 네 아버지는 여기 스웨덴에서 무얼 하시는데?" 사미르는 대꾸하지 않았다. "택시 운전하지? 맞지?" 그는 다시 라베에게 향했다. "한 달 전쯤인가 클럽에서 집까지 우리를 데려다준 사람이 사미르의 아빠였다고 네가 그랬지?" 라베는 여전히 대답하지 않았고 사미르의 얼굴은 창백했다. "자, 그럼 말해봐, 친애하는 샘. 모든 이민자들이 여기로 이민 와서 대중교통 운전사와 가정부로 시작하는 건 왜 그런 거야?" 그는 코웃음을 쳤다. "미안, 택시 운전사와 간호조무사였지. 고국에서는 실제 의사이고 토목 공학자고 원자핵 물리학자인 그들이 어쩌다 이렇게 된 걸까? 단 한 명도 예외가 없어. 네 엄마 '의사 나리'(세바스티안은 손가락으로 따옴표를 만들었다) 같은 사람들은 수두룩해. 여기 불행한 가정부들 중에 고향에서 가정부로 일했다는 사람은 단 한 명도 없거든. 그들의 말을 믿는다면 말이지. 그럼 시리아에서는 슈퍼마켓 계산원이 하나도 없고 이란에서는 공원을 돌며 빈 병 줍는 사람이 하나도 없겠네? 절대 없겠지. 오직 의사와 공학자와 변호사와…."

"그만해라, 세바스티안." 지오리 아저씨가 나지막이 말했다. 아무 일도 없는 척하는 연기력이 한계에 도달한 것이다. 하지만 세바스티안은 듣지 않았다. 그는 팔을 우리에게 휘두르고 나서 인상을 썼다. 그의 찌푸린 얼굴은 처음이었다.

"왜 그런지 이유를 생각해본 사람?" 아무도 대꾸하지 않았다. 그는 사미르에게 향했다. "대학에서 6년 이상 공부하지 않은 사람들을 어떻게 해야 할까? 너라면 어떻게 할래? 네 일자리를 빼앗지 못하게 총으로 쏴 죽일래?"

클래스 퍼게만. 나는 생각했다. 자기 아버지를 빼닮았어.

사미르가 일어서자 마르가레타 아줌마가 사미르의 팔을 움켜잡았다. 사미르에게 고개를 저었다. 그러고 나서 세바스티안에게 향했다.

"세바스티안." 아줌마가 말을 시작했다. 마르가레타 아줌마는 외교부 국장이었는데 어느 부서인지는 잊어버렸다. 어쨌든 미팅이나 협상 등 격분한 상태에서도 예의를 잃지 않아야 하는 상황에 단련된 목소리였다. 친근한 엄마의 목소리는 오래전에 사라지고 없었다. 아무 일도 없는 척 눙칠 단계는 이미 지난 게 분명했다.

"잘 들어라." 마르가레타 아줌마가 천천히 말했다. "이해하기 어려운 것들도 있어. 우선, 이렇게 많은 피난민들이 유럽까지, 스웨덴까지 온다는 사실이 믿기 힘들지. 또한 이해하기 힘든 것은 이들도….."

그녀는 조용히 숨을 들이마셨다. '너나 나와 똑같은 사람이야' 하는 말을 하려다 그만둔 것 같다.

"항상 그런 건 아니지만 이들의 상당수는 제법 잘살았던 사람들이야. 재정적으로 안정된 데다, 그래, 고학력이지. 그런데 왜 이렇게 됐냐고?" 아줌마는 대답을 기다렸다. "이들이 스웨덴까지 힘들게 온 건 큰 대가를 치르면서 온 가족을 이끌고 더 나은 삶을 찾아 이동할 능력이 있어서야. 그러려면 돈이 들거든. 네가 사는 세상에서는 푼돈일지 모르지만, 세바스티안, 너도 그건 인정할 거야. 여기 오는 사람들이 모두 고학력자라는 세간의 인식이 있는데, 그건 맞지 않아. 마찬가지로, 고학력자인데 여기로 이민 온 사람들은 모두 자기 배경을 거짓으로 꾸몄다는 주장도 옳지 않아. 왜냐하면 새 스웨덴인 중에 학자들도 많거든. 우리가 흔히 얘기하는, 전쟁으로 피폐해진 나라의 극빈층과 소외계층은 스웨덴까지 오지도 못해. 대단히 불안한 세상이지만, 네가 이런 식으로 아무것도 모르고 지껄일 이유는 없어."

"그렇겠죠." 세바스티안이 말했다. 심지어 화난 목소리도 아니었다. 마르가레타의 목소리에 실린 분노도 무시했다. "그들이 여기 와줘서 스웨덴으로서는 대박 난 거죠. 훔레가든 공원에

텐트촌을 만들어줘서. 고국에서는 완전 엘리트들인데."

마르가레타는 목을 가다듬었다 "세바스티안, 갓난아기 때부터 지금까지 너를 쭉 지켜본 나로서는 네가 정말 이렇게 천박하다고는 믿고 싶지 않구나."

아줌마가 숨을 들이마셨을 때 라베의 아버지가 별안간 뛰어들어 바통을 이어받았다. 접힌 냅킨은 그의 무릎에서 벌써 치워지고 없었다.

"난 세바스티안과 잠시 산책 좀 하고 올게." 그는 평소와 다를 바 없는 일상적인 투로 말하고는 입가를 닦고 일어섰다. "같이 갈까?"

지오리 아저씨는 약간 피곤한 기색 외에 다른 감정은 비치지 않았다. 일 때문에 걸려온 중요한 전화를 받으러 저녁 식사를 중단할 때와 다르지 않았다. 하지만 세바스티안 뒤로 가서 세바스티안이 따라나서기를 기다릴 때 턱 근육이 꿈틀거렸다.

"씨발, 뭐 하자는 거지?" 세바스티안이 웃음을 터뜨렸다. 하지만 무심함을 가장한 연막은 걷히고 없었다. "나더러 꺼지라 이거예요? 무임승차한 사미르는 여기 앉아 우리 면전에서 거짓말을 늘어놓게 내버려두고?"

"이미 망가진 분위기를 더 난장판으로 만들지 말아라." 지오리가 세바스티안의 팔을 잡았다. 그는 세바스티안을 거세게 움켜잡고 의자에서 끌어낸 후 주방 밖으로 밀쳐냈다.

몇 분 후 지오리 아저씨가 돌아왔다. 그동안 우리가 무얼 했는지는 기억나지 않는다. 라베는 식탁만 뚫어져라 내려다보았고, 어맨다는 눈물이 글썽했고, 마르가레타 아줌마는 사미르와 뭐라뭐라 얘기를 나누었다. 나는 듣지 않았다. 무릎이 후들거리지만 않았어도 자리를 떴을 것이다.

"세바스티안이 그만 집에 가겠다는군." 지오리 아저씨가 설명하더니 다시 자리에 앉았다.

아저씨가 내게 말했다. "너는 남는 게 좋겠다, 마야."

나는 고개를 끄덕였다.

"세바스티안은 누구랑 같이 시간을 보낼 컨디션이 아니었어. 너희들과도." 지오리 아저씨는 접시에 남은 음식을 긁어 먹어 치웠다. "그 점에 대해선 그 애 아버지와 의견의 일치를 봤어."

나는 다시 고개를 끄덕였다. 너무 충격을 받아 다른 건 아무것도 할 수가 없었다.

"걔 어떻게 집에 가지?" 마르가레타 아줌마가 일어서서 지오리 아저씨의 접시를 치우러 갔다.

"존에게 데려다주라고 했어."

라베와 나는 초등학교 때부터 올해 라베가 전학을 가기 전까지 내내 같은 반이었다. 나는 마르가레타 아줌마가 교장에게, 학교 청소부에게, 수많은 교사와 다른 학부모들에게 싫증이 난 귀족 부인의 차분한 목소리로 이야기하는 걸 여러 번 보았고, 아줌마가 특유의 목소리로 교육부 장관에게 설교하는 장면을 상상한 적도 있다. 엄마와 아빠와 나는 마르가레타 아줌마가 "우리는 이걸 할 거예요" 하고 딱 부러지게 요구하는 것을 수없이 보았다. 마르가레타 아줌마는 어떤 요구를 할 때마다 아주 작고 사소한 부탁을 하는 것처럼 말했다. 하지만 아줌마가 목청을 가다듬고 "저기요, 작은 부탁이 하나 있어요" 하고 말하면 왕이라도 절대 거절하기 힘들었다. 아무도 마르가레타 아줌마에게 안 된다고 말하지 못했다. 그녀는 아무도 두려워하지 않았다.

문득 마르가레타 아줌마가 클래스에게 한 마디 해줬으면 좋겠다는 생각이 들었다. 아줌마 말이라면 그 사람도 들을 것 같았다. 아줌마 손을 붙잡고 부탁하고 싶었다. 그 사람에게 말 좀 해주세요. 하지만 나는 아무 말도 하지 않았다. 수치심을 느끼며 그냥 거기 앉아 있었다. 세바스티안의 여자친구인 게 처음으로 부끄러웠다.

"그럼 그 애 아버지와 연락이 된 거네. 잘됐다." 마르가레타 아줌마가 중얼거렸다. "그래, 우리의 친애하는 클래스가 뭐래?"

우리의 친애하는 클래스. 아줌마도 그 사람을 좋아하지 않았다.

지오리 아저씨가 어깨를 으쓱거렸다. 그 동작은 어쩐지 '뭐라든 상관없어' 하는 뜻보다 '무슨 말을 듣고 싶어?' 혹은 '이미 알잖아, 알아도 우리가 뭘 어쩌겠어' 하는 뜻에 더 가까웠다. 지오리 아저씨도 클래스를 오만한 개자식이라고 생각했다.

"나중에 얘기해, 여보."

나는 여전히 아무 말도 하지 않았다. 아무도 쳐다보지 않았다. 특히 사미르는.

"이탈리아식 머랭 좋아하는 사람?" 마르가레타 아줌마는 자기 접시를 치웠다. "수제 아이스크림은?"

모두들 아이스크림을 먹겠다고 했다. 나는 억지로 먹었다. 디저트를 입안에 우겨 넣고 걱정과 함께 삼켜버리려고 노력했다. 세바스티안은 질투가 났던 걸까? 위협을 느꼈을까? 왜 그런 행동을 했을까? 아이스크림을 어찌나 빨리 먹었는지 이마가 깨질 것 같았다. 아이스크림을 조금 더 먹었다.

몇 분쯤 후에 누군가가 "걔 말 듣지 마" 하고 말했다. 아마도 어맨다가 사미르에게 한 말 같다. 화제는 라베의 부모님이 젊은 시절 다녀온 덴마크 여행 얘기를 하다가 록 페스티벌로 넘어갔다. 그날 비가 오는 바람에 땅이 너무 물러서 텐트를 세울 수 없었다고. 그 후에는 라베와 같은 기숙사에 사는 누군가의 이야기를 했는데, 그는 몽유병이 있다고 했다.

"일주일에 적어도 세 번은 매점까지 걸어갔다가 돌아와서 큰 탁자 위에 누워 내내 잔다니까."

그들은 몇 번 소리 내어 웃었다. 그들의 웃음소리는 조금은 자연스럽고 조금은 긴장이 풀린 것처럼 들렸다. 우리는 아이스 크림을 한 번 더 먹고 나서 저녁을 잘 먹었다고 인사를 했고, 모두들 부엌에서 설거지를 도왔다. 아무도 세바스티안 얘기는 하지 않았다.

내 남자친구.

그들은 아무 일도 없던 것처럼 굴었다. 하지만 나는? 나는 어쩌라고? 2시간 후 다 같이 거실에서 영화를 보고 있을 때 지오리 아저씨가 들어와 세바스티안 일을 사과했다. 무슨 영화였는지는 기억나지 않는다. 지오리 아저씨가 아까 있었던 대화를 되짚는 동안 우리는 영화 소리를 줄일 생각도 하지 못했다.

지오리 아저씨는 세바스티안이 집에 도착했고 전화통화할 때 세바스티안이 부탁한 대로 대신 사과를 전한다고 말했다. (지오리의 말은 그랬다.) 사과라고 하기엔 광범위한 데다 너무 일반적이었고, 지오리 아저씨가 대신 전한 사과는 강압에 의한 것처럼 들렸다. 중요하지 않은 사람의 생일을 깜빡했을 때 지어내는 빈

말처럼.

사미르는 내게서 0.5미터쯤 떨어져 누워 있었다. 한 팔로 머리를 베고. 그의 티셔츠 소맷자락 밑으로 곱슬거리는 검은 털이 얼핏 보였다. 위팔 안쪽의 흰 피부가 텔레비전 불빛에 새하얗게 빛났다. 지오리 아저씨가 사과를 운운할 때 사미르는 지오리 아저씨를 쳐다보며 중얼거렸다. "괜찮아요, 정말 괜찮아요, 문제없어요, 고맙습니다." 사과가 끝나고 지오리 아저씨가 나갔을 때 사미르는 다시 텔레비전을 쳐다보았지만 화면이 아니라 그냥 허공을 응시하는 것 같았다.

그러다 사미르는 일어서서 산책을 하겠다면서 나갔다. 나는 정확히 4분을 기다린 후 일어서서 나갔다.

"난 자러 갈게." 내가 말했다.

"잘자." 어맨다가 말했다.

"푹 자." 라베가 말했다.

나는 휴대폰의 전원을 끈 후 내가 묵는 방에 놔두었다. 사미르는 물가에 앉아 있었다. 두 팔로 두 다리를 껴안고. 날은 쌀쌀하고 칠흑처럼 어두웠다. 집에서 흘러나온 희미한 불빛에 그는 그림자로만 보였다. 달이 수면 저편에서 우리를 바라보았다.

"일부러 위로할 필요 없어." 내가 옆에 앉자 그가 말했다.

"알아."

가까이에서 보니 그는 많이 힘들어 보였다.

그는 팔을 긁적거렸지만 모기에 물린 것 같지는 않았다.

"내가 머저리라는 말도 할 필요 없어. 아니까."

"내가 왜 그런 말을 하겠어?"

"망할, 학교 첫날이라 그랬어. 첫출발하는 날이라. 불안해서 미칠 것 같았어. 너희들은 그렇지 않더라. 이미 서로 아는 사이라서. 모두들 할아버지의 할아버지의 할아버지 때부터 서로 아는 사이였지만, 나는 그날 정신이 하나도 없었어. 너희들 모두 낯설었어. 열네 살짜리 아이들이 너희 부모님 무슨 일을 하시냐고 곧장 묻더라고. 그거 얼마나 이상한지 알아?"

"엄청 이상하지." 나는 인정했다. 난 네 부모님 뭐 하시냐고 물은 적 없어.

우리는 큰길에서 멀리 떨어져 있었다. 저택으로 가려면 자갈길을 20분 이상 걸어야 했지만 희미하게 웅웅거리는 소리가 들려왔다. 차들이 지나가는 소리가 분명했다. 다른 소리와 다르게 이질적으로 들렸다. 나무 소리와도, 숲의 소리와도, 동물 소리와도 어울리지 않았다.

"네 엄마 뭐 하셔?"

"그게 무슨 말이야?"

"넌 라베에게는 네 엄마가 변호사라고 말했고 지오리 아저씨와 마르가레타 아줌마에겐 의사라고 말했지만, 내 생각에는 아닌 것 같아. 무슨 일 하셔?"

사미르는 앉아 있는 땅에서 풀을 한 줌 뽑았다. 흙덩이가 딸려 나오면서 내 다리를 쳤다.

"난 우리 엄마가 변호사라고 말한 적 없어. 라베가 잘못 기억한 거야. 엄마는 의사가 되고 싶었대. 우수한 학생이었지만 학업을 그만둘 수밖에 없었지. 지금 엄마는 보잘것없어. 10분짜리 스웨덴 뉴스도 간신히 대충 알아듣는 정도라 여기 의과대학은 어림없지. 게다가 일도 해야 하고. 간호조무사 일에 만족하셔."

"아버지는 변호사 맞아?"

사미르는 잠시 뜸을 들이다 고개를 저었다.

"나 돈 받는 거 맞아. 시간당 200크로나 받고 있어…." 그는 머뭇거렸다. "그래도 감사해야 할 것 같아."

"뭐가 감사한데?"

"지오리 아저씨랑 마르가레타 아줌마가 나를 내쫓지 않으신 거. 네 인종차별주의자 남자친구만 쫓아내는 걸로 만족하신 거."

"세바스티안은 인종차별주의자가 아니야."

사미르는 코웃음을 쳤다. "편 좀 그만 들어. 개한테 굽신대는 부류에 끼지 마, 마야. 개가 멋대로 행동하고 멋대로 말해도 내버려두지 말라고."

이제는 내가 화낼 차례였다. "세바스티안은 사람들이 왜 자기한테 알랑거리는지 정확히 알고 있어. 개가 그것도 모를 것 같아? 교사들은 개한테 알랑거리지 않아. 만약 그랬으면 올해 복학하지 않았을 거야. 오늘 밤에 개가 멋대로 행동하고 멋대로 말하게끔 내버려뒀다고 생각해? 오히려 내쳐진 것 같은데."

"지오리 아저씨랑 마르가레타 아줌마에겐 다르지."

"어떻게?"

"알잖아. 하지만 라베가 졸업하는 데 내가 필요하지 않았다면, 그들은 대신 나를 내쳤을 거야."

"아니야."

"정말 그렇게 믿어?"

"물론이지. 뭘 모르는구나, 사미르. 그들도 네 엄마가 의사가 아니고 아빠도 변호사가 아니라는 거 알고 있었을 거야. 그들은 바보가 아니니까. 그런 바보 같은 거짓말을 할 수밖에 없다고 생각하는 너를 안쓰럽게 여기실걸. 나는 그런 거짓말을 할 수밖에 없다고 생각하는 네가 안쓰러워. 너는 그냥 너고, 네 부모님이 무얼 하든 너랑은 아무 상관없어. 네가 어디서 왔든 우리는 전혀 신경 쓰지 않아. 네 엄마가 대학을 안 다녔어도, 네 아빠가 택시를 몰아도, 넌 여전히 이렇게 멋진걸. 네가 남보다 더 분투한다는 증거일 뿐이지. 오히려 사람들은 너를 더 좋아해, 너는 너니까. 비록 네 출신이….”

사미르가 번개같이 끼어들었다. 나는 그의 입에서 침이 튀는 걸 볼 수 있었다.

“정말 이해 못 하는구나! 정말이지 당신들 모두 순진해빠졌어. 자기 말이 맞다고 확신하지만 틀려도 한참 틀렸어.”

“소리치지 마.”

그는 목소리를 낮추지 않았다.

“소리치는 거 아냐. 하지만 흥미로운 이야기가 불필요하다고 생각한다면 그건 오산이야. 오디션 프로그램만 봐도 알 수 있어. 〈아이돌〉이든 〈엑스 팩터〉든 뭐든, 젠장, 뒷배경이 있으면 절반은 먹고 들어가잖아. 당신들이 원하는 건 스타처럼 노래를 기막히게 잘 부르는 뚱보야. 희박한 확률을 뚫은 성공담을 원하는 거지. 우리 부모님이 유르스홀름에 살지 않고 의사와 변호사로 일하지 않는 건 운이 나빠서라고 믿고 싶겠지. 당신들이 그냥 모른 척 손 놓고 있는 건 불공정한 거라고. 하지만 우리가 이민자들을 더 잘 보살피지 않는 걸 잘못이라고 말할 때는 전제가 있어. ‘이민자들이 조금 더 스웨덴어를 잘한다면, 새 언어를 더 빨리 배운다면, 더 열심히 공부한다면’이라는 전제. 그래야 아메리칸 드림이 가능하다고 보는 거지. 당신들은 아메리칸 드림을 좋아해. 즐라탄*에 열광해. 젠장, 모두들 그를 열렬히 사랑하지. 즐라탄이 자기는 책 한 권 읽은 적 없고 여자들은 축구를 못한다고 말하고 나서 그의 인기는 더 올라갔어. 왜냐하면 이민자들은 원래 그러니까. 그들은 여성혐오자인 데다 교육받지 못했으니까. 하지만 당신들은 그들을 좋아해. 왜냐하면 당신들은 인내심이 많고 관대하니까. 게다가 즐라탄은 사람 마음을 사로잡는 매력적인 미소의 소유자거든. 당신들은 통합과 불우한 환경에 집착해. 성공하려고 분발하는 사람은 누구나 성공해야 한다느니 뭐니 하면서….”

“그 당신들이 누군데?” 나는 울기 시작했다. 울음을 참을 수가 없었다. 사미르는 내가 주먹질이라도 한 것처럼 깜짝 놀랐다.

“뭐야?” 그가 물었다. “왜 그래?”

“계속 당신들이라고 말하고 있잖아. 당신들은 이렇게 생각해, 저렇게 생각해. 당신들은 이렇게 느껴, 저렇게 느껴. 궁금해, 그 당신들이라는 게 대체 누군지?”

사미르가 아랫입술을 깨물었다.

나는 계속 말했다. “사미르. 네가 더 힘들 거라는 거 모두 알아. 멍청이들이나 네가 스웨덴어만 배우면 모든 편견에서 자유로워질 거라고 믿지. 지오리 아저씨랑 마르가레타 아줌마는 멍청이가 아니야. 그러니 걱정할 필요 없어….”

“너.” 사미르는 그렇게 말하더니 내 손을 잡았다. “마야, 너는 알잖아, 내가 널 어떻게 느끼는지. 라베는 좋은 놈이고, 마르가

---

* 스웨덴 국적의 세계적 축구 선수로 이민자 가정 출신이고 고등학교를 중퇴했다.

레타 아줌마와 지오리 아저씨도 좋은 분들이야." 그가 바짝 붙어 앉아 있었기 때문에 나는 그의 호흡이 얼마나 빠른지 느낄 수 있었다. "너는… 너는 알잖아, 내가 무슨 말을 하는지, 내가 말한 당신들이 누구인지. 나는 너를 말한 거야. 너와 너의 모든 것…." 그는 다른 손을 흔들어 정원과 숲, 물, 위쪽의 저택, 본채 건물 둘, 손님용 별채, 존이 거주하는 사냥용 오두막, 배 창고를 쭉 가리켰다. "너는 네 세상 사람들은 알지만 그 외에 나머지는 이해하지 못해. 나는 네가 두렵지 않아. 두려워하고 말 것도 없지. 너는 이해를 못 하니까."

그럼 내게 설명을 해봐.

그가 내게 고개를 돌렸다. 그의 손이 내 엉덩이 뼈를 스쳤다. 그의 입술이 가까웠다. 내게 가까웠다.

나는 그가 내게 키스하려나 생각했다. 하지만 그는 움직이지 않았다.

우리는 그냥 거기 앉아 있었다. 그는 숨을 몰아쉬었다. 나는 숨을 몰아쉬었다. 그를 쳐다볼 엄두가 나지 않았다. 내가 일어섰을 때 그는 그대로 앉아 있었다. 나는 돌아보지 않고 집으로 돌아갔다. 그리고 내 방으로 들어가 문을 닫았다. 침대에 누웠을 때 휴대폰을 집어 전원을 켰다. 세바스티안이 보낸 문자가 한 통 와 있었다.

'개랑 섹스할 거면 피임은 꼭 해.'

—

22

—

라베네에서 주말을 보낸 후 세바스티안과 내 사이는 예전과 같지 않았지만 우리는 계속 만났다. 나는 전후를 구분해 생각하자고 나 스스로를 설득했던 것 같다. 세바스티안은 사과하지 않았다. 물론 나는 말했다. "그런 일은 있을 수 없어…. 나를 뭐로 보고 그런 생각을 한 거야?" (그가 보낸 문자 메시지에 대해 무슨 말이든 해야 했기 때문에.) 나는 라베의 집에서 세바스티안의 집으로 곧장 갔고 우리는 섹스했다. 섹스하는 내내 나는 절대 그럴 일은 있을 수 없고 내가 사랑하는 사람은 너뿐이라고 거듭 그를 안심시켰다.

화해 섹스는 최고의 섹스가 되기 마련이지만 그날은 그렇지가 않았다. 슬프고 화가 나는데 몹시 슬프고 지독히 화가 나는 것은 아니어서 아무렇지 않은 척 연기하기도 애매한 섹스랄까. 얼마 후 나는 라베네에서 일어난 일이 아니라 다른 일로 화가 나고 슬퍼졌지만 세바스티안이 이렇다 할 말도 행동도 하지 않아서 더 화가 나고 더 슬퍼졌다. 나는 상황이 달라지기를 바라면서 가끔 정말 달라진 것처럼 굴었다.

하루 이틀 날이 바뀌었다. 11월이 지나갔다. 대림절 일요일이 됐다. 세바스티안의 의견에 따르면 모든 것이 축하할 가치가 있었다. 나는 내키면 그가 하자는 것을 했다.

몽타주는 사람들로 붐볐다. 평소보다 사람들이 더 많았다. 우리는 평소보다 더 일찍 도착했지만 몇 분 동안 팔꿈치로 밀치며 나아가야 했다. 문지기가 우리를 발견하고 끌어당겨 안으로 들여보내주었다. 세바스티안이 나타나면 그들은 즉시 그를 안으로 들였다. 항상, 항상, 항상. 세바스티안 없이 가도 대부분 줄을 건너 뛰어 들어갔지만 세바스티안과 같이 있을 때처럼 번개같이 들어갈 수 없었다.

데니스는 구부정한 어깨로 여전히 밖을 쏘다녔다. 세바스티안 없이는 몽타주 안으로 절대 들어올 수 없었고, 세바스티안은 웬만하면 데니스를 클럽 안으로 들이지 않았다. 가끔씩 데니스는 다운 점퍼를 턱까지 여미고 후드를 뒤집어쓴 채 주변을 어슬렁거렸는데 두 손은 너무 무겁다는 듯 몸 앞에서 덜렁덜렁 흔들렸다. 하지만 그는 불평하지 않았다. 세르겔 광장에서 거래하면 기껏해야 시궁쥐나 뜯어야 했지만 세바스티안 덕분에 고객이 늘어나 훨씬 많은 돈을 벌 수 있었기 때문이다.

클럽은 크리스마스 장식이 돼 있었다. 댄스 플로어 중앙에 색색의 전구며 두툼하고 반짝거리는 화관, 은공, 스와로브스키 크리스탈로 장식된 트리가 있었다. 어맨다와 라베는 문을 통과하자마자 VIP 구역의 소파에서 서로를 더듬기 시작했다. 라베는 등을 대고 눕다시피했고 어맨다는 한 다리를 그의 위에 걸친 채 달라붙어 있었다. 키스할 때 옆쪽으로 언뜻 보이는 그들의 혀는 알몸의 눈먼 쥐 두 마리 같았다.

입장한 지 30분쯤 지났을 때 세바스티안은 클럽 직원들이 모른 척할 수 없을 정도로 약에 취했다. 경비원 둘이 출입구 양쪽에 추가로 배치돼 세바스티안을 주시했다. 그가 잠이 들거나 정신을 잃기를 기다리는 듯했다. 그래야 집에 보낼 수 있으니까.

만약 세바스티안이 정신을 잃기 전에 경비원이 끼어들었다가는 더러운 꼴을 각오해야 했다. 바로 지난주에 시끄러운 일이 있었다. 바에서 어떤 남자가 세바스티안을 떠밀었고 세바스티안이 그 남자의 바지를 아래로 끌어 내리려 하자 클럽 직원이 세바스티안의 팔을 잡았다. 문지기의 행동은 깍듯했고 그의 손에는 '이제 그만 집에 갈 시간입니다' 하는 정도의 힘이 실렸다. 하지만 세바스티안은 막무가내로 가지 않겠다고 버텼다. 클럽 주인이 나서서 그를 방으로 데려간 후 내게 세바스티안과 같이 방에 있어달라고 부탁했다. 나는 그의 옆에 앉아 있다가 그가 잠들었을 때 라베의 도움을 받아 차로 데려갔다.

그래도 그들은 그를 클럽에 들였다. 항상, 항상, 항상. 마지막에 도착해도 가장 먼저 들였다. 그리고 그의 공주님들 중 누구라도 추위에 발을 동동 구르며 밖에 서 있게 두지 않았다.

오늘 저녁에는 데니스가 무얼 조제해 세바스티안에게 바쳤는지 알 수 없었다. 거의 매번 새로운 것이었지만 그를 졸리게 만들지는 않았다. 그는 누군가를 찾는 사람처럼 클럽 안을 이리저리 돌아다녔다. 여기저기. 돌고 또 돌고. 가끔씩 나를 지나칠 때 라베와 어맨다가 있는 소파로 가자고 말했지만 막상 가서 앉으면 10초도 안 되어 못 참고 자리에서 일어섰다. 우리는 몇 분 동안 바에 서 있었다. 그는 술을 주문하고 나서 바텐더가 술을 만들기도 전에 그걸 까맣게 잊고 다른 바텐더에게 똑같은 술을 주문했다. 그러고는 두 잔을 모두 바 위에 두고 내 손을 잡아 댄스 플로어로 데려가더니 화장실에 가야 한다면서 나를 거기 두고 사라졌다. 몇 분 후 나는 그가 목을 쭉 빼고 고개를 이리저리 돌리면서 다시 방황하는 것을 보았다. 그리고 걸었다. 이리저리. 또다시 또다시.

"우리 여기서 나갈까? 어디로 가지? 여긴 아무 일도 없어. 우리 여기서 나갈까? 나 화장실 가야 해. 그 후에 나가든가 해."

나는 춤을 추려 했다. 술을 마시려 했다. 어맨다와 이야기도 하려 했다. 허사였지만. 어맨다는 이야기를 하려 하지 않았다. 아니, 이야기할 수 없었다. 편도선 마사지 중인데 어떻게 이야기를 하겠나. 그래, 귀 안에 혀가 들어와 있는데 말하는 건 많이 어색했겠지. 내가 옆에 있으면 집중하기 힘들었겠지. 그것만 아니었어도 나는 그 애와 이야기를 했을 것이다. 음악보다 크게 목청을 높여 외치고, 서로에게 몸을 기대고, 누군가의 촌스러운 바지나 이상한 머리 모양을 보고 와하하 웃고. 하지만 그날 나는 세바스티안을 따라다녔다. 그리고 그가 묻는 말에 귀 기울였다. 대답을 요구하지도 않는 질문이었지만.

"이제 가고 싶어? 화장실 다녀왔어?"

"왜? 맙소사, 무슨 말도 안 되는 소리야. 방금 왔는데. 뭐 마실래?"

지겨웠다. 세바스티안도 지겨웠고, 어맨다와 라베도 지겨웠다. 그들 모두, 모든 것이 지겨웠다. 젊어서 즐기는 것도, 약간 미친 짓을 하는 것도, 추운 데 서 있는 것도, 야외 파티장이나 귀빈실에서 술에 취해 고함치는 것도 지겨웠다. 밤이면 밤마다.

빙글빙글. 빙글빙글. 토요일과 일요일 아침에 잠에서 깨면 주머니에 파란색 티켓과 담뱃갑의 구겨진 셀로판지가 있었고 '어머, 나 어떻게 집에 왔지?' 하는 의문이 남았다. 그리고 손등에 난 퍼런 자국을 문지르다 손톱깎이로 축제 팔찌를 끊고 나서 모두들 주절거리는 레퍼토리를 또 읊었다. "와, 나 엄청 취했나봐. 기억이 하나도 안 나" 혹은 "망할, 진짜 대단했어."

더 이상 즐겁지가 않았다. 어떻게 집에 왔는지 정말 모르는 것도 아니었다. 늘 같은 방식으로 왔으니까. 나는 세바스티안과 그의 집으로 갔다. 그가 반쯤 정신이 나가 있거나 비디오 게임을 하거나 피곤해 아무것도 하지 않는 동안 나는 거기서 잠을 자곤 했다.

이제 그런 것들은 지긋지긋했지만 다른 무얼 하고 싶은지도 알 수 없었다. 헤어질까? 세바스티안과 관계를 끝내고 나면 무얼 하지? 나머지 무리와 계속 어울릴까? 계획이 서지 않았다. 세우고 싶지도 않았다. 그냥 다시 즐겁게 살고 싶었다.

내가 떠난다면 세바스티안은 폭주할 게 분명했다. 이미 폭주하고 있었다. 당장은 그와 끝낼 수 없었다. 상황이 조금 진정되면 끝낼 생각이었지만, 지금은 아무 말도 할 수 없었다. 우리는 그를 지켜보았다. 나도, 경비원들도 각자의 자리에서 그를 지켜보면서도 아무 말도 하지 않았다. 그가 불가피하게 선을 넘으려고 하면 그 선을 뒤로 밀어내면 되니까. 우리는 모든 것이 괜찮은 척 아무 말도 하지 않았다. 파국이 기다린다는 걸 알면서도. 문지기는 둘씩 짝을 지었지만 나는 혼자였다. 우리는 아무것도 하지 않았다. 나는 그저 엑스트라였다. 우리 모두 엑스트라였다. 누구나 세바스티안 옆에서는 그렇게 됐다. 대사 없는 엑스트라. 내가 무슨 말을 했어도 편집돼 삭제됐을 것이다. 무시하면 편했다. 아무도 내가 하는 말에 대답할 필요가 없었다.

"우리 그만 집에 갈까?"

"여기 좆같애. 이 도시도 좆같애. 정말 지루해 죽겠어. 시궁창이 따로없어. 생지옥이야. 바르셀로나 가자. 거기 교회 옆에 멋진 타파스 바 있어. 잠깐, 기다려봐, 거긴 팔마에 있구나, 그치? 나 화장실 갈래. 한 잔 주문해줘. 금방 돌아올게, 확인할 게 있어서. 한잔해야겠어. 화장실에 갈래. 다 집어쳐. 여기서 나가자. 아, 진짜 지루해 죽겠네. 저 좆같은 DJ에게 좋은 것 좀 틀라고 해. 같이 뉴욕 가자. 화장실 갈래. 확인할 게 있어. 대체 데니스는 어디 있는 거야. 그놈…. 나가서 그놈 데려와. 내가 얘기 좀 한다고 전해줘. 아, 진짜 존나 지루해."

나는 어맨다에게 속내를 털어놓았다. "더 이상 걜 사랑하는지 잘 모르겠어." 우리는 이야기를 나누었다. 어맨다는 곧 나아질 거라고 말했다. 하지만 어맨다와 라베에게서 거리감이 느껴졌다. 라베의 부모님 집에서 주말을 보낸 이후 그들은 이상하게 행동했다. 분명 전후가 달랐다. 그들은 우리를 부르지 않고 따로 사미르를 만났고 세바스티안이 문제라고 생각했다. 그러면서도 클럽에 올 때나 외출할 때, 어딘가를 갈 때는 여전히 좋은 친구처럼 굴었다. 줄 서는 걸 피하려고. 우리 같은 일행이에요.

밤마다 그런 생각이 내 머릿속을 휘저었다. 세바스티안 옆에 누워 있으면 그의 목덜미는 땀으로 축축했다. 그는 잠결에 움찔하고는 내 쪽으로 돌아누워 나를 바짝 끌어당겼다.

온몸으로 절감하는 말들이 있다. 말은 뜻밖의 다른 두뇌 부위에 감정의 불꽃을 일으킨다. 좋은 말은 따뜻한 느낌을 일으킨다. 내가 어릴 때 잠을 못 자면 엄마는 "쉬이이잇…" 하고 속삭이곤 했다. ("우리 딸, 쉬이이잇…. 이제 자거라, 아가….") 혹은 "마야!" 하고 나를 부르는 아빠의 말투는 "얘는 내 딸이야. 우리는 끈끈해, 나와 얘는" 하고 모두에게 선언하는 듯했다. 이야기 책을 읽는 할머니의 목소리도 그랬다. ("옛날 옛날에….") 잠이 들기 직전 세바스티안의 숨결에 실려 나온 한 마디, "사랑해"라는 말도.

모르겠다. 그렇게 나쁘지 않았는지도 모른다. 항상 나쁘기만 한 건 아니었다.

"걔 아빠가 무슨 수를 내야 해." 어맨다는 내게 말했지만 다른 사람에게는 아무 말도 하지 않았다. "세바스티안은 도움이 필요해." 어맨다는 마약이 문제라고 생각했다. 세바스티안이 마약을 조금만 줄인다면 우리가 예전처럼 사랑하게 될 거라고 생각했다. 어맨다 말이 맞다고 나는 생각했다. 어맨다 말이 맞고 말고. 물론 나는 세바스티안을 사랑해.

아무것도 하지 마. 아무 말도 하지 마. 그에게 말해. 그를 도와줘.

나는 아무 말도 할 수 없었다. 아무도 말할 수 없었다. 우리 중 누가 무슨 말을 해야 했을까?

나는 그만 손 떼고 싶었다. 떠나고 싶었다. 끝내고 싶었다.

세바스티안은 폭주할 것이다. 이미 폭주하고 있었다. 세바스티안은 미치광이였다. 아팠다. 내가 뭐든 해야 했다. 그는 도움이 필요했다.

나는 그를 사랑해. 물론 나는 그를 사랑해.

23

어맨다는 내 옆 의자에서 잠들어 있었다. 루치아 축제용 반짝이 띠는 어깨 위로 흘러내렸고 스타킹은 무릎 부위에 커다란 구멍이 뚫려 있었다. 강당 연단 위에 어떤 여자가 킬힐, 작은 귀걸이, 커다란 남성용 손목시계 차림으로 서 있었다. 반짝반짝 윤이 나는 까만 머리카락은 비행기를 탈 때 따로 좌석을 잡아줘야 마땅할 것 같았다. 그녀는 미국인이었고 서구에서 가장 많이 읽히는 금융 간행물의 편집장이었다. (크리스터 선생님의 소개.)

"여러분은 특별 프로그램 국제경제학을 듣는 학생들 맞죠?"

우리는 와글와글 그렇다고 대답했다. 하지만 거기 모인 상당수는 국제경제학 프로그램을 듣지 않는 사람들이었다. 이 과목을 듣지 않는 3학년생들도 끼어 있었고 자기 아이의 성 루치아 행렬을 제치고 참석한 학부모들도 많았다. (대부분 아버지들.) 학부모는 질문할 수도 없었고 자리에 앉을 수도 없었기 때문에 모두 벽에 기대 서 있었다. 10미터마다 어깨가 딱 바라지고 이어폰을 낀 양복 차림의 남자들이 있었는데 미국 숙녀의 경호원들이었다.

"경제학을 공부하지 않는 분들도 조금 참아주십시오."

미국인이 카 페리 입구보다 더 넓게 함박웃음을 지었을 때 우리는 웃음을 터뜨려 화답했다.

세바스티안도 거기 있었다. 그날 아침 5시에 어맨다와 나는 루치아의 노래를 불러 세바스티안을 깨웠다. 그는 우리와 남자 몇 명에게 아침 식사를 제공했다. 하지만 내가 세바스티안의 차를 타고 그와 같이 학교에 가기 싫다고 하자 그는 화를 냈다. 지금 그는 강당 다른 편에 앉아 있었다.

익명의 기부자가 이 강의를 후원했다. 세바스티안에게 그 기부자가 클래스냐고 물었더니 그는 참 멍청한 질문이라는 대답을 표정으로 대신했다. 강의료가 35만 크로나라는 소문이 돌았지만 교사들은 아무도 그것을 언급하지 않았다.

미국인 숙녀는 단순한 편집장이 아니었다. 경제학 박사였고 《타임》이 선정한 세계에서 가장 영향력 있는 인물 중 하나였다. 그녀는 바비와 켄,* 바비의 집과 켄의 자동차로 경제 문제를 설명한 유튜브 동영상으로 유명세를 얻었다. 조회수가 가장 높은 동영상은 미국의 재정 위기 편이었다. 그 동영상에서 블랙 바비는 대출금을 갚지 못해 집을 빼앗긴 집주인(세 아이를 혼자 키우는 엄마)이었고, 선량한 켄은 리먼 브러더스의 책임자 역할을 했다. 켄은 오만하고 냉담했고, 블랙 바비는 래퍼가 꿈인 스웨덴 유치원생보다 못한 영어로 욕설을 퍼부었다. 하지만 아무도 블랙 바비를 전형적인 인종차별주의자라고 비난하지 않았다. 이 미국인 여성은 누가 봐도 블랙 바비와 흡사했다. 어떤 사람들은

* 바비 인형과 바비의 남자친구 인형.

그녀가 너무 급진적인 데다 요점을 전달하기 위해 지나친 일반화의 우를 범했다고 비판했다. 나는 그녀가 화장을 더 옅게 해야 한다고 생각했다. 더 짧은 속눈썹만 붙여도 확 달라 보일 거라고.

오늘 강연의 주제는 세계 경제의 미래였다. '성장이냐 붕괴냐'가 부제였는데, 끝에 있어야 할 물음표가 없었다.

"여러분 중에 경제학을 싫어하는 사람 있나요? 그보다는 중요한 일을 하기로 하신 분?" (킥킥거리는 웃음소리.) "현명한 결정이에요. 경제학자들을 믿어선 안 됩니다." (더 큰 웃음소리.)

그녀는 팔을 뻗어 실내를 쭉 가리켰다. "위험한 경제학자의 이름을 한번 대볼까요?"

"칼 막스." 누군가 뒷줄에서 소리쳤다.

그녀는 고개를 끄덕였다.

"밀턴 프리드먼." 사미르가 외쳤다. 그는 앞에 앉아 있었다.

미국인이 기쁨의 미소를 지었다. "정확해요."

그녀는 작은 플라스틱 물병을 들어 물을 마셨다.

"경제학자가 위험한 이유는 단순해요. 전 세계 경제가 사람들에게, 모든 사람들에게 영향을 미치기 때문입니다. 따라서 경제학을 공부하는 사람이든 아니든, 돈이 전부라고 생각하는 사람이든 물질에 초월한 사람이든 경청하세요. 이제부터 나는 여러분에 대해 이야기할 겁니다."

바비가 청중을 향해 집게손가락을 흔들자 강당의 전등이 꺼졌다. 무대 뒤편에 거대한 화면이 나타나고 일이 착착 진행되면서 그녀는 특강을 시작했다. 20세기 경제학, 숫자, 역사적 사건들, 보통 선거권, 제1차 세계대전, 경제 위기, 제2차 세계대전,

경제 부흥 등등. 그녀 앞에 분홍빛 홀로그램 차트와 빙글빙글 도는 입체 정육면체와 원, 인구 성장과 중간 소득, 수명의 차트와 도표가 나타났다. 그제야 나는 일주일 동안 학교 강당의 문이 잠겼던 이유를 알 수 있었다. 영화 〈007〉의 한 장면 같았다. 그녀는 심지어 미연방제도이사회의 홀로그램을 몇 초간 무대 위 자기 옆에 세워두고 뉴딜 정책의 연설을 몇 줄 낭송하기도 했다. 어맨다조차도 별 어려움 없이 깨어 있었다.

바비는 스포츠 아나운서보다 더 빠르게 종알거렸다. 크리스터 선생님은 그녀의 억양에 맞춰 제때 고개를 끄덕였다. 끄덕끄덕, 끄덕끄덕, 끄덕끄덕. 목의 나사가 하나 빠진 것처럼. 크리스터 선생님은 마성의 강사에게 흠뻑 취해 체머리를 흔들었다.

"많은 사람들이 경제학을 과학이라고 확신하고 있어요. 만유인력의 법칙과 비슷한 힘이 지배하는 과학이라고 생각하죠. 지출과 수입. 유리잔은 놓으면 바닥에 떨어져 깨집니다. 마찬가지로 버는 돈보다 더 지출하면 파산하게 되죠."

바비는 위쪽의 양복과 재킷 차림의 학부모들을 올려다본 후 시선을 아래쪽의 우리들, 학생들에게 돌렸다가 강의를 계속했다.

질의응답 시간에 크리스터 선생님은 무선 마이크를 가지고 이리저리 뛰어다녔다. 세바스티안이 가장 먼저 나섰다. 미국인은 그가 일어나기 전부터 그에게 미소를 지었다. 클래스가 여기 돈을 냈구나 싶었다.

나가고 싶은 충동이 와락 솟구쳤다. 블랙 바비와 켄 퍼게만이로군. 만약 금융계의 제일가는 패셔니스타가 무슨 말을 하는지 들어보라고 세바스티안을 여기 보낸 거라면 클래스와 패셔니스타는 실망하고 말 것이다.

세바스티안은 피곤한 목소리로 더듬긴 했지만 카드에 적힌 질문을 마쳤다. 바비가 대답하는 동안 크리스터 선생님은 정해진 다음 질문자에게 향했다.

내 차례가 되었을 때 나는 미국인이 입을 떼기 전에 얼른 마이크를 크리스터 선생님에게 도로 넘겼다. 누가 시켜서 하는 질문 따위를 할 생각은 전혀 없었다.

미국인은 내게 다정하게 고개를 끄덕였다. 그러고는 내가 하기로 한 질문이 공연한 질문은 아니었다는 것처럼 말했다. (크리스터 선생님이 이미 답을 안다는 것은 멍청한 질문이라고 봐도 무방하지만.) 그녀는 대답을 마치고 박수를 받았다. 그것은 여태 반복한 말의 쉰다섯 번째 변주였다. '한편으론 이렇고 다른 한편으론 저런데 내가 연구에서 새로운 여러 요인들을 강조한 문제로써 명백한 대답을 찾기 힘든 경우다'라는 뜻이었다. 3D 기능은 이미 꺼져 있었다. 어맨다는 눈꺼풀이 정말 무거워 보였고 더 편안한 자세를 찾고 있었다. 바비는 번지르르하고 피상적인 말을 동원해 여기 있는 누구도 반박할 수 없게끔 요리조리 피해 나갔다. 그녀가 발언 기회를 넘겼다.

사미르가 질문할 차례였다. 그는 크리스터 선생님에게 마이크를 넘겨받고 말을 시작했다.

"몇 달 전 학교에서 모의 국회의원 선거를 한 적 있습니다." 사미르의 목소리가 떨렸다. 초조한 기색이었다. "모든 학생들이 모의 투표를 해야 했고, 그 결과 가상의 두 인종차별 정당이 35퍼센트 이상을 득표했습니다."

시야 한쪽으로 시선을 획 돌리는 크리스터 선생님이 보였다.

준비된 질문이 아닌 모양이었다. 선생님은 당황해 마이크로 손을 뻗었지만 미국인은 사미르를 가리켰다. 그녀는 사미르가 계속 말하기를 바랐다. 그러자 사미르는 크리스터 선생님의 손을 피해 마이크를 다른 손으로 옮겼다.

"학교 측에선 투표 결과를 대수롭지 않게 생각했습니다. 일부 학생들이 모의 투표를 망치기로 담합했기 때문에 그럴 수밖에 없다고요."

"그런데요?" 미국인이 흥미로워했다.

청중 가운데 누군가가 소리쳤다. "주제에서 벗어나지 마, 사미르." 뒤편에서 한 아버지가 외쳤다. "엉뚱한 강의를 찾아온 것 같구나, 얘야." 하지만 바비는 손을 치켜들었고 장내는 다시 조용해졌다.

"계속해요."

"아무도 그 투표를 진지하게 생각하지 않았어요. 하지만 그건 좋은 사례예요. 왜냐하면 우리가 배우는 정치 얘기는 고작… 유럽 각국의 모든 문제가 이민과 유럽 국경 저편의 전쟁, 이슬람 테러에서 비롯된다는 얘기뿐이거든요. 우리 정치인들의 능력을 넘어서는 일이라고 말이에요. 우리는 그런 얘기만 해요, 이슬람 근본주의자들이 가장 큰 위협이라고. 하지만 우리나라에서도 억만장자들이 갈수록 늘어나고 가난한 사람들은 점점 더 가난해지고 있어요. 전 세계인의 1퍼센트가 전 세계 부의 절반을 소유하고 있어요. 전 세계 하위 계층이 소유한 부는 전체 중 5퍼센트를 밑돌아요. 우린 그런 얘기는 하지 않아요. 내 말은…." 사미르는 목을 가다듬으며 잠시 숨을 골랐다. "이런 경제 문제가 우리의 복지와 민주주의에 어떤 영향을 미치는지 이야기해야 하지 않을까요? 이것들이 우리 민주주의에, 즉 우리 사회에 영향을 미치지 않냐고요?"

사미르 몇 줄 뒤에 앉은 어떤 남자가 웅얼거렸다. "사회주의자 납셨군." 조심스러운 웃음소리가 실내로 퍼져나갔다. 하지만 바비가 다시 손을 치켜들어 '제발' 하는 손짓을 하자 웃음소리가 멈췄다.

"말해봐요. 사미르, 사미르가 이름 맞죠? 말해봐요. 사미르. 우리 사회의 이러한 갈등이 경제에 어떤 영향을 미칠 것 같나요?"

"저는 경제학자들이 실재하는 문제를 해결할 구체적 방안을 마련하는 데 숫자 감각을 발휘해야 한다고 생각합니다. 인프라에 몇 조의 돈을 투자한들 그 돈이 어디서 나오는지 말하지 않는다면 무슨 의미가 있겠어요. 특히 이민자 문제로 비용이 너무 많이 들어 무얼 할 여력이 없다는 식의 논쟁은 의미가 없어요."

어쩐지 미국인의 미소가 아까와 달라 보였다. 잠시 후 나는 이번이 진심에서 우러나온 미소라는 생각이 들었다.

사미르의 목소리는 갈수록 차분해졌다. "물론 공공 투자는 좋은 일이지만, 누가 비용을 부담하느냐를 결정하는 것이 관건이에요. 그런데 여기 있는 사람들이 지불해야 한다고 감히 말할 사람은 없을걸요."

수근거리는 소리가 전체로 퍼져나가며 분위기가 바뀌었다. 분노한 분위기는 아니었지만 장내에는 세상은 원래 그런 거라고 설명하고 싶어 하는 어른들이 가득한 것 같았다. 헛기침을 섞어가면서 사미르에게(그리고 바비에게) 설교하고 싶어 안달이 난 아버지들 줄의 분위기가 피부로 느껴졌다. 무슨 소리인지 알고나

지껄이는 거냐. 그들에게 이민은 남의 일이었다. 아니고말고! 지금 우리는 스웨덴 산업에 대해 이야기하는 중이야. 이것이 그들이 하고 싶은 말이었다. 이민자들이 들어오게 되면 그들에게 일자리와 복지 혜택과 새집을 줘야 한다, 세금으로 우리 등골을 휘게 만들지 마라. 그들이 무슨 말을 하고 싶은지 뻔했다. 그동안 아빠가 하는 말을 여러 번 들었기 때문에 잘 알고 있었다. 급기야 뒤쪽의 아버지들 중에 네다섯 명이 질문하지 않기로 약속한 걸 까맣게 잊었는지 반걸음 앞으로 나와 손을 번쩍 쳐들었다. 손드는 것이 어색한지 꿈지럭거렸다. 몇몇은 동시에 열네 방향을 쳐다보았는데 그 모양새가 '참으로 귀엽지만 순진한 학생이로군' 하고 말하고 싶은 것 같았다. 우리 모두 소싯적엔 혁명을 꿈꾸었지. 누군가 방백처럼 지껄였다. "아이고, 맙소사. 우리가 공산주의자를 키웠군!" 어떤 사람은 마구 웃기 시작했다.

미국인은 그들을 무시하고 의자를 끌어와 앉았다.

"헛소리!" 방금 지껄인 남자가 소리쳤다. "사회주의자 납셨어."

바비가 고개를 들었다.

"그런가요?" 그녀가 청중을 향해 치약 광고 모델 같은 미소를 재차 선보이며 말했다. 그 미소는 걱정하지 마요, 하고 말했다. 난 당신들 편이에요. "괜찮습니다. 이민 정책 이야기는 하지 않겠습니다. 그쪽으론 잘 모르거든요. 하지만 어떻게 나라 살림과 복지에 필요한 재원을 마련할 것인가에 대해 이야기할 수는 있죠. 그건 상관이 있는 문제잖아요?" 그녀는 맞장구를 기다리다 말을 이었다. "전 세계의 1퍼센트가 전 세계 부의 절반을 소유하고 있어요. 그것도 모자라서 전 세계 최상층 부자 85명이

전 세계 하위 절반의 부를 합친 만큼의 부를 소유하고 있죠….”
그녀는 멈칫하고는 목소리를 더 밝게 냈다. 농담을 하고 있는
걸까? 어쩌면 그녀는 세바스티안을 흘끔거렸을 수도 있다. “이
강당에도 몇 분 정도는 해당할 거예요. 그게 문제 될 건 없겠
죠?”

아버지 한 명이 더 참지 못하고 나섰다. 그는 발언권도 마이
크도 없이 소리쳤다. “잠깐만요.” 하지만 바비는 그쪽으로 눈길
조차 주지 않았다. 대신 천천히 무대를 가로질러 세바스티안 앞
에 섰다. 이제 세바스티안은 퍼게만 그룹을 대표해 발언하지 않
을 수 없었다. 그런 생각에 나는 속이 울렁거렸고 세바스티안이
일어나 나가기를 바랐다. 가버려. 넌 정치 싫어하잖아. 그러고
는 금지된 생각을 하고 말았다. 이 논쟁을 하기에 너는 너무 멍
청해.

바비가 계속 다가갔다. 세바스티안의 몇 미터 앞으로. 그녀의
말투는 어느 때보다 홀가분했다. 하지만 세바스티안이 당연히
들어야 한다는 투였다.

“예나 지금이나 굳건한 경제학적인 신념이 존재해요. 억만장
자들에게 유달리 관대해야 경제가 좋아진다는 믿음이죠. 그래
서 스웨덴 같은 나라가 존재하는 거예요. 스웨덴에서는 사회 민
주주의자들조차 부유세 0%를 합리적이라고 생각하죠.” 그녀는
학부모들에게 손을 흔들었다. “만약 내가 스웨덴으로 이주한다
고 하면 내 회계사가 얼마나 좋아할지 여러분은 상상도 못 할
겁니다. 나는 억만장자도 아닌데 말이에요.”

그녀는 사미르에게 다시 향했다.

“이건 어떨까요? 백만장자가 아닌 나머지 인구, 즉 가난한 사

람들이 모든 공공 지출이 자기 주머니에서 나간다는 걸 깨닫게 된다면 무슨 일이 일어날까요? 그들은 어떻게 할까요?"

그녀는 급히 사미르를 가리켰다.

사미르는 여전히 마이크를 들고 있었는데 기다렸다는 듯이 즉시 대답했다. "항의하겠죠."

"물론 그렇겠죠."

그녀의 자연스러운 미소가 되돌아왔다. 그리고 아버지들은 조용해졌다. 크리스터 선생님이 얼핏 피루엣* 같은 동작을 취했다. 예상하지 못한 상황이라는 뜻이었다.

"그들은 항의할 거예요." 바비가 계속했다. "어떻게? 피의 혁명? 여러분의 부모님은 광장으로 끌려나가 목이 잘리게 될까요? 우리는 그걸 원치 않습니다. 차라리 이민자들을 희생양으로 삼는 편이 더 낫겠죠."

미국인은 실눈을 뜨고 강당 뒤편을 바라보았다.

"웃고 있군요." 그녀가 말했다. 하지만 아무도 웃지 않았다. 아무 말도 하지 않았다. 사미르 외에는 아무도. 이제 그는 목소리에 주저하는 기색이 없었고 10년은 더 성숙해 보였다. 또한 영어 실력도 놀랄 만큼 유창했다.

"역사상 어떤 상류층도 자신의 기득권이 없어질 거라고 상상하지 않았어요. 그래서 늘 깜짝 놀라게 되죠."

"사실입니다." 미국인이 고개를 끄덕이고는 고개를 돌려 세바스티안을 도전적으로 바라보았다.

그에게는 마이크가 없었다. 그는 의자에서 몸을 수그린 채 대

---

* 한 발로 서서 빠르게 도는 발레 동작.

꾸했지만 우리는 그의 목소리를 들을 수 있었다.

"거참, 어이없네요. 누가 사람들에게 일자리를 주죠? 혹시 너냐, 사미르? 아니면 택시 운전사인 네 아버지?"

세바스티안은 목청껏 크게 웃어젖혔다. 하지만 옆에 있는 남자들조차도 따라 웃지 않았다.

미국인은 슬쩍 세바스티안을 쳐다보며 고개를 갸웃거리고는 다시 사미르에게 시선을 돌리고 그에게 대답하라고 손짓했다. 사미르가 고개를 끄덕였다.

"어이없는 건 오히려 억만장자가 많아질수록 스웨덴에 더 이롭다는 믿음이죠."

바비는 고개를 끄덕이고 나서 사미르가 숨을 고르는 동안 말했다.

"그럼 택시를 운전하는 아버지들에 대해서도 이야기할 수 있겠죠. 그 아버지들의 납세 의무 이행 의지에 무슨 일이 생긴 거냐고 말이죠."

아무 말도 하지 마. 나는 속으로 세바스티안에게 말했다. 가만히 있어.

세바스티안은 거친 말도 멍청한 말도 시도하지 않았다. 그저 잠자기 편한 자세를 잡으려는 듯 고개를 뒤로 젖히고 팔짱을 꼈다.

"주제에서 너무 벗어났군요." 미국인이 목을 가다듬었다. "내 경호원들이 빗발치는 항의를 막기 위해 나를 여기서 끌어내는 일이 없기를 바랍니다…."

그녀는 사미르와 벽에 늘어선 아버지들과 크리스터 선생님을 쳐다보았다. 크리스터 선생님은 선헤엄을 치듯 옆쪽으로 이동했다. 그녀는 다시 말하기 시작했다. 이제 그녀는 더 신중하게 말하는 듯했고 홀로그램과 폭발하는 이미지는 필요하지 않은 것 같았다.

"억만장자가 반드시 필요할까요, 일자리를 만들려면? 경제가 번영하려면? 성공적인 기업이 나오려면? 부유한 개인은 분명 경제에 도움이 되죠…." 그녀는 뒷줄을 향해 턱을 치켜들었다. "나는 백만장자의 출현 가능성에 반대하지 않아요. 심지어 억만장자를 전혀 싫어하지도 않죠." 그녀는 자는 체하는 세바스티안에게 고개를 끄덕였다. "사실 나는 자본주의를 믿는 사람이에요. 비록 어떤 시민들은 나 같은… 외모의 사람은 공산주의자가 틀림없다고 생각하지만."

크리스터 선생님은 큭큭 웃었지만 아무도 따라 웃게 만들지 못했다.

"하지만 일리 있는 지적이었어요, 사미르. 사회가 갈수록 불평등해지면 민주주의를 안정적으로 유지하는 데 한계가 있다는 걸 고려하면요. 맞는 말이에요. 그것이 왜 맞는지 이제 그 이유를 설명하죠."

실내는 쥐 죽은 듯 고요했다. 모두들 귀를 세웠다. 꼼짝하지도 않았다.

"우리는 사회 계약에 신중해야 합니다. 양측은 각자 계약의 측면을 떠받치고 있죠. 서로가 공정하다고 인정할 수 있어야 합니다. 만약 저소득층과 중간소득층만 복지 제도의 비용을 떠안는다면 공정하지 않죠. 대기업이 중소기업보다 세금을 덜 내도 마찬가지예요. 그건 사회 계약으로 볼 수 없어요. 간호사가 막대한 유산을 물려받은 상속자보다 소득세를 더 많이 낸다고 해도 마찬가지고요…. 스웨덴에는 부유세가 없어요. 전혀." 그녀는 집게손가락과 엄지손가락으로 동그라미를 만들었다. "상속세도 없고요. 0퍼센트. 말하자면, 내키지 않으면 소득세를 안 내도 된다는 말입니다. 세금 한 푼 안 내도 돼요. 이것이 과연 사회 계약에 부합하는 걸까요? '가진 사람은 더 받아서 넘칠 것이요, 가지지 못한 사람은 가진 것마저 빼앗길 것'이라는 성경 구절은 이걸 두고 한 말일까요?" 그녀는 말을 멈추고 물을 한 모금 마셨다. "미국인도 이렇게 너그럽지는 않아요. 미국에서 양측이 점차 끓는점에 도달하고 있다는 건 굳이 공산주의자가 아니더라도 알 수 있습니다. 그 양측이 경제와 아무런 관련이 없다고 믿는다면 오산이죠. 나도 학생과 같은 생각이에요, 사미르. 사회적 병폐를 소수자의 탓으로 돌릴 때 이득 보는 자들이 있다는 말은 전혀 터무니없는 음모론이 아닙니다. 그 문제의 원인이(그녀는 손가락으로 따옴표 흉내를 냈다) 흑인에게 있다는 식으로 몰아가는 것도. 1930년대에는 그 대상이 유대인이었고, 오늘날 유럽에서는 이민자들이 되겠네요."

그녀는 거기서 멈추었다. 몇 초간 침묵이 흘렀다. 실내에 있는 누구도 그들의 돈과 반이민자 정서가 관련이 있다는 걸 인정하고 싶어 하지 않았다. 우리는 인종차별주의자가 아니야, 우리는 우파가 아니야, 우리는 그렇게 단순하고 무식한 스웨덴 민주당원이 아니야. 하지만 바비가 누구를 특정하지 않았기 때문에 항의할 길이 없었다. 그때 미국인은 한쪽에 있는 시계를 눈에 띄지 않게 슬쩍 훔쳐보고는 등을 펴더니 사미르를 가리켰다.

"이 이야기 의외로 재밌네요."

강당 안이 워낙 고요했기 때문에 한 학부모의 말이 또렷이 들렸다.

"재미?" 그가 중얼거렸다. 방금 잠에서 깬 듯한 목소리였지만 그의 영어는 완벽했다. 내가 아는 남자였다. 대형 은행의 국장이었다. 그는 부스스한 머리를 긁적였다. "재미, 그 이상인데요. 어쩐지 오늘이 크리스마스인 것 같군요. 동료들에게 가서 우리 스웨덴인은 조세 천국에 살고 있다고 말해줄까 생각 중입니다. 오늘 밤에 샴페인이라도 한잔할까봐요!"

학부모들이 와하하 웃음을 터뜨렸다. 경쾌한 분위기가 사라질 때처럼 순식간에 돌아왔다. 이건 정치적 문제일 뿐이야. 모두가 동의하지 않아도 돼. 저 은행가와 은행가의 친구들이 기분 상해하지 않는다면 우리도 그럴 필요 없지. 이 미국 여자가 스웨덴에 대해 뭘 안다는 거야? 하하! 헤헤!

우리는 박수를 쳤다. 미국인은 청중을 향해 몇 번 박수를 치고는 사미르에게 미소를 지었고, 사미르도 미소를 지었다. 둘 사이에 은밀한 비밀이 생긴 것처럼.

"어려운 질문을 해주었어요, 사미르." 아직 박수 소리가 들리고 있을 때 그녀가 말했다. "계속 묻도록 해요. 그럼 그만큼 전진할 거예요."

크리스터 선생님이 그녀에게 감사 인사를 하려고 무대에 오를 때 나는 사미르와 시선이 마주쳤다. 그의 뺨은 아직 발그레했다.

잘했어, 하고 나는 입 모양으로 말했다. 고마워, 하고 그가 입 모양으로 대답했다. 나는 더 말하고 싶었지만 그가 고개를 돌리고 나를 보지 않았다. 그래서 세바스티안을 쳐다보았다. 그는 정말 잠이 들어 있었다.

크리스터 선생님은 그 여자에게 꽃다발과 유르스홀름에 관한 책을 주었고 우리는 다시 박수를 쳤다. 이제 1시간 공강 후에 온종일 수업을 들어야 했다. 세바스티안이 무슨 말을 하든 들어줄 기운이 없었고 수업을 들을 기운은 더더욱 없어서 그냥 버스를 타고 집에 와버렸다. 엄마와 리나는 돌아오려면 아직 멀었기 때문에 혼자 있을 수 있었다. 혼자 있는 것 외에 무얼 할 만한 기운이 전혀 남아 있지 않았다.

옷을 갈아입은 후 침대에 누워 배에 노트북을 올리고 영화를 보고 있을 때 초인종이 울렸다. 모른 척하면 세바스티안이 문밖에 앉아 기다릴 게 뻔해서 그를 안으로 들이기 위해 아래층으로 내려갔다.

하지만 세바스티안이 아니었다. 사미르가 재킷을 팔에 걸친 채 우리 집까지 뛰어온 것처럼 가쁜 숨을 몰아쉬고 있었다.

"들어가도 돼?"

그는 손으로 문설주를 짚더니 내 쪽으로 몸을 기울였다. 그의 팔 근육이 수축했다. 나는 그를 향해 걸음을 옮기다가 그의 바로 옆에서 걸음을 멈추고 손으로 그의 섬세한 피부를, 팔에 난 짧고 풍성한 털을 쓸었다. 그리고 부드럽고 조심스럽게 그에게 키스했다. 털 때문에 입술이 따가웠다. 내 혀가 그의 혀를 눌렀다. 피부가 뜨거워졌다. 그가 손을 내 허리에 감았다.

"물론." 내가 말했다. "들어와."

여자 교도소

재판 첫 주 주말
24

———

이튿날 오전에 오락 시간이 있을 때는 수면제를 먹을 수 없다. 간밤에 통 잠을 못 잤다는 소리다. 적어도 내가 기억하기로는 그렇다. 수스가 준 영화를 보려고 시도는 했었다. 세 번. 마지막으로 볼 때는 살짝 졸았던 것도 같다.

지난날을 돌이켜보니(생각할 시간이 생긴 김에) 그간의 일들이 쉽게 정리된다. 모든 것이 신중히 분류된 장章들 안에 들어간다. 첫 번째 장은 '학기 초반, 지중해 여행에서 돌아온 세바스티안과 나'다. 이때는 세바스티안과 마야의 천생연분(어맨다의 말) 시기였다. 마냥 즐겁고 단순하고 쉬웠던 때. 새 친구들을 사귀고 새로운 방식으로 관심을 받고 다른 종류의 칭찬을 들었던 시기. 세바스티안과 나를 둘러싼 사람들은 모두 우리가 커플이라는 사실을 불변의 진리처럼 생각하는 듯했다.

두 번째 장은 더 복잡하고 혼탁한 측면이 있다. 그리고 세 번째 장은 내가 사미르에게 키스한 이후 완전한 혼돈으로 하강하기 시작한 시기다.

하지만 이것이 맞다고 할 수는 없다. 엄밀히 따지면 첫 번째

장은 나머지 장들, 즉 나중에 일어난 일들과 완전히 분리되어야 한다. 뒤죽박죽 난장판은 장으로 나누기 곤란하다.

초반의 달뜸, 한여름의 열기와 빛깔. 이것들이 도움이 됐을까? 그 달뜸은 내게 지중해의 기억을 되살렸고 그 기억은 내 눈을 가렸다. 그래서 눈여겨봤어야 했던 것들, 이상한 것들을 가려버렸다. 클래스가 얼마나 이상한지, 얼마나 잔혹한지, 얼마나 무심한지를. 세바스티안의 이상한 점마저도. 학교는 여전했지만 세바스티안과 사귀기 시작하면서 축소와 팽창을 거듭했다. 그는 초반에는 거의 학교에 있었다. 수업에 꼬박꼬박 들어온 건 아니었지만. 그리고 내가 어디 있는지 항상 아는 것 같았다. 내가 시간표와 다르게 엉뚱한 곳에 있을 때도 내 행방을 알고 있었다. 나는 그것이 좋았다. 그가 나를 주시하고 내 옆에 있고 싶어 한다는 사실에 우쭐해졌다. 그는 스토커나 통제광처럼 굴지도 않았다. 그가 흰 티셔츠 차림에 웃는 얼굴로 내 앞에 불쑥 나타나면 나도 그에게 미소를 지었다. 당연했다. 우리는 연인이었으니까. 그는 나를 봐서 행복했고, 나는 그가 나를 발견해서 기뻤다.

하지만 그것이 전부가 아니었다. 그의 안에게는 늘 뭔가 다른 것이 있었다. 슬픔을 넘어서는 무엇. 증오는 아니었다. 증오는 단순하니까. 세바스티안은 절대 이해하기 쉬운 사람이 아니었다. 그가 내게 무슨 짓을 할까 두려웠던 적은 한 번도 없었다. 파국으로 치달을 때조차도. 하지만 늘 불안했다. 처음 몇 주 동안에도 두 가지 감정이 뒤섞여 공존했다. 어려우면서도 쉽고, 기쁘고 재밌다가도 짜증이 났다. 그러다 또 즐거웠다.

나는 오전에 하는 운동 겸 오락 시간이 싫다. 교도관들이 내게 선심을 쓰듯 생각해서 더더욱 싫다. 그들은 내가 행복하기를 원한단다. 내게 다른 일을 할 시간을 주고 싶단다. 일찌감치 잠에서 깨 침대에서 일어나야 즐거운 활동으로 하루를 채우고 시간적으로 여유가 생긴다나. 나는 담배 한 대 피우고 싶은 생각 외에는 달리 당기는 것도 없는데. 아침 운동 시간이 싫은 가장 큰 이유는 담배 생각을 할 틈이 없기 때문이다.

도리스와 짝이 되면 담배 생각이 싹 달아난다.

원래 나는 밖에 있을 때 혼자 시간을 보내야 한다. 수사는 끝났지만 아직은 제한 조치를 받고 있기 때문이다. 아직은 격리되어야 하고("네 안전을 위해서야") 면회도 금지돼 있다. 하지만 교도소가 만원인 데다 햇빛이 드는 시간이 충분하지 않아서 모두가 헌법이 보장한 야외 활동 시간을 누리려면 우리들 중 몇 명은 불가피하게 짝지어 나가야 한다. 내 나이도 고려되어야 한다. 너무 오랫동안 다른 사람을 만나지 않고 지내는 건 내게 좋지 않다고 한다. 하루 중 23시간을 감방에서 홀로 보내는 수감 생활은(사회적 접촉이 부족한 젊은 수감자) 앰네스티의 비난을 부르기 마련이다. 페르디난드는 내게 앰네스티에 대해 아는 것들을 신나게 알려주면서 그들이 내게 일주일에 몇 번씩 사제와 심리학자와 강사를 만나라고 회유하는 것도, 내가 혼자 운동 시간을 보내지 않길 바라는 것도 그 때문이라고 설명해주었다.

도리스는 60대 여성인데, 진짜 이름이 도리스일 턱이 없지만 그냥 도리스로 통한다. 그녀는 나를 위한 최적의 사회적 접촉 상대로 낙점됐다. 말하자면 나의 앰네스티 알리바이인 셈이다.

사미르와의 일은 의도하지 않은 엉뚱한 방향으로 흘러갔다. 우리는 부끄러워했다. 그도 부끄러워했고 나도 부끄러워했다. 어찌 부끄럽지 않았겠나.

"내가 사미르와 자는 일은 절대 없어." 라베네에서 주말을 보낸 후 나는 세바스티안에게(그리고 나에게) 말했었다.

"다시는 안 돼!" 12월 그날 오후에 그런 일이 있고 나서 사미르와 나는 서로에게 다짐했다. 그런 일이 다시 일어나면 곤란하다고. 굳이 말로 하지 않아도 명백했지만 우리는 그 말을 하고 또 했다. 그런데 그 일은 다시 일어났고, 다시 또 일어났다.

사미르는 내게 전화하고 문자를 보냈다. 나는 응답하지 않았고 그 문자를 삭제했다가 마음이 바뀌어 답장을 보내고 나서 다시 마음을 고쳐먹었다. 우리는 학교에서 만났다. 나는 도서관 안이나 아무도 찾지 않는 우리의 은밀한 숲에 앉아 있곤 했다. 생생한 느낌이 들었다. 사미르를 보는 순간 생생한 느낌이 밀려왔다. 그 외에 다른 것들은 그저 고통이었다. 그해 12월의 내 삶은 끔찍했다. 순간순간이. 24시간 내내. 사미르의 손길이 내게 닿을 때까지.

사람들은 영혼의 고통을 덜어보려고 손목을 긋는다. 어떻게든 견뎌보려고. 나는 늘 그걸 이상하게 생각했었지만 어찌 보면 사미르와의 일도 그런 차원이 아니었나 싶다. 그와 같이 있으면 기분이 너무너무 좋아서 고통스럽기까지 했다. 그 고통 때문에 기분이 그렇게 끝내주게 좋은 게 아닐까 하는 생각마저 들었다. 내가 사미르를 놓지 못했던 것은 사미르가 아닌 다른 모든 것들 때문이었다.

사미르는 달랐다. 금방이라도 무너져내릴 것 같지 않았다. 늘 무얼 하는 와중에 다른 걸 하고 싶어 하지도 않았다. 모두가 자기를 알아보고 아쉬운 소리를 하고 모두에게 숭배의 대상이 되고 주목을 받고 누구보다 먼저 입장하는 것을 당연하게 여기지도 않았다. 사미르는 나를 만지고 싶을 때 나를 만졌다. 적어도 나는 그렇게 느꼈다. 우리는 섹스를 해서는 안 되는 곳이면 어디에서나 섹스를 했다. 우리 집에서도 했고(엄마와 아빠는 일터에 있고 리나는 유치원에 있을 때), 수업을 빠지고도 했다. (사미르는 공강 시간이었다.) 루치아의 날 이틀 전 저녁에 학교 화장실에서도 했다. 그날 축제 합창단이 학교 강당에서 연습을 했기 때문에 학교 문은 열려 있었다. 합창단원 중에 우리가 아는 사람은 하나도 없었다. 그날 그의 두 손이 내 몸을 만지는 순간 이쪽이 맞는 길이라는 생각이 들었다. 사미르와 사귄다면 세바스티안과 함께 하지 않아도 될 거라고. 사미르는 세바스티안이 아니었다. 정반대였고 그것은 내가 바라는 바였다. 그것이 이유였을까?

사미르는 빛나는 갑옷을 입은 기사가 아니었다. 오히려 정반대였다. 독이 든 사과였다. 하지만 당시에는, 그 짧은 날들이 계속되는 동안에는 이유는 중요하지 않았다. 왜 사미르냐는 의문은 그를 끊어낼 결심을 할 만큼 중요하지 않았다. 나는 이것이 잘못된 일인지, 해서는 안 되는 짓인지 생각해보았다. 하지만 아직은 그를 보낼 수 없었다. 그래서 그런 생각은 접어두었다.

*

도리스는 야외 활동 시간을 꼬박꼬박 쓴다. 아침조든 아니든 꽁초를 튕기면 내게 닿을 법한 거리의 시멘트 벤치에 앉아 퀼런을 줄창 꼬나물고 줄담배를 피운다. 뚜껑이 빠끔 열린 냄비처럼 주변에 연기가 자욱하다. 내게는 절대 말을 걸지 않는다. 어떤 언어로도. 안녕, 하고 내가 먼저 말을 걸어도. 그녀는 내게 눈길을 주지도, 고개를 끄덕이지도, 말을 걸지도 않는다. 비가 올 때는 담뱃불이 잘 붙지 않아 라이터에 대고 한숨을 푹푹 내쉰다. 하지만 내 것을 빌려달라고 부탁하지는 않는다. 그저 계속 시도하다 기어코 몇 분 후 담뱃불을 붙인다. 일단 담뱃불이 붙으면 끙, 하고 신음을 토해낸다. 안도하는 소리일 것이다. 기뻐하는 소리일까? 아주 도리스다운 기쁨의 표현 방식이다.

열두 살 때인가 엄마에게 물은 적이 있다. 몇 살이 되어야 첫 섹스를 할 수 있냐고. 엄마는 이렇게 대답했다. "네가 간절히 하고 싶다면 엄마가 어떻게 생각하든 개의치 마. 안 하니 차라리 죽는 게 나을 것 같을 때, 다른 사람이 어떻게 생각하든 상관없을 때, 그때가 적당한 나이인 거야." 엄마는 본인이 얼마나 섹스를 재밌게 생각하는지, 얼마나 쿨한지 보여주고 싶어서 그렇게 말했던 것 같다. 그때는 엄마가 역겹고 가식적이라고 생각했는데 나중에 보니 엄마의 말이 맞았다. 그때만큼은 엄마의 말을 귀담아들었어야 했다. 나는 세바스티안을 만나고 나서야 엄마의 말을 이해할 수 있었다. 그와 처음 할 때 내 아래팔을 쓰다듬는 그의 손길이 벨벳처럼 느껴지던 순간에. 여전히 긴가민가했지만 엄마의 말이 무슨 말인지 어렴풋이 알 것 같았다.

그런데 더 이상 그런 느낌이 들지 않았다. 어떻게든 그 느낌을 되찾고 싶었다. 아무나와 무슨 짓을 해서라도. 그 느낌만 되찾을 수 있다면. 아니, 잠깐, 사미르는 아무나도 아니었고 무슨 짓이든 할 사람도 아니었다. 하지만 그는 내게 그 느낌을 불러

일으켰고 그래서 나는 멈출 수 없었다. 좋긴 했지만 사미르와의 관계가 깔끔하다고 할 순 없었다. 그는 행복의 한 형태였을 뿐 나를 행복하게 만들지는 않았다.

*

도리스는 활기라고는 물에 젖은 바짓가랑이만큼도 없는 사람이다. 그리고 미국인처럼 뚱뚱해서 (원뿔 모양) 그녀를 보면 어릴 때 가지고 놀던 인형이 생각한다. 막대에 끼워 차곡차곡 쌓는 색색의 플라스틱 도넛 같기도 하고. 바닥에 가장 큰 도넛을 깔고 점점 작은 도넛들을 차례로 쌓는 장난감 말이다. 혹은 엄마가 어렸을 때 유행했다는(계단을 내려간다는) 슬링키 같기도 하다. 도리스는 딱 그렇게 걷는다. 하지만 더 느리게 한 번에 스페어타이어 하나씩 움직인다. 하지만 걷는 일은 좀체 없고 걷지 않을 때는 그냥 가만히 앉아 있다.

나는 수스에게 도리스가 무슨 죄로 들어왔는지 물어보았다. 수스는 내게 그것을 말하는 것은 금지돼 있다고 했다. 죄목이 무엇이든 도리스는 바깥세상이 아니라 교도소 담장 안이 훨씬 더 어울리는 사람이다. 1800년대 옛날 사전에서 여성 수형자를 찾아보면 누군가의 적갈색 사진이 하나 나오는데 도리스와 아주 흡사하다. 옷차림만 다르다. 도리스는 죄수복(아, 싫어!)이 아니라 크록스와 축구 양말, 운동복 바지, 플리스 티셔츠를 입는다. 그 위에 엄청나게 큰 레인코트를 걸치는데 주머니가 쓰레기통만 하다. 수스는 그 주머니에 담배를 보관한다. 그 안에 얼마 전 익사한 새끼 고양이가 들었는지도.

나는 도리스와 같이 밖에 나갈 때마다 그녀가 무슨 죄를 지었을지 상상한다. 매번 새 범죄를 지어내기는 쉽지 않은 일이다. 갓 낳은 자기 아이를 죽여 감옥에 들어왔다고 하기에 도리스는 너무 늙었다. 남편을 죽였다고 하기에도 너무 뚱뚱하다. (남편을 깔아뭉겠다면 모를까.) 이 세상에 도리스에게 꼴릴 사람이 과연 있을지도 의문이고, 도리스가 같이 뒹굴고 싶어 할 만큼 반할 사람이 존재할지도 의문이다. 도리스는 내가 아는 사람 중에 가장 못생긴 여자다.

사미르가 우리 반에 처음 들어왔을 때 가장 먼저 든 생각은 아름답다였다. 잘생긴 정도가 아니라 아름답다고. 누군가에게 물으니 그에게는 그보다 훨씬 더 중요한 게 있다고 했다. 아름다운 사람들은 그만큼 내면도 아름다워야 한다는 식으로 가식을 떠느라. 똑똑하고 착하고 재밌어야 한다고 했다. 하지만 아름다움은 사미르의 가장 중요한 덕목이자 결정타였다. 그가 하는 지적인 말도, 좋은 성적도, 정치적 참여도, 그가 아는 모든 것들(같은 또래들은 감도 못 잡는 것들)도 그의 캐러멜 빛 피부와 진갈색 눈동자와 인형처럼 긴 까만 속눈썹이 없었다면 짜증만 유발했을 것이다. 그가 나를 쳐다보았을 때 그의 눈에 내 눈은 빗물처럼 멀게졌다. 그에게서 타르와 소금 냄새가 났다. 사미르는 내가 살면서 보았던 어느 누구보다 아름다운 사람이었다. 그런데 이게 어떻게 중요하지 않단 말인가?

도리스는 지렁이처럼 허연 데다 물에 젖은 개 냄새가 난다. 지난주에 나는 그녀를 포주라고 상상했다. 가난한 동유럽 국가에서 납치되어 끌려온 노예 매춘부들이 우글거리는 매음굴, 코일 전선이 달린 구식 플라스틱 전화기 옆에서 회갈색의 담배를 피우는 도리스. 그녀는 저열한 성행위를 요구하는 손님을 받아 약에 취한 열두 살짜리들에게 그것을 시킨다. 입 냄새가 고약하고 턱수염이 지저분한 일꾼 노예가 대여섯 명인데, 그 노예 중 하나가 그녀에게 돈을 못 받고 경찰에 그녀를 찌른다.

오늘은 도리스가 어떤 마약상을 위해 장부를 관리했다는(하지만 그의 손에 죽을 것이 두려워 그에게 불리한 증언을 하지 않았다는) 이야기에 빠져드는 중이다. 아니면 러시아 마피아 조직의 똘마니로 일하는 여드름쟁이 막내아들에게 폭발물을 제조해주었다는 사연은 어떨까. 어쩌면 도리스는 스웨덴어를 유창하게 구사하면서도 무성 영화 배우를 흉내 내고 있는 것인지도 모른다. 여기서 태어났고 어릴 때부터 배우가 되고 싶었지만 너무 못생긴 탓에 영화 학교 입학이 좌절돼 술을 마시기 시작했고 스스로를 파괴한 것이다. 몇 년 후에는 돈벌이가 된다는 이유로 위탁 아동을 받기 시작했는데 영양실조에 시달리던 위탁 아동 하나가 학교 매점에서 채소 샐러드와 월귤을 너무 많이 먹는 바람에 병원으로 실려 갔고, 의사의 검진에 의해 아이를 방치했다는 것이 들통이 나 지금 여기 운동장에서 입을 꾹 다물고 앉아 있는 것인지도 모른다.

온종일 이런 각본을 짜는 것 외에 할 일이 아무것도 없다. 내가 보기에 도리스는 최고의 금연 광고 모델이다.

"마음이 편해지는 곳을 상상해보렴." 어릴 때 내가 잠을 못 이루면 엄마는 내게 그렇게 말했다. 나는 눈을 감고 엄마가 시킨 대로 했지만 매번 잘되지 않았다. 지금은 늘 그러고 있다. 교도소에서 주말을 보낼 때면 시간은 내 머릿속의 태엽장치로 변신한다. 녹슨 톱니가 내 두뇌를 짓뭉갠다. 한 번에 마이크로밀리미터씩. 아주 가끔, 정말 어쩌다 한 번, 무엇이 진짜인가를 생각한다. 그리고 다른 곳으로, 아무도 존재하지 않는 곳으로 가는 길을 자주 상상한다.

마음이 편할 것 같은 곳을 생각한다. 해변, 바다, 탁 트인 공간, 허공, 해넘이와 바람. 때때로 숲을 떠올린다. 맨발로 이끼 위를 걷는 것을 상상한다. 가을이라 가문비나무 바늘잎이 나를 찌르고 진흙이 발가락 사이에 달라붙지만. 감옥이 싫은 것은 아니다. 이곳은 완벽한 고독을 보장한다. 다른 사람이 될 수는 없지만 누구든 피할 수 있다. 비록 그 좋은 느낌이 오래 지속되지는 않지만. 그래도 몇 초쯤은 기분이 아주 조금 나아진다. (벨트를 너무 바짝 졸라맸을 때 딱 0.1초 기분이 좋은 것처럼.)

해변을 걷는 상상을 한다. 혼자 해변을 걸었던 적은 없지만 그것은 상상하기가 쉽다. 긴 해변에 회색 조개 껍데기과 흰 모래와 해초와 유목이 있다. 나는 그곳을 걸어가는 상상을 한다. 파도가 밀려 나간다. 바닷물이 물러가는 모래밭은 아스팔트처럼 묵직하고 단단하다. 저 멀리 수평선에 파도가 부서진다. 검은 절벽이 만을 둘러싸고 있고 하얀 물거품이 주변을 휘감고 몇 미터 하늘로 치솟아 터진다. 소리도 들리고 냄새도 난다. 바다는 고요하게 사방에서 일렁거린다. 바람에 머리카락이 휘날리는 어떤 여자와 라이언 고슬링이 손을 잡고 해변을 걷는 그렇고 그런 영화 같아서 김은 새지만 지금은 그런 곳을 상상하고 싶다. 사람들이 없는 곳.

내가 상상하는 곳들은 전부 인적이 드물다. 누군가를 생각하는 순간 사미르나 세바스티안이나 어맨다가 떠오른다. 내 두뇌가 자꾸 그들을 내 앞으로 떠민다. 그러면 나는 속수무책이다. 엄마의 방법은 더 이상 통하지 않는다.

나는 운동장에서 도리스와 있을 때 외에는 줄곧 혼자 격리돼 있다. 나의 안전을 위해서. 하지만 이것은 그들의 주장일 뿐이다. 독방에 있다고 해서 안전한 느낌이 드는 것은 아니기 때문이다. 내가 여기 있는 것은 감옥 밖 사람들을 위해서다. 그들이 내가 꽁꽁 갇혀 있다는 걸 알아야 안심하기 때문이다. 그들은 내가 항상 갇혀 있기를 바란다. 내 방 스테인리스 개수대 위에 물 얼룩이 있든 말든. (개수대는 물고기의 배처럼 푹 꺼졌다.) 그들이 내게 수면제를 주든 말든. (잠에서 깨면 입안의 혀가 햄스터처럼 느껴진다.) 감방에서 냄새가 나든 말든. 이 냄새는 영원히 적응이 안 된다. 밑칠 페인트 냄새 같기도 한데, 한 번도 가신 적이 없다. 학교 매점에서 나던 희미한 음식 냄새(식당 주방과 땀에 전 운동화 냄새가 뒤섞인 냄새)를 떠올리게 한다.

그럼에도 불구하고 나는 감옥에 혼자 있는 게 좋다. 생각을 할 수 있으니까. 바다와 해변과 숲을 생각한다. 별별 진부한 것들을 생각한다. 여기와 정반대인 것이면 뭐든. 실제로 숲이나 해변이나 집에 있으면 안정감이 들지 않겠지만, 여기 갇혀 그런 곳을 생각하면 조금은 안전한 기분이 든다.

어맨다와 사미르와 세바스티안 외에 금지된 생각은 또 있다. 집, 물가로 내려가는 오솔길, 리나를 뒤에 태우고 자전거를 타고 에쿠덴에 갔던 일, 바라쿠다 공원 안 다이빙대 옆에서 헤엄치던 일, 알루덴에서 맨발로 걷던 일, 리나의 발에서 개미를 쓸어낸 일, 시켈니켈 섬에서 먹은 바비큐, 소파에서 리나를 내 무릎에 눕힌 채 책을 소리 내어 읽은 일, 엄마의 캐시미어 담요를 다리에 덮고 부엌 계단에 앉아 차를 마신 일, 무서운 부분이 나오면 땀으로 촉촉해지던 리나의 손, 처음에 켜면 잠시 웅웅거리는 내 침대 옆 탁자 위 램프, 리나와 같이 보았던 무서운 영화들, 따끈한 버터 팝콘으로 끈적거리던 내 손가락, 입술에 묻은 설탕을 핥지 않고 사과 도넛을 먹던 리나, 내가 볼에 선크림을 발라줄 때마다 눈을 질끈 감고 입은 꼭 다물고 손으로 코끝을 움켜쥐던 리나.

무엇보다 가장 금지된 생각은 리나다.

눈을 감고 한곳을 상상하자. 아무 데나. 리나만 없는 곳이면 어디든.

재판이 끝나고 유죄 판결이 내려지면 나는 이감되어야 한다. 내가 묻지도 않았는데 샌더는 그 경우에 소년원 같은 곳에서 형기를 마치도록 요구할 생각이라고 말했다. ("그런 상황이 생기면.") 하지만 나는 이미 열여덟 살이기 때문에 어려울 수도 있다.

나는 샌더에게 이 교도소에 남을 수 있냐고 물었다. 하지만 그는 내가 진심이 아니라고 생각하는 듯했다. 진심이었는데.

며칠 잃아눕는다면 이감 전까지 시간을 끌 수도 있을 것이다. 그들이 나를 어디로 옮기든 나는 더 이상 혼자 있지 않을 것이다. 샌더도 다른 사람들처럼 감옥의 가장 나쁜 점이 혼자 있는 거라고 생각하지만, 나는 오히려 혼자가 아니면 버틸 자신이 없다. 주변에 사람들이 바글거린다면. 그들이 내게 말을 하고 나를 만지고 질문을 하고 식탁에서 내 옆에 앉고 내게 대답을 요구할 것이다.

리나를 봐야 할까? 아마도. 그런 상상은 금지다.

사건 번호 B147/66 공판

검찰 대對
마리아 노르베리

재판 둘째 주 월요일
25

법원으로 가는 중이다. 비가 내린다. 차창이 비스듬한 빗줄기로 뒤덮였다. 샌더는 뒷자리 내 옆에 앉아 있다. 그가 교도소로 찾아온 덕분에 우리는 법정으로 가는 길에 몇 가지를 점검할 수 있게 됐다.

"잘 잤니?" 그가 묻는다. 나는 고개를 끄덕인다.

어릴 때 나는 악몽을 꾸면 다른 사람에게 꿈 내용을 말해야 그것이 현실이 되지 않는다고 생각했다. 무서운 꿈을 소리 내어 말하는 순간 그것은 진짜가 아니게 된다고. 현실에서 일어날 수 있는 기반이 무너지는 거라고.

옛날이야기에서 트롤은 햇빛을 쐬면 돌로 변한다. 끔찍한 면은 세상에 드러나면, 사람들의 눈에 띄면 더 이상 끔찍하지 않게 된다는 뜻 같다. 하지만 현실에서는 참혹한 일이 일어나면 정반대의 상황이 펼쳐진다. 너무 밝은 햇빛과 진실과 당신의 솔직한 공개 발언과 감정이 실린 말과 과감한 치부 고백은 당신이 얼마나 끔찍한 괴물인지 더 강조할 뿐이다. 당신의 추악한 감정들은 털이 난 사마귀만큼 도드라진다.

햇빛은 트롤을 보는 사람의 눈을 가리기도 한다. 찬란한 햇빛, 반짝거리는 햇빛에 괴물은 세상에서 가장 아름다운 대상으로 탈바꿈한다. 세바스티안에게도 그런 일이 일어났다. 그에게 드리운 강한 스포트라이트가 모든 걸 삼켰고, 그가 클래스 퍼게만의 아들이고 파티 제공자이며 쿨하다는 점만 부각했다. 그가 정말 어떤 사람인지는 알기 어려웠다.

이제 나는 말로 내 앞의 난관을 빠져나갈 수 있을 거라 믿지 않는다. 내가 무슨 말을 하든 일어날 일은 일어나게 돼 있다. 가장 무시무시한 일들은 미신에도, 신화에도, 통계에도, 가능성에도 흔들리지 않는다.

"고맙습니다." 나는 샌더에게 말한다. 내가 잠을 못 잔다 한들 자기가 뭘 어쩔 수 있겠어? "잘 잤어요."

나는 다시 차창 밖을 내다본다. 히터에서 열기가 훅훅 나온다. 너무 덥지만 나는 아무 말 하지 않는다.

한때는 내가 상상하는 것들, 내 꿈을 얘기하곤 했다. 가장하는 것들까지도 모두 이야기하고 정말 그렇다고 믿곤 했었다. 내가 그것들을 말하면 모두 귀담아들었다. 아빠는 나를 무릎에 앉히고는 나의 생생한 상상력이 좋다고 말했다. 하지만 내가 아빠의 무릎에 앉기에 너무 커버리자 상황은 달라졌다. 내가 생경한 얘기를 하면 아빠는 질색하기 시작했다. 내가 남이 한 말을 반복할 때만, 그것도 비난조에 피상적으로 말할 때만 좋아했다. 그래야만 귀담아들었다. 가끔은 웃음을 터뜨리기도 했다. 내가 내 생각에 골몰할 때면 아빠는 나를 모자란 애 취급하면서 건성으로 듣는 티를 노골적으로 내곤 했다. 보란 듯이 한 귀로 듣고 한 귀로 흘려버렸다. 내가 가만가만 단조로운 어조로 말하지 않으면 아빠는 내게 차분하라고 말했다. ("진정해, 마야.")

아빠만 그런 것이 아니다. 세바스티안도 똑같았다. 사미르도 그랬다. 사미르는 같이 자고 난 이후 그런 경향이 두드러졌다. ("진정해, 마야. 무엇 때문에 이리 열을 내는 거야?") 모든 남자들은 잠자리를 하고 나면 다 이 모양이다. 여자라면 알 것이다.

여자들은 자기가 한 농담에 웃으면 안 된다. 너무 빨리 말해서도 안 되고 너무 크게 말하는 건 더 안 된다. 여자는 마음에서 우러난 생각을 떠드느니 차라리 노상방뇨를 하거나 국회 앞에서 젖가슴을 노출하는 편이 더 낫다. 생리전증후군이냐, 10대 소녀의 호르몬 문제냐 하는 소리만 듣는다.

아빠는 나의 상상력을 말로는 좋아한다면서 실제로는 두려워했다. 최근에는 아빠만 그런 게 아니다. 내 상상력은 그들이 나를 판단하는 잣대이자 내가 위험하고 통제되지 않는다는 증거가 되었다. 그래서 나는 더 이상 악몽 얘기를 하지 않는다. 내가 두려워하는 것에 대해서도. 악마에 대해 말하면 놈이 도망간다고 더는 믿지 않는다. 미신은 현실을 바로잡아주지 않는다. 건강염려증 환자들은 보통 사람들과 똑같은 비율로 중병에 걸린다.

법원에 도착했다. 차가 서고 우리는 차에서 내린다. 엘리베이터를 타고 위로 올라간다.

"무슨 말 할 거예요?" 우리가 차를 타고 오는 내내 침묵을 지켰다는 생각이 문득 들어 묻는다. 샌더는 어깨를 으쓱거린다. 내 뺨을 쓰다듬으려나? 할아버지가 손녀에게 하듯이?

"너 잘하고 있어, 마야." 그가 엉뚱한 대답을 한다. "아주 잘

하고 있어."

샌더는 언제나 내 말을 귀담아듣는다. 내가 아무 말 하지 않을 때도.

법정은 평소보다 더 어둡게 느껴진다. 평소에는 창문으로 환한 햇빛이 들어오는데 오늘은 눅눅한 잿빛 그늘이 실내를 점령했다. 공기는 건조하다. 아직 시작도 하지 않았는데 벌써부터 갑갑하다. 재판은 앞으로 2주 남았지만 평생 재판을 한 기분이다. 훤히 꿰고 있다.

재판은 10시에 시작하고 4시에 끝나며 금요일에는 가능한 조금 일찍 끝난다. 샌더에게 재판 일정을 들을 때는 그리 긴 기간이라는 생각은 하지 않았다. 그런데 이렇게 지루하고 진이 빠질 줄이야. 내 재판이 이리 지루할 줄이야. 검사의 서류, 기록과 서식의 낭송, 사건 조서와 증언(증인들은 똑같은 문서를 소리 내어 다시 낭송하면서 재검토한다), 더 많은 기록들, 더 많은 증언들.

지난주의 절반은 검사가 하는 말을 들으면서 보냈는데 오늘은 우리가 그것들을 따질 예정이다. 도무지 끝이 없다. 이 재판은 뭔가를 계속 찾지만 생각이 도저히 안 나는 그런 악몽이다. 혹은 비명을 지르고 싶은데 아무리 용을 써도 목소리가 나오지 않아 끽소리 한 마디 못 하는 그런 악몽이거나. 겁에 질려 온몸이 땀에 흠뻑 젖는 그런 무서운 꿈은 아니지만 모든 것이 단단히 꼬였다는 걸 알면서도 아무것도 할 수 없다는 걸 아는 그런 꿈이다.

오늘 샌더는 나를 위해 변론을 할 것이다. (그리고 그 빌어먹을 우리 서류를 제출할 텐데, 이것도 나중에 재검토할 것이다.) 나를 위해 변론한다는 것은 내 이야기를 한다는 것이지만 내가 왜 무죄

선고를 받아야 하는지 설명하기 위해 초석을 놓는 일이라고 그는 내게 말했다.

샌더는 다 잘될 거야 하는 말은 한 적이 없다. 그는 내게 거짓말은 하지 않는다. 페르디난드는 "걱정 마"라는 말을 몇 번 했지만 성의 없이 건성으로 했을 뿐이다. 엄밀히 말해서 내 기분은 걱정하는 상태라고 볼 수 없기 때문에 나는 굳이 대답하지 않는다.

팬케이크가 무슨 말을 지껄이든 내 알 바 아니고.

10시 2분 전에 재판장이 마이크를 켠다. 그리고 코를 푼다. 시민 판사 한 명은 손을 가리지도 않고 하품을 한다. 처음 이틀처럼 똑바로 앉은 시민 판사는 단 한 명도 없다. 우리는 시작을 앞두고 있지만 문간의 경비원들보다 더 지독한 지루함에 시달리고 있다. 여기서 환히 빛나는 것은 샌더의 치아뿐이다. 그는 기운이 넘친다. 그는 내가 잘하고 있다고 생각한다.

재판장이 재판의 시작을 알린다. ("재판을 시작하겠습니다. 사건 번호 B147/66…") 무심하게 중얼거리는 말투가 '성부와 성자와 성령의 이름으로' 혹은 '아버지의 뜻이 하늘에서 이루어진 것과 같이' 하는 것과 비슷하다.

"검사에 따르면, 마리아 노르베리의 죄목은 살인, 살인 방조, 살인과 살인 미수 종범입니다."

굳이 이걸 반복해야 할까 싶지만 샌더는 장엄한 서막이 올랐다고 생각한다.

"마야 노르베리는 책임을 부인합니다." 그가 말문을 연다. 이제부터는 샌더가 말을 쏟아낼 차례다. 앞서 첫머리에서 언급된 나의 혐의들을 내 입장에서 말할 텐데, 나는 벌써부터 지루해서 그만 자리를 뜨고 싶다. 하지만 그는 성량을 한 단계 낮춰 계속 단조로운 리듬으로 말을 쏟아낸다. 이제는 알아들으려면 정말 귀를 쫑긋 세워야 한다.

"검찰은 마리아 노르베리가 클래스 퍼게만의 살인을 방조했고 유르스홀름 고등학교에서 발생한 본 범행을 계획하고 실행했다고 주장합니다…."

샌더의 목소리는 시종일관 차갑다. 마치 검찰의 주장은 허무맹랑하다, 완전히 터무니없고 비논리적이라는 것처럼. 못난이 레나의 주장은 너무나 허황되어 조금도 반복할 필요가 없다는 말투다.

그는 희미한 한숨을 곁들여 결론을 내린다. "마야 노리베리는 모든 혐의를 부인합니다."

샌더는 재판부를 한쪽 끝에서 반대편 끝으로 쭉 훑어본다. 아까 그 시민 판사가 또 하품을 한다. 이번에는 고개를 저편으로 돌리고.

샌더가 말을 잇는다. "죄목에 대한 검찰의 기술은…." 이번에는 샌더가 하품할 차례인가 궁금하다. "…그 설명은 뭐랄까… 뭐라고 해야 할까요? 정확히 말하면 독특한 살인범에 대한 설명이었습니다."

검사가 자리에서 움직거렸다. 그녀는 졸려 보이지 않는다. 화가 나서 재판장을 똑바로 쳐다보면서 그의 주의를 끌려고 노력하는 중이다.

샌더가 신이 나서 말을 한다. 좋은 일이 있는 모양이다. 그러더니 방금 뭔가 다른 것이 생각난 것처럼 고개를 든다.

"마야를 가해자로 설정한 검찰의 주장은 어떤 면에서 예외적입니다. 독특해요."

나는 독특함과 정반대로 보이려고 노력한다. 겸손하게. 평범
하게. 내가 얼마나 정상적인지 모두에게 보여주고 싶다. 예외적
이라고? 왜 그런 말을 할까? 그거 좋은 거 아닌가? 샌더는 그것
이 무슨 가래톳 페스트(혹은 대량 학살)라도 되는 것처럼 말한
다. 하지만 아무도 나를 쳐다보지 않는다. 모두들 샌더를 응시
한다. 토시 하나 놓칠까 안달이다.

"정말 그럴까요?" 깜짝이야. 그 말이 채찍처럼 날아와 나를
때린다. "마야는 정말 검찰이 주장한 그런 사람일까요?"

이제 바닥이 검사의 의자에 긁힌다. 그녀는 가만히 있기 힘든
것 같다. 감정이 격해져서.

샌더는 그 질문이 공중을 맴돌도록 둔다. 그는 나의 특권적
지위에 대해 말하지 않는다. 검사는 내가 유르스홀름 출신이고
독특하게 부유하며 현실과 동떨어졌고 외톨이라고 주장했다.
샌더의 수사 의문문은 내가 과연 독특하게 사악한가 하는 문제
를 지적하고 있다.

대부분의 통계는 내 편이다. 우선 내가 여성인 점을 고려하면
나는 학교로 걸어 들어가 사람들을 도륙할 가능성이 적다. 물론
여자 총격범도 있지만 소수다. 반면에 세바스티안이 그린 평생
의 궤적은 총격범의 유형이며 모든 면에서 학교 총격범의 전형
이다. 스웨덴에서 가장 부유한 집안 출신이라는 점 외에는 전부
부합한다. 정신적으로 문제가 있고 마약 복용자이며 학교에서
문제아였고 부모가 이혼했으며 총기 사용에 능숙한 백인 남성.
샌더는 서류로 제출한 한 정신과 의사의 진단을 인용했다. 그
정신과 의사는 증인으로 소환될 예정이다.

"마야는 세바스티안을 미치광이로 만들지 않았습니다." 그 정신과 의사는 이렇게 말할 것이다. "그는 스스로 미친 겁니다." 하지만 나는 그 유형에 들어맞지 않는다. "마야는 학교 총격범의 유형이 아닙니다." 우리의 전문가는 지적할 것이다.

샌더가 지적했듯이 통계적으로 보면 나는 결백할 수밖에 없다. 유일한 걸림돌은 모든 살인자가 전형적이지 않다는 것이다. 그리고 드물지만 학교 총격범 중에 여성도 있는데, 그 경우 어김없이 남자친구와 범행을 저질렀다. 샌더는 이 점을 언급하지 않겠지만 검사는 이 특별한 사실을 모두에게 상기시킬 전문가 증인을 무더기로 불러낼 것이다.

검사가 인내심의 한계에 도달했는지 자기 마이크를 켰다. 입술이 말린 자두처럼 일그러져 있다.

"시간이 없으니 웬만하면 샌더 변호인은 우선 사건의 설명에 집중하고 이것은 최후 변론으로 넘길 순 없습니까?"

재판장은 고개를 절레절레 젓는다. 그도 화가 나 보인다. 하지만 샌더보다 못난이 레나에게 더 화가 난 것 같다. 재판장이 누가 자기 재판의 진행에 이래라저래라 하는 걸 고마워할 리가 없다.

"샌더 변호인은 재판 일정과 본인에게 주어진 시간을 숙지하고 있습니다." 그는 샌더를 쳐다본다. "그렇지요?"

샌더는 고개를 끄덕이고 나서 눈에 띄게 정력적으로 말을 계속한다.

"이 사건에 대한 검찰의 주장은 예외성이 강한 이야기일 뿐입니다. 지금 전 세계는 세바스티안과 마야에게 매혹돼 있습니다. 두 사람은 스웨덴에서 범죄와 가장 거리가 멀 것 같은 연인이었죠. 검사가 이 이야기를 지어낼 때 조력자가 있었습니다. 특히 기자들. 그들은 마야 노르베리가 어떻게 나약하고 무기력한 남자친구를 설득해서… 정정하죠, 조종해서 가장 가까운 이들에게 피의 복수를 하게 만들었는지 설명하는 데 지난 9개월을 할애한 자들입니다."

검사가 한숨을 내쉰다. 모두에게 다 들릴 만큼 크게. 말을 하지 않고 한숨으로 말을 대신한다. 그녀는 말을 많이 하지 않고도 말을 하곤 했다. 그래도 모두들 그녀의 뜻을 알아들었다. 재판장은 주저하며 샌더에게 손을 올리더니 빙빙 돌린다. 계속하세요, 하고 그의 손이 말한다. 이년은 잔소리쟁이야, 하지만 일리가 있어. 이 부분은 나중에 다시 언급하든가 하시오. 나는 탁자를 내려다본다. 샌더의 의도는 알고 있다. 하지만 또 세바스티안과 내 이야기를 하려 한다.

"이제 윤곽은 드러났습니다. 마야와 세바스티안은 문제가 많은 연인이었습니다. 마약과 술 문제, 학업 문제, 둘 사이의 문제, 부모의 부부 사이 문제, 친구들과의 문제. 검찰이 보여주려는 것은, 마야가 위안을 끝없이 갈구했고 주변 사람들과 세바스티안에게 비이성적인 증오를 품었으며 복수를 원했다는 것과, 세바스티안은 나약했고 위협감과 압박감에 시달렸으며 삶의 구심점은 오직 마야뿐이었고 마야에게서 위안을 구했다는 것입니다."

검사는 다시 헛기침을 한다. 이번에는 소리가 더 크다.

샌더는 움직이지 않고 말을 계속한다. "이제까지 우리는 클래스 퍼게만의 살인과 유르스홀름 고등학교에서 발생한 비극 이전의 사건들에 대한 검찰 측의 설명을 들었습니다. 많은 부분이 마야와 부합합니다."

샌더는 들릴까 말까 하게 다시 한숨을 내쉰다. "하지만 중대한 차이가 있습니다."

샌더는 잠시 서류를 내려다보며 묵묵히 그것들을 뒤적거린다. 사실 서류를 뒤적거릴 필요는 없다. 서류는 생각할 시간을 버는 용도일 뿐이다. 그가 바라는 것은 앞으로 할 이야기에 대한 우리의 기대감이 커지는 것이다.

재판장은 샌더가 모두발언을 마쳤다는 걸 깨닫고 노트로 손을 뻗는다. 나는 재판장의 이 점이 마음에 든다. 메모하고 경청하는 행동. 가끔 그는 레나 파르손의 말이 너무 빠르다 싶으면 손을 들어 정지 신호를 보내 그녀의 속도를 늦춘다. 한번은 레나 파르손이 내가 사건 전날 밤에 세바스티안에게 보낸 문자 메시지를 제시할 때 그는 시간 기록을 적는 동안 발언을 멈춰달라고 요청하기도 했다. "쉬이잇" 하고 말한 적도 있다. 우연히 나온 말이겠지만 곧바로 "잠깐만요" 하고 덧붙였다. 그러자 레나 파르손은 말을 멈추었다. 재판장은 모든 서류를 가지고 있으면서도 항상 자기 공책에 뭔가를 적었다. 레나 파르손이 강의하듯 커다란 컴퓨터 화면에 띄운 내용을 소리 내어 읊어주는데도. 나는 그의 그런 점이 마음에 든다. 모든 것을 진지하게 받아들이고 파르손의 말이 모두 맞을 거라고 믿지 않는 점이.

샌더가 말을 잇는다.

"본 사건은 유독 지대한 관심을 받고 있습니다. 이제까지 우리는 검사의 이야기를 모두 들었습니다만, 검사는 아주 오랫동안 이 내용을 언론에 부주의하게 흘려왔습니다. 이제 한 걸음 물러나야 할 때입니다. 처음으로 마야가 자기 이야기를 할 수 있게 되었기 때문입니다. 부디 마야의 이야기를 들어주십시오. 열린 마음으로. 또한 모든 증거를 검토하고 모든 증인의 말을 듣고 난 후에야 무엇이든 판단할 수 있다는 점을 기억해주십시오. 무엇이 사실이고 무엇이 추측일까요? 절차가 모두 끝나고 나서야 우리는 본 사건의 사실들을 마야의 이야기와 비교할 수 있을 겁니다."

검사가 이상한 소리를 낸다. 못마땅해 눈이라도 흘기는 모양이다. 우리를 바보 취급하는 소리는 하지 마, 하는 소리다.

샌더가 페르디난드에게 고갯짓을 한다. 페르디난드가 일어서서 컴퓨터가 한 대 놓인 두 다리 탁자로 다가간다. 그녀의 손에는 펜처럼 생긴 작은 장치가 들려 있다. 법정의 컴퓨터 스크린 두 대와 연결된 장비다. 그것으로 스크린 위 이미지에 빨간 레이저 점을 가리킬 수 있다.

레이저 총 같네, 하는 생각이 든다. 별안간 신물이 올라오듯 웃음이 목구멍 위로 치솟는다. 내가 아슬아슬하게 웃음을 기침으로 바꾸는 순간 페르디난드가 세바스티안의 집 진입로 감시 카메라 녹화 영상을 불러낸다. 한쪽 구석에 녹화 시간이 찍혀 있고 소리는 없다.

"자… 우리가 알고 있는 것은 무엇일까요?" 샌더가 묻는다. "사건 시간부터 시작해보죠. 마야는 문제의 그날 새벽 3시가 조금 넘었을 때 퍼게만의 집을 떠났다고 말합니다. 퍼게만의 집 감시 카메라에서 얻은 자료에 의하면 그 말이 정확하다는 걸 알 수 있습니다. 마야는 3시 20분에 그 집을 떠났습니다. 그리고 같은 날 아침 8시가 되기 직전에 거기로 돌아갔습니다. 비디오에 의해 이것도 사실로 확인되었습니다."

그는 목을 가다듬고 나서 페르디난드에게 고개를 끄덕인다. 그녀가 클래스의 경호원 한 명의 인터뷰 문서 기록을 스크린에 띄운다.

"퍼게만의 경호원에 따르면, 마지막으로 클래스 퍼게만과 연락한 것은 마야가 3시 20분에 떠난 후 출입문의 화상 전화를 통해서라고 합니다. 이것에서 우리는 어떤 결론을 끌어낼 수 있을까요? 클래스 퍼게만은 마야가 떠난 후에 아직 살아 있었다는 겁니다."

페르디난드가 화면을 감시 카메라로 돌리고 나서 빨간 점을 화면 위로 빙글빙글 돌린다.

"한 번 더 보시죠. 감시 카메라가 증명하듯이 마야 노르베리는 퍼게만의 집을 아침 3시 20분에 떠난 후 7시 44분까지 돌아오지 않았습니다."

샌더는 헛기침을 하고 비디오 상영을 끝낸다. 보안 카메라의 녹화분을 하나로 편집한 영상이다. 영상 속에서 나는 세바스티안의 집 현관문을 빠져나가 진입로를 내려갔다가 다시 돌아온다. 페르디난드가 레이저 펜으로 녹화 시간에 원을 뱅글뱅글 그린다.

페르디난드는 스크린에 부검 보고서를 띄운다.

"법의학 보고서에 따르면 클래스 퍼게만은 마야가 오전 8시 직전 그 집으로 돌아오기 몇 시간 전에 사망했습니다. 증거는 클래스 퍼게만이 금요일 아침 5시경 총을 맞고 살해됐음을 가리키고 있습니다. 사망 추정 시각은 현장 검시관의 의견과 추후 법의학적 소견에 의해 뒷받침되었습니다. 수사 결과 마야 노르베리는 클래스 퍼게만이 살해될 당시 현장에 없었음이 밝혀진 것입니다. 마야는 그 시간 동안, 즉 오전 3시 30분경부터 8시 직전까지 퍼게만의 집에서 1킬로미터 이상 떨어진 본인의 집에 있었다고 진술했습니다. 이 진술은 문제의 그날 밤 퍼게만의 사유지 정문에서 근무 중이었던 경호원뿐 아니라 마야 부모님의 진술과도 부합합니다."

내 시야 한쪽 구석으로 고개를 절레절레 흔드는 검사가 보인다. 그녀는 샌더가 불필요한 말을 한다고 생각하고 여전히 변죽을 울린다는 신호를 보내고 싶은 것이다. 하지만 이 부분에 대한 그녀의 설명은 샌더처럼 명료하지 않았다. 하고 싶은 말이 무엇인지 요점을 이해하기가 어려웠다.

"따라서 클래스 퍼게만은 마야가 집 안에 없는 동안 사망했다고 단언할 수 있습니다. 이것은 검사의 사건 설명과도 일치합니다. 이 점에 한해서, 제 의뢰인은 이의가 없습니다."

나는 샌더가 문자 메시지는 전혀 언급하지 않을 건지, 존재하지도 않는 것처럼 넘어가려는 건지 잠시 궁금했지만 역시나 그가 그럴 리는 없다.

"그렇다면 마야가 부모님의 집에 있는 동안, 그리고 퍼게만의 저택으로 오가는 도중에는 무슨 일이 있었을까요? 바로 이부분에서 본 사건에 대한 검사의 주장은 사실의 기술에서 순전한 추측으로 넘어갔습니다."

페르디난드가 사건 전날 밤부터 내가 세바스티안과 주고받은 문자 메시지의 요약 내용을 화면에 띄운다. 검사가 변론할 때 제시했던 자료다. 순식간에 몸이 얼어붙는 기분이다. 두피가 수축한다. 지난주에 '레나로 불러줘'가 그것을 낭독했을 때도 그랬다. 그건 꼴도 보기 싫다. 영영 보고 싶지 않다. 샌더는 이 이미지를 환히 켜두고 발언을 계속한다.

"사건의 순차적 진행에 관한 검사의 설명에는 마야가 동의할 수 없는 많은 진술들이 포함돼 있습니다. 하지만 마야가 동의하는 부분부터 신속하게 짚고 넘어가죠. 클래스 퍼게만이 그의 아들과 격렬한 말다툼을 시작했다고 마야는 조사 중에 진술했습니다. 말다툼은 파티를 위해 저택을 찾았던 10대 아이들이 떠난 후에 재발했습니다. 마야와 세바스티안은 함께 산책을 하기 위해 집을 나갔지만, 그들이 집으로 돌아온 후 세바스티안과 아버지의 말다툼은 재개되었습니다. 세바스티안과 클래스의 싸움은 마야가 잠을 자려고 집으로 돌아갈 때까지도 그치지 않았습니다. 여기까지는 전혀 이의가 없습니다."

그 파티. 그 생각만 하면 토할 것 같다. 클래스가 데니스, 라베, 어맨다, 모두를 쫓아내자 저택은 조용해졌다. 처음에는 안도감이 들었다. 그때 클래스가 고함을 지르기 시작했다. 세바스티안뿐 아니라 내게도 소리를 질러댔다. 우리는 떠나야 했다. 우리는 밖으로 나가 꽤 오랫동안 돌아가지 않았다. 나는 두려웠다. 세바스티안의 아버지가 무서웠다. 그는 사무실에 앉아 있을 때나 자기 편하자고 고용한 사람들과 이야기할 때는 그렇지 않았다. 누구나 그의 눈을 똑바로 바라보면 그의 훌륭한 자질에 현혹되지 않고는 못 배겼다. 하지만 세바스티안의 아버지로서 그는 완전히 다른 사람이었다.

산책 후 돌아갔을 때 클래스는 가운 차림이었다. 부엌에서 우리를 기다리고 있었는데 신문조차 들고 있지 않았다. 완전히 다른 사람 같았다. 화장을 지우고 민낯을 드러낸 사람처럼. 실제로 화장을 한 적은 없었지만. 한 번도. 텔레비전에 출연했을 때조차 한 적이 없었다.

그는 1시간 전쯤 모든 사람들을 내쫓았을 때만 해도 거인처럼 보였다. 평소보다 더 거대해 보이던 그가 모든 사람들이 집에 가고 없자 더 이상 고함을 지르지 않았다. 모든 것을 파괴하고 나니 더 작고 더 추해 보였다. 사업가로서의 화려한 면모는 모두 벗겨져 사라지고 없었다. 그날 부엌 식탁에 있던 것은 가운을 걸친 창백한 늙은이, 검은 물속을 빙빙 헤엄치는 상어, 심해 바닥의 눈먼 흰 물고기였다. 세바스티안의 아버지는 어둠 속에서 단세포 수중 생물의 삶을 살았다. 그때 그를 보았다면 누구라도 알 수 있었을 것이다.

그때처럼 클래스 퍼게만이 가증스러웠던 적은 없었던 것 같다.

"하지만 말입니다." 샌더가 잘 손질된 긴 집게손가락을 치켜든다. 우리는 그가 본론으로 들어가기를 기다린다. 내가 왜 검사에게 동의할 수 없는지 그가 설명해주기를 기다린다. 그동안 빨간 점은 화면을 쭉 거슬러 올라가 나의 첫 번째 문자 메시지에 머문다. 페르디난드가 레이저 포인터를 멈추는 바람에 점은 우연히 거기 착륙했다. 나의 첫 문자 메시지.

"그 사람이 없어도 우리는 그럭저럭 살 수 있어. 넌 그 사람 필요 없어. 네 아버지는 끔찍한 인간이야."

나는 나머지 내용은 읽지 않는다.

그날 밤 나는 더 많은 문자 메시지를 썼다. 누구나 그것을 읽을 수 있다. 나는 탁자를 내려다본다.

내 마지막 문자. '그 사람 죽어도 싸.'

재판 둘째 주 월요일
26

"마야는 다음 날 아침 퍼게만의 집으로 돌아갈 때까지 세바스티안에게 문자 메시지 9통을 보냈습니다. 세바스티안은 마야에게 세 번 답장을 보냈고 두 번 전화를 걸었습니다. 그럼 이 10대 아이들은 서로 무슨 이야기를 주고받았을까요? 검사는 이때, 이들이 대화를 나누는 중에 모의가 이뤄졌다고 주장합니다. 첫 번째 통화는 2분 45초 동안 지속됐고 마야가 세바스티안의 집을 막 나와 자기 집에 도착하기 전에 이뤄졌습니다. 두 번째 통화는 마야가 자기 집을 나와 세바스티안의 집으로 다시 가기 전에 이뤄졌고 1분을 못 넘기고 끝났습니다."

샌더가 페르디난드를 쳐다보자 그녀는 레이저 포인터로 통화 기록을 가리키며 두 건의 통화를 강조한다. 빨간 점이 살짝 떨린다. 내가 왜 어떤 문자를 썼는지 어느 누가 이해하겠나? 클래스가 얼마나 지긋지긋한 인간이었는지 알까? 최악 중의 최악은 클래스 퍼게만이 이 모든 책임에서 쏙 빠졌다는 점이다. 그가 세바스티안에게 한 말도. 그가 말하고 행동한 것들이 최악 중의 최악인데도.

세바스티안은 자기 아버지의 이러한 면을 보려고 하지 않았다. 그저 아버지를 우상화했다. 클래스는 세바스티안이 우러러본 유일한 사람이었다. 하지만 사건 전날 밤 세바스티안도 내가이미 알고 있는 것을 인정할 수밖에 없었다. 내가 그 집을 나올때 그는 화가 났다기보다는 지친 것 같았다. 다툼과 산책과 우리가 나눈 모든 말들이 그를 녹초로 만들었다. 나는 그가 잠자리에 들 거라고 생각했다. 그때 나는 어땠더라? 화가 났었나?모르겠다. 오래전부터 내 감정은 중요하지 않았다. 중요한 것은세바스티안이었다. 그가 '나 어떡하지?' 하는 메시지를 처음 내게 보냈을 때, 나는 내가 그의 편이라는 걸 알리고 싶었다. 그래서 나도 그의 아버지가 진짜 어떤 인간인지 알고 있다고 말했다. 그리고 아버지 없이도 아무 문제없을 거고 다 잘 풀릴 거라고 말했다. 그의 아버지는 애쓸 가치가 없었다. 세바스티안을깎아내릴 권리가 없었다.

그 사람이 없어도 우리는 그럭저럭 살 수 있어. 넌 그 사람 필요 없어.

나는 일부러 그 마지막 내용을 읽지 않는다. 하지만 클래스는죽어도 싸다는 메시지는 진심이었다.

샌더는 그런 건 전혀 언급하지 않는다. 내가 어떤 기분이었는지도. 내가 그에게 설명을 해주었는데도. 대신 그는 손가락을다시 치켜든다. 이번에는 더 높이, 다급하게. 우리에게 잘 들으라는 뜻이다.

"이 통화 기록이 우리에게 말하는 것은 무엇일까요? 한 가지확실한 것은, 세바스타인과 마야가 서로 이야기를 했고 문자 메시지를 주고받았다는 겁니다. 무슨 이야기를 나누었는지는 모르지만, 문자 메시지 내용은 알고 있죠. 하지만 그것이 어떤 의미인지 우리는 제대로 알고 있는 걸까요?"

그가 다시 손가락을 든다.

"마야는 자신이 클래스 퍼게만을 좋아하지 않는다는 걸 인정했습니다. 그리고 그가 부모로서의 의무를 게을리한다고 생각했죠. 마야의 이러한 관점은 아들에 대한 클래스 퍼게만의 대우와 태도에 근거합니다. 반면에 마야의 행동이 세바스티안을 부추겨 아버지를 죽이도록 만들었다는 증거는 어디에도 없습니다. 또한 마야는 법의 견지에서 방조의 범주에 해당될 만한 말도 한 적이 없습니다."

하지만 나는 그가 죽기를 바랐다. 샌더는 그걸 어떻게 피해나갈까?

"이제 의도가 있었는지 이야기해보죠. '그 사람 죽어도 싸다'는 메시지가 어떤 의미였는지. 마야는 세바스티안이 아버지를 죽이기를 바랐을까요? 혹시 마야는 세바스티안이 그것을 살인의 제안으로 받아들일 가능성에 대해 무관심했던 건 아닐까요? 마야에게는 그러한 의도가 전혀 없었습니다. 검사의 주장이 방조 혐의 조건을 충족하지 못한다고 봐야 할 더 중요한 이유가 또 있습니다. 세바스티안은 자발적으로 자기 아버지를 죽이고 싶어 했다는 사실입니다. 마야는 그를 설득할 필요조차 없었습니다. 이제 그 점을 다시 짚어보죠."

기자들은 이런 것에 사족을 못 쓴다. 안 봐도 훤하다, 하나라도 놓칠세라 앉은 자리에서 일제히 몸을 앞으로 내민 그들의 모습이. 그들은 황제 클래스 퍼게만의 이야기를 열심히 경청한다. 한 마디 한 마디에 귀를 바짝 세운다. 그 사악한 억만장자가 어떻게 자기 아들을 말 안 듣는 노예 취급했는지. 그들은 클래스 퍼게만이 샌더에 의해 괴물로 변신하자 아주 살판이 났다. 그가 어떻게 자기 아들을 방치하고 모욕하고 집 밖으로 내쫓았는지 상세히 들을 수 있게 되자 아주 좋아 죽는다. 제 역할을 하는 아버지라면 세바스티안에게 보살핌과 관심을 주었겠지만, 클래스 퍼게만은 자기 아들에게 몇 번이고 침을 뱉었다. 지금 내 눈에 기자들이 보이지는 않지만 그들의 열기에 법정 안의 온도가 몇 도는 상승한 것 같다. 이 새로운 이야기 덕분에. 이제 그들은 독자들과 시청자들에게 스웨덴 최고 갑부의 실체를 알릴 것이다. 억만장자 클래스 퍼게만이 자기 아들을 대량 학살범으로 만들었다고. 이 이야기가 주식 시장에 영향을 미칠 수 있다는 사실은 이들에게 또 다른 횡재다. 이들은 이것이 대단히 멋지다고 생각한다.

"발생한 사건들로 돌아가보죠. 분명한 사실은, 마야가 퍼게만의 집 안에서 11분을 보냈다는 것과 그 후에 세바스티안 퍼게만과 마야 노리베리가 차를 몰고 유르스홀름 고등학교에 가려고 클래스 퍼게만의 차에 올라탔다는 것입니다. 그들은 차 안에 가방을 두 개 가지고 있었고 마야는 세바스티안이 가방을 차에 싣는 것을 도왔습니다. 검사는 마야가 이전부터 그 가방 안에 무엇이 들었는지 알고 있었다고 주장합니다. 늦어도 사건 당일 오전 8시경 퍼게만의 집 안에서 11분을 보낼 때 그것을 알았을 거라는 거죠."

그가 손을 내린다.

"마야는 이것을 부인합니다. 세바스티안이 마야에게 그가 이미 무엇을 했고 또 무엇을 할 계획인지 말했다는 것은 순전히 검찰의 억측일 뿐입니다. 세바스티안과 마야가 함께 차를 타고 학교로 가는 동안에도 마야는 세바스티안이 그의 아버지를 죽인 걸 몰랐습니다. 세바스티안이 학교 안에서 무얼 할 계획인지도 알지 못했습니다. 그저 세바스티안이 며칠 간 집을 나와 지낼 생각으로 필요한 짐을 가져왔을 거라고 생각했을 뿐입니다. 집안 소유의 배에서 지낼 테니 방과 후 가방을 거기로 가져갈 거라고 추측한 거죠. 마야가 그 가방 안에 무엇이 들었는지 물었어야 했을까요? 세바스티안이 그의 아버지를 죽였다는 걸 알아챘어야 했을까요? 마야는 나중에 그런 말을 했습니다. 조사를 받을 때. 그랬어야 했다고 말이죠. 하지만 당시에 그걸 몰랐다고 마야를 비난할 수는 없습니다. 마야가 그걸 알았다면 상황이 어떻게 달라졌을지 추측하는 것도 불가능합니다. 만약 그랬다면 세바스티안은 마야와 경호원들을 죽이고 혼자 학교로 가지 않았을까요? 어쩌면요. 모를 일이죠. 더욱이 형사 재판에 관한 한 그것은 무관한 일입니다. 왜냐하면 핵심은 바로 이것이기 때문입니다. 검찰은 마야가 세바스티안 퍼게만과 공모해 살인을 계획했다는 것을 입증할 수 없습니다. 검찰은 마야가 세바스티안의 계획을 알고 있었다는 것도 입증할 수 없습니다."

"내 집에서 나가!" 모두들 거기 있을 때 클래스가 소리쳤다. 나만 그 소리를 들은 것이 아니었다. 그는 경호원들에게 말했다. "녀석에게 딱 24시간만 줘. 그다음엔 문을 다 잠가버려. 어떤 경우에도 녀석은 이 집에 못 들어와. 내 말 알아들었나? 내 말 알겠지? 녀석과 관계된 건 꼴도 보기 싫어. 녀석은 다 컸어. 더 이상 내 책임이 아니야. 여기서 그만 나가야 해. 참을 만큼

참았어. 필요하다면 경찰이 녀석을 쫓아내도 상관없어."

샌더는 이런 이야기는 전혀 하지 않는다. 어차피 경호원들은 나중에 증언을 하게 되겠지만.

샌더가 다시 집게손가락을 치켜든다.

"마야는 세바스티안의 계획을 몰랐습니다. 준비도 계획도 돕지 않았습니다. 직접적으로도 간접적으로도 세바스티안의 범행을 돕지 않았습니다. 이번 주에 이 부분에 대한 형사상 무혐의 측면을 살펴보겠지만, 지금은 검찰 측의 증거 서류를 떠올려보시기 바랍니다. 마야가 가방 안에 세바스티안의 옷이 들어 있지 않고 무기와 폭약이 들어 있다는 걸 인지했다는 내용이 사건 조서 어디에 있던가요? 물론 없습니다." 페르디난드가 사건 조서를 띄운다. 검사가 이미 거론한 부분이지만 이제는 우리가 분석할 차례다. "사건과 관련된 무기는 모두 클래스 퍼게만의 소유이고 범행 이전에 보안 코드를 입력해야 하는 무기고에 보관돼 있었습니다. 마야는 보안 코드를 몰랐습니다. 그 가방들은 세바스티안 퍼게만의 가방입니다. 마야는 그 가방을 꾸리는 것을 돕지 않았고, 어떤 식으로든 범행 준비를 지원하지 않았습니다. 과학수사 결과를 재검토해도 그것 역시 마야의 이야기를 입증할 것입니다."

솔직히 말해서 내가 보기에 샌더의 발언은 조금 허술한 것 같다. 하지만 재판장은 경청하는 듯하고 나머지 시민 판사들도 졸음을 쫓느라 애쓰는 것 같지는 않다. 샌더는 우리가 어떻게 차를 몰고 학교에 갔는지 말한다. 얼마나 걸렸고, 어디에 주차했는지. 페르디난드가 컴퓨터를 클릭한 후 레이저 펜을 조준한다. 팬케이크는 바인더를 뒤적거리다 때때로 종이를 샌더에게 넘겨

준다.

샌더는 세바스티안이 나와 함께 내 로커에 도달했을 때 가방 하나를 로커 안에 넣었다고 말한다. 그것은 폭탄이 든 가방이었다.

나는 그가 그걸 넣을 때 왜 보고만 있었냐는 질문을 적어도 63번은 들었다. 왜 "응, 마음대로 해" 하는 말을 했냐고. 그건 "물론이지, 네 폭탄을 내 로커에 얼마든지 넣어도 돼" 하는 말과 같다고. 검사도 경찰도 신문할 때 그 점을 궁금해했다. 왜 세바스티안에게 그의 물건을 차 안에 두라고 말하지 않았냐고. 배로 가져갈 짐이었다면 그가 그것을 왜 학교 안으로 가져왔겠냐고.

나는 이유를 열심히 설명했다. 정직하게 대답했다. 세바스티안은 자기 가방을 내 로커 안에 놔둬도 되냐고 내게 묻지 않고 그냥 거기 넣었다. 나는 그에게 허락할 필요가 없었다. 그에게 안 된다고 말한 적이 한 번도 없었으니까.

이제 그가 가방 하나를 거기에 놔둔 것이 이상하지 않다면 이런 의문이 가능하다. 거기에 가방 두 개를 놔두는 것이 가장 자연스럽지 않았을까? 그가 옷가지가 가득한 자기 가방을 교실로 끌고 가는 것이 이상하지 않았단 말인가?

다른 가방은 로커에 맞지 않았다. 가방 두 개는 한 로커 안에 들어가지 않았다. 왜 그의 로커가 아니라 내 로커냐고? 세바스티안은 자신의 로커 열쇠를 가지고 있지 않았다. 항상 그랬다. 그는 언제부터인가 열쇠의 행방을 몰랐을 것이다. 적어도 나는 그가 로커 열쇠 쓰는 걸 본 적이 없다. 그는 로커가 필요하면 내 것을 썼다. 내 부츠도 썼고, 드물지만 아쉬우면 내 펜과 종이도 썼다. 세바스티안이 다른 가방을 남겨두지 않고 교실로 가져간 것은 조금도 이상한 일이 아니었다.

샌더는 내 로커와 가방 이야기를 끝내고 페르디난드를 쳐다 보며 그녀가 다음 그림을 띄우기를 기다린다. 다음 장면은 교실 그림이다. 구토 욕구가 목구멍 위로 치솟는다. 두 손으로 귀를 틀어막고 싶지만 그러면 안 된다. 경청해야 한다. 감내하는 것 처럼 보여야 한다.

"교실 안에서 발생한 사건의 정확한 순서는 알려지지 않습니 다. 하지만 마야가 떠올린 기억에 의하면 대략 다음과 같습니 다. 세바스티안 퍼게만은 교실 안으로 들어갔을 때 가져온 가방 을 뒤쪽 책상 한곳에 내려놓았습니다."

페르디난드가 빨간 점으로 가리킨다.

"퍼게만은 교실에 들어가서 곧장 가방을 열고 1번 무기를 꺼 냅니다. 클래스 퍼게만 이름으로 등록된 반자동 사냥용 소총인 데, 레밍턴 750입니다. 퍼게만이 총격을 시작했을 때 마야는 그 의 바로 뒤에 있었습니다. 1번 무기는 308 윈체스터 총탄 네 발 이 들어가는 표준 탄창을 끼웁니다. 퍼게만은 두 발을 발사해 여기를 맞춥니다…." 페르디난드가 데니스의 지점을 가리킨다. 1번이라고 표기돼 있다. "그 후에 퍼게만은 총탄이 떨어지자 탄 창을 제거한 후 새 표준 탄창을 끼우고 다시 발사합니다." 페르 디난드는 크리스터 선생님과 사미르의 위치를 가리킨다. "그는 무기를 내려놓지 않고 몇 초에 걸쳐 재장전을 합니다. 이 총탄 들이 발사된 직후 마야 노르베리는 2번 무기를 듭니다. 이것 역 시 클래스 퍼게만의 소유로 등록된 것입니다. 이것은 가방 안에 잘 보이게 들어 있었습니다. 이 총은 1번 무기와 같은 모델로 총탄이 네 발 들어가는 표준 탄창이 장착됩니다. 게다가 약실에는 이미 한 발의 총탄이 장전된 상태였습니다."

페르디난드는 레이저를 어맨다의 위치로 쭉 이동한다. 어맨다가 총에 맞은 지점이다. 점은 세바스티안의 번호가 적힌 곳에 도착한다. 그녀가 컴퓨터를 클릭하자 세바스티안의 번호와 어맨다의 번호, 내 동그라미가(나는 숫자가 아니라 동그라미다) 교실 안에서 움직인 경로가 나타난다.

"마야가 집어 들었을 때 이 무기는 이미 안전 장치가 풀린 상태였을 가능성이 매우 큽니다. 마야는 안장 장치를 벗기려다 실수로 발사합니다. 한 발, 두 발. 몇 초 뒤 마야는 탄창을 비웁니다."

페르디난드는 손에 든 기기를 이용해 교실 도면 위에 새로운 지점들을 불러낸다. 딸까닥, 딸깍, 딸깍. 내 친구들을 상징하는 숫자들이 움직이다가 하나씩 완전히 멈춘다. 그것들을 보니 어릴 때 할아버지가 즐겨 만들어주던 플립북이 생각난다. 책장들을 아주 빨리 넘기면 책 한쪽 귀퉁이에 그려진 막대 인간이 뛰어가곤 했다. 한번 할아버지는 스스로 목을 매는 남자를 그린 적이 있었는데, 마지막 장에서 남자는 죽었고 할머니는 그 일로 화를 냈다.

"총격이 끝났을 때 마야는 경찰과 구급대를 기다립니다. 그들이 도착했을 때 마야는 순순히 무기를 내줍니다. 저항하지 않습니다."

시체들이 치워진 후 교실 풍경을 찍은 사진은 수만 장 있지만 샌더는 그것들을 보여주지 않는다. 점과 숫자와 줄표가 있는 스케치와 다이어그램만 보여준다. 피는 없다. 내 관점의 이야기,

혹은 내 변호인 관점의 이야기에는 피가 없다.

"이제 우리는 검찰의 핵심 주장에 도달했습니다." 샌더는 곁눈질로 나를 쳐다본다. "검찰은 마야와 세바스티안이 현장에 있는 모든 사람들을 죽이고 마야의 로커에서 폭약을 터뜨리고 서로를 쏴서 끝내기로 공모했다고 주장합니다. 또한 마야가 2번무기로 첫 두 발을 발사했을 때 어맨다를 죽이려는 의도가 있었다고 주장합니다. 검찰은 마야가 어맨다를 일부러 죽였고 세바스티안을 죽인 것이 정당방위가 아니었다고 주장합니다."

샌더는 잠시 말을 멈춘다. 이제 아무도 하품을 하지 않는다. 꼿꼿한 허리들이 돌아왔다. 샌더가 말을 멈추자 재판부가 나를 쳐다본다. 나는 손등으로 눈가를 훔치고는 그들을 마주 본다. 팬케이크가 내게 휴지를 건넨다. 나는 그것을 받아 돌돌 뭉친다.

샌더는 낮은 목소리로 다시 말을 시작한다.

"마야에게는 책임이 없습니다. 마야는 퍼게만과 공모하지 않았습니다. 학교로 차를 얻어 타려고 퍼게만의 집에 도착했을 때 마야는 클래스 퍼게만이 죽었다는 것을 알지 못했습니다. 그런 말을 듣지도 못했습니다. 그 가방 안에 무엇이 들었는지 알지 못했습니다. 마야가 부모님의 집에 있었을 때 퍼게만 부자 사이에 무슨 일이 있었는지는 오직 추측만이 가능할 뿐입니다. 말다툼이 격해진 끝에 세바스티안이 아버지를 죽일 결심을 한 걸지도 모릅니다. 어쩌면 그 전에 이미 결심을 한 것일 수도 있고요. 하지만 본 재판은 세바스티안 퍼게만의 동기와 행위에 대해 추측해서는 안 됩니다. 이 법정의 임무는 오로지 마야의 역할을 규명하는 것입니다.

첫 번째 총격이 발생했을 때 마야는 충격을 받았습니다. 마야가 퍼게만이 교실로 가져온 다른 무기를 집어 든 것은 자신과 다른 사람들의 생명을 지키고 퍼게만을 저지하기 위해서였습니다. 그는 첫 희생자 셋을 죽였습니다. 순식간에. 마야는 무기 다루는 것이 능숙하지 않은 데다 겁에 질려 있었습니다. 마야가 첫 발을 발사했을 때 어맨다 스틴이 맞았지만 그것은 마야의 목적이 아니었습니다. 마야는 가방 안에서 발견한 무기의 작동법에 익숙하지 않았습니다. 첫 발은 안전 장치를 찾으려고 할 때 발사된 것이라고 마야는 수사 과정에서 설명했습니다. 첫 발이 발사됐을 때 마야는 놀라서 실수로 다시 발사를 합니다. 그제야 마야는 무기를 어느 정도 다룰 수 있게 됩니다. 그리고 다시 발사했을 때 퍼게만을 맞춥니다. 이 일들이 벌어지는 내내 마야는 명백히 자신을 방어하고 있었습니다. 마야가 자신의 목숨을 지키는 유일한 길은 퍼게만이 교실로 가져온 무기 중 하나를 집어 그것을 사용해 자신을 보호하는 것이었습니다."

샌더가 일어선다. 가만히 앉아 있을 수 없는 모양이다. 그는 페르디난드에게 다가가 그녀의 레이저 펜을 받아든다. 빨간 점은 특별히 아무것도 가리키지 않고 그림 위를 배회한다.

"마야가 세바스티안과 모의했다는 것이 수사 결과로 밝혀졌나요? 아닙니다. 마야가 세바스티안의 계획을 알고 있었다는 건? 아닙니다. 검찰은 마야가 어맨다를 고의로 죽였다는 걸 증명할 수 있을까요? 아닙니다. 이 질문에 대한 대답은 명백합니다. 아닙니다. 의심의 여지가 없죠. 이 혐의들을 뒷받침하는 근거는 전혀 없습니다. 마야는 세바스티안을 정당방위 차원에서 죽였을까요? 물론입니다."

검사가 두 번째로 마이크를 켠다. 발끈한 목소리다.

"이의 있습니다. 제 동료 법조인에게 사실의 기술에 집중해 달라고 말한다면 너무 무리한 부탁일까요? 제 동료 법조인은 이 주장을 최후변론으로 미룰 수 없겠습니까?"

재판장이 망설이듯 고개를 끄덕였다. "샌더 변호인?"

샌더는 대신 내게 돌아선다. 그가 갑자기 손을 들자 빨간 점이 내 어깨에 내려앉는다. 나는 움찔한다. 샌더는 화가 난 것 같다. 재판장과 검사는 그가 화제를 바꿔야 한다고 생각하지만 그는 조금도 개의치 않는다. 그를 여기서 쫓아내지 않는 한 아무도 그를 멈출 수 없을 것이다. 심지어 그는 더 이상 재판부를 향해 말을 하지도 않는 것 같다.

"누가 말 좀 해주시죠, 마야가… 충격을 받은 10대 소녀가 목숨이 위태로운 지경에서 무얼 했어야 했는지? 달리 무얼 할 수 있었을까요?" 샌더는 손을 내리고는 재판부를 향해 돌아서고 나는 한숨을 내쉰다. "마야의 입장이었다면 어떻게 했을지 부디 설명해주십시오. 마야가 왜 비난을 받아야 하는지 설명해주십시오."

검사는 켜진 마이크에 대고 너무 크고 너무 길게 헛기침을 해댄다.

재판장이 다시 고개를 끄덕인다. 이번에는 조금 더 단호하다.

"이 이야기는 그만하죠, 샌더 변호인. 살펴볼 증거 서류가 있는 걸로 아는데요?"

샌더는 페르디난드에게 돌아서더니 어깨를 으쓱거리고는 레이저 펜을 돌려주고 나서 자기 의자로 돌아간다. 자리에 앉을 때쯤 평소의 건조한 목소리를 회복한다.

"본 사건을 위해 제출할 일정한 분량의 증거 서류가 있습니다. 맞습니다."

일정한 분량이라니. 이건 전형적인 샌더식 유머다. 그렇다면 엄청난 분량일 것이다.

프레디난드가 두꺼운 바인더들을 한 무더기 챙긴다. 재판부가 그것들을 하나씩 나눠 갖는다. 재판장이 가장 먼저 바인더를 받는다. 페르디난드는 마지막으로 검사의 탁자에 바인더 네 개를 놓는다. 크리스마스 이틀 후 작성된 세바스티안 정신과 의사의 진단서 외에 내 사례 연구에 대한 보충 자료, 샌더가 부하들을 시켜 준비한 수사 보충 자료다. 그는 검찰의 분석을 단 한 줄도 믿지 않고 무기와 범행 현장을 자체적으로 조사할 것을 지시했다. 심지어 이 총격사건을 재현하기도 했다. 샌더는 혼신의 힘을 다해 조사를 진행했다.

이제 그는 마지막 서류까지 전부 살펴볼 것이다. 서류, 다음 서류, 또 다음 서류. 우리는 그것들을 대부분 재검토할 것이다. 점심시간이 되고, 오후가 되고, 금방 따분한 시간이 돌아올 것이다.

3시 25분. 샌더가 남은 물을 다 마신 후 마지막 서류를 옆으로 치운다. 재판장은 손을 치켜들더니 자기 공책에 뭔가를 미친 듯이 끼적인다.

샌더가 발언을 마무리한다. 두 손을 앞으로 내민다. 손바닥은 펴져 있고 눈은 정면을 향해 있다.

"가끔 우리는 말과 말이 충돌하는 사건을 유달리 어려운 사건이라고 말합니다. 본 사건은 그보다 더 단순합니다. 수사 결과 드러난 것은 세바스티안이 가방을 꾸렸고 무기와 폭약을 다룬 유일한 인물이었으며 혼자 범행을 계획했다는 것입니다. 클래스 퍼게만이 죽었을 때 마야는 현장에 없었습니다. 마야는 범인을 쏘았습니다. 그에게 어떤 사정이 있었을까요? 세바스티안은 심각한 문제를 안고 있었습니다. 워낙 심각했기 때문에 그의 삶이 위태롭다고 걱정한 건 마야만이 아니었습니다. 크리스마스 사건 이후 마야는 줄곧 걱정을 했습니다. 세바스티안은 갈수록 난폭해졌고 이듬해 봄에는 통제가 힘들 정도였습니다. 이 점에 대해 그와 가까웠던 많은 사람들이 일관된 증언을 했습니다. 세바스티안의 비이성적인 행동은 갈수록 심해져 결국 참사를 일으켰고, 마야는 그 참사의 피해자 중 하나가 된 것입니다. 하지만 그간 마야는 폭력 성향을 결코 드러낸 적이 없습니다. 생명의 위협을 받기 전까지는."

샌더는 곁눈질로 나를 본다. 그가 내 손을 잡을 것만 같아 나는 손을 무릎에 얹고 재판장을 쳐다본다. 재판장이 내 눈을 똑바로 쳐다볼 때 샌더는 결론을 내린다.

"마야 노르베리는 교실에서 무기를 발사했습니다. 그것은 자신의 생명을 구하기 위해서였습니다. 이제 우리 차례입니다. 우리가 마야를 구할 차례입니다."

재판 둘째 주 월요일

27

법정 안이 조용하다. 쥐 죽은 듯 고요하다. 교회에서 누군가
소름 끼치도록 아름다운 솔로 곡을 부른 후 박수조차 치지 못할
때처럼. 샌더는 스웨덴 최고의 형사 재판 변호사로 유명하다.
소문이 진짜였구나, 처음 실감하는 순간이다.

샌더가 언변이 좋다는 건 알았지만 그가 설득의 천재라는 걸
실감한 것은 오늘이 처음이다. 팬케이크는 늘 자만하고 우쭐거
리는데, 아마도 그래서 이 사건에 그의 변론이 절대 허용되지
않는 이유인 것 같다. 백 퍼센트 확신하는 태도가 모든 사람을
자기 편으로 만든다는 것이 세상 이치인 양 많은 사람들이 믿고
있지만 실상은 다르다. 현실에서는 아무도 그런 식의 추정을 믿
지 않는다. 정치인들은 이것을 간파해야 한다. 사람들은 물음표
로 끝나는 문장을 기대한다는 걸. 모든 것을 이해하지는 못하지
만 제안을 해주는 사람을 고대한다는 걸. 이게 통할지 확신은
없지만 그래도 한번 시도해보겠습니다.

샌더가 바라는 것은 의구심에 찬 그의 발걸음을 모든 사람들
이 뒤따르는 것이다. "우리는 자문했습니다. 이것이 정말 사실

일 수 있을까?" 그가 이렇게 말하자 모두가 호기심을 느낀다. "그래서 우리는 자체 조사를 실시하기로 했습니다." 모두들 그것이 기발한 발상이라는 데 동의한다. 경찰이 이미 수사한 것을 다시 반복하는 것은 시간과 돈 낭비라고 말한 사람들까지도. 그가 놀라운 결과를 얻었다면서 다음과 같은 결론을 내렸다고 말할 때는 너도나도 귀를 기울인다. 그가 틀렸다고 평소 확신하던 사람들까지도 방어막을 내리고 생각에 잠긴다. 어쩌면… 어쩌면 그의 말에 일리가 있지 않을까?

법정의 분위기는 아침과 사뭇 달라졌다. 뒤쪽의 기자들은 새로운 관점의 이 이야기를 열렬히 써대고 있다. 직전의 이야기를 까맣게 잊었나 싶을 정도로 열광적이다. 자기들이 그 이야기를 만들어놓고 말이다. 재판장이 나를 바라본다. 오늘 벌써 여러 번 쳐다본다. 그럴 필요가 없는데도. 전에는 없던 일이다.

이제 내가 세바스티안에게 보낸 문자 메시지는 더 이상 중요하지 않은 것 같다. 내가 그 가방을 옮겼고 그들이 내 로커에서 폭탄을 발견한 것이 대단한 증거가 안 된다는 생각이 처음으로 든다. 넌 학교 전체를 날려버리고 싶었던 게 분명해, 하는 말은 설득력이 떨어진 것 같다. 이제 나는 이런 생각을 할 여유도 생겼다. 지금 이 분위기를 어떻게 해석해야 할까? 여기 있는 사람들이 내 관점을 납득했고 내가 어떤 사람인지 생각을 바꿨다고 봐도 될까?

나는 차라리 죽는 게 나아. 그자도 죽어야 하고. 그자는 죽어도 싸. 이런 생각을 하면서 누군가를 죽이지 않는 게 가능할까? 이런 말을 남에게 할 수 있을까? 샌더는 가능하다고 생각한다. 샌더에 따르면, 남자친구에게 누군가를 증오한다고 말하는 것은 범죄가 아니다. 내가 세바스티안에게 한 말은 중요하지 않다고 그는 주장한다. 내 말이 아니었어도 세바스티안은 그의 아버지를 죽였을 것이고 다른 짓도 했을 거라고. 내가 아니었더라도 그 일은 일어났을 거라고. 그의 말이 맞을지도 모른다. 이제 이런 생각도 할 여유가 생겼다. 그렇지?

"변론 감사합니다." 재판장이 그렇게 말하며 앞에 있는 서류철을 몇 개 챙기기 시작한다. 나는 시민 판사들을 쳐다본다. 그들은 내게 질문하지 않는다. 그리고 내가 자기들을 쳐다보지 않을 때만 나를 쳐다본다.

"피고의 진술은 내일 듣도록 할까요?"

샌더가 고개를 끄덕인다. 나도 모르게 숨이 턱 막힌다. 내 차례다. 때가 됐다.

재판장이 손목시계를 쳐다본다. "그럼 오늘은 이만하죠." 그는 서류가방으로 손을 내밀어 메모한 것들을 안에 넣는다. "특별한 게 없으면. 피해자 측 일정에 문제가 있는 걸로 아는데, 맞습니까?"

레나 파르손이 헛기침을 한다.

재판장이 그녀를 쳐다본다. 그녀는 허리를 빳빳이 펴더니 고개를 단호하게 끄덕인다. 분이 풀리지는 않지만 재판이 끝나려면 아직 멀었다는 생각이 든 모양이다. 불행히도 나 역시 같은 생각을 떠올린다.

오늘 샌더는 자기 할 일을 다했다. 내일은 내가 이야기를 할 차례다. 하지만 여기 있는 사람들은 내가 검사의 주장대로 살인자라는 데 이견이 없으므로 이 상황은 일시적일 뿐이다. 그리

오래 지속되지 않을 것이다.

레나 파르손은 몸을 기울여 작은 마이크를 켠다. 내 이야기가 끝나자마자 검사가 다시 판을 뒤엎을 시간이 예정돼 있기 때문이다. 즉 샌더의 말을 반박하고 내가 가장 친한 친구를 죽였다는 것을 모두에게 상기시키려고 대기 중인 사람이 있다는 뜻이다. 그 사람은 내 주장과 달리 나는 더 일찍 총을 집어 들었고 세바스티안을 쏘려다가 어맨다를 맞춘 것이 아니며 그것은 전혀 실수가 아니었다고 주장하고 있다.

레나 파르손이 말을 시작한다.

"이미 법원에 요청한 대로, 1번부터 4번까지 증인들의 증언을 먼저 신청하려고 합니다. 부상자 측이 이번 주에는 출두할 수가 없어서요. 증인들은 이미 출두 요청을 받았고 일정 변경에 동의했습니다. 따라서 저는 법원의 명령에 따라 부상자 측에 월요일에 출두해달라고 요청하였습니다. 이 일정만으로 그날 하루가 다 소요될 것으로 생각됩니다."

시야 한구석에 팬케이크가 보인다. 그는 불만스러운 모양이다. 우리가 승기를 잡은 것 같지가 않다. 문득 조사실에서 감방으로 걸어갈 때 간수가 내게 한 말이 떠오른다. "그 남자 재판통 못 이기던데. 샌더, 맞지? 스타 변호사들이 원래 그래. 가장 비열한 고객의 사건을 맡거든. 전 국민이 유죄라는 걸 아는 사건을 맡지. 그들은 가망이 없는 사건을 좋아하거든. 그리고 패소해. 샌더만큼 자주 지는 사람도 없어."

당연히 팬케이크도 이걸 알 것이다. 스타 변호사가 나 같은 사건을 맡을 때는 승소하기 위해서가 아니다. 원칙을 위해 기꺼이 패소할 만큼 패기가 있음을 보여주려는 것이다. 누구나 재판을 받을 권리가 있습니다. 그것이 가장 비열한 범죄자일지라도.

여기 있는 사람들은 샌더의 말을 듣고 싶어 한다. 프로가 활약하는 모습을 보고 싶어 한다. 그렇다고 해서 그것이 불가피한 일을 막지는 못한다. 내가 한 짓은 한 짓이다. 그리고 내가 그 짓을 했을 때 거기에 있었던 사람이 있다. 나는 스웨덴 최고의 변호사를 선임할 권리가 있다. 하지만 승소할 권리가 보장된 것은 아니다.

재판장은 고개를 끄덕이고 판사봉으로 탁자를 친다. 그가 그것으로 내 이마를 정통으로 때리는 것만 같다. 넌 죽어도 싸.

"좋습니다. 사미르 사이드는 월요일 10시 정각에 증언하도록 하겠습니다. 재판은 내일 속개하겠습니다."

사미르와 나

28

"화장실에 학위가 있네?" 사미르가 웃으며 내 방으로 돌아와 침대에 벌렁 누워 두 손으로 머리를 받쳤다. "사람들이 정말 그러는구나? 보란 듯이 손님 방에 학위를 걸어놓는 거. '어머, 이 사람들 스톡홀름 대학이랑 인시아드* 다녔네?'"

나는 사미르의 미소에 너털웃음으로 응답한 후 창문을 열려고 일어났다. 크리스마스를 앞둔 토요일 아침이었다. 내 방에 있으니 갑갑했다. 사미르가 내게 처음 키스한 지 닷새째 되는 날이었고 이번에는 같이 밤을 보낸 후였다. 내가 무슨 말을 할 수 있었겠나? 우리 아빠는 얼간이라 딱히 소잿거리가 되지 않았다. 세바스티안은 주말 내내 남아프리카에 사냥 여행을 떠나고 없었고, 엄마와 아빠는 리나를 데리고 런던에 있었다. 누구든 집에 돌아오기까지 하루 이상이 남아 있었다.

"아이러니한 일이야. 아빠는 그런 게 재밌는 줄 알거든. 하지만 정작 본인이 그런 것들을 중시한다는 건 인정하기 싫어해."

---

* 프랑스 파리 근교 퐁텐블로에 있는 저명한 경영대학원.

"손님 방 화장실이라니." 사미르는 아직도 웃고 있었다. "네 엄마는 성적표를 어디에 걸어두셨니? 예비 침실에?"

　엄마는 성적이 아빠보다 더 좋았음에도 이런 식으로 자랑하는 일은 없었다. 한번은 다락에서 상자 안에 든 부모님의 옛날 성적표를 발견한 적이 있다. 엄마한테 말했더니 엄마는 생각만큼 좋아하지 않았다. 오히려 화가 난 것 같았다. "대학교 성적도 내가 더 좋았어." 엄마가 딱딱거렸다. "로스쿨 첫 네 학기 내내 전교 일등이었단 말이야." 내가 못된 말이라도 했다는, 엄마를 모욕했다는 투였다. 부모님은 둘 다 이상한 사람들이지만 그 양상은 다르다. 나는 침대로 돌아가서 사미르 위에 올라탔다.

　"우리 아빠에겐 열심히 노력해서 지금 이 위치에 왔다는 걸 보여주는 게 중요해. 하지만 너무 티를 내지 않는 척하면서 보여주는 게 핵심이지."

　사미르는 내 머리카락을 잡아 자기 쪽으로 당기고는 내게 키스했다. 그의 혀가 내 입안으로. 너무 깊이 들어왔다. 어젯밤 우리는 처음으로 속도를 늦추었다. 그간 서로에게 너무 광속으로 빠져들었기 때문에 이대로 가다가는 남들에게 들키는 건 시간문제였다. 우리는 엿새 동안 다섯 번 같이 잤다. 그와 같이 잠들고 같이 깨니 이상한 기분이 들었다. 그의 손길은 색다르게 느껴졌고 그의 벌거벗은 몸도 익숙하지 않았다.

　"열심히 노력한다는 거 말이야." 사미르가 재밌다는 듯 고개를 저었다. "네 아버지는 본인이 열심히 노력해서 지금 이 위치에 왔다는 걸 증명하고 싶어 한다고? 예전에 아버님이 라베가 지금 지내는 기숙사에서 살았다고 했지?"

　"그렇긴 한데…." 나는 사미르가 무슨 말을 하려는지 알고 있었다. 하지만 꼭 거리에서 성장하지 않았어도 자기가 이룬 것을 자랑스러워하는 건 당연한 것이다. "할아버지와 할머니가 부자라서 아빠가 거기 간 건 아니야. 그때 할아버지와 할머니가 외국에 살고 있어서 아빠는 어쩔 수 없이 그 기숙학교에 가게 된 거야."

"알아." 사미르는 내 목에 대고 중얼거리면서 사타구니를 내 몸에 밀착했다. "많이 힘드셨을 거야. 네 아버지 불쌍하고 가엾어." 그는 다시 웃음을 터뜨리더니 마침내 말을 멈추었다. 사미르가 내 티셔츠를 위로 끌어 올렸을 때 나는 부연 유리창에 비친 우리의 모습을 바라보았다. 그는 손으로 내 배를 누르며 입을 내 가슴에 댔다. 나는 몸을 뒤로 젖히고 누웠다. 머리와 머리카락을 침대 너머로 떨어뜨리자 창문에 비친 우리가 똑바로 보였다. 우리의 모습이 보기에 좋았다. 나를 만지는 그의 모습, 그의 뜨거운 격렬함, 그의 큰 손이 좋았다. 그는 부드럽지도 능숙하지도 않았지만 나는 그가 계속 해주기를, 나를 더 거세게 만져주기를, 그의 숨결이 더 가까워지기를 바랐다. 우리는 놀랍도록 섹시하게 보였다.

어떻게 섹스를 할지 결정한 것은 나였다. 그럴 수밖에 없었다. 사미르는 먼저 시작만 하고 나머지는 모두 내게 맡겼다. 내가 그에게 보여주고 이끌고 두었다. 내가 등을 대고 똑바로 누우면 그 자세로 진행이 됐고 내가 그의 위로 올라가거나 엎드려도 그대로 진행됐다. 내가 아무것도 하지 않으면 그는 화를 냈다. 내 안에 들어오기 전 내가 스타킹을 내리지 않거나 속옷을 벗지 않거나 다리를 벌리지 않으면 "얼른" 하고 재촉했다. 내 바지 벗기고 내 다리를 벌리고 내 안으로 들어와, 하고 내가 말을 해야 그렇게 했다.

끝난 후에는 서로 거꾸로 누워 있었다. 그는 내 베개에 몸을 기대고 반쯤 앉듯이 나를 가로질러 누워 손가락으로 머리카락을 돌돌 말았다. 그가 나를 쳐다보면, 빤히 쳐다보면 나는 가슴이 뛰었다. 사미르와 나, 우리 둘이 잘될 거 같다는 생각이 들었다. 그러려면 우선 세바스티안과 헤어져야 했다.

"크리스마스 때 뭐 할 거야?"

그는 선뜻 대답하지 않았다. 눈을 감고 나를 끌어당겨 자기 옆에 눕게 하고 다시 키스했다. 나는 손을 그의 풍성한 머리카락 속에 넣었다. 침대는 우리 둘이 눕기에 충분히 넓지 않아서 나는 침대 밖으로 떨어질 것만 같았다.

그때 휴대폰 불빛이 깜빡거렸다. 소리는 나지 않았지만 전화기 화면에 불이 들어와 모를 수가 없었다. 나는 사미르 쪽으로 몸을 붙였다. 휴대폰을 쳐다보지 않고 완전히 무시하면서 손을 들어 사미르의 어깨에 얹었다.

"조금 비켜봐. 나 자리 없어."

그는 몇 센티미터 정도 꼼지락거리다 일어났다. 내가 그에게 더 바짝 붙었을 때 그가 나를 타 넘어 침대 밖으로 나가 속옷을 집어 입었다.

"나 시험공부 해야 해."

나는 놀라 그를 쳐다보았다. 내가 문자 메시지를 받아서 화가 난 걸까?

"너도 시험공부 해야지?"

나는 사미르가 온 이후 한 번도 세바스티안에게 전화하지 않았다. 세바스티안이 보낸 문자 메시지에 답장은 보냈지만 욕실에 숨어 보냈다. 문자마저 무시할 수는 없었다. 세바스티안이 문자를 보냈다고 사미르가 내게 화를 낼 수는 없었다. 나는 미리 그에게 사정을 설명했고 그도 이해한다고 말했었다.

"휴가 끝나고 봐. 크리스마스 때 뭐 할 거냐고 물었지? 집에 있을 거야, 시험공부 하면서."

사미르는 속옷을 입고 나서 티셔츠를 입었다. 그가 원하는 대로 하게 두는 게 최선이었다.

"나 샤워할게." 나는 말했다. 휴대폰은 침대 옆 탁자 위에 그대로 두었다. 사미르가 내 문자를 읽든 말든 상관없었다. 나는 세바스티안과 헤어질 생각이었다. 물론 그럴 생각이었지만 지금은 아니었다. 게다가 전화로 헤어질 수도 없는 노릇이었다. 사미르도 이 정도는 이해해줘야 했다.

부엌으로 들어갔을 때 사미르가 거기 앉아 에스프레소 기계로 내린 블랙커피를 마시고 있었다. 간밤에는 그 기계 별로라고 하더니.

그동안 사미르는 우리 집 실내장식에 대해 많은 이야기를 했다. 천장의 전등을 보고는 "폐공장에서 가져온 기념품" 같다고 했고, 칼 선반을 보고는 "갈지도 못 할 칼은 왜 사는 거야?"라고 했고, 커피 머신은 "진짜 커피 맛을 아는 나라에서는 절대 못 파는" 것이라고 말했다. 버너를 보고는 "어머니가 요리는 하셔?"라고 말했고, 와인 냉장고를 보고는 "한 병 가져가야겠네! 이 샴페인이 프롤레타리아의 우유와 섞이면 어떻게 되는지 모두가 알아야 해"라고 말했다.

그는 저장실에서 먼지투성이 콘플레이크를 찾아와 그릇에 부어놓고는 거의 손도 대지 않았다. 나는 달걀 토스트를 만들어두었지만 머리가 아팠다. 마땅한 이야깃거리가 없었다. 밖에는 열흘 만에 처음 나온 해가 찬란히 빛나고 있었지만 우리는 손을 잡고 산책을 나가거나 어디로 갈 수가 없었고 카페에 앉아 손가락 깍지를 끼거나 극장 어두운 곳에서 키스를 할 수도 없었다. 나는 밖에 나가면 어디를 가든 꼭 아는 사람과 마주쳤다.

"무슨 생각해?"

"나 얼른 집에 가야 해."

"부모님한테는 어디 간다고 말했어?"

그는 어깨를 으쓱거렸다.

나는 일어나 접시를 식기 세척기에 넣었다. 사미르는 자리에 그대로 앉아서 내가 그의 머그잔을 치우게 두 손을 들었다.

"세바스티안에게 말할 거야. 하지만…."

사미르가 코웃음을 쳤다. "난 너한테 무얼 하라고 말한 적 없어."

"알아. 하지만 세바스티안은 지금 사정이 안 좋아. 개는…."

"그만해, 마야. 그 쓰레기랑 계속 만나든가 해. 그 불쌍한 꼬마 세바스티안…. 하지만 나를 끌어들이지는 마. 난 개 하나도 안 불쌍하니까. 그 대궐 같은 저택에서 사는 게 그리 힘들다면 나오면 되잖아? 네 남자친구는 마약에 취해 있든 제정신이든 등신 천치야. 제대로 학교에 다니지 못할 거면 왜 자퇴를 안 하는 거야? 내가 개 아버지였으면 오래전에 내쫓았어. 그리고 넌 어쩌다가 개를 돌봐야 한다는 생각을 마음속 깊이 새긴 건지 난 모르겠어."

나는 침을 삼켰다. "개는…."

"갠 네가 필요 없어, 마야. 실망스러운 말 해서 미안한데, 개는 아무도 필요 없다고. 세바스티안 퍼게만에게 모든 사람은 갈아치우면 그만이야. 갠 아무도 신경 쓰지 않아. 너마저도."

뭐라 대꾸할 시간도, 무슨 말로 사미르를 이해를 시킬지 생각할 짬도 없이 내 휴대폰이 부르르 진동했다. 소리는 나지 않았다. 휴대폰이 진동하면서 카운터를 가로질렀다. 우리는 그것을 가만히 지켜보았고 전화가 음성 메시지로 넘어가면서 화면이 어두워졌다.

"12분 후에 버스가 와." 사미르가 일어섰다. "나 그거 탈 거야."

그는 부엌 탁자에 눅눅해진 콘플레이크를 남겨두고 복도로 나갔다. 나는 그를 따라갔다. 그의 뺨에 키스하려고 몸을 내밀었다. 그가 신발 끈을 묶을 때 나는 문의 자물쇠를 열었다. 걸쇠가 걸려 있었다. 문을 열었을 때 어맨다가 밖에서 자전거에 자물쇠를 채우고 있었다.

"안녕." 어맨다가 두 손을 옆에 늘어뜨린 채 말했다.

사미르는 나와 어맨다를 지나 걸어갔다.

"안녕." 사미르가 어맨다에게 말을 걸었다. 무심한 목소리로. 어맨다는 대꾸하지 않았다. 사미르는 큰길로 나갔을 때 뛰기 시작했다.

"나중에 봐." 그가 소리쳤다. 우리 둘 다 대답하지 않았다.

다시 어맨다를 쳐다보니 그녀는 나를 응시하고 있었다. 지금이 어떤 상황인지 눈치를 챈 것 같았다. 그리고 내가 그걸 안다는 것도 눈치채고는 자전거 자물쇠를 풀더니 자전거를 끌고 거리로 가버렸다. 나는 그녀를 따라갈 수 없었다. 티셔츠와 속옷 차림으로 실랑이를 하기엔 날이 너무 추웠다. 나는 빌어먹을 브

323

리짓 존스가 아니었다.

어맨다가 시야에서 사라졌을 때 나는 집 안으로 돌아가 문을 잠근 후 휴대폰을 끄고 나서 거실로 이불을 가져왔다. 소파에 누워 〈워킹 데드〉를 세 편 보고 나서 팬에 담긴 마카로니 치즈를 먹었다. 그렇게 네 시간을 꾸물거렸다. 어맨다가 어디 있는지 몰라서도 아니었고, 손 놓고 일이 터지기를 기다리는 것도 아니었다. 그저 혼자 있고 싶었다.

해가 완전히 졌을 때 나는 밖으로 나갔다. 눈이 내리고 있었다. 나는 걸으면서 사미르에게 전화를 걸었다. 눈이 내리는 둥 마는 둥 겨울이 좀 시시하구나 하고 느껴지게 내렸다. 나는 진창과 12월의 어둠 속을 걸었다. 신발이 점차 젖었고, 마구간의 창문들은 난방을 한 데다 말들이 내뿜는 열기와 더운 입김으로 죄다 부옇게 변해 있었다. 나는 곧장 어맨다네 마구간으로 갔다. 문이 활짝 열려 있었다.

"얘기 좀 할 수 있어?"

어맨다는 대답하지 않았다. 그래서 나는 안으로 들어가 데블린의 머리 옆에 앉았다. 어맨다는 말의 뒷몸을 빗질하고 있었다. 한 번 빗질을 하고 나서 매번 빗을 털었다. 말의 털은 이미 반들반들했지만 어맨다는 멈추지 못했다. 멈추면 나를 쳐다봐야 했으니까.

나는 거기서 무얼 하고 있었던 걸까? 왜 설명해야 한다고 생각했던 걸까? 왜 어맨다를 안심시켜야 한다는 의무감을 느꼈던 걸까? 나는 그 애에게 아무 짓도 하지 않았는데. 하지만 나는 설명하기 위해 거기 가 있었다. 심각한 일은 전혀 없었고 그 애의 삶에 달라지는 것은 전혀 없을 것이며 모든 것이 그대로일 거라고. 그리고 나는 사과하기 위해 거기 갔다. 우리 사이는 늘 그렇게 돌아갔다. 나는 무슨 짓을 했든 안 했든 무조건 미안하다고 말했다. 반대의 경우는 없었다.

데블린이 고개를 숙이더니 훈훈한 입김을 내 머리에 훅 쏟아냈다. 나는 녀석의 주둥이를 쓰다듬었다. 마구간을 다시 찾은 것은 6개월 만이었다. 그때만 해도 여기서 살다시피 했었는데. 아빠는 내가 남자를 좋아하기 시작하면 승마는 거들떠보지 않을 거라고 늘 말했었는데, 인정하기 싫지만 아빠 말이 옳았다. 마구간으로 들어갈 때마다 다시 말을 타야지 하고 혼잣말을 중얼거렸지만 실제로 그런 노력을 하지 않았다.

"어맨다." 나는 말을 걸었다. 끝내고 잊어버리자.

"너 그러지 마⋯." 어맨다는 내게 돌아서더니 손을 들어 빗을 내게 흔들어댔다. 너무 화가 나서 목소리를 덜덜 떨었다. "네가 무슨 생각으로 그러는지 모르겠어, 마야. 나한테 무슨 말을 하려는 건지도 모르겠어. 이게 얼마나 구역질 나는 일인지 모르겠니? 네가 무슨 짓을 한 건지 모르겠냐고!"

나는 고개를 끄덕였다. 일단 순순히 따르는 게 최선이었다. 그러면 더 빨리 끝날지도 몰랐다.

"진짜야, 시베가 얼마나 힘들지 상상도 안 돼⋯." 그 애는 울기 시작했다. 어맨다는 자기 일로 생각했다. "하지만 마야, 걘 이런 취급을 당할 사람이 아니야. 엄청 속상할 거라고, 마야. 걔한테 이런 짓을 하면 안 돼."

한 번만 더 '마야'라고 말하면 나한테 맞을 줄 알아, 하고 생각했다. 나는 잠시 꾹 참고 아무 말도 하지 않았다. 100까지 숫

자를 셌다. 애 마음이 후련해질 때까지 말하게 두자. 듣는 척만
하면 되니까. 그냥 애가 말하게 두면 되니까. 어맨다는 내 생각
을 바꿀 수는 없었다. 네가 뭘 안다고 그래, 하고 소리치고 싶었
다. 넌 아무것도 몰라. 어맨다가 붙여준 세바스티안의 애칭은
우리 남자친구들을 만화 커플로 전락시켰지만 어맨다는 그것도
몰랐다. 라베와 시베. 투드와 루드. 휴이, 듀이와 루이. 나는 마
른침을 삼켰다. 더는 어맨다를 견딜 수가 없었다. 세바스티안의
여자친구라면 어때야 한다고 생각하는 사람들 모두 견딜 수가
없었다. 그의 여자친구는 나였다. 바로 나. 나는 원하지 않았지
만 그것은 엄연한 사실이었다. 어맨다는 너무 버거운 상대였다.
나는 이 상황을 감당할 수 없었다. 논쟁할 엄두가 나지 않았다.

　"난 그게 아니라… 그게 아니라…."

　"사미르는 또 어떻고? 이건 개한테도 못 할 짓이야. 너 개 사
랑해?" 그 애가 어찌나 대차게 코웃음을 치는지 누가 들었으면
우리를 정치인 자식들을 거느린 개버딘 옷 차림의 투실투실한
삼류 정치인쯤으로 생각했을 것이다.

　왜 안 되지? 왜 나는 사미르를 사랑할 수 없다는 걸까? 그게
그렇게 터무니없는 일인가? 어맨다는 라베와 사귀기 시작하면
서 사미르를 자신의 자선 프로젝트인 것처럼 말해왔다. 사미르
는 참 똑똑해. 사미르는 참 재밌어. 그리고 똑똑해. 그리고 정말
이지 똑똑해. 내가 개 똑똑하다고 말했던가?

　나는 "아니"라고 말하면서 고개를 저었다. "아니, 아니." 내
감정을 돌아볼 만한 기운조차 없었다. 거짓말일 수도 있었지만
신경 쓸 여력이 없었다. "모르겠어. 하지만 그동안 많이 힘들었
어, 어맨다. 나 사미르 좋아해. 갠 항상 어렵기만 하지 않아. 그

동안 나…. 그동안 세바스티안과 나는….”

　말을 끝까지 할 필요도 없었다. 나머지 부분은 어맨다가 원하는 말로 채우게 두는 게 더 나았다. 나도 울어야 했지만 울지 않았다. 우리는 동시에 울지 못했다. 어맨다는 관심을 나눠 갖는 걸 견디지 못했다. 그 애가 울음을 그치면 내가 울 차례였다. 그 애를 확실히 내 편으로 굳히려면 그 애가 나를 위로하게 돼야 했다. 하지만 이번에도 그걸 해낼 수 있을지 자신이 없었다.

　“그냥 그렇게 됐어…. 세바스티안과는 자꾸 삐걱거리는데 사미르는….” 어맨다가 나를 성난 눈으로 쏘아보았다. “사미르와 얘기해볼게.” 나는 그 애를 안심시켰다. “세바스티안과도 얘기해보고. 하지만 아무 말 하지 않겠다고 약속해줘. 라베에게도 세바스티안에게도 아무 말 하지 말아줘. 세바스티안은 모를 거야. 알면 돌아버릴 거야.”

　어맨다는 고개를 끄덕였다. “물론. 아무 말도 안 할게.”

　그 애가 벌써 라베에게 말한 건 아닌지 궁금했다.

　“그래.” 나는 말했다.

　“난 비밀은 항상 지켜.” 어맨다가 훌쩍거렸다. 여전히 화가 나서.

　옹알이 좀 그만해. 약속 꼭 지키고. 나는 생각했다. 그리고 비밀 누설하지 마. 나는 짚고 넘어가고 싶었지만 그럴 수가 없었다.

　“고마워, 어맨다.” 그냥 그렇게 말하고 말았다.

29

밖은 칠흑처럼 어두웠다. 오후 4시인데 밤 같았다. 12월의 스웨덴은 원래 이 모양이다. 나는 어맨다를 달래고 나서(그 애와 상관없는 일인데도) 마구간을 나와 사미르에게 다시 전화를 걸었다. 여전히 전화를 받지 않았다. 나는 연속으로 네 번 전화를 걸고 나서 메시지를 보냈다. 그는 온라인이었지만 내 메시지가 '읽음'으로 변하자마자 그는 오프라인이 됐다. 묵묵부답. 벤데바겐으로 다가갈 때 광장 쪽에서 버스가 오는 것이 보였다. 나는 버스에 올라타고 다시 전화를 걸었다. 통화가 음성 메시지로 넘어갔다.

그 애와 이야기해야 했다. 세바스티안이 집에 돌아올 때까지 기다리고 싶지 않았다. 누군가 나를 말리기 전에 해야 할 일을 하고 싶었다. 게다가 사미르는 어맨다가 나타나기 전부터 이미 화가 나 있었고 화가 난 채로 가버렸다. 그 애가 내게 화가 나 있는 건 싫었다. 내가 그 애를 창피해한다고 오해하는 것도 싫었다. 내가 진지하다는 걸 알리고 싶었다.

전차 객차의 창문이 두 개 열려 있었다. 칼바람이 안으로 쏟아져 들어왔다. 전차 안에서 아직 술과 열렬한 크리스마스 쇼핑의 냄새가 났다. 모비 센트럼 역에서 오스테말름스토리 역을 지나면서 모든 좌석과 통로가 사람들과 쇼핑백으로 가득 찼다. 감라스탄까지 오래 걸렸다. 창밖 풍경은 거의 보이지 않았다. 전차 안은 사람들로 가득했지만 다른 노선으로 갈아타자 조금 나아졌다.

크리스터 선생님은 수명과 거주지 인근 전철역 사이의 상관관계에 대한 연구를 말한 적이 있다. 바갤모센 역과 단데리즈 병원 역 사이 지역 주민의 평균 수명이 15년 정도 차이가 난다고 했다. 내려야 할 역이 세 정거장 남았을 때 전철 안에 노인들이 싹 없어졌다. 텐스타 역에 도착하자 내 또래 여자애는 한 명도 없었고 남자들과 유모차를 끄는 아이 엄마 둘뿐이었다. 아이 엄마들은 모두 베일과 바닥까지 치렁치렁한 원피스 차림이었다. 내 또래의 여자애들은 아파트 안에 갇혀 있나 싶었다. 그렇다면 발기한 고추에 걸려 넘어질 일도 발코니에서 떨어질 일도 없겠군.

나는 주머니 안에 엄마가 준 호신용 스프레이를 가지고 있었다. 엄마가 프랑스에서 사 온 것이었는데, 한번은 주머니 안에 든 실수로 버튼을 누른 적이 있다. 그걸 모르고 주머니에서 손을 빼 머리카락을 쓸어 넘기는 순간 눈에 불이 붙은 것 같았다. 이후 2시간 동안 눈이 화끈거리고 눈물이 계속 났다. 엄마는 나를 응급실로 데려가려 했지만 아빠는 나를 샤워 부스에 넣고 미지근한 물로 얼굴을 씻겼다. 그제야 조금 살 것 같았다. 아빠는 의사 친구에게 전화했고 의사는 붓기를 가라앉히는 데 도움이 되는 연고와 세척액을 처방했다. 아빠는 내게 호신용 스프레이를 버리라고 했지만 엄마는 반대했다. 자칫 불법 무기 소지로 소환될 수 있었지만 엄마는 내 안전이 더 중요하다면서 아랑곳 하지 않았다. 뭐가 더 중요하다는 걸까? 경찰한테 걸리면 똥바 가지 쓰는 건 엄마가 아니라 나인데. 하지만 지금은 이것이 있 어 든든했다. 어떤 남자가 내 맞은편에 앉았을 때 나는 손가락 을 스프레이 통에 대고 바닥을 내려다보았다.

나는 누구와도 눈이 마주치지 않게 조심했다. 아이 엄마들 옆 으로 갈까 생각했지만 그들은 유모차를 통로 중간에 세워두고 있었다. 아무도 그쪽 빈자리로 오지 말라는 뜻이었다.

텐사 센트럼은 파랑 노선의 종착역에서 두 번째 역이었다. 내 가 내릴 때 두 사람만 같이 내렸다. 나는 천천히 걸음을 늦춰 마 지막으로 엘리베이터에 올라탔다. 아까 휴대폰 GPS를 보고 사 미르의 주소를 입력해두었기 때문에 거리로 올라갔을 때 어디 로 가야 할지 알 수 있었다. 하지만 휴대폰을 꺼내고 싶지 않았 다. 길을 모르는 티를 내고 싶지도 않았고 휴대폰을 자랑하고 싶지도 않았다.

거리에는 전차 안보다는 사람들이 더 많았다. 전차 안에서 봤 던 여자들은 열한 살가량의 남자애가 마중을 나왔다. 조금 떨어 진 ICA 슈퍼마켓에서 나오는 통통한 여자 셋의 뒷모습이 보였 지만 그 외에는 모두 남자였다. 남자들, 남자들, 남자들.

사미르는 텐사에 산다고 내게 말한 적이 없다. 그의 주소를 보았을 때 놀랐던가? 아마도. 텐사는 가장 악명 높은 빈민가였 기 때문에 주소가 조작된 것처럼 너무 극단적인 느낌이 들었다. 하지만 나는 그 동네가 어떤 곳일지 짐작도 할 수 없었다. 한 번도 가본 적 없는 곳이었다. 과일과 채소 가판대? 펼친 카펫 위에 놓인 가짜 손목시계와 풀로 구찌 로고를 붙인 비닐 가방들? 구운 아몬드와 밤? 한 가정의 아이들 열아홉 명이 축구를 하고, 노인들이 구부정하게 체스판 앞에 앉아 있고, 손에 붕대를 감은 룩키가 후드를 쓰고 뛰어 지나갈 때마다 사람들에게 박수를 치는 곳? 핏불테리어와 레드불? 사프란과 마늘? 보체*와 왁자지껄한 너털웃음? 어쩌면. 어쩌면 데니스가 사는 동네와 비슷할 지도 몰랐다. 거기는 세바스티안과 한 번 간 적이 있었다. 그의 집에서 좀 멀찍이 떨어진 곳에서 그를 태웠지만 한눈에 진부하고 변변찮은 테라스 주택 단지라는 걸 알 수 있었다. 떠나자마자 싹 잊게 되는 곳. 일회용 플라스틱 컵처럼 아무 의미가 없는 곳. 하지만 여기는? 여기는 그냥 불가사의했다. 밑도 끝도 없이 어떤 생각이 떠올랐다. 뚜껑 없는 부서진 플라스틱 용기.

그래도 여름에는 조금 나을 것 같았다. 침침하지도 않고 나무에 나뭇잎도 달려 있을 테니까. 하지만 지금 내 눈에는 평생 가본 곳 중 가장 흉한 동네로 보였다. 어떻게 그들은 아직 텐사에 살고 있냐면서 호들갑을 떤 정치인들과 기자들은 정말 멍청한 게 분명했다. 아니면 도심에 아파트를 보유하고 있거나.

전철 입구 옆 광장에 서서 망가진 가로등을 네 개째 세었을 때 크리스터 선생님의 목소리가 내 머릿속에 울려 퍼졌다. 교사 특유의 진지하고 근엄한 목소리가. 선생님은 내가 여기 왔다는 걸 알았다면 몹시 기뻐하면서 고개를 천천히 끄덕이며 진심으로 말했을 것이다. 여기가 진짜 스웨덴이야, 마야. 바로 이런 모

---

* 작은 공을 던져 경기장 반대편에 놓인 공에 가장 가까이 던져 점수를 따는 게임.

습이야. 천만에. 거기는 진짜 스웨덴이 아니었다. 화려한 오스테말름스토리나 스톡홀름 군도나 수백만 크로나짜리 집들이 있는 스트란드베겐과 전혀 달랐다. 단지 흉하다고 해서 더 리얼한 것은 아니다.

나는 광장 반대편 버스 정류장에 앉아 한 손으로 휴대폰을 꺼냈다. 어쩔 수 없었다. 다른 손은 주머니 안의 호신 스프레이를 쥐고 있어야 했다. 그리고 겁이 난다고 해서 인종차별주의자는 아니라고 최선을 다해 나 자신을 설득해야 했다. 엄마의 목소리가 머릿속에 울려 퍼졌다. 조심한다고 해서 꼭 겁을 먹는 건 아니야. 내 위치를 알 것 같았다. 사미르가 사는 곳은 역에서 멀지 않았다. 지도로는 5분 거리였다. 나랑 같이 전철에서 내린 남자가 버스에 올라탔다. 문이 닫히기도 전에 버스가 급히 정거장을 빠져나갈 때 나는 포장 인도를 따라 걷기 시작했다. 역시나 사람은 한 명도 없었다. 개를 산책시키는 사람도, 아기에게 바람을 쐬어주는 사람도 없었다. 조깅하는 사람도, 어딘가를 가는 사람도 없었다. 나는 낙서와 난간에 쇠사슬로 묶인 분해된 자전거를 서둘러 지나 지린내가 나는 터널을 통과한 후 텅 빈 놀이터 두 곳을 지났다.

사미르는 큰 아파트 건물 1층에 살았다. 청소년 공포 영화에 흔히 등장하는 그런 건물이었지만 그곳에는 스키 선수 잉게마르 스텐마크의 모자와 흡혈귀와 할아버지의 자전거와 눈은 없었다. 복도에서는 소리가 울렸고, 보안 코드가 필요 없는지 정문이 활짝 열려 있었다. 사미르의 집 현관문은 엘리베이터 바로 오른쪽에 있었다. 초인종을 누르자 땡 하는 소리가 났다. 사미르와 닮은 꼬마가 문간에 나타났지만 내가 누구인지 밝히기 전에 사미르가 나왔다.

사미르의 엄마와 아빠는 집에 있었다. 사미르에게 남동생이 둘 있다는 건 몰랐지만 하도 빼박아서 형제라고 생각할 수밖에 없었다. 나는 다 같이 부엌에 앉겠구나 기대하면서 모두에게 나를 소개했다. 복도에서 부엌이 보였고, 좁다란 복도는 문을 통해 발코니와 연결됐다. 집 안에 빈 상자들이 가득했다. 나는 그의 부모님과의 대화를 기대했던가? 그랬던 것 같다. 사미르와 어떻게 아는 사이인지 묻기도 하고 잠시 같이 앉아서 차와 케이크도 권하고 호기심 어린 눈으로 나를 쳐다볼 거라고. 하지만 내 예상은 모두 빗나갔다. 그들은 아무런 관심도 없는 것 같았다. 그의 엄마는 단단히 화가 난 듯 보였고 내가 모르는 언어로 뭐라뭐라 말하고는 다시 모습을 드러내지 않았다. 그의 아버지는 내가 손을 내밀었을 때 내 손을 잡긴 했지만 자기 이름을 말하지 않고 내 손을 놓더니 돌아서서 텔레비전 앞에 앉았다. 전혀 들어본 적 없는 두 풋볼팀의 경기가 방송되고 있었다. 텔레비전이 어마어마하게 컸다. 우리 집 것보다 적어도 두 배는 컸다. 처음에는 무음인 줄 알았는데 쳐다보니 그의 아버지는 두툼한 연초록색 헤드폰을 끼고 있었다.

이유를 알 수 없지만 사미르는 몹시 화가 난 듯 보였다. 내가 말도 안 하고 찾아와서? 너도 연락 없이 우리 집에 나타났잖아. 그것이 발단이 되어 지금 이렇게 된 것 아닌가.

나를 여자친구로 소개시켜 달라고 그에게 요구한 적은 없지만 "얘는 같은 반에 다니는 마야예요" 하는 말 정도는 할 줄 알았는데.

우리는 그의 방으로 가지도 않았다. 내가 그의 방을 보고 싶어 할지 모르는데도. 나는 그가 동생들과 방을 같이 쓴다고 해도 상관없었다. 그가 이렇게 살아도 상관없었다.

그에게 말하고 싶었다. 창피해할 필요 없어. 난 상관 안 해. 하지만 기분이 야릇했다. 나는 아무 말도 하지 않았다. 얘기 좀 할 수 있어? 나는 그런 뜻의 말만 간신히 짜냈다. 그게 다였다.

사미르는 고개를 끄덕이더니 운동화를 신었다. 학교에서 신고 있는 걸 한 번도 본 적 없는 운동화였다. 그는 옷도 갈아입었다. 반짝거리는 운동복 바지처럼 보였다. 빈민가 유니폼인가, 하는 생각이 들었다.

"우리 나가요." 사미르가 말했다. 나는 거실로 돌아가서 그의 아버지에게 작별 인사를 하려고 돌아섰지만 사미르가 내 팔을 잡더니 문밖으로 나를 끌어내 문이 반쯤 열린 층계로 데려갔다.

그는 내가 찾아와서 성질이 난 게 분명했다. 화가 단단히 난 것 같았다. 나는 그저 단둘이 이야기를 하고 싶었다. 어맨다가 다 알게 됐다고. 그리고 묻고 싶었다. 이제 우리 어떡하지? 나 혼자 궁지에 몰려 결정하고 싶지 않았다. 그가 세바스티안과 헤어지라고 말해주길 바랐다. 그러면 오늘 밤에 하겠다고 말할 수 있을 것 같았다. 그러면 이토록 외롭지 않을 것 같았다. 그를 배려해서 와달라고 하지 않고 내가 그의 집으로 찾아간 건데 그걸 왜 몰라주지? 나는 그에게 나를 만나러 오라고 명령하지 않았다. 기꺼운 마음으로 그를 만나러 왔다는 걸 보여주고 싶었다. 그가 어디에 사는지는 내게 중요하지 않았다. 상관없었다.

참으로 바보짓이었다. 왜 그랬는지 모르지만 나는 그에게 한시라도 빨리 알리고 싶었다. 난 상관없어, 사미르. 이것들 다. 상관없어. 사미르는 텐사가 다른 곳보다 천 배는 더 멋진 근사

한 동네라고 생각했을까? 그럴 리 없다. 그랬다면 어느 쪽으로 든 1시간이나 걸리는 유르스홀름 고등학교로 매일 통학하지 않았을 것이다. 그건 분명했다.

왜 그가 견디기 힘든 이곳에 살 수밖에 없는지 이해한다고 말했어야 했을까? 아마도. 여기서 벗어나기 위해 죽을힘을 다하고 있다는 걸 진심으로 이해한다는 말도 했어야 했다. 왜냐하면 그는 텐사보다 더 가치 있는 인간이니까. 지금 살고 있는 여기보다 더 가치 있는 인간이니까. 그때 내가 했어야 하는 말은 그 것이었을지도 모른다. 그의 아파트, 계단, 거기까지 가는 길, 거기서 나오는 길, 그가 입은 운동복 바지 모두 창피해해서는 안된다고. 왜냐하면 그의 잘못이 아니니까. 하지만 나는 그 말도 할 수 없었다. 그는 그 말에도 수치심을 느낄 테니까.

그는 아무 말 없이 앞장서서 그 건물에서 멀어져갔다. 어디로 가는 건지 알 수 없었다. 아무래도 좋았다. 텐사에서는 사람들이 어디로 가서 이야기를 하는지 알 수 없었다. 어디든 상관없었다. 빨래방이든, 창고든, 낙서가 있는 벽이든, 유스 센터*든, 동네 커피숍이든, 스케이트장이든. 평화롭고 조용한 분위기에서 대화가 가능한 공간이라면 어디든.

잠시 후 나는 우리가 지하철역으로 가고 있다는 걸 깨닫고 그를 붙잡아 멈춰 세웠다.

우리가 왜 대화를 해야 하는지 아직 말도 안 꺼냈는데 사미르는 내게 이상한 표정을 지었다. 내가 말을 하면 할수록 분위기는 더 악화되었다. 솔직히 그때 그가 무슨 말을 했는지 정확

* 젊은이들이 모여 실내 운동이나 비디오 게임 등 다양한 활동을 같이 하면서 어울리는 장소.

히 기억나지 않는다. 하지만 그는 내가 세바스티안과 헤어질 필요가 없다고 생각했다. 자기 때문이라면 절대로 그럴 필요 없다고. "우린 사귀는 사이가 아니야, 마야. 몇 번 같이 잤을 뿐이지 사귀는 거라고 할 순 없어."

그는 내게 매춘부라든가 싸구려라든가 하는 말은 하지 않았다. 하지만 지적이고 정치적으로 몹시 민감하며 앞으로 외국 특파원이 되실 세계 최강의 사미르는 나를 새로운 시선으로 바라보았다. '아둔하게 굴지 마' 하는 특유의 그 표정으로.

그는 가만히 서 있으려고 하지 않았다. 우리는 말을 하면서 계속 걸었다. 그는 나를 거기서 한시라도 빨리 보내려 할 뿐 내가 무슨 말을 하려는지 아무 관심도 없었다. 그가 다시 내 팔을 잡았다. 나는 놀이터에서 집에 가기 싫다고 떼쓰는 고집쟁이 어린애였다. 얘기가 끝났을 때쯤 우리는 전철 역에 도착했지만 그는 나를 그곳에 홀로 두고 가지는 않았다. 촌스러운 하얀 운동홧발을 승강장 바닥에 동동 구르다가 내가 탈 전차가 도착하자 나랑 같이 전차를 타고 티센트랄렌 역으로 향했다.

그는 대체 무슨 상상을 한 걸까? 내가 텐사에 몰래 아파트를 얻어 살기라도 할까봐? 천장 높이가 180센티미터 밖에 안 되고 바닥이 리놀륨인 우중충한 아파트에 살면서 근사한 친구들도 몇 명 사귈 거라고? 그의 새로운 이웃이라도 될까봐? 임산부처럼 불룩 나온 배로 아주아주 멋진 똑같은 운동복에 화려한 무늬의 숄을 머리에 둘러쓰기라도 할까봐?

나는 자리에 앉았다. 전차 안에 빈자리가 수두룩한데도 그는 내내 서 있었다. 중앙역에 도착할 무렵 그는 조금 진정이 됐는지 헤어지기 전에 손을 내 어깨 바로 아래에 놓았다. "안녕, 마야. 학교에서 보자." 나는 그의 몸에 토악질을 하고 싶었다.

나는 단데리즈 병원 역에서 집까지 걸어왔다. 전철 역에서 모비 학교 밖 주차장으로 연결된 보행자 터널은 텐사에 비하니 정말이지 오지게 멋지게 보였고 아늑하게 느껴졌다. 하지만 이미 오래전부터, 스톡순즈 IP 옆 풋볼 경기장에 도달했을 때부터 이미 얼어 죽을 것만 같았다. 어맨다가 준 양모 벙어리장갑은 ("소호의 엄청 귀여운 가게에서 발견한 거야") 안의 습기와 밖의 진눈깨비로 축축했다. 털 양탄자처럼 무거웠다. 나는 유르스홀름이 시작되는 경계선의 오크나무 옆 쓰레기통에 그것을 버리고 나서 주먹 쥔 두 손을 주머니에 넣었다. 별 도움이 안 됐다.

집에 왔을 때 너무 추워서 몸이 벌벌 떨렸다. 그래서 곧장 욕실로 들어가 옷을 입은 채 욕조에 물이 다 받아질 때까지 기다렸다. 물이 너무 뜨거웠지만 그냥 탕 안으로 들어갔다.

나는 사미르가 내게 반한 줄 알았다. 당연히 그럴 거라고 생각했던 것 같다. 걔는 내게 홀딱 빠졌고, 예전부터 항상 그랬다고. (맞잖아?) 그래서 나도 널 좋아한다고 말하려고 그의 집까지 찾아간 것이다. 그 애가 내 마음을 헤아릴 것으로 생각하고. 내가 고생을 감수하고 거기까지 찾아온 걸 잘했다고 할 줄 알았는데 아니었다.

몸이 따뜻해지고 피부가 주글주글해졌다. 목욕물이 식어가자 나는 아빠의 가운을 걸치고 거실로 나갔다. 이불은 아직 소파 위에 있었다. 나는 이불 밑으로 기어들어가 세바스티안에게 전화를 걸었다. 물론 그는 내일 밤 남아프리카에서 돌아올 예정이었지만 지금 당장 해치우고 싶었다. 마음이 바뀌기 전에. 우리는 20분 정도 이야기를 나누었다. 그가 전화를 받았을 때는 목소리가 잘 들리지 않았지만 그가 더 조용한 곳으로 이동했다. 밖으로 나간 것 같았다. 나는 해야 할 말을 했고 그는 대답을 했다. 그는 차분하고 침착하게 대응했고 이성을 잃지는 않았다. 그가 집에 돌아오면 더 이야기하자고 내가 말했을 때 그가 말했다. "내가 무슨 말을 하길 원해?" 화가 난 건 아니지만 모든 걸 알아들은 목소리여서 나는 인사를 하고 전화를 끊었다. 10분 후 그가 내 말을 기억할지 확신할 수 없어서 문자를 보냈다.

답장이 없어 다시 문자를 보냈다. 같은 내용으로. 그는 약에 취한 목소리는 아니었지만 나와 나눈 대화를 잊을 수도 있었다. 그럴 경우 내 문자를 가장 먼저 확인하기를 바랐다.

나는 자정이 한참 지날 때까지 기다렸다가 사미르에게 전화를 걸었다. 그는 헤어지겠다는 내 말을 곧이곧대로 듣지 않고 그렇게 행동한 것인지도 몰랐다. 그는 즉시 전화를 받았다. 내가 그를 깨운 것 같았다. 나는 아무 말 하지 않고 그냥 전화를 끊었다. 화면에 내 이름이 떴을 테니 그가 내게 전화를 해주기를 바랐다. 8분 후 나는 다시 전화를 걸었다. 통화가 음성 메시지로 넘어가더니 그의 목소리가 전화를 주겠다고 말했다. "최대한 빨리." 메시지가 말했다. 나는 한두 시간 후 잠이 들었다. 벨 음량을 최대한으로 키운 휴대폰을 손에 든 채. 사미르는 내게 전화하지 않았다. 세바스티안도 마찬가지였다.

—

30

—

　세바스티안과 끝났을 때 나는 실연한 사람들이 흔히 하는 일들을 전혀 하지 않았다. 어릴 때 슬프다고 생각했던 영화도 보지 않았고, 욕조에서 아이스크림을 먹거나 남자들은 모질이라는 노래도 듣지 않았다. 하지만 감기를 심하게 앓았다. 그래도 이틀 동안 억지로 학교에 나갔고 학기 마지막 날이 끝나고 마침내 크리스마스 휴가가 시작되자마자 고열에 시달렸다.

　휴가 첫날 엄마는 내게 소염진통제를 두 배로 먹이고 담요와 베개를 차에 챙겼다. 나는 차 안에서 거의 내내 잠만 자다가 등과 목, 목구멍, 다리가 아파 중간중간 잠에서 깼다. 그리고 땀을 흘렸다. 리나는 뒷좌석 반대편에서 걱정하는 얼굴로 나를 쳐다보았다. 그 애의 짙푸른 두 눈 사이 미간에 조그만 주름이 잡혀 있었다. 아빠가 밥을 먹으라고 나를 깨우면 나는 가족들을 따라 도로 옆 펍으로 가야 했다. 핫도그와 케첩 포장 팩, 거무스름하고 올록볼록한 감자튀김이 나왔지만 나는 그냥 차 안에 있고 싶었다.

　"날씨가 너무 추워." 아빠가 말했다.

"뭐라도 먹어야 해." 엄마가 말했다.

저녁 7시가 막 지났을 때 우리는 할아버지 집 근처에 도착했다.

집으로 올라가는 도로의 눈은 치워져 있었다. 여름철에 할아버지의 개들과 오래 산책하던 그 도로였다. 할아버지가 사는 집은 신문 판매점과 ICA 슈퍼마켓에 3킬로미터쯤 떨어져 있었다. 어릴 때 할아버지는 내게 동네 아이들과 놀라고 말했지만 나는 모르는 아이들과 놀기 싫다고 했다. 대신 할아버지의 석간신문을 사러 신문 판매점까지 걸어 다녀왔고, 다시 아이스크림을 사 먹으러 거기로 돌아갔다. 왔다 갔다, 계속 그 길을 왕복했다. 내가 그 길을 하도 여러 번 왕복하는 바람에 개들도 따라나설 힘이 남아나지 않았다. 여름철에는 길 가운데를 따라 풀들이 줄줄이 자라났다. 비가 오면 깊은 물웅덩이가 생겨나고 모기들이 반짝이는 석유 기름 막 위에 내려앉았다. 지금은 양쪽 가장자리를 따라 눈이 두둑이 이어졌다. 이번이 할머니 없이 보내는 두 번째 크리스마스였다. 할아버지의 집 포치에는 크리스마스트리 하나가 장식 없이 덜렁 서 있었고 전등 두 개가 켜져 있었다.

내 방의 벽난로에 불이 타고 있었다. 할아버지가 침대에 전기 담요를 깔아두었다. 나는 옷을 갈아입지 않고 그대로 잠이 들었다. 엄마는 두 번 방에 들어왔다. 첫 번째 들어왔을 때는 내 옷을 벗기고 갓 다림질한 서늘한 잠옷을 내게 입혔다. 할머니의 옷이었다. 두 번째 왔을 때는 거품이 나는 음료를 내게 먹였다. 오렌지와 쓴 아몬드 맛이 났는데 엄마가 미국에서 가져온 독감 감기약이었다. 나는 잠을 잤다. 자고 자고 또 잤다. 식구들이 생강집*을 만들고(냄새로 알 수 있었다) 크리스마스트리 장식을 하고(아빠가 트리를 집 안으로 나르는 소리와 엄마가 복도에 눈을 많이 흘렸다고 아빠를 나무라는 소리가 들렸다) 미트볼과 로스트햄을 만들고(이번에도 냄새로 알았다) 그래블랙스**를 만들 때까지 줄곧 잤다. (엄마는 그래블랙스가 절여지면 크뇌케브뢰드***에 조금 올리곤 했지만 나는 그걸 먹을 수 없었다.)

이불을 덮고 누워 있을 때 할아버지가 방으로 들어와 난로 안에 장작을 더 넣고는 개 한 마리를 안으로 들여보냈다. 녀석이 담요 아래로 들어오더니 코를 내 뒷무릎에 대고 잠이 들었다. 엄마는 차와 치즈 샌드위치를 담은 쟁반을 가져왔지만 나는 그것도 먹을 수가 없었다. 나는 반쯤 일어나 앉아 담요를 턱까지 끌어 올린 채 바닐라 아이스크림 바를 핥았고, 그동안 리나는 크리스마스 선물로 그린 그림들을 내게 보여주었다. 나는 아이스크림을 다 먹고 나서 리나가 재잘대는 동안 몸을 웅크리고 다시 잠이 들었다.

나는 크리스마스 전날이 되어서야 침대 밖으로 나와 30분쯤 샤워를 하고 머리를 두 번 감은 후 깨끗한 옷으로 갈아입었다. 엄마는 내 침대 시트를 갈았고 나는 라이스 푸딩을 딸기 소스와 같이 세 그릇 먹었다. 리나는 아몬드가 나올 때까지 푸딩을 휘적거렸다. 리나가 아몬드라면 사족을 못 써서 나는 몇 년째 아몬드를 양보해왔다.

"산타는 어디 살아, 마야 언니?" 리나는 음식을 입안 가득 넣

* 크리스마스 행사로 가정에서 과자와 사탕으로 만든 집.
** 연어에 설탕, 소금, 허브를 넣어 절인 스웨덴식 요리.
*** 이스트를 넣지 않는 스웨덴식 호밀빵.

고 물었다.

나는 머뭇거렸다. 이미 오래전에 끝낸 이야기였기 때문이다. 놀랄 일이 아니었다. "산타는 없어."

"알아." 리나가 한숨을 쉬고는 입술을 깨물었다. "하지만 하늘을 나는 순록은? 걔네들은 어디 살아?"

올해 할아버지와 크리스마스를 축하하는 사람들은 우리 가족뿐이었다. 엄마의 형제자매들은 배우자의 가족들과 휴가를 보내기로 했기 때문이다. 할머니 없이 보내는 첫 크리스마스는 아니었다. 이것도 나름 괜찮았다. 번갈아 울음을 터뜨리질 않나, 아무것도 아닌 일로 이해할 수 없는 싸움을 벌이는 통에 어른들이 나설 수밖에 없는 소란스러운 사촌들이 없으니 조용했다.

크리스마스 전날에 기록적인 폭설이 내려(이 지방 최고 적설량을 경신했다) 위성 텔레비전과 인터넷이 끊겼다. 우리는 할아버지의 오디오로 음악을 듣고 부엌이 더 따뜻해서 거기서 점심을 먹었다. 그 후 다 같이 거실에 앉아 아빠가 고른 똑같은 DVD를 보았다. 나는 깜빡 잠이 들었다. 깨어보니 엄마의 무릎을 베고 있었다. 엄마가 내 이마를 쓰다듬었고 나는 필요 이상으로 오래 눈을 감고 있었다. 리나는 고안한 카드 게임을 내게 가르쳐주었다. 아빠는 부엌에 서서 감자 껍질을 벗겼고, 나머지는 산책을 나갔다. ("해가 있을 때 해를 즐겨야 해.") 차가운 공기에 목구멍이 찢어질 것 같았다. 돌아왔을 때 나는 부엌의 벽난로에 불을 피웠다. 그러자 불을 피운 것이 페니실린을 만든 것보다 더 위대한 업적인 양 다들 나를 칭찬해댔다.

산책할 때 할아버지가 내 주머니 안에 봉투를 하나 넣고는 내 뺨을 다독이며 미소를 지었다. 내 성적을 보고 주는 선물이었다. 나는 성적에 따라 용돈을 받았다. 봉투가 두툼했다. 매번 꽉 찬 봉투였는데, 이번에도 예외는 아니었다. 나는 여전히 성적이 좋았다.

나는 성적이 좋았었다.

"고맙습니다." 내가 말했다. 할아버지는 행복해 보였고, 나는 할아버지의 미소에 더없이 행복했다. 할머니 없이 보내는 두 번째 크리스마스임에도 할아버지가 웃을 수 있다는 사실이 좋았다.

철학 수업 시간에 인간의 감정에 대해 토론한 적이 있다. 부정적인 감정은 여섯 가지고 긍정적인 감정은 딱 하나, 기쁨밖에 없다고 했다. 나는 손을 들고 말했다. "우리는 모두 같은 방식으로 두려움을 느껴요. 그건 모두들 알아요. 그리고 누가 창피하다고 말하면 그게 무슨 뜻인지 알아들어요. 가장 순수한 감정들이 삶에 대한 애착을 만드는데, 그것들은 항상 부정적인 감정들입니다."

그때를 돌이켜 생각하니 두드러기가 돋는다. 교실에 앉아서 내가 남들보다 얼마나 더 깊이 있고 더 민감한지를 보여주려 애쓰던 모습이라니. 그때는 화가 나는 것이 어떤 느낌인지 안다고 생각했다. 이성을 잃는 것이 어떤 것인지 안다고 생각했다. 하지만 반전! 울적한 마음으로 치즈와 버터를 곁들여 빵 두 덩이를 먹는 것은 정말 아무것도 아니었다. 알약 몇 알을 콜라와 삼키고는 어찌나 좋은지 죽는 줄 알았다며 환각을 본 양 가식을 떤 것도. 그건 모두 가식이었다. 그때 나는 죽고 싶은 심정이 어떤 것인지 전혀 몰랐다. 완전히 무지했다. 평생 장례식이라고는 한 번 갔었고(할머니의 장례식), 진정 두려운 느낌이 어떤 것인지, 진정 외롭다는 것이 어떤 것인지 알지 못했다. 죽고 싶다고 느낀 적도 없었다. 산산이 부서져 내린 적도 없었다. 반에서 일등 하는 똑똑한 마야는 손을 높이 들었다. 내가 답을 알아요! 아니, 넌 몰라. 넌 아무것도 몰라.

그 교실에서 사건이 일어난 이후 이제는 안다. 기본적 감정들은 무미건조하고 흥미롭지 않다는 걸. 온종일 킬킬거리며 돌아다니는 건 미치광이들뿐이다.

가끔은 나도 킬킬거리는데, 그것은 히스테리 발작이다. 수치. 두려움. 슬픔. 증오.

내게 복합적인 감정은 사라졌다. 미술 상점에서 보이는 여러 색깔의 향연, 달걀 껍데기의 16가지 명암은 없다. 노란색과 파란색은 초록색을 만든다. 우정? 질투? 다정함? 배려. 공감. 행복. 가장 그리운 것은 행복감이다. 모든 부정적 감정들이 뒤섞인 것에 놀라움 한 방울, 기쁨 여러 방울이 가미되어 탄생하는 모든 것들의 복합체. 행복은 완벽한 혼합물이지만 아무도 그 제조법을 알지 못한다.

할아버지 댁에서 보낸 크리스마스 휴가는 내가 마지막으로 행복감을 누렸던 날들이다. 웃기도 했고 엄마가 원해서 말하는 거라는 의식 없이 엄마와 말도 했다. 리나는 선물로 무전기를 받았고, 그것이 얼마나 멀리에서 작동하는지 알아보려고 나를 집 밖 눈 속으로 내보냈다. 우리는 눈 요새와 눈 랜턴을 만들어 그 안에 촛불을 켜고, 눈 천사를 만든 후에는 눈을 뭉쳐 얼마나 멀리 날아가는지 호수를 향해 던졌다. 나는 초콜릿을 묻힌 마지팬을 맛있다고 생각하며 먹었다. 겨자를 발라 구운 햄을 얹은

케브뢰드는 세상에서 제일 맛있었다. 눈물과 불운한 사랑에 대한 유시 비욜링의 노래가 나오자 할아버지는 내게 쉿 하고 자세히 들어보라고 했다.

그렇게 사흘을 보내는 동안 문득 슬픔이 느껴졌지만 한순간도 두려운 적은 없었다. 그 크리스마스는 완전한 행복 혼합물이었다. 크리스마스 전날도, 크리스마스 당일도, 크리스마스 다음날도.

하지만 역시나. 모든 원색을 섞으면 얻는 것은 갈색의 진흙이다. 그리고 결국은 검게 변한다. 크리스마스 이틀 후 엄마는 아침 7시에 나를 깨웠다. 클래스 퍼게만이 전화를 했기 때문이다. 그들은 10분 정도 통화를 했는데, 그는 아침 일찍 전화한 것을 사과했고 엄마는 슬퍼하며 내게 소식을 전했다. 나더러 단데리즈 병원 정신병동에 가보라고 했다. 세바스티안이 자살을 기도했다고.

31

2시간 후 헬기 한 대가 집에서 호수까지 완만하게 경사면을 이룬 할아버지 집 잔디밭에 착륙했다. 눈발이 회오리칠 때 나는 가방을 가지고 열린 헬기 문을 향해 뛰어갔다. 할아버지는 불편한 다리를 이끌고 최대한 멀리까지 나를 따라와 조종사와 잠시 이야기를 나누었다. 조종사는 나를 도심으로 태워다주기로 했다. 그러고 나서 자동차가 나를 병원으로 데려갈 예정이었다. 클래스는 유감스럽게도 거기 없었다. 안부와 심심한 감사의 인사만 전했다. 다른 곳에 있어야 하는 불가피한 사정이 있다면서. 나는 그 말을 믿지 않았다.

세바스티안이 자살을 기도했다니.

할아버지는 이상한 고갯짓을 하더니 내 뺨에 키스하고는 나를 놓아주었다.

헬기에 올라타고 나서야 내게 세바스티안을 보러 가고 싶냐고 물은 사람이 없다는 생각이 들었다. 물었다면 나는 뭐라고 대답했을까? 안 갈래, 걔 스스로 이겨내야 해. 이렇게?

나는 가야 했다. 물론 가야 했다.

세바스티안은 팔에 링거를 꽂고 있었고 하얀 붕대와 연파란색 가운 차림이었다. 내가 문 안으로 들어서자 그는 울음을 터뜨렸다. 나는 그의 옆에 앉았다가 다시 일어나 침대 반대편, 링거가 없는 쪽으로 돌아가서 그의 옆에 누워 그의 목에 코를 대고 같이 울기 시작했다.

발단은 약물 과다 복용이었다. 엄마는 뺨을 붉히며 내게 그렇게 말했다. "그 애에겐 네가 필요해, 마야." 엄마는 겁먹고 슬퍼했지만 분명 그 이상의 뭔가가 있었다. 아빠는 가끔 짓는 묘한 표정으로 나를 쳐다보았다. 우리 딸은 너무 성숙해, 하고 그들은 생각했다. 우리 애 책임이야. 세바스티안이 삐걱대긴 했지만 세바스티안은 아직 우리 애를 사랑해. 우리 애도 세바스티안이 이 일을 이겨내도록 지원하고 도와야 한다는 걸 알아.

엄마와 아빠도 우리 관계가 끝났다는 걸 알고 있었다. 하지만 특별한 상황이라 그것을 잊은 듯했다. 10대 아이들이 무슨 일로 싸웠든 내가 돕는 것이 더 중요했다. 그리고 엄마와 아빠는 나를 자랑스러워했다. 어떤 일이 있었든 이겨내고 그렇게 행동하는 나를.

하지만 나는 용감하지도 성숙하지도 않았다. 세바스티안을 배신하고 바람을 피웠고 더는 견딜 수 없다면서 그를 버렸다. 그리고 지금은 내 마음을 몰라 그의 목에 얼굴을 묻고 울고 있었다. 거기에 있고 싶은 건지 아닌지 알 수 없어서. 두려워 죽을 것 같았다. 그가 얼마나 쉽게 죽을 수 있는지 처음 실감했기 때문이다. 죽음은 삶과 종이 한 장 차이라는 걸. 나는 손가락으로 붕대에 감긴 그의 손목을 힘껏 눌렀다. 밑의 혈관을 느껴야만 했다. 살면서 이토록 겁이 난 적은 없었다. 세바스티안이 죽을 뻔했다니.

그리고 그것은 내 잘못이었다. 내가 그를 배신하는 바람에.

"미안해." 나는 속삭였다. 내 입은 그의 경정맥 바로 옆에 있었다. 나는 그를 도울 수 없었다. 그럴 수 없었다. 그게 어떻게 가능했겠나? 미안해. 죽고 싶은 마음을 버리라는 말을 어떻게 해야 할까? 모두들 널 사랑할 힘이 소진되어도 나는 너를 사랑할게. 약속해. 너를 다시 혼자 두지 않을게.

내가 침대에 누워 있는 동안 세바스티안은 자초지종을 이야기했다. 그는 크리스마스 전전날 밤 외출을 했고 데니스가 따라붙었다. 그는 언제나 손쉬운 사냥감이었다. 그가 뭘 어쩔 수 있었겠나? 하지만 세바스티안이 구급차에 실려 갈 때 데니스는 사라지고 없었다. 세바스티안은 비블리오텍스가탄의 어반 아웃피터스 밖 보도에 누워 있었다. 의사 말로는, 누군가 미등록 선불 휴대폰으로 구급차를 불렀다고 했다. 하지만 세바스티안은 데니스를 원망하지 않았다. 데니스는 올해 이번 학기를 마칠 때까지 스웨덴에 체류해도 좋다는 허가를 받은 상태였다. 그 후에는 강제 추방될 예정이었다. 감옥은 그가 사는 집보다 도망치기훨씬 더 어려울 테니 그는 경찰의 눈에 띄는 위험을 감수할 수 없었을 것이다.

세바스티안은 약물 과다 복용이 의심되는 상태로 응급실로 실려 갔다. 그의 아버지는 면회 시간에 그를 보러왔지만 20분만에 가버렸다. 24시간쯤 지난 후 크리스마스 전날과 당일 사이 밤중에 병원 직원이 화장실에서 세바스티안을 발견했다.

거울이 깨져 있었고 잠긴 문 밑으로 피가 흘러나와 있었다. 그는 피를 많이 흘렸고 정신병동으로 옮겨졌다. 그들은 크리스마스 휴가를 방해하지 않기 위해 기다렸다가 내게 연락을 했다.

클래스는 응급실 의사와 이야기를 나누었다. 간호사들은 세바스티안에게 그의 아버지가 왔고 의사와 이야기를 나누었다고 말해주었다.

"의사가 아버지에게 오지 말라고 말한 게 아닐까?" 세바스티안이 내게 물었다. "나는 면회가 불가능하다고. 의사가 그렇게 말한 건지도 모르잖아?"

세바스티안이 물었지만 나는 대답할 수 없었다. 그는 대답을 듣고 싶어 물은 게 아니었다. 나는 아무 말도 하지 않았지만 그는 격분해 말했다. "넌 잘 알지도 못하면서 잘도 지껄여." "우리 아버지는 회사 일을 봐야 해." "우리 아버지는 병원에 앉아 벽이나 쳐다볼 만큼 한가하지 않아." 세바스티안은 몇 번이나 그렇게 말했다. 아버지는 여기 올 수가 없다고. 그래서 나는 그렇다고 인정해야 했다. 조용히 입을 다물었다. 우리 둘 다 그것이 사실이 아니라는 걸 알고 있었기 때문에.

네 형이었다면 클래스는 여기 왔을 거라고 나는 생각했다. 하지만 그 말도 하지 않았다. 세바스티안의 형은 절대 자살을 기도하지 않을 테니까. 루카스는 말썽을 부리는 법이 없었다.

하지만 나는 못 참고 말을 했다. 클래스는 왔어야 했다고, 다른 아버지라면 왔을 거라고, 아버지라면 그렇게 행동해서는 안 된다고. 세바스티안은 처음에는 더 화를 내다가 더 이상 소리를 지를 기력이 없자 울음을 터뜨렸다. "우리 아버지는 그냥 평범한 아버지가 아니야." 그가 내게 동의를 구하는 말투로 중얼거리고는 말을 멈추었다. 나는 그를 더 슬프게 만들고 싶지 않았다. 그래서 우리는 그의 어머니 이야기를 했다.

"어머니랑 연락이 끊어졌어. 나도 연락하려 하지 않았고. 아버지가 어머니한테 전화하지는 않을 거야. 이런 일이 있어도."

"왜 안 해?" 나는 감히 물었다. "왜 네 아버지는 네 어머니한테 전화를 안 하는 거야? 왜 만나지도 않는 거야? 왜 네 어머니는 너를 떠난 거야?"

이번에 세바스티안은 화내지 않았다.

"어머니가 왜 우리를 떠났는지 나는 몰라." 그는 그렇게만 말했다. "아버지 말로는, 본인이 어머니를 내쫓았대. 하지만 가끔 난 어머니가 아버지를 떠난 게 아닌가 하는 생각이 들어. 우리를 데려가고 싶어 했는지, 혹은 그냥 혼자 살고 싶어 했는지도 모르겠어. 하지만 루카스 형이 따라가지 않으려 해서 나도 안 나갔어. 그래서 아버지가 어머니를…."

그는 목소리가 차분해지자 말을 이었다.

"어제 루카스 형이 전화했었어, 두 번. 형이 내게 전화를 했어. 형이 내게 전화를 했어. 만약 어머니가 아버지를 떠난 거라면 우리를 볼 수 없을 거야. 아버지가 허락하지 않을 테니까. 절대. 아버지는 무시당하는 걸 참지 못해. 그런데 어머니가…." 나는 휴지로 그의 입과 코를 닦아주고 나서 속삭였다. "계속 말해." 그러자 그는 더 거세게 울었다. 그러다 울음을 그치고 코를 풀고 나서 말을 이었다. "나는 어머니를 전혀 안 닮았어. 아버지는 그렇다고 늘 말하지만, 나는 어머니가 싫어. 나는 어머니를 안 닮았어, 어머니는 머저리야. 어머니가 제 발로 떠났거나 말거나 내 알 바 아니지만, 분명 그랬을 거야. 어머니는 무엇 하나 제대로 하는 게 없거든. 루카스 형도 그렇게 말했어. 어머니는 정말이지 못 말리는 구제불능이라고."

나는 더 이상 아무 말도 하지 않았다.

그의 옆에는 그의 어머니도 아버지도 없었다. 그의 똑똑한 형 루카스도. 그의 형은 클래스와 맞서는 걸 두려워했고, 클래스가 없을 때 몰래 전화나 할 뿐이었다. 하지만 나는 병원으로 갔다. 나는 그에게 상처를 주었지만 우리는 그것을 그대로 덮어두었다. 내가 한 짓은 중요하지 않았다. 그것은 사소한 문제였다. 내가 "나를 용서해줘" 하고 속삭였을 때 그는 말했다. "괜찮아. 넌 지금 여기 있잖아. 그건 중요하지 않아." 나는 그에게 키스했고 그도 내게 키스했다. 그는 내 상의 속으로, 내 머리카락 속으로 손을 넣었다. 그리고 내 목을 잡고 내게 키스하고 또 키스했다. 나 없이는 살 수 없었기에, 죽느냐 사느냐 하는 문제였기에.

나는 정말 그걸 믿었을까? 그가 살려면 내가 필요하다는 걸? 믿었다. 왜냐하면 그것은 진실이었으니까. 그가 정신병동으로 옮길 무렵 그의 아버지와 형은 체르마트에서 스키 휴가를 보내고 있었다. 그의 아버지는 거기에서 다른 도시로 일을 하러 날아갔고, 루카스는 다시 미국으로 돌아갔다. 농담처럼 들리겠지만 나보다 먼저 정신병동으로 세바스티안을 만나러 온 사람은 클래스의 비서 마일리스였다. 혹여 내가 지어낸 이야기라고 생각할 사람이 있을지도 모르겠다. 하지만 그렇지 않다. 최악은 클래스 퍼게만이 비서를 보냈다는 사실이 아니라 그것이 얼마나 미친 짓인지 잘 알면서 그렇게 했다는 사실이었다.

세바스티안은 병원 침대에 누워 오랫동안 울었다. 그의 옆에 누워 그를 바라보니 그가 죽음의 문턱에 갔었다는 걸 알 수 있었다. 그는 여전히 죽고 싶어 하는 것 같았다. 내가 옆에 있어준다면 치유될 것 같았다. 그가 나를 세상에 태어나 처음 보는 존재로 바라보게 만들리라. 그를 황홀하게 만들리라. 발 디딜 곳이 없어 머릿속에 온통 나를 원한다는 생각만이 가득하게 만들리라. 나는 믿었다. 내가 해결할 수 있다고. 사람을 어떻게 구해야 하는지 알게 될 거라고. 모두 괜찮아질 거라고. 세바스티안은 다시 괜찮아질 거라고.

사미르 생각을 했냐고? 어쩌면. 하지만 사미르는 나를 원하지 않았다. 나는 그의 삶에 어울리지 않았고, 그도 내 삶에 적응하기를 원치 않았다. 사미르에게는 내가 필요 없었다.

나는 세바스티안의 병상에 누워 있었다. 우리 둘은 함께 울었다. 나는 그를 위해 세상을 환히 밝히고 싶었다. 그가 가치 있는 사람이라는 걸 그에게 보여주고 싶었다. 그와 함께 가고 싶었다. 그에게 가고 싶었다. 그를 위해 가고 싶었다.

아, 웃기시네, 하고 생각할 사람이 있을 것이다. 하지만 그것은 나중에 어떤 일이 일어났는지 알기 때문에 할 수 있는 생각이다. 당시에는 아무도 몰랐다. 또한 누구도 내게 그러고 싶냐고, 할 수 있겠냐고 묻지 않았다. 우리가 너희들을 도와줄게, 너희들끼리는 할 수 없어, 라는 말도. 이것밖에 선택할 길이 없다는 걸 모두가 알고 있었으니까. 나밖에 없었으니까.

아무도 내게 세바스티안을 구하고 싶냐고 묻지 않았다. 그래놓고 이제 와서 실패했다고 나를 비난한다.

클래스 퍼게만이 스키를 타느라, 크리스마스 휴가를 즐기느라 정신병동으로 아들을 보러 올 수 없다고 의사에게 말을 했는지는 모르겠다. 하지만 확실한 건 아무도 클래스 퍼게만을 찾지 않았다는 것이다. 의사들조차도. 직원 휴게실이나 클래스에게 들리지 않는 곳에서 자기들끼리 누군가는 나서서 그에게 쓴소리를 해야 한다고 말했을 수도 있지만 그들 자신은 절대 그 누군가가 아니었다. 아무도 그 누군가가 아니었다. 설령 클래스 퍼게만을 마주쳤더라도, 또한 실제로 마주쳤지만, 이론적으로야 무슨 말이든 가능했지만 이전까지 그토록 중요했던 문제는 ("대체 이게 무슨 짓입니까? 당신이 아버지 맞아요? 형은? 어머니는 어디 있죠?") 순식간에 그들의 머릿속에서 잊혔을 것이다. 퍼게만에게 그런 질문은 가당치 않았다. 그들은 클래스 퍼게만 앞에서 하도 기가 죽어서 그가 좋아할지 확실하지 않은 말은 감히 꺼내지 못했다. 그리고 행여 아들에게 향한 클래스 퍼게만이 혐오와 경멸을 그들에게로 돌릴까 두려워했다.

나는 세바스티안의 침대에 누워 그를 안아주었고, 그는 내 품에서 울음을 그치고 잠이 들었다. 나는 그가 다시 깨어날 때까지 거기 누워 있었다.

누구든 좀 들어보라고, 세상에 어느 누구 하나 일어나 외치는 사람이 없었다. 누구든 가서 세바스티안의 부모님을 데려와요! 그리고 어떻게든 세바스티안을 온전히 사랑하게 만들어요!

말을 할 수 없을 정도로 그가 격렬히 울 때 나는 그에게 키스했다. 그도 내게 키스했다. 그의 콧물이 내 입안으로 들어와 불편했고 그의 붕대가 거치적거리기는 했지만 그 순간 그 병원에서 세바스티안은 사랑이었다. 내게 필요한 것은 오직 그뿐이었고 그는 내 옆에 있었다. 어디 다른 곳으로 떠나려 하지 않았다. 나는 내가 뭔가를 바꿀 수 있다고 믿어 의심치 않았다. 그걸 믿을 만큼 순진해서가 아니라 그가 퇴원한 후의 상황이 그려졌기 때문이다. 그의 더블 침대에 누워 있는 우리. 벌거벗은 몸으로 단둘이 있는 우리. 그는 내 배를 더듬을 테고, 나는 그가 내쉬는 공기를 들이마신다. 아니, 우리에게 다른 사람은 필요 없었다. 그의 비열한 아버지 따위 필요하지 않았다. "그 사람이 죽어야 해, 네가 아니라." 나는 세바스티안의 귀에 대고 소곤거렸다. 진심이었냐고? 물론 진심이었다. 나는 클래스 퍼게만을 증오했다. 세바스티안을 위해 모두 희생되기를 바랐다. 그 모두가 무얼 의미하는지 모른다는 게 문제였지만. 세상의 으뜸은 사랑이니까. 다른 뭔가가 더 위대해질 때까지 쭉 그럴 테니까.

헬기와 자동차를 타고 병원에 왔으니 그만 가야 했다. 그 후 나는 다시 세바스티안에게 돌아가 머물렀다. 세바스티안에게 내가 필요했으니까. 그에게는 나 외에 아무도 없었다. 그는 나를 사랑했다. 우리에게 서로가 있다는 건 정말 큰 행운이었다.

모든 일을 겪고 난 지금, 그리운 것은 감정들이 뒤섞인 미지근한 기분, 행복감과 닮은 그 기분이다. 할아버지의 집에서 크리스마스를 보낼 때 느꼈던 그 기분. 세상은 온통 눈밭이었고 비가 흠뻑 내린 직후처럼 머리는 맑았고 감정들은 딱 맞은 비율로 희석된 그 느낌.

사랑? 아니, 사랑은 그립지 않다. 사랑은 그리 강렬하지도 순수하지도 않다. 완벽한 비율의 혼합물도 아니다. 그저 불순한 액체, 맛을 보기 전 냄새만 맡아야 하는 것일 뿐. 그런데도 독성이 있는지 장담할 수 없어서 위험하기도 하다.

여자 교도소, 밤 시간

재판 둘째 주 화요일 이른 아침
32

가장 캄캄한 한밤중에도 빛을 발하는 듯한 희미한 안개가 내 감방 안으로 스멀스멀 기어든다. 안개는 밖의 도시로부터 온다. 완전한 암흑에 싸이지 않는 곳, 완전한 침묵에 싸이지 않는 곳으로부터. 잠에서 깨 잠시 등을 대고 누우면 곧 나를 둘러싼 윤곽선들이 보인다. 나는 손을 침대 머리맡의 나무판에 대고 패인 자국을 만져본다. 내 손톱이 무른 소나무에 남긴 자국이다. 내가 오롯이 혼자가 되는 시간이다.

어릴 때 소나무 침대를 쓴 적이 있다. 엄마는 이케아에서 내가 원하는 2층 침대를 사주었지만, 나는 위층을 쓸 용기가 나지 않아서 아래층으로 기어들어가 등을 대고 누워 침대 기둥에 그림을 그리고 은밀한 소원을 적었다. 가끔씩 어맨다를 데려와 같이 누워 있기도 했다. 어쩌면 우리의 우정은 그때가 정점이었는지도 모르겠다. 아이스크림, 사탕 갑에서 나온 반짝거리는 판박이 문신, 누가 더 말의 머리를 잘 그리는가를 다투는 것으로 이루어진 날들이었다. 하지만 침대 아래층은 비좁았고 우리는 거기 오래 머무르지 못했다.

레이스 캐노피가 달린 구스타비안 양식의 새 침대가 생기면서 낙서도 막을 내렸다. 나는 그것을 쓰다가 때가 되어 리나에게 물려주고 새 침대를 얻었고 어맨다는 진짜 문신을 손목에 새겼다. 그 손목의 백합은 손목시계를 차면 잘 보이지 않았다.

세바스티안은 우리 집에 와서 잔 적이 한 번도 없다. 엄마와 아빠가 싫어할까봐 그런 것은 아니었다. 세바스티안은 자기 영역 안에 있을 때 가장 돋보였다. 게다가 우리 집에서는 우리끼리 있는 것이 불가능했다. 그는 나와 단둘이 있는 걸 좋아했다. 이러한 성향은 퇴원한 후에 더욱 강해졌다. 나 조용히 있고 싶어. 입 좀 다물어줄래?

내 감방에서는 변기를 쓸 때 불을 켤 필요가 없다. 스테인리스로 된 동그란 변기 의자는 어둠 속에서도 반질반질 광채가 난다. 딱딱하고 좁고 불편하긴 하지만 이제는 그리 거슬리지 않는다. 볼일을 마치고 나면 더듬지 않고 곧장 물 내림 버튼을 누른다. 그 위치를 정확히 알기 때문이다. 이 방에 산 지 하도 오래돼서 이제 이 방은 내 몸에 새겨졌다. 벌겋게 달아오른 쇠로 몸에 찍힌 낙인, 뜨거운 잉크로 피부에 아로새겨진 영원한 문신이다. 이제는 중간에 잠에서 깨지 않는다. 문득 내가 어디 있는 건가 어리둥절한 순간도 없다. 왜? 하는 의문도 새삼 떠올리지 않는다.

하지만 여전히 꿈을 꾼다. 어맨다와 함께 있는 꿈을 꾸기도 하는데, 그 애는 입을 활짝 벌리고 와하하 웃고, 내 팔을 잡고, 나를 꼬집는다. 그 애와 나는 영원히 그런 식이니까.

어맨다와 나. 그리고 세바스티안과 나.

세바스티안 생각만 하면 언제나 그랬듯 내 몸이 반응을 한다. 내 두뇌가 저항을 해보지만 부질없다. 내 몸이, 내 피부마저도 그를 기억한다.

세바스티안을 만나기 전 나는 예, 혹은 아니오만 말하던 여자애였다. 그 외에 다른 말은 하지 않았다. 하지만 세바스티안과 어울리면서 나는 남자가 되어갔다. 그런 나를 싫어하게 될 줄 알면서도. "아, 왜 이래"라고 말해도, "제발" 혹은 "더" 혹은 "마지막으로 한 번만 더"라고 하면서 매달리게 될지라도. 나는 그를 원했다. 내 몸은 그것을 기억하지만 그보다 더 또렷하게 기억하는 건 그가 떠나가던 때의 느낌이다.

*

이제 내가 말할 차례다. 몇 시간 후면. 먼저 샌더가 내 진술을 이끌 것이고 그 후에는 검사가 질문을 할 것이다.

검사가 무슨 말을 할지는 빤하다. 어떻게 그럴 수 있죠? 무슨 짓을 한 겁니까? 무얼 알았죠? 왜 그를 막지 않았나요? 대답해요.

"세바스티안이 왜 그랬는지 네가 설명할 의무는 없어." 샌더는 그렇게 말한다. "네가 그걸 빨리 깨닫고 빨리 포기할수록 더 좋아."

샌더는 내가 얼마나 세바스티안을 사랑했는지 말해야 한다고 생각하지 않는다. 내가 어떻게 세바스티안을 배신했는지, 세바스티안에게 내가 얼마나 필요했는지 설명하려 해도 듣고 싶어 하지 않는다. 내가 그 점을 설명하려 하면 샌더는 항상 서류

를 뒤적거리거나 다른 쪽으로 고개를 돌리거나 주머니를 뒤져
안경을 찾기 시작한다. 샌더는 세바스티안과 내가 무얼 공유했
는지 듣고 싶어 하지 않는다. 우리의 사랑 이야기는 불편하다면
서. 그는 우리의 사랑이 나를 죄인처럼 만든다고 생각한다. 혹
은 머저리로. 어차피 도긴개긴이긴 하지만.

"그건 이 문제와 아무 관련이 없어. 넌 그 이야기를 할 필요
가 없어. 그건 혼자 알고 있어. 이 재판과 무관한 일이야."

하지만 샌더가 이해 못 하는 게 있다. 젊은 시절 우리의 왕은
궁전 계단에서 갓 결혼한 실비아 왕비에게 키스할 필요가 없었
다. 만찬 후에 "실비아, 실비아, 당신을 사랑하오…. 어쩌고저
쩌고, 주절주절…" 하는 연설을 전국에 텔레비전 생중계로 내
보낼 필요도 없었다. 연설 작가를 고용해 "우리는 함께 고난과
역경을 헤쳐왔습니다. 우리는 쉬운 길을 선택하지 않았지만, 세
상의 으뜸은 사랑입니다" 같은 말로 대중의 욕구를 충족시킬
필요도 없었다. 샌더가 젊었을 때 이런 것은 사적인 부분으로
간직해야 했다. 샌더가 젊었을 때는 자신의 삶은 자신의 영역에
국한시켜야 했고 그렇지 않을 경우 민망한 일로 여겼다. 하지만
그런 시대는 갔다. 이제 무엇이 필요한지 나는 알고 있다. 나라
면 모든 걸 알고 싶어 할 것이다. 나라면 세바스티안과 나의 더
럽고 역겹고 치명적인 사랑에 대한 진상을 낱낱이 요구할 것이
다. 왜 내가 그의 아버지가 죽어 마땅하다고 말했는지, 왜 남자
친구와 절친을 쏘았는지 이해하기 위해서.

세바스티안이 왜 그랬는지 설명하는 것은 내 몫이 아닐지도
모른다. 나도 그것이 이 재판과 무관하다고 믿는다. 하지만 나
는 거기 있었고 그는 내 남자친구였다. 그 교실에 있었던 사람

들 중에 나보다 더 그를 잘 아는 사람은 없었다. 나는 그의 부모님보다 더 그를 잘 알았다. 그리고 그와 어맨다를 죽였다. 내가 설명하지 않는다면 누가 하겠나?

왜 그랬을까? 나도 알고 싶다. '왜'라는 것은 무한한 개념이라 완전한 개방성을 수반하기 마련이고 완전한 개방성은 내게 그 어느 때보다 신중히 말할 것을 요구한다. 왜냐하면 내가 말을 하는 즉시 그것은 진실이 될 테니까.

오늘은 내가 이야기할 차례다. 여러 번 미뤄지더니 끝내. 나는 진작에 잠에서 깼다.

최악은 가장 깜깜한 밤중에 잠에서 깨는 것이다. 오늘도 그랬다. 눈을 뜨기도 전에 다시 잠들기 틀렸다는 생각부터 든다. 토할 것 같다. 일어나 개수대 위로 고개를 숙이고 물이 흐르게 한다. 감옥의 수돗물은 너무 차갑지도 너무 뜨겁지도 않지만 나는 얼굴을 씻는다. 잠옷의 목 부위가 물에 젖어 옷을 벗는다. 그러고는 알몸으로 방 안에 서서 호흡을 한다. 들이쉬고, 내쉬고, 들이쉬고, 내쉬고. 추운데 땀이 난다.

샌더는 오늘 일에 대해 내게 알려주었다. 같이 연습도 했다. 연습을 하고 하고 또 했다. 그는 거짓말투성이 이야기를 지어내 내게 달달 외우라고 시키지는 않았지만, 내가 처음부터 말을 더듬고 얼굴을 붉히고 땀을 흘리면 내가 하는 말도, 내가 얼마나 정직한지도 뒷전으로 밀려날 거라고 했다. 법정 안의 누구도 내 말을 경청하지 않을 거라고.

피고인. 그것은 나다. 내게 발언 기회가 주어질 것이다. 내가 내 이야기를 할 시간이 됐다.

샌더는 내게 거부할 권리가 있음을 알려주었다. 재판 내내 입을 꾹 다물고 있어도 좋다는 뜻이다. 아무도 내게 말하라고 강요할 수 없다. 아무도 내게 질문에 대답하라고 다그칠 수 없다. 내가 원한다면 침묵을 지킬 수 있다는 소리다.

세바스티안은 병원에서 말을 했지만 퇴원 후에는 말을 하지 않았다. 나는 그가 원하는 대로 하게 두었다. 수천 가지 질문을 해대지도 않았고 대답하라고 조르지도 않았다. 그는 조용히 있을 시간이 필요했고 나는 그걸 이해했다. 그의 친구들은 최선을 다해 아무 일도 없었던 양 연기했다. 아무도 정신병동으로 찾아오지 않았지만 세바스티안이 집으로 돌아온 후에는 연기하는 것이 더욱 힘들어졌다. 데니스는 최고 연기자였고, 라베는 최악의 연기자였다. 크리스마스가 끝나고 처음 세바스티안을 보았을 때 라베는 울음을 터뜨리며 세바스티안을 부둥켜안았고, 어맨다도 덩달아 똑같은 짓을 하려 했다. 꼴사납게. 세바스티안은 그런 것을 질색했다.

추워 죽을 것 같아 침대로 돌아간다. 선반에 여분의 담요가 있지만 오한이 하도 심해 그걸 가지러 갈 수가 없다. 눈을 감으니 눈이 타는 듯 뜨겁다. 옆으로 돌아누워 두 팔로 두 무릎을 감싸고 담요 속에서 숨을 쉬려 노력한다. 오한이 났다가 가라앉기를 반복한다. 딸꾹질과 비슷한 그 리듬에 익숙해질 때쯤 오한이 날 때처럼 별안간 멈춘다.

일단 내 이야기를 하고 나면 다시는 돌이킬 수 없을 것이다. 하지만 지금 여기, 이 밤에는 내 이야기의 여러 판본, 원본과 평행한 삶들이 존재한다. 그것들에 대한 생각을 멈출 수가 없다. 한 판본에서 나는 사미르와 키스하지 않는다. 그가 내 손을 잡도록 허락하지도 않고 그의 집으로 찾아가지도 않는다. 그는 나를 미워하기 시작하지도 않고 나로 인해 수치심을 느끼지도 않는다. 내게 책임감을 느끼지도 않고 세바스티안 외에 분노를 쏟아낼 다른 대상을 찾아낸다. 나는 절대 사미르에게 반하지 않는다. 그래서 세바스티안과 헤어질 필요도 없다. 세바스티안은 자살을 기도하지 않고 크리스마스 이후 악화되지도 않는다. 마지막 파티는 일어나지 않으며 그의 아버지가 광분하는 일도 없고 세바스티안은 아버지가 언젠가는 사랑해줄 거라는 희망을 잃지 않는다. 그리고 첫 총탄도 나머지 총탄도 발사하지 않는다. 나는 어맨다를 죽이지 않는다. 세바스티안도 죽이지 않는다. 우리는 계속 우리의 삶을 살아간다. 더 나은 결말, 더 나은 발단, 더 나은 삶.

왜냐하면 내게 이별 통보를 받은 후 세바스티안은 죽는 것이 얼마나 쉬운지 깨닫고 살인자가 되었기 때문이다. 내가 그걸 알았을 때는 이미 늦었다.

다른 평행 우주에서 나는 더 빨리 세바스티안을 쏜다. 사건 전날 밤, 그 파티 직후에. 왜 그러는지, 혹은 어떻게 그것이 가능한지는 모르겠지만, 그래도 그게 더 낫다. 그러면 다른 사람들은 모두 살아 있을 테니까. 세 번째 판본에서 나는 그 파티 후 집으로 돌아가지 않고, 엄마와 아빠는 아침 일찍 경찰에 신고한다. 그들은 바라쿠다 인근에서 내 시체를 발견한다. 나는 익사했다. 경찰은 곧장 세바스티안을 찾아가 그와 이야기하기 위해 집 안으로 쳐들어가고, 그가 집에서 하려던 일이 무산된다. 학교에도 가지 못해 거기서 하려던 일도 무산된다.

네 번째 판본. 나는 그 파티 이후 세바스티안의 집을 떠나지 않는다. 그의 아버지가 나가라고 명령하지만 나는 거부하고 세바스티안 옆을 계속 지키면서 그를 내 옆에 붙잡아둔다. 내가 거기 있었다면 그는 절대 아버지를 죽이지 않았을 것이다. 그리고 모든 사람들이 살게 된다. 어맨다도 살게 된다. 이것이 모든 판본들이 지닌 한 가지 공통점이다. 나는 그 생각을 멈출 수가 없다. 아직까지는.

"네가 우리에게 말하는 게 중요해." 내 사건의 담당 형사인 파마머리는 셀 수 없이 말했다. "어맨다를 위해서라도 그래야 해."

사람들은 죽은 사람이 무얼 바라는지 안다고 생각한다. 어맨다는 네가 용기 내기를 바랄 거야. 어맨다는 네가 진실을 말하기를 바랄 거야. 어맨다는 이해할 거야.

개소리도 유분수지. 어맨다는 내가 자기를 쏘지 않기를 바랐을 것이다. 어맨다는 죽고 싶어 하지 않았다. 우리가 확신할 수 있는 건 그것뿐이다.

사실 내가 세바스티안에게 돌아간 후의 일들은 나도 어쩌지 못한 불가항력적인 일들이었다.

세바스티안에 관한 다른 것들도 모두 말해야 할까? 사악한 면도? 물론이다. 안 될 거 없잖아? 나는 그를 비호할 의무가 없다. 이제 그는 혼자다. 내가 혼자이듯이. 하지만 그게 내게 유리한지는 확실하지 않다. 특별히 중요한지도 모르겠고. 어차피 오늘 나는 말을 할 거니까.

그리고 결국 사미르의 차례가 올 것이다.

사건 번호 B147/66 공판

검찰 대對
마리아 노르베리

재판 둘째 주 화요일
33

맞다. 사미르는 살아남았다. 세바스티안은 사미르에게 세 발 쏘았는데, 두 발은 복부와 어깨에 박혔고 나머지 한 발은 팔을 관통했다. 그는 여섯 차례 수술을 받아야 했고, 그의 췌장은 제거되었다. 나는 그것이 무얼 의미하는지 모른다. 다만 그는 평생 약을 먹어야 하고 왼팔에 장애가 생겼으며 고질적인 허리 통증에 시달릴 거라고 소환장에 적혀 있다.

하지만 그는 대학에 다닐 만큼 건강을 회복했다. 현재 스탠퍼드에 잘 다니고 있다. 팬케이크에 따르면 퍼게만 그룹과 합의한 덕분이라고 한다.

사미르는 단순한 부상자가 아니다. 그는 검찰 측의 스타 증인, 못난이 레나가 교실 안에 있었던 유일한 목격자로 내세운 증인이다. 검사는 순전히 사미르의 증언을 기반으로 사건 전체를 구성했다. 그래서 나는 사미르의 증언을 알고 있다. 그의 진술 내용은 사건 조서에 고스란히 포함돼 있다. 나는 그걸 읽었다. 하도 여러 번 읽어서 달달 외운다. 사미르는 내가 고의로 어맨다를 쏘았다고 말했다. 내가 차분하고 조용히 무기를 들었다고, 내가 그러는 동안 세바스티안은 조금도 개의치 않았다고, 세바스티안이 내게 "당장 해, 제발. 네가 해줘" 하고 애원하자 내가 총을 쏘았다고. 먼저 어맨다를 쏘고 그다음에 세바스티안을 쏘았다고.

*

내가 들어와 자리에 앉자 법정 안이 조용해진다. 우리 할머니의 말마따나 기대감으로 전율이 감돈다. 재판부도 달라 보인다. 첫날처럼 중요한 일을 앞둔 설렘이 있다. 사미르는 다음 주 월요일 전에는 증언하지 않을 것이다. 그는 스탠퍼드에서 해야 할 일이 있고 법원은 그것을 배려해주었다. 하지만 나는 오늘 말해야 한다. 그래서 지금 모두들 들뜬 눈치다. 내가 이야기할 거라서. 사미르가 무슨 말을 할지 다들 알면서 왜 이리 흥분하는지 모르겠다. 내가 무슨 말을 해도 그의 증언이 취소되지 않을 텐데 말이다.

샌더는 사미르의 증언이 그가 처한 상황을 고려해서 판단되어야 한다고 말한다. 그리고 사미르의 목격담에서 모순되는 점을 찾아낼 수 있다고도 했다. 하지만 저들은 사미르의 이야기를 듣고 나면 그의 말을 믿을 것이다. 사미르는 누구에게나 믿음직스러운 인간이다.

샌더는 나에 관한 질문으로 시작한다. 내 나이를 묻는다. 나를 모르는 사람은 저세상 사람들밖에 없는데도. 그는 내가 어디 사냐고 묻는다. 나는 유르스홀름이라고 대답하지 않고 "엄마와 아빠와 여동생이 사는 곳에 살아요…. 내 동생은 다섯 살이고 이름은 리나입니다"라고 대답한다. 학교생활은 어떻냐는 질문에는 잘 지내는 편이라고 대답한다. 그는 나의 학교생활이 아주 우수하다고 정정한다. 몸풀기가 끝나고 이제 무슨 일이 있었는지 말할 차례다.

샌더는 사건에 대한 사미르의 해석에 초점을 맞추지 않겠다고 말했지만 그래도 그 교실 이야기는 해야 한다. 우리는 세바스티안이 자살을 기도한 일부터 이야기한다. 그가 원래 얼마나 제정신이 아니었는지, 얼마나 파티광이었는지, 내가 그것을 얼마나 못마땅히 여겼는지, 어떻게 사미르와 사귀기 시작했는지, 내가 헤어지자고 했을 때 세바스티안이 뭐라 말했는지, 병원에서 우리가 무슨 이야기를 나누었는지.

"세바스티안이 병원에서 집으로 돌아온 후 어땠는지 말해봐요. 할 수 있죠?"

세바스티안은 새해가 되고 일주일이 지난 후 퇴원해 집으로 돌아올 수 있었다. 새해 첫날 새 학기가 시작됐지만 그는 2주간 병가를 내고 내내 집에 있었다. 처음에는 나아지는 것 같았다. 나아지고 있지 않았지만 나는 그렇게 생각했다. 세바스티안은 외출도 끊고 200명을 초대하는 파티도 끊고 바르셀로나로, 런던으로, 뉴욕으로 돌아다니는 주말 여행도 끊었다. 마냥 나와 단둘이 있고 싶어 했다. 종일 붙어 있으려 했다. 내가 학교에 있어야 할 시간에도. 함께 무얼 할지, 어디를 여행할지, 어떻게 파티 할지에 대한 말도 전혀 하지 않았다. 오직 나랑 단둘이 있으려고만 했다. 우리끼리만. 그의 아버지가 가방을 바꾸느라 잠시 묵어가는 그의 집에서. 나는 그것을 좋은 징조로 여겼다. 그는 술에 취하지도 않았고 마약에 취하는 일도 드물었다. 예전과 분명 달랐다. 친구들에게 전화가 오면 발신자를 차단해버렸다. 불가피하게 다른 사람과 시간을 보낼 때는 상대방이 집으로 오기를 바랐다. 누군가 그의 집에 나타나면 그는 집의 다른 곳으로 사라졌다. 가끔은 나조차도 그를 찾지 못했다. 그는 그냥 증발했다.

그는 우울증이었다. 누가 봐도 명백했다. 하지만 퇴원해 집에 돌아온 후 몇 주 동안 나를 더없이 사랑해주었고 파자마 바람으로 돌아다녔다. 나도 그때만큼 그를 사랑한 적이 없었다. 왜 그랬을까?

《해리 포터》의 결말 부분에서 볼드모트와 대결하는 와중에 론과 헤르미온느는 키스한다. 곧 죽을 거라 생각했기 때문이다. 곧바로 해리와 지니도 같은 이유로 키스한다. 세바스티안이 그때 나를 가장 열렬히 사랑한 것은 죽음을 예감했기 때문일 것이다. 나도 같은 기분이었다. 그가 죽을지 모른다고 생각했기 때문에.

지금에서야, 어떤 일이 있었는지 아는 지금에서야 깨달은 것이 있다. 그때 그는 자기가 죽을지 모른다고 예감만 한 게 아니라 죽기로 결심했을 것이다. 적어도 죽기로 결심했다면 그에게 죽는 것은 쉬웠을 것이다.

그것은 지나갔다. 그 강렬한 사랑의 감정은.

우리는 클래스에 대해 이야기한다. 클래스가 무슨 말을 했고, 무얼 했고 무얼 하지 않았는지.

"세바스티안이 왜 그렇게 힘들어했나요?"

"세바스티안이 아버지에게 실망했나요?"

"그 이야기를 했나요?"

나는 그에게 말한다. 다른 사람들에 대해서도 말한다. 루카스, 그의 어머니, 라베, 파티, 데니스, 마약, 사미르. 그에게 모든 걸 말한다.

"세바스티안의 건강 상태가 어떻게 달라졌는지 말해줄 수 있어요?"

나는 그것도 그에게 말한다.

부활절 휴가가 코앞에 다가와서야 나는 아무것도 나아지지 않았으며 오히려 더 악화되었다는 것을 인정할 수밖에 없었다. 다른 사람은, 어맨다마저도 이것을 훨씬 전부터 알고 있었다. 2월 말쯤 세바스티안은 굳이 애쓰지 않아도 혼자 있게 되었다. 더 이상 전화를 피할 필요도 없었고 외출하지 않으려 아픈 척할 필요도 없었다. 우리는 혼자였다. 아무도 우리와 함께하지 않으려 했다.

사랑하는 사람과 평생 행복하게 살았다는 이야기는 책에서만 가능한 일이다. 평생이라는 것은 가상의 인물에게나 가능한 시간이다. 그리고 사랑은 누구에게도 영원한 삶을 선사하지 못한다.

샌더에게 중요한 것은 두 가지다. 하나는 세바스티안이 아버지와 갈등이 있었고 나는 그것에 책임이 없다는 걸 보여주는 것이다. 나는 클래스를 죽이라고 세바스티안을 설득하지 않았으며 내가 무슨 짓을 했어도 무슨 말을 했어도 세바스티안은 클래스를 죽였을 거라고. 다른 하나는 세바스티안과 내가 복수를 공모하지 않았다는 것, 우리는 클래스의 저택에서 어슬렁거리면서 살인 모의를 하지 않았다는 것을 보여주는 것이다. 샌더는 내가 친구들을 그리워했고 결코 그들을 미워하지 않았으며 세바스티안은 점점 이성을 잃고 미쳐갔을 뿐만 아니라 더 분노하고 더 이상해졌다는 걸 재판부에 이해시키려 한다. 문제는 내가 아니라 세바스티안이었다고.

그래서 나는 이것도 재판부에, 기자들과 다른 모든 사람들에게 말한다. 그는 점차 잔혹해졌다고. 내가 아무 말 안 했는데도 세바스티안은 "닥쳐!" 하고 내게 고함을 질렀다고. "닥치지 않으면 맞을 줄 알아." 그래서 나는 그가 정말 나를 때릴 것이고 더한 짓도 할 거라고 확신하게 되었다고.

"세바스티안이 두려웠나요?" 샌더가 묻는다. 재판장이 살짝 몸을 앞으로 내밀고 나를 쳐다보며 대답을 기다린다.

두렵지는 않았다. 당시에는. 처음에는. 두 번째도 두렵지 않았다. 이건 설명하기 어렵다. 나는 남에게 내 생각을 정확히 이해시키는 비결 같은 건 없다.

"정말 그랬나요?" 샌더가 묻는다. "두렵지 않았어요?"

나는 대답하지 않는다. 눈물이 차오르는 게 느껴진다. 눈물을 멈출 수가 없다. 나는 고개를 젓는다. 아무 말도 할 수가 없다. 울음이 걷잡을 수 없이 터져서.

"두려웠어요." 나는 간신히 말한다. "정말이에요. 하지만 신변에 위험을 느껴서 그런 건 아니었어요. 겁이 났을 수도 있지만 그가 해칠지 몰라서 두려운 건 아니었어요."

"그게 무슨 소리죠?"

"나는 그를 떠날 수 없었어요."

"피고가 그를 떠나면 그가 다시 자살을 기도할 거라고 생각했다는 겁니까?"

나는 고개를 끄덕였다. 공포가 목구멍까지 가득 차올랐다.
"그게⋯."

"왜 그런 생각을 했죠?"

"그가 그렇게 말했으니까요. 그건 진심이었어요. 나도 진심
이라는 걸 알고 있었어요."

"그리고 그건 막고 싶었겠네요."

"물론입니다."

"이걸 누군가에게 말한 적 있나요, 마야? 상황이 얼마나 심각
한지 설명한 적 있어요?"

나는 다시 고개를 끄덕인다.

"네. 했어요."

세바스티안과 나

34

—

뜻밖에도 클래스가 집에 와 있었다. 주방에서 다른 나이 든 남자 넷과 저녁을 먹는 중이었다. 한 남자는 스토브 옆에 서 있었는데 전에 본 적 있는 사람이었다. 그는 세상에 수없이 널린 흔하디흔한 요리 프로그램의 출연자였다. 맨날 어깨 길이의 머리를 틀어 올려 똥머리를 하더니(풋볼 선수처럼 보이고 싶었는지) 그날따라 기름진 머리카락을 늘어뜨린 채 부엌에 서서 한 손으로는 생선 머리를 움켜쥐고 다른 손으로는 칼을 쥐고 있었다. 텔레비전 셰프는 지쳐 보였다.

클래스는 레퍼토리를 한창 읊어대는 중이었다. 남아프리카에서 사냥할 때 리더에게 총탄을 더 가져오라는 지시를 받고 벌어진 이야기였다. 적어도 스무 번도 넘게 들은 이야기일 텐데 모두들 적절한 순간에 와하하 잘도 웃음을 터뜨렸다.

"앉아라." 클래스가 말을 끊었다가 하던 이야기를 계속했다. 우리는 앉았다. 왜 그랬냐고? 세바스티안은 항상 아버지의 말이 떨어지면 그대로 따랐고 나는 세바스티안이 무얼 하든 따랐기 때문이다. "접시 두 개만 가져오지?"

클래스가 내 옆에 있던 남자에게 고개를 돌렸다. 예순 살이 다 된 남자였다. 나도 그 남자를 쳐다보았다. 그는 재무부 장관은 아니었지만 다른 부처의 장관이었다. 산업통상부 장관인가 그랬을 것이다. 나는 전에 그를 만난 적이 있었다. 장관은 혼란스러운 표정으로 일어서더니 찬장 쪽으로 돌아섰다. 접시가 어디 있는지 전혀 모르는 데다 얼큰히 취해 있었다. 그는 사물을 또렷이 분간하기 위해 한 손을 한 눈에 대야 했다. 그러고는 통통한 손가락으로 냉장고를 가리키며 말했다. "접시는 어디에 둡니까?"

"제가 가져올게요." 내가 일어서서 말했다. 거기를 벗어나고 싶어서 클래스가 우리에게 뭔가를 요구하기 전에 서둘러 자리를 피했다.

"그나저나 오늘은 웬일이냐, 세바스티안?" 클래스가 이야기를 마치고 말했다. "멀쩡해 보이니 말이다. 어디 아프니?"

세바스티안은 희미한 미소를 지으며 모두의 잔에 차례로 와인을 따랐다. 그러고는 자기 잔을 쭉 들이켜고 나서 다시 채우더니 잔을 들고 아버지에게 건배 제스처를 하고 쭉 들이켰다.

"쟤는 제 아버지를 쏙 빼닮았네." 텔레비전 셰프가 말하고는 내 옆에 와서 섰다. 그리고 몸을 숙여 딜 감자 접시와 깍지완두가 담긴 그릇을 식탁에 놓았다. "취향이 고급인 것도 닮았어." 그렇게 덧붙이며 내 팔을 꼬집고는 생선 요리를 가지러 갔다.

"글쎄, 그건 당신이 잘못 짚었어." 클래스가 접시에 감자를 한 스푼 퍼 담고 나서 접시를 넘기며 말했다. "앤 나를 눈곱만큼도 닮지 않았어. 몇 년 전 확인했더니 내 핏줄이 맞긴 하더군. 그런데 앤 욘코핑 양을 빼박았단 말이지. 오히려 원판을 능가

하지 뭐야. 얘와 비교하면 제 어미는 안정적이고 똑똑하게 보일 지경이야."

클래스의 취한 친구들이 킬킬거렸다. 조금 머뭇거렸지만 분명 소리 내어 웃었다. 진심으로 하는 소리라고 생각하는 사람은 없었다. 텔레비전 셰프가 돌아와 의자를 당겨 나와 세바스티안 사이에 끼어 앉았다. 그가 워낙 가까이 붙어 앉았기 때문에 나는 그의 냄새를 맡을 수 있었다. 생선 내장에 땀과 진한 향수가 뒤섞인 냄새였다.

"말 좀 해봐라." 클래스가 말을 이었다. "세바스티안, 가문의 지저분한 골칫덩어리. 좀 어떠니?"

"언제 신경이나 쓰셨어요?" 나는 의자를 반대편으로 끌려고 하면서 말했다. 내 말은 들릴 만큼 충분히 컸지만 클래스는 자기 접시에서 고개를 들지 않았다. 설마 웃으려는 걸까?

"내가 신경이나 썼냐고?"

텔레비전 셰프가 팔을 내게 둘렀다.

"아버지가 농담 좀 한 거야, 아가씨. 진정해. 음식 좀 들어 봐." 그는 내 포크를 들어 생선을 한 조각 찍더니 내 입가에 가져다 댔다. "저기 비행기 온다…. 입 열고 아빠를 위해 한 입 먹어보렴."

클래스는 풉 하고 입에서 콩을 내뿜으며 웃음을 터뜨렸고, 잠시 후 모두들 다시 와하하 웃어댔다. 나는 입을 벌렸다. 왜 그랬는지 모르겠다. 하지만 텔레비전 셰프는 한 입 더 먹으라며 또 들이댔다. 내 입안에 생선을 쑥쑥 넣었다. 내가 씹는 동안 그는 그의 냅킨으로 내 입가를 닦았다. 나는 차마 세바스티안을 쳐다볼 수 없었지만 그의 웃음소리가 들렸다. 그는 아버지가 도발을 시작을 하면 항상 웃음을 짜냈다. 나는 속이 메슥거렸다. 세바스티안은 함정 안에 갇혔고 괴롭힘에서 벗어날 수 없었다. 벗어나려고 애쓰지도 않았다. 그는 그것이 얼마나 미친 짓인지 몰랐을까? 물론 알고 있었다. 그의 아버지가 얼마나 미친 인간인지 몰랐을까? 물론 알고 있었다. 아버지의 행동이 얼마나 구역질 나는 짓인지? 모를 수가 없었다. 그런데 왜 아무것도 하지 않았을까? 사람이 다른 사람을 그런 식으로 취급해서는 안 된다는 걸 몰랐을까? 왜 모든 사람에게 적용되는 예의범절이 유독 클래스에게만 예외가 됐을까? 클래스 퍼게만은 원하는 건 뭐든 할 수 있었고 나머지 우리들은 무방비 상태로 당하기만 했다.

텔레비전 셰프가 세 번째 포크를 내게 디밀었을 때 나는 반항심이 생겼다. 그래서 두 손으로 식탁 가장자리를 짚고 그와 그의 조까튼 포크에서 몸을 뗐다.

"꼬마 아가씨…." 내가 몸을 떼자 셰프가 항의했다. "쑥쑥 크려면 이거 먹어야지."

"활짝 벌려." 누군가 킬킬거렸다. 그 장관인 것 같았다. 세바스티안의 웃음소리도 들렸다. 자기 아버지랑 똑같이. 나는 얼른 눈을 꽉 감았다. 감은 눈 안쪽에서 하얀 점들이 춤을 추었다.

나는 세바스티안에게 고개를 돌렸다. "나 그만 집에 갈게."

그는 대꾸하지 않았다. 나를 쳐다보지도 않았던 것 같다. 그가 나와 아버지 사이에서 선택해야 하는 상황이 되면 나는 매번 패자가 되었다.

"그거 좋은 생각이로구나." 클래스는 감자 그릇으로 손을 뻗어 잠시 뜸을 들였다. "이거 아주 죽여주게 맛있는데." 그가 셰프에게 고개를 돌려 말했다.

나는 네 걸음을 걸어 클래스 앞에 섰다.

"정말 그렇게 생각하시나요…." 나는 말을 짜냈다. 목이 메었다. 내 목소리는 잘 들리지 않았다. 금방이라도 울음이 터질 것 같아서 그전에 나가야만 했다. 하지만 할 말은 하고 가야 했다. "정말 이게 괜찮은 거라고 생각하세요? 무슨 수를 낼 생각은 없나요?" 나는 울음을 삼켰다. 제정신이 아니었다. 이미 울고 있었다. "세바스티안이 아파도 나 몰라라. 세바스티안은 더 이상 못 견뎌요…. 무슨 수를 낼 생각은 없냐구요?"

클래스가 고개를 들어 나를 쳐다보았다. 미소를 짓고 있었다.

"무슨 수를 내라고?" 그의 목소리는 얼음장 같았다. "말해보렴, 마야…. 내가 어떻게 하기를 바라는 거니? 내가 해야 할 일을 하지 않은 게 뭐지? 그게 뭔지 정확히 설명해볼래?"

나는 뒤쪽을 보려고 노력했다. 시선을 차분히 유지하려고 노력했지만 그럴 수가 없었다. 다른 사람들이 없는 데서 조용히 얘기할 순 없을까? 남자들이 낀 저녁 식탁에서 할 만한 화제는 아니지 않나? 아니고말고. 클래스는 수치스러워하지 않았다. 그가 수치스러워할 리가 있나? 그는 수치스러워하는 법이 없었다. 아무것도 그를 겁먹게 만들지 못했다. 그는 온 세상에 대고 못 할 말이 없었고 못 할 것도 없었다. 클래스 퍼게만이 몸을 뒤로 기대더니 들고 있던 포크를 내려놓았다. 다른 사람들도 모두 먹기를 멈추었다. 그리고 나를 쳐다보았다.

"다들 듣고 있어, 마야. 네 생각이 뭔지 말해보렴. 내가 어떻게 해야 하는지 네 생각을 말해봐." 그가 와인 잔을 휘휘 돌렸다. 노란 액체가 잔 안에서 일렁였다. 그의 다른 손은 손가락을 편 채 접시 옆에 가만히 놓여 있었다. 그는 새끼손가락에 인장

반지를 끼고 있었는데, 그 손가락으로 식탁을 톡톡 두드렸다.

"아무것도." 나는 내뱉었다. 속삭임처럼 들렸지만. 목구멍이 타는 것 같았다. "아무것도 할 필요가 없어요." 그러고는 돌아서서 자리를 떴다. 세바스티안은 나를 따라오지 않았다.

*

집에 도착했을 때 엄마와 아빠는 거실에서 텔레비전을 보고 있었다. 나는 곧장 내 방으로 갔다. 울었다는 걸 들키고 싶지 않았다. 하지만 방 안에 들어가 문을 힘껏 쾅 닫았다. 내가 집에 왔다는 걸, 세바스티안의 집에서 자고 오지 않았다는 걸 알리고 싶었던 것 같다. 토요일마다 늘 거기서 자곤 했지만. 3분쯤 지났을 때 아빠가 방문을 두드렸다. 나는 청바지를 벗고 속옷 바람으로 이불을 덮고 있었다. 울음은 그쳤다.

"괜찮은 거니, 아가?"

나는 고개를 벽 쪽으로 돌렸다.

"그럼요."

"아빠랑 얘기 할래?"

"그냥 잘래요."

아빠는 침대 쪽으로 걸어와서 허리를 숙여 내 뺨에서 머리카락을 쓸어 넘겼다.

"잘 자라, 아가."

이튿날 아침을 먹을 때 엄마가 맞은편에 앉았다.

"무슨 일이니, 마야?"

나는 어깨를 으쓱거렸다.

"싸운 거니?"

나는 다시 어깨를 으쓱거렸다. 잠시 아무도 말을 하지 않았다.

"걘 좀 어떠니?"

"좋지 않아요."

"우리도 그 정도는 알아. 우리가 나서주길 바라니?"

물론 원하는 바였다.

"아뇨."

"확실해? 우리가 할 수 있는 게 있으면 말하겠다고 약속해다오. 쉽지 않다는 거, 우리도 알아. 세바스티안에게 문제가 있다는 것도. 엄마와 아빠가 선생님들과 이야기를 했는데, 그분들도 이해하고 있어. 네가 가끔 수업을 빠질 수밖에 없다는 걸. 그래도 넌 여전히 잘하고 있어서 선생님들도 네 걱정은 안 하고 있다."

나는 음식을 삼켰다.

그들이 내 걱정을 할 리가 없지. 나는 내가 졸라 걱정되는데.

"네가 큰 변화를 만들어내고 있어, 마야. 걘 네가 필요하고 넌 걔를 위해 거기 있는 거야. 네 또래 중에 그런 일을 할 수 있는 사람은 많지 않아. 도움이 필요하면 말하겠다고 약속해주겠니?"

"없어요. 엄마가 할 수 있는 일은 아무것도 없어요."

엄마는 미소를 지었다. 살짝 너무 빠르고 살짝 너무 활짝 웃었다. 엄마는 안도했다. 본인이 상대하지 않아도 된다는 걸 알고 엄청 좋아하는 엄마를 보니 코미디가 따로 없었다. 엄마는 자기 자신에게 만족하고 자신을 자랑스러워했다. 그날은 엄마에게 최고의 아침이었고, 이것은 엄마가 가장 선호하는 역할 놀이였다. 아이의 말에 귀 기울여라. 완료. 당신이 할 수 있는 게 있는지 물어봐라. 완료. 당신이 신경을 쓴다는 걸 보여라. 완료.

무슨 수를 내야 하냐고? 그게 뭐냐고? 누가 나한테 말 좀 해줬으면. 설명 좀 해줬으면. 내가 어떻게 도움이 될 수 있는지 말 좀 해달라고요. 그건 내 의무가 아니잖아. 세상에! 그래도 세바스티안에게는 스스로 구한 보모가 있었다.

나는 리나를 체조 체육관에 데려가기로 약속한 적이 있었다. 리나는 집으로 돌아오는 길에 앉아 쉬려고 가져온 유모차를 직접 밀고 갔다. 그 애는 늘 집에 갈 때쯤 되면 피곤해했다. 사미르가 학교 근처에서 버스에 올라탔다. 그는 우리를 보고 멈칫하더니 우리를 지나 멀찌감치 뒤쪽에 앉으려 했지만 리나가 "안녕" 하고 알은체를 하는 바람에 우리 앞에 앉았다. 그가 몸을 옆으로 틀어 우리를 쳐다보았다.

"잘 지냈지?"

"주말에도 학교에 가는 거야?"

그가 고개를 저었다. "로커에 수학책을 두고 가는 바람에."

"그런다고 하늘이 무너지는 건 아니잖아." 내가 말했다. "일요일 내내 수학책 없이 지낸다고 해서."

사미르의 뺨에 작은 보조개가 나타났다. 나는 별안간 울음이 터졌다. 이제 우는 것도 지겨웠다. 운다고 더 나아지지도 않았다.

하지만 사미르가 미소를 지으면 오히려 울음을 참기가 더 힘들었다. 그가 시무룩해서 괴팍하게 굴면서 나를 쓰레기 취급을 하는 게 차라리 더 나았다. 나는 애써 미소를 끌어냈다. 그가 눈치채기 전에 눈물을 닦으려고 했지만 잘 되지 않았다. 나는 차창 밖을 바라보면서 최대한 내 자리에서 몸을 뒤로 젖혔다. 리나가 보는 것도 싫었다.

"야…." 그가 말을 걸었다.

지옥에나 가. 난 네가 미워. 나를 원하지 않으면서 그런 눈으로 쳐다보지 마.

나는 손등으로 눈물을 닦았다.

넌 비겁해, 사미르. 네가 겁만 먹지 않았어도 너와 나는 잘될 수 있었어.

"이름이 뭐야?" 리나가 묻더니 무릎을 대고 좌석 위로 올라왔다. 나는 안심이 되어 그만 큭큭 초조하게 웃고는 머리카락을 쓸어 넘겼다.

더 이상은 울기 싫어.

사미르도 웃었다. 그는 리나 쪽으로 몸을 숙여 얼굴을 리나의 얼굴에 바짝 댔다.

"사미르." 그가 소곤거렸고, 리나는 좋아서 깔깔 웃었다.

리나가 우리의 탈출구가 되어주었다. 우리는 그 애가 세상에서 가장 중요하다고 생각하는 것들을 조잘대게 내버려두었다. 그 애가 말을 하는 동안에는 우리의 쓰레기를 상대하지 않아도 됐다.

나 화내기도 지쳤어, 사미르. 네게도 마찬가지야.

리나는 평소처럼 아무 의미 없는 질문 스무 가지를 던졌고 사미르는 대답했다. 가끔씩 나를 쳐다보면서. 나는 사이사이 눈물을 삼킬 수 있었다. 갑자기 리나가 입을 다물고 의자에 몸을 기대더니 가져온 책을 꺼내 휘릭휘릭 넘기기 시작했다. 그 애는 책을 읽는 척했고, 사미르의 이마에 작은 주름이 나타났다.

나는 고개를 절레절레 젓고 어깨를 으쓱거렸다. 시선은 아래에 두었다. 모든 게 개짓거리라는 걸 상대방이 알아주기를 바랄 때, 알면서 서로 입에 담지 못할 때 할 만한 모든 몸짓을 했다.

내가 먼저 말하기 싫어. 먼저 해.

그가 고개를 끄덕였다.

"걔는 네 책임이 아니야." 그가 말을 꺼냈다.

"아니." 나는 말했다. "사실상 내 책임이야."

"걔 미쳤어, 마야." 사미르가 소곤거렸다. "그리고 그것도 마찬가지야. 스투레플란 광장이 아니라 집에서 한다고 해서 불법이 아닌 건 아니야. 넌 걔를 돌볼 필요 없어. 네 책임이 아니야."

문제는 마약이 아니야, 사미르. 최악은 그게 아니야. 더 이상은. 걔 다른 사람이 되어버렸어. 뭔가가 걔 안에서 자라고 있어. 밤에 걔는 괴로워해. 그것이 걔 머릿속에 있어. 걔 고래고래 비명을 질러. 그냥 비명을 내질러. 무엇이 걔 안에 있든 그건 지독해. 가끔 걔 빛조차 견디지 못해. 아주 희미한 한 줌의 빛조차도. 나는 어찌할 바를 모르겠어. 나 좀 도와줘.

나는 마른침을 삼키고는 리나의 말총머리를 만지작거리다 고개를 숙여 그 애의 머리채에 대고 훌쩍거렸다. 엄마의 샴푸를 썼는지 그 냄새가 났다.

사미르가 고개를 끄덕였다. 그는 알고 있었다. 하지만 자기가 어떻게 해보겠다는 말조차 하지 않았다. 모든 것이 얼마나 엉망진창인지 깨달았기 때문이다. 상황이 워낙 심각하다 보니 나를 돕겠다는 말조차 할 수 없었다.

나는 아무 말도 하지 않았다. 아무 말도.

리나와 나는 모비 역 두 정거장 전에 내렸다. 우리는 조금 걸어서 체육관에 도착했다. 리나가 옷을 갈아입는 걸 도와줄 때 문자 메시지가 왔다.

'다 잘될 거야.' 사미르의 문자였다.

답장을 해야 했지만 보내지 않았다. 그냥 그 메시지를 지워버렸다. 어차피 그는 이해하지 못할 테니까. 저절로 잘되는 건 아무것도 없다.

사미르가 나와 얽히기 싫어하는 이상 사미르와 연락하고 싶지 않았다. 그는 겁에 질렸다. 존나 쫄보라서.

그때 이렇게 답장을 보냈어야 했다. '아니, 잘될 리 없어.' 아니면 이렇게. '넌 조까튼 머저리야, 사미르 사이드.' 그랬어야 했는데 그러지 않았다.

어쩌면 그것이 화근이 됐는지도 모르겠다. 그래서 사미르가 도와주려고 나서는 바람에. 그가 나를 도우려고 하는 바람에. 아마도 그는 양심의 가책을 느꼈을 것이다. 사미르는 자기가 쓸모 있는 사람이라고 생각하는 그런 부류였다. 그때 그걸 알았어야 했는데 그러지 못했다.

사건 번호 B147/66 공판

검찰 대^對
마리아 노르베리

재판 둘째 주 수요일부터 금요일까지
35

내가 진술을 마쳤을 때 다시 레나 파르손의 차례가 됐다. 사미르가 법정에 출두하지 못하므로 선임 검사는 경찰에 최초로 신고한 사람을 법정에 세웠다. 당시의 전화통화 내용이 법정에서 재생되었다.

재판부는 공포에 질린 목소리를 듣고 나서 눈이 휘둥그레졌고 도취된 빛이 역력했다. 그 목소리는 총격이 있었다고 외쳤고 차분한 목소리가 응답했다. "어디서 전화하는 거죠? 지금 어디 계십니까? 학교 관리자들에게 알렸나요? 학교에서 사람들을 대피시켰습니까?" 뒤쪽에서 사람들이 대피하는 소리가 들렸다. 학생들이 울면서 달려가는 소리가 났다. 차분하던 목소리도 갈수록 긴장하는 빛이 뚜렷해졌다. "우리가 지금 가고 있어요. 구급차가 가고 있습니다. 그 소리 들립니까? 사이렌 소리 들려요? 건물에서 나올 수 있겠습니까?"

표정으로 보아 재판부는 긴급 전화 내용을 들으면서 거기 있었던 것처럼 생생한 현장감을 느끼는 모양이었다. 그 소리들, 진짜 소리들, 공포, 진짜 공포. 비명. 하지만 나는 이 긴급 전화를 듣고 정반대의 기분을 느꼈다. 지금 이야기하고 듣는 것들은 실제로 내게 일어난 일과 아무런 관련이 없었다. 나는 그 교실 안에서 난 소리들도 전혀 기억하지 못했다. 긴급 전화는 누구든 아무 내용으로도 할 수 있었다. 꾸며낸 것일 수도 있었다.

'레나로 불러줘'는 긴급 전화를 건 여자에게 질문을 여덟 번 (횟수를 셌다) 했다. 수위였는데 한 번도 본 적 없는 모르는 여자였다. 그녀는 네 번째 질문을 받고 울기 시작했다. 하지만 그녀의 진술 중에 들어본 적 없는 새로운 내용은 없었다. 샌더는 질문을 하지 않았다.

그러고 나서 '레나로 불러줘'는 현장에 가장 먼저 출동한 경찰 셋을 불러냈다. 그들은 한 명씩 나와서 현장에 도착해 목격한 것을 말했다. 교실 안으로 진입하기로 결정했을 때 어떤 기분이었는지, 안에서 무엇을 보았는지, 무엇을 했고 무엇을 하지 않았는지. 그들 중 둘이 울었다. 적어도 한 명은 눈물을 흘렸고 다른 하나는 울음을 참기 위해 몇 번이나 헛기침을 하고 침을 삼켰다. 당시 내 총을 빼앗고 내게 말을 걸었다는 경찰은 지친 눈으로 나를 쳐다보았다. 언짢거나 화난 기색보다는 지쳐 보였다. 그는 울지 않았다. 하지만 재판장 왼편의 시민 판사는 운 게 분명했다. 그녀는 코를 풀어야 할 지경이었다.

샌더는 그들에게 교실을 그린 스케치를 보여주면서 사미르와 어맨다가 표시된 위치에서 발견된 것이 확실한지 물었다. 그들은 확실하다고 대답했다.

검사는 총격이 시작됐을 때 복도에 있었던 학생 둘을 심문했다. 나는 모르는 아이들이었는데, 그중 한 명은 나를 보고는 몸을 떨기 시작했다. 말 그대로 와들와들 떨었다. 내가 무슨 좀비

나 찰스 맨슨*이라도 되는 것처럼. 어찌나 덜덜 떠는지 내 근처에 있기만 해도 간질 발작을 일으킬 것 같았다. 하지만 그 애가 나와 세바스티안에 관한 소문을 들었다면서 "모두들 그 여자애와 세바스티안이 무슨 짓을 꾸미는지 알고 있었다"고 말하자 재판장이 끼어들었다.

"현재 주제에 집중하는 게 좋겠습니다" 하는 재판장의 말에 소녀는 얼굴을 붉혔다. 그 애는 나를 잘 아는 것처럼 굴었다. 세바스티안과 나에 대해서 쥐뿔도 모르면서.

샌더는 학생들에게 세 가지를 물었다. "세바스티안과 개인적으로 아는 사이였나요? 마야와 개인적으로 아는 사이였나요? 교실 문은 닫혀 있었습니까?" 그들은 대답했다. "아뇨. 아뇨. 네."

라베는 화상 통화로 증언했다. 그는 나와 같은 방 안에서 증언하기를 거부했고, 재판장은 그것을 받아들였다. 라베는 모두 세바스티안을 걱정했다면서 모두 그에게 문제가 있다는 걸 알고 있었고, 세바스티안과 내가 전과 달리 외출하지 않았다고 말했다. 파티를 하고 싶을 때 외에는 자기들이 우리를 쭉 피했다는 이야기는 쏙 빼고. 그리고 마지막 파티 이야기를 하면서 울기 시작했다. 파티 직후 그는 사태가 심각하다고 판단해 도시 외곽에 있는 기숙사에서 나와 어맨다의 집에서 지내야 했다고 설명했다. 이튿날 어맨다가 학교에 간 후 내내 침대에 누워 울었다고 했다. 그의 말은 알아듣기 힘들었다. 라베가 법정 안에 있지 않은 것이 다행이었다. 그를 보지 않아도 되니까. 두 번 다시 보고 싶지 않았다. 샌더는 라베에게 아무 질문도 하지 않았

---

* 신도들을 사주해 살인을 교사한 사이비 교주.

다. "고맙습니다." 라베가 진술을 마쳤을 때 재판장이 말했다. 검사 레나가 마이크에 대고 고맙다고 중얼거렸지만 이미 라베는 오프라인이었다.

그 후 '레나로 불러줘'는 범행 현장 감식 요원들을 심문했다. 그들은 어떤 무기의 방아쇠에 내 지문이 있고 어떤 무기에는 총신에만 내 지문이 있는지 설명했다. 그리고 수사 결과에 따라 어떤 무기로 어맨다를 먼저 죽인 후 세바스티안을 죽였는지 설명하고 내가 그것을 발사했음을 증명하는 근거를 댔다. 샌더의 질문은 총격 각도, 오차 범위, 내가 총을 발사한 위치에 국한됐다. 그는 요청해 받은 수사 기록을 제시하면서 그것을 신뢰해도 좋은지 증인들에게 의견을 물었다. 만약 그의 의도가 무엇인지 몰랐다면 왜 그런 질문을 하는지 의아했을 것이다. 그는 총기를 다루는 데 익숙하지 않은 사람이(내가) 목표를 빗맞힌(세바스티안 대신 어맨다를 맞춘) 것은 드물지 않은 일임을 보여주려 했다.

감식 요원들이 내가 서서 총을 발사한 위치에 대한 진술을 마쳤을 때 샌더는 내 로커에 있던 가방에 대해 이야기하기 시작했다. "마야가 그 가방을 건넸을 가능성을 배제할 수 있느냐"고 전에 검사가 물었을 때 감식 요원은 그럴 수 없다고 대답했었다.

이제 샌더의 차례였다. 그가 물었다. "마야가 그 가방 안팎에 지문을 남기지 않고 가방을 옮길 가능성은 얼마나 될까요?"

"그럴 가능성은 적습니다."

이제 폭탄에 대해 다룰 차례였다. 수사 조서에는 폭발물이라고 불렸다. 검찰의 공소장에는 이 폭발물이 세바스티안과 내가 대량 학살을 기획했으며 학교를 향한 광범위한 공격이 애초의 목적이었음을 시사한다고 언급돼 있었다. 수사관들은 그 폭탄이 클래스 퍼게만의 집에서 작업했던 두 건설 인부들의 것임을 추적해 밝혀냈다. 그것은 반쪽짜리 폭탄이라고 해도 과언이 아니었다. 도화선이 없었기 때문이다. 수사 조서는 인부들이 퍼게만의 보트하우스 자리에 있었던 바위를 폭파하려고 거기 갔을 때 세바스티안이 훔친 것으로 추정했다. 혹은 거기에 남겨진 것을 세바스티안이 우연히 발견해 개인적인 목적으로 보관했을 가능성도 있었다. 어느 쪽이든 인부들은 도난 신고를 한 적도 없었고 자재 관리에 소홀했다는 것을 인정하지도 않았다.

검사는 그 폭탄이 세바스티안과 내가 언제든 범행할 계획이 있었음을 시사한다고 주장했지만 샌더의 의견은 달랐다. 그는 클래스의 보트하우스가 건설될 당시 세바스티안과 나는 사귀지 않았다는 사실을 들어 반박했다. 또한 감식 요원들이 내 로커 안에 있었던 물체가 아무런 위협이 되지 않았음을 인정하도록 유도했다. 그것은 폭발이 불가능했다. 적어도 학교 안에 있을 당시에는. 따라서 샌더의 시각에서 볼 때, 그것을 폭탄이라고 정의할 수 없는 이상 그것과 그것의 목적을 논하는 것은 비합리적이었다.

검사는 세바스티안이 그것이 작동하지 않는다는 걸 몰랐을 거라고 주장했다. 그것이 작동하든 안 하든 동기는 여전하다고 주장했다. 샌더와 검사는 그 점에 대해 잠시 논쟁을 벌였고 결국 재판장이 끼어들어, 세바스티안이 문제의 물체의 기능에 대해 어떤 생각을 했는지 추론은 그쯤에서 그만두라고 말했다. 그는 세바스티안이 그 폭탄이 작동할 거라고 생각했든 안 했든 그 여부는 관심사가 아니라고 생각했다.

샌더는 감식 요원들에게 많은 질문을 던졌고, 감식 요원들은 길게 대답했다. 나는 무슨 말인지 절반도 이해할 수 없었다. 하지만 재판장이 샌더에게 기소 혐의는 완전히 실행된 범죄만 포괄한다는 점을 고려하면 샌더가 무슨 말을 하려는 건지 모르겠다고 하자 샌더는 감정이 격해졌다.

"애초에 이 사건의 수사는 제 의뢰인이 학교를 완전히 붕괴시키려 했다는 부당한 가정에 기반하고 진행됐습니다. 때문에 첫째, 제 의뢰인이 그 가방이나 그 안의 내용물과 관련이 있을 수 없으며 둘째, 그 가방의 내용물은 아무런 위협을 내포하지 않았음을 보여주는 것이 대단히 중요하다고 생각합니다."

재판장은 그에게 심문을 계속하라고 허락했다. 하지만 나는 샌더가 멍청한 짓을 했다고 생각한다. 이후 재판장이 내내 화가 난 것처럼 보였기 때문이다. 그는 들리도록 한숨을 푹 내쉬고 나서 손목시계를 보았다. 전에 없던 행동이었다.

증인들이 폭탄 이야기를 마쳤을 때 샌더는 말했다. "그 가방과 총기의 안전 장치, 그리고 범행 현장에서 발견된 다른 무기들과 제 의뢰인의 연관성을 주장하기에는 증거가 부족합니다. 마야가 그 가방을 꾸렸을 가능성은 얼마나 될까요? 총기의 안전장치를 열었고 다른 무기들을 다뤘을 가능성은?"

"완전히 배제할 순 없습니다."

샌더의 이마에 주름이 한 줄 나타났다.

"피고의 지문이 가방 손잡이 외에 다른 곳에서 발견됐나요? 지퍼는요? 안쪽은? 총기의 안전 장치에서 피고의 지문이 발견됐습니까? 다른 무기들은요?"

"아뇨. 아뇨. 아뇨, 아뇨, 아뇨."

샌더는 질문을 멈추었지만 주름살은 없어지지 않았다. 그리고 재판장은 여전히 부루퉁해 보였다.

재판 중 특히 이 과정은 우리 쪽에 유리하게 흘러간 것 같지 않다.

검시관이 부검 결과에 대해 이야기했다. 피해자들의 나이(데니스는 열다섯 살에서 스무 살 사이로 추정됐다), 사망 장소(데니스, 어맨다, 크리스터는 교실 안에서 사망했고 세바스티안은 병원으로 이송되는 구급차 안에서 사망했다), 사망 원인(단순히 총격에 의한 사망이라고 하기엔 부족해서 총알이 정확히 어떤 피해를 입혔으며 어떤 상처가 결정적 사인이 되었고 어떤 것은 그렇지 않았는지 따져야 했다) 등등.

전문가의 증언이 이어지는 동안 나는 그들을 관찰했다. 그들의 얼굴을 자세히 뜯어보았다. 그들의 말투와 코를 긁적거리고 아랫입술을 깨물고 머리카락을 얼굴에서 쓸어 넘기는 모습에서 풀리지 않은 수수께끼의 단서를 찾을 수 있나 해서.

아무런 단서도 없었다. 그저 구역질만 유발했다.

나는 샌더에게 어맨다의 엄마가 증언할 때 법정 밖에 있게 해달라고 부탁했지만 그는 거부했다. 어맨다의 엄마도 내가 옆방에서 영상으로 그녀의 증언을 보게 해달라고 요청했지만 재판장이 거부했다. 샌더도 항의했다. 그것이 덜 불쾌할 것 같다고 내가 말했는데도.

어맨다의 엄마는 내게서 멀지 않은 지점에 앉아야 했다. 나와 대각선에 위치한 곳이었는데, 정면으로 그녀의 옆모습이 보였다. 그녀는 핏기가 하나도 없었고 머리숱도 절반이 사라지고 없었다. 검사는 그녀가 어맨다에 관해 오랫동안 말하게 만들었다.

어맨다는 어떤 사람이었고 무얼 좋아했고 졸업 후에는 무얼 할 계획이었는지. 재판장은 그녀에게 주제에서 벗어나지 말라는 말을 하지 않았다.

어맨다의 엄마는 어맨다가 죽을 때 현장에 없었기 때문에 어맨다가 언제 죽었는지는 말할 필요가 없었다. 대신 봄철에 어맨다와 내가 갈수록 멀어지는 걸 이상하게 여겼고 세바스티안과 내가 단둘이 있고 싶어 한다는 말을 어맨다에게 들었으며 그 이야기를 듣고 나와 세바스티안을 걱정했을 뿐 어맨다에 대해선 전혀 걱정하지 않았다고 말했다.

샌더가 질문할 차례가 됐을 때 나는 오늘 재판이 끝났구나 생각했다. 그의 전술을 알기 때문이다. 그는 어떤 대답이 나올지 확신하지 않으면 절대 질문하지 않았다. 그래서 나는 샌더가 어맨다 엄마의 진술을 한시라도 빨리 끝낼 거라고 생각했다.

하지만 그는 뜻밖의 말을 던졌다. 나는 그의 팔을 잡아당기고 싶었다. 질문을 취소하게 만들고 싶었다. 저 여자가 나를 보는 시선을 못 본 거예요? 그렇게 말하고 싶었다. 저 여자가 나를 얼마나 증오하는지 안 보이냐고요? 저 여자는 내가 어맨다 대신 죽기를 바란단 말이에요. 정말 모르겠어요? 어맨다 엄마만큼 나를 증오하는 사람은 없었다.

"마야가 고의로 어맨다를 해쳤다고 생각합니까?" 샌더가 물었다. 그의 목소리는 아주 담담했다.

어맨다의 엄마는 대답하지 않고 잠시 눈물을 흘리다가 고개를 돌려 나를 똑바로 쳐다보았다.

"아뇨." 그녀가 말했다. "마야가 그럴 리 없습니다. 마야는 어맨다를 사랑했어요."

여자 교도소

재판 둘째 주 주말
36

———

다 거부하고 주말 내내 감방에 틀어박혀 지내는 중이다. 휴식
이랍시고 밖으로 끌려나갈 생각은 없다. 운동복을 입고 망가진
자전거 페달을 수없이 밟거나 누군가와 대화를 할 생각도 없다.
심리학 마지막 학기를 다니는 주말 대체 교사가 아무것도 묻지
않고 점검표를 착착 작성하는 꼴은 생각만 해도 구역질이 난다.
그 여자의 점검표에는 질문은 하나도 없고 오직 경계할 것들만
수두룩하다.

　그녀는 잠을 잘 못 자는가? 초조한 기색을 보이는가? 불안한
징후는? 급격한 기분의 변화는? 입가에 거품이 이는가?

　나는 침대를 벗어나지 않는다. 기분의 변화를 시전하는 중이
다. 법정으로 돌아갈 시간까지 나를 여기서 끌어내려면 내게 구
속복을 입혀야 할 것이다. 다 거부한다.

　어맨다는 내 손에 죽은 날로부터 5주 후 토요일 오후 3시에
매장됐다. 장례식은 유르스홀름 교회에서 거행됐다.

　어맨다와 나는 중학교 2학년 여름에 유르스홀름 교회에서 견

진성사를 받았다. 똑같이 하얀 가운과 똑같이 하얀 드레스를 입고. 그 애 것은 '클로에'였고, 내 것은 '스텔라 매카트니'였다. 그 애 드레스는 새 옷이었고, 내 드레스는 엄마가 칼라플란의 중고 상점에서 사 온 것이었다. 하지만 두 옷은 거의 똑같게 보였다. 밑단은 퍼지고 목선은 깊게 파인 반질반질한 면직물 드레스. 그리고 둘 다 얇고 유독 긴 줄에 화이트골드 십자가가 달린 목걸이를 걸고 있었다. 그날 아침에 우리는 부모님에게 선물을 받았다. 같은 브랜드의 모델만 다른 손목시계. 우리는 그것을 알고 소리 내어 웃었다. 우리 엄마와 아빠는 어쩜 이리 똑같냐, 하고. 서로 상의하지 않아도 똑같은 시각에 똑같은 시시한 일을 한다고. 어맨다와 나는 우리가 얼마나 닮았는지를 이야기하며 웃곤 했다. 어맨다와 나, 우리는 자매라고 해도 좋았다. 그날 아빠는 우리를 차에 태워 교회에 데려다주었다. 견진성사 1시간 전 어맨다를 태우러 가는 길에 아빠도 그런 말을 했었다.

너희 둘, 자매 같아.

물론 문답 시험은 없었다. 우리는 초조해하지 않았다. 견진성사 수련회에 가야 하고 거기서 공부를 해야 하며 질문을 받고 제대로 대답하지 못하면 탈락할 거라는 소문은 있었다. 하지만 수련회에 다녀온 사람은 누구나 견진성사를 받았다. 우리는 짧은 성극을 준비했다. 연극을 시작할 때마다 각자 자기 역할을 소개했는데 누군가 소개를 할 때마다 우리는 풉풉 웃음을 터뜨렸다. "안녕, 내 이름은 제이컵이야. 난 보통 사람을 연기할 거야." "안녕, 내 이름은 앨리스야. 난 예수님을 연기할 거야."

일부 아이들은 성경 구절을 낭송하는 역할을 맡았다. 어맨다는 배운 교훈이 있으면 즉흥적으로 말해달라는 요청을 받고 '왜 거짓말이 나쁜가'에 대한 자신의 글을 낭독했다. 어맨다가 할 말을 일일이 통제하고 싶어 한 신부님이 미리 읽고 몇 군데 수정한 글이었다.

물론 교도소에도 신부님은 있다. 얽은 얼굴에 5센티미터 두께의 고무창 신발을 신은 남자인데 그와 말을 섞고 싶은 생각은 전혀 없다. 주말 내내 침대에 누워 지낼 작정이다. 아침밥을 기다리고 그 후에는 점심밥과 저녁밥을 기다리면서. 잠도 자고. 다음 24시간도 똑같이 할 작정이다. 다음 주는 마지막 주다.

"그 후에는 다 끝날 거야." 주말 잘 보내라고 인사를 하러 온 수스가 말한다.

당연한 소리.

피는 완전히 씻기지 않는다. 엄마와 극장에서 머리에 쥐가 나게 지루한 〈맥베스〉를 본 적이 있다. 피는 아무리 문질러 닦아도 지워지지 않는 얼룩을 남긴다. 게다가 심하게 문지르면 피부에 구멍이 나고 더 많은 피가 흘러나온다. 끝이 없다. 어맨다의 엄마는 나를 절대 용서하지 않을 것이다. 나도 나를 절대 용서하지 않을 것이다.

당신은 어떠신지? 어떻게 생각하시는지? 나는 당신이 무슨 일을 했고 여전히 무슨 일을 하고 있는지 안다. 당신은 나를 당신이 추정하는 나의 이미지에 맞추려 한다. 내가 긍정적이든 부정적이든 어떤 틀에도 들어맞지 않는다는 걸 인정하지 않으려 한다. 나는 출세에 목매는 학생 자치위원회 회원도 아니고, 용감한 강간 피해자도 아니고, 전형적인 대량 학살범도 아니고,

꽤 똑똑하고 꽤 예쁘장한 패셔니스타도 아니다. 문신도 하지 않았고 비상한 기억력의 소유자도 아니다. 나는 누구의 여자친구도, 누구의 절친도, 누구의 딸도 아니다. 나는 그냥 마야다.

당신은 절대 나를 용서하지 않을 것이다.

장담컨대 당신은 거리의 거렁뱅이를 지나치면서 나도 저렇게 될 수 있겠지 하는 생각에 눈가가 촉촉해지는 그런 타입일 것이다. 왜냐하면 당신은 공감 능력이 높고 선량한 사람이니까. 이런 생각도 하겠지. '누구나 병이 들 수 있고 그 경우 형편이 어려워지는 건 순식간이야. 직장에서 해고되거나 집을 압류당할 수도 있지. 아, 나도 저렇게 될 수 있어.' 더러운 바지를 입고 고개를 수그린 채 동전을 구걸하다 맥도널드 커피를 사 먹는. 동정심을 보이고 싶겠지. 왜냐하면 선량한 사람들은 그렇게 하니까. 당신들은 모두 선량한 사람이 되고 싶어 한다. 하지만 사실 당신은 그저 그런 척 연기를 하는 것이다. 나도 저렇게 될 수 있다고 믿을 리가 없다. 공감하려면 먼저 감동해야 한다는 생각은 자기중심적 사고의 극치다. 공감은 반대가 되어야 가능하다. 이역겨운 밑바닥 인생은 비록 똥내 나고 나와 아무런 공통점도 없지만 이렇게 살아서는 안 된다고 느껴야 생긴다. 무슨 짓을 했든 누구든 오줌에 찌든 매트리스에 살아서는 안 되기 때문이다. 정말 공감 능력이 있는 사람이라면 나도 예외가 아니라는 걸 알 것이다.

사미르는 내가 어맨다를 죽이고 싶어 했다고 주장한다. 내가 고의로 그 애를 쏘았다고. 첫 심문 때부터 줄곧 그렇게 말해왔다. 자기 눈으로 똑똑히 목격했다고. 내가 정확히 조준해서 발사했다고. 내가 자의로 세바스티안에게 휘둘렸으며 내게 세바스티안보다 더 중요한 사람은 없었고 나는 세바스티안이 시키는 건 뭐든 했고 그를 위해서 내 삶을 희생했으며 세바스티안이 시키는 대로 어맨다와 세바스티안을 죽였다고.

"그 당신들이 누군데?" 일이 터지기 전 나는 그렇게 물었고 사미르는 "너는 이해 못 해" 하고 대답했다.

당신들은 나보다 사미르를 더 좋아하니까 사미르의 편일 것이다. 그래야 당신이 더 좋은 사람이 된다고 생각할 테니까. 사미르의 운명은 당신에게 깊은 인상을 남겼고 당신이 감정을 이입한 사람은 사미르다. 나는 그저 부유한 쌍년일 뿐이고.

나는 오전 11시에 수면제를 먹고 점심밥이 나올 때까지 내처 잔다. 하지만 그들은 나를 내버려둔다. 아직까지는 나를 혼자 내버려두고 있다. 물론 그들은 내 상태를 확인한다. 가끔씩, 나를 특별히 감시한다는 티가 너무 나지 않을 정도로만.

그들은 내가 어맨다 엄마의 진술을 듣고 상심했다는 걸 알고 있다. 나를 혼자 내버려둘 필요가 있지만 계속 감시해야 한다는 것도 안다. 나는 여전히 위험인물이기 때문이다. 내가 엄청난 압박감 아래 있는 이상 나는 나 자신에게 위험한 존재다.

하지만 얼마 전부터 내 점심 쟁반에는 플라스틱 식기 세트가 포함돼 있다. 그 나이프와 포크로 내 목을 자르려 시도할 수도 있었다. 내게 그럴 힘이 남았다면.

아까 간수 한 명이 들어와 석간신문을 책상 위에 놓더니 다시 나갔다.

그가 신문을 전혀 언급하지 않는 것으로 보아 내 기사가 난 건 아닌 모양이다. 신문에 내 기사가 실리면 대개 그들은 바로 내게 말한다.

"읽어볼래?" 그들은 머리기사를(나는 늘 1면을 차지한다) 가리키며 묻는데 나는 대부분 읽고 싶어 한다. 내가 읽지 않겠다고 하면 그들은 나갈 때 신문을 도로 가져간다. 하지만 오늘 그들은 아무 말도 하지 않았다. 나는 그것을 거기에 내버려둔다. 간수는 아무 말도 하지 않았지만 다른 기사가 났을지도 모르니까. 어맨다의 엄마나 세바스티안의 엄마나 다른 빌어먹을 엄마의 기사. 지금 내가 감당할 수 없는 기사라면 그것은 틀림없이 그런 류의 개똥 같은 이야기일 것이다.

선임 검사 레나 파르손은 검시관들을 심문하면서 어맨다의 부검 보고서를 화면에 띄웠다. 그녀는 그것을 크게 낭독했다. 내 총알이 어맨다의 몸 어느 곳을 때렸고 그 애의 몸에 어떤 효과를 냈는지 큰 소리로 읽어내렸다. 그리고 교실 그림을 이용해 어맨다의 시신이 어디에 누워 있었고 경찰이 진입했을 때 내가 어디 앉아 있었는지 보여주었다. 그녀는 그 무기를 법정 안으로 가져오기까지 했다. 그것은 테이프로 봉한 비닐봉지 안에 들어 있었다. 총알은 총 다섯 발이었는데 작은 비닐봉지 두 개에 나뉘어 있었다. 하나는 어맨다의 것이고 다른 하나는 세바스티안의 것이었다. 그녀는 그것도 가져왔다. 나는 속으로 다섯까지 세었다. 하나, 둘, 셋…. 정말이지 끔찍하게 길었다…. 넷, 다섯…. 어찌 저렇게 많은 총알을 쏠 수 있었을까?

그녀는 어맨다의 시신은 가져오지 않았다. 어맨다는 화장되어 매장됐다.

어맨다의 장례식 날 나는 내 방에 누워 있었다. 아무도 나를 신문하지 않았다. 그 주의 주말에도 나를 혼자 있게 두었다. 그들이 나를 배려해서 그랬다고는 생각하지 않는다. 나는 그날이 어맨다의 장례식이라는 걸 알고 있었고 그래서 힘들었지만 그들이 그걸 알 리 없다. 순전히 우연의 일치였을 것이다. 그들은 초반에만 매일 나를 신문했고 이후 신문은 느슨해졌다. 그들은 내가 어디 있는지 아는 데다 아무 데도 못 간다는 걸 알고 있었기 때문에 굳이 주말에도 일할 이유가 없었다.

그날 간수들은 오가면서 내게 유달리 이상한 표정을 지었던 것 같다. 어쩌면 그날이 어맨다의 장례식이라는 걸 알고 있었거나, 어쩌면 모든 신문이 그것으로 도배되었거나, 어쩌면 머리기사였거나, 주류 채널의 톱뉴스였을지도 모른다. 하지만 당시 나는 신문을 읽을 수 없었고 그들도 내게 아무 말 하지 않았다. 그저 나를 빤히 보기만 했다.

하지만 나는 그날이라는 걸 알고 있었다. 샌더가 말을 했었고 나는 그것을 잊지 않았다.

어맨다의 장례식 날 나는 종일 감방 바닥에 앉아 있었다. 점심을 먹은 후 벨을 네 번 눌러 간수를 불렀고, 간수가 2시 30분이라고 말했을 때부터 속으로 숫자를 세기 시작했다. 서른 번. 미시시피 하나, 미시시피 둘…. 그렇게 60까지 셌다. 그리고 3시 정각이라는 확신이 들자 준비한 음악을 틀었다. 엄마가 내 옛 아이패드로 보내준 것이었다. 그것을 받는 데 거의 2주나 걸렸다. 경찰이 인터넷 접속을 막고 확인차 노래를 일일이 다 들어봐야 했기 때문이다. 무얼 확인한 건지 모르겠지만, 엄마가 고른 따분한 음악(걸걸한 목소리에 잇새가 벌어진 여가수의 노래)

과 아빠가 고른 아저씨 음악("내가 이 노래를 듣는 이유는 내게 전자 기타와 경미한 약물 문제가 있기를 바라기 때문이지") 사이에 메시지가 숨겨진 건 아닌지, 혹은 내게 자살 충동을 유발하는 곡은 없는지 확인한 게 아닌가 싶다. 그들은 조사를 마치고 그것을 내게 주었고, 나는 어맨다의 장례식 날 감방에서 그것을 들었다. 어맨다의 장례식은 우리가 자매처럼 차려입고 견진성사를 받은 교회에서 거행됐다.

내가 받은 음악 외에도 엄마는 나의 스포티파이* 애청 목록 중 상위 세 곡을 다운로드하려 했다. 경찰은 스포티파이 목록에서 애꿎은 노래 세 곡을 삭제하고 두 곡만 남겨두었다. 내가 어떤 노래를 듣고 자살 충동을 느낄까봐 누군가 그 노래들을 전부 들은 거라면 그 사람은 꽤 아둔하다는 것을 스스로 증명한 셈이다. 하지만 나는 불평하지 않았다. 내가 그나마 가장 참고 들을 수 있는 노래는 정말 아픈 노래들뿐이다.

3시 정각이라는 생각이 들었을 때 나는 감방 바닥에 누웠다. 공간이 넉넉하지 않아서 두 발을 침대 밑에 넣고 대각선으로 누워야 했다. 그리고 그 교회를 떠올렸다. 사람들로 가득한, 전교생이 하나도 빠짐없이 모인 그곳. 사람들은 견진성사 때 어맨다와 내가 그랬던 것처럼 하얀 옷으로 차려입고 꽃을 가져왔다. 어맨다의 두 형제와 부모님은 입구에서 사람들을 맞이했다. 그들은 하도 울어서 눈물이 말라버렸고 피곤하고 혼란스러워 보였다. 특히 어맨다의 여동생 엘레오노라는 그랬다. 어맨다의 오빠는 화가 나 보였다. 교회는 모두가 들어갈 만큼 넓지 않아서

---

* 스웨덴에서 개발한 무료 음악 스트리밍 서비스.

초대받지 못한 조문객은 교회 밖에 머물러야 했다. 그들은 꽃을 들고 진입로를 따라 늘어서 있었다. 어맨다와 잘 아는 사이가 아니어서 교회 안으로 들어올 수 없는 사람들은 아직 흘릴 눈물이 남아 있었다. 그들이 울며 포옹하는 동안 방송국 직원들이 그들을 촬영했다. 교회 문은 닫혀 있다. 가장 많이 울고 가장 오래 포옹한 사람들은 자기가 방송 화면의 마지막을 장식하기를 바랐다. 그래야 뉴스에서 자기가 얼마나 슬퍼했는지 돋보일 테니까.

엄마와 아빠와 리나는 어맨다의 장례식에 참석할 수 없었다. 꽃이나 카드조차 보낼 수 없었다. 어차피 밖으로 내쳐져 불태워질 테니까. 그런 행동은 자칫 조롱으로 비쳤을 것이다.

하지만 나는 느낄 수 있었다. 온몸으로. 엄마 손을 당기며 묻는 리나의 모습을. "엄마, 나 거기 가도 돼요? 어맨다 언니에게 꽃을 주고 싶어요." 엄마는 대답한다. "아니, 아가, 가면 안 돼." 그것은 내 상상이었지만 온몸으로 느낄 수 있었다. 엄마가 절대 리나에게 소리 내어 하지 않은 말까지. 그들은 네가 오는 걸 원치 않아.

이상하게도 나는 몸으로 기억을 한다. 어릴 때 아빠를 껴안은 순간 어떤 느낌이었는지 기억한다. 내 코가 아빠의 단단한 골반뼈에 눌리고, 내 두 팔은 아빠의 두 다리를 감싸던 느낌. 아빠가 몸을 굽혀 나를 안아 들던 느낌. 아빠의 두 손이 내 허리를 감은 느낌까지도 기억한다. 언제였는지는 기억하지 못한다. 그것의 처음이나 마지막 같은 특정한 시간은 기억하지 못한다. 또렷이 기억나지 않아서 고통도 사라졌다.

리나는 어맨다가 죽은 걸 알고 있을까? "어맨다 언니에게 작별 인사를 하러 가면 안 돼요? 네, 네?" 하고 졸랐을까? 그 생각만 하면 온몸이 아프다. 내 몸은 일어나지도 않은 일을 기억할 수 있을까? 아니면 리나가 정말 졸랐기 때문에 아픈 걸까?

어맨다와 나의 견진성사 때 나는 성경 구절을 낭독했다. 내가 직접 고른 구절이었다. 어맨다와 나는 밤새 불편한 캠프 매트리스에 누워 좋은 구절을 찾았다. 신부님은 루카복음, 요한복음, 시편, 전도서를 추천했다. 시편에 하느님이 "내 모든 원수들의 턱을 치시고" 그들의 이를 부러뜨렸다는 구절이 있었다. 우리는, 어맨다와 나는 그 구절을 보고 웃음을 터뜨렸다. 우리는 대부분의 구절에 미친 듯이 웃어댔다. 성경 구절의 어투와 신부님의 표정과 어맨다의 몸짓 때문이었다. 도저히 그런 걸 진지하게 생각할 수가 없었다. 그것도 모자라 신부님은 예수님이 사도들의 발을 씻긴 이야기를 자세히 했다. ("예수님은 사랑을 증명한 거야. 너희들에 대한 사랑을!") 나는 역겨워하는 어맨다의 표정을 보고 배를 잡고 웃을 수밖에 없었다.

내 감방 안에는 성경이 한 권 있다. 수감 후 2~3주쯤 지났을 때 누군가(아마도 수스가) 내게 교도소 신부를 만나보겠냐고 물었다. 나는 그러겠다고 했다. 그러겠다고 하는 것이 싫다고 하는 것보다 항상 더 수월하니까. 시간 때우기에 그만이다. 안내에 따라 복도를 통과하고, 간수가 가리키는 문들을 지나 앉으라는 의자에 앉고, 손을 뻗으면 닿는 곳의 잔을 집어 물을 마시면 된다.

교도소 신부는 내게 성경을 주었고 나는 그것을 감방으로 가져왔다. 그리고 바닥에 누워 어맨다의 장례식을 생각할 때 선반에서 그것을 꺼내 책장을 휘릭휘릭 넘겨보았다. 어맨다와 내가 발견한 구절 중에 "악을 잉태했다"는 사람이 있었다. "죄악을 밴" 남자라니. 그는 배가 점점 부풀어 올라 재앙을 출산했다고. 우리는 그 구절에도 웃음을 터뜨렸다. 그러고는 할렐루야가 들어간 글을 잔뜩 읽고 나서 찬송가를 부르고 주님을 칭송했다. 어맨다가 침대 위에 올라서서 한 손에는 성경을 들고 다른 손은 가슴에 얹는 바람에 나는 웃다가 오줌을 지릴 뻔했다. 성경은 정말이지 헛소리 모음집이다. 당시에는 그렇다고 생각했고 지금은 그렇다고 확신한다. 몸 안에 악을 품은 남자가 자기가 판 구덩이에 빠졌고 다른 누구도 아닌 당사자가 몸 안의 사악함 때문에 고통을 받는다니. 우리의 견진성사 신부님은 하느님이 공정하고 선량하다고 생각했고 그 악인이 죽어 지옥에 갔다는 구절을 읽어주었다. 나는 그 신부님이 어맨다의 장례식에서 '올바르고 공정하며 아이들을 사랑하는 하느님'에 대해 뭐라 말했을지 궁금하다.

악마는 정당하게 공격하지 않는다. 현실에서는 아무도 자기가 판 조까튼 구덩이에 빠지지 않는다는 말이다.

그리고 월요일에는 사미르가 증언할 차례인데 이제 그날은 이틀도 채 남지 않았다.

나는 오랫동안 어맨다의 모습을 떠올리지 않았다. 그날 바닥에 누워 그 애의 장례식을 상상한 이후 우리의 견진성사를 불러낼 수가 없었다. 그리고 그날 이후 어맨다의 장례식도 잘 생각나지 않았다.

지금 창밖의 날씨는 화창하다. 야외 운동을 신청해야 할지도 모르겠다. 한쪽 시멘트 바닥에 쭉 뻗고 누워 담배라도 한 대 피우면 어떨까. 지난 주말에는 눈이 내렸다. 운동 시간에 밖에 나갔더니 수북이 쌓인 하얀 눈이 희망에 차서 나를 조롱했다. 이튿날 눈은 시멘트 빛깔의 진창으로 변해 콧물처럼 미끌거렸다. 얼굴에 유리 조각이 박히는 것처럼 칼바람이 불었지만 오히려 밖에서 숨 쉬는 것이 더 수월했다. 그제야 밖이 감방 안보다 더 나았다.

어맨다의 장례식을 위해 만든 플레이리스트는 아직 가지고 있다. 우리가 함께 춤출 때 듣던 노래들. 함께 불렀던 노래들. 목이 쉬도록 고래고래 불렀던 노래들. 가사를 모두 외웠던 노래들. 그 노래들이 연주되면 나와 그 애는 댄스 플로어로 달려나가 미치광이가 되었다. 교회나 교회에서는 결코 연주되지 않을 노래들.

나는 견진성사 때 예수님이 '아버지와 함께 있으려고' 교회로 달려갔고 예수님의 어머니와 아버지는 예수님의 행방을 몰라 걱정한 이야기를 낭독했다. 낭독을 마치고 나서는 가끔 혼자 시간을 보내는 것이 10대 시절에 얼마나 중요한지에 대해 (신부님의 도움을 받아 내 생각을) 이야기해야 했다. 그럴 경우에 교회가 혼자 시간을 보낼 곳으로 좋다고.

지금 선택할 수 있다면 공허함에 대한 부분을 읽을 것이다. 그것만이 유일한 진실이다. "모든 것이 헛되다."* 바람을 쫓는 것과 같다. 우리는 우리가 원하는 것을 절대 얻지 못한다. 그때 신부님은 나 자신과 내 삶을 대변하는 듯한 구절을 읽으라고 했

* 전도서 12장 8절.

다. 그렇다면 더더욱 이것을 읽었어야 했다. 그리고 자신의 젊음에 기뻐하라는 내용은 뛰어넘었어야 했다. 그건 순 개소리니까.

벨을 누른다. 밖에 나가 운동하고 싶다고 말할 생각이다. 내아이패드를 가지고 나가 우리의 노래를 들으며 구토가 날 때까지 담배를 피울 생각이다.

사건이 터지기 전날 밤, 세바스티안의 아버지가 나만 빼고 모두 쫓아냈을 때 어맨다는 손가락에 키스를 하고는 내 쪽으로 손을 흔들며 문밖으로 나가 계단을 향해 걸어갔다.

나는 그 애의 키스를 손으로 잡아 내 가슴에 대는 시늉을 했다. 드라마처럼, 괴짜스럽게, 어리숙하게, 극적으로. 어맨다처럼.

그때 우리의 눈이 마주쳤다. 마지막에서 두 번째로. 혼돈의 소용돌이가 우리를 둘러싸고 있었다. 세바스티안은 정상이 아니었다. 클래스도 사미르도 데니스도 정상이 아니었다. 그런데 어맨다는 '괜찮을 거야, 마야. 다 잘될 거야' 하는 뜻으로 내게 키스를 날렸고, 나는 그것을 받아주었다. 그 애 말이 틀렸다는 걸, 아무것도 다시 괜찮아질 리 없다는 걸 우리 둘 다 알고 있었지만 나는 인정하고 싶지 않았다.

어맨다는 나를 위로하려 했다. 나는 그 애에게 거짓말을 했다. 착하게 굴고 싶어 그랬을 것이다. 어맨다는 항상 내게 착하게 굴었다. 그 애는 모두에게 착한 아이였다. 오래전 사람들이 포기한 세바스티안에게조차도.

항상.

지금 당신들이 무슨 생각을 하고 있는지 안다. '아니, 잠깐만. 잠깐 기다려봐.'

'지금까지 넌 얼마나 어맨다를 싫어하는지 말했었잖아. 데니스는 경멸했고 클래스 퍼게만은 증오한다고 실토했잖아.'

또한 당신들은 이런 귓엣말도 주고받겠지. "앤 평범한 사람이 아니야. 다 이유가 있어서 감방에 앉아 있는 거야." 알아요, 나처럼 될 수 있다고 생각하기 싫은 거. 나는 머리가 고장 난 애라 이렇게 된 거라고 생각하고 싶겠죠. 당신은 나와 아무런 공통점이 없다고 확신하고 싶겠죠. 생각도 행동도 말도 모두 다르다고. '아, 애가 겪은 일은 절대 나한테는 일어나지 않을 거야. 절대!' 왜냐하면 나는 원래 당해도 싸니까. 내가 판 구덩이에 빠진 거니까. 나는 세바스티안에게 집착했으니까. 공감 능력이 부족하고 버릇이 없었으니까. 현실과 동떨어진 삶을 살았으니까. 심지어 약쟁이였을지 모르니까. 대충 이렇다고 치고 넘어가자 이거죠?

당신은 집착증 환자가 아니니까. 마약을 하지 않으니까. 당신이라면 경찰에 신고했을 테니까. 당신은 내가 아니니까.

세바스티안은 왜 나를 선택했을까? 분명 이유가 있을 것이다! 그날 밤 그는 왜 그 호텔로 나를 찾아왔을까? 왜 니스까지 나를 따라왔을까? 왜 머물렀을까? 내가 헤어지자고 했을 때 왜 자살하려 했을까?

우연은 익명을 가장한 신의 개입이라고 누군가 말한 적 있다. 의미 있는 것은 모두 우연의 결과라고. 사실이다. 당신이 부자로 태어났든 가난뱅이로 태어났든, 여자로 태어났든 트랜스젠

더로 태어났든, 예술가로 성공했든 2천5백만 달러짜리 복권에 당첨됐든 그냥 우연일 뿐이다. 그리고 승리자를 연기하는 것이다. 그것이 사실이라면, 행운이 독특한 뒷문으로 우리에게 오는 거라면 악도 마찬가지일 수밖에.

우연은 신이 존재하지 않는다는 증거다. 이것이 내가 하고 싶은 말이다. 진정 사악한 사건은 모의나 유전遺傳에 의해서도 일어나지만 우연에 의해서도 일어날 수 있기 때문이다. 그것은 일상 가까이에 있다.

악에는 아무 의미가 없다. 그것이 악의 정확한 정의다. 무언가 상처를 준다고 해서 그 고통의 원인이 반드시 사악한 것은 아니다.

내가 저지른 짓은 많은 사람들에게 크나큰 고통을 안겼다. 그것도 최악의 방식으로. 클래스의 죽음이 무얼 의미하는지는 잘 모르겠다. 크리스터 선생님의 죽음이, 데니스의 죽음이, 어맨다의 죽음이, 세바스티안의 죽음이 무얼 의미하는지도. 나의 생존이 무얼 의미하는지도. 내가 세바스티안을 구하려다 결국 그가 살인하고 죽는 걸 도와준 것이 무얼 의미하는지도. 정말 모르겠다. 하지만 나는 사악하지 않다. 선량하지도 않겠지만. 당신들은 이걸 인정하지 않겠지. 그렇다면 당신들은 공감할 줄 모르는 것이다.

간수가 오자 나는 책상에서 석간신문을 집어 그에게 가져가라고 준다. 읽기 싫다. 10대 청소년의 정신 건강 치료, 학내 총기 규제, 감시 카메라, 마약 검사 등등 모든 기사들을 몽땅 가져갔으면 좋겠다. 나는 운동하고 싶다고 말한다. "일정을 살펴볼게." 그가 나간다. 그는 화난 기색이지만 안 된다고는 말하지 않는다. 그는 그걸 거부할 수 없다. 그랬다가는 페르디난드가 앰네스티에 그를 고발할 테니까.

나는 침대로 기어 올라가 역겨운 노란색 담요를 뒤집어쓰고 운다. 천만 번째 흘리는 눈물이다.

나는 총을 발사했고 그것이 어맨다를 죽였다. 하지만 나는 살고 싶었을 뿐이다. 세바스티안을 막고 싶었다. 그가 하는 짓을 막고 싶었다. 그래서 그를 쏘았다. 나는 세바스티안을 죽였다. 내가 그를 죽였고 일부러 그런 건 사실이지만, 내가 달리 어쩔 수 있었겠나? 첫 발에 그를 죽이고 싶었다. 어맨다를 죽일 생각은 없었다. 그토록 무얼 간절히 바란 것은 처음이었다. 하지만 그런 소총은 사용한 적이 없었다. 진흙 비둘기는 몇 번 쏴본 적 있었지만 그 총들은 방아쇠가 천천히 작동하는 데다 무거웠다. 그런데 이 총은 작동이 너무나 쉬워서 무얼 할 필요도 없었다. 나는 그 총을 집었고 내 손가락이 그것을 건드렸다. 안전 장치를 풀어야겠다는 생각을 했을 수도 있다. 아니면 아무 생각 없이 그냥 그걸 눌렀거나. 나는 그것을 다섯 번 눌렀다. 사건 조서에 그렇게 나와 있으니까 그렇겠지. 첫 발에도 두 번째 발에도 세바스티안을 죽이지 못했다. 그 후에 세바스티안을 죽였고, 그 전에 먼저 어맨다를 죽였다. 내가 어떤 종류의 사람이든 어떤 인상을 남기든, 뭐가 그리 중요하지? 무슨 일이 있었든, 왜 그랬고 왜 안 그랬든, 뭐가 그리 중요해? 내게 의미가 있는 것은 내가 한 일뿐이다. 내가 어맨다를 죽였다는 사실뿐이다.

이제 어맨다는 다시 춤추지 않을 것이다. 다시 노래하지 않을 것이다. 별로 좋아하지 않지만 좋아해야 할 것 같은 노래도 듣지 않을 것이다.

나는 어맨다가 내게 키스를 날리고 내가 그것을 받는 것을 좋아했다. 그 애는 얄팍하고 아둔하고 현실감 없고 이기적이었지만 나는 그 애를 사랑했다. 물론 사랑했다. 그 애는 나의 절친이었다. 내가 어떻게 그 애를 일부러 해치겠나. 천만에, 천만에, 천만에. 그런데도 나는 그 애를 해치고 말았다.

세바스티안

37

마지막 몇 주에 대해서는 특별히 할 말이 없다. 날은 흘러갔고 세바스티안은 악화되었다. 갈수록 더. 세바스티안이 더 이상 나와 항상 붙어 있으려 하지 않았기 때문에 나는 더 자주 학교에 갔다. 교실 뒷줄에 그냥 앉아 있다가 수업이 끝나면 세바스티안이 오라고 하지 않았는데도 그의 집으로 갔다. 때때로 그는 나를 차에 태워 학교에 데려다주었다. 한두 번 수업에 들어온 적도 있었다. 가끔 교실 밖에 앉아 내 수업이 끝나기를 기다리기도 했다. 어쩌다 교사가 다가가 그에게 좀 어떠냐고 물으면 그는 괜찮다고 말했고, 교사는 슬슬 학교에 나와야 한다고 말했다. 그는 고개를 끄덕였고 그들은 인사를 나누고 헤어졌다. 크리스터 선생님은 어떻게든 세바스티안이 마음을 잡게 하려고 애를 썼다.

그러다 크리스터 선생님이 학기 마지막 날 우리 반 학생들이 종업식에서 공연을 하자고 제안했다. 종업식이 코앞이라 우리는 과연 충분한 인원을 모을 수 있을지 막막했지만 크리스터 선생님은 이것이 우리 그룹 내 존재하는 갈등을 해소하는 데 도움이 될 거라고 했다. 선생님은 해마다 이런 식의 공연을 기획했다. 찬성하는 부류는 늘 있었다. 어맨다는 좋은 생각이라고 마음에 들어했고, 데니스는 체류 신청에 유리할 거라는 계산을 했을 테고, 사미르는 선생님이 하라는 건 뭐든 했다. 하지만 세바스티안은 그것을 형편없는 농담으로 취급했다. 크리스터 선생님은 고집을 꺾지 않았다. "첫 모임을 갖고 무얼 할 수 있는지 이야기해보자. 어떤 의견이든 내도 좋아." 그 모임은 한 번으로 끝나고 말았다.

다른 교사 두어 명이 클래스에게 전화해 세바스티안의 문제에 대해 의논했다. 경찰의 질문에 그들은 그랬다고 말했다. 사건 조서에 따르면 교장은 특정한 단계에서 여러 번 클래스와 접촉을 시도했다. 클래스와 연락이 아예 안 되거나 가까스로 연락이 되는 바람에 교장은 메시지를 남기거나 세바스티안의 집으로 편지를 보냈다. 세바스티안은 이미 법적으로 성년이었지만 이번에도 최종 학년 과목들을 통과하지 못할 상황이라 학교 측은 그 사실을 부모에게 알릴 의무가 있었다.

사건 조서에 따르면 교장의 편지는 클래스의 집을 수색할 때 클래스의 집무실에서 발견되었다고 한다. 개봉되지 않은 채로.

세바스티안의 엄마는 어떻게 됐을까?

샌더는 그녀를 찾아냈다. 신문들도 그녀를 찾아냈다. 그녀가 사는 건물 밖에서 파파라치들에 찍힌 그녀의 사진들이 실렸고 사건 조서에는 그녀를 조사한 내용이 적혀 있었다. 샌더는 그녀를 소환해 법정에서 증언하게 할까 고려한 적이 있다. 그녀는 세바스티안과 클래스 사이에 어떤 일이 있었는지 단서를 제공할 수 있는 데다 그들의 관계가 처음부터 파국을 잉태하고 있었음을(샌더가 한 말은 아니다) 설명할 가능성이 있었기 때문이다. 샌더가 바란 것은, 클래스가 얼마나 망가진 인간이었는지, 클래스가 왜 천하의 몹쓸 아버지일 수밖에 없는지(역시나 샌더가 한 말이 아니다), 왜 그런 짓을 했고 그것이 세바스티안에게 어떤 영향을 끼쳤는지 그녀가 설명하는 것이었다. 하지만 페르디난드는 그것이 좋지 않은 생각이라고 보았다. 페르디난드가 나보다 더 증오하는 사람이 있다면 분명 그것은 세바스티안의 어머니일 것이다. 페르디난드는 그것이 과도하다고 말했다. 어떤 설명이 나오든 세바스티안의 어머니는 자기중심적인 머저리이고 세바스티안의 아버지가 그것 때문에 마음고생을 했을 거라는 시각에서 자유롭지 못할 거라고 했다. 세바스티안의 어머니가 무슨 말을 하든 아무도 그 성질 더러운 여자와 연관되는 것을 원치 않으므로 그 여자가 나를 위해 증언하는 것은 이롭지 않다고. 히틀러의 어머니를 성격 증인*으로 세우는 것과 유사하다고.

처음에 샌더는 세바스티안은 내가 아니었어도 아버지를 죽였을 거라는 그의 주장을 세바스티안의 어머니가 증명해줄 거라고 믿었던 것 같다. 하지만 샌더는 그 계획을 버렸다. 그 몹쓸년이 아이들을 버리기로 선택한 이유를 설명하는 동안 사람들이 자연스레 느끼기 마련인 혐오감이 내게 고착될 위험이 있다고 판단한 듯하다. 그래서 세바스티안의 어머니는 또다시 자취를 감추었다. 멀리멀리.

하지만 나는 그녀의 진술을 읽어보았다. 대부분 그녀는 자신

---

* 원고나 피고의 인성에 대해 증언하는 증인.

에 대해 말했다. 왜 클래스와 같이 살 수 없었는지에 대해. (이 점은 전적으로 동의한다.) 처음에는 그를 치유할 수 있다고(심리치료사에게 배운 말 같다) 생각했단다. 비록 그가 감정 표현에 몹시 서툴러도(심리치료사가 실제로 잘 쓰는 말) 그녀를 사랑하게 만들 수 있다고 생각했지만 결국 그를 떠나는 것이 불가피했다고. 또한 그는 그녀에게 복수하려고 그녀가 자식들을 양육하는 걸 거부했다고. "내가 뭘 어쩔 수 있었겠어요?" 하고 그녀는 물었다. 본인이 원하는 대답을 스스로 말하려고 던진 수사 의문문이었다. "내가 할 수 있는 건 아무것도 없었어요. 클래스는 거부했고 나는 그와 싸울 방법이 전혀 없었어요."

루카스는 수사 기관에도 샌더에게도 협조하기를 거부했다. 누구와도 이야기하지 않았다. 그는 퍼게만 그룹을 상속받고 모든 피해자와 피해자 가족들과 합의했다. 하지만 아무 말도 하지 않았다. 한 마디도.

샌더가 악마 클래스 퍼게만의 정체를 폭로한 이후 클래스의 성장 과정에 대한 기사가 등장했다. 그는 친부모가 아니라 기숙학교와 오페어*의 손에, 가족이 아니라 직원들의 손에 자랐다고 했다. 클래스도 세바스티안도 루카스도 전혀 만난 적 없는 심리학자들이 클래스는 부모와의 유대감을 가진 적 없기 때문에 자식들과의 유대감도 없었을 거라는 의견을 내놓았다. 그러면서 세바스티안이 이러한 아버지의 행태를 물려받을 가능성이 있다고 했다. 그중 한 명은 근거랍시고 "유르스홀름의 호화로운 저택 안 자기 방에 방치된 채 고통받는 아이들"이라는 케케묵은

---

* 아이들을 가르치고 집안일을 돌보는 입주 도우미.

이야기를 떠들어댔지만, 샌더는 그런 상투적인 말에 의존하지 않았다. 그런 것에 혹하기에 그는 너무 영리하다. "우리는 네가 무슨 일을 했고 어떤 책임을 질 수 있는지에 집중해야 해. 세바스티안의 문제는 법적으로 관련성이 없어, 그것이 네 무죄를 강조한다면 모를까."

하지만 언론은 다르다. 세바스티안의 문제는 관련이 있고도 남았다.

나는 세바스티안의 어머니에게 관심이 있다. 그녀가 왜 아이들을 떠났는지. 그녀에게 정신적인 문제나 약물 문제가 있었는지, 아니면 다른 이유가 있었는지. 그래서 스타 기자와의 단독 인터뷰로 숨겨진 진실에 대해 말하지 않는 것인지. 그녀는 한 번도 인터뷰를 하지 않았다. 숨기고 싶은 게 있는 건 아닐까. 뭔가 수치스러운 것들, 클래스가 알았으면 기절초풍했을 것들. 거짓말을 하는 것일 수도 있다. 애초 그녀는 아이들을 원하지 않았고 클래스에게 떠안긴 것일지도. 모르겠다. 아니면 클래스가 두려웠는지도. 세바스티안처럼 억압과 미움을 받았는지도. 누가 알겠나. 이것도 법적으로 관련성이 없는 문제다.

하지만 내게는 여전히 중요한 문제다. 나는 그녀가 자식들을 사랑했다고 믿고 싶다. 그녀에게 어쩔 수 없는 사정이 있었다고. 모두 클래스의 잘못이었으면 좋겠다. 그래서 그가 죽어도 싼 인간이었기를 바란다. 루카스도 피해자라고 믿고 싶다. 그도 다른 사람들처럼 클래스를 두려워했다고. 하지만 내가 확신할 수 있는 건 세바스티안의 엄마도 루카스도 세바스티안이 그들을 애타게 찾을 때, 특히 마지막 몇 주 동안 세바스티안 옆에 없었다는 사실뿐이다. 나밖에 없었다. 그리고 그것은 내가 혼자 감당하기엔 너무 버거운 일이었다.

가끔은 세바스티안과 떨어져 다른 것을 하려고 했다. 그에게서 벗어나고 싶었다. 병원에서 집으로 돌아온 이후 세바스티안은 차분하고 덤덤했지만 오래전에 다른 사람이 되어 있었기 때문이다. 때로는 분노로 사나워졌고 때로는 냉담했다. 언제 돌변해 내게 전화도 안 하고 왔다면서 멍청이라며 고함을 질러대거나, 이튿날에는 휴대폰을 꺼버려서 헤어지는 것조차 힘들게할지 몰랐다. 그렇게 되니 그가 잘 지내는지, 무얼 하는지 관심을 뚝 끊고 살아갈 수도 없었다. 그래서 어맨다와 시내로 놀러갈까 하는 생각을 어쩌다 한 번씩 하기도 했다. 리나에게 동화책을 읽어줄까, 가족들과 저녁을 같이 먹을까. 하지만 그걸 어떻게 해야 할지 난감했다. 방법이 생각나지 않았다. 그들이 낯설었다. 내 일상에 포함된 사람들인데도. 그들과 어울리는 것은 애쓰지 않아도 되는, 숨쉬기나 피곤할 때 잠드는 것처럼 자연스러운 일이어야 하는데도. 그래서 나는 그들을 피했다. 어맨다가 전화해도 받지 않았고, 집에 있을 때 누군가 집에 있으면 곧장 침대로 갔다. 학교도 내킬 때 갔고 학교에 가면 혼자앉아 있었다.

부활절 휴가 기간에 엄마와 아빠는 리나를 데리고 여행을 떠났다. 나는 클래스와 세바스티안을 따라 앙티브*에 갈 거라고말해두었지만 세바스티안과 나는 집에 있었다. 외출도 하지 않았다. 대부분 수영장 별채에서 지냈고 음식도 그쪽으로 배달시

* 프랑스 남동부, 니스 서남쪽 항구 도시.

426

켰다. 담배를 피우고 세바스티안이 고른 음악을 들었다. 가끔씩 데니스가 왔다 갔는데, 오래 머무르지 않았다. 엄마와 아빠는 휴가에서 돌아와 우리의 휴가가 어땠는지 내게 물었다.

"좋았어요." 나는 말했다.

"어떻게 좋았는데?" 엄마가 궁금해했다.

"그냥저냥." 나는 내 방으로 가면서 대답했다. "나 몸이 안 좋아요."

엄마와 아빠는 더 이상 묻지 않았다. 휴가 전보다 더 하얘진 내 피부를 보고도 전혀 이상하다고 생각하지 않았다.

어떤 상황이었을까?

마지막 몇 주 동안 전환점이 될 만한 사건은 없었고 아무도 중대한 변화를 가져올 말을 하지 않았다. 그렇게 날은 흘러갔고 삶은 시시했다. 사실 미치고 팔짝 뛰게 끔찍했지만 하루가 시작되었다가 끝나고 또 다른 하루가 시작되었다가 끝났다.

가끔 세바스티안은 약에 취하지도 미친 행동을 하지도 않았다. 가끔은 화를 내지도 않았다. 그래서 가끔 나도 기분이 조금 나아졌다. 하지만 이제 와 돌이켜보면, 상황이 눈에 띄게 악화되지 않았다는 이유로 그저 나아졌다고 생각했던 것 같다.

그 시절 많은 날들이, 너무나 많은 날들이 참혹했다. 특히 주말. 주말 48시간 동안 내가 만난 사람은 데니스와 세바스티안뿐이었다. 최악은 클래스가 집에 있을 때였다.

나는 세바스티안에게 이것을 이해시키려고 애썼지만 그는 거부했고 아무것도 하지 않았다. 그의 상태가 나빠질수록 그의 아버지는 더 고약해졌다. 클래스 퍼게만은 심드렁한 태도로 모욕적인 말을 연이어 쏟아냈고, 그것은 사태를 더욱 악화시켰다.

그는 아랑곳하지 않았다. 그러면 세바스티안은 더 부서졌다. 그러면 그는 더욱 아랑곳하지 않았다.

가끔 나는 이런 생각을 했다. 그는 세바스티안이 자살하기를 바라는 게 아닐까. 그러면 문제가 해결될 거라고 생각하는 건 아닐까. 그는 틈만 나면 문제를 제기했다. 대체 널 어쩌면 좋겠니?

텔레비전 셰프와 저녁을 먹다가 클래스에게 대든 이후 나는 클래스의 멍청이 리스트에 합류했다. 세바스티안이 하는 짓들을 말리지도 못했고 거부하는 것들을 하게 만들지도 못했기 때문일 것이다. 클래스는 나와 마주쳐도 알은체를 하지 않았고 내가 있는 자리에서 남 이야기를 하듯 내 이야기를 했으며 내 눈을 똑바로 쳐다보지도 않았다. 그는 자기 아들과 어울린다는 이유로 나를 경멸했다.

물론 나는 클래스 퍼게만에게 잘못이 있다고 생각한다. 그가 다른 사람이었다면, 그가 그러한 행동과 그러한 말을 하지 않았다면 그런 사태는 일어나지 않았을 것이다. 나는 샌더에게도 그렇게 말했다. 그가 죽기를 바랐다고. 진심이었다고. 당시 내가 한 말은 토시 하나까지 모두 진심이었다. 나는 몇 번이고 그렇게 말했고 문자 메시지도 그렇게 썼다. 나는 클래스 퍼게만이 죽어 마땅하다고 생각했다. 그는 세바스티안의 아버지로서 세바스티안을 사랑해야 하는 사람이었으니까.

샌더는 그것이 나를 살인범으로 만들지는 못한다고 말한다. 내가 세바스티안을 설득해 아버지를 죽이게 만들었다는 걸 검사가 증명해야 한다고. 내 언행과 세바스티안의 행위 사이에 인과 관계가 있다는 걸, 즉 둘이 연관성이 있어서 하나가 없으면 다른 하나는 일어나지 않는다는 걸 보여야 한다고. 비록 나는 세바스티안이 그의 아버지를 죽이기를 바랐지만 그것으로는 충분하지 않다고. 내가 어떻게 생각했든 세바스티안은 아버지를 죽였을 거라고.

세바스티안이 아버지를 죽이기로 결심한 것은 세바스티안에 대한 클래스의 태도 때문이었다. 샌더는 그렇게 생각한다.

마지막 파티. 그것은 샌더의 확고한 가설에 딱 들어맞는다. 그 파티를 보면 무슨 일이 있었는지 쉽게 이해할 수 있다. 클래스의 행동이(세바스티안을 거리로 내쫓은 행동이, 집에서 나가라고, 사라지라고, 꺼지라고 한 명령이) 세바스티안을 궁지로 몰았다는 것이다. 세바스티안은 갈 데가 없었고 학교에서도 적응하지 못했다. 게다가 그의 정체성을 구성하는 요소들을 모두 빼앗겼다. 나는 샌더가 그것을 법정에서 말하게 두었다. 하지만 진실은, 샌더가 추정하듯 그렇게 전형적인 방식으로 설명될 수 있는 게 아니다.

"세바스티안이 피고를 처음 때렸을 때를 말해보세요." 내가 법정에서 진술할 때 샌더가 요구했다. 모두가 들으라고. 샌더는 온 법정이 그 참혹한 이야기를 듣고 나를 안쓰러워하기를 바랐다. 나는 그 이야기를 했다. 그것은 사실 사소한 일이었지만 그런 말은 하지 않았다. 적어도 별일 아니었다는 말은 하지 않았다. 그들이 참혹한 일로 생각하든 말든.

그때 우리는 세바스티안의 집에 있었다. 부활절 휴가 직후였다. 내가 그의 집에 도착했을 때 클래스와 세바스티안은 부엌에 앉아 세바스티안의 졸업 파티를 계획하는 중이었다. ("그때 내가 스웨덴에 있을지 확실하지 않으니까 자세한 건 마일리스에게 물어야 할 거야.") 나는 클래스가 있는 동안에는 한 마디도 하지 않았지만 그가 자리를 뜨고 나자 더 이상 참을 수가 없었다.

우리는 싸웠다. 세바스티안은 졸업하지 못할 게 분명했다. 하지만 그것 때문이 아니었다. 우리는 그런 일로 싸우지 않았다. 우리가 싸운 것은 그날 내가 세바스티안에게 화가 났기 때문이었다. 그의 아버지는 식탁에서 세바스티안을 위해 축하 연설을 할 일이 생기지 않는 이상 언제나 아무 일도 없는 척 가식을 떨었지만 세바스티안은 그런 아버지를 가만히 보고만 있었다. 클래스는 졸업 파티 비용이 얼마나 들든 개의치 않고 지불할 용의가 있었지만 졸업 파티에 참석할 용의는 없었다.

"아버지에게 쓰레기 취급을 받고 왜 가만히 있는지 난 이해를 못 하겠어. 네 아버지는 널 싫어해, 세바스티안. 항상 그랬어. 넌 그런 취급을 받을 애가 아니야."

나는 세바스티안이 이미 화가 나 있다는 걸 알면서도 그렇게 말했다. 내가 하는 말이, 그리고 클래스가 한 말이 그에게 얼마나 큰 고통인지 뻔히 보면서도. 클래스의 말은 '나는 너를 자랑스러워하지도 너로 인해 기뻐하지도 않을 거야. 나는 네가 싫어' 하는 뜻이었다. 하지만 나는 그렇게 말했다. 도움이 됐을까? 아니. 세바스티안은 항상 벌을 받았고 보살핌은 받은 적이 없었다. 어쩌면 세바스티안이 더 열 받으라고 그렇게 말했는지도 모르겠다. 나는 끔찍하게 잔인했고 그걸 알면서도 그런 말을 말했다.

나는 그를 선동하고 있었다. 그가 아버지에게 반항하도록 선동하고 있었다.

그 순간 세바스티안이 내 얼굴을 탁 때렸다. 그는 아무 말도 하지 않았다. 별로 아프지 않았지만 나는 뛰쳐나가 화장실 안으로 들어갔다. 문을 닫았지만 문이 잠기지 않았다. 퍼게만의 집에 있는 화장실은 모두 문을 잠그지 않았다. 세바스티안이 정신병동에서 퇴원한 이후부터.

잠시 거기 앉아 있으니 세바스티안이 다가왔다. 문 쪽으로 다가오는 그의 기척이 들려 나는 안에서 문손잡이를 잡고 힘껏 밀었다. 문은 안쪽으로 열리게 돼 있었지만 세바스티안은 문을 밀지 않았다. 나보다 힘이 셌기 때문에 충분히 열 수 있는데도 밖에서 문을 억지로 열려고 하지 않았다. 그가 무얼 하고 있는지 잠시 후 알 수 있었다. 몇 분쯤 지나자 바깥쪽 쇠 손잡이에서 안쪽으로 열기가 전해져 왔다. 세바스티안은 손잡이를 뜨겁게 데우고 있었다. 부엌에서 휴대용 토치를 가져와 문손잡이를 하얗게 달구었다. 한 마디도 하지 않고. 문에 손끝 하나 대지 않고. 내가 어쩔 수 없이 손잡이를 놓자 그는 엉덩이로 문을 밀어 열었다.

그는 내게 다가와 내 드레스를 목까지 끌어 올렸다. 그리고 브라를 풀고 거울 속의 나를 쳐다보았다.

"문 닫으면 안 돼?" 나는 속삭였다. 아래층에서 클래스의 기척이 들렸다. 게다가 청소부도 있었고 누군가 잔디깎이를 돌리고 있었다. 경비원들도 진입로 위 평소 자리에 있을 게 분명했다. 세바스티안은 전혀 반응하지 않았다. 화가 난 것 같지도 않았다. 얼굴이 부었고 눈 밑은 거뭇하게 어두웠다. 피곤해 보였지만 분노한 것 같지는 않았다. 그는 바지 단추를 풀고 지퍼를 내린 후 바지를 내리고 나서 손등으로 나를 쳤다. 그의 손등이 나의 오른쪽 관자놀이를 무심하게 때렸다. 그의 손목시계에 내 광대뼈 부위가 귓가까지 쭉 긁혔다. 나는 바닥에 누웠다. 타일이 차가웠다. 그가 내 속옷을 벗기게 내버려두었다. 드레스는 아직 내 목에 걸려 있었다. 그는 내 젖꼭지를 빨면서 손으로 다른 젖꼭지를 움켜쥐었다. 젖꼭지를 비틀다가 잡아당겼다. 나는 강간당하고 싶지 않았다. 강간당한 것은 아니었다. 내가 그의 손을 잡아 내 음부 쪽으로 이끌었기 때문이다. 그가 손가락 두 개를 내 몸 안에 넣었다. 내 허벅지에 닿는 그의 몸이 느껴졌다. 나는 발을 들었다. 강제로 하고 싶지 않았다. 나는 발을 욕조 끝에 걸쳤고 그가 내 안으로 들어왔다. 끝나기까지 오래 걸리지 않았다. 그는 곧장 자리를 떴다.

나는 샌더의 요청에 따라 세바스티안이 나를 때린 이야기를 했다. 그 일이 일어났을 때 오히려 나는 안도감을 느꼈지만 그것은 진술하지 않았다. 피가 부글부글 끓고 머릿속에서는 천둥이 쳤다는 것도. 내가 통제한다는 느낌을 받았다는 것도. 그가 나를 때린 이상 더는 내게 아무 짓도 못 할 거라는 확신이 들었다는 것도. 이제 모든 사람들이 그가 나를 때렸다는 걸 알겠구나, 그러면 그가 어떤 인간인지 알게 되겠지. 이제 해방될 수 있다. 그로부터 해방될 수 있다. 그를 떠나 영영 돌아가지 않아도 될 구실이 생겼다. 이제 아무도 그를 돌보라고, 그를 위로하라고, 그를 따라가라고 내게 요구하지 않겠지. 이제 그만 포기해야 할 때라는 생각도 들었다. 누군가에게 맞으면 즉시 그 자리를 떠야 하니까. 신체적으로 위해를 가하는 사람과는 같이 있어서는 안 되니까. 그 사람이 아무리 용서해달라고 애원해도. 모두가 알다시피.

하지만 세바스티안은 용서를 구하지 않았다. 내 뺨은 약간 부었을 뿐, 확연히 눈에 띄지는 않았다. 일부러 만져보지 않으면 아프지도 않았다. 무슨 일이 있었는지 아무도 알아채지 못할 것 같았다. 게다가 간다면 어디로 간다지?

38

마지막 밤이 왔다. 5월의 마지막 주였다. 졸업 파티는 없었다. 화장실에서 그 일이 있은 후 파티는 두 번 다시 없었다. 그는(나 역시) 라베의 초대를 받았음에도 라베의 파티에 가지 않았다. 어맨다의 파티에도 가지 않을 것 같았다.

평범한 목요일, 다음 날 학교 수업이 있는 목요일에 세바스티안은 파티를 열겠다고 했다. 그날 공기에서 특별한 향기가 났다. 평소보다 더 푸른 하늘에 나는 행복해졌다. 문득 여름의 풍경이 기억나면서 밤 외출, 바비큐, 알몸 수영, 맨발이 잠시 떠올랐다.

"사람들이 많이 올까?" 나는 물었다.

"많진 않을 거야." 세바스티안이 말했다.

날은 포근했고 25도가 넘었다. 나는 수영장 주변에서 놀고 싶었다. 기온이 허락하면 해변에서 놀아도 좋을 것 같았다. 술은 마시되 취하지 말고 이야기하고 음악을 들으면 좋겠다고. 거의 작년 여름의 기분마저 느껴졌다. 거의? 작년 여름. 세바스티안이 달리 할 일이 없다는 이유로 파티를 열던 날들. "파티나

열자." 한 마디가 재미로 이어지던 날들. 샌더는 세바스티안이 이미 죽을 결심을 했고 그날이 그의 마지막 밤이었다고 내게 말했다. 자살을 하려는 그의 결심은 그날 아버지의 행동에 의해 틀어져 참사로 이어졌지만 그는 원래 자살할 생각이었다고 했다. 수사관들은 세바스티안이 계획을 세웠다고 볼 만한 증거는 전혀 찾아내지 못했다. 그래서 샌더의 생각은 추정일 수밖에 없다. 진실은 아무도 모른다. 하지만 나는 샌더의 말이 옳다고 생각한다. 그날 파티에 데니스가 가장 먼저 도착했다. 친구 둘을 데리고. 세바스티안이 데니스가 온다는 걸 말해주지 않아 몰랐던 사실이었지만 나는 놀라지 않았다. 실망감조차 느끼지 않았던 것 같다. 하지만 데니스가 어떻게 친구들을 데리고 들어왔는지 의아했다. 우리는 그의 친구들과 어울린 적이 한 번도 없었다. 처음에 그들은 테라스와 수영장 가장자리에 자기들끼리 뭉쳐 있었다. 수줍어하는 것 같지는 않았다. 계속 너털웃음만 웃었다. 자기 눈을 믿을 수 없다는 것처럼. 곱지 않은 시선으로.

그리고 한 번도 본 적 없는 여자들이 왔다. 초대받은 손님은 아니었고 고용된 이들이 분명했다. 돈을 줘야 하지만 큰돈은 들지 않는(누가 봐도 뻔한) 그런 여자들. 그들은 술잔을 들고 대기했다.

나는 데니스가 그들을 데려온 거라고 생각했지만, 그들을 맞이한 사람은 세바스티안이었다. 데니스가 먼저 다가가긴 했지만.

"너희들 먼저 가." 세바스티안이 말했다.

데니스는 반바지를 입고 있었는데 왼쪽 스포츠 양말목을 당겨 올리려 몸을 굽혔다. 양말목의 고무줄이 헐거웠다. 그는 간신히 양말목을 제자리로 끌어 올리고는 야구모자를 벗어 식당 테이블 위에 거꾸로 놓았다. 나는 가까이 있지 않았지만 모자에서 땀과 비듬이 만들어낸 거뭇한 띠를 보았다. 데니스와 그의 친구들은 클래스의 침실로 들어갔다. 이건 세바스티안이 아니야, 나는 생각했다. 세바스티안답지 않아. 그는 절대 이런 식으로 행동한 적이 없었다.

너희들 먼저 가. 나는 가슴이 덜컥 내려앉았다. 모래 늪 속으로 곧장. 나는 여자들 중 한 명을 쳐다보았다. 가장 가까운 데 있는 그 여자의 검은색 스타킹에 찢긴 구멍이 보였다. 스타킹을 신기에는 너무 따뜻한 날이었고, 구멍 난 스타킹은 언제 올이 나갈지 몰랐다. 그녀는 잔을 내려놓았다. 물어뜯겨 생살이 드러난 엄지손톱이 보였다. 나는 그녀가 나를 쳐다보기를 바랐지만 그녀는 그러지 않았다. 그녀가 나를 쳐다보았더라면, 내가 그녀의 눈을 볼 수 있었더라면 그녀는 실재하는 진짜 인간이 되었을 것이다. 그랬다면 나는 화내고, 슬퍼하고, 질투에 불타올라 거기에서 뛰쳐나갈 수 있었을 것이다. 하지만 그녀는 내 눈길을 피했고 다른 여자 둘과 그 방으로 들어갔다. 나는 깊이깊이 침전했다. 그녀의 싸구려 향수와 땀 냄새가 났지만 아무것도 할 수 없었다. 소리치지 않았다. 울지도 않았다. 아무것도 할 수 없었다. 늪에 빠져 허우적댈 뿐.

20분쯤 후 데니스와 그의 친구들이 나왔을 때 세바스티안이 안으로 들어갔다. 나는 왜 그러냐고 묻지 않았다. 그러지 말라는 말도 하지 않았다. 울지도 않았다. 라베와 어맨다가 도착한 지 얼마 안 됐을 때였다. 세바스티안은 문을 닫기 전 돌아서서 나를 쳐다보았다. 그의 눈은 검게, 이미 죽어 있었다.

"들어올래?"

그는 대답을 기다리지 않고 그냥 문을 닫았다.

나는 누구에게 주먹질을 하지 않았다. 사방으로 침을 튀기기며 지껄이지도 않았다. 침실로 그들을 쫓아 들어가 내 삶을 되찾지도 않았다. 움직일 수 없었다. 세바스티안은 더 이상 나를 원하지 않았다. 그는 이미 마음을 굳힌 후였다.

그는 평화롭게 죽고 싶어 해. 이건 그가 너를 떠나는 방식이야, 마야.

그때 데니스가 내 얼굴을 보더니 나를 비웃었다. 큰 소리로. 입을 벌리고, 머리를 뒤로 제치고. 그는 추저분한 반바지에서 작은 비닐봉지를 하나 꺼내더니 안에서 뭔가를 덜어냈다. 우표보다 크지 않은 만큼. 순식간에 벌어진 일이라 나는 따를 수밖에 없었다. 그걸로 다 잊을 수 있을 것 같았다. 세바스티안은 나를 원치 않았다. 들어올래? 그는 물었다. 여기서 나가라는 뜻이었다. 이제 네가 할 수 있는 건 없어, 마야. 나는 움직일 수 없었다. 여기서 포기하면 내 턱은 모래 늪으로 가라앉을 테고 어둠이, 검은 싱크홀이 나를 삼킬 것 같았다.

"입 활짝 벌려." 데니스가 말했다. 나는 그를 쳐다보았다. 얘는 아는구나, 하는 생각이 들었다. 그는 모래 늪에서 자신을 보호하려면 어떻게 해야 하는지 알고 있었다.

사람들로 집이 가득 찼다. 수영장 별채 안에 음악이 쿵쿵 울려 퍼졌다. 나는 발을 물에 담근 채 수영장 가장자리에 앉아 있었다. 누군가 설치한 디스코 조명의 불빛들이 번쩍거리며 건물 여기저기 벽 위아래로 날아다니다 내 머릿속으로 파고들어 폭발했다. 나는 수영장 가장자리에 누웠다. 드레스 옆쪽이 물에 젖었다. 반짝이는 광채가 보였다. 누군가 물에 던진 샴페인 병이 음악과 엇박자로 까딱거렸다. 수면에 어른거리는 불빛, 내 머릿속의 작은 불꽃들, 거대하고 높은 청록색의 화염들. 곧 다른 걸 먹어야 했다. 데니스가 준 것은 곧 사그라질 테니까.

거기서 얼마나 있었는지 모르겠다. 음악이 한데 뭉쳐 가슴을 파고들더니 안에서 폭발할 기세로 요동쳤다. 세바스티안이 무얼 하고 있든 상관없었다. 아무래도 좋았다. 그런데 그 애가 보였다. 처음에는 흐릿한 형체로.

"어맨다." 나는 소리쳤다. 소리치려고 했다. 그 애는 내 목소리를 듣지 못했다. 나는 혼잣말을 중얼거렸다. "어맨다." 그 애라면 나를 도와줄 수 있었다. 나를 여기서 끌어올릴 수 있었다. 내게 다른 걸 먹여주고, 세바스티안을 되찾게 도와주고, 집으로 가게 도와줄 수 있었다.

어맨다는 라베의 손을 잡고 있었다. 그들은 두리번거리며 누군가를 찾았다. 라베가 어떤 남자의 어깨를 움켜잡아 돌려세우자 그 남자가 보였다.

사미르. 그는 손에 휴대폰을 들고 있었다. 동영상을 찍고 있었다.

세바스티안은 사미르를 등지고 있었다. 그는 바닥에서 마약을 여러 줄로 나누고 있었고, 벌거벗은 매춘부 셋 중 둘이 마약을 코로 흡입하려고 엎드려 있었다. 세바스티안이 한 여자의 둔부를 움켜잡아 여자의 엉덩이를 치켜세우더니 사타구니를 그녀에게 디밀었다. 데니스가 킬킬거렸다.

사미르는 계속 촬영했다.

나는 일어섰다. 어떻게 일어났는지 모르겠다. 나는 그 휴대폰을 빼앗으려고 했지만 라베가 먼저 나를 붙잡았다. 소리를 지른 것 같지는 않다. 하지만 어맨다가 내게 바짝 붙었다. 그들은 나를 다른 방으로 끌고 갔다. 음악이 너무 시끄러웠다. 내가 마지막으로 본 것은 세바스티안이 뿌려놓은 마약 두 줄을 코로 들이마시려고 돌아서던 모습이었다. 그는 남은 가루를 혀에 뿌리고 나서 다른 여자에게 몸을 돌려 그 여자가 그걸 핥아 먹게 했다.

나는 울었던 것 같다. 사미르는 우리를 따라온 게 분명했다. 그는 여전히 휴대폰을 손에 들고 나를 쳐다보았다.

"우리가 말려야 해." 어맨다가 말했던가? 어쩌면. 사미르였는지도 모른다.

"우리가 그를 신고해야 해."

사미르가 분명했다. 조까튼 사미르. 그가 뭐든 하겠다고 나선 것이다. 옳은 일을 하겠다고. 돕겠다고. 맙소사. 그곳은 그가 있을 자리가 아니었다. 세바스티안이 바쁘지 않았다면 사미르는 절대 안으로 들어오지 못했을 것이다. 그는 해서는 안 될 일을 하고 있었다. 그런다고 세바스티안의 문제가 해결될 리 없는데. 별안간 나는 두려움에 휩싸였다. 겁이 나 죽을 것 같았다. 태어나 처음으로 내 안위가 걱정됐다.

경찰이 나타난다면 그야말로 아수라장이 될 게 뻔했다.

"이러지 마." 그제야 나는 소리쳤다. "경찰에 신고하지 마. 그를 고발하지 말라고. 내가 가만 안 있을 거야. 경찰에 신고하기만 해봐…" 나는 다시 말을 시작했다. 심장이 질주했다. 너무 빠르게 뛰었다. "경찰에 신고하면 세바스티안만 망하는 게 아니야."

"무슨 수를 내야 해. 계속 이렇게 지낼 순 없어."

나는 내 휴대폰을 꺼냈다. 일은 순식간에 일어났다. 자동적으로 착착. 내가 바라던 일인 것처럼. 미리 계획한 것처럼. 나는 그 사람의 전화번호를 찾은 후 사미르에게 휴대폰을 넘겼다.

"그 사람한테 전화해. 대신 그 사람한테 전화하라고!"

나는 사미르가 할 수 있을 거라고 생각했을까? 나는 사미르를 몰아붙였다. 경찰만 아니면 누구라도 좋았다. 사미르는 자기 휴대폰으로 그 번호를 눌렀다.

"지금 뭐 하는 거야?" 나는 큰 충격에 휩싸여 물었다. 내가 무슨 짓을 한 걸까? 이제 어떻게 되는 걸까? 사미르는 자부심과 경멸감에 가득 차 있었다. 그의 눈빛은 이렇게 말했다. 넌 내가 못 할 줄 알았겠지. 나는 그를 두들겨 패고 싶었다. "대체 지금 뭐 하는 거냐고!"

음악이 쿵쿵 메아리쳤다. 그 소리가 너무 시끄러워서 우리는 서로의 말을 알아듣기 위해 고함을 질러야 했다. 하지만 문자 메시지가 사미르의 휴대폰에서 클래스의 개인 휴대폰으로 날아가는 소리가 슈우욱 하고 들렸다. 사미르는 아무 내용 없이 그 파일만 첨부해 보냈다. 그가 찍은 동영상 파일. 조까튼 등신 새끼, 나는 생각했다. 경찰에 전화해. 차라리 경찰에 전화해. 지금 이 감방 안에서도 소리치고 싶다. 그놈한테 경찰에 전화하라고 전해줘. 꼭 경찰에 전화하라고. 그때 네가 경찰에 전화만 했어도. 그랬다면. 지옥문이 열리는 데 고작 10분밖에 걸리지 않았다.

사건 번호 B147/66 공판

검찰 대^對
마리아 노르베리

재판 셋째 주 월요일
39

—

　사미르가 법정 안으로 들어선다. 예전과 별반 달라 보이지 않는다. 거의 똑같다. 다만 더 말랐고 조금 나이가 더 들어 보인다. 그는 나를 쳐다보지 않고 자리에 앉는다. 하지만 나는 그를 쳐다본다. 보고, 보고, 또 본다. 재판이 시작된 이래 처음으로 공포와 닮지 않은 감정이 느껴진다. 그의 머리는 예전보다 길다. 그는 베이지 빛깔의 청바지를 손으로 쓱쓱 문지른다. 바지가 축축한 것처럼. 그는 헛기침을 너무 많이 한다. 그런다고 몹시 초조해하는 기색을 남들이 눈치 못 채는 것도 아닌데.

　사미르는 살아 있다. 정말 살아 있다. 그들이 말로만 그가 살아 있다고 한 게 아니었다. 그는 살아남았다. 그래서 여기 이렇게 앉아 있다. 일어나 손을 뻗으면 닿을 만큼 가까운 거리에. 그가 내가 어맨다를 일부러 죽였다고 말하기 위해 여기 왔다고 해도 상관없다. 중요한 것은 그가 살아 있다는 것이다.

　검사가 변론을 시작한다. 그녀는 사미르에게 원하는 만큼 말하라고 한다.

　"증인이 생각하는 대로 말해보세요…."

사미르는 왜 유르스홀름 고등학교에 다니게 됐고, 어떻게 세바스티안과 어맨다와 라베를 알게 됐으며, 어떻게 나를 알게 됐는지 말한다. 나를 정확히 얼마나 알고 있는지, 그와 어맨다와 라베가 세바스티안과 나를 얼마나 걱정했는지, 그들이 어떻게 '수를 내기로' 결정했는지. 그는 그 파티에서 있었던 일을 이야기한다.

*

경비원이 먼저 도착했다. 클래스 퍼게만이 왔을 때 더 많은 경비원들이 따라왔다. 사미르에 따르면 클래스와 같이 온 경비원 중 한 명이 사미르의 휴대폰을 빼앗고 나서 새 휴대폰을 주었다. 포장도 뜯지 않은 더 좋은 것으로.
사미르의 오래된 휴대폰은(클래스의 휴대폰과 함께) 증거물이 됐다.

사미르에게는 먼저 찍었지만 클래스에게 보내지 않은 동영상이 더 있었다. 이미 본 적 있지만 검사는 다시 재생한다. 누가 봐도 나는 마약에 취해 있다. 사미르가 촬영하는 것을 알고 나서는 딱 미친 사람처럼 말한다. 고함을 지른다. "씨발, 지금 뭐 하는 거야? 너 미쳤어?" 동영상은 땀이 젖은 내 얼굴에서 끝이 난다. 검사는 사람들을 응시하는 나를 오랫동안 놔두다가 없앤다.
사미르는 그날의 난장판에 대해 말한다. 클래스가 어떻게 이성을 잃고 평소의 무심한 태도와 냉정한 모습을 벗어던지고 매춘부들과 침실에 틀어박혀 있던 세바스티안을 질질 끌어냈는지. 세바스티안은 알몸이었다. 클래스는 모두가 보는 앞에서 세바스티안의 얼굴에 주먹질을 하고 나서 바닥에 쓰러진 그의 배를 걸어찼다.

"세 번 그랬던 것 같아요." 사미르가 말한다. "어쩌면 두 번이었는지도. 확실하지 않습니다."

경비원 한 명이 클래스를 세바스티안에게서 떼어냈고 다른 한 명은 클래스의 침실에서 데니스와 매춘부들을 몰아냈다. 데니스는 제정신이 아니었다. 바지를 손에 쥐고 있었고, 부푼 지렁이 같은 음경은 투실투실한 남빛 허벅지 사이에 끼어 있었다.

사미르는 클래스의 경비원이 모는 차를 타고 집으로 갔다. 그는 엄마와 아빠에게 그 차를 타고 온 걸 보이고 싶지 않아 집 앞에 도착하기 전 미리 내려달라고 부탁했지만 경비원은 들어주지 않았다. 사미르의 부모님은 아무것도 눈치채지 못했다.

사미르는 거의 50분에 걸쳐 이튿날 교실에서 일어난 일을 설명한다. 검사는 평소보다 조금 낮은 목소리로 질문을 던진다. 사미르가 울먹이기 시작하면(세 번) 재판장도 조금 낮은 목소리로 그에게 휴식 시간이 필요한지 묻는다. 사미르는 고개를 젓고 나서 목소리를 가다듬고 계속 이야기한다. 그는 수사 과정에서 진술한 모든 내용을 거의 똑같은 표현과 단어를 써서 반복한다. 내가 한 짓을 확실히 보았다고, 자기가 본 것이 맞다고 확신에 차 있다.

샌더가 질문할 차례가 됐다. 사미르의 이마는 번들거리고 뺨에는 보조개 자리 바로 위에 분홍빛 점들이 있다. 샌더가 아직 첫 질문을 하지도 않았는데 사미르는 이미 화가 난 듯하다.

샌더는 친절하고 평소와 다름없는 크기의 목소리로 말한다.

"경찰이 언제 도착했냐는 질문을 처음 받았을 때 증인은 몇 시간이 걸렸다고 대답했지요?"

"음."

"기억납니까?"

"몇 시간처럼 느껴졌어요."

"정확히 30분도 채 걸리지 않았습니다. 맞죠? 제가 여기 사건 조서를 가지고 있습니다. 여기 보면, 마지막 총탄이 발사된 지 15분에서 17분이 지났을 때 교실 문이 열렸습니다. 첫 번째 총탄이 발사된 순간부터 19분이 지났을 때였죠."

"그게 중요한가요?"

"또한 증인은 처음 총에 맞은 사람이 크리스터라고 말했어요."

"네, 하지만…."

샌더는 목소리를 낮춘다. "증인은 그것도 다음 심문 과정에서 번복했군요."

"나는 제정신이 아니었어요. 수술받은 직후라서. 입원한 상태에서 진술해야 했어요…. 나는…."

"이해합니다, 사미르. 증인에게 쉽지 않은 상황이었다는 거. 하지만 증인은 처음 증언한 내용들을 나중에 많이 번복했군요."

"그건 전혀 사실이 아니에요."

"며칠 후에 첫 진술을 했지요?"

"나흘입니다."

"그 나흘 동안 증인은 가족과 함께 있었나요?"

"네."

"그때 사건에 대해 이야기했겠네요. 그쵸?"

"많이 말하지는 않았어요."

"증인의 건강 상태가 좋지 않아서 그랬겠지요. 진통제를 많이 맞았더군요. 증인의 진료 기록에 그렇게 나와 있습니다. 몸이 좋지 않았을 거예요. 하지만 증인의 어머니와 아버지는… 그 일에 대해 증인에게 이야기했나요?"

"물론 우리는 그 일에 대해 이야기했습니다. 그게 무슨 문제가 되는지 이해할 수가 없네요."

"질문에 대답해주세요, 사미르."

"엄마는 대부분 울었어요. 그냥 계속 울기만 했어요."

"부모님과 어떤 언어로 대화하죠?"

그는 멈칫했다. "아랍어요."

팬케이크가 샌더에게 서류 몇 개를 건넸다. 샌더는 그것을 받아서 마지막 장까지 넘기고 나서 말을 계속한다.

"우리는 병원 직원과 이야기를 나누었습니다. 간호사 한 명은 증인이 마야가 어떻게 됐는지 물었다고 말했습니다." 샌더는 재판장을 향해 돌아섰고 그동안 페르디난드는 그 간호사의 진술서 복사본을 건넸다. "그 간호사는 아랍어를 할 줄 압니다."

"으으음."

"그녀는 증인의 아버지가 어떻게 반응했는지 우리에게 말해주었습니다."

"그게 뭐가 문제라는 거죠? 나의 간단한 질문에 내 아버지가 대답하지 말란 법이라도 있나요?"

"증인의 아버지가 무슨 말을 했는지 기억합니까?"

"마야가 감옥에 있다고 했던 것 같아요."

"간호사에 따르면, 증인의 아버지는 경찰이 그 애를 구금하는 중이고 그 애는 감옥에서 푹 썩어도 싼 짓을 저질렀다고 증인에게 말했습니다."

"아버지는 마야가 그런 짓을 했으니 벌을 받아야 한다고 생각한 거예요. 그게 그리 이상한 일인가요? 화를 낸 게?"

"증인의 아버지는 경찰이 마야의 로커에서 가방을 발견했다고 말했습니다. 그 가방 안에 무엇이 있었는지도 말했고요. 그렇죠?"

"말 안 할 이유가 없잖아요? 경찰이 마야의 로커에서 그 가방을 발견한 걸 아버지가 내게 숨겨야 합니까?"

"증인의 아버지는 마야와 세바스티안이 한패로 행동했다, 그 애와 세바스티안은 함께 그 총기들을 옮겼다고 증인에게 말했어요."

"그들이 같이 한 건 맞잖아요."

"증인의 아버지가 증인에게 이 말을 한 것은 경찰이 증인과 첫 면담을 하기 이틀 전이었습니다. 맞죠?"

"모르겠어요. 그랬는지도 모르죠. 하지만 아버지는 내게 사실을 이야기한 것이지 꾸며낸 게 아니에요. 그게…."

"증인의 아버지가 꾸며냈다고 생각하지 않습니다. 신문 기사를 읽고 그걸 믿은 거겠죠. 마야는 감옥에 있었고, 10대 청소년이 죄 없이 감옥에 갇힐 리 없다고 생각하는 사람은 증인의 아버지만이 아닙니다. 증인도 같은 함정에 빠진 겁니다. 그 교실에 대한 증인의 모든 기억은, 사건이 일어나는 동안 증인이 이해할 수 없었던 모든 것들은 나중에 들은 이야기로 오염된 겁니다."

"내가 이야기를 꾸며냈다는 말이네요? 헛소리. 마야가 감옥에 간 건 그 애가 총을 쐈기 때문이에요, 바로 자기의⋯."

샌더는 슬픈 표정으로 사미르의 말을 자른다.

"증인의 아버지를 포함해 증인의 가족 전체, 증인을 병원으로 찾아온 모든 사람들은 사건에 대한 정보가 기밀 유지 사안이라는 말을 들었어요. 그게 무슨 뜻인지 알지요?"

"네."

"그것은 증인과 사건에 관계된 대화를 해서는 안 된다는 뜻입니다."

"아빠는 나와 대화한 적 없는데요."

"증인의 아버지가 마야에 대한 말이나 신문에서 읽은 것, 혹은 본인이 안다고 생각한 것을 말하지 말라고 지시받은 데는 다 이유가 있습니다. 경찰은 증인이 이 범행이나 마야에 대해 어떤 말을 듣고 흔들리는 일이 없기를 원했기 때문입니다. 그들은 사건에 대한 해석이 형성되기 전에 증인의 진술을 확보하려 했던 겁니다."

"나는 사건 현장에 있었기 때문에 그 사건에 대한 해석을 한 거예요. 내가 왜 꾸며내겠어요?"

"나는 증인이 고의로 무얼 꾸며냈다고 믿지 않습니다. 하지만 증인은 간절했어요⋯. 무엇보다 본인이 경험한 그 충격적인 일을 이해하고 싶었죠. 그런데 이 시나리오가 가장 논리적으로 보였던 겁니다."

"아빠는 마야와 세바스티안이 함께 모의했다고 말한 적 없어요."

샌더는 미심쩍다는 듯 고개를 든다. "하지만 마야가 감옥에 있다고 증인에게 말을 했죠."

"네."

"마야가 왜 거기 있는지도 말했습니까?"

"굳이 그걸 말할 필요가 있을까요…."

"네, 그럴 필요는 없었죠. 마야가 구금됐다는 말로 이미 충분하니까요. 증인은 그 말에 경찰이 마야를 의심한다고 추측한 거예요. 증인의 아버지는 분명 그 말을 했어요, 사미르. 증인의 아버지는 신문에서 읽은 것과 사실이라고 확신하는 것을 증인에게 말했다고요. 나는 당신들의 대화를 엿들은 간호사의 진술을 갖고 있습니다. 원하면 그 간호사를 소환할 수도 있습니다. 당시 간호사가 들은 바로는, 증인의 아버지는 마야가 '널 죽이려 했다'면서 격앙돼 있었고 마야를 가만둘 수 없다고 말했습니다."

"그렇게 단순한 문제가 아니에요…. 그저 아빠는 내게 알려주려고 했을 뿐이에요…."

"이해해요, 사미르. 사실, 내가 하고 싶은 말이 바로 그겁니다. 무슨 일이 있었는지 어떻게 단순하게만 설명할 수 있겠습니까."

샌더는 마지막 말이 메아리치도록 뜸을 들이면서 물을 한 모금 마신다.

"증인은 총을 맞았다는 걸 어떻게 알았지요?"

"걔가… 세바스티안이 데니스를 쏘고 나서 크리스터 선생님을 쏘았고 그 후에…." 사미르는 목을 가다듬는다. "걔가 말했어요…." 사미르는 울음이 터져 다시 목을 가다듬는다. "걔가 말했어요. '넌 죽어야 해.' 그리고는 나를 쏘았어요. 난 그대로 죽는 줄 알았어요." 사미르는 잠시 운다.

샌더는 사미르가 울음을 그칠 때까지 기다렸다가 말을 계속한다.

"세바스티안이 증인을 쐈을 때 마야는 어디 서 있었지요? 기억납니까?"

"문 옆에요."

"그때 마야가 무기를 들고 있었나요?"

"모르겠습니다."

"하지만 마야가 증인을 쏘지는 않았죠?"

사미르는 코웃음을 쳤다. "마야한테 쏴달라고 부탁한 적 없거든요. 그런데 걔가…."

"증인은 증인이 아직 살아 있다는 걸 언제 알았지요?"

"그들이 서로 이야기를 나눌 때요."

"그들이라니, 누구 말이죠?"

"마야와…. 마야와 세바스티안."

"증인은 경찰 조사에서 이렇게 말했군요…." 샌더가 서류를 소리 내어 읽는다. "'그들은 내가 죽었다고 생각했다. 그래서 나는 살 수 있었다….'"

사미르가 언성을 높인다. "그들이 내가 죽지 않은 걸 알았다면…."

샌더는 목소리를 낮춘다. "죽은 척했기 때문에 다시 총을 맞지 않았다는 말이군요."

"네."

"눈을 감았나요?"

"내내 감은 건 아니었습니다."

"그럼 보기도 했겠네요?"

"눈을 완전히 뜨지 않고 보았어요. 네. 네, 실눈을 뜨고 봤어요."

"증인이 보고 있는 걸 그들에게 들킬까봐 두렵지는 않았나요?"

"겁이 났습니다. 평생 그때처럼 겁이 난 적이 없었습니다."

"고통스러웠나요?"

"평생 그때처럼 고통스러웠던 적도 없었습니다."

"가만히 누워서 죽은 척 연기하는 거 힘들었겠네요."

"다른 방법이 없었습니다."

"증인은 경찰 조사 때 말하기를…." 샌더는 다른 종이를 집어 소리 내어 읽는다. "'그들은 함께 그 일을 했다.' 정확히 뭐죠, 그들이 함께 했다는 일이?"

"그들은…."

"세바스티안이 크리스터, 데니스, 그리고 증인을 쏘았을 때… 마야도 총을 쏘았나요?"

"아뇨. 걔는…."

"그 시점에 마야가 무기를 들고 있었습니까?"

"아뇨, 그건 아닌 것 같아요. 모르겠어요."

"하지만 세바스티안이 마야에게 무기를 들라고 했을 때 마야가 무기를 들었죠…. 세바스티안이 정확히 뭐라고 말했죠?"

"이렇게 말했어요. '알잖아, 네가 해야 한다는 거.'"

"증인은 그게 무슨 뜻이었는지 알고 있습니까?"

"어맨다를 죽이라는 말이죠."

"마야는 세바스티안이 '하라'고 말했을 때 그를 죽여달라는 뜻이었다고 주장합니다. 마야가 그를 죽여야 그가 마야를 죽이지 않는다는 뜻이었다고 말이죠."

"그럼 마야는 어맨다를 왜 죽였나요? 세바스티안이 시키지 않았다면 왜 어맨다를 쏘았냐고요?"

샌더는 잠시 아무 말도 하지 않는다. 사미르의 말이 일리가 있다고 생각해서가 아니라 모두의 관심을 집중시키기 위해서 다.

"증인은 경찰이 총격 현장을 재연할 때 거기 있었죠?"

"네. 그런데 그때…."

"하지만 증인은 우리가 현장을 재연할 때 그 자리에 없었어 요."

"네. 초대받지 못했거든요. 그런데 그게 뭐가 중요하죠? 나는 거기 있었어요, 그때…."

"이런 표현이 어떨지 모르지만, 증인의 역할을 한 사람이 증인이 누웠던 지점에서 무엇을 보았다고 말했는지 증인은 알고 있습니까?"

"내가 그럴 무슨 수로 알겠어요?"

"그 사람은 그 지점에서 마야가 보이지 않는다고 말했습니 다."

"나는 마야를 볼 수 있었어요."

"그 사람은 마야가 보이지 않았다고 말했습니다. 마야를 보기 위해서는 고개를 돌려야 했다고. 하지만 고개를 돌리면 이번에는 세바스티안이 보이지 않았죠. 즉, 그는 마야와 세바스티안을 동시에 볼 수 없었던 겁니다. 마찬가지로 그는 마야와 어맨다도 동시에 볼 수 없었습니다. 증인은 마야를 보기 위해 고개를 돌렸습니까?"

"모르겠어요. 어쩌면."

"증인은 죽은 척을 하고 있었죠? 그렇죠?"

"네."

"최대한 꼼짝하지 않고 누워 있었죠?"

"네."

"사건을 재연한 우리 쪽 사람이 뭐라고 했는지 압니까?"

"대체 내가 그걸 어떻게 압니까?"

"우리가 사건 현장을 재연했을 때 증인의 역할을 한 사람은 증인의 위치에서 보면 어맨다와 세바스티안이 같은 탄도彈道상에 있지 않았다고 말했습니다. 오히려 옆에 나란히 서 있었다고 했습니다. 그런데 마야의 시야에서, 즉 다른 각도에서 보면, 세바스티안은 어맨다의 전방 옆쪽 서 있었습니다. 마야에게는 그렇게 보였는데 증인에게는 다르게 보였나보죠?"

"마야는 어맨다를 쏘았어요."

"마야가 어맨다를 쏜 건 우리도 알고 있습니다, 사미르. 하지만 왜 마야가 어맨다를 쐈는지는 모르지요."

"어맨다가 죽기를 바랐으니까 쐈겠죠."

"그렇다고 확신합니까?"

"그들은… 그들은…. 세바스티안과 마야는 완전히…." 사미르는 다시 울기 시작한다. "어맨다가 말했어요. 마야가 더 이상 전화를 안 한다고. 더 이상 같이 어울리지 않는다고. 마야가 이상하게 군다고. 어맨다는 마야를 걱정했지만 마야는 어맨다와 아무것도 하지 않으려 했어요. 오직 세바스티안과 시간을 보냈죠. 세바스티안에게 집착했어요. 세바스티안 외에 아무것도 신경 쓰지 않았어요."

"어맨다가 죽기를 바란다고 마야가 말하는 걸 들은 적 있습니까?"

"아뇨."

"어맨다가 증인에게 마야가 무섭다고 말한 적 있습니까?"

"아뇨. 하지만 난 마야의 속셈을 몰랐습니다…. 교실에서 그일이 터질 때까지는."

"구급대가 현장에 도착했을 때 말입니다…. 첫 번째 구급대원이 증인을 살폈을 때, 증인이 아직 교실 안에 있었을 때, 구급대원은 증인이 의식이 없었다고 말했습니다."

사미르가 어깨를 으쓱거렸다.

"맞습니까?"

"그랬겠죠."

"교실에서 실려 나간 거 기억납니까?"

"아뇨."

"그때 의식이 없었기 때문인가요?"

"네. 나는 구급대가 도착한 이후 무슨 일이 있었는지 아무것도 주장한 적 없어요."

"얼마 동안 의식이 없었지요?"

"오래 그랬던 건 아니었어요."

"우리는 증인의 의사와 이야기를 나누었습니다. 의사는 증인이 총에 맞은 직후 의식을 잃은 게 명백하다고 말했습니다."

"아닙니다."

"확신합니까?"

"나는 똑똑히 봤어요."

"무얼 봤다는 거죠?"

"마야가 조준하는 걸 봤다고요….."

"하지만 증인은 증인의 위치에서 마야와 세바스티안을 둘 다 볼 수 없었어요. 마야와 어맨다도. 물론 증인이 고개를 돌렸다면 가능했겠지요. 하지만 증인은 살아 있다는 걸 들킬 위험이 있어 고개를 돌리지 않았다고 했어요. 따라서 증인은 마야가 세바스티안을 조준했는지, 어맨다를 조준했는지 볼 수 없었습니다. 왜냐하면 증인의 위치에서는 그것이 불가능했으니까요."

"세바스티안이 말하기를….."

"그는 이렇게 말했죠. '알잖아, 네가 해야 한다는 거.' 마야도 그건 인정합니다. 하지만 그가 왜 그런 말을 했는지 증인은 알고 있습니까?"

"나는….."

"진술을 신중하게 해주세요, 사미르. 확신하는 것만. 세바스티안이 왜 그런 말을 했는지 압니까?"

"아뇨."

"증인은 왜 마야가 그런 일을 했는지 압니까? 백 퍼센트 확실히?"

"내가 그걸 어떻게….."

"정직하게 대답해주세요, 사미르. 마야가 왜 어맨다를 쏘았는지 압니까?"

"아뇨."

"증인은 마야가 고의로 쏘았다고 확신할 수 있습니까? 마야가 어맨다를 죽이고 싶어 했다고?"

"아뇨."

"고맙습니다. 더 이상 질문 없습니다."

세바스티안

40

나는 11분 동안 세바스티안의 집 복도에 서 있었다. 돌아다니지 않고 가만히 그를 기다렸다. 그가 아래쪽 경비원들에게 외치는 소리가 들렸다. "오늘 아버지는 집에서 일하실 거예요. 방해하지 말라고 하세요."

경비원은 아무것도 묻지 않았다. 이상하다는 생각이 들지 않아서 딱히 반응하지 않았을 것이다. 전날 저녁과 밤에 일어난 일을 고려하면 클래스가 늦잠을 자고 혼자 있고 싶어 하는 것은 자연스러운 일이었다.

나는 그와 마주칠 위험 때문에 복도에 머물렀다.

내가 가방을 옮기는 걸 도와달라는 세바스티안의 요청을 왜 거부하겠나? 나는 그가 당분간 배에서 지낼 생각으로 챙긴 짐이라고 생각했을 뿐이다. 그는 외국으로 뜨거나 그냥 사라질 수도 있었다. 호텔에서 지내거나. 그때 내가 정확히 무슨 생각을 했는지는 기억나지 않는다. 클래스를 보고 싶지 않다는 생각 외에는. 그렇다고 세바스티안을 거기 혼자 둘 수도 없었다. 그래서 거기 있기 싫었지만 그냥 가버릴 수도 없었다.

대체 어느 누가 그 무거운 가방 안에 총기(종이에 싸인)와 폭약(다른 종이에 싸인)이 들었을 거라 추측하겠나? 차라리 현금 2백만 달러와 왕실 보석이 들어 있었다면 덜 놀랐을 것이다.

아니, 나는 세바스티안에게 무얼 할 셈이냐고 묻지 않았다. 아니, 그 가방에 대해서도 묻지 않았다. 묻고 싶지도 않았다. 신경 쓸 에너지조차 남지 않았으니까.

이 대목에서 반박할 사람이 있을지도 모르겠다. 그것이 요트에 가져갈 그의 짐이었다면 왜 그가 그걸 교실 안으로 가져갔냐고. 왜 가방 하나를 내 로커에 놔두려 했겠냐고. 그게 그렇게 이상한 일로 보이나? 난 모르겠다. 그때도 알고 싶지 않았다. 그게 무엇인지 왜 묻지 않았냐고? 왜 아무것도 묻지 않았냐고? 나는 세바스티안에게 아무것도 묻고 싶지 않았다. 지긋지긋했다. 그저 그날이 끝나기를, 학기가, 학창 시절이 끝나기를 바랐을 뿐이다.

만약 그때 그 생각을 하지 않았다면 세바스티안이 학교에 가는 걸 이상하게 여겼을지도 모른다. 왜 별안간 크리스터의 따분한 공연 모임에 참석하려는 걸까, 하고. 하지만 나는 오래전에 질문을 멈추었다. 세바스티안이 무얼 하든 무얼 하지 않든 아무것도 묻지 않았다. 그가 무얼 왜 하는지 안다고 생각할 때마다 내 생각은 어김없이 빗나갔기 때문이다. 그가 학교에 가기로 했다면, 비록 사미르, 데니스와 함께 무대에 올라 노래하는 걸 한 번도 좋아한 적 없더라도, 나에게는 도저히 이해 못 할 불가사의한 일은 아니었다.

그가 사미르나 어맨다와 충돌할 거라는 예상은 했던 것 같다. 그들과 한판 붙으려고 그러나? 사미르에게 한 방 먹이려고? 약이 떨어져 데니스와 접촉하려고 그러나 하는 생각도 했었다. 클래스의 경비대가 집 안에 둔 마약을 모조리 청소해버렸기 때문이다. 세바스티안은 데니스를 만나야 했다. 그때 내가 그런 생각을 했다면 둘이 학교에서 만나기로 했구나 생각하고 넘겼을 것이다.

다 함께 공연하는 것으로 마지막 날을 마무리하자는 것은 크리스터 선생님다운 계획이었다. 그는 10대 청소년의 문제는 본디 그리 심각하지 않아서 문제의 학생들을 무대에 강제로 올리고 공동으로 쓸 마이크 세 개만 쥐여주면 해결하지 못할 문제는 없다고 생각했다. 학교 홈페이지에 올라갈 그 예쁜 사진을 생각해보렴! 다양성, 함께하기, 통합, 결속. 사건이 터지기 2주 전 어느 오후 복도에서 크리스터 선생님이 그의 계획을 우리에게 말했을 때 세바스티안은 말했다. "휠체어를 탄 애가 없는 게 안타깝네요." 세바스티안이 간만에 학교에 온 날이었다. 크리스터 선생님은 우리를 발견하고 종종걸음으로 우리를 따라잡고는 어맨다와 근처에 서 있던 사미르까지 소리쳐 불러 같이 듣게 했다. "데니스에게는 이미 말했어." 크리스터 선생님이 말했다. "적어도 모임에는 참석하라고. 다 함께 즐길 만한 걸 생각해낼 수 있을 거야." 그러자 어맨다는 진심으로 기뻐했다. 그 애는 노래하는 걸 좋아했고, 매년 연말 공연에서 노래를 부르곤 했다. 사미르는 좋아하는 척했다. 어쩌면 나처럼 그 공연은 절대 이루어질 수 없을 거라고 생각했는지도 모른다.

하지만 우리는 모임에 나갔다. 세바스티안은 나보다 먼저 교실 안으로 걸어 들어갔다. 그는 가방을 들어 올려 문가 책상 위에 내던졌다. 나는 그 소리에 반응했다. 가방 안에 뭔가 단단한 것이 들어 있는 듯한 이상한 소리였다.

"문 닫아라." 크리스터 선생님이 내게 말했다. 내가 문을 닫았을 때 세바스티안은 이미 총을 들고 교실 한가운데 서 있었고, 내가 문손잡이를 놓는 순간 그는 발사하기 시작했다.

총소리에 귀가 먹먹했다. 데니스는 얼굴과 가슴에 총을 맞았다. 나는 돌아서자마자 그것을 목격했다. 세바스티안이 크리스터 선생님과 사미르를 쏠 때 나는 세바스티안을 붙잡았다. 그는 멈추었다. 씩씩대는 데니스의 숨소리가 세 번 들리더니 잠잠해졌다. 크리스터 선생님은 총에 맞기 전 뭐라 말을 한 것 같다. 반쯤 소리친 것 같기도 하고. 확실하지는 않다.

실내에서 발사되는 총소리를 듣기는 처음이었다. 소리가 워낙 커서 거의 아무런 반응도 할 수 없었다. 너무 비현실적이었다. 세바스티안이 가방에서 총을 꺼냈다는 걸 깨달았을 뿐, 그때 무슨 생각을 했는지 잘 모르겠다. 그가 몇 발을 발사했는지도. 그들은 내게 그걸 골백번도 더 물었지만 나는 정말 모른다.

데니스에게서 고개를 돌리자 앉아 있는 어맨다가 보였다. 세바스티안이 총격을 시작했을 때 그 애가 어디 서 있는지, 언제 움직였는지 모르겠지만 그 애는 창문 옆 벽에 있었다. 그때 세바스티안이 총격을 멈추고 소리치기 시작했다…. 아니, 잠깐, 아니다. 그는 소리치지 않았다. 그때는 아무도 소리치지 않았던 것 같다. 그는 평상시의 목소리로 내게 말을 했다. 그의 뒤쪽에서 어맨다가 한 번에 1밀리미터씩 이동했다. 울면서. 그 애의 입술이 움직거렸지만 나는 귀가 먹먹해서 그 애가 무슨 말을 하는지 알아듣지 못했다. 게다가 세바스티안이 내게 말을 하고 있었기 때문에 나는 시선을 어맨다에게서 세바스티안에게 돌렸다.

그 가방, 그가 교실로 가져온 그 가방은 바로 내 앞에 있었다. 지퍼가 끝까지 내려져 활짝 열린 채로. 냄새가 총격 직후보다 더 강해졌다. 세바스티안은 어맨다를 쳐다보지 않았던 것 같다. 그저 나를 보았다. 나는 가방 안의 다른 총을 보았다. 또렷이 보였다. 세바스티안이 다시 말하기 시작했을 때 어맨다는 꽤 멀리 떨어져 있었지만 아주 멀리 있지는 않았다. 크리스터 선생님이 거기 누워 있었고 그쪽으로 다가가고 싶지 않아 벽 쪽으로 돌아섰기 때문이다. 세바스티안이 고함을 지르기 시작하자, 진짜로 고함을 지르기 시작하자 어맨다는 동작을 멈추었다. 나는 그 애의 눈도 입도 더 이상 볼 수 없었다. 그 애가 말을 했는지 아닌지 모르겠다. 아마 안 했을 것이다. 그때는 세바스티안이 내게 지르는 고함만 들렸다. 몇 시간 전 그랬던 것처럼 그는 내게 고함을 질렀다.

"주둥아리 닥쳐, 조까튼 등신 새꺄." 경비원이 세바스티안에게서 그의 아버지를 떼어낼 때 그는 사미르에게 고함을 질렀다. 사미르도 고함을 질렀지만 누구에게 소리친 건지 모르겠다. 하지만 그는 미친 사람처럼 고래고래 악을 써댔다. 정말 미친 사람 같았다. 모두들 제정신이 아니었다. 클래스 퍼게만이 세바스티안을 질질 끌고 들어왔을 때부터 사미르는 정상이 아닌 것 같았다. 거의 세바스티안만큼이나 정상이 아닌 듯 보였다. 하지만 최악은 클래스였다. 경비원이 떼어내지 않았다면 세바스티안에게 주먹질과 발길질을 절대 멈추지 않았을 것이다.

모두가 떠났을 때 클래스는 세바스티안에게 나가라고 소리쳤다. 세바스티안은 집을 나갔고 나는 그를 따라갔다. 우리는 그 집을 나와 계속 걸었다. 그는 차분해 보였다. 우리는 그날 밤 일에 대해 아무 말도 하지 않았다. 세바스티안이 한 일에 대해서도. 그 여자들과 그의 죽어버린 눈에 대해서도. 내가 사미르에게 그의 아버지 전화번호를 주었다는 말도. 하지만 나 말고 누가 그럴 수 있겠나? 분명 세바스티안은 알고 있었을 것이다. 그런데도 그는 함께 걷는 내내 차분해 보였다. 내 잘못이었는데도. 나 때문에 그의 아버지가 나타났는데도. 모두 내 잘못이었는데도. 세바스티안은 나를 건드리지 않았다. 내 손을 잡으려 하지 않았지만 화가 난 것 같지도 않았다. 그는 이미 나를 버린 후였다. 모든 걸 버린 후였다.

그 가방은 열려 있었다. 나는 총을 집었다. 세바스티안은 처음에는 소리치지 않다가 고래고래 악을 썼다. 그렇게 소리친 적이 없을 정도로. 그가 몇 발을 발사했는지 알 수 없었지만 그가 왜 소리치는지는 알고 있었다. 물론 알고 있었다. 그는 처음에는 평상시 목소리로 말했지만 나중에는 소리를 질렀다. 그가 내게 무기를 겨눴다. 나는 그 이유도 알고 있었다. 그래서 나는 무기를 발사했다. 발사하고 발사하고 또 발사했다. 내가 달리 무얼 선택할 수 있었겠나?

나는 우연을 믿지 않는다. 신도 믿지 않는다. 내가 믿는 것은 모든 것이 이전에 일어난 일과 연관되어 연쇄적으로 일어난다는 것뿐이다. 미리 결정된 것이냐고? 아니. 그것이 어떻게 가능하겠나? 하지만 어쩌다 그렇게 됐다는 식은 아니라는 뜻이다. 중력의 법칙은 임의적인 것이 아니다. 물은 가열되면 수증기가 된다. 그것은 임의적인 것이 아니고 성스러운 정의의 증거도 아니다. 그냥 현상일 뿐이다.

예전에 어떤 교사가 만물의 근원이 기체들의 폭발이라는 말을 우리에게 한 적이 있다. 그는 머저리였다. 그 생각은 지금도 변함이 없다. 아니, 그럼, 빅뱅이 내가 그 가방에서 총을 꺼낸 것과도 관련이 있다는 건가? 어맨다와도? 세바스티안과도? 몇 분 후, 혹은 몇 초 후, 모든 것이 내부에서 붕괴됐을 때, 산산조각이 났을 때 여전히 움직인 것은 내 손목시계의 초침뿐이었다. 그것은 숫자들을 지나 앞으로 나아갔다. 동요하지 않고 우직하게. 그게 우주의 기원과 무슨 관계가 있다는 것인지? 세바스티안은 왜 나를 쏘지 않았을까? 그랬다면 어맨다는 살 수 있었을 텐데. 교사라는 그 쪼다는 거의 아무것도 설명하지 못했다.

모든 것이, 정말 모든 것이 조용하고 고요했다. 현실 같지 않았다. 세바스티안은 내게서 떨어져 나갔다. 그는 죽었다. 내가 그를 죽인 것이다. 하지만 나는 다시 그를 끌어당겼다. 최대한 가까이. 어맨다도 죽었다. 그 애가 죽었을 때 나는 그 애를 끌어 안지 않았다.

나는 세바스티안이 가방에서 총을 꺼내는 것은 보지 못했다. 하지만 그가 그것을 들고 발포하는 것은 보았다. 소리가 너무 커서 실감이 나지 않았다. 갈 데 없는 그 소리는 내 머릿속에서 폭발했다. 나는 사건을 목격했지만 그것을 이해할 수는 없었다.

내가 두 번째 총을 집은 것은 그것 외에 할 수 있는 게 없었기 때문이다. 나는 알고 있었다. 그가 죽고 싶어 한다는 걸, 그를 죽여야 한다는 걸, 내가 하지 않으면 그가 나를 죽일 거라는 걸. 내가 어맨다를 쏘았다는 것은 그 애를 맞춘 순간에는 몰랐고 그 애가 죽은 것을 발견하고 나서야 깨달았다. 세상의 으뜸은 사랑이라는 말이 있다. 사람들은 걸핏하면 이 말을 인용하고 어떤 사람은 진실이라고 믿는 것 같다. 검사는 내가 세바스티안을 사랑했기 때문에 그런 짓을 했다고 말했다. 그에 대한 내 사랑은 내 생애 가장 위대한 것이었다고. 그보다 더 중요한 것은 없었다고. 하지만 그것은 사실이 아니다. 왜냐하면 세상의 으뜸은 두려움이기 때문이다. 죽음에 대한 두려움. 죽음이 눈앞에 닥쳤을 때 사랑은 아무 의미가 없어진다.

나도 안다. 그 일이 왜 일어났는지 설명해야 한다는 거. 그렇게 할 수 있어야 한다는 거. 법률 용어에 맞든 안 맞든 샌더가 하듯 어떻게든 이야기로 만들어내야 한다는 거. 처음에 x가 일어났고 그다음에 y가 일어난 결과 z가 나왔다는 식으로 말해야 한다는 거. "내 잘못이 아니었어요. 나는 무죄예요" 하든가, "내 잘못이에요. 나는 유죄예요" 하든가. 하지만 나는 그게 안 된다. 당신들 모두 일어난 일 때문에 나를 미워하겠지만, 나는 당신들보다 더 나 자신을 미워한다. 설명을 못 하는 내가 밉다. 설명은 하지 않겠다. 어차피 아무런 의미도 없다.

사건 번호 B147/66 공판

검찰 대對
마리아 노르베리

재판 셋째 주 마지막 날
41

—

재판 마지막 날을 앞둔 밤, 애써 잠을 쫓고 있다. 밤에는 거짓이 없기 때문이다. 잘못은 침묵에 있을 것이다. 새들마저 조용하고 밤하늘이 검을 때 꿈은 찾아온다. 꿈은 규칙을 따르지 않는다. 누구도 꿈의 내용을 조종할 수 없다. 꿈은 무자비하다. 기억들이 고요한 침묵 속에서 곧장 내 안으로 날아든다. 검은 까마귀들의 떼죽음. 내 등뼈는 자갈로, 모래로, 흙먼지로 변한다. 애써 잠을 쫓아보지만 움직일 수가 없다. 무기력함이 나를 압도한다. 잠으로 고통을 몰아낼 수가 없다. 내게 잠은 구원자가 아니고, 내 꿈은 나를 진실과 대면시킨다.

아니, 나는 결코 살인을 계획하지 않았다. 아니, 나는 데니스와 크리스터 선생님이 죽기를 바란 적 없다. 맞다, 세바스티안의 아버지가 죽기를 바랐다. 아니, 세바스티안이 아버지를 죽이기를 바란 적 없다. 맞다, 나는 세바스티안을 죽였다. 맞다, 고의로 그랬다, 그러고 싶지 않았지만. 맞다, 나는 어맨다를 죽였다. 맞다, 그걸 되돌릴 수 있다면 무슨 짓이라도 할 것이다.

우리는 함께 차를 타고 학교로 갔지만 나는 세바스티안의 계획을 몰랐다. 그가 내게 아무 말도 하지 않았기 때문이다. 세바스티안에게 더 이상 나는 필요 없다고 사미르가 말했을 때, 나는 그 말이 틀렸다고 생각했다. 살기 위해서라도 세바스티안에게는 내가 필요하다고. 나는 내가 그의 인생에서 가장 중요한 사람이라고 확신했지만, 그것은 진실이 아니었다. 그는 모든 면에서 내가 필요 없었다. 죽을 때조차도. 결국 내 손에 죽었지만.

내가 한 행동은 세바스티안에게 나는 필요한 존재였다는 인상을 남기기 십상이지만 사실 나는 아무런 의도도 없었다.

모든 인간은 동등한 가치를 지닌다고 한다. 하지만 그것은 점잖고 교양을 갖춘 사람, 어쩌면 박사 학위 소지자나 할 말이고, 그렇게 말한다고 그것이 사실이 되지도 않는다. 알다시피 현실에서 사람들은 서로 다른 가치를 지닌다. 이런 이유로 인도네시아 인근에서 비행기 충돌 사고로 400명이 죽었을 때 비행기에 스웨덴인이 단 한 명이라도 있으면 뉴스의 보도량은 두 배가 된다. 한심한 섹스 관광자 스웨덴인 한 명이 인도네시아인 400명보다 두 배에 달하는 가치를 지닌다. 같은 이유로, 건강하고 예쁘고 성공한 젊은 여성이 눈사태로 사망하면 신문 1면을 장식하지만(사진과 함께), 이혼했고 자식이 없으며 실금 증세가 있는 한 은퇴자가 지하철에서 내려 집으로 가던 중 강도에게 살해당한 기사는 영화 광고와 가슴 확대술 광고 옆의 단신으로 처리된다. 같은 이유로, 모든 '유르스홀름 학살' 기사에는 어맨다의 사진이 한 장 이상 실리는 반면, 데니스의 사진이 실리는 경우는 극히 드물다.

자기가 누구이고 무슨 일을 하는지 중요하지 않은 척하는 인간들은 모두 머저리다. 인간의 삶은 순전히 우리가 만들어낸 것임에도 그들은 그렇지 않은 것처럼 인간의 삶에 대해 이야기한다.

인생의 가치는 절대적이며 어쩌고저쩌고… 영원하고, 지속적이고, 고정되고, 우리는 모두 똑같고, 어쩌고저쩌고. 히틀러의 삶은 마더 테레사의 삶과 똑같은 가치가 있습니다.

세바스티안에겐 그렇지 않았다. 그도 알고 있었다. 세바스티안이 자란 집에는 비행기와 배로 옛 프랑스 식민지에서 하얀 모래를 실어와 조성한 해변이 딸려 있었다. 과연 그가 신 외에 다른 역할을 할 수 있었을까? 누구와도 동등하지 않은 신, 모든 것에 우월한 신 외에? 세바스티안이 보낸 하루하루가 그것이 진실임을 증언한다. 그는 다른 누구보다 더 가치가 있었다고. 인간의 삶이 지닌 절대적 가치를 지껄이는 철학 나부랭이보다 돈이 훨씬 더 명료하다.

세바스티안은 그의 가치가 전적으로 그의 아버지에게 달렸다는 걸 알고 있었다. 그의 문제는 바로 거기에서 비롯됐다. 아버지가 없으면 그는 아무것도 아니었다. 그가 수업에 늦든 말든 교사들이 내버려두는 것도, 부모들이 자기 자식이 그와 어울리는 걸 막지 않는 것도, 그가 줄을 서지 않고 곧장 입장하는 것도, 그가 친구들을 사귀는 것도, 사람들이 그의 사진을 찍고 그의 기사를 쓰고 그에 대해 이야기하는 것도 순전히 그의 아버지 때문이었다. 클래스 퍼게만의 아들. 그리고 클래스가 세바스티안과 인연을 끊겠다고, 넌 아무 가치가 없다고 선언했을 때, 세바스티안에게 침을 뱉고 발길질을 했을 때 세바스티안은 클래스의 말이 옳다는 걸 알고 있었다. 클래스 없이는 자기 삶도 끝난다는 걸.

그도 한 가지 잘하는 게 있었다. 살생. 그는 훌륭한 사냥꾼이었다. 총을 사용해 뭔가를 성취하는 데 능했다. 칭찬까지 받을 정도로.

사미르에게 클래스의 전화번호를 알려준 것은 나였다. 경찰에 신고하지 말라고 사미르에게 애원한 것도 나였다. 내가 그랬다. 세바스티안에게 복수하고 싶어서 그랬는지도 모르겠다. 그가 그 여자들과 어떤 짓을 했는지 클래스에게 보여주고 싶었는지도. 클래스라면 누구보다 심하게 그를 벌줄 테니까. 아니면 내가 마약에 잔뜩 취한 상태라 경찰에 잡힐까봐 두려웠는지도. 마지막 날 밤, 세바스티안의 집을 나와 한 손에는 하이힐을 들고 다른 손에는 곧 문자 메시지가 쇄도할 끈적이는 휴대폰을 들고 집으로 걷는 동안, 내가 또다시 세바스티안을 배신했다는 걸 그도 나도 알고 있었다. 물론 그는 내게 아무 말도 하지 않았다. 나를 죽일 수도 있었는데.

밤에 나는 미풍조차 없는 낮의 공기처럼 된다. 모든 것이 정지하고 아무것도 날아오르지 못할 때의 공기. 나는 너무 많은 걸 기억한다. 그리고 진실은, 당신이 알고 싶어 하는 그 진실은 내가 유죄라는 것이다.

재판 셋째 주 마지막 날
42

선임 검사 레나 파르손이 마이크를 켜고 목청을 가다듬은 후 최후 변론을 시작한다. 거의 슬픈 목소리로, 이 자리에 있고 싶지 않다는 투로 이미 한 말을 다시 요약한다.

"모든 학부모들에게 최악의 악몽이 있다면⋯ 아침에 아이를 학교에 보냈는데 그날 저녁 아이가 돌아오지 않는 것입니다."

하지만 슬픔은 지나간다. 몇 문장이 지나간 후 그녀는 엄중하고 격분한 목소리로 가벼운 꾸지람으로 끝내서는 안 된다고 말한다.

"젊은 사람들이 아무리 증오심에 불탄다고 해도 어떻게 살인을 저지를 수 있는지 이해하기 어렵습니다. 납득할 수 없습니다. 그렇다고 해서 무슨 일이 있었는지 그냥 덮을 수는 없겠지요. 오늘 재판부는 피고인에게 유죄를 선고해야 합니다. 재판부는 용기를 내 옳은 일을 해야 합니다. 피고에게 선동, 공모, 살인 미수, 살인에 대한 유죄를 선고해야 합니다. 피고인의 형사 책임은 합리적인 의심을 넘어 충분히 입증되었습니다."

그녀는 점차 고조되는 목소리로 주장을 전개한다. 몇 분 후에는 거의 승리감에 도취한다.

두 가지 점은 분명하다. 그녀는 샌더가 사미르에게 던진 질문에 흔들리지 않기로 다짐했다는 것, 그리고 내가 법정 최고형을 받아야 한다는 신념을 고수한다는 것.

그녀는 코웃음을 친다. "해석은 진실과 부합해야 하는 이상 그리 단순한 게 아닙니다. 그리고…." 그녀는 적당한 말을 고르느라 멈칫한다. "피고 측 전문가들이 어떤 결론에 도달했든 그것은 가능한 몇 가지 해석 중 하나에 불과합니다. 즉 그들의 결론은 결정적인 것이 아니라는 말입니다."

피고 측 전문가들. 그녀가 우리를 어떻게 폄하하려는지 모두들 알고 있다. 피고가 그들에게 돈을 주었습니다. 피고는 풀려날 방법을 매수하려 합니다.

영악한 부잣집 계집애.

"경찰 조사는 아마추어의 몫이 아닙니다. 경찰은 무얼 해야 할지 제대로 알고 있으니까요. 이것은 그들의 첫 번째 수사가 아닙니다. 두 번째, 세 번째도 아니고요. 아무도 경찰에게 무얼 찾으라거나 어떤 결과가 바람직하다고 말하지 않습니다. 경찰은 추정이나 피고 측의 지시를 기반으로 심문하지도 않습니다. 그리고 기억해주십시오. 사미르가 처음부터 한 말을 기억해주십시오. 그가 조사 기간 내내 무슨 말을 했는지, 시간이 흘렀지만 한결같이 무엇을 고수해왔는지를. 사미르는 거기 있었습니다. 그 악몽 같은 시간 동안 교실 안에서 벌어진 일을 똑똑히 목격했습니다. 그는 피고의 행동을 설명할 수 있었습니다. 그걸 보려고 굳이 고개를 돌릴 필요가 있었을까요? 어쩌면요. 그게 왜 중요하죠? 그는 그것을 보았습니다. 사미르는 피고의 역할에 대해 결코 모호한 적이 없습니다. 초동수사의 가치는 결코 과소평가되어서는 안 됩니다. 특히 수집된 정보가 과학수사에 의해 뒷받침됐을 때는 더욱 그렇죠. 더군다나 경찰 측의 과학수사는 NFC, 즉 국립 과학수사 연구소에 의해 진행됐습니다."

그녀는 국립이라는 말을 강조한다. 그 말 자체가 무엇이 옳고 무엇이 그른지 판가름하는 것처럼. 정부 전문가들. 샌더의 아마추어들이 아니라, 피고 측의 용병이 아니라.

선임 검사는 그간 해온 주장을 고수하고 있다. 하지만 한 가지가 바뀌었다. 나는 곧 그것을 알아챈다. 한번 눈치채자 자꾸 그것을 의식하게 된다. 그녀는 이야기를 전개하면서 세바스티안과 내가 얼마나 세상과 고립돼 있었고 어떻게 살인으로 복수할 계획을 세웠는지 말할 때 더 이상 재판장을 향해 말하지 않는다. 그녀는 전문적으로 법률 교육을 받지 않은 시민 판사들을 바라본다.

"분명 피고는 그간 힘든 시간을 보냈을 겁니다. 마리아 노르베리는 자신의 행동을 후회하고 있겠지요. 그 교실에서도, 눈앞에 죽음의 현장이 펼쳐졌을 때 후회했을지 모릅니다. 세바스티안 퍼게만이 죽고 나자 피고는 더 이상 죽고 싶지 않았습니다. 그렇다고 해서 피고의 죄가 사라지는 건 아닙니다."

만약 레나 파르손이 미국 법정 드라마의 분개한 검사 역할을 맡은 배우였다면, 이 대목에서 배심원석 난간에 몸을 기댔을 것이다. 배심원들의 눈을 하나하나 맞추면서 그들이 울음을 터뜨리는지 보려고. 그녀는 감정을 최고조로 끌어올리고 있다. 시민 판사들을 자기 편으로 끌어들일 수 있다면 나를 끝장낼 수 있다는 걸 알기 때문이다. 판결을 내릴 때는 시민 판사 하나하나가 재판장 못지않게 중요하다. 그들은 똑같이 1표씩 투표권을 가진다. 재판장과 그의 법률은 간단히 묵살될 수도 있는 것이다.

나는 시민 판사들을 쳐다본다. 그들의 표정에서 그들이 무슨 생각을 하는지, 어떤 의견을 가지고 있는지 애써 읽어본다. 하지만 아무것도 읽히지 않는다. 아무것도 알아낼 수 없다. 아무것도 해석할 수 없다. 그냥 얼굴들이다.

레나 파르손이 말을 마쳤을 때 재판장은 그녀에게 감사를 표한다. 질문은 하지 않는다. 이제 샌더의 차례. 시작하세요. 샌더는 즉시 입을 열지 않는다. 페르디난드가 모니터를 작동할 때까지 기다린다. 페르디난드가 한 신문의 지면을 화면에 띄운다.

유르스홀름 고교의 대학살. 여학생 구속.

다른 이미지가 나타난다. 또 다른 지면이 우리를 내려다본다.

클래스 퍼게만 피살. "그는 죽어야 한다"고 주장한 아들의 여친.

또 다른 지면.

절친을 살해한 소녀.

하나 더. 하나 더.

여섯 번째 지면이 나타났을 때 샌더는 헛기침을 한다. 그는 첫 기사를 소리 내어 읽는다.

모두 죽어야 했다. 탈출구는 없었다.

부제는 각자 읽어야 한다.

그녀의 일상. 유르스홀름 소녀의 수감 생활 심층 해부(7페이지 분량).

샌더가 말문을 연다. "본 재판이 시작될 당시 마야에 관한 기사들이 얼마나 쏟아졌는지 보여드리고 싶었습니다. 하지만 그것은 불가능합니다. 다 헤아릴 수가 없기 때문입니다. 살인사건 이후 14일 동안 제 의뢰인은 3대 주력 일간지의 1면을 매일 장식했습니다. 그렇지 않은 신문이 없었죠. 마야와 마야의 범죄 혐의는 사건 발생 직후 사흘 동안 뉴스 시사 프로그램 〈라포트〉와 〈아크투엘트〉, 〈TV4〉에서 특집 뉴스로 다루어졌고, 이후에도 특집 뉴스에 등장한 것은 8일이나 됩니다. 유르스홀름 고등학교에서 사건이 발생한 지 24시간이 채 못 되어 경찰이 클래스 퍼게만의 사망 정보를 흘렸을 때, 전 세계 유력 언론의 뜨거운 관심이 폭발했습니다. 국내 못지않게 말이죠. 사실 이런 일은 관심을 받지 않을 수가 없죠. 본 재판이 시작되기 전날 밤 제 동료들은 구글에 '마야 노르베리'를 입력하고 무려 50,700건이 넘는 검색 결과를 얻었습니다. 그때만 해도 대부분의 스웨덴 언론이 아직 마야의 이름을 공개적으로 거론하기 전이었는데 말입니다. '유르스홀름 대학살'이라는 검색어로는 30만이 넘는 결과를 얻었고, 세바스티안 퍼게만과 마야 노르베리를 합친 검색어로도 거의 같은 결과를 얻었습니다."

그는 푹 한숨을 내쉰다. 깊은 한숨이다. 유감이지만 이것을 언급하지 않을 수 없다는 것처럼. 그는 재판장을 바라본다. 못난이 레나와 달리 샌더는 재판장에게 말하고 있다. 우리는, 우리 법조인들은 신문이나 인터넷, 자칭 전문가, 토론 프로, 외신 같은 사소한 것들에 휘둘리지 않습니다. 샌더는 '나는 당신에게 의지하고 있지만 필요할 경우 시민 판사들에게 이것을 설명하는 것은 전적으로 당신에게 달렸다'는 메시지를 온몸으로 발산하고 있다.

"방조. 제 의뢰인은 클래스 퍼게만의 살인을 방조했다는 혐의로 기소됐습니다. 이 혐의는 제 의뢰인이 사망한 세바스티안 퍼게만과 함께 같은 날 유르스홀름 고등학교에서 살인을 공모하고 함께 실행했다는 주장의 근거가 되었습니다."

제 의뢰인. 샌더는 재판 도중 나를 그의 의뢰인이라고 부르는 일이 거의 없었다. 하지만 지금 그는 특유의 사막처럼 건조한 목소리, 변호사의 목소리를 내고 있다.

"방조 혐의 요건을 충족하기 위해서는 검찰은 제 의뢰인이 클래스 퍼게만의 살인을 방조할 의사가 있었음을 입증하는 동시에 제 의뢰인의 말이나 행동과 살인 사이에 직접적 관련이 있음을 입증해야 합니다. 이 주장에 대한 근거로 검찰은 사건 전날 밤과 당일 아침 제 의뢰인이 세바스티안 퍼게만에게 보낸 다수의 문자 메시지를 제시했습니다. 검찰은 제 의뢰인의 메시지가 살인을 실행하라는 권고였다고 해석했습니다."

나는 샌더가 왜 이런 말을 계속하는지 이해가 안 간다. 내가 이미 진술한 것을 다시 듣는 걸 얼마나 싫어하는지 알면서 기어코 그 이야기를 또 끄집어낸다. 페르디난드가 다시 프로젝터를 작동한다. 그녀는 큰 화면에 어떤 이미지를 띄운다. 스웨덴 최대 팔로워를 거느린 한 인스타그램으로, 어느 작은 마을에 사는 열여섯 살 소녀의 계정이다. 사탕 가루를 뿌린 아이스크림 사진이다. '구석기 다이어트*를 하느니 차라리 자살할래'가 사진 제목이다. 뒤쪽에서 몇 명의 짧은 웃음소리가 들린다. 재판장은 웃지 않지만 시민 판사 둘은 미소를 짓는다.

---

* 가공 식품을 배제하고 주로 정제하지 않은 곡물과 육류, 채소를 먹는 식이요법.

그녀는 계속 클릭한다. 닭 한 마리가 단지 안에서 밖을 빼꼼히 내다보는 사진이 나온 후 닭 가공 공장 내부의 사진이 나타난다. 사진에 '육식 동물＝살인자!'라는 설명이 붙어 있다.

샌더가 체념하듯 두 팔을 아래로 툭 떨어뜨리는 사이 페르디난드는 이미지를 계속 넘긴다.

"가끔 우리는 언어 선택에 신중하지 못합니다. 성인들도 미심쩍은 표현을 씁니다. 저도 제 아내에게 감상이 찌든 〈유로비전 송 콘테스트〉 예선을 또 보느니 그냥 죽어버리겠다는 말을 자주 하곤 합니다. 그래 놓고 매번 보죠. 노래 경연 사이사이에 자살은 하지 않습니다만. 가끔은 손주들 성화에 못 이겨 형편없는 참가자에게 문자 투표를 하기도 합니다. 그 녀석들 등쌀에 죽을 지경이라고 말하면서요. 그렇다고 그 녀석들이 정말 나를 죽이려든다는 생각은 하지 않습니다. 적어도 본질적으로는 말이지요."

그들은 온라인에서 비슷한 10대 아이들의 사례를 수없이 찾아냈다. 자기가 싫어하는 음악을 듣는 다른 아이는 쓸어버려야 한다는 아이, 바람을 피운 유명 배우를 공개적으로 채찍질해야 한다고 주장하는 아이. 페르디난드는 스웨덴의 한 아이돌 콘테스트 블로그에 대한 댓글과 스냅챗에서 발췌한 듯한 풋볼 배너 서너 개를 보여준다.

샌더가 짜증스럽게 손짓을 한다. 그만 꺼, 하고 손이 말한다. 그 쓰레기들 더는 보고 싶지 않아. 죄다 헛소리들. 그의 목소리는 다시 사뭇 진지해진다.

"농담을 하자는 게 아닙니다. 우리가 판결해야 하는 이 상황은 웃음거리가 아니니까요. 마야는 장난처럼 행동할 이유가 전혀 없었고, 마지막 몇 시간 동안 마야가 세바스티안에게 보낸 문자 메시지들은 전혀 웃음기가 없었습니다. 저는 분명한 점을 지적하고자 합니다. 우리는 죽음과 관련된 말과 표현을 큰 의미 없이 사용한다는 사실을 말입니다. 10대 청소년들은 그런 말을 부주의하게 혹은 부적절하게 자주 사용합니다. 그렇다고 그것이 범죄일까요? 그것으로 방조에 대한 형사책임이 성립됩니까? 아닙니다."

화면은 검게 변하고 페르디난드는 자리에 앉는다.

"한번 가정해보죠." 샌더가 말한다. "마야의 말이 모두 진심이었다고 가정해보겠습니다. 마야가 몹시 절박한 상황에서 클래스 퍼게만의 죽음을 세바스티안을 구할 유일한 해결책으로 인식했다고 말입니다. 마야가 진심으로 세바스티안이 그의 아버지를 죽이기를 바랐다고 가정할 경우, 마야의 방조죄가 성립될까요? 아닙니다. 여전히 검찰은 마야의 행위가 결정적이었고 마야가 그렇게 생각하지 않았으면 세바스티안이 자기 아버지를 죽이지 않았을 거라는 점을 입증해야 합니다. 검찰은 이 인과관계를 성공적으로 입증했나요? 아닙니다."

샌더는 사미르 외에 전날 밤 파티에 대해 증언한 사람이 또 있다고 말한다. 그들은 라베를 조사했고, 그 매춘부들도 조사했고, 경비원들도 조사했고, 이튿날 죽지 않은 모든 사람들을 조사했다. 물론 그들의 이야기는 서로 딱 들어맞지는 않았다. 각자 자기 입장의 이야기를 했지만 하나같이 클래스 퍼게만의 분노를 언급했다. 경비원들이 떼낼 때까지 그가 어떻게 세바스티안을 손찌검하고 걷어찼는지. 그들은 그 상황을 상세히 진술했다. 세바스티안은 피를 흘렸고 쇼크 상태였으며 화가 나 있었다고. 하지만 아무도 세바스티안에게 괜찮냐고 물을 수 없었다고. 나도 내 추측을 말했지만 내 말은 믿어주지 않았다.

"전체 그림의 윤곽이 드러났습니다. 망가진 관계, 상처받은 소년과 그의 아버지 사이의 망가진 관계라는. 클래스 퍼게만 이 사망한 그 이른 아침에 무슨 일이 있었는지 우리는 모릅니 다. 하지만 세바스티안이 그를 쏘았을 때 아버지와 아들은 단둘 이 있었다는 것과, 직전에 그들이 격렬한 몸싸움을 벌였다는 것 은 알죠. 또한 세바스티안 퍼게만이 마약에 많이 취해 있었다는 점, 그가 오랫동안 마약을 해왔다는 점, 그리고 정신적으로 문 제가 있었다는 점도 밝혀졌습니다. 그런데 마야의 간헐적 문자 메시지가 세바스티안의 행위에 결정적 요인으로 작용했다고 볼 수 있을까요? 클래스 퍼게만과 세바스티안 퍼게만 사이의 관계 나 세바스티안 퍼게만의 정신 건강 상태에서 그런 설명이 가능 할까요? 이 문제에 대해 저는 재판부가 저와 같은 결론을 내리 게 될 것으로 확신합니다."

잠시 샌더는 이것이 나머지 혐의에 어떤 결과를 가져오는지 말한다. 재판부는 내가 세바스티안을 설득해 그의 아버지를 죽 이게 만들지 않았다는 결론을 내려야 마땅하다고 주장한다. 그 의 건조한 목소리가 돌아왔다. 그는 내가 유죄인 이유로 검사가 제시한 구체적 증거들에 대해 따진다.

"제 의뢰인이 사망한 세바스티안 퍼게만의 유르스홀름 고등 학교 범죄 계획에 관여했다는 어떤 요인이나 목격자 증언, 혹은 다른 증거가 있습니까? 없습니다. 제 의뢰인이 세바스티안의 계획을 인지했음을 시사하는 어떤 요인이나 목격자 증언, 혹은 다른 증거가 있습니까? 없습니다."

샌더는 그동안 재판 과정에서 이미 말한 것을 되풀이한다. 가방 안에서도, 지퍼에서도, 총기 안전 장치에서도 내 지문이 나오지 않았다는 장광설. 또한 세바스티안이 그 폭약을(터지지 않는) 획득한 시기는 오래전, 그와 내가 서로 알고 지내기 전으로 거슬러 올라간다는 점을 지적한다. (또다시.)

"세바스티안과 마야 사이에 오간 열띤 휴대폰 메시지 중에 세바스티안이 그의 아버지를 죽일 거라는 걸 마야가 사전에 인지하고 있었다고 보이는 내용이 있나요? 없습니다. 마야가 세바스티안의 집으로 돌아갔을 때 클래스 퍼게만은 거의 2시간 전에 사망한 상태였습니다. 수사 내용 중에 마야가 그 집에 도착하기 전 세바스티안이 이 사실을 마야에게 알렸음을 시사하는 부분이 있습니까? 없습니다. 마야가 그 집에 있는 동안 클래스 퍼게만이 사망했다는 걸 인지했다고 인정되는 부분이 있나요? 세바스티안이 그의 아버지를 죽였다는 걸 마야가 알아챘다고 인정되는 부분은? 없습니다. 검찰의 증거 자료에는 이런 것들이 전혀 없습니다. 그래서 저는 검찰이 입증할 수 없는 것들을 다시 한 번 짚고 넘어가지 않을 수 없습니다. 검찰은 마야가 문제의 총기들이 보관된 총기 금고의 비밀번호를 알고 있었다는 걸 입증하지 못했고, 그 금고 안팎에서 마야의 지문도 발견하지 못했습니다. 반면에 감식반은 총기 금고 안팎에서 클래스와 세바스티안 퍼게만 둘의 지문을 발견했습니다. 마야가 총기 금고 다루는 걸 도왔다는 과학적 증거는 없다는 뜻입니다. 마야의 지문은 그 가방이나 가방 지퍼에서 발견되지 않았고, 오직 두 가방 손잡이와 한 가방 아랫면에서만 나왔습니다. 또한 마야가 마야의 로커에서 발견된 폭발물과 관련 있다는 증거도 없습니다. 마야의 지문은 나중에 마야가 사용한 무기에서만 발견됐고 세바스티안이 사용한 무기의 발사 장치에서는 전혀 나오지 않았습니다."

샌더는 잠시 말을 멈추고 서류를 뒤적거리다 물을 한 모금 마신다. 뜸을 들이다 다시 말을 시작한다.

"세바스티안 퍼게만이 그의 계획을 실행할 때 제 의뢰인이 그것을 도왔다고 인정되는 어떤 요인이나 목격자 증언, 혹은 다른 증거가 있습니까? 그럼 마야에게 살해 의지가 있었을까요? 네! 있었습니다." 지나치게 놀라는, 빈정거리는 목소리였다. "검찰은 한 목격자의 증언을 그 증거로 제출했습니다. 그 증언은 미심쩍은 상황하에서 중상을 입은 소년, 안전을 지향하는 성향의 소년에 의해 이루어진 것입니다. 소년은 첫 경찰 조사에 임하기 훨씬 전에 제 의뢰인이 혐의를 받고 있다는 걸 알고 있었고 제 의뢰인이 피의자임을 인지한 상태로 진술했습니다. 이 소년은 경찰 조사에서 마야의 행동을 목격했다고 진술했지만, 그것은 사건에 대한 마야의 주장과 일치하지 않는 면이 있습니다. 그것은 바로 제 의뢰인이 사망한 세바스티안 퍼게만과 의논하는 소리를 들었고 나중에는 제 의뢰인이 고의로 희생자 중 한 명을 쏘는 것을 보았다는 부분입니다."

그는 사미르의 증언을 자체적으로 검증한 조사 내용을 자세히 거론한다. 이미 들었던 내용이다.

"검찰은 이 명확한 조사 결과에 대해, 제 의뢰인에게 유리한 이 결과에 대해 무슨 말을 할 수 있을까요? 왜, 검찰은 이것이 충분히 자유롭고 편견이 없는 상황하에서 충분히 정당한 인원에 의해 실행된 것이 아니라고 주장하는 걸까요?" 샌더는 서류에서 고개를 들더니 천천히 절레절레 젓는다. 그러고는 서류철에서 종이를 한 장 들어 그것을 소리 내어 읽기 시작한다.

그것은 그 분석 실험에 참가한 사람들의 신상이다. 그들의 학력과 사용한 통제 방법 등등. 간간이 기술적 용어가 끼어 있고 지루하기 짝이 없다.

그는 얼마간 그 내용을 계속 읽는다. 계속 웅얼거리는 그의 목소리에 나는 숨쉬기가 거북하다. 나는 손에 쥔 구겨진 휴지를 폈다가 다시 구긴다. 일어서고 싶다. 판사들에게 달려가고 싶다. 잘 들어요, 하고 그들에게 소리치고 싶다. 저 사람이 하는 말 듣고 있어요? 샌더의 말을 믿고 싶다는 난데없는 생각에 한 방 얻어맞은 듯 정신이 번쩍 들었기 때문이다. 샌더의 말을 믿고 싶다. 나는 유죄일 수 없다는, 미래를 가질 권리가 있다는 그의 말이 옳다고 믿고 싶다.

제발 그가 옳았으면 좋겠다.

이 재판의 결과는 사람들의 기억에서 사라질지도 모른다. 내가 유죄였는지 아닌지, 유죄라면 어떤 죄목이었는지. 몇 년 후 사람들은 파티장에서 내 이야기를 하게 될 것이다. "그런 일이 있었지" 혹은 "그 애는 그 일로 기소되지 않았어" 혹은 "거참 이상하네. 확실해? 내 생각에 걔는…." 내 진실은 아무 데도 존재하지 않을 것이다. 재판 증거 자료가 가득한 바인더 안에 들어가 차가운 지하실에 보관될 테니까.

무슨 일이 있었고 어떤 것이 밝혀졌는지 알기 위해서는 구글 검색을 해야 할 것이다. 그걸 보고 여러 가지 말이 나올 것이다. 잘 쓴 판결문이라거나, 혹은 경찰이 망쳤다거나. 혹은 내부자라면 그 점을 과시하기 위해, 아는 게 있다는 걸 과시하기 위해 그 여자애가 유죄 판결을 받은 건 잘된 일이라고 말할 수도 있을 테지.

당신이 어떤 이야기를 하기로 선택하든 당신은 나를 살인자로 기억할 것이다. 하지만 나는 상관없다. 당신과 당신의 조까튼 의견 따위. 여기서 나가고 싶을 뿐이다. 재판부가 샌더의 말을 믿어주기를 바란다.

*

그 생각을 인정하는 순간 피로감이 나를 덮친다. 기운이 쭉 빠지는 바람에 의자 밖으로 쓰러질 것만 같다. 하지만 기를 쓰고 버틴다. 견뎌내야 한다. 여기 있고 싶지 않다. 여기서 나가고 싶다.

할머니는 흔들의자를 하나 가지고 있었다. 생전에 거기 앉아 앞뒤로 흔들면서 책을 읽거나 바느질을 하곤 했다. 그 의자는 아직 할아버지의 집에 있는데 다시 그 흔들의자에 앉고 싶다. 할아버지가 내 귀에 대고 "넌 아직 앞길이 창창해" 하고 말해주었으면. 그러면 고개를 끄덕여 할아버지를 기쁘게 만들고 싶다. 어떤 일이든 가능하다. 누구든 나로 인해 기뻐했으면. 무엇이든 가능하다.

모든 것이 가능할 때, 모든 문이 활짝 열려 시원한 바람이 통할 때 별안간 모든 것이 닫히고 굳게 잠그면 어떡하나 하는 생각을 더는 하고 싶지 않다. 나는 겨우 열여덟 살이다. 동화 속 공주 대접을 받고 싶다. "나는 내 마음이 시키는 대로 할 거야,

행복할 거야!" 하고 악을 쓰며 울고 싶다. 내가 사악한 흑심을 품고 살인을 도모한 백설공주의 계모라는 말은 믿으면 안 된다고. 교육도 받고 싶고, 사무실에도 앉고 싶다. 지상 28층 위지만 바닥도, 건물도, 나도 무너지지 않는 그런 곳에. 군중이 나를 덮쳐 내 시체를 땅에 묻는 상상이 떠오르지 않는 곳에 가고 싶다.

샌더의 말에 귀 기울여주시길. 재판장님, 시민 판사님들, 그리고 기자분들. 샌더의 말에 동의해주세요. 나를 좀 내버려두세요. 샌더는 독서 안경을 콧대에 낮게 걸친 채 재판장을 응시한다. 나는 생각한다. 이제 그는 모두가 납득할 만한 말을 할 거야. 그래서 나를 풀어줄 수밖에 없을 거야. 하지만 그는 그런 말은 하지 않는다.

"검찰은 입증책임*을 이행하지 않았습니다." 이 말을 끝으로 그는 변론을 마친다.

그는 아무 말도 하지 않는다.

대신 재판장이 말을 한다.

끝났다. 모든 게 끝났다.

---

* 재판 과정에서 자신의 주장이 사실임을 증명해야 할 책임. 입증책임이 있는 자가 이를 증명하지 못할 경우 패소의 위험을 진다.

재판 셋째 주 마지막 날
43

우리는 새로운 대기실을 배정받았다. 내가 앉은 의자는 움푹한 그릇 모양에 플라스틱 재질이다. 별로 오래 앉지 않았는데도 한쪽 엉덩이는 이미 잠들었다. 지금 내 손에 들린 커피는 혼탁하다. 아마도 크림과 설탕을 넣겠느냐는 물음에 내가 네, 주세요, 대답한 모양이다. 기억나지는 않지만.

감옥으로 다시 이송될 줄 알았는데 아니다. 우리 모두 그렇게 생각했다. 그것은 기정사실이었고 내가 탈 엘리베이터도 대기 중이었다. 하지만 재판장은 뜻밖의 말을 했다. 재판장은 마지막 발언에서 어쩌고저쩌고 말하더니 "본 재판은 다음과 같이 결론을 내렸다"면서 "재판부는 잠시 숙고의 시간을 가진 후 결정, 즉 선고를 내릴 것"이라고 말했다. 그러고는 샌더에게 고개를 돌리더니 선임 검사에게 고갯짓을 하고는 말했다. "여러분은 여기서 기다리셔도 좋습니다. 준비가 끝나면 재판을 속개하겠습니다."

장내가 술렁거렸다. 이건 무슨 뜻이지? 웅성거림이 법정 안으로 퍼져나가고, 모두들 서로에게 고개를 돌리며 설명을 기대했다. 나는 샌더에게 고개를 돌렸다. 이건 무슨 뜻일까요? 엄마도 아빠에게 고개를 돌렸다. 이건 무슨 뜻일까? 하지만 아무도 대꾸하지 않았다. 아무도 짐작하지 못했다. 그럴 만도 했다. 오직 쉬운 소송에서만, 극악무도한 범죄자는 최대한 빨리 사형수 감옥으로 보내는 것이 유일한 해결책인 사건에서만, 오직 죄가 있는 자에게만 빠른 판결이 내려진다는 걸 모두 알고 있었기 때문이다.

진행 속도가 너무 빠르다. 그건 싫은데.

그래서 우리는 일어났다. 모두 일어나 법정을 나왔다.

끝났구나. 모두 끝났구나.

토할 것 같았다. 그 순간 그 자리에서. 숨이 막혔다. 하지만 아무것도 하지 않고 그냥 앉아 있었다. 그리고 커피 한잔하겠냐는 물음에 '네, 주세요'라고 말한 모양이다.

샌더는 앉아 있지 않는다. 팬케이크는 밖에서 언론의 질문을 요리조리 요리하고, 페르디난드는 휴대폰 자판을 미친 듯이 눌러대는데 누구에게 무슨 내용을 보내고 있는지는 모르겠다.

샌더는 어떤 말에도 대꾸하지 않는다. 초조해 보인다. 그가 이렇게 초조해하는 건 처음 본다. 커피를 한 잔 따르려 하지만 플라스틱 머그잔이 그의 손에서 미끄러지고, 커피가 테이블 위로 쏟아진다. 샌더가 욕을 한다. 빌어먹을!

그가 욕하는 것도 처음 보는 것 같다.

1시간쯤 기다렸다. 잠잠하다. 5분 후 샌더가 자리에 앉는다. 그는 휴대폰으로 뭔가를 읽는다. 페르디난드는 나를 쳐다보다 코담배 양철통을 내민다. 나는 고개를 젓는다. 그녀는 니코틴 껌 갑을 건넨다. 나는 껌 네 조각을 손바닥에 쥐었다가 입안에 던져 넣고 씹기 시작한다.

20분을 더 기다린다.

"얼마나 더 기다려야 하나요?" 나는 묻는다. 아무도 대답하지 않는다. 나는 다시 묻는다. "얼마나 더 걸려요?" 내 목소리는 칭얼대는 어린애처럼 들린다. 아직 멀었어요?

"그걸 어떻게 알겠니." 마침내 샌더가 말하지만 휴대폰에서 눈을 들지 않고 읽고 또 읽는다. 지금 글이 눈에 들어오나? 무얼 읽는 거지?

기다린 지 2시간 하고도 11분째.

그때 스피커에서 지지직 소리가 난다. 우리 재판이 속개된다.

샌더는 내 바로 뒤에 서서 손을 내 등허리 중앙에 댄다. 나를 탁자로 이끌려는 것처럼. 아니, 내 처형장이라고 해야 할까? 내 머리에 자루라도 씌워주지 그래요? 우리 어디로 가는 거예요? 아직 멀었어요?

*

우리는 우리 자리로 걸어간다. 판사들은 이미 착석해 있다. 레나 파르손은 의자에 앉아 두 다리를 꼭 붙이고 있다. 그녀의 두 발이 단정하고 나란히 놓여 있고 두 손은 무릎에 포개져 있다. 재판장이 발언을 시작하자 내 귀가 웅웅거린다. 뭐가 어떻게 되는 건지 잘 모르겠다. 통 무슨 말인지 모르겠다. 재판장이 말하는 동안 나는 샌더를 바라본다.

"판결문은 나중에 제공될 예정입니다. 거기에 재판부가 발견한 더 상세한 내용이 기술될 것입니다."

그게 무슨 말이지? 무슨 말을 하고 있는 걸까?

그때 아빠가 헉 하고 숨을 들이켜는 소리가 들린다. 괴로워하는 소리 같다. 누군가 아빠의 숨통을 조이는 것처럼. 아빠가 화가 난 걸까. 성질이 나면 으레 그렇듯 고함을 지르는 게 아닐까. 하지만 아빠의 우는 모습이 보인다. 아빠는 울고 또 울고, 엄마는 아빠를 달래고 있다. 엄마의 목소리도 갈라져 있다. 그제야 내 눈물이 느껴진다. 기자들이 웅성거리는 소리가 점점 커지다 말소리로 변한다. 말소리가 뒤섞인다. 더 이상 법정은 정숙하지 않다. 재판장 앞에는 종이가 한 장 놓여 있다. 하지만 그는 그것을 보지 않고도 무슨 말을 해야 하는지 잘 알고 있다.

"본 재판부는 마리아 노르베리에 대한 공소를 기각합니다. 검찰은 피고에게 살인 의도가 있었다는 것과 살인 방조 요건이 충족됐다는 것을 입증하지 못하였습니다. 피고는 가도 좋습니다."

—

44

—

엄마와 아빠는 나를 가운데 두고 샌더의 자동차 뒷자리에 앉아 있다. 아빠는 팔로 나를 감싸고 있고 허리를 막대기처럼 꼿꼿하다. 입으로 짧은 숨을 몰아쉰다. 재판장이 내게 가도 좋다고 말한 이후 내내 나를 놓아주지 않고 내내 붙어 있다. 아빠는 샌더를 얼싸안을 때조차도 손가락 두 개로 내 셔츠 소매를 붙잡으며 나를 놓지 않았다. 팬케이크와 악수를 나눌 때는 내 어깨를 붙잡았다. 페르디난드를 가까이 끌어당길 때는 손을 내 목덜미에 대고 있었다. 페르디난드가 아빠가 포옹하려는 걸 알았다면 다 같이 얼싸안는 꼴이 되었을 것이다.

엄마는 온몸이 뜨거웠다. 몸을 약간 부르르 떨면서 나의 두 손을 붙잡고 내 손가락, 내 손톱, 내 손가락 관절을 쓰다듬었다. 개수를 하나하나 세어봐야 한다는 것처럼. 모두 제대로 붙어 있나 확인하는 것처럼. 내가 정말 거기 있는지, 꿈이 아닌 생시인지 확인하는 것처럼. 엄마는 때때로 내게 몸을 기울여 안전벨트 밑으로 한 손을 넣어 내 옷의 주름을 편다. 내 뺨을 어루만지고, 내 머리카락에 대고 숨을 쉰다. 우리는 대화를 많이 나누지는 않는다. 기쁘다는 말도 하지 않았다. 사랑한다는 말도, "신이여, 감사합니다" 하는 말도. 아빠는 고맙습니다, 고맙습니다, 고맙습니다, 하고 골백번 말했다. 누구를 만나든 계속 고맙습니다, 연발했다. 엄마는 나를 껴안으며 미안해, 하는 말을 속삭인다. 계속 같은 말을 속삭인다. 미안해, 미안해, 미안해. 내 귀에는 엄마의 목소리만 들린다. 엄마의 목소리는 너무 낮아서 숨소리와 비슷하다. 나는 엄마를 끌어안는다. 미안해.

나는 아무 말도 하지 않는다. 말을 할 수가 없다. 못 한다.

나의 엄마.

*

샌더가 우리에게 그의 시골 별장을 내주었다. 언론의 눈을 피해 며칠 지내라면서. 그곳은 물가에 있다. 우리는 조금 늦게 아슬아슬하게 여객선에 올라탄다. 승객은 우리뿐이다. 우리를 위해 전세 낸 배가 분명하다. 이런 걸 언제 준비했을까? 여기는 기자들이 없다. 아무도 내게 기분이 어떠냐, 행복하냐, 항소가 예정돼 있느냐 묻지 않는다. "항소하실 겁니까?" 하는 물음에 검사 레나 파르손은 부루퉁한 목소리로 대답했다. "그 얘기는 먼저 판결문을 읽어보고 나서 하도록 하죠." 샌더는 더 확신하는 말투로 말했다. "우리는 결과에 만족합니다. 재판부는 제 의뢰인이 무죄라는 걸 그리 어렵지 않게 납득했을 겁니다. 저는 판결문이 검찰 측에 항소의 여지를 남겨둘 거라고는 생각하지 않습니다."

샌더는 기자의 질문이라 확신하는 말투로 말한 걸까? 그건 아닐 것이다. 그는 근거가 없으면 자신 있게 말하지 않는다. 보통 그런 일은 팬케이크에게 넘기고 한숨 좀 돌리자는 태도로 우리 진짜 잘했다는 미소를 짓는다.

나는 갑판으로 나가 배를 난간에 기대고 얼굴에 바람을 쐰다. 눈을 감고 차디찬 바람을 느낀다. 눈에 눈물이 차오른다. 바람이 이리 반가울 줄이야. 바람, 산소 냄새. 여기 바다 위에서 찬바람은 자유롭다. 콘크리트와 철창과 철망에 매달리지 않는다. 나는 잠시 거기 서 있다. 뺨이 얼얼하다. 어느새 샌더가 내 옆에 와 있다. 그는 전에 본 적 없는 두툼한 외투와 가죽 장갑, 털모자 차림이다. 모자에 달린 귀마개가 바람에 펄럭인다.

이 사람을 보니 우리 할아버지가 생각난다.

"할아버지가 널 기다리고 계셔." 엄마가 차 안에서 말했다. "얼마나 좋아하시는지 몰라. 네가 보고 싶으시대."

샌더는 고운 면직물로 만든 낡은 손수건을 내게 건넨다. 나는 조심스레 코와 눈가를 훔친다. 손수건에서 희미하게 파이프 담배 냄새가 난다. 나는 손수건을 손에 쥔다.

담배 피우시나봐요, 페데르 샌더 변호사님?

나는 당신에 대해 모르는 게 정말 많네요. 가끔 전화해도 돼요, 페데르 아저씨?

"이제 다 끝난 건가요?" 대신 나는 그렇게 묻는다. 그는 대답하지 않고 나를 쳐다본다. 웃음기가 그의 얼굴에 반짝 피어오르지만 그리 오래 머물지는 않는다. 그는 내색하지 않고 내 어깨를 다독인다.

"그래." 그가 말한다. 그는 세 번 내 어깨를 다독인 후 손을 그대로 내 어깨에 둔다. 어쩌면 그는 스웨덴 최고의 변호사인지도 모른다. 하지만 이 말은 분명 거짓말이다. "이제 다 끝났어."

나는 그의 손을 잡고 반걸음 그에게 다가가 그를 포옹한다. 칼바람 속에서 오래오래 꽉 끌어안는다. 그에게는 끝난 게 맞을 것이다. 그는 내 삶을 구하고 청구서를 법원으로 보냈다. 나는 그 손수건을 내 주머니 안에 넣는다.

우리는 사유지 부두에 정박한다. 엔진이 아직 살아 있는 동안 우리는 배에서 내린다. 여기는 도시보다 더 춥다. 눈발이 흩날리고 바다는 잿빛이다. 황혼이 절벽을 따라 점차 다가오며 섬을 삼키기 시작한다. 내 물건은 아직 교도소에 있는데 그것을 담아 올 가방이 없다. 나는 집을 향해 걷기 시작한다. 계단에 그 애가 보인다.

그 애는 포치에 앉아 있다. 키가 훌쩍 컸다. 헝클어진 머리. 앞 머리 한 가닥은 이마에서 고불거린다. 나는 뛰어가서 그 애 옆에 웅크리고 앉는다. 그 애는 앞니 두 개가 빠지고 없다. 그 애가 내 눈을 똑바로 보지 않는다. 그 애의 시선은 이리저리 방황해 춤추는 햇빛처럼 붙잡기가 어렵다.

"언니, 이제 집에 오는 거야?" 그 애가 묻는다.

나는 고개를 끄덕인다. 내 목소리가 낯설다. 그러자 그 애가 내게 바짝 붙어 앉더니 가느다란 팔을 내 팔에 감고 두 다리로 내 허리를 감아 내게 매달린다. 그리고 내 목에 대고 울음을 터뜨린다. 너무나 오랫동안 내 마음속에 자리했던 고통이, 날카로운 갈고리발톱으로 나를 움켜쥐고 흔들던 그것이 마침내 녹아 몸 밖으로 흘러나간다.

"응. 집에 온 거야."

나의 다정한 마야

2018년 8월 16일 초판 1쇄 인쇄
2018년 8월 24일 초판 1쇄 발행

지은이 | 멀린 페르손 지올리토
옮긴이 | 황소연
발행인 | 이원주
책임편집 | 박윤희
책임마케팅 | 조아라

발행처 | (주)시공사
출판등록 | 1989년 5월 10일(제3-248호)

주소 | 서울 서초구 사임당로 82(우편번호 06641)
전화 | 편집 (02)2046-2852 · 마케팅 (02)2046-2883
팩스 | 편집 · 마케팅 (02)585-1755
홈페이지 | www.sigongsa.com

ISBN 978-89-527-9279-2 04850
ISBN 978-89-527-9278-5(set)

이 도서의 국립중앙도서관 출판예정도서목록(CIP)은 서지정보유통지원시스템 홈페이지(http://seoji.
nl.go.kr)와 국가자료공동목록시스템(http://www.nl.go.kr/kolisnet)에서 이용하실 수 있습니다.
(CIP제어번호: CIP2018025264)